Der Wellenschlag eines Augenblicks

Arthur Vox

DER WELLENSCHLAG
EINES AUGENBLICKS

Bibliografische Information der Deutschen Nationalbibliothek
Die Deutsche Nationalbibliothek verzeichnet diese Publikation in der Deutschen
Nationalbibliografie; detaillierte bibliografische Daten sind im Internet über
http://dnb.d-nb.de abrufbar.

Covergrafik: Mariia aiiraM/ white shama/ Shutterstock.com

Coverdesign und Satz: BoD

Verlag: BoD · Books on Demand GmbH, In de Tarpen 42, 22848 Norderstedt, bod@bod.de
Druck: Libri Plureos GmbH, Friedensallee 273, 22763 Hamburg

ISBN: 978-3-7693-9416-0

KAPITEL 1

HAAGENSTEIN 2016

Hochmütig blickte Tom von oben auf Samson herab. Sein Triumph war vorhersehbar angesichts seiner imposanten Statur und Kraft. Beifallsheischend schaute er sich um, und wie immer erntete er Zustimmung, ohne dass jemand hinterfragte, was gerade vor sich ging. Tom, der furchteinflößende dunkle Hüne mit Vollbart, stand dem kleinen, blassen Mann namens Samson gegenüber. Der Grund für den Kampf blieb unklar. Vielleicht hatte Tom einfach Lust, Samson »eine aufs Maul« zu hauen. Hinter vorgehaltener Hand bezeichnete man Tom als Soziopath und betitelte ihn als »gemeines Dreckschwein«. Doch wenn sie ihm gegenüberstanden, quiekten seine Freunde wie feige Schweine, spendeten Beifall und Bewunderung – echt oder gespielt, das war egal. Tom brauchte diese Bewunderung und wusste, dass er sie erhielt, wenn er seine schiere Kraft zur Schau stellte. Keiner der Stiefellecker wagte es mehr, sich mit ihm anzulegen; stattdessen ließen sie andere über die Klinge springen. Dieses Mal traf es Samson, den blassen, schmächtigen Mann in seinen Dreißigern, der gerade die Bar betreten hatte. Ein anderer Zeitpunkt oder Ort wäre sicherer gewesen. Tom schlug ohne Vorwarnung zu. Obwohl niemand den Grund dafür verstand, johlten und klatschten seine Freunde, denn er war ihr Anführer.

»Tom Tom Hurra!« – wie erbärmlich.

Die anderen schauten weg, duckten sich und beteiligten sich so an diesem Verbrechen, um selbst nicht zu Schaden zu kommen. Niemand half Samson.

Doch plötzlich sprang Tom mit einem Schmerzensschrei auf. Verdutzt blickte er zu Samson hinab und erkannte, dass dieser entgegen seiner Erwartung nicht außer Gefecht war. Der ihm versetzte Schlag schmerzte ihn zwar erkennbar, doch er wehrte sich. In seiner Rechten hielt er einen Gegenstand, der einer Hutnadel ähnelte. Er schafft es, Tom damit mehrmals in die Unterschenkel zu stechen, nicht besonders tief, nicht wirklich dramatisch, doch Tom der Hüne war tief in der Seele getroffen. Es war ein Schlag gegen sein Ansehen als unbesiegbarer Anführer der Gang. Wie wild trat er nun mit den Füßen auf Samson ein. Niemand sollte Ähnliches nochmal wagen. Er wollte ihn zertreten wie einen Wurm. Samson aber wich den Schlägen aus, oder konnte sie zumindest soweit abschwächen, dass sie ihre Wirkung verfehlten. Zugleich versuchte er weiter mit seiner Hutnadel auf Toms Beine einzustechen. Wer ihm auch immer diesen Gegenstand zukommen ließ, er rettete möglicherweise sein Leben, denn Tom wurde dadurch erst einmal gezwungen, von seinem Tun abzulassen, fing an, zu denken, versuchte zu verstehen, was vor sich ging. Er blickte um sich herum, in die immer noch johlende und anfeuernde Menge. Rückzug war unmöglich, der Gesichtsverlust wäre zu groß gewesen. Er musste diesen Wurm erneut angreifen, musste ihn Alle machen. Mit einem Blick in die Runde versicherte er sich der Unterwürfigkeit seiner ›Freunde‹, entriss Samson die ›Waffe‹ und trat mit all seiner Kraft auf ihn ein. Samson schlau und flink, konnte die Tritte erneut parieren, hatte auf einmal wieder eine Waffe in der Hand, ein kleines Messer, keines, das einen Menschen wie Tom töten, ihn jedoch bei gezieltem Einsatz erheblich schwächen konnte. Ein kleiner Schnitt in die Achilles Sehne. Tom brüllte wie ein Bär, brachte die ranzige Bar zum Erzittern. Seine Beine bluteten stark, er wurde instabil. Er musste erkennen, dass er Samsons Mut und Widerstandskraft enorm unterschätzte. Dieser schmächtige kleine Mann erwies sich als zäher als gedacht. Die Menge um Tom herum wurde verhaltener, manche zogen sich in den hinteren Teil des Raumes zurück, wollten nicht weiter mit der Sache in Verbindung gebracht werden, andere dagegen schlugen sich auf einmal offen auf Samsons Seite. Nur Toms engste Freunde stachelten ihn weiter an, sie wollten ›den Zwerg‹ unter allen Umständen zerquetscht sehen. Tom konnte nicht zurück. Er war wild entschlossen, sein Opfer zu zermalmen. Zum ersten Mal aber musste er dabei selbst einstecken, sein Ego war angekratzt, sein Ansehen schwand und im selben Maße auch die Angst vor ihm.

Auch ich, der ich diese Geschichte erzähle, hatte mich in den hinteren Teil des Raumes verzogen. Zwar johlte ich nicht mit den anderen mit, unterstützte Tom nicht, aber dennoch, ich hatte nichts getan, um dem Opfer zu helfen. Ein freundlicher Mann aus unserer kleinen Stadt. Er war kein Freund, aber mir durchaus bekannt. Wir grüßten uns und hatten auch mal ein kurzes Gespräch. Die meisten hier kannten sich im Grunde, grüßten sich oder mieden sich, je nach Lager, dem sie sich zugehörig fühlten. Samson gehörte in keines der Lager, war stets neutral und wollte sich aus allem raushalten. Niemand konnte sich vorstellen, dass ausgerechnet er Tom eines Tages derart reizen würde. Andererseits wussten wir alle, dass Tom keinen wirklichen Anlass brauchte. Tom war sich selbst Anlass genug, jederzeit seine Macht zu demonstrieren, sehr gerne an Schwächeren, damit er sich eines schnellen Sieges und unmittelbarer Bewunderung sicher sein konnte. Er war ein Tyrann, spaltete die Gemeinschaft. Was alle verband, war die Angst vor ihm, und es waren seine stiefelleckenden Freunde, die dafür sorgten, dass niemand gegen ihn etwas unternahm. Es war ein stilles Geschäft. Um nicht selbst zum Opfer zu werden, gaben sie Tom jene Art Rückendeckung, die er brauchte, gaben ihm Alibis, verhinderten das Eingreifen Außenstehender, hielten den Mund, wenn sie befragt wurden. Letzteres taten allerdings auch die Anderen, denn sie hatten Angst vor Toms Reaktion, hielten sich raus und schauten weg, denn was sie nicht sahen, konnten sie am Ende wahrlich nicht bezeugen und brachte sie somit auch nicht in Erklärungsnot. Eine Katze streifte meine Beine während ich mir all diese Gedanken machte. Sie berührte etwas in mir, ich kann nicht sagen was es war, jedoch sah ich plötzlich mich selbst in dieser Menge. Ich sah einen Feigling und schämte mich dafür. Meine Brust zog sich zusammen, ich atmete schwer. Dachte ich bis dahin noch, ich wäre anders, mutiger, gerechter, hilfsbereiter, so wurde ich nun auf bittere Weise eines Besseren belehrt. Ich blickte in die Gesichter jener, die sich ebenso wie ich in den hinteren Teil des Raumes zurückgezogen hatten, erkannte Betroffenheit und Scham in ihren Mienen, als sie versuchten wegzuschauen, wegzuhören, zu verharmlosen oder sich zu rechtfertigen. Wir Zuschauer wurden Mittäter durch unterlassene Hilfeleistung. Ich fragte mich, wann wir unsere Angstschwelle wohl überwinden könnten. Welcher Grad an Grausamkeit würde uns mobilisieren? Oder würde unsere Angstschwelle dadurch nicht sogar noch immer höher? Wohl schon, denn diese Art von Machtdemonstration diente doch gerade dazu, einzuschüchtern.

Während ich nachdachte und mich meiner schämte, begann ich mich dafür zu interessieren, wie Samson eigentlich an die Stichwaffen kam und bemerkte eine Person, auf die offensichtlich niemand sonst achtete. Eine Person, die zu jenen Menschen gehörte, die alle Bedeutung in der Gesellschaft verloren haben. Eine Person, die oftmals schon nicht mehr als solche betrachtet wird. Eine Obdachlose. Sie war möglicherweise zum Aufwärmen in die Bar gekommen. Offenbar nahm niemand Notiz von ihr. Für Toms Machtdemonstrationen war sie zu unbedeutend, sie lief unterhalb seines Radars. Ich aber sah sie, wütend gestikulierend. Es schien, als wollte sie etwas haben, das man ihr verweigerte. Gleichzeitig schaute sie zu Samson, der sich am Boden krümmte. Ohne Hilfe schien er bald Toms Tritten zu erliegen. Tom würde es grausam auskosten, Blut lecken und ein nächstes Opfer suchen. In seiner blinden Wut beachtete Tom die obdachlose Frau nicht, erkannte nicht, woher die Stichwaffen kamen. Vielleicht waren es die einzigen Habseligkeiten, die die Frau hatte. Ich war beschämt. Das Gesicht in den Händen verborgen, dachte ich an meine Familie. Als Vater von vier Kindern konnte ich nicht viel riskieren, ich trug Verantwortung. Reichte das als Rechtfertigung? Hatte diese arme Frau denn noch etwas zu verlieren, trug sie überhaupt noch für irgendetwas Verantwortung? Nein, sie hatte nichts mehr zu verlieren. Ist es daher nicht gerade so, dass man dann erst völlig frei wird, dass einen nichts mehr hemmt? War es Mut, der die Frau zum Handeln trieb, oder war auch dieser Aspekt bei ihr bereits ohne Bedeutung? Ist die Hemmschwelle einmal ganz unten, bedarf es dann keines Mutes mehr, sie zu überwinden? Ich hätte Mut gebraucht! Meine Hemmschwelle war hoch. Viel zu verlieren, viel Verantwortung, viele Menschen, die ich durch mein Handeln in Gefahr bringen könnte. »Ich kenne deine Familie«, würde Tom drohen. Reicht dies alles als Rechtfertigung, nicht einzuschreiten? Ich kann es nicht sagen, ich verzweifle an meinen Gedanken.

Die Szenerie vor mir veränderte sich auf einmal drastisch. Fast schon hatten wir gedacht, Samson würde Tom standhalten, doch plötzlich sackte er zusammen und war den Attacken wehrlos ausgeliefert. Tom gab einen gewaltigen Triumphschrei von sich, schaute erneut beifallsheischend in die Runde. Dabei bemerkte aber jene, die sich in den hinteren Teil des Raumes zurückgezogen hatten und zeigte mit dem Finger auf uns. Es war bedrohlich, denn sicher würde er sich wohl nach Samson einen von uns vornehmen. Zugleich machte er damit deutlich, dass wir den Mund zu halten haben, denn ihm war bewusst, die Polizei wird bald eintreffen. Wie immer würde es als Notwehr mit etwas überzogener Reaktion dargestellt. Größere Probleme würde er aber nicht bekommen, denn die einen hatten ihn unterstützt, die anderen hatten weggeschaut und nichts gesehen. Einige verließen bereits das Lokal, andere würden sagen, sie wären gerade erst gekommen. Der Wirt würde all das bestätigen, denn er brauchte die Gäste.

Während Tom sich seinen Beifall holte, achtete er nicht darauf, was unter ihm geschah. Ich sah, wie sich die Frau plötzlich in ihrer Verzweiflung schützend auf Samson warf. Sie legte sich mit dem Gesicht nach oben auf ihn und schaute Tom direkt in die Augen. Tom holte gerade zu einem letzten heftigen Tritt gegen Samson aus, sah sie zu spät und traf ihren Brustkorb. Ein Knacken war zu hören, die Frau sackte zusammen, zuckte, versuchte zu atmen und spuckte Blut. Ich hörte Erstickungsgeräusche. Dann nichts mehr. Reglos lag sie auf Samson. Toms Freunde hielten ihn nun zurück, das zustimmende Johlen verwandelte sich in wirres Geschrei. Verschiedene Anwesende beugten sich über die beiden Opfer und versuchten, erste Hilfe zu leisten. Man konnte nicht mehr unterscheiden, wer zu wem hielt. Die Lager brachen auf. Tom hatte soeben alle Grenzen überschritten. Durch Toms Verhalten und die Entschlossenheit der obdachlosen Frau, Samson zu Hilfe zu kommen, entstand kollektiver Mut zum Widerstand. Tom erkannte seinen Fehler mit Entsetzen. Muskelberge automatisch als dumm einzustufen ist unklug. Das eine hat mit dem anderen nichts zu tun. Tom erkannte, dass er den Bogen überspannt hatte und nun um seinen Status fürchten musste. Ihm wurde bewusst, dass er die Situation für sich nicht mehr retten konnte. Er versuchte, sich zu befreien, entriss sich mit aller Kraft den Armen seiner Freunde und stürzte in Richtung der Frau. Sein Gesicht zeigte Entsetzen. Während andere versuchten, sie wiederzubeleben, sah er ein Gesicht, das er zu erkennen glaubte. Jahrelang hatte er es nicht mehr gesehen. Aus der unbedeutenden Obdachlosen wurde plötzlich eine Person.

Jahre zuvor, als Tom achtzehn Jahre alt war, verstarb sein Vater an einem Herzinfarkt. Man sagte, er habe sich überarbeitet. Toms Mutter konnte die seelische Last nicht tragen und verfiel dem Alkohol. Ihr Zustand verschlechterte sich zunehmend. Kurz nach dem Tod ihres Mannes Alexander verschwand seine Mutter aus unerfindlichen Gründen und er hatte sie danach nie mehr zu Gesicht bekommen. Tom hielt der Situation damals nicht Stand, versäumte die Abitur Prüfung und verdingte sich mit diversen Hilfsjobs. Er konnte seiner Mutter nicht helfen. Sie konnte ihm nicht helfen. Sie kompensierte mit Alkohol, er mit Krafttraining und Kampfsport. Tom war hochgewachsen und stark, aber durch das Training wurde er zu einem Hünen, fühlte sich bald unbesiegbar und war es auch. Auf diese Weise konnte er sich beweisen, hoffte, neue Freunde zu finden. Er fand sie aber nicht wirklich, denn er galt als problematisch, war ungepflegt und prahlerisch. Ein Jacco, ein Macho Typ.

Eines Tages betrachtete er sich wütend im Spiegel und dachte: ›Ich wird's euch zeigen, ich werde mir Respekt verschaffen. Ihr werdet mich ernst nehmen.‹ Nur einmal wollte er ein Zeichen setzen, ein einziges Mal. Er wollte beachtet werden. Also suchte er nach einer Gelegenheit. Nicht ganz einfach in einer so friedlichen Gemeinde jemanden zu finden, der eine öffentlichkeitswirksame ›Zurechtweisung‹ verdiente. Irgendein kleiner Anlass musste her. Der fand sich alsbald in Form einer achtlos weggeschnippten Zigarettenkippe. Tom rauchte nicht, konnte somit den Moralapostel und Umweltschützer mimen. Er forderte den Raucher auf, den Zigarettenstummel aufzuheben. Umstehende nickten zustimmend. Der Raucher aber ignorierte ihn. Das war ein Fehler. Mit einem Kampfsportgriff beförderte Tom ihn zu Boden und drückte sein Gesicht auf die Stelle, an der der Zigarettenstummel lag. Etwas zu fest. Als er losließ, war das Gesicht des Rauchers blutig. Der Mann rappelte sich mühsam auf, nahm die Kippe, drohte Tom mit einer Anzeige bei der Polizei und rannte weg. Die Umstehenden wandten sich ab, keine Zustimmung mehr für Tom. Die Aktion war zu heftig. Tom hatte sein Ziel verfehlt. Er fand nicht die Anerkennung, die er sich wünschte. Stattdessen spürte er etwas anderes, etwas Stärkeres: die ängstlichen Blicke der Zuschauer. Es war nicht sein Ziel, aber es gab ihm ein gutes Gefühl, das Gefühl von Macht. Nicht die Art von Respekt, die er eigentlich wollte, aber es war Respekt, erzeugt durch Angst.

Ich beobachtete weiter die Szene in der Bar. Tom schien in einen inneren Konflikt zu geraten. Weitere Gäste hatten die Frau erkannt, waren entsetzt und begannen, ihr eigenes Verhalten zu reflektieren. Sie schämten sich, versuchten zu helfen und mischten sich ein, was ein zusätzliches Durcheinander verursachte. Tom konnte nicht zu der Frau durchdringen, konnte nicht erkennen, ob sie noch lebte, und konnte sich ihrer Identität nicht mehr vergewissern. Ihr Gesicht war verzerrt und blutverschmiert.

>Kenne ich sie?< fragte er sich in seinen Gedanken.

Seine Freunde zerrten ihn weg. Niemand wollte mehr, dass Tom weiter prügelte. Der Respekt, den er sich einst mit der Sache mit der Zigarettenkippe erworben hatte, war verspielt. Was blieb ihm noch? Tom war klug genug, seine Lage richtig einzuschätzen. Es gelang ihm, sich erneut loszureißen, und er verlor keine Zeit. Ein letzter Blick auf die am Boden Liegenden: Samson war offenbar bewusstlos, aber er atmete. Die Frau hingegen lag völlig reglos am Boden. Er stand vor der Wahl, sich der Verantwortung zu stellen oder aber zu fliehen. Sich der Verantwortung zu stellen aber hätte bedeuten können, seine Freiheit für lange Zeit zu verlieren. Zu fliehen bot ihm immerhin die Chance auf ein >freies< Leben, zwar in ewiger Flucht, aber frei. Sekundenbruchteile reichten ihm, sich zu entscheiden. Sein Blick fiel auf den Hinterausgang. Schwer atmend bahnte er sich mit aller Gewalt einen Weg durch die Gäste, hauptsächlich Männer. Nur wenige Frauen fühlten sich hier wohl. Die stickige Luft wirbelte durcheinander, Gerüche von Männerschweiß durchzogen die alte Bar aus den Siebzigern mit den uralten Möbeln, die wohl bereits bei der Gründung Retro waren und daher ein wenig dem 70er Stil entsprachen, zusammen mit dem seltsam einfachen Tresen aus einst rohen Brettern, die sich im Laufe der Jahrzehnte glattschliffen. Wer weiß, wie viele Splitter sich Menschen an dieser Bar schon eingefangen haben. Die Beleuchtung durch uralte, von Rauch, Staub und Fliegenschiss verdreckte Hängelampen war düster. Tom bahnte sich brachial seinen Weg zum Hinterausgang. Handys wurden gezückt und filmend in alle Richtungen geschwenkt. Fotos und Filme, oft unsachlich und aus dem Zusammenhang gerissen, wurden weiterverbreitet oder ins Internet gestellt, begleitet von schadenfrohen, hämischen, kleinbürgerlichen, rechts, links, erzkonservativen, liberalen, verzerrten und eigennützigen Kommentaren. Zerstörerisch. Grausam. Um die Verletzten herum entstand Tumult. Helfer und Gaffer gerieten aneinander. Einem Helfer wurde ins Gesicht geschlagen. Tom sah all dies mit einem letzten Blick zurück. Er drückte die Klinke der alten bleiverglasten Holztür, die in einen düsteren Flur mit schäbigen Wänden führte, noch düsterer als die Bar. Er sah die weitere Tür am anderen Ende des Ganges. Seine Beine bluteten, Schmerzen spürte er nicht, er war voll Adrenalin. Die schachbrettartig verlegten braunen und beigen Steinplatten am Boden waren feucht und von vielen Jahrzehnten des Begehens wie poliert. Er rutschte, fiel zu Boden und krachte schwer auf seine rechte Schulter. Fluchend rappelte er sich hoch, hechtete förmlich zur nächsten Tür und betete, sie offen vorzufinden. Er drückte die Klinke. Nichts. Die Tür war verschlossen.

KAPITEL 2

HAMBURG 1992 / RÜCKBLICK 1982

Tom wurde am 11. August 1992 als Sohn von Alexander Henschel und Adele Henschel, geborene Kowalsky, geboren. Ein Paar, das nach außen hin wie ein Traumpaar wirkte. Adele war eine wunderschöne, schlanke Frau mit östlichem Einschlag. Bescheiden und voller Güte. Hohe Wangen unter dunkelblondem, wallendem Haar zierten ihr blasses Gesicht mit braunen Augen und vollen roten Lippen, die keinen Lippenstift benötigten. Trotz ihrer fast zerbrechlich wirkenden, zierlichen Statur hatte sie einen wohlgeformten Busen, der manche Blicke auf sich zog. Sie war eine Frau, in die sich Männer augenblicklich verliebten, wenn sie sie sahen, wobei Verlieben von Männern oft mit reinem körperlichem Verlangen verwechselt wird. Ihre Erscheinung war daher Fluch und Segen zugleich. Selbst wenn sie sich nicht zurechtmachte, stach sie die Frauen in ihrer Umgebung aus und wurde dafür oft angefeindet, meist verstohlen hinter vorgehaltener Hand. Niemand wusste jedoch, welches Schicksal sie bereits in jungen Jahren erleiden musste. Sie entstammte einer Familie, die Generationen zuvor aus dem Osten zugewandert war. Ihre drei älteren Schwestern waren hübsch, aber weit weniger als sie. Sie beneideten sie.

Alexander war ein dunkelhaariger, hochgewachsener Mann, ein athletischer Typ, sehr männlich, mit kantigem Gesicht und intelligenten grünen Augen. Stets gebräunt mit zurückgekämmtem Haar stellte er sogar Barbies Ken in den Schatten. Er fiel durch sein enorm selbstbewusstes Auftreten auf, war redegewandt, immer gut gekleidet und präsent. Wenn er einen Raum betrat, wandten sich ihm die Blicke zu. Er schien vom Glück verwöhnt zu sein. Seine Abstammung war einfach, aber glücklich. Mit seinen zwei jüngeren Brüdern und der älteren Schwester hatte er wenig, aber positiven Kontakt. Jeder neidete ihm seine Erscheinung und sie vergötterten ihn zugleich. Er war hilfsbereit, konnte gut zuhören und war sozial gegenüber allen Menschen. Seine musikalische Begabung half ihm, so manches Herz zu brechen. Jedermann war überzeugt, dass er eines Tages eine Frau haben würde, die so wie er alles in den Schatten stellen würde. 9 Monate vor Toms Geburt, am 13. Dezember 1991, lernte er eben jene außergewöhnlich schöne Frau auf einer wenig besuchten Tanzveranstaltung kennen. Sie verliebten sich sofort heftig ineinander, erkannten sich als Seelenverwandte. Er sah ihre Schönheit, Ihre Melancholie, Intelligenz und Güte, sah direkt in ihr Herz. Diese Frau stellte alles in den Schatten. Adele ihrerseits erkannte jenen alles überragenden Menschen, den sie sich immer an ihrer Seite wünschte. Nur für diesen einen Menschen war sie bereit, für niemanden sonst. Kurz vor Toms Geburt gingen sie zum Altar.

Tom blieb das einzige Kind des Paares. Sie wiegten ihn im Krankenhaus nach der Geburt abwechselnd in ihren Armen, voll des Glücks, einem schier unglaublichen Glück. Das Kind war gesund und zweifelsohne schön. Wer das Zimmer betrat, fand sich dem wohl größten Glück auf Erden gegenüber. Die Geburt verlief reibungsloser als erwartet.

»Für eine erste Geburt relativ problemlos«, bemerkte die Hebamme erfreut.

Alexander freute sich sehr über diese Aussage, hatte er sich doch einige Sorgen gemacht um seine unendlich geliebte, zarte und melancholische Liebe. Für Adele dagegen war es ein Stich ins Herz, es versetzte sie in eine Vergangenheit, deren Erinnerungen sie täglich zu verdrängen versuchte, die sie niemals verschonten, die hinter jeder Ecke lauerten, um sie wieder und wieder zu martern. Ihre Melancholie wurde als typische Eigenschaft östlicher Frauen interpretiert. Nur sie aber wusste, dass sie einst ein lebensfrohes Mädchen war, sinnlich und nachdenklich zwar, aber nicht voll jener Schwermut, die sich nach dem grausamen Vorfall und den Folgen daraus einst in Hamburg entwickelte.

Es ereignete sich im September 1982. Sie war erst fünfzehn Jahre, war sich Ihrer Schönheit bereits sehr bewusst und kleidete sich dementsprechend, allerdings auch nicht allzu aufreizend, das hätte Ihrer Mutter nicht gefallen. Das war allerdings auch gar nicht nötig bei ihr, denn sie war eine bildhübsche Naturschönheit, von allen Jungs begehrt. Eines Abends ging sie, wie so oft, mit Freundinnen im Altonaer Volkspark spazieren. Nach einer Weile verabschiedeten sich Ihre Freundinnen, um rechtzeitig zu Hause zu sein. Die Sonne war bereits am Untergehen, aber sie verspürte noch keine Lust, nach Hause zu gehen. Sie fühlte sich so voller Lebensfreude, dass sie einfach weiterging, den Weg entlang, das Abendrot genießend und dabei völlig die Zeit vergaß. Der Weg führte sie in den Parkwald, die letzten Sonnenstrahlen verschwanden, der Mond leuchtete. Sie liebte es, in der warmen Jahreszeit im Wald zu spazieren, genoss die Gerüche der Natur, die Ruhe, das Rauschen der Bäume, das Singen der Vögel, das Summen, plätschern und rascheln. Ein Eichhörnchen huschte an Ihr vorbei auf den nächsten Baum, ein Frosch quakte, hatte sich offenbar in der Zeit geirrt. Sie träumte von einer besseren Welt, einer Welt ohne Gewalt und sozialer Ungerechtigkeit, voller Liebe und Hilfsbereitschaft. Sie träumte von Menschen, die allen anderen überlegen wären und damit die Welt zum Guten verändern würden. Sie wünschte sich, eines Tages einen solchen Partner an Ihrer Seite zu haben. An diesem Abend aber wurde sie durch das Böse verfolgt, jenem Bösen, das sie aus der Welt verbannen wollte. Ihre Mutter warnte sie stets davor, alleine im Parkwald herumzulaufen. Adele hörte nicht darauf, sie fühlte sich sicher.

»Mir passiert nichts und wenn doch, dann ist es eben Schicksal«, war Ihre immer gleiche Antwort.

Eine Antwort, die Ihre Mutter provozieren sollte. Trotzverhalten der Jugend, sorglos und verletzend. Sie war ein Teenager, so etwas gehörte dazu.

Verträumt schlenderte sie zwischen den Bäumen umher, hörte nicht, was um sie herum geschah, hörte nicht die Schritte einer Gruppe von Männern, die sich ihr rasch und schweigend näherten. Während sie noch von einer besseren Welt träumte wurde sie gleichzeitig bereits von einer grausamen umzingelt. Plötzlich sah sie eine Gestalt hinter einem Baum hervortreten. Das Schicksal schlug zu.

Erst am nächsten Morgen wurde sie gefunden, obwohl bereits spät abends zuvor eine Suchaktion gestartet wurde. Sie fanden sie nackt, blutig, bewusstlos, mit zugeklebtem Mund auf dem Waldboden zwischen Büschen. Ihr ganzer Körper war zerschunden. Ihre Kleider lagen verstreut umher, teils zerrissen. Bodennebel erzeugte eine kalte Atmosphäre. Zwitschernde Vögel bildeten eine widersinnige akustische Kulisse zu dieser grausamen Szene. Die Polizei und der Krankenwagen trafen ein. Im nahegelegenen Klinikum wurde sie, weiterhin bewusstlos, auf die Intensivstation gebracht. Nach einer gründlichen Untersuchung im Schockraum musste sie aufgrund innerer Verletzungen im Genitalbereich notoperiert werden. Sie verlor viel Blut. Die Polizei untersuchte derweil den Tatort, stellte nur wenige Spuren sicher, eine Vielzahl an unbeteiligten Personen musste vom Tatort entfernt werden. Es schien sich um mehrere Täter gehandelt zu haben. Die Anzahl war nicht mehr ermittelbar, da der Tatort durch die Schaulustigen bereits stark kontaminiert war. Der Tatort war abgelegen genug, um unbemerkt zu bleiben. Der Täterkreis konnte nicht eingegrenzt werden, es gab so gut wie keine unmittelbar verwertbaren Spuren am Tatort. Das

Opfer ließen die Täter einfach wie Abfall liegen und um sie herum alles, was zu ihr gehörte. Welche Menschen waren zu so etwas imstande? Freundliche Nachbarn, Fremde, Einzeltäter oder organisierte Gruppen, Serientäter? Die Polizei konnte sich keinen Reim machen, hofften auf Adeles Aussagen, suchten nach Zeugen und kümmerten sich um die Angehörigen. Es wurde die Frage aufgeworfen, warum die Suche erst am Morgen erfolgreich war und warum zunächst woanders gesucht wurde. Am Vortag bereits, etwa um 21:00, ging eine dringende Vermisstenanzeige bei der Polizei ein. Gesucht wurde ein fünfzehnjähriges Mädchen, das sich kurz vor 19:30 am Bahrenfelder Flohmarkt des Parks von ihren Freundinnen trennte, um offenkundig, wie die anderen auch, nach Hause zu gehen. Ein Weg von etwa fünfzehn Minuten. Bei Minderjährigen gilt keine vierundzwanzig Stunden Frist für eine Suchaktion durch die Polizei, sie startete also umgehend. All ihre Freundinnen gaben an, dass sie eindeutig Anstalten machte, nach Hause zu gehen. Nichts habe darauf hingedeutet, dass sie dies nur vorgetäuscht haben könnte. Somit vermutete man, dass Adele auf dem Weg nach Hause war, als sie verschwand. Die Suche konzentrierte sich daher zunächst auf dieses Areal. Wertvolle Zeit ging verloren. Erst gegen Mitternacht wurde die Suche erweitert und der Park in die Suche mit einbezogen. Trotz vieler bemühter Einsatzkräfte wurde sie erst im Morgengrauen gefunden. Ein anonymer Anrufer gab den entscheidenden Hinweis.

Adele lag zwei Wochen im Koma und schien nicht aufwachen zu wollen. In dieser Zeit konnte ihr Körper zwar ein wenig genesen, doch ihr Geist war von den Erlebnissen tief geprägt. Jede Faser ihres Gehirns manifestierte das Erlebte. Keine Psychologin konnte ihr in diesem Zustand helfen. Ihr Glaube an das Gute wurde vom allgegenwärtigen Bösen zerstört. Das Licht in ihrem Herzen erlosch, und ihre Seele krümmte sich vor Schmerz. Die grausamen Szenen liefen immer wieder vor ihrem inneren Auge ab. Sie spürte die Gewalt, die Schläge, die vielen Hände, die sie festhielten und anfassten, das Eindringen, immer und immer wieder, die unendlichen Schmerzen, die Atemnot, bis kurz vor dem Ersticken, bis sie bewusstlos wurde und ins Koma fiel.

Als sie nach zwei Wochen endlich aufwachte, saßen ihre Eltern neben ihrem Bett. Mutter las aus einem Buch vor, Vater vergrub sein Gesicht in den Händen. Sie versuchte zu sprechen, es kam jedoch kein Laut heraus. Ihr Mund bewegte sich nicht. Sie setzte erneut an, versuchte zugleich mit der Hand ein Zeichen zu geben. Keine Regung, nur Ihre Augen konnte sie öffnen, die Pupillen hin und her bewegen und blinzeln. Ihre Mutter schaute in diesem Augenblick vom Buch auf, sah in ihre Augen, sprang aufgeregt auf, drehte sich um, rief nach jemandem und wandte sich an den Vater, der nun ebenfalls hochschnellte. Beide redeten auf Adele ein, versuchten Kontakt aufzunehmen, mussten aber feststellen, dass sie sie zwar ansah, aber ansonsten keine Regung zu erkennen war. Ein Arzt beugte sich über Adele und leuchtete mit einer kleinen Lampe in ihre Augen. Die Pupillen verengten sich, sie blinzelte, war also bei Bewusstsein. Verschiedene weitere Tests aber waren negativ, man sprach vom Locked-In-Syndrom. Adele sah alles, hörte alles, nahm alles auf, ansonsten aber fehlte ihr völlig die Kontrolle über ihren Körper, ein grauenvoller Zustand, dessen Beschreibung einem Nicht-Betroffenen schier unmöglich ist. Einen ganzen Monat war sie in diesem Zustand, wurde künstlich ernährt und mit Medikamenten vollgepumpt. Auch mit Psychopharmaka, die ein inzwischen hinzugezogener Psychiater verschrieb. Die Eltern waren abwechselnd bei ihr. Sie hielten der Belastung kaum stand und machten sich gegenseitig verantwortlich für das Unglück.

»Du hast ihr zu viel erlaubt, sie scherte sich um nichts mehr.«

»Du warst zu streng, deshalb wollte sie nicht mehr nach Hause.«

So waren ihre grundsätzlichen Positionen. Adele war Vaters Liebling, was ihre Schwestern nur noch mehr gegen sie aufbrachte und ihre Mutter zur Verzweiflung brachte, da sie aufmüpfig wurde und die Eltern gegeneinander auszuspielen verstand. Nicht im bösen Sinne, aber eben zu ihrem Vorteil. Bei Vater durfte sie gerne mal später nach Hause kommen, nicht jedoch bei Mutter. Letztere war es, die die Polizei relativ rasch benachrichtigte. Sie war es, die alle Freundinnen anrief, die alle Hebel in Bewegung setzte. Sie war es, die schon sehr rasch darum bat, auch den Park ins Visier zu nehmen, leider zunächst vergeblich. Nun lag Adele geschunden und seelisch tief verwundet in der Klinik.

Nach etwa sechs Wochen begann sie, aus dem Locked-In-Zustand auszubrechen. Innerhalb weniger Tage bewegten sich ihre Finger, Hände, Arme, dann die Beine, die Gesichtsmuskeln und schließlich ihr ganzer Körper. Sie fand langsam wieder zu sich, konnte jedoch immer noch nicht sprechen. Eine polizeiliche Vernehmung wurde von den Ärzten unterbunden, obwohl sie zumindest mit stummen Ja- oder Nein-Antworten hätte reagieren können. So war es weiterhin nicht möglich, die erhofften Informationen zum Täterkreis zu erlangen. Ab dieser Zeit saß oder lag sie schweigend und stumpf in eine Richtung blickend im Bett. Sie wurde von der Intensivstation in ein Krankenzimmer verlegt, um dort noch für längere Zeit stationär behandelt zu werden. Die körperlichen Schäden waren noch wahrzunehmen, die innere Verletzung des Genitalbereiches heilte, sie würde bald körperlich genesen. Zum damaligen Zeitpunkt gab es noch keine DNA Tests, eine Sicherstellung von Sperma unterblieb daher. Am Tatort fand man nichts Verwertbares, nicht einmal Haare, auch nicht an ihrer Kleidung oder an ihrem Körper. Es fand sich ganz einfach nichts und das war erstaunlich. Man ging zu der These über, dass weitere Personen dabei geholfen haben mussten, den Tatort zu säubern. Die Art, wie die Kleider verstreut herumlagen, deutete darauf hin, dass sie von den Tätern einzeln nach Spuren untersucht und dann achtlos weggeworfen wurden. Auch scheint das Opfer nicht im Gebüsch vergewaltigt worden zu sein, sondern wurde wohl erst nach der Tat dorthin gebracht. Die Täter waren möglicherweise der Meinung, Adele wäre tot oder läge im Sterben. Insofern wurde sie hastig versteckt, was am Ende auch einer der Gründe dafür war, dass man sie so spät fand.

Während der ersten Wochen des Klinik-Aufenthalts wurde ein Schwangerschaftstest durchgeführt. Wie das grausame Schicksal es wollte, fiel er positiv aus. Bis zum Ende der Locked-In Phase wurde ihr gegenüber dazu Stillschweigen bewahrt, auch gegenüber ihren Eltern, die man bereits mehr als genug belastet sah. Ein Schwangerschaftsabbruch wäre ohnehin bis zur zwölften Woche möglich gewesen, daher war zunächst keine Eile geboten. Etwa neun Wochen nach der Tat entschied man sich, sie in Kenntnis zu setzen. Noch immer konnte sie nicht reden, aber sie konnte zuhören und entscheiden. Sie gingen zu ihr, sahen in ihr stumpfes, von tiefer Traurigkeit gezeichnetes Gesicht und informierten sie, so schonend es möglich war. Mit geschlossenen Augen ließ sie sich nach hinten in die Kissen fallen und begann bitterlich zu weinen. Eine Abtreibung kam für sie niemals in Frage, das war stets ihre Überzeugung. Die inneren Kämpfe brachten sie zum Erbrechen. Immer wieder musste sie sich übergeben. Obwohl sie inzwischen wieder selbstständig essen konnte, erbrach sie oft alles, was sie zu sich nahm. Bereits während der Zeit der künstlichen Ernährung stark abgemagert, musste man handeln und erhöhte die Dosis der Psychopharmaka massiv, was bald Wirkung zeigte.

Sie war nun bereits in der elften Woche und hatte noch immer keine Entscheidung über den Abbruch getroffen. Jetzt aber war sie aufgrund der hohen Dosis an Medikamenten nicht mehr in der Lage, klare Entscheidungen zu treffen. Woche Zwölf kam und nichts änderte sich. Ihre Eltern bemühten sich um eine Vollmacht, das Gericht lehnte ab. So kam es, dass ein Abbruch nicht mehr möglich war. Sie war dazu verdammt, das Kind auszutragen. Die hohen Dosen an Psychopharmaka machten sie stumpfsinnig, sie war sich Ihrer Lage nicht mehr voll bewusst.

Nach knapp vier Monaten Physiotherapie, logopädischer Übungen und psycho-therapeutischer Betreuung kehrte neben ihrer Beweglichkeit endlich auch ihre Sprache zurück. Zunächst etwas krächzend, verbesserte sie sich jedoch rasch. Zwei Wochen später wurde sie aus der Klinik entlassen. Gleichzeitig wurde ihre Medikation verändert, teilweise reduziert. Insbesondere betraf letzteres die eingesetzten Psychopharmaka. Sie fing wieder an, klarere Gedanken zu fassen, wurde sich ihrer Situation bewusster und sie spürte den Hass auf die Welt und auf das ungewollte Kind in ihr, da es sie für immer an die grausamen Umstände seiner Entstehung erinnern würde. Monate vergingen, ihre Verzweiflung wuchs. Während all der Zeit war es ihr unmöglich, wieder in die Schule zu gehen. Die Ermittler stellten unterdessen den Fall ein, als sich herausstellte, dass Adele nicht in der Lage war, Hinweise zu den Tätern zu liefern, weder zu deren Aussehen, deren Stimmen oder Sprache, noch über die Zahl der Täter oder wenigstens zu besonderen Gerüchen, die sie vielleicht wahrgenommen haben könnte. Die Täter waren schweigend zugange, machten keine Fehler, die sie verraten hätten können. Adele hatte nur einen einzigen Hinweis. Einer der Täter hatte eine sich seltsam anfühlende Glatze. Als Adele versuchte, sich gegen ihre Peiniger zur Wehr zu setzen, versuchte sie diese an den Haaren zu fassen, glitschte aber an jenem mit der Glatze ab, eine Glatze die absolut keine Haare hatte, sie spürte nicht einmal Haarstoppeln, die einem rasierten Haarkranz zuzuordnen gewesen wären. Die Erinnerung an diese Glatze, das Abrutschen beim verzweifelten Versuch, seine Haare zu greifen, um ihn von sich zu ziehen, brannte sich tief in ihr Gehirn ein.

Monate später, nach einer körperlich relativ gut verlaufenen Schwangerschaft, so man in einer solchen Situation davon sprechen darf, kam der Tag der Entbindung. Ihr Vater fuhr sie am 20. Juni 1983 abends in die Klinik, nachdem ihre Fruchtblase platzte. Die Geburt war sehr schmerzhaft und kompliziert, da das Kind nicht so recht ans Tageslicht wollte. Man musste es mit der Zange holen. Und doch kam es zur Welt. Es war ein außergewöhnlich blasser Junge, auffällig schmächtig und dazu verdammt, zu den Schwächeren zu gehören. Als ihr die Hebamme den Jungen reichen wollte, machte sie eine ablehnende Geste und sagte:

»Ich will ihn nicht, niemals, tun sie ihn weg.«

Hebamme und Schwestern sahen sich an, voller Entsetzen und Verständnis zugleich, sie kannten ihre Geschichte und sorgten sich nun um das Wohl des Kindes.

Wochen vergingen, Adele blieb bei ihrer Ablehnung, wollte das Kind nicht sehen und auch nicht zum Stillen anlegen, Ihre Eltern kümmerten sich stattdessen um den Kleinen. Sie unterschreibe alles, damit sie ihn nicht nehmen müsse, sagte sie. Und so kam es nach acht Wochen, Mitte August 1983, dazu, dass er zur Adoption freigegeben wurde. Adele sollte sich allerdings noch auf einen Namen festlegen. Nachdem sie gerade einen alten Monumentalfilm aus dem Jahre 1949 ›Samson und Delilah‹ schaute, sagte sie leidenschaftslos:

»Nennt ihn von mir aus Samson.«

Während all der Zeit verließ sie die beengte Wohnung, in der sie mit ihren Eltern und Geschwistern wohnte, nur zu ärztlichen Untersuchungen. Besuche blieben aus. Ihre älteste Schwester zog aus, als Adele noch in der Klinik war. So hatte sie das bisher gemeinsame Zimmer für sich alleine. Die beiden anderen Schwestern teilten sich ein weiteres Zimmer. In der Familie herrschte seit der Tat eine äußerst gedrückte Stimmung, es kam zu heftigen Streitereien. Gegenseitige Vorwürfe führten ihre Eltern in eine teuflische Spirale von Feindseligkeiten. Alles wurde in Zweifel gezogen, nichts hatte mehr Wert, jegliche Freude verließ die Familie. Wenn doch wenigstens die Täter gefasst worden wären, dann hätte man dem Hass eine Richtung geben können, man hätte ein Ventil öffnen können. So aber entlud sich all das Leid innerhalb der Familie. Dazu kam, dass Nachbarn, Freunde, Lehrer, Mitschüler, Kollegen, Bekannte und Verwandte von der Geschichte erfuhren. Die Reaktionen waren vielschichtig, undurchsichtig, unehrlich, moralistisch, verurteilend, sowohl im Hinblick auf Adeles Verhalten, wie auch auf das Verhalten der Täter. War man bis dato der Meinung, eine Vergewaltigung hätte ein klares Täter-Opfer Muster, so wurde in den vielen Diskussionen doch auch klar, dass gerade Moralisten eine Mitschuld bei Adele sahen. Sie habe zu aufreizend gewirkt, habe mit ihrem Habitus die Männer verrückt gemacht und ihnen den Kopf verdreht, habe also letztendlich selbst dafür gesorgt, dass sie zum Opfer wurde. Und außerdem, wie konnten die Eltern zulassen, dass das Kind spätabends alleine in den Park ging. Welch schlechte Erziehung! Anfangs stellte sich die Familie derartigen Diskussionen in der Annahme, auf Wohlwollen und Hilfe zu stoßen, wurde aber bald eines Besseren belehrt. Als dann Adele ihr Kind gebar und die Meute von dem weiteren

Skandal erfuhr, nämlich der totalen Ablehnung des Kindes durch die Mutter, der Freigabe zur Adoption und der seltsamen Namensgebung, wurde das Gerede schier unerträglich. Es wurden immer neue Gerüchte gestreut. Das Kind sei rechnerisch bereits vor der Tat gezeugt worden, sie habe bereits mehrfach Geschlechtsverkehr gehabt in ihren jungen Jahren. Kein Wunder wohl, so aufreizend, wie sie auftrat. So wurde langsam aber unaufhaltsam ihr Ruf und der Ruf der ganzen Familie in den Schmutz gezogen. Niemand konnte mehr etwas dagegen unternehmen. Sicher, es gab auch echte Freunde, echte wohlgesonnene Menschen. Es gab auch ihre beste Freundin, die allerdings nur einmal kommen durfte. Danach wurde es ihr von ihren Eltern verboten. Jedes Eintreten pro Adele versursachte weitere Diskussionen, die stets eine ungute Richtung nahmen. Die Demütigungen erlangten den Höhepunkt, als Adele eines Tages beschloss, wieder zur Schule zu gehen. Sie musste eine Klasse wiederholen, hatte zu lange ausgesetzt. Ihr Vater fuhr sie mit dem Auto zum Gymnasium Lerchenfeld, ging mit ihr zur Schulverwaltung und brachte sie daraufhin zu ihrem Klassenzimmer. Nach kurzer Rücksprache mit der sehr verständnisvollen Lehrerin verließ er das Schulgebäude mit gemischten Gefühlen. Als Adele ihr Klassenzimmer betrat, wurde es darin schlagartig still. Gerade noch ohrenbetäubender Lärm, wurde es nun geradezu gespenstisch. Niemand sah sie offen an, niemand sprach auch nur ein Wort mit ihr. Schüler begannen, sich so umzusetzen, dass neben ihnen kein Platz mehr frei war. Niemand wollte Adele neben sich haben. Sie musste an allen vorbei ganz nach hinten in die letzte Schulbank, die leer war. Die Lehrerin stellte sie in wenigen Worten vor, was allerdings schon nicht mehr nötig war, denn man hatte sich bereits im Vorfeld gegenseitig mit Gerüchten gefüttert. Natürlich waren es keine guten Geschichten, so wie Gerüchte leider so sind. Schleppend und eintönig verlief der Unterricht, niemand war bei der Sache. Es herrschte Stille, was sich ein Lehrer normalerweise ja wünschte. Nicht aber diese Stille. Sie mobbten damit Adele und die Lehrerin zeitgleich. Letzterer gab man damit zu verstehen, dass Adele hier unerwünscht war. In der Pause zwischen den Unterrichten stand sie alleine herum. Sie versuchte ihre alten Mitschüler anzusprechen. Die nickten allenfalls kurz, aber zeigten keinerlei Interesse, selbst jene Freundinnen nicht, mit denen sie einst im Park spazieren ging. Sie wollten mit der Geschichte nicht mehr in Verbindung gebracht werden, hatten sich zu viele Vorwürfe anhören müssen, zu Hause und auch von Adeles Eltern. Sie hatten keine Lust mehr auf Adeles Gesellschaft. Eine ganze Woche hielt sie es aus, aber jeden Tag war dieselbe Situation, Totenstille und Isolation. Niemand war auf ihrer Seite, niemand hatte den Mut, sich demonstrativ zu ihr zu gesellen. Nach der ersten Woche wurden ihre Eltern zur Schulleitung gebeten. Es wurde ihnen nahegelegt, für das Kind eine andere Schule zu finden, zu ihrem Schutz, aber vor allem zum Schutz des Rufes der Schule. Sicher, man wisse ja, dass Adele keine Schuld treffe, aber man sehe doch andererseits, was die Leute daraus machten und man hoffe, dass die Eltern für die Reaktion der Schule Verständnis hätten. Hochroten Kopfes, der Demütigung nicht mehr gewachsen, weinend, wütend und zugleich voller Scham verließen sie das Schulhaus. Viele Augenpaare folgten ihnen bis sie außer Sicht waren. Ein Hoch auf die Moralapostel! Hurra! Die größten Unheilbringer auf dieser Welt sind, neben religiösen Fanatikern, Moralisten. Sie sind es, die den Ruf von Menschen zerstören können, verurteilen, unterdrücken, dabei aber selbst oft durch ihre willkürlich gesetzten Leitplanken die eigentlich schlechten Menschen sind.

Der Gipfel der Demütigung war für die Familie erreicht. Der einzige verbleibende Ausweg war ein Wechsel des Wohnorts, irgendwohin, wo man neu anfangen konnte, wo sie niemand kannte, wo sie die Schatten der Vergangenheit hinter sich lassen konnten. Anonym neu anfangen und kein Wort mehr über diese Geschichte in der Öffentlichkeit oder gegenüber irgendwem verlieren. Diese Geschichte musste vertuscht werden, um unbehelligt leben zu können. Fieberhaft wurde nach einem geeigneten Ort gesucht, nach einer kleineren Ansiedlung, einem Ort, einer Kleinstadt, möglichst weit im Süden Deutschlands. Und so kam es, dass sie eines Tages all ihr Hab und Gut packten und 1000 km nach Süden zogen, in ein kleines Städtchen mit etwa 6000 Einwohnern nahe München.

KAPITEL 3

HAAGENSTEIN 1983 – 1991

Haagenstein. Warum nun genau dieser Ort ausgesucht wurde, warum genau diese 6000 Seelen Marktgemeinde etwa 50 km östlich von München, war nicht zu erklären. Vielleicht wurde einfach blind mit dem Finger auf eine Landkarte getippt? Zufall? Es war im Vergleich zu einer Weltstadt wie Hamburg nicht viel geboten in Haagenstein. Eine Bundesstraße führt von München nach Passau an Haagenstein vorbei. Zentral auf einer Anhöhe, von weither zu sehen, erblickt man eine imposante Burganlage mit dem hohen Turm als Hauptattraktion, einem einstigen Wohnturm mit vier Ecktürmchen rund um das spitze Dach. Er bildete das südliche Ende des Schlossplatzes, umgeben von einer Burgmauer, einem Zwinger, einem Burgtor und verschiedenen spätmittelalterlichen Stadtgebäuden. Außerhalb des Schlossplatzes am Fuße der Anhöhe schmiegten sich Straßen, Geschäfte und Lokale an, danach die Wohnsiedlungen des äußeren Bebauungsgürtels des friedlichen, verschlafenen und unbekannten Städtchens. Wie geschaffen für einen Neuanfang und dem Wunsch, die dramatische Vergangenheit zu verbergen und zu vergessen. Niemand erfuhr irgendetwas von den vergangenen traumatischen Geschehnissen in dieser Familie. Eine Geschichte, die nunmehr neu erfunden werden konnte.

Sie reisten ohne die älteste Tochter an, diese blieb in Hamburg. Der alte Passat Kombi der Familie mit dem kaputten Auspuff war vollgepackt mit Kleinutensilien und fuhr, dicht gefolgt von einem Umzugstransporter, röhrend in den Gemeindeteil Rostberg ein. Es war der erste Eindruck, den die Familie dort hinterließ. Eine Familie mit kaputtem, altem Auto, also wohl Geringverdiener. Ganz normal gekleidet allerdings, etwas verstört umherblickend, suchten sie offenbar ein bestimmtes Ziel.

Die Anwohner zeigten sich sofort hilfsbereit, beschrieben Ihnen den Weg zu Ihrer neuen Adresse. Eine Wohnung in der oberen Etage eines Zweifamilienhauses. Sie war größer, als jene in Hamburg, neuer und moderner. Die unmittelbare Umgebung wies viel Grün auf, die Straße der Siedlung war wenig befahren, alles wirkte offen und freundlich. Völlig stressfrei, wie es schien. Und das blieb es in der Tat glücklicherweise auch für die kommenden Jahre. Die Familie konnte wieder durchatmen, fand zurück ins normale Leben. Adele litt allerdings weiter an den psychischen Folgen der Vergewaltigung, der Rest der Familie aber verdrängte das Geschehene im Laufe der Zeit, fügte sich nach und nach ins neue Leben ein. Die Mädchen gingen zur Schule, begannen danach Ausbildungen.

Adele veränderte sich stark, wurde tief melancholisch nach innen, bieder und unauffällig nach außen. Sie verbarg ihre Schönheit, trug nur noch unauffällige Kleidung, lang und hochgeschlossen, denn sie wollte nichts mehr mit der Männerwelt zu tun haben, wollte ihre Aufmerksamkeit nicht erregen. Ihre ganze Konzentration galt nun dem Schulabschluss. Das Gymnasium Haagenstein nahm sie ohne Probleme auf, die Mitschüler waren offen und freundlich zu ihr, trotz ihrer verschlossenen Art. Sie konnte das versäumte Schuljahr nachholen und wurde zur besten Schülerin der Klasse. Schon bald war sie sehr gefragt bei den Mitschülerinnen, wenn es um Hilfestellungen beim Lernen ging. Dadurch wurde sie allenthalben beliebt. Ihre Psychopharmaka wurden auf ein Mindestmaß reduziert, so konnte sie sich besser konzentrieren, litt allerdings auch wieder mehr unter den bösen Erinnerungen. Immer wenn diese sie zu sehr zu quälen begannen, zog sie sich zurück, um nicht als depressiv wahrgenommen zu werden. Manche wunderten sich mitunter, wenn sie plötzlich verschwand. Nichtsdestotrotz war sie äußerst beliebt. Sie galt als herzensguter Mensch, voll sozialer Ideen, eine die für Frieden und für soziale Gerechtigkeit eintrat. Mit neunzehn schaffte sie ihr Abitur mit Auszeichnung, als Beste ihres Jahrgangs. Herangewachsen zu einer jungen Frau, nahm sie ihr Zeugnis und die Ehrung demütig und bescheiden entgegen. Lob erhielt sie aber nicht nur für ihre guten Leistungen, sondern auch für ihre enorme Hilfsbereitschaft und die zurückhaltende, bescheidene Haltung, was sie zu einem echten Vorbild machte. Im selben Jahr begann sie ihr Studium der Psychologie. Alle, die sie kannten, fanden es nachvollziehbar, dass gerade sie Psychologin werden wollte, hatte sie doch stets andere nicht nur lerntechnisch unterstützt, sondern auch seelischen Beistand geleistet, Mitschüler und Mitmenschen motiviert und aufgebaut. Niemand, außer ihrer Familie, kannte den fatalen Zusammenhang, der sie zu der Studienwahl bewog. Es war ihr unbedingter Wille, all das zu verstehen, was ihr widerfahren war.

Sie strebte den Master Abschluss an. Die Studienzeit von acht Semestern fürchtete sie nicht, sondern konzentrierte sich auf den Stoff und die Aufgaben. Melancholisch und zurückhaltend arbeitete sie sich Semester für Semester voran, stets mit Bestleistungen. Sie fiel immer wieder durch herausragende soziologische Arbeiten auf, die sie im Laufe des Studiums verfasste. Besonderes Lob und Aufmerksamkeit erlangte sie, als sie sich des Themas Sexismus annahm und dabei den Schwerpunkt auf gewaltsame Übergriffigkeit setze. Die Arbeit ging so detailreich auf Einzelaspekte ein, dass man fast annehmen hätte können, dass sie ähnliches selbst erlebt hatte. Niemand allerdings äußerte solch einen Verdacht offen.

Ihr Auftreten wirkte zunehmend geheimnisvoll. Und gerade das machte sie trotz Ihres nach wie vor betont auf Unauffälligkeit getrimmten Äußeren zu einer unglaublich begehrenswerten Frau, noch beeindruckender, als zu jener Zeit, als sie sich noch aufreizend gab und kleidete. Sie wurde als die attraktivste Frau an der Universität in München bezeichnet, unnahbar zwar, aber unglaublich beeindruckend. Kein Mann konnte auch nur ansatzweise bei ihr landen. Das Desinteresse an Männern zog die Vermutung nach sich, sie könnte lesbisch sein, jedoch konnte das keine einzige Frau bestätigen, die mit ihr zu tun hatte.
»Irgendetwas ist mit dieser Frau«, rätselte man, kam jedoch nicht dahinter. Stattdessen wurde sie noch beliebter, als sie anfing, ihr erlerntes Wissen nach und nach schon während des Studiums zum Nutzen von Freunden, Bekannten und Studenten einzusetzen. Sie half damit einigen Menschen aus ihrer Not.
Adele schloss das Studium mit Bravour ab. Sie war inzwischen Ende Dreiundzwanzig. Es war das Jahr, in dem sich ihr Leben erneut grundlegend verändern sollte.

Nach ihrem Studium fand sie rasch einen Job im nahe gelegenen Krankenhaus Milbersee. Ihr guter Ruf eilte ihr voraus und sie hatte keine Probleme, eine Anstellung als Psychologin zu bekommen. Auch andere Kliniken, Uni Kliniken oder Reha Zentren hätten sie gerne eingestellt, buhlten regelrecht um sie. Keine Chance, denn sie wollte in Haagenstein weiterleben. Hier fand sie in den letzten Jahren wieder in ein erträgliches Leben zurück. Menschen, die sie mochten, nicht bedrängten, ihr keine Angst machten. Sie wohnte zunächst weiter bei ihren Eltern, ihre Schwestern zogen aus und bauten sich ein neues Leben auf. Sie ließen alles hinter sich und meldeten sich kaum noch, sie wollten alles Unglück vergessen. Beide hatten ihre Ausbildungen hinter sich gebracht und arbeiteten in ihren Berufen. Noch immer beäugten sie Adele kritisch, als Papas Liebling, als die klügste und schönste Tochter und als diejenige, die durch den unsäglichen Vorfall ihr Leben verdorben hatte. Sie mieden, obwohl sie ihre Schwester war, den Kontakt zu ihr.

Anfang 1991 fand Adele ein hübsches kleines Appartement ganz in der Nähe ihrer Eltern im selben Ortsteil. Sie wollte dort weiterleben, wo ihr das Leben wiedergegeben wurde. Wenn sie aus Ihrer neuen Wohnung auf die Straße sah, wirkte es so, als blickte sie aus der elterlichen Wohnung und ihr Appartement fand sie ebenso ansprechend und modern. Eingerichtet mit ihren Möbeln aus dem Elternhaus, hatte sie ein außerordentlich gutes Gefühl in ihrer neuen Lebenswelt.

In diesen Tagen fing sie an, viel in Haagenstein herumzuspazieren, nur um zu träumen und ihren Gedanken nachzuhängen. Ihre alten Träume von einer besseren Welt, von der sie inzwischen wusste, dass es sie niemals geben würde. Der Mensch erwies sich als ungeeignet, eine gerechte, soziale, sichere und friedliche Welt zu schaffen, soviel stand mittlerweile leider unwiderruflich fest. Wenngleich er es könnte, hat er doch seine Gabe der Vernunft und des bewussten Denkens zu wenig zu aller Nutzen eingesetzt. Die Menschheit im Ganzen könnte es sich so schön machen auf dieser Welt. Doch die Urtriebe des Menschen machen ihm einen Strich durch die Rechnung. Er lässt sich immer noch leiten von Neid, Eifersucht, Gier, Hass, Machtstreben. Und somit kann nach wie vor nur jeder einzelne für sich versuchen, seine kleine Welt zu schaffen, irgendeine, in der man sich wohl fühlt, wohl wissend, dass sie einem stets streitig gemacht werden könnte.

Eines Tages kam etwas Überraschendes und Unerwartetes in ihr Leben. Nie hätte sie es für möglich gehalten in Ihrem doch so zerrütteten Dasein. Ein gebildeter, gepflegter Mann, mittelgroß, mittelblond, intelligentes Gesicht mit Backenbart und Hornbrille. Er war Lehrer am Gymnasium. Sein wesentlich höheres Alter hatte keine Bedeutung, wie auch sein körperliches Volumen nicht. Sie hatte ihn mehrfach am Schlossplatz spazieren sehen, alleine, da er offensichtlich unverheiratet war. Seine intelligenten Augen, sein freundliches Lächeln, sein Auftreten gegenüber anderen Menschen, beeindruckten sie. Eines Tages nahm sie sich ein Herz und sprach ihn an, als er sich auf eine der Holzbänke am Schlossplatz niederließ. Sie kannte seinen Namen bereits, Markus Siebel.

»Herr Siebel, ich habe letzte Woche mit großem Interesse Ihren Artikel über die Geschichte Haagensteins in der Zeitung gelesen und wollte gerne mal mit ihnen darüber sprechen. Ich hoffe sie haben ein wenig Zeit?«, sprach sie ihn an.

»Adele, tatsächlich, wie schön, du hast es gelesen? Bislang habe ich zu dem Artikel noch keinerlei Feedback bekommen, hatte schon gedacht, dass sich niemand dafür interessieren würde«, sagte er verlegen und lächelte.

Er wusste, wer Adele war, hatte viel Gutes von ihr gehört und lief ihr immer mal wieder über den Weg, hatte sie aber nie angesprochen. Er wusste, dass sie hochintelligent und vielseitig interessiert war. Sie setzte sich zu ihm und sie begannen, sich zu unterhalten, wie zwei die sich schon ewig kannten. Die Stunden verrannen, ohne dass sie es merkten. Da passierte etwas in ihr, was sie verwirrte.

Am Ende der Unterhaltung herrschte kurz Stille, eine verdutzte Stille, als beiden bewusst wurde, dass zwei Stunden Unterhaltung aus dem Nichts durchaus eine gewisse Bedeutung haben, welche auch immer. Bedeutung, ja, jedoch war es noch zu früh, sich dazu irgendwie zu äußern. Sie bedankten sich gegenseitig für das sehr angeregte und interessante Gespräch und verabschiedeten sich, ohne sich neu zu verabreden. Grübelnd gingen sie nach Hause. Gerade waren sie auf jemanden getroffen, der offenbar dieselben Vorlieben hatte, sich für dieselben Themen interessierte, unaufdringlich, freundlich und eloquent war. Ein Mensch mit Gefühl und Anstand, mit umfassendem Wissen und Verstand.

In den kommenden Tagen dachte Adele während der ganzen Zeit, zu Hause, in der Arbeit, immer und überall, an die lange und wunderbare Unterhaltung mit Markus Siebel. Es zippte im Bauch, pochte im Herz, es nahm ihre ganze Aufmerksamkeit in Anspruch. Immer wieder erwischte sie sich dabei, wie sie verträumt ins Leere blickte und jene wunderbaren Gefühle spürte, die an diesem Abend zum Leben erweckt wurden. Gefühle, die sie über all die Jahre nicht erleben durfte. Ihre Kollegen nahmen die Veränderung an ihr wahr und machten sich zunächst Sorgen, denn sie konnten sich keinen Reim darauf machen. War doch Adele als völlig immun gegen irgendeine Art von Liebe bekannt. Und dennoch, sie zeigte genau jene Anzeichen, mit ihren glänzenden Augen, der Beschwingtheit, der mitunter verträumten Abwesenheit.

»Fehlt dir was, Adele, du wirkst so verändert?«, erkundigten sie sich.

»Nein, nichts, was soll sein, ich bin zurzeit einfach nur gut gelaunt. Ich freue mich, hier zu arbeiten und euch als Kollegen zu haben. Das ist alles. Nichts weiter.«

Dabei beließen es die Kollegen, sie waren froh, sie so zu sehen. Abends nach der Arbeit nahm sie nicht wie üblich ihr Abendessen zu sich und besuchte auch nicht ihre Eltern. Stattdessen zog es sie wie zufällig zum Schlossplatz, in der Hoffnung, ihn dort zu treffen. Sie ging den Weg voll Erwartung, wunderbare Gefühle durchzogen Körper und Seele, sie kreisten umher, wie in einem Karussell und warfen alles durcheinander. Sie reichten von Angst, dass er sie nicht mögen könnte, bis hin zum höchsten Liebesglück, von Zweifel bis dahin, dass sie es nicht mehr erwarten konnte, ihn wieder zu sehen.

Sie musste eine ganze Woche Geduld aufbringen, eine lange Woche lief sie vergeblich den Weg über den Schlossplatz und war jedes Mal mehr als enttäuscht. Erst am nächsten Sonntag ging ihr Wunsch endlich in Erfüllung. Sie sah ihn wieder auf einer der Bänke sitzen. Er schien sie bereits bemerkt zu haben. Freundlich sah er ihr entgegen.

»Hallo Adele, na so ein Zufall. Ich wollte gerade gehen und da kommst du des Wegs. Wie schön dich zu sehen! Wie geht's dir?«

»Hallo, Herr Siebel. Ja, was für ein Zufall. Wollte auch gerade nach Hause gehen. Bin nur rein zufällig hier durch. Mir geht's soweit gut. Hab die letzten Tage etwas nachgedacht über die Themen, über die wir uns letzten Sonntag unterhielten. Ich hätte gerade ein paar Minuten und würde sie gerne noch was dazu fragen. Geht das?«

»Ja, sehr gerne, Adele. Schieß los.«

Adele wollte wissen, inwiefern er meinte, dass ein friedliches Zusammenleben von Menschen möglich wäre und wie das aus seiner Sicht aussehen könnte.

»Meine Liebe, es ist aus meiner Sicht völlig aussichtslos. Der Mensch ist nichts anderes, als ein Tier, das fatalerweise zusätzlich zu den Urinstinkten geistige, kognitive und motorische Fähigkeiten evolutionär erworben hat, die es ihm ermöglichen, Dinge zu schaffen, zu planen und zu kommunizieren. Im Grunde aber bleibt er eine Tierart und war zunächst ein allesfressender Jäger und Sammler, erst in der späteren Entwicklung wurde er zum Bauern. Die grundlegenden Eigenschaften aus der Zeit des reinen Kampfes um Leben, Vermehrung und Nahrung sind im Menschen erhalten geblieben. Die Freud'sche Triebtheorie, mein Kind, kennst du ja. Die Primärtriebe, wie das Stillen des Bedürfnisses nach Sauerstoff, Wasser, Nahrung, Ruhe und Sexualität erklären bereits vielfache grausame Taten der Menschen, denn es sind die Überlebenstriebe, die Selbst- und Arterhaltungstriebe, also jene Triebe, die dafür sorgen, dass eine Lebensform sich behaupten kann. Ohne diese Triebe würde es nach den ursprünglichen Möglichkeiten des Lebens in der Natur eine Lebensform schon sehr bald nicht mehr geben. Ohne Streben nach Sauerstoff und Wasser und Nahrung kein Überleben, ohne Sexualtrieb keine Arterhaltung, ohne Ruhe keine Regeneration und damit der Exodus. Beim Menschen kommen aber dazu noch in sehr ausgeprägter Form die Sekundärtriebe zum Tragen, also zum Beispiel das Bedürfnis nach Anerkennung und Sicherheit. Gerade diese beiden Triebe sind es, die zu unendlichen Konflikten führen. Im Zweifel wird jeder Mensch zunächst erreichen wollen, alle Triebe bei sich zu stillen, um zuallererst sich selbst und dann seine Art zu erhalten. Gerade in der Arterhaltung steckt Zunder, da der Mensch sich selbst auch noch in verschiedene Arten unterteilt und diese wiederum weiter in diverse Unterarten, von denen die einen sich über andere erheben. Die Evolution hat sich nicht darum gekümmert, dem Menschen in dem Maße, in dem er seine neuen Fähigkeiten erworben hatte, zugleich die niederen Triebe des Tieres zu nehmen, als er sie nicht mehr brauchte. Ein friedliches Zusammenleben würde also bedeuten, dass man einen neuen Menschen mit einem an die moderne Zeit angepassten Satz an Genen bastelt, oder aber, wenn das nicht möglich ist – und es wird nicht möglich sein –, dass man all jene entfernen müsste, die man als schlechte Menschen betrachtet, denn dann wäre die Menschheit gut, oder? Nur ist es nun so: Wer bestimmt denn, wer ein schlechter Mensch ist? Kann es jemanden geben, der selbst Mensch und damit unvollkommen ist, der aber dennoch ein stets ultimativ richtiges Urteil abgeben kann? So wie man Elektronen nicht mit einem Elektronenmikroskop sichtbar machen kann, man einen Wald vor lauter Bäumen nicht erkennen kann, so kann der Mensch auch nur stets Teile der Wahrheit, aber nie die gesamte Wahrheit erkennen. Aus diesen Teilen, manchmal winzige Fingerzeige muss er die richtigen Erkenntnisse und Maßnahmen ableiten. Diese Maßnahmen sind dann noch dazu abhängig vom umgebenden Wertesystem. Ist ein Mensch schlecht, der stiehlt?«

»Kommt drauf an«, meinte Adele.

»Ja, es kommt drauf an, denn Mundraub zum Beispiel ist in unserem Wertesystem erlaubt, wenn es dem reinen Überleben dient, im islamischen Wertesystem würde man wohl bestraft, bis hin zum Hand abhacken. Wo aber genau endet Mundraub und beginnt Bereicherung? Des Weiteren müsste man sich die Robin Hoods dieser Welt ansehen. Ist es gut oder schlecht, reichen Leuten Geld zu stehlen, um es den Armen zu geben? Aus Sicht der Armen vielleicht gut, aber selbst da gibt es viele, die sagen, dass Stehlen grundsätzlich falsch sei und die somit auf solches Geld gar verzichten würden. Aus Sicht der Reichen wiederum ist es ganz einfach Räuberei, die hart bestraft werden muss. Soll man diese Räuber nun töten, um eine bessere Welt zu schaffen, oder müsste man die Reichen töten, weil sie sich ihrerseits bereits im Vorfeld maßlos bedient haben, auch, indem sie sich die Gesetze so hinbogen, dass deren Maßlosigkeit eben keine gesetzlich zu ahndende Tat ist? Und wen interessiert da schon Moral. Moral ist für Habenichtse bestimmt, oder? Auch das stimmt natürlich so nicht, klar. «

Adele sah ihr Gegenüber begeistert an und meinte:

»Wenn der Mensch nun so ist, dass er über diese Urtriebe nicht hinwegkommt, und da bin ich ja ganz bei ihnen, gibt es denn dann keine alternativen Möglichkeiten, aus ihrer Sicht, um das Zusammenleben der Menschen zu verbessern? Ich meine, der Mensch hat doch Verstand, er kann doch entscheiden, er könnte sich doch auch für das jeweils Gute entscheiden, oder? Warum nutzt der Mensch nicht seinen Verstand, um Dinge zum Guten zu verändern?«

Markus Siebel sah auf die Uhr und dachte bei sich, dass es wohl doch eine längere Diskussion werden könnte, was ihn aber keinesfalls störte, er hatte nichts wirklich Wichtiges vor.

»Mein Kind, was ist Gut und was ist Schlecht am Sexualtrieb? Wie ich weiß, beschäftigte sich eine ihrer Arbeiten damit. Man kann deutlich erkennen, dass der Zweck der Fortpflanzung in der Evolution nicht auf Moral oder irgendein späthumanes Wertesystem ausgerichtet ist. Nur die Verteilung von Samen auf möglichst viele befruchtungsfähige Eier ist wichtig. Wie das zustande kommt, ist der Natur erstmal völlig egal, alles ist gut, was diesem Zweck dient. Demnach wäre auch jede gewaltsame Befruchtung evolutionstechnisch gesehen gut. Nun haben wir aber unser Wertesystem, unseren Begriff der Würde, der körperlichen Selbstbestimmtheit und so weiter. Der Zeiger aber schlug dann so richtig in die andere Richtung aus, als auch noch Moral und Kleinkariertheit dazukam. Und so wurde Sexualität plötzlich zu einem Problem in der Menschheit. Dann gibt es da noch das Recht des Stärkeren auch bei der Arterhaltung, was heißt, dass ein Samenverteiler nur seinen eigenen Samen verteilt haben will und den anderen wenn möglich zuvorkommen oder sie daran hindern will. Denn er ist sich selbst die beste Art, die es zu erhalten gilt. Und so schalten sich die Samenverteiler gegenseitig aus, damit sie dieses Ziel erreichen. Wenn du nun nach richtig oder falsch fragst, nach gut oder böse, dann sind stets eine ganze Reihe von Dingen zu beachten, um am Ende ein klares Urteil bilden zu können. Daher benötigen wir Menschen komplexe Organisationen zur Klärung solcher Fragen und es dauert dann mitunter oft viele Jahre lang, um die Frage von Richtig oder Falsch, Schuld oder Unschuld im Einzelfall zu klären. Wäre es einfach, bräuchten wir nur etwa fünf der zehn Gebote, in Wahrheit haben wir aber tonnenweise Bücher mit Gesetzen, und die müssen auch noch ständig an neue Entwicklungen angepasst werden. Und selbst diese Tonnen an Gesetzen sind so lückenhaft, dass man nur per Auslegung und Rechtswissenschaften Klarheit bekommt, wie ein Gesetz jeweils auf den Einzelfall anzuwenden ist. Jedes Land hat seine eigenen Tonnen an Gesetzesbüchern, die sich mitunter grundlegend unterscheiden, je nach Wertesystem. Darüber hinaus gibt es Menschenrechte, die mal gelten, mal nicht. Wo sie nicht gelten, ist die Nichteinhaltung derer nicht unbedingt ein Verbrechen, so düster das klingen mag.«

Nach diesen Ausführungen schwiegen beide. Gerade das von Markus Siebel gewählte Beispiel aus dem Sexualbereich war für sie schwer zu ertragen, es war der Kern der Probleme all ihres persönlichen Seins. Seine Ausführungen waren absolut richtig. Je nach Wertesystem findet sich ein Vergewaltiger und sein Opfer in einem jeweils anderen Licht. Selbst in unserem Wertesystem kann es passieren, dass dem Opfer eine moralische Teilschuld zugeschoben wird. Markus Siebel wusste nichts von diesem Teil aus Adeles Vergangenheit, so wie auch sonst niemand. Ein streng gehütetes Geheimnis der Familie. Auch ihre Schwangerschaft und die Freigabe ihres Kindes zur Adoption wurde nie erwähnt. Adele stellte fest, dass sie seit Jahren keinen einzigen Gedanken mehr an Samson verlor. Sie hatte das Kind nie berührt, nie eine Bindung aufgebaut, er war all die Jahre einfach nicht existent gewesen. Jetzt dachte sie an ihn, nach wenigen Minuten verlor sich der Gedanke aber bereits wieder.

»Herr Siebel, ich danke ihnen sehr, sie begeistern mich mit ihren Ausführungen und ich muss sagen, ich rede gerne mit ihnen, wir könnten uns sicher in der ein oder anderen Sache ergänzen, was meinen sie?«

»Ja, Adele, das würde ich auch sehr gerne. Ich merke, dass wir uns auf Diskussionsebene außerordentlich gut zusammenfinden«, sagte er und dachte, ›welch hübsche Frau.‹

Adele fing seit einiger Zeit an, sich wieder freundlicher und gefälliger zu kleiden, fand Gefallen daran, ihre Haare zu machen und sich ein klein wenig zu schminken. Natürlich achtete sie weiter darauf, nicht zu sehr aufzufallen, nicht aufreizend zu wirken. Doch Adele konnte nicht ›nicht auffallen‹ und sie konnte nicht ›nicht aufreizend‹ wirken. Sie war eine Naturschönheit. Markus Siebel bemerkte das, wusste aber auch, dass Adele aus irgendwelchen Gründen nie zusammen mit Männern gesehen wurde, insofern war für ihn klar, dass es sich hier wirklich nur um eine Diskussionsrunde handeln konnte, eine tiefgehende wohl, aber nicht mehr. Adele schlug vor, nach Hause zu gehen und die Diskussion ein andermal weiterzuführen. Markus Siebel stimmte dem gerne zu und so hatte Adele auch gleich die Grundlage für weitere Treffen geschaffen. Sie liebte seine Darstellungen, die Art und Weise, wie er mit ihr redete, seine Stimme, seine zurückhaltende Art. Sie fühlte sich nicht nur sicher mit ihm, nein sie fühlte sich richtiggehend wohl. Unglaublich wohl! Er schien ein Mensch zu sein, der über jedes körperliche Verlangen erhaben wirkte und innige Verbundenheit im Vordergrund einer Beziehung sah. Sie war sich da inzwischen ganz sicher.

Zwei Monate lang trafen sie sich von nun an regelmäßig, auch unter der Woche. Es wurde von Mal zu Mal intensiver, näher, tiefer, länger. Nach diesen zwei Monaten sprach Markus Siebel einen für ihn wichtigen Umstand an. Seine Kollegen redeten ungut darüber, dass er sich in seinem Alter so oft und offen mit einer derart jungen Frau traf. Die Schulleitung hatte ihn zu sich gerufen und um mehr Diskretion im Sinne der Schule gebeten. Nun hätte man annehmen können, dass er Adele bitten würde, sich bei ihm zu Hause zu treffen, oder bei ihr, oder zumindest irgendwo anders, als auf dem Schlossplatz, wo sie jeder sehen konnte. Stattdessen aber schlug er vor, sich in Zukunft nur noch telefonisch auszutauschen.

›Natürlich‹, so dachte Adele, ›das ist ein feiner Zug.‹

War ihr doch vor allem an der inneren Seelenverbindung gelegen, nicht am Körperlichen, aber so ganz nur aus der Ferne, ohne Sicht- und Blickkontakt könnte das schon schwer werden. Doch klar, sie sah ein, dass er in seinem Job aufpassen musste und auch sie wollte ganz sicher kein Gerede.

›Also‹, dachte sie weiter, ›telefonieren wir eben, solange, bis wir eine bessere Lösung für uns finden.‹

Sie rief ihn gleich am nächsten Abend an, sofort war er am Telefon. Sie telefonierten stundenlang, oft bis zum Morgengrauen. Die Unterhaltungen gingen über politische Themen, über Soziales, über die Menschheit, Krieg und Frieden, über Umwelt und über sich und ihrer beider Leben. Ihre Zuneigung zueinander allerdings besprachen sie nie. Adele setzte diese voraus, sie war sich sicher, dass Markus Siebel – sie siezte ihn immer noch – genauso verliebt in sie war, wie sie in ihn. Sie war so tief und innig in ihn verliebt, dass sie glaubte zu bersten, wenn sie seine unglaublich zärtliche Stimme hörte, seinen Ausführungen folgte, seine soziale Ader spüren konnte. Sie litt unter unheimlichen Schmerzen der

Sehnsucht, wenn sie den Telefonhörer auflegen musste und ihre Zweisamkeit damit vorübergehend beendet war.

Nach Monaten des Telefonierens wurde ihr Verlangen nach ihm so stark, dass sie es nicht mehr aushielt. Sie wollte ihn wieder sehen, egal wo, egal wie. Sollte sie zu ihm nach Hause? Sie hatte sein Zuhause bislang nie gesehen, hatte keine Ahnung, wo und wie er genau wohnte. Sie war zwar auch in den Monaten des reinen Telefonierens immer wieder am Schlosspark gewesen, aber dort war er nicht mehr anzutreffen. Das war zunächst nicht von Belang, da sie doch regelmäßig telefonierten. Jedes Mal versprach er ihr, nach einer besseren Lösung zu suchen, als nur zu telefonieren, doch es kam nichts. So ging sie eines Sonntags wieder einmal in den Schlosspark und hoffte, wie jedes Mal, ihn dort wie einst auf einer Bank vorzufinden. Doch wieder war er nicht da. Sie setzte sich auf eine der Bänke und wartete mehrere Stunden. Aber er kam nicht. Zutiefst enttäuscht ging sie wieder nach Hause, voll Sehnsucht. Als sie nach Hause kam, rief sie ihn an. Sofort hob er ab und sagte erfreut, als er sie erkannte:

»Hallo, mein Kind, ich freue mich, deine Stimme zu hören.«

»Herr Siebel, ja, ich freue mich auch soo sehr, ich kann ihnen nicht sagen wie sehr. Aber wissen Sie, um ehrlich zu sein, ich würde Sie gerne mal wieder sehen. Können wir uns nicht doch einmal irgendwo treffen und uns unterhalten? Ist doch viel besser, als nur zu telefonieren, oder?«

»Oh mein Gott, Adele, aber natürlich, du hast recht. Was hältst du von der Bar in der Färbergasse? Heute noch? 20:00?«

Adele kannte die Bar vom Hören, solcherlei Lokalitäten mied sie allerdings.

»Ich weiß nicht recht. Können wir nicht heute nochmal telefonieren und uns morgen Abend in der Pizzeria zum Essen verabreden, ganz ungezwungen?«

»Eher nicht, Adele, du weißt ja, das Gerede ...«

»Ja, stimmt, aber ...«

» Adele, dann treffen uns morgen Abend in Wartburg zum Eis essen. Was hältst du davon?«

»Im Gondola?«

»Ja, Gondola, das ist die beste Eisdiele dort. Wir können das Eis zum Flussufer mitnehmen, und es uns auf einer Bank gemütlich machen. Was meinst du dazu?«

Adeles Schmetterlinge im Bauch begannen wieder zu fliegen, sie kippte fast vom Stuhl, konnte sich gerade noch fangen. Ihr Herz pochte. Endlich würde sie ihn wieder sehen. Endlich wieder in seine Augen schauen, und ihm nah sein und dabei mit ihm über so Vieles quatschen.

»Danke! Vielen Dank! Ja, das ist das, was ich will«, hauchte sie.

Und so kam es, dass Adele und Markus Siebel sich wieder trafen. Sie fuhren natürlich nicht zusammen. Adele arbeitete ohnehin ganz in der Nähe Wartburgs, einem sanft in eine Fluss-Schleife eingebetteten Städtchen mit einer mittelalterlichen Burg, zwei großen Kirchen und wunderschönen Gässchen. Sie war einen Besuch wert. Italienische Baumeister drückten dieser Stadt ihren Stempel auf, mit ihren prächtigen Häusern und Plätzen, die einem das Verweilen und ein wenig dolce Vita näherbrachten. Hier lebte es sich angenehm inmitten all der netten Geschäftchen und Lokale mit Angeboten aus aller Herren Länder. Adele war etwas früher da und vertrieb sie sich noch die Zeit bis zum Wiedersehen, indem sie durch die Gassen schlenderte. Sie träumte, wie so oft, vor sich hin, von einer besseren Welt, einer Welt ohne Gewalt und Niedertracht, ohne seelische Grausamkeiten, ohne Durst und Hunger, von einem friedlichen Planeten für alle Menschen, ohne Despoten. Was war das nur für eine Welt? Alles, was getan werden müsste, um diese Ziele zu erreichen, könnte der Mensch tun, wenn er nur wollte, wenn er nur seine Triebe unter Kontrolle hätte. Der Mensch. Wer ist ›der Mensch‹? Es gibt ihn nicht ›den Menschen‹. Jeder ist anders, sieht nicht nur anders aus, sondern denkt auch anders, entscheidet anders, zieht andere Schlussfolgerungen, neigt in ganz eigener Art und Weise zu Emotionen, hat eigene Erkenntnisse, eigene Vorlieben, individuelle Eigenheiten. Es ist schier unmöglich, Menschen in Gleichlauf zu bringen. Zehn Menschen, eine Frage, zehn verschiedene Antworten. Vielleicht auch mehr, denn sehr viele Menschen möchten sich nicht festlegen oder können sich nicht entscheiden. Was auch immer man versucht zu regeln, es gibt niemals eine absolut sichere und eindeutige Meinung dazu. Mal sind es nur unbedeutende Differenzen, mal Unüberwindbare. Und wenn mehrere Personen eine Sache betrachten, sehen sie ganz individuell Unterschiedliches vor sich. Die Beurteilung eines Menschen durch andere Menschen ist eine ebenso schwierige denn individuelle Angelegenheit. Bei der Beurteilung von Markus Siebel aber, so dachte Adele, sollte es keinen Zweifel geben, es konnte nur ein eindeutiges Ergebnis geben. Er war der beste aller Menschen auf dieser Erde und er liebte sie. Er musste sie lieben, das konnte gar nicht anders sein. Heute würde sie einen Schritt weiter gehen, heute würde sie ihn zum ersten Mal innig umarmen. Hm, seltsam, bisher gab es nicht einmal eine freundschaftliche Berührung. Aber klar, weil Markus Siebel eben so ein feiner Mensch war, mit sehr feinem Gespür für Adeles Seele. Sie war ihm dafür so dankbar. Nur war es so, dass Adele nun doch langsam so ein bisschen mehr Anschmiegen bräuchte. Nicht viel. Nur ein bisschen wenigstens.

Bei diesem Gedanken zitterte ihr Körper leicht, Sehnsucht und körperliches Verlangen kamen über sie. Sie merkte, wie sie plötzlich erstarrte und schaute sich unsicher um, ob sie jemand beobachtete. Was war los mit ihr? Sie spürte etwas, das ihr seit jenem Verbrechen völlig fremd war, etwas, das vollkommen verloren gegangen war, vergraben unter Gewalt und Niedertracht, verborgen hinter Angst, Scham und Ekel. Sie spürte Verlangen nach ein wenig Berührung und Wärme, mehr wagte sie nicht, sich vorzustellen, wollte sich nicht zu weit wagen, aus Angst, die Bilder der Vergangenheit heraufzubeschwören. Etwas Berührung und Zärtlichkeit alleine würden ihr völlig ausreichen, alles weitere war zweitrangig und zum Glück, da war sie sich sicher, auch für Markus Siebel, dem besten Mann, den man sich nur wünschen konnte. Männlich einerseits, aber mit fast schon weiblicher Sensibilität andererseits. Wie könnte es schöner sein. Adele erwachte aus der Starre, fühlte in sich hinein, fühlte diese unglaublichen Gefühle, die wie ein Sturm durch ihren Körper fegten und ihn zum Beben brachten. Endlich war sie wieder unter den Lebenden, endlich, und nun würde Markus Siebel ihre Liebe spüren. Sie würden sich umarmen und küssen und …

Wieder am Parkplatz angekommen, sah sie, wie er gerade einparkte. Sie wartete, bis er ausstieg und das Fahrzeug absperrte. Dann ging sie mit schnellen Schritten, nein, eigentlich lief, nein flog sie ihm entgegen. Sie war voller Glückseligkeit und Erwartungen. Glückshormone durchströmten ihren ganzen Körper. Leidenschaftlich fiel sie ihm um den Hals. Zum ersten Mal. Doch er erwiderte die Umarmung nicht, schob sie stattdessen sanft von sich weg und blickte ihr bedeutungsschwer in die Augen. Adele stutzte, immer noch von ihren Gefühlen überwältigt, die nicht zum Zuge kommen konnten, sich in ihr stauten und begannen, wie im Sturm umher zu wirbeln. Hatte er sie etwa gerade abgewiesen? Was war nur los mit ihm, ihrer großen Liebe, wie sie größer niemals hätte sein können? Fragen türmten sich auf. Ja, was war nur los?

»Herr Siebel, bitte entschuldigen Sie, ich war wohl zu ungestüm. Ich freue mich einfach so sehr, sie wiederzusehen, da dachte ich …«

Er schaute sie traurig an.

»Adele, Adele, meine liebe Adele. Ich finde nicht die richtigen Worte, nicht hier auf dem Parkplatz. Lass uns bitte direkt zum Wasser gehen und uns dort erstmal hinsetzen. Ich bin dir eine Erklärung schuldig.«

Irritiert hakte sie sich bei ihm unter und begleitete ihn schweigend. Markus Siebel kämpfte mit den Tränen, er kämpfte um Worte, sah sie an, sah wieder weg, blickte ins Wasser, vergrub das Gesicht in seinen Händen, während Adele ein ungutes Gefühl beschlich. Was stimmte hier nicht?

»Herr Siebel, was ist los, was ist mit Ihnen? Sagen sie es mir, ich würde gerne für sie da sein, ihnen beistehen. Wollen sie …«

»Stopp, Adele, bitte sprich nicht weiter, denn es ist anders, anders als du denkst, ganz anders und es tut mir so leid, ich hätte es ahnen können, ich schäme mich. Adele, mein Kind, …ich …ich bin homosexuell.«

Schweigen, dann: »Wie, was? Herr Siebel, wir haben uns doch über so lange Zeit so unglaublich innig unterhalten, so wie es nur Seelenverwandte tun. Wie kann es denn sein, dass ich davon nichts merkte? Warum sagen sie es mir erst jetzt?«

»Mein Kind, es war mir einfach nicht klar, dass du es nicht wusstest, denn alle in Haagenstein wissen es, oder zumindest die meisten. Mir eilt mein Ruf voraus und ganz ehrlich, hast du dich nicht zum Beispiel gefragt, warum ich nicht verheiratet bin, dies auch nie war? Warum ich nie von einer Partnerin oder Freundin erzählte? Hast du dich nie gefragt, warum ich dich nicht meinerseits zu mehr drängte. Hattest du gedacht, dass hier einfach ein Mann sitzt oder telefoniert, der nicht mehr will, als einfach nur zu reden, ein Mann, der dich nie bedrängen würde, weil er ach so ritterlich ist? Was ist los mit dir, Adele? Ich war der festen Meinung, du wolltest gar nicht mehr, hast doch auch diesen Ruf. Daher sah ich kein Problem, unsere langen freundschaftlichen und innigen Gespräche zu führen. Ich sah es als Freundschaft, als sehr innige Freundschaft. Ich hatte mir immer so eine innige Freundschaft gewünscht. Eine rein platonische, aber tiefe und innige Freundschaft, Adele, nicht mehr. Ich kann dir nicht mehr bieten, als das. Ich bin für das, was du dir offenbar vorstellst, nicht geeignet. Ich bin nicht der Richtige für dich.«

Adele schoss das Blut aus dem Gesicht, ihre Augen wurden rot, Tränen rannen über ihre Wangen, der Magen verkrampfte sich. Verlangen und Wohlgefuhl, die sie gerade noch so stark spürte, wichen aus Ihrem Körper. Die Beine zuckten, wollten davonlaufen, es fehlte ihnen die Kraft, so zuckten sie einfach nur. Ihr Körper sackte in sich zusammen, wurde klein. Ein Häufchen Elend, weinend. Ihr wurde bitterlich bewusst, ihn weiter zu bedrängen, wäre sinnlos. Ihre Pole waren es, die nicht zueinander passten.

Erschüttert fragte sie ihn, was sie nun tun solle, sie sei ratlos und verzweifelt.

»Adele, meine Liebe, es tut mir so leid, aber ich kann dir nicht sagen, was du tun sollst, denn ich erlebte so etwas zum ersten Mal. Ich kenne mich damit nicht wirklich aus. Ich denke, du als Psychologin hast doch sicher bessere Kenntnisse. Ich jedenfalls sehe für uns beide nur einen Weg, wir dürfen uns ab sofort nicht mehr sehen ...«

»Neeeiiiiiiin! Bitte nicht, bitte, biiiittte!!«, schrie sie, »ich brauche Sie, ich lie ... äh ich .... Weiß nicht, wie ich das nun nennen soll«, sagte sie etwas sanfter.

»Adele, lass es uns bitte kurz machen. Ich weiß, die Situation ist wirklich dramatisch für dich. In gewisser Weise auch für mich, aber für dich ganz besonders. Aber du siehst ja, es hat keinen Sinn. Was du dir wünscht, ist mit mir nicht möglich.«

»Aber Herr Siebel, meine Gefühle für sie sind so stark wie noch nichts in meinem ganzen Leben. Nie hätte ich gedacht, solche Gefühle je zu verspüren, und nun das. Ja, ich habe Gefühle, unglaubliche Gefühle, ich bin froh und dankbar darüber, denn diese Gefühle sind mir einst genommen worden.«

»Wie meinst du das?«

»Ich kann nicht darüber reden.«

»Wieso? Ich verstehe nicht.«

»Ich kann einfach nicht, bitte lassen wir das Thema, bitte akzeptieren sie es einfach, okay?«

»Gut. Ist okay. Ich lass es ja. Bitte Adele, lass uns den Abend hier beenden. Ich wollte, dass er anders verläuft. Es tut mir alles so leid. Ich wollte eine platonische Freundin haben. Ein ausgeträumter Traum. Lass uns gehen, bitte.«

»Geh!«, sagte sie, »und lass mich bitte jetzt allein, ich will hier noch sitzen. Nur eins, ich würde dich so gerne wiedersehen. Habe ich eine Chance?«

»Bitte Adele, lassen wir das, quäle dich nicht, lass es uns beenden, völlig und ohne weiteren Kontakt.«

Markus Siebel stand auf, sah die Schweigende an, nickte ihr zu, drehte sich um und ging langsam zurück zu seinem Auto. Er wich aus ihrem Leben, nicht aber aus ihrem Herz. Adele weinte, weinte sich die Seele aus dem Leib, schrie zwischendurch, überlegte, allem ein Ende zu setzen, stand auf, setzte sich wieder und fing an, an sich zu zweifeln. Als Psychologin hätte sie seine Homosexualität erkennen müssen, warf sie sich vor. Wie hatte sie sich nur selbst so täuschen können. Wie hatte sie nur solche Gefühle zulassen können. Zwei Stunden später stand sie auf, verzweifelt, durchgefroren. Steif bewegte sie sich zurück zu ihrem Kleinwagen, stieg ein und fuhr schluchzend nach Hause. Ihr Leben war ein Albtraum, der immer weiterging.

Am nächsten Morgen meldete sie sich krank, zum ersten Mal seit sie in der Klinik arbeitete. Dem Hausarzt erzählte sie von Herzrasen und Kopfweh, von Unwohlsein und starker Müdigkeit. Er tippte auf Burnout und dachte sich: ›Die Arme, wieso werden heute so junge Leute bereits derart ausgesaugt, dass sie schon zu Beginn ihrer Laufbahn in einen Burnout geraten.‹

»Für zunächst drei Wochen gebe ich ihnen ein Attest, dann sehen wir weiter. Bitte gönnen sie sich absolute Ruhe in dieser Zeit.«

Nachdem Adele die Praxis verließ, stattete sie ihren Eltern einen Besuch ab. Als sie ihnen gegenübertrat, erschraken diese angesichts des Zustands ihrer Tochter. Ihr Gesicht war vom vielen Weinen geschwollen, ihre Augen rot, die Haare ungemacht, ihre Körperhaltung, ihr ganzes Auftreten wirkte gebrochen. Ihre Mutter nahm sie in die Arme, mit stumm fragendem Blick sah sie besorgt zu ihrem Gatten, der den Blick ratlos erwiderte. Panik zeichnete sich in seinen Augen ab. Eine Weile standen sie so da und wussten zunächst nicht, mit der Situation umzugehen. Adele schwieg. Sie hatte während der gesamten Zeit mit Markus Siebel niemandem etwas anvertraut in Bezug auf die gefühlte Beziehung zu ihm. Wie nur konnte sie je an eine Beziehung denken? Wie nur konnte sie je an ihn glauben? Sie war nun froh, es niemandem erzählt zu haben, somit blieb ihr diese Schmach erspart. Sie, die all die Jahre von Männern absolut nichts wissen wollte, verliebte sich. Doch irgendwem musste sie sich dennoch anvertrauen, ansonsten würde ihre Psyche erneut Schaden nehmen, so wie einst. Als Psychologin wusste sie, sie musste sich jemandem offenbaren. Aber wem? Sind es immer die nächsten Angehörigen, denen man alles erzählen kann? Oder Fremde, denen man nur einmal begegnet und die dann wieder sang- und klanglos aus dem Leben verschwinden, die einem nie wieder begegnen würden? Das könnte auch zum Bumerang werden. Sind es Freunde, Bekannte, Verwandte? Oder ist es jemand, der irgendwo aus dem Nichts auftaucht, der plötzlich und unerwartet im Leben erscheint? Jemand, dem das Schicksal diese eine Aufgabe gab, jenem gebrochenen Menschen zu helfen, ihm zuzuhören, ihn zu verstehen, ihn zu trösten, ihn wieder zu motivieren. Jemanden, der nicht in irgendeiner Weise selbst involviert ist, nicht irgendeinen Bezug zu dem Betroffenen hat, keine Ressentiments, keine zu tiefen aber auch keine zu flachen Gefühle, keine Lasten aus der Vergangenheit, keine Erwartungshaltungen, keine eigenen Interessen, keine Egoismen. Psychologen können immer nur einen kleinen Teil abdecken, sie können sich unmöglich auf eine tiefere Gefühlsebene begeben, was denn auch ihr größtes Problem ist und sie mitunter unaufgeschlossen oder auch unglaubwürdig erscheinen lässt aufgrund ihrer professionellen Distanz.

Man braucht immer auch andere Menschen, wie eben Familie oder Freunde. Manchmal übernehmen den wichtigeren Teil der Seelsorge aber auch Menschen, die sich neu im Leben des Betroffenen einfinden, ihn nur ein Stück des Lebensweges oder aber für immer begleiten, und ihm mit Herz und Seele verbunden sind. Solche Glücksbringer retten Leben und werden doch mitunter kritisch beäugt, denn diese Person zieht die Aufmerksamkeit des Hilfesuchenden auf sich und somit zugleich von Anderen ab. Oft zwar nur temporär, aber für jene Anderen oft nicht nachvollziehbar. Sie fühlen sich dann mitunter verletzt und zurückgesetzt. Doch es sollte allen mehr als recht sein, wenn sie es gut mit ihm meinen, sie sollten es akzeptieren, sich darüber freuen und sich nicht abwenden. Adele grübelte, so jemand musste ihr erst begegnen.

Mutters Umarmung löste sich, sie blickte Adele an, Adele blickte zu Boden. Sie entschied sich in diesem Augenblick, ihre Eltern nicht einzuweihen. Zu viel hatten sie wegen ihr bereits durchgemacht.

»Mama, Papa, macht euch keine Sorgen. Mich hat wohl eine Grippe erwischt, da sieht man dann eben nicht so gut aus. Ich weiß, ich sehe schlimm aus. Daher war ich gerade beim Arzt und der hat mich ein paar Wochen krankgeschrieben.«

Ihr Vater atmete sichtlich erleichtert auf, während Mutter sie etwas zweifelnd ansah.

»Kindchen, ich weiß nicht so recht, ist das wirklich so oder willst du uns nicht die Wahrheit sagen?«

»Nein, Mutter, macht euch wirklich keine Sorgen, das vergeht wieder.«

Sie blieb bei ihren Eltern zu Mittag und dachte die ganze Zeit an Markus Siebel. Dabei ging ihr der Appetit verloren, der Magen verkrampfte sich, das Herz schmerzte. Sie konnte nur wenig essen.

»Kindchen, iss, sonst wirst du zu mager!«, sorgte sich ihre Mutter.

Doch Adele brachte keinen Bissen mehr hinunter. Da sie den Eltern nichts erzählen wollte, sie aber die ganze Zeit nur an Markus Siebel denken konnte, wollte sie gleich nach dem Essen wieder gehen, um erst einmal alleine sein zu können und ihre Gedanken zu ordnen und sie musste etwas finden, das sie ablenken konnte. Sie erinnerte sich an Markus Siebels Vorschlag, sich in einer Bar in der Färbergasse zu treffen und entschied sich spontan, sich diese mal näher anzusehen, vielleicht reinzugehen und auch etwas zu trinken.

In der schmalen Färbergasse mit dem alten, rundgeschliffenen Kopfsteinpflaster war es ruhig. Autos fuhren hier kaum. Sie stand unschlüssig vor dem alten Haus mit einer etwas heruntergekommenen Bar. Neugierig ging sie hinein. Sie kam in die Gaststube mit alten Möbeln, verdreckten Lampen und einem Tresen aus ungehobeltem Holz. Es roch streng nach Rauch, Alkohol und altem Schweiß. Alles wirkte schmuddelig, andererseits herrschte eine harmlose und friedliche Stimmung im Lokal. Ein halbes Dutzend Männer hielt sich am Tresen auf. Männer aus der Gegend. In dem Augenblick, da sie das Lokal betrat, wandten sich ihr alle Blicke zu. Die Männer bekamen leuchtende Augen, ganz besonders der Wirt. Sie bemerkte dies jedoch nicht. In sich gekehrt setzte sie sich an einen der Tische und wartete.

»Bruni!«, brüllte der Wirt nach hinten in die Küche, die man durch eine Tür hinter dem Tresen betreten konnte.

Sofort kam eine flinke Frau, die ihre besten Jahre schon hinter sich hatte, um ihre Bestellung aufzunehmen. Adele bestellte ein Gläschen Wein. An diesem Tag brauchte sie ausnahmsweise etwas, um all die unerträglichen Gefühle zu verdrängen, die sich ihres Geistes, ihres Herzens und ihrer Seele bemächtigt hatten. Ein Glas nur und nur heute. Als der Wein serviert wurde, war sie etwas überrascht, denn das Glas war bis zur Oberkante vollgefüllt. Fragend blickte sie die Bedienung an.

Die verstand natürlich und erklärte: »Wenn ein so hübsches Mädchen so traurig aussieht, dann spendiert der Wirt gerne mal ein volles Glas. Lass es dir schmecken, Adele.«

Bruni kannte Adele vom Sehen, sie war in der Stadt weithin bekannt. Ihre Schönheit und ihr Intellekt eilten ihr voraus. Lecker war er, der Wein, ein süßer, rosa schimmernder Tropfen. Sehr lecker und noch dazu, er half, tat seine Wirkung, tat soo gut, aber irgendwie noch nicht gut genug. Also bestellte sie noch ein Gläschen. Wieder kam es bis unter den Rand gefüllt. Der Wirt schien nett und spendabel zu sein. So jemand brauchte sie an diesem Tag, einen unaufdringlichen und einfach nur lieben Menschen und dazu ein Zaubermittel zur inneren Entspannung. Schon nach dem zweiten Glas drehte sich die Welt um sie herum. Der Alkohol wirkte rasch und erkennbar, sie war ihn nicht gewohnt. Genug für heute, dachte sie, bzw. genug überhaupt, denn Alkohol war nicht so ihr Ding, an sich, bisher. Sie verließ das Lokal, nicht aber ohne sich vorher herzlich beim spendablen Wirt zu bedanken. So ein netter Mensch aber auch, so selbstlos, dachte sie naiv. Sie fühlte sich befreit, ihr seelischer Schmerz war betäubt, nicht ganz weg, aber erträglicher. Ein wenig instabil schwankte sie zurück zu ihrer Wohnung. Menschen, die sie traf, grüßte sie beschwingt. Wenn die Zunge nicht ganz so will, was soll man da machen? Sie fand es irgendwie lustig.

>Warum eigentlich hat mir Markus Siebel nie das Du angeboten?<, dachte sie und sehnte sich nach ihm. >Na klar, er wollte Abstand wahren?<

Für diesen Abend war ihr aber erstmal alles egal, denn ihre Gefühle waren betäubt. Ach, tat das gut!

Am nächsten Morgen stand sie nach einer unruhigen Nacht sehr spät auf. Ihr Kopf war unangenehm schwer, aber nach einer starken Tasse Kaffee und einem großen Glas Wasser fühlte sie sich etwas besser. Ihre seelischen Schmerzen aber waren zurückgekommen. Liebeskummer verdrängte jede Freude, die Welt um sie herum wurde grau und trostlos. Appetitlosigkeit und Schlaflosigkeit, Trauer, Wut, Angst, Verzweiflung, suizidale Gedanken, Depressionen, Broken-Heart Syndrom, Antriebslosigkeit, Aggressivität, Abbruch von sozialen Kontakten, körperliche Beschwerden aller Art, sich klein und gedemütigt fühlen. Als Psychologin war ihr klar, was gerade mit ihr passierte, es war die Reaktion auf unerfüllte oder verlorene Liebe. Die Auswirkungen können verheerend sein, wenn sich Betroffene nicht helfen lassen. Sie kannte trotz ihrer noch kurzen Karriere bereits viele Fälle mit Broken-Heart Syndrom. Fälle von Suizid-Versuchen, Fälle mit körperlichen Erkrankungen bis hin zu Krebsdiagnosen, psychischen Zusammenbrüchen, Herzinfarkten, Schlaganfällen. Es kann sich auf alles auswirken, auf Körper, Geist, das soziale Umfeld, Beruf, Familie, einfach auf alles, was diesen Menschen betrifft und umgibt. Sie wusste nur zu gut, dass Sprüche wie >Das wird schon wieder< oder >Reiß dich mal zusammen< oder >Immer, wenn du glaubst es geht nicht mehr, kommt von irgendwo ein Lichtlein her< nicht nur fehl am Platz waren, sondern sogar destruktiv wirken konnten, denn der Betroffene fühlte sich so nicht ernst genommen, abgeschoben, vertröstet, sein Problem wurde marginalisiert. Dabei war es für ihn das größte Problem in seinem aktuellen Dasein, eines, das ihn vollständig zerstörte, wenn er nichts dagegen unternahm. Dieser Mensch brauchte Freunde, Angehörige, Psychologen und Menschen, mit denen er seine Themen ernsthaft und vertrauensvoll besprechen konnte. Er musste sein Ventil öffnen können. Manches Mal tauchen solche Seelenverwandten so einfach aus dem Nichts auf. Adele dachte dabei an den Wirt, an seine Freundlichkeit, seine Großzügigkeit. Vielleicht war er derjenige, der ihr verständnisvoll zuhören würde, die richtigen Worte für sie finden würde? Er bemerkte wohl, dass sie traurig war, reagierte darauf, verschaffte ihr ein gutes Gefühl. Durch Alkohol zwar, aber er wusste ihr zu helfen, nur das zählte in diesem Augenblick. Sie entschloss sich, auch an diesem Abend wieder in die Bar zu gehen, in der Hoffnung, erneut Erleichterung zu finden, denn sie litt und es schmerzte unendlich. Ihre seelischen Schmerzen waren eine Mischung aus Angst, Hoffnungslosigkeit, extremer Sehnsucht, Hass, Liebe, Trauer, Wut, Minderwertigkeitsgefühlen und dem Gefühl der absoluten Leere. Sinnlos erschien ihr alles Tun und Wollen. Gedanken und Taten wurden durch den Schmerz vereinnahmt.

So ging Adele abends wieder alleine in die alte, ranzige Bar, nachdem sie den ganzen Tag schlafend oder weinend verbracht hatte. Sie aß nichts und meldete sich auch nicht bei ihren Eltern. Als sie am frühen Abend die Bar betrat setzte sie sich gleich an den Tresen. Noch war sie der einzige Gast. Anscheinend war Bruni, die Bedienung, auch noch nicht da. Karl, der Wirt, der hinter dem Tresen lehnte, erkannte sie sofort und sah ihr freundlich entgegen, vielleicht etwas zu freundlich, ein wenig zweideutig. Adele sah allerdings nur seine Freundlichkeit.

»Schön, dass du heute wieder auftauchst. Willkommen in meiner alten Bar. Wie ich sehe, gefällt es dir hier. Kann ich dir was anbieten? Ein Gläschen Wein vielleicht?«

»Sehr gerne, aber nicht ganz so voll wie gestern, ja?«

»Okay, geht klar«, und während er den Wein servierte, fragte er, »was in aller Welt führt dich denn eigentlich hierher, du warst doch noch nie hier, was ist passiert? Du schaust so traurig, hast du Sorgen?«

»Ach, Herr ...«

»Sag doch einfach Karl zu mir.«

›Du scheinst Einfühlungsvermögen zu haben‹, dachte Adele und sagte, »ach, äh, Karl, du hast es erraten? Aber ich will dich nicht mit meinen Sorgen belasten. Sind nicht so wichtig. Du hast sicher viel mehr Sorgen mit deiner Bar, oder? Ich sehe gerade keine Kunden. Ist normal um die Zeit, hoffe ich.«

»Ja, ist normal, mittags kommen welche aus den umliegenden Betrieben zu einem kleinen Snack und einem Mittagsbierchen, nachmittags dann oft Touristen, Reisende, Arbeitslose oder Schichtarbeiter und abends kommen meine Stammgäste aus der Gegend. Zwischen Fünf und Sieben ist hier praktisch nichts los, da macht auch Bruni Pause. Ich hab also viel Zeit für dich.«

Schön, dachte sich Adele, sehr schön und trank das Glas Wein in einem Zug aus, was Karl, der Wirt, zur Kenntnis nahm und ihr sofort wieder nachschenkte. Adele freute sich über die Aufmerksamkeit und dachte:

›Nie war ich mit Markus Siebel irgendwo, ganz zu schweigen das er mit mir in ein Restaurant gegangen wäre, wir sind auch nicht mal was trinken gewesen. Wie konnte ich all das übersehen?‹

»Adele, du kannst mir gerne dein Herz ausschütten. Du bist bei mir in besten Händen. Ich kann Geheimnisse bewahren.«

Karl sah ihr tief in die Augen, sie erwiderte seinen Blick nur ganz kurz, trank stattdessen auch das zweite Glas in einem Zug leer, damit es ihr endlich leichter ums Herz würde. Wieder schenkte der Wirt nach, mit einem leicht lasziven Lächeln.

»Es ist so, Karl. Männer sind Schweine. Allesamt!«, sagte sie und trank auch das dritte Glas leer.

Endlich wurde es unbeschwerter in ihrer Brust, die Umgebung wankte ein wenig, doch die schlimmen Gefühle verloren sich langsam, endlich. Es tat so gut, einfach nur gut, endlich war dieser elende Schmerz betäubt. Zwar nicht ganz, aber es fühlte sich besser an, viel besser.

»Danke, Karl, du weißt, was einem hilft.«

»Hast du Liebeskummer, Adele? Würde ich bei dir aber nicht vermuten, aber wenn es so wäre, dann erzähl mir ruhig, was los ist. Komm.«

Er legte eine Hand auf ihre Hand und goss mit der anderen Wein nach. Adele fühlte sich gut; okay, Karls Hand auf ihrer war etwas, naja, seltsam. Egal. Das vierte Glas trank sie langsam. Sie erzählte Karl nichts von Markus Siebel, nichts von ihrer Abweisung, sie erzählte stattdessen von ungerechten Vorgesetzten und Kollegen, die sich nicht fair verhielten. So viel sie auch getrunken haben mochte, so war ihr doch klar, dass sie erstmal besser nicht die wahre Geschichte erzählen sollte, da es durchaus auch unangenehme Folgen für sie oder Markus Siebel haben hätte können, wenn der Wirt sie weitererzählen würde. Die Bar war ein Informationsdrehkreuz. Da fragte sie der Wirt unvermittelt:

»Hat dein Problem was mit dem Lehrer, dem Siebel, zu tun?«

Adele klappte die Kinnlade runter, sie wurde bleich. Was wusste der Wirt?

»Nein, nichts, was soll da sein?«

»Na, ihr habt euch ja oft am Schlossplatz getroffen bis vor wenigen Monaten, dann plötzlich nicht mehr, oder? Und vorgestern habt ihr euch wohl in Wartburg getroffen, das hat mir gestern Abend ein Gast erzählt. Und einen Tag später landest du dann bei mir. Weißt du, der Siebel ist auch immer mal wieder Gast bei mir. Kommt aber nicht gut an, mit seiner, hmm, Ausrichtung, du weißt, was ich meine.«

»Nein, der Siebel hat nix damit zu tun!«, erwiderte sie in einer Art, die genau das Gegenteil vermuten ließ.

Der Wirt wusste somit Bescheid … Er ging um den Tresen herum und wollte ihr seinen Arm um die Schultern legen, als ausgerechnet im selben Augenblick Bruni durch die Küche in die Bar kam.

»Bruni, was bist du denn heute so früh dran?«

»Wieso früh, Chef?«, sagte sie etwas lallend und schaute auf die Uhr, »ups, tatsächlich. Egal, dann bleib ich gleich hier.«

Sie setzte sich an den Tresen neben Adele. Der Wirt war sauer, konnte es aber nicht zeigen, zog sich wieder hinter den Tresen zurück und wandte sich an Adele.

»Na schade, Adele, heute ist aber nicht aller Tage. Komm doch morgen um dieselbe Zeit wieder. Kannst natürlich noch sitzen bleiben solange du willst, der Wein geht wieder aufs Haus. Ich muss mich nun um's Geschäft kümmern.«

Er drehte sich um und ging in die Küche. Abrupt wandte Bruni sich an Adele und sagte völlig nüchtern in leisem Ton zu ihr:

»Pass auf, Adele, pass auf! Geh und komm besser nicht wieder!«, und wandte sich wieder dem Tresen zu.

Adele hörte was Bruni sagte, aber sie verstand nicht, sie war zu beschwipst, um darin eine Warnung zu erkennen. Sie nahm es stattdessen einfach nur als unfreundliche Aufforderung zu gehen und auf dem Nachhauseweg aufzupassen.

»Danke, äh …«

»Bruni heiß ich.«

»Danke, Bruni, ich geh jetzt.«

Sie stand auf, wankte, fiel vornüber auf den Boden und raffte sich mühsam wieder auf. Hui, dachte sie, hui, na sowas und fing zu lachen an. Ein lallendes Lachen. Es klang seltsam. In diesem Zustand nach Hause marschieren? Kein Wunder, dass Bruni sie warnte. Es war ein langer Weg nach Hause, gefühlt viel länger, als am Tag zuvor. Sie musste mehrmals innehalten und sich einmal fast übergeben.

›Bin nichts gewohnt‹, dachte sie, als sie ihre Wohnung betrat.

Sie sah die Couch vor sich, stolperte darauf zu, fiel in die weichen Kissen und schlief augenblicklich ein. Sie schlief bis spät in den nächsten Tag. Die Nacht war unruhig, voller böser Träume. Als sie am anderen Tag aufwachte, waren sie wieder da, die schmerzenden Gefühle, sie quälten und marterten sie, ließen ihr keine Sekunde Ruhe. Was soll ich nur tun, dachte sie verzweifelt, während sie sich ein Glas Wein einschenkte. Sie trank einen Schluck und schüttete den Rest dann in die Spüle.

›Ich weiß, Alkohol kann keine Lösung sein. Das sag ich doch auch immer meinen Patienten‹ ermahnte sie sich.

In der Tat war Adele eine strikte Gegnerin von Alkohol und hatte so manchem ihrer Patienten und Schützlinge schon die Leviten gelesen. Einige schafften es durch sie tatsächlich von dem Teufelszeug wegzukommen oder es zumindest auf ein verträgliches Maß zu reduzieren. Sie lernten mit ihren Problemen umzugehen. Adele gab ihnen Motivation und Lebensmut zurück. Sie war eine sehr gute Psychologin mit viel Einfühlungsvermögen. Nun aber war sie selbst betroffen, sah die Welt auf einmal aus jener anderen Warte, der Warte der Verzweifelten. Was tun? Sollte sie versuchen sich selbst zu helfen, oder doch besser einen Kollegen aufsuchen? Nein, als eine der besten Psychologinnen sollte sie doch wohl selbst in der Lage sein, sich zu helfen, oder? Weil sie antriebslos wurde durch ihren Kummer war sie unentschlossen. Dadurch konnte sie keine richtige Entscheidung mehr treffen.

›Ja‹, dachte sie, ›okay, okay, ich helfe mir am besten selbst, das schaffe ich. Ich brauche nur einen verständnisvollen und ehrlichen Menschen‹, überlegte sie.

Da fiel ihr plötzlich Karl, der Wirt wieder ein. Sie lächelte trotz allen Schmerzes ein wenig in sich hinein. So ein guter Mensch, hilfsbereit und großzügig, selbstlos und den Problemen anderer Menschen gegenüber aufgeschlossen. Vorbildlich. Nein, sie wollte nichts von ihm, davon konnte gar keine Rede sein und der Wirt von ihr sowieso auch nichts, es machte auch gar keinen Anschein und sie gab doch auch keine entsprechenden Zeichen von sich. Nein, da war nichts und wird nichts sein. Er ist einfach nur jener gute Freund, der zum richtigen Zeitpunkt in ihr Leben trat, um ihr in den schweren Stunden beizustehen, zuzuhören und sie dann wieder loszulassen.

›Wieder um dieselbe Zeit, meinte er. Ja, so werde ich es machen, aber beim nächsten Mal trinke ich nur Alkoholfreies‹, entschied sie.

Um sich die Zeit bis dahin zu vertreiben, las sie ein Buch, eine Liebesgeschichte mit Happy End. Es half ihr nicht, im Gegenteil, sie sah ihr eigenes Dilemma nur noch schwärzer. Sie kannte kein Happy End für sich und noch dazu keinerlei Möglichkeit, überhaupt jemals eine Beziehung zu Markus Siebel zu haben. Es schmerzte sie umso mehr.

Als sie ihre Wohnung verließ, war es noch zu früh, um die Bar aufzusuchen, aber sie musste irgendwie raus, irgendetwas tun, irgendwohin. Ihr Weg führte sie zufällig über den Schlosspark. Rein zufällig. Keinerlei Absichten dahinter. Dennoch konnte man ja mal schauen, wer da so war. Leere herrschte auf dem Platz, es war ein Werktag und die meisten Leute waren noch in der Arbeit, außer zum Beispiel Lehrer. Nun aber schnurstracks den Platz überqueren, nicht links oder rechts schauen, einfach ganz normal und rasch gehen. Plötzlich sah sie im Augenwinkel, wie sich jemand von einer der Bänke erhob. Sie wollte nicht hinsehen, tat es aber doch, und sah ihn. Sie erstarrte, wollte zu ihm, konnte sich jedoch nicht vorwärtsbewegen. Alles zog sie zu ihm, aber ihr war gleichzeitig bewusst, dass es keinen Sinn machte. Gefühle versus Vernunft. Gefühle kommen aus dem Herzen, sie sind es, die drängen, weh tun, einen erstarren lassen, Vernunft kommt nicht dagegen an. Vernunft streut noch zusätzlich Zweifel in die ohnehin schon kaum auszuhaltenden Qualen, schafft schlechtes Gewissen oder hält einem den Spiegel vor. Markus Siebel hatte sie bemerkt, blickte kurz in ihre Augen und nickte ihr zu, wandte ihr aber dann den Rücken zu und ging. Er entfernte sich rasch, ohne dass ein Wort gewechselt wurde. Diese kurze Begegnung traf sie wie ein Giftpfeil mitten ins Herz, ihr Mund stand offen, ihre Augen wurden feucht, die Ohren fingen an, zu rauschen. Ihr Magen verkrampfte sich, Übelkeit stieg ihren Hals hoch, sie musste sich übergeben. Es kam nur Galle, denn sie hatte nichts zu sich genommen an diesem Tag. Sie würgte sich die Seele aus dem Leib und musste in die Hocke gehen, um nicht umzufallen. Einige Zeit verharrte sie in der Stellung, bis sie wieder zu sich fand. Sie wollte weg, nur noch weg von diesem Ort, brauchte jemanden, der sie auffing, der einfach nur lieb und verständnisvoll zu ihr war und sie brauchte etwas zur Beruhigung. Wut stieg in ihr hoch, sie rannte los, sie wollte einfach nur noch ganz rasch zur Bar. Dort kam sie um einige Minuten vor Sechs an. Der Wirt war erneut alleine, keine Bruni und kein Gast. Mit einem Lächeln lehnte er auf der Kundenseite des Tresens. Er lächelte mit einem selbstzufriedenen Zug um den Mund, der Adele allerdings entging.

»Karl, ich brauch was zur Beruhigung.«

Karl hatte sie offenbar erwartet und bereits ein Glas Wein bereitgestellt.

›Hatte er gewusst, dass ich genau jetzt komme?‹, fragte sie sich, ›er scheint wirklich ein guter Freund zu sein, einer der sich ehrlich um seine Mitmenschen sorgt‹, dachte sie weiter.

Der Wein trank sich gut, hatte einen etwas anderen Geschmack, als der vom Tag zuvor, sah aber genauso aus.

›Na gut, was solls.‹

Adele trank das ziemlich volle Glas wieder in einem Zug leer. Nun aber nur noch alkoholfrei, beschloss sie.

»Karl«, sagte sie mit seltsam schwerer Zunge, »etzt abe nur nosch allohol-frei.«

» Natürlich, Adele, schau, hier, was willst du?«

»Schbrubbelwassa bittä.«

»Ah, Sprudelwasser, klar«, schenkte ein und fragte ungeniert, »Adele, hier in der Bar ist es doch nicht schön oder? Ich würde dir gerne mal zeigen, wie es hinten aussieht, hab da einige Schildkröten, willst du sie sehen? Sind echt putzige Tierchen, du wirst sie mögen. Ich kann dir gerne auch was zum Essen machen, du siehst verhungert aus. Vielleicht noch einen Kaffee?«

Überrascht und naiv machte sie eine zustimmende Geste und hakte sich beim Wirt ein, da sie schon nicht mehr gerade gehen konnte. Huii, es war plötzlich alles so leicht, so beschwingt. Ihre Stimme versagte, na sowas. Sie wollte etwas sagen, es kam kein Ton heraus, doch ihr war es egal, denn sie fühlte sich gut, soo gut. Karl führte sie nach hinten, in seinen privaten Bereich, den er über einen schlecht beleuchteten Gang erreichte, der geradeaus zum Hintereingang des Gebäudes führte. Auf der rechten Seite des Ganges gelangte man durch eine Tür in seine 2-Zimmer Wohnung, die ebenso ranzig aussah, wie die Bar. Er wohnte alleine, es sah auch hier unordentlich und schmuddelig aus. Adele sah sich kurz um, konnte sich aber bereits nicht mehr auf den Beinen halten, musste sich setzen. Er bugsierte sie zur alten Couch, setzte sich neben sie und legte seinen Arm um ihre Schultern.

»Adele, alles klar mit dir?«

»Nadürlsch, Krl.«

»Wenn ich dich so umarme, dann muss ich zugeben, dass ich direkt Gefühle bekomme. Du gefällst mir. Vielleicht sind wir füreinander geschaffen, Adele.«

»Nein, Krl«, kicherte sie und versuchte sich zu befreien, was misslang, »wo snid denn nu de Schldgrödn?«

»Die Schildkröten sind hier, gleich hinter dir im Terrarium.«

Beim Versuch, sich umzudrehen, wurde ihr schwindelig und sie fiel rücklinks auf die Couch. Da lag sie und dachte, Karl würde ihr gleich helfen, wieder hoch zu kommen. Doch nichts dergleichen geschah. Stattdessen schien er zu warten. Warum, worauf wartet er? Ihr wurde schummrig, dann schwarz vor den Augen und sie verlor das Bewusstsein. Sie merkte nichts davon, wie Karl ihre Bluse aufknöpfte, den BH öffnete, ihren Busen entblößte, den Rock hochschob und das Höschen auszog. Er suchte nach einem Kondom, wollte keine Spuren hinterlassen, fand aber keines, sie waren schon verbraucht. Also ohne Kondom. Sie war trocken, hatte offenbar kein Verlangen nach ihm entwickelt, er musste etwas mit Spucke nachhelfen. Nachdem er sich an ihr vergangen hatte, – und das ging schnell, wenige Sekunden, er hielt nie länger durch – wischte er sie mit Papiertüchern ab. Sorgfältig kleidete er sie wieder an, beseitigte alles, was auf sein Vergehen hindeuten hätte können und ließ sie liegen.

Als sie nach Stunden aufwachte, war Bruni bei ihr, saß auf einem Stuhl neben der Couch und sah sie mit wässrigen Augen an.

»Adele, wach auf, wach doch bitte auf.«

Adele konnte noch immer nicht sprechen, rollte sich mühsam auf die Seite und setzte sich auf.

»Steh auf, Adele und geh und komm bitte nie mehr wieder hier her. Karl ist vorne bei den Gästen. Geh durch den Hintereingang.«

Adele konnte sich nicht erklären, was hier los war. Karl war doch nett zu ihr, gab ihr Wein, nur ein Glas davon und dann ausschließlich Wasser. Offenbar hat sie das bisschen Wein nicht vertragen. Eine andere Sorte wohl, eine mit mehr Gerbsäure, darauf reagieren manche Menschen allergisch. Sie offenbar auch. Zuvorkommend wie er war, hatte er sie bequem auf die Couch gebettet, sogar in eine Decke gehüllt, damit sie nicht frierte. Ein wirklich netter und hilfsbereiter Mann.

Bruni drängte: »Komm nun, Adele, ich muss zurück in die Bar. Ich lass dich raus.«

Sie half Adele auf, schob sie zur Wohnungstür, öffnete sie und warf einen kurzen Blick auf den Gang. Die Luft war rein. Also raus in den schmuddeligen Gang, nach rechts zur Hintertür, die beim Öffnen laut knarrte. Sie führte direkt auf die Hohlgasse, einem Fußweg, der hinter dem Gebäude vorbeiführte.

Bruni gab ihr einen kleinen Schubs und nochmals den Rat: »Komm bitte, bitte nicht mehr hierher.«

Die Tür fiel ins Schloss. Da stand sie nun, im Dunkeln, ihre Armbanduhr zeigte schon nach Zehn. Sie war offenbar doch einige Stunden auf Karls Couch gelegen. Karl, der große, starke, verständnisvolle Mann, aber was war nur mit Bruni los?

›Eifersüchtig, die alte Frau? Seltsam.‹

Adele überlegte kurz, einfach von der Vorderseite des Gebäudes wieder in die Bar zu gehen und sich wenigstens von Karl zu verabschieden, sich bei ihm zu bedanken. Sie tat es nicht, denn sie merkte, dass sie sich irgendwie unsauber fühlte. Scheint wohl ein bisschen was ins Höschen gegangen zu sein, bisschen feucht, unangenehm, dachte sie. Schwankend ging sie nach Hause, mit gemischten Gefühlen in Bezug auf Karl und Bruni. Karl hatte ihr doch geholfen, sie fühlte sich besser, er war da, als sie jemanden brauchte. In der Tat haben mir die Begegnungen mit Karl geholfen, dachte sie. Naivität war es, die Adele vom Zweifeln an Karl abhielt. Eine gefährliche Art von Naivität, die schon immer ihr Problem war, auch damals, als sie überzeugt war, ihr passiere schon nichts, wenn sie alleine spät abends im Parkwald umherspazierte.

Als sie ihre Wohnung betrat, zog sie sich aus, warf alles in die Wäsche und duschte sich ausgiebig. Sie konnte das Gefühl der Unsauberkeit den ganzen Weg nach Hause nicht loswerden. Sie duschte sich gründlich, doch danach hatte sie dieses unangenehme Gefühl weiterhin. Noch immer etwas benommen, legte sie sich im Bademantel auf ihre Couch und wollte noch etwas fernsehen. Sie nahm sich vor, sich morgen etwas Wein zu kaufen, konnte ja nicht schaden, etwas vorrätig zu haben. Nach wenigen Minuten schlief sie bei laufendem Fernseher ein.

KAPITEL 4

HAMBURG 1983

Samson. Der vergessene Sohn, der ungewollte Mensch, abgelehnt ab dem ersten Tag seines Lebens. Wie wird sich so ein Mensch entwickeln? Samson, geboren am 20. Juni 1983 wurde nach wenigen Wochen seines Lebens Mitte August 1983 adoptiert. Eine Volladoption, inkognito. Alle alten verwandtschaftlichen Verhältnisse erlöschen somit, die Eltern des Kindes erfahren nichts über die Adoptiveltern. Felix und Marta Olderbrock, ein biederes Paar aus Hamburg, nahmen ihn zu sich. Sie wussten nur wenig von der Mutter, zumindest Marta, die Adoptivmutter. Sie war eine schlichte Frau mit stets derselben Frisur – einem Dutt auf dem Kopf. Ungeschminkt und freudlos wirkend, war sie tiefgläubig und der Kirche sehr verbunden. Ihr Kleidungsstil hätte selbst einer Nonne zur Ehre gereicht, sie war die Verkörperung der Tugend. Trotz ihrer erst fünfunddreißig Jahre wirkte sie wie Mutter Theresa, dürr, fast asketisch. Sündhaftes Verhalten verabscheute sie zutiefst und daher war es gut, dass sie von Adele nichts wusste.

Felix war von geringer Körpergröße, schmächtig und sehr blass. Seine auffällige Glatze war aalglatt und glänzend, völlig ohne Haarfollikel, die man sonst hätte rasieren müssen. Haarlos seit jungen Jahren. Dazu standen seine großen Ohren seitlich ab, seine Nase war sehr klein und spitz, sein Mund breit, wie der eines Frosches und er hatte ein grünes und ein braunes Auge. Insgesamt eine für Frauen vollkommen unattraktive Variante eines Mannes. Jener Typ, der froh sein konnte, überhaupt irgendeine Frau abbekommen zu haben, egal ob sie passt oder nicht. Von großer Liebe konnte er nur träumen, von attraktiven Frauenkörpern sowieso.

Felix und Marta hatten sich vor fünfzehn Jahren bei einer Hospizveranstaltung kennengelernt. Sie verteilte winzige, selbstgemachte Blumensträuße an Passanten und warb um Spenden. Er erinnerte sich immer an ihren Blick, als er versuchte, ohne zu spenden, an ihr vorbeizugehen. Es war, als würde Gott selbst durch sie einen Fluch auf ihn werfen. Er fühlte sich so schuldig, dass er sein gesamtes Kleingeld – etwa 10 Mark – in den Spendentopf warf. Obwohl es nur eine kleine Summe war, klang es im Spendentopf nach viel mehr, und das war der Moment, in dem Marta sich für ihn interessierte.

»Er ist offenbar ein wohltätiger Mann«, dachte sie und ließ ihn gewähren, als sie bemerkte, dass er in ihr Dekolleté schaute.

Obwohl dort kaum etwas zu sehen war, zog der Ausschnitt ihres adretten Kleides doch irgendwie Blicke an. Ohne pushendem BH wäre wohl kaum eine Wölbung zu sehen gewesen, aber so wagte man schon mal einen verstohlenen Blick, rein zur Information natürlich. Wie auch immer, er schaute in ihren Ausschnitt, und damit schien er sich für sie zu interessieren.

»Da könnte endlich mal was gehen«, dachte sie.

Allerdings nur unter strengen christlichen Regeln, versteht sich, aber ein bisschen was, hm? Er war zwar leider ein sehr hässlicher Mann, aber sonst interessierte sich ja auch niemand für sie. Also zog sie ihn näher zu sich, um ihm zu zeigen, welche Aufgaben sie hier zu erledigen hatte. Aus der Nähe konnte er ja doch besser erkennen, was alles zu tun war. Dabei berührten sich ihre Hände und dann auch irgendwie ihre Hüften, wie auch immer das zustande kam. Diese Berührungen waren es, die sie erschaudern ließen. Explosionsartig hatte sie unbändiges Verlangen. Egal wer der Typ war und egal wie er aussah, er musste ran, ober er wollte oder nicht. Sie hatte noch niemals männlichen Körperkontakt, befürchtete, sie würde mal im Kloster landen, aber nun war sie da, die Gelegenheit.

»Ich heiße übrigens Marta«, sagte sie und kokettierte ein wenig plump herum, denn sie wusste eigentlich gar nicht, wie man kokettierte.

Sie wackelte mit der Hüfte hin und her und versuchte sich in verführerischer Mimik. Allerdings fand Felix das eher abstoßend. Felix seinerseits war sich ebenfalls sicher, dass er diese Frau flachlegen könnte. Er hatte auch noch nie. Das Defizit zwischen Wollen und Erreichtem lag bei ihm ebenfalls bei 100%. Aber diese Frau schien absolut auf dem gleichen völlig unattraktiven tumben Niveau wie er. Also ran an die Bouletten, er bekam einen Steifen. Marta bemerkte das, ihre Brustwarzen schwollen an, sie wurde feucht, nicht das erste Mal natürlich, aber das erste Mal mit Aussicht. Nun gab es kein Halten mehr. Sie waren im Freien, auf einem Platz vor dem Hospiz. Marta kannte sich im Hospiz aus, natürlich, und entschied sich für den absoluten Frontalangriff. Endlich, eine Gelegenheit, der Sexualtrieb überwog alle anderen Gefühle, auch bei Felix. Sie winkte ihn mit sich, rasch und ohne Zeit zu verlieren gingen sie zusammen ins

Hospiz und enterten einen Abstellraum. Dort war ein altes Bett abgestellt, das gerade nicht in einem der Zimmer benötigt wurde. Sie rissen sich die Kleider vom Leib, fielen auf das unbezogene und ungereinigte Bett und er drang in sie ein, bzw. er versuchte es, er wusste ja nicht, wie, und er traf nicht.

›Wo ist es denn das Ziel?‹, dachte er sich, ›darf ich nach unten sehen? Hätte das nicht automatisch klappen müssen?‹

Sie waren beide recht unaufgeklärt und keiner traute sich, den anderen zu fragen, ob das so passt, oder wie man sich hinlegen oder sich bewegen sollte. Mit der Hand nachhelfen? Gott bewahre! Nun, er traf nicht, glitschte ein wenig mit seinem dünnen Penis auf ihrem Bauch herum. Irgendwann fing er sich dann doch etwas weiter unten, irgendwo im wohligen Haar der Lüste. Halleluja, da scheint es zu sein und er stocherte hinein. Was war das denn nun schon wieder? Er kam fast gar nicht rein. War die etwa zugenäht worden? Gerade mal die Spitze des Penis kam rein. Marta grunzte unter ihm.

›Ein seltsames Geräusch‹, dachte er sich, ›ich war der Meinung, das klänge heller, so wie bei Engeln.‹

Ratlos, wie es weiter gehen sollte, erinnerte er sich, dass man rein und raus und rein und raus muss, wohl auch, wenn nur die Penisspitze Platz fand. Marta wiederum empfand das Ganze als recht unbefriedigend. Sie hatte eine ganz andere Vorstellung von der Geschichte. Das sollte jener erfüllende Sex sein? Darauf konnte man verzichten.

›Jetzt ist er zwar irgendwie drin, yeah! Tut aber nicht wirklich gut, ist eigentlich sogar etwas schmerzvoll und er passt nicht mal ganz rein. Und nun zuckelt er auch noch so rum. Rein Raus soll das wohl sein‹, vermutete sie.

Sie spürte absolut nichts Lustvolles, die Erotikkurve stürzte auf den Null-meridian ab, sie wollte dem ein Ende setzen, wollte sagen: »Hör auf«, aber sie hatte sich verschluckt und es kamen nur grunzähnliche Geräusche hervor.

›Das ganze Gedöns scheint sich nicht zu lohnen‹, dachte sie.

Da spürte sie, wie er auf einmal am ganzen Körper zuckte und sein Teil dort unten ganz besonders wild wurde. Gruselig fühlte sich das an und der Trottel stöhnte auch noch dabei, als hätte er Schmerzen. Hoffentlich hörte das niemand, dachte sie. Marta wollte nicht dafür belangt werden, jemandem bei etwas Verbotenem Schmerzen beigefügt zu haben. Endlich war das Gezucke vorbei und Felix sackte, auf ihr liegend, zusammen, völlig ermattet. Hatte er doch immerhin zwei Minuten vollen Körpereinsatz gezeigt. Das reichte aus, um ihn sofort einschlafen zu lassen. Alle Versuche, ihn auf eine Seite wegzuschieben, scheiterten. Sie versuchte, ihn zu wecken, vergeblich, er wachte nicht auf. Seine

Ermattung machte ihn bewegungsunfähig. Was tun? Verdammt, sie konnte ja nicht mal um Hilfe rufen. Derweil merkte sie, dass es sich zwischen ihren Beinen recht glitschig anfühlte und da schoss es ihr in den Kopf. Verhütung, sie haben vergessen, zu verhüten, kein Kondom, kein frühes Herausziehen, sie ohne Pille. Oh mein Gott! Voller Entsetzen versuchte sie sich zwischen die Beine zu greifen und mit irgendwas abzuwischen. Sie kam auch dort nicht hin. Nichts ging mehr, sie war wie eingesperrt. Langsam wurde sie panisch. Was hatte sie nur getan? Wie sollte das weitergehen? Hatte es jemand bemerkt?

Ja, es hatte jemand bemerkt. Und nicht nur eine Person. Einige ihrer Freunde und Kollegen hatten sie mit Felix in dem Abstellraum verschwinden sehen und dann kamen sie nicht mehr heraus. Sofort fingen Spekulationen an.

»Na, schau mal einer die Marta an. Sonst so prüde tun und dann sowas. Und schau mal, wie lange die durchhalten. Die sind schon'ne viertel Stunde da drin. Respekt!«

Viele Augenwinkel waren der Tür des Abstellraumes zugewandt. Nach etwa zwanzig Minuten war es dann endlich soweit. Marta öffnete die Türe einen Spalt weit und schielte hinaus. Alle schienen mit sich beschäftigt, keiner schien sie zu bemerken, sie winkte nach hinten. Da kam auch Felix und schaute ebenfalls dümmlich durch den Türspalt, schien sich dabei irgendwie mit einem Ohr verhakt zu haben. Dann öffneten sie die Türe und hüpften fast schon aus dem Raum heraus, um sich nochmals unauffällig zu vergewissern, dass niemand etwas bemerkt hatte. Erleichtert folgte Felix Marta zu ihrem Stand und wollte sich verabschieden. Doch Marta hielt ihn zurück und meinte:

»Danke, Felix, es war sehr schön, aber vergessen wir das Ganze besser, oder?«

»Jo, ist besser«, sagte Felix.

»Nur eins noch Felix, Ordnung muss sein, ich muss deine Spende verbuchen, kannst du mir bitte deinen Namen und die Adresse hier eintragen?«

Er gab ihr Name und Adresse, und damit war sein Schicksal besiegelt, ohne es auch nur im Entferntesten zu ahnen. Denn just, als er weg war, kamen schon die ersten Freunde auf Marta zu und zwinkerten sie vielsagend an. Sofort wurde ihr klar, dass sie doch beobachtet wurden. Ihr Gesicht lief blutrot an, sie schaute sich um, bemerkte viele solcher Zwinkereien, rundum offenbar alle. Was hatte sie nur getan. Wie sollte sie das vor Gott rechtfertigen, was würden ihre Eltern sagen. Sie würden es erfahren, soviel stand fest, denn Tante Gerda half gerade einige Stände weiter aus und wenn Tante Gerda es wusste, dann sehr bald auch ihre Eltern. Anderseits, wer hatte denn genau gesehen, was da drinnen ablief. Keiner, jeder vermutete nur etwas, wobei vielen Menschen Vermutungen reichen, um gewiss zu sein in ihren Meinungen. Vermutungen werden zu Gerüchten, die man nie wieder einfangen kann, es sei denn, man nimmt ihnen den Wind aus den Segeln, indem man etwas macht, das dem Gerücht widerspricht. Wenn sie also hier beobachtet wurde, könnte ein Gerücht sie als ›leicht zu haben‹ abstempeln, als ›stillen See, der tief gründet‹, als ›Eine, die bigott tut, es dabei aber faustdick hinter den Ohren hat‹, eine verdeckte ›heiße Braut‹ sozusagen, ›leichtes Mädchen‹. Oh Gott, wer weiß, was dann passieren würde. Kein Kirchenchor mehr, Ausschluss aus der Gruppe ›Engel des Hospiz‹, Verdammung aus dem religiösen Lesezirkel, aus der spirituellen Meditationsgruppe, schier nichts mehr würde übrig bleiben und Mama und Papa würden sie auch nicht mehr mögen. ›Liederliches Kind‹, würden sie sie nennen.

›Oh, mein Gott‹, dachte sie, ›da kommt meine Freundin Lotta. Was wird sie dazu sagen? Ich will weg, aber nein, zu spät, sie ist schon fast da, sieht mich an, verschmitzt lächelnd.‹

»Marta, meine Gute, was war das denn eben? Hast du es doch auch mal gebraucht, oder war gar nix?«, und grinste sich einen.

»Nö, Lotta, war nix.«

Doch sofort war ihr klar, welchen Käse sie da verzapfte, denn niemand geht zu zweit so lange einfach so in einen Abstellraum und kommt dann verstohlen um sich blickend heraus.

»Lotta, okay, dir kann ich es ja sagen. Es muss aber wirklich unter uns bleiben«, und wusste genau, dass Lotta sich genau daran nicht halten würde.

Aber Marta sah plötzlich eine Chance, die öffentliche Meinung, die Gerüchteküche zu ihren Gunsten zu drehen, ein Strohhalm, aber es könnte klappen.

»Es ist so Lotta. Das war der Felix. Wir kennen uns schon länger. Ich habe ihn bisher nicht vorgestellt, ich weiß, aber du kennst mich. Ich bin mir einfach zu schade für irgendeinen. Ich wollte den besten Mann, also, naja, den, der am besten zu mir passt. Äußerlichkeiten sind mir egal. Klar, ich könnte ganz andere Typen bekommen, viele haben es schon versucht und sind abgeblitzt.«

»Echt? Haben wir nie was mitbekommen. Komisch, oder?«

»Ist nicht komisch, ich bin da sehr sehr diskret, wollte die Männer nicht kompromittieren, nicht blamieren. Egal, der Felix jedenfalls ist mein absoluter Traumtyp und wir sind schon seit einiger Zeit verlobt .... Nun staunst du, was?«

Lottas Kinnlade klappt nach unten und ließ sich von dort nicht mehr wegbewegen, auch nicht zum Abfangen auslaufender Spucke.

»Weißt du, es ist einfach verrückt, der Kerl ist so verliebt in mich, dass er heute zu mir an den Stand kam und sagte, dass er mich unbedingt unter vier Augen sprechen müsse. Und nun wirst du staunen. Wir gingen in den Abstellraum und was glaubst du, was er machte?«

»Dich pimpern natürlich«, grinste Lotta wieder.

»Nein, Lotta, was denkst du von mir, nein, er hat mir den schönsten Heiratsantrag gemacht, den sich eine Frau wünschen kann. Er hat mir selbst verfasste Gedichte vorgetragen. So romantisch, wie ich es mir in den kühnsten Träumen nicht hätte vorstellen können. Ich schwelgte in Glück und du kannst mir glauben, keine hätte da noch nein sagen können. Ich bin so glücklich, Lotta.«

Da war es um Lotta geschehen, ihre Kinnlade klappte weiter nach unten, Spucke rannte aus ihrem Mund und tropfte zu Boden. Lotta war auch nicht gerade eine Zuckerpuppe, aber das mit dem aufgeklappten tropfenden Mund war schon, wenn sie aus der Fassung geriet, eine ihrer seltsamsten Eigenheiten. Und das sahen nun auch andere Umstehende, die sich unauffällig in der Nähe versammelten, um etwas mitzubekommen. Fragmente bekam jeder mit, aber Lotta hatte offensichtlich der Blitz getroffen. Welche Geschichte mag das genau sein? Sofort wurde Lotta gerufen, offenbar wurde sie gebraucht, natürlich musste man vorher mit ihr reden, wozu man sie genau brauchte. Na, und dabei konnte man ja auch mal über dies und jenes reden, oder? Das geschah auch. Wie ein Lauffeuer verbreitete sich die Geschichte von dem romantischen Heiratsantrag aller Zeiten, stets mit einem verschmitzten Augenzwinkern, währenddessen Marta sich schleunigst vom Acker machte. Welch Glück, dass er ihr noch seine Adresse gegeben hatte. Den Stand konnten andere wegräumen, sie musste unverzüglich los. Sie rannte, was ihre Beine hergaben. Sie musste ja auch rechtzeitig zu Hause sein und sie wusste, dass Tante Gerda die Eltern dann bereits informiert haben würde.

Nach zwanzig Minuten kam sie völlig durchgeschwitzt und entkräftet bei der angegebenen Adresse an. Ein Wohnhochhaus. Es fehlte bei seinen Angaben leider die Wohnungsnummer, auch sein Nachname. Wieso hatte sie denn darauf nicht geachtet? In ihrer Not klingelte sie einfach alles durch, dabei war ihr nicht klar, dass dann möglicherweise viele gleichzeitig durch die Sprechanlage sprechen würden, was auch so kam. Alle sprachen gleichzeitig und völlig unverständlich durcheinander, als hinter ihr ein gepflegter älterer Herr auftauchte und sie fragte, was sie denn hier mache und ob er ihr helfen könne. Sie schilderte ihm, wen sie suchte und dass sie zu ungenaue Angaben hätte, sie suche einen Felix.

»Ah«, meinte der Herr, »das ist der Felix Olderbrock, 10. Stock. Sie können den Aufzug nehmen. Ich lasse sie rein.«

Marta fuhr hoch zum zehnten Stock und sah schon bei der ersten der vier Türen den Namen Olderbrock plakativ angeschrieben ›OLDERBROCK, we are the best‹, stand da und darunter ein FC Sankt Pauli Wappen. Fußball Fans also. Tolle Typen scheinen das zu sein. Einmal klingeln, zweimal klingeln, dreimal … endlich kam jemand. Ein ebenfalls schmächtiger Mann, älter als Felix, offenbar wohl der Vater, öffnete die Tür, dahinter eine brutal wirkende, extrem fette Walküre von Frau, die sie streng musterte.

»Ist Felix da?«

»Jo«, sagte der Mann.

»Kann ich ihn sprechen?«

»Jo.«

»Können sie ihn holen?«

»Jo.«

»Darf ich eintreten?«

»Jo.«

In diesem Augenblick setzte die Walküre im Hintergrund ihren fetten Körper in Bewegung, ein gutes Anschauungsbeispiel für die Wirksamkeit von Trägheitskräften. Marta interessierte sich aber nicht für die Walküre, sie zappelte nervös herum, Schweiß rann ihr über den Rücken, ihr ganzer Körper war nass, ihr Haar verklebt und strähnig, das Gesicht glänzte. Dazu roch sie noch ungut, ähnlich einer alten Ziege.

»Fäääääliiiix!!!«, brüllte die Walküre in Richtung einer der Zimmertüren.

Keine zwei Sekunden später wurde die Tür von der anderen Seite aufgerissen und sie sah Felix schier auf den Gang stürzen. Er blickte zunächst seine Mutter ängstlich an, folgte dann ihrem Blick in Richtung Wohnungstür und dann sah er sie. Marta. Ein Blitz durchfuhr ihn, er bekam den Schrecken seines Lebens. Mit dieser Frau hatte er vorhin geschlafen? Er spürte, wie sich sein bestes Teil zu verkriechen versuchte, fast war es ihm, als stülpte es sich nach innen, all sein Verlangen von vorhin war hinweg, Grauen machte sich stattdessen breit. Marta hatte keine Zeit zu verlieren und platzte rundweg heraus

»Du hast mich geschwängert und musst mich nun heiraten!«

Stille. Lange Stille.

Dann setzte sein Vater an, seinen Sohn zu verteidigen.

»Äh, was? Zeig mal erst, da sieht man doch keinen Bauch«, sagte er mit seltsam hoher Stimme.

Bevor Marta etwas erwidern konnte, polterte die Walküre mit donnernder Stimme, die eines Gottes Zeus würdig gewesen wäre.

»Du Flittchen, was willst du? Soll ich dir eine dreifache Pirouette beibringen?
So eine schallere ich dir!«, setzte dazu an und traf daneben.

Durch den Schwung und die bereits erwähnten Trägheitskräfte drehte sie
sich derart um die eigene Achse, dass sie das Gleichgewicht verlor und wie ein
Sack Kartoffeln zu Boden fiel. Verzweifelt ruderte sie auf dem Rücken liegend
mit Armen und Beinen, sie kam nicht mehr hoch und musste von allen Anwesenden mit vereinten Kräften hochgezogen werden. Als sie wieder auf den
Beinen war, geschah etwas gänzlich Unerwartetes. Ihre Stimme war auf einmal
verändert, eine sanfte Stimme, die einer besorgten Mutter, einer herzensguten
Frau, kam aus ihr heraus.

Und diese Stimme sagte nun zu Felix: »Felix, mein Kind, wenn das stimmt,
dann musst du zu deinem Wort stehen und sie heiraten. Hast du ihr doch
bestimmt versprochen, oder, sonst hätte sich mein Bubi doch nie darauf eingelassen?«

Felix' Vater war still, er kannte diese Situationen zur Genüge, ein falsches
Wort seinerseits, ein Widerspruch hätte jene andere Persönlichkeit der Walküre
wieder geweckt, die sie gerade noch an den Tag legte. Davor hatte er Angst, so
war es zwar auch nicht gut, aber es fühlte sich besser an. Auch Felix war es lieber
so, wusste auch, dass er besser nicht widersprechen sollte und sagte:

»Klar Mutter, du hast wie immer recht. Ich werde sie heiraten«, und kochte
innerlich.

Warum nur traf gerade ihn dieses harte Schicksal? Marta näherte sich ihm
und versuchte ihn demonstrativ zu küssen, er erschauderte.

»Felix«, sagte sie, »lass uns die Details in deinem Zimmer besprechen, ja?«

Felix Magen verkrampfte sich, er wollte sich irgendwie rauswinden.

»Können wir das nicht …«

»Nein, können wir nicht!!«, blockte Marta sofort ab.

»Na gut, hier herein«, er deutete hinter sich.

In seinem Zimmer erklärte sie ihm, welche Story sie gerade in die Welt gesetzt
hatte, um sich und ihren guten seligen Ruf zu schützen. Ihm wurde speiübel.
Aber es nutzte nichts, er konnte dem nicht mehr ohne Weiteres entfliehen, das
Gerede und vor allem seine Mutter. Er musste sie heiraten, ob er wollte oder
nicht, ansonsten würde ihn der Zorn seiner Mutter treffen und das würde einem
Leben in der Hölle gleichkommen.

Zwei Wochen später standen sie im Standesamt und gaben sich das Ja-Wort.
Die Familien und alle ihre Freunde waren eingeladen. Insgesamt eine Runde

von 11 Personen inclusive Tante Gerda. Immerhin, es gab Freunde. Felix hatte zwei Freunde, Sven und Detlev, die, wie Felix, der Fan Gemeinschaft des Sankt Pauli angehörten. Tumbe Typen, die zu Ehren des Tages, ihre Sonntags-Sankt-Pauli-Schals trugen. Martas Freundinnen waren Lotta und Mona aus der Betgemeinschaft. Nach der standesamtlichen Trauung, die sich durch eine extrem kurze Ansprache des Standesbeamten auszeichnete, ging es unmittelbar weiter zur kirchlichen Trauung. Alles ein wenig hastig, fast wie im Schnelldurchlauf, aber garniert mit allem, was die Kirche ihrer lieben Marta zu bieten hatte, um ihr einen wundervollen Trauungsgottesdienst zu schenken. So fand sich in der Empore der Kirchenchor, dem auch Tante Gerda angehörte, mit weiteren altbackenen Frauen, die sich für exzellente Sängerinnen hielten und zusammen ein Gekrächze in den höchsten Tönen vollbrachten, so dass es jedem Anwesenden das Gesicht verzog, als würde man in eine Zitrone beißen. Der Orgelspieler mit seinen gut zweiundneunzig Lebensjahren, war nahezu taub, was nicht unbemerkt blieb. Es fand sich auf die Schnelle kein anderer. In den hinteren Bänken reihten sich einige Betschwestern auf, die immer wieder leise vor sich hinmurmelten, teils an den unpassendsten Stellen, ungeachtet dessen, ob es gerade zum Ablauf der Trauung passte, oder nicht. Ein Gottesdienst der Superlative also.

Anschließend ging es ans Feiern. Das Fest war nicht gerade berauschend, denn es stand ein Sankt Pauli Spiel an, also mussten Sven und Detlev gleich nach der Trauung weg und als Marta sich mit ihren Freundinnen in ein Gespräch über die Johannesbriefe im Neuen Testament verstrickte, schlief Felix auf seinem Stuhl ein, während sich sein Vater betrank und seine Mutter, die sich mit allen Finessen aufdonnerte und ihre beste Seite zeigte, mit Martas Vater kokettierte, der ebenfalls extrem fett war. Martas Mutter saß einfach nur da, den ganzen Abend, immer gleich, selig und fromm. Eine seltsame, heilig wirkende Frau. Gegen Mitternacht begaben sich alle nach Hause, Felix' Mutter und Martas Vater kamen kurz zuvor etwas zerzaust aus einem Nebenzimmer.

Zunächst wohnten die Beiden für einige Monate bei Felix' Eltern. Es wurde ganz einfach zusätzlich ein Gästebett in seinem Zimmer aufgestellt. Konfliktpotential gab es in dieser Zeit mehr als genug, doch irgendwie standen sie es alle durch, bis endlich eine eigene Ein-Zimmer Wohnung bezogen werden konnte. Felix arbeitete als Regaleinräumer bei einem Discounter und verdiente nicht allzu viel, Marta hatte man einen Job in der Bibliothek verschafft. Auch sie verdiente wenig. Während der Monate bei Felix' Eltern blieb bei ihr tatsächlich die Periode aus und ihr Bauch begann, sich zu wölben. Doch eines Tages kam wieder eine Blutung, eine heftige dieses Mal und es kam noch etwas mit heraus. Sie hatte einen Abgang. Beide waren entsetzt und erstaunlicherweise erleichtert zugleich und damit wendete sich das Blatt für das Paar. Sie konnten weiter beide verdienen, sich somit in Ihrer winzigen Wohnung ganz gut halten und bescheiden aber einigermaßen gut leben. Eines aber kam nie wieder vor. Sie fanden sich gegenseitig derart unattraktiv, dass keiner der beiden auch nur noch ein Fünkchen Lust auf Sex mit dem anderen hatte. Eine Trennung kam deswegen aber nicht in Frage, dafür würde man Marta im Jenseits bestrafen und Felix wusste, dass sie wiederum ihn bestrafen würde. Also lebten sie viele Jahre in gottgefälliger und relativer Zufriedenheit vor sich hin, ohne Urlaube, ohne Theaterbesuche, ohne Ausflüge, kurz, sie unternahmen nichts zusammen und hatten auch keine gemeinsamen Freunde. Er besuchte seine Sankt Pauli Spiele und sie ihre Betkreise, und jeden Dienstag, wenn beide zu Hause waren, weil keine Fan Veranstaltung war und die Bibel nicht zum Rapport rief, schauten sie sich gemeinsam die Nachrichten an, um informiert zu bleiben. Keiner interessierte sich dabei aber für die Themen des anderen. Und es gab keine Kuschelrunden auf der Fernsehcouch,

Nun war es allerdings so, dass zwar für Marta das Thema Sex vollkommen abgehakt war. Die einstige einmalige Erfahrung mit Felix im Abstellraum hatte ihr deutlich gezeigt, dass dem Thema viel zu viel Bedeutung beigemessen wurde, denn wenn das alles war, na lieber Himmel, was taten denn die Leute dafür so rum. Für Felix aber sah die Sache anders aus, er träumte von schönen Frauenkörpern, stellte sie sich in seinen Gedanken vor, besorgte sich Pornohefte und befriedigte sich selbst, wann immer es ging. Er hatte inneren Druck und konnte sich so Erleichterung verschaffen. Das ging im Grunde ganz gut und so hielt er durch an Martas Seite. Für andere Frauen wurde er allerdings zunehmend zu einem unangenehmen Zeitgenossen, verwechselte er doch offenbar Brüste mit deren Augen. Jede Frau hatte das Gefühl, gedanklich von ihm ausgezogen zu werden, während er nur ein paar Worte mit Ihnen wechselte. Daher fand sich in seinem Freundeskreis keine einzige Frau, die hielten sich alle fern. Männer waren seine Freunde, solche die ihrerseits auch nicht so recht andocken konnten an die Welt der erotischen Frauen. Dabei fand er sich selbst verführerisch, kaufte sich erotische Unterhosen, String Tangas, für alle Fälle, falls er mal von einer heißen Braut angegrabscht würde. Könnte ja sein, oder nicht? Er trug Hawaii

Hemden, hängte sich einen lässigen Sankt Pauli Fan Schal um den Hals und trug eine Sankt Pauli Fan Schirmmütze mit praktischen klappbaren Ohrwärmern auf dem Kopf. Seine Hosen aber waren das absolute Highlight. Enganliegende Kunstfaserhosen, die seine Schlanke Figur betonen sollten und zugleich all sein Gemächt im Abdruck zum Vorschein brachten. Er wollte beeindrucken, mit allem, was er hatte.

Er machte Fotos von sich in seinen verschiedenen Outfits und legte sich ein Album dazu an. Eines Tages fing er an, zu seinen Fotos andere Fotos hinzuzufügen. Fotos von Frauen, die ihm gefielen, aus Kathalogen oder er machte einfach selbst heimlich Fotos. Zunächst postierte er sie als eigenständige Fotos neben den Fotos von sich, später fing er an, Fotocollagen herzustellen, indem er die Frauen aus deren Bildern ausschnitt und sie direkt neben sich innerhalb seines Fotos klebte. Auch das half ihm, seinem inneren Druck Entlastung zu verschaffen. Er kaufte gerne ein, denn das verschaffte ihm Begegnungen mit Frauen, die einkauften oder bedienten oder an der Kasse saßen, wo er besonders gut in deren Ausschnitte gucken konnte. Man kannte ihn, mied ihn, aber in den Läden und Kaufhäusern entkamen sie ihm nicht. Schaute ihn eine Frau länger als einen kurzen Augenblick lang an, war er sich sicher, dass er bei ihr gelandet war, dass er ihr gefiel. Das geilte ihn dann jedes Mal so sehr auf, dass er sich rasch Erleichterung verschaffen musste. Hopp, auf die Kundentoilette, wenn eine da war und raus mit dem besten Teil. Er war sich sicher, dass er sie alle haben könnte, wenn er nur wollte, aber als verheirateter Mann musste er sich zusammenreißen, daher fand er stets einen Weg, sein Verlangen anderweitig in den Griff zu bekommen. Ein vorbildlicher Ehemann und ein Mann der Ehre, so sah er sich. Und zum Glück gab es die Handmaschine zum sexuellen Glück, es dauerte ja auch nur wenige Sekunden, wenn er loslegte, und schon war alles wieder gut.

Felix hielt sich für klug, klüger als andere, klüger als alle anderen, er hielt sich für den absoluten Durchblicker, für einen, der die Wahrheit auf Basis all seines Intellekts erarbeitete und Lug und Betrug riechen konnte. So klärte er Marta bei den dienstäglichen Nachrichtensendungen stets auf, dass alles Lügner und Betrüger seien und besonders die Nachrichtensprecher selbst, die in ein nachrichtendienstliches Netz verstrickt seien und gezielte Falschinformationen unter dem Deckmantel einer seriösen Sendung verbreiteten. Er zeigte detailreich auf, dass meist genau das Gegenteil von dem Berichteten die Wahrheit sei. Dies war der einzige Punkt, an dem sich die beiden fanden. So war für ihn der Vietnam Krieg von außerirdischen Mächten inszeniert, die nach und nach die Menschheit schwächen wollen, um sich dann selbst auf der Erde niederzulassen. Die Nachrichtendienste der Welt würden ihnen dabei helfen und zugleich die Menschheit desinformieren. Marta bewunderte ihn mitunter für seine Klugheit, verstand zwar nicht, wovon er redete, aber das zeugte für sie gerade erst recht davon, dass er viel mehr wusste, als der Rest der Welt. Felix sonnte sich in dieser Bewunderung und wurde sich seiner selbst immer sicherer, er musste klug sein, sonst würde es ihm Marta schon mal anders gesagt haben. Sie äußerte sich zwar wenig, nickte aber viel dazu und deutete ihm dadurch ihre Zustimmung zu seinen Ausführungen an. Felix, der Kluge und Schöne und Verführerische. Ein Selbstbild, das in ihm entstand und das ihm passte. Seine Fotoalben bestückte er derweil immer weiter. Im Laufe der Jahre entstanden mehrere Alben und ein ganzer Stapel an Pornoheften sammelte sich an. Er deponierte alles in seinem Kleiderschrank ganz unten, ganz hinten, dort, wo Marta nicht hinsehen konnte und auch nichts zu tun hatte. Sie wollte ohnehin nichts groß mit seinen Sachen zu tun haben und stellte ihm seine Wäsche immer einfach nur vor seinen Kleiderschrank, auf dass er sie selbst einräume. Und so lebten sie Jahr für Jahr, tagaus, tagein, immer gleich, bis eines Tages etwas Unfassbares geschah.

KAPITEL 5

HAAGENSTEIN, ZEHN JAHRE SPÄTER, HERBST 1991

Adele wachte am nächsten Tag erneut mit schwerem Kopf auf. Sie lag die ganze Nacht auf der Couch und fühlte sich wie gerädert. Der gestrige Abend in der Bar und dann bei Karl in der Wohnung hatte ihr zugesetzt. Ein unangenehmes Gefühl beschlich sie, zusätzlich zu all ihrem ohnehin schon dramatischen Gefühlschaos, ein Gefühl, dessen Ursprung nicht zu ergründen war, das nicht im Zusammenhang mit Markus Siebel stand. Irgendetwas anderes bohrte noch zusätzlich in ihr. Sie versuchte sich zu erinnern. Was war das eigentlich für eine komische Situation mit der Bruni? Warum hat sie sie quasi rausgeworfen, was stimmte da nicht?

›Ist Bruni denn nicht viel zu alt für Karl, sie könnte seine Mutter sein, so sieht sie zumindest aus. Warum war sie eifersüchtig?‹

Karl durfte so um die Dreißig sein, auch wenn er schon älter aussah, was vermutlich an seinem Schmuddel Outfit lag. Vielleicht war Bruni ebenso unglücklich verliebt, wie sie. Ein Drama, eine völlig aussichtslose einseitige Liebe. Diese Geschichte mit Karl und Bruni und der Schmerz um Markus Siebel waren einfach zu viel für sie. Schwindel, Kopfweh und Übelkeit plagten sie und sie konnte sich nicht recht konzentrieren. Von einem Glas Wein? Das kann nicht sein, und warum wurde sie denn sofort schläfrig, wachte erst Stunden später wieder auf? Ein Glück, dass Karl so liebevoll reagierte und sich gut um sie kümmerte. Um ihre Beschwerden besser zu verstehen, fing sie an, in medizinischen Fachbüchern, die sie zuhauf angesammelt hatte, zu recherchieren. Es fanden sich allerlei Hinweise, besonders in Bezug auf Wein.

›Könnte ggf. Histamin Intoleranz sein. Ja, genau, das könnte es gewesen sein. Ein Rosé, na klar!‹, schlussfolgerte sie, ›na gut, in Zukunft nur noch Weißwein‹, dachte Adele entschlossen.

Sie hakte das Thema damit erst einmal ab, es ließ sich ausreichend gut erklären. Sie schlief nochmal ein und wachte erst Stunden später wieder auf.

›Warum‹, dachte sie, ›bin ich derart müde? So spät war es doch auch nicht gestern. Egal, heute geh ich definitiv nicht in die Bar. Ich besuche meine Eltern.‹

Nachmittags war sie dann tatsächlich bei ihren Eltern. Ihr Vater war zunächst noch in der Arbeit, Mutter aber war wie immer zuhause. Sie brachte umgehend ihre Sorgen zum Ausdruck, denn Adele sah noch schlechter aus, als beim letzten Mal, hatte nichts gegessen seither und man sah ihr an, dass ihr Gefühlsleben wütete und es sie innerlich zerriss.

»Adele, Kindchen, was macht dich so kaputt? Was ist los? Ist es wirklich die Grippe? Kannst oder willst du es uns nicht erzählen?«

»Ach Mutti, es ist wirklich nur Grippe. Lassen wir es dabei, ja? Ich bräuchte dringend einen Kaffee.«

Während der Kaffee zubereitet wurde, setzte sie sich auf die Couch im Wohnzimmer und drückte ihre Handballen fest gegen ihre Schläfen, ein vergeblicher Versuch, die Kopfschmerzen etwas einzudämmen. Sie wurden immer stärker und ihre Konzentrationsfähigkeit sank immer weiter.

›Was ist nur los, verdammt, was ist das?‹ fragte sie sich und kippte seitlich auf die Couch um, schloss die Augen und fing in dem Moment, als ihre Mutter den Raum betrat, zu weinen an. Diese stellte den Kaffee sofort weg und eilte voll Sorge zu Ihrer Tochter.

»Oh mein gütiger Gott, was ist dir nur widerfahren? Bitte sag es mir! Warum nur kannst du es mir nicht erzählen?«

Sie setzte sich zu Adele auf die Couch und legte sich ihren Kopf auf den Schoß. Adele weinte immer weiter. Ihre Mutter strich ihr übers Haar. Es tat ihr gut, wirklich gut, gut bis in die tiefsten Tiefen ihres Seins. Es war ihre geschundene Seele, die weinte. Ein Weinen, das Körper und Geist vollständig vereinnahmte. Es war der Tiefpunkt aller Gefühle ihres bisherigen Lebens. Alles Negative bahnte sich unaufhaltsam seinen Weg nach außen. Auf einmal hatte sie den Drang, aufzuspringen und loszulaufen, doch sie war zu geschwächt. Sie wollte wegrennen, um sich das Leben zu nehmen, denn sie konnte einfach nicht mehr, dieses Leben war für sie nicht mehr zu ertragen. Nur Alkohol half in diesen Zeiten. Sollte sie Mutter nach etwas Alkoholischem fragen? Sie tat es nicht. Mutter durfte nicht schon wieder wegen ihr leiden müssen. Sie hatte damals alles ertragen, war immer für sie da, hatte alles aufgegeben, um ihr zu helfen. Nun, da es ihr endlich wieder gelungen war, in ein relativ normales Leben zurückzukehren, durfte es nicht schon wieder zerstört werden.

»Ach Mutti, es ist mein Job, der mir Sorgen bereitet. Ich sehe jeden Tag so viel Leid, so viel Böses und manchmal kann man das auch als Psychologin nicht mehr verarbeiten, dann klappt man auch mal zusammen. Ich werde zu einem

Kollegen gehen, sobald ich die Grippe hinter mir habe. Versprochen«, antwortete sie mit belegter Stimme.

Ihre Mutter blickte nachdenklich in den Raum.

»Du willst es nicht sagen, nicht wahr, Adele? Es ist etwas, womit du uns nicht belasten willst. Ich weiß nicht, warum du das machst, warum du es uns nicht anvertrauen kannst, aber ich hoffe sehr für dich, dass du jemanden findest, zu dem du hundert Prozent vertrauen findest und der dieses Vertrauen wert ist. Ich sehe ein, mein Kind, das sind nicht immer automatisch die nächsten Angehörigen. Aber sei gewiss, ich stehe immer an deiner Seite. Du kannst immer kommen und alles erzählen. Bleib nur jetzt einfach hier bei mir liegen und weine ruhig, es wird dir helfen. Weine alles aus dir heraus.«

Und Adele weinte und weinte, schluchzte, musste sich schnäuzen, weinte weiter, bis die Tränen versiegten und sie langsam wieder in Schlaf versank. So lag sie auf dem Schoß ihrer Mutter, als ihr Vater gegen 18:30 Uhr nach Hause kam und sie mit seinem Gepolter und einem lauten »Hallo« aus dem Flur weckte. Benommen blickte sie auf. Ihre Mutter war ebenfalls eingeschlafen, rührte sich nicht, hatte die Augen geschlossen und den Mund offen. Sie hörte ihren Mann nicht, denn es war fast jeden Tag dasselbe: Erst Poltern, dann ein lautes »Hallo«, danach die Toilette, dann Umziehen, und schließlich kam er in die Küche mit der Frage:

»Was gibt es heute, mein Schatz?«

In der Ehe der beiden hatte sich Tristesse breitgemacht. Rituale, die nicht mehr durchbrochen wurden, da die Vergangenheit zu schwer wog und nur noch über diese ein einigermaßen normales Leben möglich war. Auch heute ging er wieder auf die Toilette, dann in die Küche und trällerte:

»Was gibt es heute, mein Schatz?«

Er musste es nur laut genug sagen, damit man es in der ganzen Wohnung hören konnte. Seine Stimme war so laut, dass Mutter mit einem Schnarch-Geräusch aufwachte. Sie schnappte nach Luft, blickte sich um und sah, wie Adele sich gleichzeitig aufzurichten versuchte. Noch etwas schlaftrunken fragte sie:

»Adele, willst du mit uns essen?«

»Ich weiß nicht, hab keinen Hunger und mir ist etwas übel.«

»Ich hab etwas gegen Übelkeit für dich.«

»Ja, wäre sehr dankbar dafür.«

Vater betrat das Wohnzimmer, sah die beiden und erkannte Adeles Zustand. Es durchzuckte ihn, als wäre es ein Déjà-vu. Er konnte sich des Eindrucks nicht erwehren, dass Adele etwas Schlimmes zugestoßen sein könnte. Seit dem

Verbrechen damals, hatte er beim leisesten Anschein solche Gedanken, er litt sehr darunter. Mutter legte den Zeigefinger auf ihren Mund. Vater verstand und sagte nur noch einmal sanft:

»Hallo.«

»Ich hab heute nicht gekocht, Bärchen, du siehst ja …«, sagte sie und deutete auf Adele, die ebenfalls ein geräuspertes »Hallo« von sich gab.

»Verstehe, ist in Ordnung. Soll ich das übernehmen? Ich könnte uns Würstchen warm machen, mit Kartoffelbrei, den fertigen, den aus der Packung.«

»Danke, Bärchen, ist sehr lieb, aber kümmere dich doch besser um deine Tochter. Ich mach uns allen was, okay?«

»Gerne.«

Das Abendessen war rasch fertig, der kalte Kaffee wurde vorher nochmal aufgewärmt und Adele trank ihn gierig. Erstaunlich wie schnell ihre Mutter etwas auf den Tisch zauberte, bewundernswert. Adele aber konnte nichts essen, sie versuchte einige Bissen hinunter zu würgen, aber es ging nicht. Sie lehnte sich im Stuhl zurück und blickte ihre Mutter mit einem entschuldigenden Gesichtsausdruck an.

»Du musst essen, Adele. Du isst zu wenig«, sagte diese sehr einfühlsam.

»Ich kann nicht, Mutti, es geht nicht, ich bring nichts runter. Bin sicher, dass ich in ein paar Wochen wieder topfit bin, aber gerade jetzt kann ich wirklich nicht. Es tut mir echt leid …ich weiß, ich verschlinge dein Essen sonst immer …, ich kann nur heute nicht, ich hoffe, du verstehst das.«

Ihre Mutter schaute sie zunächst voll Mitleid an, stand dann aber auf und ging ins Bad. Nach einigen Minuten kam sie mit leicht geröteten Augen zurück und räumte schweigend den Tisch ab. Ihr Mann und Adele halfen ihr dabei, ebenfalls schweigend.

Schweigen ist eine Form der Kommunikation, die oft eine sehr unangenehme Wirkung haben kann. Es kann jede noch so gute Stimmung und jede Situation ins Negative wenden. Schweigen als Einverständnis oder Zustimmung zu werten, auch wenn derjenige es im Nachhinein so behauptet, ist meist falsch.

»Wieso, ich hab doch eh nichts gesagt, da spinnst du dir was zusammen …«, hört man dann oft genug.

Schweigen kann alles vermiesen und einem ein unglaublich schlechtes Gefühl vermitteln. Manipulative Menschen setzen Schweigen oft als Waffe ein, um ihr Missfallen besonders zu unterstreichen und dennoch sagen zu können, sie hätten ja nichts gesagt, was als Zustimmung gewertet werden könnte. Schweigen, kombiniert mit einem miesepetrigen Gesichtsausdruck, zielt darauf ab, dem anderen die Stimmung zu vermiesen und ihm die Lust an allem zu nehmen. So war auch das Schweigen von Adeles Mutter zu deuten. Sie, die sich immer für alle aufopferte, alles tat, alle betüdelte, bekochte und stets ein offenes Ohr für alle hatte. Wie sehr hatte sie sich dieses Mal wieder abgemüht, und doch hatte Adele nicht einmal drei Bissen davon gegessen. Undankbar, alle undankbar. Ihre Mutter war beleidigt und wurde zum Mittelpunkt ihres eigenen Mitleids. Adeles Sorgen, die sie ihr ohnehin nicht mitteilen wollte, rückten in den Hintergrund. Die Stimmung war plötzlich belastet. Adele verspürte den Drang zu gehen, entschuldigte sich nochmals, zog rasch ihre Jacke über und ging. Im Radio liefen gerade die zwanzig Uhr Nachrichten. Es war bereits dunkel. Aus irgendeinem Grund bekam sie an diesem Tag Angst vor dem Heimweg, eine Angst, die sie lange nicht mehr hatte, die sie über die Jahre verdrängen konnte. Irgendwann gelang es ihr wieder, abends alleine hinauszugehen. Haagenstein war für sie ein Hort des Friedens und der Hilfsbereitschaft, der Freundlichkeit und der Nächstenliebe und es vermittelte ein vollkommenes Gefühl der Sicherheit. Hier war es ihr möglich, am Leben teilzunehmen, abends in den Straßen und Gassen herumzulaufen, den Schlossplatz aufzusuchen. Die Angst verschwand, sie kannte die Menschen, man kannte sie. Hier konnte sie auf viele der Mitbürger zählen, da war sie sicher. Hier konnte ihr nichts geschehen, denn es gab nur ehrliche und rechtschaffene Menschen, so ihre vollkommene Überzeugung. Die Angst war mit der Zeit verschwunden, aber nun war sie plötzlich wieder da. Als sie in Mutters Schoß weinte, war es ihr, als würde es ihr leichter werden ums Herz, sie schlief ein und erwachte mit einem Gefühl neuer Geborgenheit, war bereit, ihr von den wahren Sorgen zu erzählen, doch dann kam Vater nach Hause. Zu früh. Die Stimmung war durchbrochen. Adele nahm sich daher vor, am nächsten Tag wieder zu kommen, denn sie wollte sich nur ihrer Mutter anvertrauen. Wenn nur nicht das Abendessen eine derart ungute Stimmung hervorgerufen hätte. Adele wischte sich erneut Tränen aus dem Gesicht. Das Verhalten ihrer Mutter, dieses strafende Schweigen, war wie ein Pfeil in ihr Herz gedrungen. Die damit verbundene beleidigte Haltung und Mimik, ein Mittel, im Gegenüber gezielt schlechtes Gewissen zu erzeugen, zu strafen, die Stimmung zu vermiesen. Wenn sie schon keine gute Stimmung mehr hatte, dann sollten sich die anderen auch nicht besser fühlen. Alles rundherum muss mit in den Abgrund gezogen werden, in dem derjenige glaubt, sich bereits zu befinden. Dieses strafende Schweigen hat diesen zunächst so wertvollen Tag unbehaglich gemacht. Mutters Reaktion riss die gerade erst aufgebaute vertrauensvolle

Atmosphäre in den Abgrund. Völlig überzogen und unsinnig, egoistisch und zerstörerisch. Und nun spürte sie alle belastenden Gefühle der letzten Tage wieder. All der Trost Mutters war nichts mehr wert, hatte sich verwandelt in einen stillen Vorwurf, der sich noch hinzugesellte zu der schweren seelischen Last, die sie ohnehin immer in sich trug. Der Besuch bei ihren Eltern wurde zum Bumerang und verstärkte ihre Hoffnungslosigkeit sogar noch. Sie fühlte Verzweiflung, und sie spürte plötzlich wieder diese schreckliche Angst vor dem Weg alleine im Dunkeln nach Hause.

›Sie ist nicht ergründbar‹, dachte sie, ›sie ist unlogisch, sie kann nur ein Anflug sein, wohl weil alles zu viel wurde.‹

Adele versuchte, es aus der Sicht einer Psychologin zu analysieren. Aus dieser Betrachtung heraus, gab es keinen Grund zur Panik. Dennoch ging sie schnellen Schrittes, fast schon rannte sie. Sie schaute sich fortlaufend um, um sich zu vergewissern, dass niemand sie verfolgte. Zum Glück waren die Straßen in diesem Teil der Stadt sehr gut ausgeleuchtet. Als sie ihre Wohnung erreichte, öffnete sie hastig die Tür, schlüpfte rasch durch und drehte den Schlüssel zweimal im Schloss um. Dann machte sie in der ganzen Wohnung das Licht an, kontrollierte die Fenster und auch nochmals die Eingangstüre. Sie war zweimal abgeschlossen. Plötzlich hörte sie etwas im Bad surren. Sie erstarrte. Was war das? Es gibt Menschen, die in Schrecksituationen erstarren, andere die fliehen und solche, die zum Angriff übergehen. Adele gehörte zu jenen, die erstarren, nur was sollte das in dieser Situation nutzen? Regungslos stand sie im Flur. Sie hatte das Bad nicht gecheckt. Nach einer gefühlten Ewigkeit setzte sie sich in Bewegung. Was soll schon sein im Bad, sagte sie sich, um sich selbst zu beruhigen. Nach wenigen Schritten erstarrte sie erneut. Wieder dieses Surren im Bad. Herzschlag und Atmung beschleunigten sich, ihre Ohren fielen zu, sie begann zu kollabieren, konnte sich nicht mehr orientieren, hatte plötzlich diverse Geräusche im Kopf, alles um sie herum drehte sich, ihr wurde übel. Ihr Magen wollte das wenige Essen, das sie zu sich genommen hatte, loswerden. Ihr Zwerchfell zog sich zusammen und öffnete den Magenmund, die Speiseröhre schien zu bersten, der Magen schoss Galle stoßartig nach oben, ihr Mund öffnete sich weit, ihre Augen waren aufgerissen. Sie würgte sich die Seele aus dem Leib. Doch es kam nur Galle. Immer weiter stieg der Druck in ihrer Brust, der ganze Körper fing an, sich zu verkrampfen, aber es kam weiterhin nur Galle. Sie fiel auf den Boden, ihr Kopf schlug hart auf. Sie verlor das Bewusstsein. Zugleich ging im Bad das Licht aus. Es war das Ende einer Glühbirne, die sich in einem letzten Aufbäumen surrend verabschiedete. Adele aber bekam es nicht mehr mit. Die ganze Nacht lag sie bewusstlos im Flur. Sie lag im Erbrochenen. Als es früh morgens an der Wohnungstüre klingelte, hörte sie es zwar, war aber unfähig, zu reagieren. Daraufhin war zu hören, wie ein Schlüssel ins Schloss geschoben und umgedreht wurde. Jemand stieß die Tür heftig auf. Es war ihr Vater, er machte sich die ganze Nacht große Sorgen und Vorwürfe, dass er sie in ihrem Zustand alleine nach Hause hatte gehen lassen. Als er sie auf dem Flurboden vorfand, lief er zu ihr, registrierte, dass sie atmete und rannte zum Telefon in der Wohnküche. Ein Rettungswagen war rasch vor Ort, bis dahin hatte ihr Vater bereits ihre Mutter und ihre Schwestern informiert. Adele trug er in ihr Bett und decke sie sorgsam zu. Ihr Erbrochenes wischte er mit Papiertüchern auf. Adele war noch immer orientierungslos und reagierte nur passiv auf äußere Reize.

Der Notarzt wies sie umgehend ins Krankenhaus ein. Nach eingehender Untersuchung diagnostizierte man Erscheinungen, wie nach der Einnahme diverser Drogen. Solche konnten allerdings weder im Urin, noch im Blut nachgewiesen werden. So musste man davon ausgehen, dass die Einnahme schon vor mehr als zwölf Stunden stattfand, möglicherweise also am Abend zuvor. Adele wachte langsam aus ihrem Zustand auf und wurde aufgeklärt. Sie beteuerte, keinerlei Drogen zu sich genommen zu haben, lediglich ein Glas Wein, das sie offenbar nicht vertrug. Die Ärzte gaben ihr dahingehend Recht, ein Glas Wein sei harmlos und sie rückten ab von dem Drogenverdacht. Nach weiteren Gesprächen wurde ihnen allerdings klar, dass Adele psychisch massiv litt und konstatierten schlussendlich dies als wahrscheinlichen Auslöser des Zusammenbruches. Zwei Tage später wurde sie in einen anderen Krankenhaustrakt verlegt, wo man sie körperlich und psychologisch betreute. Sie weigerte sich, zur psychologischen Behandlung nach Milbersee verlegt werden, wo sie arbeitete. Ein ihr gut bekannter Psychologe übernahm, sie konnte ihm vertrauen, er würde nichts weitergeben. Adele aß weiterhin kaum etwas, künstliche Ernährung lehnte sie ab, sie trank zu wenig, weshalb sie eine Infusion bekam, die den Flüssigkeitsmangel ausglich. Ihr körperlicher Zustand spiegelte zunehmend ihren seelischen Zustand wider. Sie verlor an Gewicht, an Statur, war stets traurig, tief melancholisch und klang abwesend monoton. Die Ärzte erfuhren bereits am Tag der Einweisung, dass Adele regelmäßig Psychopharmaka zu sich nahm. Sie entschieden, die Dosierung vorübergehend zu erhöhen, um ihr das Leben zu erleichtern. Nach einigen Tagen kam die Wirkung, sie fühlte sich besser, wurde lebendiger. Sie konnte nun insbesondere mit Sebastian, dem Psychologen, freier reden. Ihm erzählte sie zwar nicht alles, aber jenes, was ihr in den letzten Tagen zusetzte, somit also von Markus Siebel und dem für sie entsetzlichen Ende einer Beziehung, die für ihn nie eine war, nie eine sein konnte.

Nach einer Woche wurde sie entlassen und vom Hausarzt weitere drei Wochen krankgeschrieben. Eine Woche lang verließ sie ihr Zuhause nur selten, wurde täglich von ihren Eltern versorgt. Die höhere Dosierung der Psychopharmaka wurde beibehalten. So konnte sie etwas ruhiger mit allem umgehen. Zwar spürte sie den Kummer noch immer, aber ihre Gefühle wurden nicht mehr wie von einem Tornado umhergewirbelt. Dieser ebbte ab zu einem lauen Wind, der mal stärker, mal schwächer wehte und ihre Seele sachte mitbewegte. Noch immer aß sie zu wenig, verlor weiter an Gewicht und Substanz, bewegte sich kaum noch und hatte zu nichts mehr Lust. Ihre Eltern trugen schwer daran, die ohnehin schon so geschundene Tochter erneut derart leiden zu sehen. Die Sorgen präg- ten ihren Alltag und sie begannen wieder, sich gegenseitig vorzuwerfen, was sie schon wieder alles übersehen hätten, was der eine hätte tun können, was die andere besser hätte lassen sollen. Alte, bereits als überwunden geglaubte Grä- ben, brachen wieder auf. Sie stritten, nicht vor Adele, aber in den eigenen vier Wänden begannen sich Dramen abzuspielen. Ihre Mutter weinte oft, während ihr Vater die Einsamkeit suchte, um allem Belastenden zu entkommen.
›Eines nicht mehr allzu fernen Tages‹, so entschied er, ›werde ich aus eigenen Stücken von dieser Welt gehen. Ich will nicht mehr ohne jede Freude weiter- leben. Doch zunächst braucht mich Adele noch.‹
Und das war das Einzige, was ihn noch im Diesseits hielt. Die zwei einst mit umgezogenen Schwestern besuchten sie in dieser Zeit nur einmal ganz kurz. Sie kamen zusammen, denn sie fanden keinen rechten Zugang zu ihr, wussten nichts mit ihr anzufangen, daher war es ihnen lieber, zu zweit zu kommen, um peinlichen Schweigepausen zu entgehen. Die älteste Schwester, die weiter in Hamburg blieb, blieb fern und meldete sich nicht. Sie wollte nicht mehr an die schlimme Zeit zurückerinnert werden und hatte jeden Kontakt zur Familie abgebrochen, um ein unbelastetes Leben führen zu können.

Adeles Mutter verzweifelte. Sie wollte Sebastian, den Psychologen befragen, um herauszufinden, was mit Adele wirklich los war und fuhr zu ihm in die Kli- nik. Sebastian war in ihrem Alter und sehr erfahren in seinem Beruf. Er sagte ihr allerdings, dass er keine Auskünfte geben dürfe. Ja, natürlich wisse er mehr, aber sie solle sich keine Sorgen machen, er sei ja schließlich da, um zu helfen. Er blickte Adeles Mutter in die Augen und erkannte, wie sehr sie litt. Eine Frau, deren einstige Schönheit trotz vieler Jahre an Kummer und Sorgen noch immer erkennbar war. Sebastian, ein schlanker, mittelgroßer Mann mit graumelierten Haaren, hatte auf einmal das Bedürfnis, Adeles Mutter zu umarmen, ihr auf diese Weise etwas Trost zu schenken. Sie ließ es zu, ließ sich fallen, roch sein angenehmes Parfum. Ihre innere Schleuse öffnete sich, sie fing an, bitterlich zu weinen. Sebastian holte ein Taschentuch aus der Tasche und gab es ihr, umarmte sie fester, strich ihr über das Haar und spürte auf einmal einen Schwall von Zuneigung gegenüber dieser leidgeprüften Frau. Er küsste sie zunächst auf das Haar, dann küsste er sie auf die Wange, sanft, fast wie ein warmer Windhauch. Sie blickte hoch, schaute tief in seine Augen. Beide hielten dem Blick stand. Gefühlvoll tupfte er ihr die Tränen aus dem Gesicht.

»Danke, das tut so gut. Es tut meiner Seele so gut. Tausend Worte können eine Umarmung nicht ersetzen, Millionen Worte keine zärtliche Berührung. Ich würde gerne mehr davon bekommen, aber es ist besser, wenn ich jetzt gehe«, hauchte sie.

Sebastian räusperte sich, plötzlich war es ihm peinlich.

»Bitte entschuldige, ich weiß nicht, was mich geritten hat. Kommt nicht wieder vor. Ich mmmm ...«

Er konnte nicht weitersprechen, denn sie küsste ihn auf den Mund, drehte sich um und verließ mit schnellen Schritten sein Büro. Da stand er nun und war sich dessen bewusst, dass er gerade eine Grenze überschritten hatte, stützte sich auf seinen Schreibtisch und blickte auf seinen Ehering. Adeles Mutter verließ derweil die Klinik auf dem schnellsten Weg. Sie spürte in sich hinein, spürte ein leises Gefühl, das sie seit langer Zeit vermisste. Ein wunderbares Gefühl.

Adele fühlte sich nach zwei Wochen zu Hause unter regelmäßiger Einnahme ihrer Medikamente wieder merklich besser. Sie hatte zehn Kilo abgenommen, sah aber erholt aus. Es war Freitag, sie wachte spät auf, fühlte sich erstaunlich gut, als es an der Wohnungstüre klingelte. Marina, ihre Kollegin und zugleich beste Freundin, wollte sich nach ihr erkundigen. Sie stand mit einem Strauß Blumen vor der Tür und nach einer freundschaftlichen Umarmung sagte sie:

»Adele, wie geht's dir? Du weißt gar nicht, wie du uns allen fehlst. Ich soll dich von den Kollegen recht herzlich grüßen. Die Blumen sind von uns allen. Was ist denn nur geschehen? Man hat gar nicht so recht mitbekommen, was dir eigentlich fehlt, aber ich sehe, du hast unglaublich abgenommen.«

»Ach Marina, ich hab wirklich eine Höllenfahrt hinter mir. Aber jetzt geht's mir wieder besser. Bin noch eine Woche krankgeschrieben und dann komm ich wieder. Schön, dass ihr an mich denkt. Ich erzähl dir alles mal ausführlich. Die Grippe hat mich erwischt, so stark, dass es sogar vor zwei Wochen zum Zusammenbruch kam und ich ins Krankenhaus musste. Die haben mich aber schnell wieder entlassen und seither geht es steil bergauf mit mir. Sowas sollte man halt nicht unterschätzen, gell?«

Marina, die Krankenschwester in Milbersee war und sich oft mit Adele traf, betrachtete sie und dachte bei sich, dass es wohl so sein könnte und wenn man so schwere Grippe hat, man auch keinen Appetit hat und dann eben an Gewicht verliert.

»Du Arme, ich wollte dich ja schon früher mal besuchen, aber du weißt ja, da ist mal dies, mal jenes, dauernd kommt etwas dazwischen.«

›Zum Glück‹, dachte Adele, ›zum Glück konntest du nicht kommen.‹

Sie wollte nach wie vor vermeiden, dass ihr Drama mit Markus Siebel die große Runde machte. Es reichte ihr schon, dass Karl sich so seinen Reim machte. Aber weiteren Tratsch und Klatsch wollte sie nicht.

»Leider bin ich nicht auf Besuch vorbereitet, Marina, wollen wir irgendwohin was Essen gehen?« Adele dachte an Karls Bar.

Könnte sie nicht in Begleitung Marinas dort auftauchen? Dann würde Bruni sicher nichts sagen und sie könnte noch ein paar klärende Worte mit Karl wechseln.

»Ich kenne da eine Bar, in der Färbergasse. Da gibt's Snacks und einfache Gerichte. Die Currywurst soll überaus lecker sein dort.«

Marina mochte gerne essen, was sie etwas mollig machte. Aber sie wusste sich zu kleiden und kaschierte ihre Figur mit weiten Röcken und Blusen mit großem Ausschnitt, der große Teile ihrer wuchtigen Brüste zeigte. Ein Anblick, der ohnehin alle Blicke in diese eine Richtung lenkte und damit zu den wichtigsten Pfunden ihres Körpers gehörte. Mollig ist nicht gleich unsexy, wenn die Verpackung passt, das wusste sie sehr gut umzusetzen. Ihr leicht pausbäckiges Gesicht hatte etwas ländlich Natürliches und wirkte auf ihre Art anziehend. Für Ausgehen und für Partys war sie immer zu haben und daher war sie dem Vorschlag nicht abgeneigt. Adele machte sich rasch im Bad fertig und zog sich wie immer unauffällig an. Graue Hose, dazu einen dunklen Pullover und beim Verlassen der Wohnung warf sie sich noch schnell ihren schwarzen Trenchcoat über. Marina trug einen leichten Mantel. So marschierten die Beiden los und bogen alsbald in die Färbergasse ein. Adele erzählte auf dem Weg dorthin von Karl, dem Wirt.

»Die Bar gehört dem Karl, weißt du? Und Karl ist wirklich und wahrhaftig ein echter Gentleman, Marina. Er sieht ein bisschen wild aus, ja, wirst du gleich selbst sehen, aber er hat einen guten Charakter. Der hört dir zu, wenn du Probleme hast und weiß mit einem umzugehen. Wirklich, Marina, du wirst begeistert sein. Er ist so eine Art Freund von mir geworden.«

»Adele, nanana«, grinste Marina.

»Nein, Gott bewahre, da ist absolut nichts, wir reden nur. Nur ist da so eine alte Bedienung, die hat wohl die Hand auf Karl. Eine seltsame Erscheinung. Bruni heißt sie. Verhält sich ziemlich eifersüchtig. Als Karl mir letztens seine Schildkröten zeigte, wurde es mir schlecht und ich musste mich kurz auf seine Couch legen, um mich zu erholen. Die Grippe, du weißt ja. Da kam nach einer Weile Bruni und warf mich einfach durch die Hintertür raus. Einfach so, ich konnte nicht mal Tschüss sagen zu Karl. Bin gespannt, wie sie heute drauf ist.«

»Na, Adele, wo hatte er denn die Schildkröten. In der Bar?«

»Nein, in seiner Wohnung, die hinten raus ist. Und die Schildkröten sind da wirklich.«

»Okay, aber glaubst du nicht, dass Brunis Reaktion verständlich ist, wenn eine solch hübsche Frau mit Karl nach hinten in die Wohnung geht?«

»Hm, ja, mag ein bisschen naiv von mir gewesen sein. Vielleicht tu ich der Bruni ja unrecht. Aber dennoch, Karl, das wirst du sehen, der ist ein Pfunds Kerl, wie ihr so schön sagt hier in Bayern.«

In diesem Augenblick kamen sie an, Adele zögerte kurz, ging dann aber behände hinein und zog dabei Marina mit sich. Die schaute sich kurz um und war sofort begeistert. Alles war uralt, mit Möbeln von anno dazumal, einem wirklich urigen Tresen und alten Hängelampen. Es waren einige Mittagsgäste da, die Bar war gut gefüllt. Für sie Beide aber fand sich im hinteren Bereich noch Platz. Sie setzten sich und warteten. Adele zeigte mit dem Zeigefinger Richtung Tresen, denn dort sah sie Karl aus der Küche kommen, zwei Currywürste mit Pommes gekonnt auf einem Arm balancierend. Marina sah ihn sich gut an und sagte:

»Mann, ist der groß und stark, der hat wohl viel Spinat gegessen. Sieht echt wild aus, der Kerl, fast verwegen. Na, der wär doch mal was für mich. Wo ist denn eigentlich diese Bruni?«

»Keine Ahnung«, Adele sah sich um.

Bruni war nicht da. Karl bediente dieses Mal selbst. Seltsam, war sie etwa in der Küche? Na, wird wohl so sein, wohl ein Rollentausch. Karl kam sichtlich kaum hinterher. Er brauchte ziemlich lange, um alle Gäste zu bedienen, war zwischendurch länger in der Küche, um dann wieder mit weiteren Gerichten zu erscheinen. Daher dauerte es einige Zeit, bis er die neuen Gäste bemerkte, er stutzte, schaute kurz etwas verschreckt, schlängelte sich dann aber rasch und ohne weiter zu zögern mit einem Lächeln zum Tisch der beiden jungen Damen, wo seine Augen zu aller erst in Marinas Ausschnitt wanderten, nur kurz natürlich, nur um sich zu informieren, versteht sich.

»Adele, wen hast du denn da mitgebracht?«, fragte er außerordentlich freundlich.

»Meine Freundin, Marina.«

»Hallo Marina, willkommen in meinem Reich. Was darf es denn sein für euch beiden Hübschen? Ein Gläschen Wein vielleicht? Geht natürlich wie immer aufs Haus.«

»Gerne«, schmachtete Marina ihn an.

»Aber bitte nicht mehr den Rose' vom letzten Mal, den hab ich nicht vertragen«, bat Adele, »für mich stattdessen einen Weißwein bitte. Aber sag mal, Karl, bist du alleine? Ist denn Bruni nicht da?«

»Bruni? Die hat leider gekündigt vor ein paar Tagen. Sie sei schon zu alt für den schweren Job hier, meinte sie. Ich konnte sie leider nicht vom Gegenteil überzeugen. Sie ist dann einfach gegangen und ich hab sie seitdem nicht mehr gesehen. Ich bring euch jetzt erst einmal eure Getränke, schaut derweil in die Karte, falls ihr Hunger habt.«

Karl drehte sich um, sein Lächeln verschwand. Als er kurz darauf mit dem Wein zurückkam, lächelte Marina ihn etwas verstohlen an, er zwinkerte ihr zu, kaum merklich, gerade so, dass Adele nichts davon mitbekam.

»Karl«, sagte Adele, »ich wollte mich letztens noch bei dir bedanken, bin einfach gegangen, ohne mich zu verabschieden, tut mir leid.«

»Ja, war schade, aber ich hatte eh so viel zu tun hier in der Bar, das passt schon, keine Sorge.«

»Wir würden gerne beide eine deiner leckeren Currywürste haben. Kannst dir aber Zeit lassen, du bist ja echt im Stress hier.«

»Na, für solche Gäste habe ich immer Zeit«, drehte sich um und wieder verschwand sein Lächeln.

Es dauerte einige Zeit, gefühlt ewig, bis er mit den Gerichten erschien und vor die Beiden auf den Tisch stellte. Als er sich dazu etwas bücken musste, blickte er wieder tief in Marinas Ausschnitt, die das bemerkte und sich noch etwas mehr aufrichtete.

»Darf ich Marina sagen?«, fragte Karl.

»Klar.«

»Ich bin der Karl.«

»Gerne, Karl.«

»Schön, dass es euch hierher verschlagen hat. Freut mich wirklich. Wenn ihr wollt, bleibt doch etwas länger, bis weniger Gäste hier sind.«

»Könnten wir, oder Adele?«

»Klar, können wir.«

Karl wandte sich wieder den anderen Gästen zu, die nach und nach bezahlten und die Bar verließen. Bis auf einen Gast, offensichtlich ein Briefträger, war die Bar nun leer. Der Briefträger hatte schon ziemlich einen sitzen und summte ein Lied vor sich hin, bei dem er keinen Ton traf. Karl versorgte ihn weiter mit Bier und ging dann zu den beiden jungen Frauen.

Er sprach sanft zu Marina: »Eine hübsche Frau bist du, hat dir das schon mal jemand gesagt?«

Marina errötete und zeigte eine leicht verlegene Miene.

»Aber Karl, was redest du da«, kokettierte sie kichernd.

»Mädels, ich hab einen Vorschlag. Lasst uns gemeinsam was unternehmen, hm? Was haltet ihr davon?«

»Party? Bin ich dabei«, grinste Marina und drehte sich zu Adele, »und du kommst auch mit, keine Widerrede. Lass die Sau raus, komm auf andere Gedanken.«

»Hmm, ich weiß nicht so recht. Kommt drauf an, was wir machen. Ich bin doch eigentlich krankgeschrieben.«

Doch Marina ließ nicht locker.

»Komm, Adele, gönn dir doch auch mal wieder etwas Spaß. Ich werd‹s niemandem erzählen.«

»Na, ich weiß nicht, naja, ...okay, aber zu niemandem ein Sterbenswörtchen!«

Marina nickte erfreut und Karl fuhr fort.

»In einem Kaff Richtung München ist heute eine Tanzveranstaltung, es spielen die ›Heartbreaker Buam‹, da geht's richtig ab und man kann zusammen tanzen, wenn man kann und will. Könnt ihr tanzen?«, fragte Karl.

Marina darauf: »Ja, ich tanze für mein Leben gerne.«

»Sehr gut, dann sperre ich heute Abend meine Bude zu und wir ziehen los nach Friesing. Wir können gerne direkt von hier aus starten, denn hübsch gemacht habt ihr euch ohnehin bereits. Und du, Adele, wirst mal wieder auf andere Gedanken kommen«, sagte er und schaute zugleich tief in Marinas Ausschnitt, die sich sogleich noch etwas mehr in Pose brachte.

Karl bediente seine Gäste noch bis Fünf, sperrte die Eingangstüre ab und drehte dabei das Türschild auf ›Heute geschlossen‹. So nahm er sich hin und wieder einfach mal frei. Er lebte einigermaßen gut von der Bar, hatte keine großen Ansprüche an das Leben, nur auf gute Kleidung beim Ausgehen und auf ein schickes Auto legte er Wert. Während Adele und Marina sich in der Gaststube einen Kirschlikör – Frauenschnaps, wie Karl ihn nannte – schmecken ließen, duschte Karl ausgiebig und zog sich einen beigen Nadelstreifenanzug mit rotem Hemd an. Ein Zuhälter wäre stolz auf dieses Outfit gewesen. Seine schulterlangen, leicht welligen dunkelblonden Haare durchzog ein Mittelscheitel. Mit seinen blauen Augen, dem Drei-Tage-Bart und seiner hünenhaften Statur sah er am Ende aus wie Thor, der Donnergott. Als er wieder in der Gaststube erschien, staunten die beiden Damen nicht schlecht ob der unglaublichen Verwandlung des schmuddeligen Wirts, der lächelnd auf sie zuging und ihnen links und rechts seinen Arm zum Gehen anbot. Marina war sichtlich beeindruckt und himmelte den Einsneunzig-Mann von unten an. Gemeinsam gingen sie durch den Vordereingang ins Freie, um ein paar Schritte weiter auf Karls Wagen zu stoßen, den er stets unweit der Bar am Straßenrand parkte. Der schwarze 124er Mercedes mit Breitreifen, abgedunkelten Scheiben, einer Soundanlage bei dem einem das Trommelfell platzte, beigen Ledersitzen und einem Sportlenkrad mit Chromverzierungen verfehlte seine Wirkung auf Marina nicht. Begeistert ging sie einmal um das Auto herum. Adele wurde es etwas mulmig, aber sie stieg dennoch zusammen mit Marina im Fond ein.

»Karl«, setzte Adele an, als sie losfuhren, »gut siehst du aus, hätte nicht gedacht, dass du so einen Auftritt hinlegen kannst.«

»Gut ist kein Ausdruck!«, klinkte Marina sich ein, »sieh ihn dir doch an, wie ein Gott sieht er aus.«

Karl nahm dies alles zur Kenntnis und dachte mit dunkler Miene, jetzt habe er sie da, wo er sie haben wollte.

Sie fuhren etwa eine halbe Stunde bis zur Gaststätte, in der die Tanzveranstaltung stattfand, kamen um halb Sieben dort an, viel zu früh. Veranstaltungsbeginn war erst um zwanzig Uhr. Bis dahin mussten sie die Zeit überbrücken. Es war kalt draußen, daher beschlossen sie, erstmal zu einem Gläschen Wein in der Gaststube zu sich zu nehmen. Karl bugsierte sie an einen wenig einsehbaren Tisch, der sich hinter einem Kachelofen befand und winkte dem ihm offenkundig bestens bekannten Kellner.

»Bringst uns eine Flasche Wein, Max, okay?«

»Okay, Karl. Was hast denn heute für Schneckerl dabei?«

»Max, ab mit dir«, sagte Karl grinsend und wandte sich den beiden Damen zu, »der Max und ich kennen uns schon lange. Er half manchmal bei mir aus, wenn Bruni frei hatte. Kellnern tut er nur nebenher. Er ist eigentlich Polizist und wir haben uns gegenseitig schon so manches Mal geholfen.«

Karl setzte sich neben Marina, was für Adele in Ordnung war, sie sah Karl nur als Freund, hatte nach dem Reinfall mit Markus Siebel keinerlei Interesse mehr an einer Beziehung. Marina wiederum freute sich und zeigte es ihm, indem sie ihn anblinzelte. Dabei war es reines Kalkül, das Karl an den Tag legte. Er war sich bewusst, dass er mit Adele in seiner Wohnung einen großen Fehler beging, nicht weil es ihm grundsätzlich leidtat, sondern weil er dummerweise kein Kondom benutzt hatte und damit die Gefahr einer Schwangerschaft drohte, die er unter keinen Umständen auf sich nehmen wollte. Er musste sich unbedingt von jedem Verdacht frei machen, der zu ihm hätte führen können. Er musste eine Situation schaffen, die völlig plausibel jemand anderen als Vater annahm. Er dachte dabei an seinen älteren Bruder Alexander. Karl Henschel und Alexander Henschel waren Brüder, ein weiterer jüngerer Bruder lebte in Frankreich und die jüngere Schwester in Braunschweig, Karl und Alexander weiter in Bayern. Aufgewachsen waren sie in Haagenstein. Während Karl einige Jahre, nach der Hauptschule und einer Ausbildung zum Koch, die Welt bereiste, war Alexander ein zielstrebiger, ehrgeiziger junger Mann, der Informationswissenschaften studierte und danach bei einer Consulting Firma anheuerte, um Unternehmen dabei zu helfen, ihre Prozesse zu optimieren. Nach dem Studium zog er nach München. Seine außergewöhnlich attraktive Erscheinung, mit Einszweiundneunzig sogar minimal größer, als Karl, athletisch geformt, mit zurückgekämmtem schwarzem Haar und kantigem Kinn, beeindruckte viele Frauen auf den ersten Blick. Als Hobby Musiker und unglaublich kluger, poetischer Mensch, konnte er deren Herzen im Sturm erobern. Karl wusste, dass Alexander an diesem Abend in diesem Lokal mit seiner Band spielte. Als die beiden Damen in seinem Lokal auftauchten und besonders Marina sich derart aufgeschlossen zeigte, sah er eine ideale Chance.

Die drei unterhielten sich etwas über die urige bayrische Gaststube, als Karl aufstand und sagte:

»Mädels, ich komme gleich wieder.«

Er verließ die Gaststube und ging auf direktem Weg nach oben in den Tanzsaal, wo er Alexander vermutete. Die Band baute gerade ihre Musikanlage auf und Alexander war bereits fertig damit. Sie begrüßten sich herzlich und Karl bat ihn, kurz in die Gaststube zu kommen, er habe eine Überraschung für ihn dabei. Alexander wunderte sich etwas, aber was solls, dachte er und sagte, er würde gleich nachkommen.

Nun war es zwar nicht so, dass Karl und Alexander sich nicht vertrugen, nein, sie waren durchaus in gutem Befinden miteinander und besuchten sich gelegentlich. Aber was Karl an diesem Abend vorhatte, war nichts Gutes. Alexander sah ihm sehr ähnlich und wenn Adele tatsächlich sein Kind in sich trug, würde es ganz sicher jederzeit auch als Kind Alexanders durchgehen, selbst eine DNA-Analyse, von der man damals immer mehr hörte, hätte das nicht zweifelsfrei widerlegen können. Insofern ein perfider, aber perfekter Plan. Nur mussten die beiden möglichst umgehend miteinander in die Kiste und dafür würde er sorgen und zwar diskret, aber sehr nachdrücklich.

Alexander betrat die Gaststube um kurz vor Sieben und wurde von Max, dem Kellner, direkt zu dem kleinen Tisch hinter dem Kachelofen geführt, auf einer Seite saßen Karl und Marina, eine adrette Frau mit enormem Busen und gegenüber eine, wow, unendlich schöne Frau, wie er noch niemals eine gesehen hatte, mit den schönsten und klügsten Augen, einem zierlichen Traumkörper mit dennoch wohlgeformten Brüsten. Sie war wohl eine Zierde der Tugend, war sie doch trotz ihrer Vorzüge hochgeschlossen gekleidet und nur sehr dezent geschminkt. Eine Frau, die Alexander sofort im Innersten berührte, durch ihre Sinnlichkeit, ihren leicht melancholischen Blick, den hohen Wangenknochen in dem zarten blassen Gesicht.
»Hallo Karl und Hallo die Damen. Wie mir scheint, meine Hübsche, ist nur dieser eine Platz neben Ihnen frei. Darf ich mich zu ihnen setzen?«
»Sehr gerne, setzen sie sich«, sagte Adele und war wie von den Socken.
Da stand jener Mann, den sie immer wieder in ihren Träumen sah. Der Mann, von dem sie sich vorstellen konnte, dass sie ihn wahrhaftig lieben würde. Ein Mann wie aus einem Roman. Klar, da war auch Markus Siebel, aber das war etwas anderes. Mit ihm wollte sie Liebe ohne körperliches Verlangen, rein auf Vertrauen und innerer Verbundenheit beruhend. Nun aber stand er wahrhaftig vor ihr, der Mann ihrer Träume. Er glich derart ihren Visionen, dass es sie fassungslos machte und ihre böse Vergangenheit für eine Weile vergessen ließ. Dieser Mann würde sie beschützen, würde sie auf Händen tragen, würde ihre Ablehnung körperlicher Begierden verstehen und stets achtsam mit ihr umgehen. Mit leuchtenden Augen beobachtete sie, wie er sich geschmeidig neben ihr auf den Stuhl setzte und dabei einen Hauch von Eau de Cologne verströmte.

Er schien beste Umgangsformen zu haben. Schon seine Art zu fragen, ob er sich neben sie setzen dürfe, gefiel ihr sehr. Urplötzlich verlor Markus Siebel an Bedeutung.

»Darf ich mich vorstellen. Alexander Henschel, meines Zeichens Karls Bruder. Er bat mich, vor der Veranstaltung kurz in die Gaststube zu kommen. Hier bin ich nun und finde mich in angenehmer Gesellschaft wieder. Karl, du weißt, dass ich vor Acht in den Saal muss, ja?«

»Aber klar, Alex. Ich stelle dir kurz die Damen vor. Neben mir Marina und mir gegenüber Adele.«

»Hallo, Marina. Hallo, Adele. Seid ihr aus Haagenstein?«

Adele nickte.

Marina sagte: »Ich bin aus der Nähe, kleiner Weiler mit drei Bauernhäusern. Almgarten.«

»Almgarten, klar kenn ich, fünf Kilometer von Haagenstein entfernt. Da wohnt doch auch eine Christine, oder?«

»Ja, die lebt noch dort, hatte sich mal in jemanden verliebt, der aber so viele Herzen zugleich brach, dass sie es nicht mehr aushalten konnte vor Eifersucht«, sagte Marina.

An Adele gewandt sprach Alexander, in sich hinein lächelnd, weiter: »Sie scheinen mir vom Sprachklang her eher aus dem Norden zu sein, kann das sein?«

»Ja, das stimmt in der Tat. Und sie leben auch in Haagenstein? Hab sie noch nie gesehen, was fast schade ist«, sagte Adele.

»Nein, ich arbeite und lebe in München, komme nur hin und wieder gerne zu Besuch nach Haagenstein, meist zu unseren Eltern, aber auch zu Karl. Wir sind dort aufgewachsen, echte Haagensteiner sozusagen. Nun ist es so, dass ich heute hier einer der Musiker bin und daher leider nicht so viel Zeit für euch habe, ich muss schon vor Acht im Saal sein, aber für euch hübschen Damen spiele ich gerne je zwei Wunschlieder, die ihr euch aus unserem Repertoire aussuchen könnt, du natürlich auch, Karl, ich werde dafür sorgen, dass sie gespielt werden. Adele, Sie zuerst.«

Adele war entzückt, so ein schönes Angebot von diesem wundervollen Mann, und überlegte, was ihr besonders gefiel und doch Tanzmusik war. So wünschte sie sich ›In the Mood‹ von Glenn Miller und ›Moon River‹ von Henry Mancini. Auch Karl und Marina gaben ihre Wünsche ab, die zeitgemäßer waren, als die alten Schinken, die Adele sich wünschte.

»Moon River, welch ein wunderschönes Stück«, sagte Alexander an Adele gewandt, »ich liebe es. Leider wird es so gut wie nie gespielt, aber heute werden wir es spielen. Ich werde es mit dem Sax spielen, nur für Sie, Adele. Mir fällt auf, Adele ist ein Name, der mehr im Osten verbreitet ist, einer der beliebtesten Namen dort und für mich einer der Schönsten. Was meinst du dazu Karl?«

»Ach Bruderherz, du mit deiner poetischen Ader wirst schon recht haben.«

Karl rieb sich fast die Augen, so wunderbar lief die Sache vor ihm ab. Hatten die beiden sich etwa gerade bereits ineinander verliebt? Na sowas, so schnell, umso besser.

»Alex, du hast gerade erwähnt, dass du es schade findest, nicht mehr Zeit zu haben. Es ist doch so, du weißt, ich trinke manchmal etwas zu viel und gedenke heute nicht nach Hause zu fahren, sondern hier zu übernachten. Dazu habe ich zwei Zimmer gemietet, für die beiden Hübschen eines und das andere für mich. Sorry, Ladies, hatte ich euch noch gar nicht erzählt, ich weiß, aber ich denke, das ist kein Problem, oder? Heute nach dem Tanz setzen wir uns in einem der Zimmer zusammen und quatschen ein wenig, okay? Morgen frühstücken wir zusammen und dann geht's wieder ab nach Hause. Oder muss morgen jemand von euch arbeiten?«

Alle schüttelten den Kopf.

»Gute Idee Karl«, sagte Alexander, »ich übernehme die Kosten für eines der Zimmer, okay?«

»Bingo«, Karl stand auf und ging zu Max, wechselte ein paar Worte mit ihm und kam wieder zurück.

Max servierte vier Gläser Kräuterschnaps. Adele wollte ihn zunächst nicht trinken, als jedoch Alexander einen Trinkspruch von sich gab, schüttete sie ihn sich doch genüsslich runter. Nach fünf Minuten wurde es ihr warm, sie zog die Jacke aus und zeigte ihre erotische Figur. Alexander war hin und weg. Und weg musste er tatsächlich, denn er musste zurück in den Saal. Als er ging, blickte er tief und einen Augenblick länger, als statthaft, in Adeles Augen, die den Blick mit glasigen Augen erwiderte. Dies war der Augenblick der Verschränkung ihrer Seelen, ohne dass es ihnen bewusst war. Es war der magische Moment, der die Dinge ins Rollen brachte. Adele wurde langsam leichter ums Herz, sie staunte, was Alexander in ihr auslöste. Max kam und räumte die Schnapsgläser hurtig wieder ab, sie mussten rasch gespült werden, um keine Spuren zu hinterlassen …

KAPITEL 6

HAMBURG ZEHN JAHRE ZUVOR, HERBST 1981

Felix der Checker. Er war all die Jahre vollkommen von sich überzeugt und in friedlicher Übereinkunft mit sich und Marta und der Welt. Natürlich war es ein Problem, mit Marta eine Frau neben sich zu haben, die nicht nur völlig unerotisch wirkte, sondern dies auch noch durch eine zunehmend bigotte Haltung unterstrich. Ihr Äußeres veränderte sich auf eine Weise, dass man auf die Idee hätte kommen können, es handele sich um eine Klosterschwester. Nach wenigen Jahren Ehe trug sie nur noch graue Kleidung, hochgeschlossen und ohne jedes schmückende Beiwerk. Nachdem sie klar erkannte, welch Unfug körperliche Vereinigung war, außer, um Nachkommen zu zeugen, ansonsten aber völlig ohne Nutzen und noch nicht mal schön, hatte sie derartiges ad acta gelegt. Sex ohne den Nutzen der Generierung von Nachkommen lehnte sie schon bald als ohnehin rein sündige Wollust ab und verurteilte all jene, die es offenbar genau darauf abgesehen hatten. Nachkommen zusammen mit Felix waren für sie undenkbar. Felix war für sie ein derart unattraktiver Mann geworden, mit Ausnahme seines aus ihrer Sicht außergewöhnlichen Intellekts, dass sie keinen Gedanken daran verschwendete, eine Reproduktion dieses Mannes zu ermöglichen. Sich selbst hielt sie weiterhin für eine attraktive Frau, zeigte sie doch alles, was einen Mann reizen sollte, nämlich absolute Tugendhaftigkeit, absolute Entsagung von sündigem Verlangen und ein züchtiges Äußeres, das Treue und Bescheidenheit vermittelte. Ihr Äußeres pflegte sie täglich mit Kernseife, auch die Haare, die nach wie vor stets zu einem Dutt geformt wurden. Im Spiegel betrachtete sie sich gerne, drehte sich hin und her und sah ein wahrliches Modellweib vor sich, deren Eier unbedingt zum Zwecke der Fortpflanzung befruchtet werden sollten, allerdings natürlich nicht von Felix, sondern von einem Mann ihrer Couleur. Nur war das nicht möglich, denn dazu wäre außereheliche Begattung notwendig gewesen, oder aber eine Trennung von Felix und ein neuer Partner. Beides ging nicht, da sündhaft. Trotzdem sah sie es als christliche Aufgabe, ein Kind großzuziehen. Unterstrichen wurde dies durch ihren Betkreis, einer Gruppe tugendhafter Frauen mit gar vorbildlichen

Ehen, vorbildlichen Männern und wunderbarer Fruchtbarkeit. Sie waren brave Ehefrauen, die ihre Rolle im Leben am Herd fanden und liebten. Diese braven Ehefrauen versammelten sich jeden zweiten Tag zum gemeinsamen Gebet in der Kirche. Danach versammelten sie sich regelmäßig im kirchlichen Gemeinschaftsraum, um dort diverse Bibelstellen zu diskutieren. Gut, es gab einmal einen Vorfall. Eine dieser vorbildlichen Frauen hatte zwei Kinder, alles schien gut, bis Marta das zweite Kind sah und bemerkte, dass es eine seltsam dunkle Haut habe. Sie meinte, das Kind könne krank sein und legte der Frau nahe, damit zum Arzt zu gehen. Danach erzählte sie den anderen vorbildlichen Frauen davon. Die begriffen sofort, klärten Marta auf und beriefen eine Dringlichkeitssitzung ein, zusammen mit Hilde, der Betroffenen.

»Meine Damen«, setzte die Vorsitzende an, »wir müssen uns heute ein Urteil darüber bilden, ob Hildes zweites Kind von Ihrem Mann Robert stammen kann, oder nicht. Robert ist hellhäutig und blond, Hilde ist ebenfalls hellhäutig und brünett. Es sollten also durchweg hellhäutige Kinder aus dieser Ehe hervorgehen. Nun ist das zweite Kind aber ziemlich dunkelhäutig und das sieht mir verdächtig nach Sündhaftigkeit aus.«

Alle stimmten ihr nickend zu und die Vorsitzende fuhr fort:

»Hilde, wie du hier vor mir sitzt, wir müssen unsere Reinheit bewahren, denn unser ganzes Sein ist daran geknüpft. Die gesamte Menschheit zerbricht gerade an Sünden und Lastern der körperlichen Begierde und Maßlosigkeit. Wir müssen uns davor schützen, diesen bösen Lastern und den damit verbundenen abscheulichen Gefühlen selbst anheim zu fallen. Spätestens am Ende des Lebens werden all jene ausgesondert werden, die dem Laster frönten und ebenso all jene, die zuschauten und das Laster duldeten. Es ist unsere Aufgabe, dem entgegen zu treten und ein neues Sein zu definieren und immer weitere Menschen von unserem tugendhaften Sein zu überzeugen, der wahren Schönheit des Seins, der wahren Freiheit, der wahren Freude am Leben. Nun ist es so, dass auch wir der Versuchung unterliegen, sie klopft beständig an unsere Türe, versucht unser Bollwerk der Tugend zu durchbrechen, unsere Vollkommenheit zu zerstören. Eine Vollkommenheit, die wir nur durch strengstes Einhalten der uns auferlegten Regeln erlangen konnten. Regeln der Sittenhaftigkeit und Moral, die eine andere, weit bessere Welt schaffen werden. Nun, Hilde, ich muss dich nun direkt fragen und ich erwarte eine eindeutige und aufrichtige Antwort von dir, auf dass deine Seele nicht dem Fegefeuer anheimfalle. Hast du dich der sündhaften Fleischeslust mit einem Mann hingegeben, der nicht Robert war?«

Die Vorsitzende blickte bedeutungsvoll in die Runde der fünfzehn bigotten

Betweiber und dann direkt in die Augen Hildes, die jedoch dem Blick nicht auswich, denn sie hatte in der Tat eine Erklärung mit der niemand rechnete.

»Liebe Frau Vorsitzende, ich kann ihren Worten nur beipflichten. Sie sehen hier ein leuchtendes Beispiel der Tugendhaftigkeit vor sich, wenn sie es auch nicht glauben wollen. Zu keiner Zeit habe ich mich der Sünde hingegeben, körperlich zugange zu sein, ohne dies in den einzig sinnvollen Dienst der Nachkommenschaft zu stellen. Wovon sie alle hier nicht wissen, meine Damen, ist die Tatsache, dass mein Mann zeugungsunfähig ist ...«, ein Raunen der Entrüstung ob der Benutzung dieses obszönen Wortes ging durch den Raum, » ... und somit keines der Kinder von ihm ist ...«, ein Raunen des Entsetzens fügte sich hinzu, » ... es ist aber nun nicht so, dass ich mich stattdessen einer Ersatzlust hingegeben hätte, Gott bewahre, und ich hatte auch, sogleich ich feststellte, dass mein Mann nicht kann, jedwede überflüssige körperliche Handlung mit ihm eingestellt, auf dass meine Tugendhaftigkeit erhalten bleiben möge. Die Lösung des Problems ergab sich mit der Möglichkeit der Adoption, meine Damen ...«, es herrschte plötzlich erstarrte Stille, » ... ich weiß, ich hätte es euch sagen sollen, aber ich hatte Hemmungen dies zu tun, insofern ich mich des Unvermögens meines Mannes schämte. Möge er dafür Gottes Strafe erlangen, denn nur deswegen musste ich mir einen anderen Weg suchen, die heilige Aufgabe der Kindererziehung zu erfüllen. Und der einzig tugendhafte Ausweg schien mir der eingeschlagene Weg«, Hilde endete hier und wartete auf Reaktionen.

Jedoch, es herrschte Stille, ratlose Stille, denn nicht nur wurde die Gier nach einem aufsehenerregenden Sündenpfuhl nicht erfüllt, sondern sie wurden dagegen noch vor eine gewaltige Aufgabe gestellt, denn in ihren Statuten stand nichts über Adoption und wie hierbei zu verfahren wäre. Klar, einerseits fand keine Fleischeslust, keine sündhafte Sittenlosigkeit außerhalb der Ehe statt, andererseits aber waren es nicht ihre eigenen, von Gott zugesprochenen Kinder, die auf Basis eigener Frucht entstanden, dennoch konnte sie dadurch aber der göttlichen Aufgabe der Kindererziehung gerecht werden. Es tat sich ein Dilemma auf, das die Statuten möglicherweise als unvollkommen hätte entlarven können. Dabei war gerade die Vollkommenheit der Statuten Basis für die Vollkommenheit der Betweiber, wenn sie sich nur streng danach richteten. Marta, die auch unter den Anwesenden weilte, merkte auf. Sie hatte zwar einen fruchtbaren Mann, der aber war es nicht wert reproduziert zu werden, weshalb sie vor einem ähnlichen Problem stand wie Hilde. Und plötzlich sah sie einen Ausweg vor sich, wenn doch nur Hilde nicht ausgeschlossen würde und somit auch sie nicht. Hilde wäre ihr Präzedenzfall. Nach Minuten des Schweigens ergriff Marta das Wort, da die Vorsitzende mit offenem Munde ratlos weiter schwieg.

»Liebe Vorsitzende, liebe Hilde. Ich verstehe den Zusammenhang sehr gut und bedaure Hildes Schicksal, an der Seite eines solch erbarmungswürdigen Mannes zu leben, der mit seiner Unfähigkeit das Leben Hildes in den Abgrund zu reißen drohte. Hilde ist sein Opfer, es scheint mir eine ungerechte Strafe des Lebens für eine so gottesfürchtige Frau zu sein, die stets allem gerecht zu werden versucht. Natürlich sagen unsere Statuten, dass ein Kind der eigenen Frucht entspringen soll. Wenn das aber nicht möglich ist, kann die heilige Pflicht der Kindererziehung nicht eingehalten werden. Ich denke, die Statuten sind an der Stelle einer Priorisierung zu unterziehen. Wir müssen sie in keiner Weise ändern. Meines Erachtens ist die heilige Pflicht der Kindererziehung höher zu werten, als dass ein Kind der eigenen Frucht entspringe, denn wir haben durch eine Adoption die Möglichkeit, zusätzliche verlorene Seelen zu retten und diese dem Segen unserer Tugendhaftigkeit anteilig werden zu lassen. Es ist die beste Möglichkeit der Verbreitung unserer Sittlichkeit und Moral. Ja, liebe Vorsitzende, das ist sogar eine sehr gute Nachricht, denn die Statuten erweisen sich dadurch als standhaft und gar von Vorteil für die gesamte Menschheit. Ich plädiere dafür, Hilde in unserem Kreise zu belassen und ihre Tugendhaftigkeit nicht in Frage zu stellen.«

Leise Bewegungen, leises Wispern erfüllte den Raum. Es raschelte und zischelte, aber niemand wollte sich dazu als erstes äußern, denn es war eine sehr schwierige Aufgabe. So etwas Komplexes konnte man nicht so ohne weiteres regeln.

Die Vorsitzende meldete sich nach einer gefühlten Ewigkeit zu Wort und merkte an: »Hilde, du hast wohl in Marta eine Fürsprecherin gefunden. Marta, ich danke dir. Du hast Großmut an den Tag gelegt, indem du Hilde in einer schweren Stunde ihres Lebens unterstützt hast. Ich denke, deine Argumentation sollten wir ernsthaft einer Prüfung unterziehen. Ich schlage vor, dass wir dazu einen Ausschuss gründen, der uns alle nötigen Aspekte für eine solch schwierige Entscheidung ausarbeitet, unter Einbezug der eben vorgebrachten Argumente. Wir sind an einem Scheideweg, denn wir müssen darüber entscheiden, ob wir verlorene Seelen in unsere reine Gesellschaft aufnehmen sollten, um deren Seelen zu retten, oder ob unsere Reinheit vor allem anderen steht. Letzteres würde bedeuten, Hilde, dass du uns verlassen müsstest. Ersteres dagegen würde dir eine neue Art der Tugendhaftigkeit bescheinigen. Meine Damen, es geht um nichts geringeres, als kindliche Seelen. Ich schlage folgende Personen für den

Ausschuss vor, Mathilde, Barbara, Ludmilla, Rosamunde und mich. Wer ist dagegen?«

Niemand meldete sich.

»Na gut, dann bitte ich den Ausschuss, morgen zu tagen und übermorgen in der regulären Diskussionsrunde nach unserem Gebet, eine Empfehlung auszusprechen. Ich danke euch allen. Bitte um zahlreiches Erscheinen übermorgen, damit wir abstimmen können.«

Der Ausschuss tagte wie angesagt am nächsten Tag, nachdem zunächst ein Gebet für verlorene Seelen stattfand.

Die Vorsitzende eröffnete mit den Worten: »Meine Damen, es ist nicht so, dass ich als Gesamtvorsitzende unserer Gemeinschaft auch automatisch Vorsitzende dieses Ausschusses bin. Ich schlage daher eine kurze Abstimmung vor. Ich stelle mich der Wahl. Ist jemand dagegen, dass ich den Vorsitz übernehme?«, niemand meldete sich, »gut, der Ausschuss heißt kurz FKK ›Farbiges Kind Konsortium‹. Ist jemand dagegen?«, niemand meldete sich, »nun, meine Damen, habt ihr euch Gedanken gemacht, ggf. etwas vorbereitet für heute? ... Nein? Na gut, ich habe etwas vorbereitet«, sie legte dabei eine Folie auf den Tageslichtprojektor, der mit Spenden aus dem eigenen Kreis angeschafft wurde.

Alle blickten zur Wand, an der die Abbildung landete. Darauf waren viele knubbelige Wesen abgebildet. Die einen in leuchtend grün oberhalb eines Trennstriches in der Mitte der Abbildung, die anderen unterhalb davon in rot. Wenige der oberen Knubbelwesen schienen sich nach unten zu bücken und zu versuchen, kleine rote Knubbel von unten hochzuziehen. Eine Interpretation, die allerdings gewagt war, denn diese Malkunst ließ sehr viele Fragen offen.

Die Vorsitzende klärte auf: »Ihr seht im oberen Bereich jene wenigen Seelen, die der Reinheit unserer Statuten entsprechen, unten dagegen jene, die sündig sind und in die Verderbnis gehören. Unter diesen sündhaften Seelen aber gibt es einige, die noch keine Schuld auf sich geladen haben, es sind die ganz kleinen Kinder, solange sie noch völlig von ihren verdorbenen Eltern unbeeinflusst sind. Ihr seht, wie von oben versucht wird, jene noch unverdorbenen Seelen aus dem Untergrund zu holen und sie der Reinheit zuzuführen, in der Hoffnung, sie mögen die Lehre annehmen und fürderhin nach unseren Statuten leben. So ist es nicht nötig, diese zu ändern, nein, wir können sie so belassen und sie uns sogar zu Nutze machen, denn es gibt dort auch die Pflicht zur Ausweitung unseres Kreises und somit könnten wir genau das erreichen. Und es gibt jenen armen Frauen mit zeugungsunfähigen Männern oder wenn sie es selbst sind, die Möglichkeit, die Statute des Kindererziehens dennoch zu erfüllen und dabei noch Seelen zu retten. Was haltet ihr davon, meine Damen?«

»Jo!«

»Hervorragend!«

»Sehr gut!«

»Passt«, kam es zurück.

»Dann, meine Damen, schreiten wir zur Abstimmung.«

Das Votum fiel mit 5:0 klar für den Vorschlag der Ausschussvorsitzenden aus. Auch die Abstimmung am nächsten Tag in der regulären Diskussionsrunde fiel eindeutig pro Vorschlag der Vorsitzenden aus, die das Konzept und das Ergebnis aus dem Ausschuss in der Rolle der Ausschussvorsitzenden vortrug und dann in ihrer Rolle als Gesamtvorsitzende des Betkreises zur Generalabstimmung rief. Hilde war gerettet, sie hatte damit eine sehr schwere Prüfung im Leben bestanden und war am Ende vom Großmut der Gemeinschaft und der Gesamtvorsitzenden derart gerührt, dass sie Hundert Mark – die sie vorher von ihrem Mann bekam, der ziemlich genervt reagierte – in die Betkreis-Spendenbox warf. Ein gemeinsames Gebet beendete den Abend.

Und so hatte Marta die Grundlage für eine mögliche eigene Adoption bekommen, denn solche Adoptionen würden ja nun schließlich Seelen retten und ihre eigene Seele würde zudem ruhmreich daraus hervorgehen. Voll Freude kam sie nach der Abstimmung zuhause bei Felix an, der gerade von einer Versammlung der FC Sankt Pauli Fans am FC-Sankt-Pauli-Fan-Stammtisch zurückkam.

»Felix«, sagte sie, »stell dir vor ...«

Sie erzählte ihm die ganze aufregende Geschichte in bunten und detailreichen Worten innerhalb der nächsten zwei Stunden. Kurz zusammengefasst sozusagen. Felix schlummerte immer mal wieder kurz ein, war aber rechtzeitig wach, als Marta mit einem Aufschrei des Entzückens ihre Erzählung beendete mit den Worten

» ... und nun Felix können wir endlich auch Kinder haben, so viele wir wollen. Na, was sagst du?«

Felix fiel vom Stuhl, schlug mit der Nase auf. Die fing zu bluten an, so dass er rasch ins Badezimmer musste, um sich zu verarzten. Marta lief ihm hinterher. Das Blut war schnell abgewischt.

Marta ließ nicht locker: »Was sagst du Felix?«

»Von mir aus! Ich muss ins Bett, hab morgen ein schweres Spiel des FC vor mir, muss früh raus, damit wir alles für die Fankurve vorbereiten können.«

Er drehte sich um und ging zu Bett. Marta stand da und dachte, der Felix ist klug und hat sich für die Rettung verlorener Seelen entschieden.

Und so kam es, dass Marta anfing, sich bei Hilde über den Ablauf einer Adoption kundig zu machen. Hilde half der Betschwester gerne und schloss sie in Ihre Gebete ein, auf dass sie ein schönes Kind bekommen möge. Viel Erfahrung hatte sie gesammelt mit ihren drei Adoptionen und legte Marta einiges ans Herz.

»Marta, meine Liebe. Das erste und wichtigste ist: Seid ihr beide gleichermaßen bereit, ein Adoptivkind anzunehmen und wisst ihr, was das für euch, eure Beziehung, euren Alltag und eure Finanzen bedeutet? Seid ihr euch darüber im Klaren, dass ein Kind viel Aufwand bedeutet und eure Zeit weitgehend in Anspruch nehmen wird? Viele Freiheiten, die ihr jetzt habt, habt ihr dann nicht mehr. Zügelt euch auch mit euren Erwartungen an das Kind, denn gerade Adoptivkinder will man vorbildlich erziehen und dennoch sind es normale Menschen, die sich nicht unbedingt so entwickeln, wie man es haben möchte. Auch das muss man dann annehmen können. Ihr habt euch dazu sicherlich ausführlich unterhalten, oder? Und Felix stimmt dem zu?«

»Äh ja, also ich denke, ja. Felix hat sich damit einverstanden erklärt. Das habe ich so wahrgenommen. Also ich meine, natürlich müssen wir uns dazu nochmal austauschen, wenn ich mehr Details von dir erfahren habe. Aber ich sehe da kein Problem.«

»Also gut«, fuhr Hilde fort, »Robert und ich brauchten zwei Jahre, bis wir dieselbe Vorstellung hatten und die Rahmenbedingungen passten. Das Wirtschaftliche, die Wohnsituation, das Alter, die Festigkeit der Ehe, die verfügbare Zeit, die Gesundheit. Es ist schon einiges, was man beachten muss, bevor man zu einer Vermittlungsstelle geht, wie dem Jugendamt oder der Caritas. Und die prüfen dann erstmal, ob ihr geeignet seid. Sie benötigen eine Reihe von Nachweisdokumenten wie Gesundheitszeugnis, Geburtsurkunde, Führungszeugnis und Gehaltsnachweise und möglicherweise noch mehr, aber das sagen die euch schon. Und dann wollen sie auch sehen, wo und wie das Kind wohnen wird, zudem werdet ihr noch in Gesprächen auf Herz und Nieren geprüft, ob wirklich alles passt, könnte auch sein, dass sie euch eure Lebensgeschichte aufschreiben lassen. Die wollen einfach sicher gehen, dass es dem Kind gut gehen wird. Eine Adoption wieder rückgängig zu machen, ist kaum möglich, außer es geht dem Kind so gar nicht gut bei euch, dann aber wird das behördlicherseits veranlasst. Wenn die Prüfung durch die Behörde überstanden ist, wird euch irgendwann ein Kind zugeteilt, was Jahre dauern kann. Und ihr werdet nicht aus einem Katalog an Kindern auswählen, sondern froh sein können, wenn eine Option auf euch zukommt, die dann auch noch passt. Es ist nicht möglich, die Zuteilung zu beeinflussen, allerdings ist im ersten Jahr nach der Adoption eine sogenannte Adoptionspflegezeit, in der ihr euch nochmal umentscheiden könnt, falls ihr mit dem Kind nicht klarkommt. In der Regel achten die Behörden übrigens darauf, dass das Kind euch möglichst ähnelt, kann aber auch passieren, dass es doch etwas anders aussieht, wie bei meiner dritten Adoption, weil sich keine andere Option anbot, oder es könnte auch behindert sein. Auch damit müsst ihr euch im Vorfeld beschäftigen. Marta, ich hoffe, ich habe jetzt nicht zu viel geredet, konntest du mir folgen?«

Marta schaute etwas entmutigt und sagte: »Oh Hilde, das klingt unglaublich kompliziert, dennoch, ich will unbedingt ein Kind adoptieren.«

»Aber Marta, meine Liebe, kann denn dein Mann auch nicht? Hast du auch so einen?«

Marta schwieg auf die Frage, denn sie wollte nicht lügen, und schweigen ist ja keine Lüge, oder? Man hat ja nichts gesagt, oder? Nun, jedenfalls wollte Marta sich auf diesen Teil der Unterhaltung nicht weiter einlassen und wandte sich dem bereitgestellten vegetarischen und kalorienarmen Möhrenkuchen zu, der zwar nicht schmeckte und gar gruselig aussah, aber immerhin einen Ersatzgesprächsstoff hergab.

»Hilde, dein Kuchen ist wunderbar. Ein seltenes Wunderwerk. Wie bekommst du das hin?«

Hilde ließ sich sofort auf den Themenwechsel ein, war sie doch Hausfrau durch und durch und liebte es, über ihre außergewöhnlichen Backkünste zu reden. Für sie war die Antwort auf ihre Frage ohnehin geklärt. Martas Felix musste ebenfalls zeugungsunfähig sein. Wäre es anders, hätte sie den Adoptionswunsch nicht gutheißen können und eine Anklage Martas im Betkreis wäre unumgehbar gewesen. Diese Information über Felix musste natürlich streng geheim bleiben und das blieb es auch, mit Ausnahme natürlich im Kreise jener vertrauenswürdigen Weiber, denen man immer alles erzählen konnte. Und diese verschwiegenen Personen gaben es dann natürlich auch nur an absolut zuverlässige Personen weiter. Alles blieb also streng geheim. So erging es auch diesem Geheimnis. Die Information ging nur strengstens vertraulich von Hand zu Hand und Felix wurde dabei zum ›Mann der nicht kann‹.

Als Marta nach dem Besuch bei Hilde nach Hause kam, traf sie auf Felix, der gerade zum Abendtraining der Kiezkicker, wie der FC Sankt Pauli auch genannt wurde, gehen wollte. Wie immer hatte er den Fan Schal umgewickelt. Dieses Mal besonders seltsam, indem er ihn dreimal vor der Brust knotete. Zudem eine Schirmmütze mit lila Ohrklappen, die er lässig mit dem Schirm nach links trug, so dass ein Ohrschützer hinten am Kopf und der andere vorne über die Stirn hing. Die Hose war besonders bemerkenswert, eine beige-braun gestreifte Samthose. Ein blauer Pollunder mit grünen Rauten über seinem Lieblings Hawaii Hemd rundete das Ganze nach seinen Vorstellungen ab. Marta wurde sogleich in Ihrem Vorhaben der Adoption, statt einer Befruchtung durch diesen Mann, bestätigt. Mit einer kleinen Sankt Pauli Fahne in der Hand, wollte er das Haus verlassen, wollte zu einem »Tschüss« ansetzen, doch Marta hielt ihn am Arm fest, um mit ihm zu reden, was ihn auch gleich zum Straucheln brachte. Er fiel auf den Boden, und schlug schon wieder mit seiner Nase auf. Blutend rappelte er sich auf und ging ins Bad, um sich zu säubern. Als er in den Spiegel blickte, sah er Blutflecken auf seinem Lieblings Fan-Schal, sein Accessoire des Herzens. Diesen Schal schenkte ihm einst sein Großvater. Sein Magen verkrampfte sich, Wut keimte auf, nichts Schlimmeres hätte je passieren können. Marta indes suchte nach einem geeigneten Zeitpunkt, ihn anzusprechen, denn sie hatten bisher noch kaum ein Wort gewechselt. Ein Paar, das sich wortlos missverstand.

Sie erkannte seine Wut nicht und setzte an, zu sprechen: »Äh Felix, weißt du noch, wie wir letztens über eine Adoption gesprochen hatten ...?«

»Halt deine Fresse, hässliche Kuh, siehst du nicht, was du angerichtet hast? Ist dir das egal? Kennst du nicht den Wert dieses Schals, der ist uralt und hat das Wappen mit dem Gründungsjahr 1910. Weißt du, was du mir angetan hast. Und da kommst du mir mit so einem Scheiß? Ich kann es nicht fassen. Lass mich in Ruhe mit dem Mist!!«

Marta stand die Kinnlade offen, ihr fehlten die Worte. Sie hatte den besten Augenblick verpasst. Sie sah, wie Felix während seiner Worte Drohgebärden machte, wie das Rumpelstilzchen wütend umherhüpfte und mit den Beinen auf den Boden stampfte. Das machte ihr erstmals Angst und sie verließ das Bad, ging durch den engen kurzen Gang ins Wohnzimmer, ließ sich auf die Couch nieder und weinte, während sie Felix die Wohnung verlassen hörte, ohne »Tschüss« zu sagen.

Felix war sauer. Sein Schal war versaut, wer weiß, ob das noch auszuwaschen war. Er musste den Schal trotz der Blutflecke tragen, denn ohne diesen Schal war er niemals unterwegs. Der Versuch, die Flecken zu verdecken, indem er den Schal anders knotete, misslang, denn das Blut sickerte durch die Fasern und egal, wie er ihn anbrachte, etwas Rot war immer zu sehen. Wenn es gerann, dachte er, würde es braun werden und sich dem Braun Weiß, den Vereinsfarben, etwas anpassen, dann würde es vielleicht nicht mehr ganz so auffallen. Erstmal aber waren die Flecken noch rot und das waren sie auch, als er in den Bus stieg, der ihn direkt zum Millerntor Stadion führte. Die roten Flecken auf seinem Schal fielen seinen Fan Freunden, die auch mit im Bus saßen, sofort auf. Auch seine Nase war noch etwas rot.

»Na, was ist dir denn passiert, hast eine aufs Maul bekommen?«, fragte Sven.

Felix wurde rot im Gesicht. Was sollte er erzählen? Er konnte doch nicht zugeben, dass ihn seine Frau zu Boden warf. Was nun?

»Sven, alter Haudegen. Da solltest du mal den Anderen sehen, wie der aussieht«, und versuchte zu grinsen.

»Was, hast dich echt gekloppt? Wie das denn?«

Felix erinnerte sich an den Vorfall am Kiosk, den er gerade beobachtete. Ein Mann stürzte ohne ersichtlichen Grund, schlug mit dem Kopf auf, blutete aus der Nase und blieb liegen. Er hatte keine Zeit, zu helfen, musste zum Bus, aber es verschaffte ihm eine plausible Geschichte.

»Na, da kam doch vorhin glatt einer auf mich zu und meinte, er könne sich beim Kiosk vordrängeln, nur weil er Eile hatte. Aber da hat er sich mit dem Falschen angelegt. Ich hab ihn am Kragen gepackt und nach hinten verfrachtet. Da hat er mir mit der Faust voll ins Gesicht geschlagen. Das hab ich mir absolut nicht gefallen lassen und ließ ihn voll durch die Mangel. Der ist fertig, das könnt ihr mir glauben.«

»Wow! Felix, hätt ich dir nicht zugetraut! Du bist doch so klein und schmächtig, dich weht doch schon ein leiser Wind um; dachte ich zumindest bisher.«

»Weißt du, Sven, ich trainiere Dings, äh, Dschakumuro.«

»Häh?«

»Dschakumuro ist eine Kampfsportart. Eine ganz gruselige, geheime Kampfsportart, die nur ganz wenige kennen und die setze ich nie unnötig ein, ist streng verboten. Daher habt ihr mich auch noch nie in Aktion gesehen. Ihr seid eh meine Freunde, da musste ich das ja auch nie einsetzen.«

»Zeig mal bisschen was.«

In dem Augenblick kamen sie am Stadion an und Felix war nicht gezwungen, weiter darauf einzugehen. Die ganze Fan Truppe stieg aus und stimmte die FC Sankt Pauli Hymne ›Das Herz von Sankt Pauli‹ an, öffneten ihr mitgebrachtes Dosenbier und los ging der Spaß. Die Geschichte von Felix aber wurde umgehend weiter gereicht. Sven war beeindruckt und erzählte es im Fan Club herum. Dabei wurde die Geschichte immer abenteuerlicher ausgebaut. An dem Abend wurde seinem Ruf als >Mann der nicht kann<, der Mythos des fernöstlichen Kämpfers hinzugefügt, mit dem man sich besser nicht anlegte.

Felix hatte nun zum ersten Mal in seinem Leben eine Art Ansehen gewonnen, wobei es auf falschen Tatsachen basierte und somit erschlichen war. Aber war das nicht egal? Wen kümmert schon, was wirklich war? Wenn jemand an etwas glaubt, weil er es glauben will, dann rückt der Glaube an die Stelle des Wissens. Man glaubt an etwas, weil einem von anderen etwas erzählt wird, denen man vertraut. Priester, Gurus, Verkäufer, Anführer und Propheten machen sich diesen Umstand zu Nutze und haben dadurch die Möglichkeit, Massen um sich zu versammeln, oft genug auf Basis falscher Tatsachen. Diese falschen Tatsachen werden zur Glaubenssache erhoben und zur Grundlage des Zusammengehörigkeitsgefühls der Massen. Diese Grundlagen werden dann nicht weiter hinterfragt, sie werden sogar verteidigt. Wenn man beispielsweise als Grundlage nimmt, dass die Erde eine Scheibe sei, wäre jeder, der das Gegenteil behauptet, ein Gefährder der Gemeinschaft und würde den Machtanspruch des Anführers dieser Gemeinschaft in Frage stellen. Er muss also bekämpft werden, zunächst vielleicht, indem man ihn unglaubhaft macht, zur Not auch mit drastischeren Mitteln oder mit Gewalt. Dazu kommt, dass der Mensch nach wie vor vom Affen abstammt, und sich auch so verhält. Er ist ein Rudeltier und sucht nach einem Rudel, dem er angehören kann. Ein Rudel braucht einen Anführer, dem man vertraut, dem man folgen kann, der Stärke zeigt und Sicherheit suggeriert, um nicht von anderen Rudeln überrannt zu werden. Einen, der einem das Denken abnimmt, weil er alle Antworten bereits hat. Solche Anführer versuchen ihre Macht stets zu erweitern, wollen ihr Rudel mit Huldigern immer weiter anreichern und zugleich jene idealerweise überzeugen, die ein wenig querschießen, oder sie notfalls eliminieren, damit sie ihr Rudel nicht durch ihre Meinungen vergiften. Felix wurde nun plötzlich zu einer interessanten Person, auch für jemanden, dem er besser niemals begegnet wäre. Die Geschichten, die sich um Felix rankten, machten diesen völlig unbedeutenden kleinen Mann auf einmal sichtbar. Seine seltsame Art, sich zu kleiden, seine dümmlichen Ansichten, seine motorische Ungelenkigkeit, all dies wurde nun nicht mehr verlacht, sondern war plötzlich das Besondere an ihm. Einer, der sich traute, er selbst zu sein, sich nichts darum scherte, was andere dazu sagen. Einer, der Mut zeigte, auch als kleiner Mann unter den vielen Großen. Und auf einmal passte alles so gut zusammen, denn so etwas kann sich nur erlauben, wer einen Trumpf im Ärmel hat und sich zur Not erfolgreich verteidigen kann. Zum Beispiel unter Einsatz der geheimen Kampfsportart Dschakumuro. Immer wieder fragte man ihn danach, wie man denn in den Kreis dieser Kämpfer aufgenommen werden könne. Doch Felix blockte stets ab mit dem Hinweis, dass es eben nun mal so sei, dass es streng geheim bleiben müsse und er nicht berechtigt sei, hierüber irgendwas in die Welt zu setzen. Er habe ohnehin bereits zu viel gesagt, indem er überhaupt darüber redete und auch noch den Namen der Kampfart nannte. Er bat alle, dies nicht weiterzugeben, was dadurch natürlich erst recht geschah. Die Kampfgemeinschaft suche sich die Mitglieder aus, es würden nur ganz wenige aufgenommen und die würden lange vorab auf Eignung geprüft. Leider könne er nicht mehr sagen. Damit ließ er es stets bewenden. Niemand traute sich mehr, ihn nach einer Vorführung seiner Kampfkünste zu fragen, denn das war ihm ja schließlich streng verboten und man akzeptierte das. Und dazu kam, dass tatsächlich einer der Fans einen Vorfall zum passenden Zeitpunkt an dem besagten Kiosk beobachtete, der zur Erzählung von Felix passte. Er kam an dem Kiosk vorbei, während ein Mann am Boden lag, sich krümmte und Blut aus seiner Nase tropfte. Da er sich beeilen musste, eilte er vorbei, ohne dem Mann zu helfen und stieg kurz darauf zusammen mit Felix in den Bus. Er konnte nicht ahnen, dass der Mann an Narkolepsie litt und mitunter unvermittelt in Schlaf stürzte. An diesem Tag stürzte er so fest, dass er sich eine Kopfverletzung zuzog und die Nase brach, so dass sie blutete.

Einige Tage darauf kam auf Felix vor dem Stadion ein unbekannter Mann zu, wohl um die Dreißig, groß, Bierbauch, brachial wirkend, ein typischer Anführer, einer, der sich durchsetzte, dessen Ansagen Gesetz waren für die Schwächlinge um ihn herum. Sein Boxergesicht unter strähnigem Haar zeigte Spuren eines harten Werdegangs in Kreisen, in denen nicht der Klügere, sondern der Stärkere das Sagen hatte. Er gehörte zu den Stärkeren, eindeutig, man nannte ihn Boxer.

»Stopp mal, du, bist du nicht der Felix, von dem gerade alle hier sprechen? Der mit dem Dschaku dingsda?«

Felix war diese Art von Anfrage inzwischen gewohnt und reagierte wie stets darauf.

»Schon, aber bsssst, es ist wirklich streng geheim, bitte versuche nicht, hierzu mehr zu erfahren. Ich darf nicht. Selbst wenn man mich dafür schlagen würde, ich darf nichts preisgeben.«

»Scheint ja n'Ding zu sein«, röhrte der Boxer in tiefem Bass, »darfst du was zeigen?«

»Nein, eben nicht, weißt du, das wäre ja auch nichts Geheimes mehr, wenn ich das täte. Nein, es geht nur so, dass man ausgewählt wird. Das kann man nicht beeinflussen.«

»Felix, ich glaube, das ist alles Käse, was du hier verzapfst.«

Er zwickte unvermittelt Felix' Nase zwischen Zeigefinger und Mittelfinger und drehte sie nach links, bis Felix den Kopf mitdrehen musste, damit es nicht zu weh tat. Zu seinem großen Glück hatte Felix eine unglaublich fettige Haut und seine Nase war dadurch ziemlich glitschig, zu glitschig für Boxer, die Nase entwich ihm, obwohl er sich bemühte, sie mit aller Kraft festzuhalten und weiter zu verdrehen. Diesem Zugriff konnte sich bisher niemand entwinden, sobald dessen Nase zwischen Boxers Finger geriet. So manches Nasenbein wurde so schon gebrochen. Felix jedoch kam unbeschadet aus der Situation heraus und rief »Dschakumuro!«, stellte sich breitbeinig hin und schaute sich zugleich panisch nach einem Fluchtweg um. Die Umstehenden wurden aufmerksam. Boxer war verdutzt, es sah etwas unvorteilhaft für ihn aus. Felix richtig anzugreifen könnte für ihn noch peinlicher werden, denn wer weiß, ob da nicht was dran war, an diesem Dschakumuro.

»Felix, Respekt, hat noch keiner geschafft. Komm, ich lad Dich auf ein Bier ein«, und hieb Felix auf die Schulter, so dass dieser fast in die Knie ging.

Dann legte er Felix den Arm um die Schultern und zog ihn mit sich, weg von seinen Fan Freunden, hin zu jener Gruppe, die ihm, dem Boxer, huldigten. Dort wurde er sofort mit Bier versorgt, umringt und begafft.

Einer fragte ihn: »Sag mal du kleiner Clown. Dschakumuro ist doch ein Witz, oder?«

»Lass ihn«, ging Boxer dazwischen, »dem hier tut ihr nix, der hat gerade die Feuerprobe bestanden.«

»Feuerprobe?«

»Ja, du Hirni, komm her, dann zeig ich dir, was die Feuerprobe ist.«

»Okay, Boxer, ist ja schon gut«, beschwichtigte der und wandte sich erneut an Felix, »ich hab da noch was gehört von dir. Du kannst nicht ficken, sagt man über dich.«

Felix zog die Brauen zusammen und es meldeten sich Überraschtheit, Scham und Angst zu Wort. Er stand zunächst wortlos da und wusste nicht, wie er darauf reagieren sollte, drehte sich um, sah überall fragende Gesichter, musste irgendwie reagieren, musste irgendwie aus diesem bedrohlich wirkenden Kreis entfliehen. Sie fingen an, mit ihm zu spielen, seine eigenen Freunde waren am anderen Ende des Vorplatzes, sie konnten ihn sehen, sahen teilweise rüber, aber sie kamen nicht. Wieso kamen sie nicht? Sahen sie nicht, dass er gerade umringt war? Doch, sie sahen es. Sven, der Fan, der ihn vor einigen Tagen im Bus auf die Blutflecken ansprach, stand im Kreis seiner Freunde und hielt sie davon ab, Felix zu helfen, indem er darauf aufmerksam machte, dass Felix doch schließlich jetzt die beste Gelegenheit hätte, sein Dschakumuro zum Einsatz zu bringen und erst wenn ihm die Gegner doch zu viele sind, dann könne man immer noch einschreiten. Und so standen sie da und beobachteten das Geschehen auf der anderen Seite des Platzes. Dort herrschte gespannte Stille, alle warteten auf eine Antwort, eine, die sie hätte amüsieren können, wenn ihnen der Boxer schon nicht erlaubte, auf die übliche Weise mit dem kleinen Opfer zu ›spielen‹. Felix' Hirn arbeitete auf Hochtouren, er sah eine Lücke in der Menge um sich und wollte dorthin losstürmen, wurde aber sofort durch den Boxer aufgehalten und wieder in die Mitte der Meute gestoßen. Nun musste er etwas sagen, es sah so aus, als würden sie gleich auf ihn losgehen und Boxer würde dann nicht mehr einschreiten.

»Wer sagt das?«, fragte Felix, um erstmal überhaupt etwas gesagt zu haben.

»Ist doch egal, du Wixer.«

»Okay, ist egal, aber eines kann ich euch sagen, es stimmt nicht. Ich weiß nicht, woher das kommt, niemand ist potenter als ich, das könnt ihr mir glauben. Ich kann jederzeit, an jedem Ort.«

»Na dann, du Schlappschwanz, kannst du uns das sicher beweisen, oder?«, sagte wieder der eine aus der Meute.

Er hieß Bulle und hatte den zweiten Rang in der Gruppe nach Boxer, strebte aber nach mehr. Boxer wusste das und musste stets auf der Hut sein, dass ihm Bulle nicht den Rang ablief. Daher war es nun an Boxer, das Ruder an sich zu reißen. Er legte seinen Arm wieder um Felix' Schultern und sagte in die Runde:

»Der Kerl hier steht unter meinem Schutz, also lasst ihn erstmal in Ruhe, ja? Ihr kommt noch auf euren Spaß, das verspreche ich euch. Bulle, du kennst doch die alte Dampfwalze, die fette Nutte«, und grinste dabei hämisch.

Bulle grinste zurück: »Mann, Boxer, geil, genau, da kann er zeigen, was er drauf hat.«

Boxer war zufrieden, alle folgten ihm und Bulle war zugleich nicht gedemütigt.

»Kommt, schauen wir uns kurz das Training unserer Kicker an, deswegen sind wir doch hier.«

Sie folgten Boxer, der mit Felix im Arm in das Stadion ging. Felix' Freunde schauten zu, sahen immer noch keine Notwendigkeit, einzuschreiten, denn es tat sich ja nichts und mit Boxers Leuten anlegen, naja, war so eine Sache. Auch sie gingen ins Stadion. Nach einer halben Stunde kam die Truppe rund um Boxer wieder aus dem Stadion, sichtlich angeheitert, Felix ebenso. Er hatte Spaß mit ihnen im Stadion, jubelte, feuerte an, zeigte Daumen hoch oder Daumen nach unten, lachte mit der Truppe. Als Boxer das Zeichen zum Aufbruch gab, waren alle sofort dabei, angepegelt und voller Erwartung auf einen zweifelhaften Spaß. Vor dem Stadion zeigte sich Felix aufgeschlossen, denn im Grunde erwartete ihn etwas, wovon er all die Jahre nur träumen konnte. Eine Frau, egal ob sie Dampfwalze hieß und fett war. Sie hatte den Strudel des Begehrens zwischen den Beinen, was wollte er mehr?

›Endlich‹, dachte sich Felix, ›hab ich ein Glück an Boxer geraten zu sein. Niemals hätte ich es gewagt, aber heute, heute Abend …‹, er verdrängte alles, was ihn hätte abhalten können.

Er hatte Spaß mit den Typen, und Boxer schützte ihn offenbar. Sie zogen einige Zeit durch die Straßen und bogen in einen Fußweg ein, der zu der Zeit kaum noch frequentiert wurde, als ihnen eine Frau mittleren Alters mit eiligen Schritten entgegenkam und rasch an ihnen vorbeigehen wollte. Bulle stellte sich ihr in den Weg und packte sie. Sie wollte sich befreien, doch er war zu stark und konnte sie problemlos festhalten. Alle blieben stehen, blickten zurück zu Bulle und warteten, was nun passieren würde.

»Na, schönes Weib, was treibst du denn so alleine hier im Dunkeln? Weißt du nicht, dass das gefährlich ist? Hast Glück, dass du mich getroffen hast. Bei mir hast du es richtig gut.«

Er fing dabei an, ihr an den Busen zu fassen, sie wehrte sich und fing an zu schreien. Da hörten sie plötzlich jemanden einige Schritte entfernt sagen:

»Was ist da los? Wenn die Dame das nicht will, dann lassen sie sie gefälligst laufen, ja!«

Es war ein mutiger älterer Herr, der gerade in den Fußweg einbog und die Schreie der Frau hörte. Er erkannte im spärlichen Licht einer entfernten Laterne, dass eine größere Gruppe an Männern zugegen war und überlegte kurz, ob er nicht lieber umdrehen und ignorieren sollte, was er gerade sah. Aber er konnte nicht, hatte sich schon zu oft im Leben umgedreht, als er noch viel zu verlieren hatte, im Berufsleben stand und seine Angehörigen von ihm abhängig waren. Jetzt aber wollte er sich nicht mehr umdrehen, er war alleine auf der Welt. Seine Frau starb ein Jahr zuvor, seine Kinder waren weit weggezogen und interessierten sich nicht mehr für ihren Vater. Für ihn war inzwischen alles ohne Bedeutung, selbst sein Leben. Bulle wirkte amüsiert, massierte noch ein wenig am Busen der Frau herum und stieß sie dann auf den Kiesweg, wo sie weinend liegen blieb. Bulle wandte sich nun dem Mann zu, ging mit raschen Schritten zu ihm und packte ihn am Kragen. Der Mann wehrte sich nicht, sondern wiederholte das eben Gesagte, was Bulle noch mehr amüsierte. Boxer ließ alles geschehen, er wusste, dass seine Leute heute noch ein wenig Spaß haben mussten. Bulle zeigte auf zwei von seinen Kumpanen, warf den Mann zu Boden und sofort hielten ihn die Kumpane fest. Er winkte einen weiteren zu sich und sagte:

»Los, halt ihm den Mund auf!«

Der tat es und wusste, was nun kam. Genüsslich machte Bulle seine Hose auf und holte einen enormen Penis heraus.

»Ich muss mal«, alle lachten.

Er pisste, soweit er traf, direkt in den Mund des Mannes. Der würgte, hustete, spuckte und versuchte zu schreien, was nicht gelang. Als Bulle fertig war, zeigte er auf Felix und schaute dabei Boxer an. Der aber schüttelte den Kopf.

»Las mal Bulle, der muss ja noch unter die Dampfwalze.«

Ja, das war es, man musste unter die Dampfwalze, daher hatte sie den Namen. Bulle winkte weiteren Kumpels und fragte:

»Müsst ihr nicht auch mal?«

Vier weitere Penisse wurden rausgezogen, in Stellung gebracht und ließen ihr gelbes Nass auf den Mann herunter regnen, so dass am Ende der ganze Kopf nass war und auch die Arme desjenigen, der ihm den Mund aufhielt. Bulle zog den Mann am Kragen hoch und spukte ihm ins Gesicht.

»Bedanke dich gefälligst, dass wir dir zu trinken gegeben haben, du Flachwixer!«

»Nein«, sagte dieser, »erschlag mich ruhig, aber vor euch Arschlöchern auf Primaten Niveau werde ich mich nicht beugen und ...«

Ein Faustschlag in die Magengrube streckte ihn nieder, danach wurde er durch Fußtritte malträtiert, bis er sich nicht mehr bewegte. Bulle drehte sich um, wollte sich wieder die Frau vornehmen. Die aber konnte den Tumult nutzen, setzte sich ins Dunkel neben dem Fußweg ab, erreichte ein Lokal zwei Straßen weiter und bat den Besitzer, die Polizei zu alarmieren.

»Verdammt!«, schrie Bulle, »wieso lasst ihr sie weg, die war doch geil, ihr Ärsche!«

»Schluss jetzt«, schritt Boxer ein, »ihr hattet euren Spaß, jetzt gehen wir zur Dampfwalze. Los jetzt! Außerdem fängt es zu regnen an.«

Etwas murrend setzten sich alle wieder in Bewegung. Bulle war sichtlich sauer. Den Mann ließen sie achtlos liegen. Er starb, bevor die Polizei eintraf. Es würde als Totschlag gewertet werden, Täter nicht ermittelbar, der Regen verwischte alle Spuren.

Boxer betrat zusammen mit Felix das Etablissement der Dampfwalze. Sie arbeitete alleine, auf eigene Faust. Ihre Kunden waren von der Sorte, die es abscheulich mochten, sich zwischen den Falten ihres enormen Bauches wohl fühlten und von ihrem gigantischen Busen erschlagen werden wollten, die sich zwischen zwei Zentnern Beinen pressen ließen, um vom Strudel verschlungen zu werden. Nun, Felix war an sich nicht von der Art. Dennoch, sein Verlangen war übermäßig. Endlich eine Frau, eine echte Frau, kein Katalog, keine reine Vorstellung, wie er sich eine Kassiererin nahm, nein, eine echte Frau. Alles regte sich und bebte an ihm, als er mit Boris, wie Boxer eigentlich hieß, jenen Vorraum betrat, in dem sich die Dampfwalze aufhielt. Sie lächelte ihnen entgegen.

»Boxer, na sowas. Willst du oder er, oder ihr beide? Ein Dreier kostet Hundert extra.«

»Dampfi, ich hab dir hier einen kleinen Leckerbissen mitgebracht, der behauptet, er besorge es dir besser, als alle anderen. Der ist voll heiß, ein Dschakumuro Typ, weißt du?«

Sie sah ihn an und fühlte, dass sich hier etwas Seltsames abspielte. Vieles hatte sie schon gesehen in ihrem Leben. Ein beschissenes Leben, einst als Edelnutte, irgendwann abgelegt wie Abfall, musste sie nun jeden Mist mitmachen.

»Ja, wenn das so ist, dann bin ich gespannt. Komm mal Kleiner, du hast ja schon einen stehen, Holla! Na sowas.«

Boxer schob Felix vor.

»Zahlen tut er selbst, und wir würden gerne zusehen«, grinste er.

Felix wurde es mau im Magen, er hatte kaum Geld dabei. Zu seinem Glück mochte die Dampfwalze keine Zuschauer.

»Nichts da. Zuschauen gibt's nicht, Boxer, das weißt du. Kann nicht mal gekauft werden, gibt's einfach nicht bei mir und aus. So und nun komm Kleiner, Zeit ist Geld. Da hinten rein. Ich komm gleich. Boris, ihr könnt gerne hier warten, aber keiner geht nach hinten, ja?«

»Na gut. Felix, lass es krachen!«

Er holte die anderen rein, es waren zu viele, ein paar mussten draußen bleiben, nach Hackordnung. Zunächst hörte man eine Weile nichts und alle dachten, dass sie ihm wohl auf die Schliche gekommen waren, ein Angeber. Nach einer Weile aber hörten sie Stöhnen, dann lautes Stöhnen, dann schreiendes Stöhnen und zwar von beiden und dann waren sie baff. Im Zimmer, das sie wohlweislich absperrte, schaute sie Felix ernst an.

»Die wollen dich testen, denn du hast geprotzt, stimmts? Du musst nichts sagen, sei lieber still. Ich sehe, dass es so ist. Geld hast auch nicht, stimmts?

Bringst mir ein andermal vorbei. Du hast Einen stehen, wie ich sehe, bist also nicht tot. Zieh dir das hier über und dann liefern wir denen eine Show.«

Er zog das Kondom über, sie legte sich hin, walzte nicht über ihn hinweg, dafür war er ihr einfach zu schmächtig. Der kleine Felix verlor sich etwas auf ihr. Aus seiner ersten und bisher einzigen Erfahrung vor vielen Jahren mit Marta wusste er ungefähr, wo das Ziel sein müsste und fand es schließlich.

»Bin glaube ich drin.«

»Echt? Spür dich gar nicht. Egal, stöhne jetzt erstmal leise los und werde dann immer lauter, folge meinem Stöhnen. Und so lief es ab, sie gaben beide ihr Bestes, selbst als Felix nach einer Minute bereits abgespritzt hatte, stöhnten sie noch geschlagene 10 Minuten weiter. Immer lauter, am Ende mimte sie den Schrei der Erlösung und letzte abklingende Stöhner rundeten die Vorstellung ab.

»So, jetzt geh raus, mach dir die Hose erst draußen zu. Mach es langsam und genüsslich.«

Er ging aus dem Zimmer, sah die anderen und nestelte an seinem Hosenreissverschluss herum, zog ihn langsam und genüsslich zu und zeigte dann mit dem Daumen nach hinten.

»Die ist fertig«, und grinste.

Boxer und Bulle wollten es wissen, gingen nach hinten und tatsächlich lag Dampfi völlig ermattet auf dem Bett, zeigte nur kurz mit dem Daumen nach oben, um zu zeigen, wie gut er war und schloss dann die Augen, um anscheinend zu schlafen.

Leise sagte sie noch: »Der ist super. Übertrifft euch alle. Geht jetzt, das war's für heute. Ich muss schlafen.«

Seit diesem Tag hatte Felix neue Freunde. Die bisherigen Freunde konnten ihm gestohlen bleiben, die nahmen ihn eh nicht ernst und halfen ihm nicht, als er sie brauchte. Die neuen Freunde aber respektierten ihn. Es waren echte Kerle, kraftstrotzend und furchteinflößend. Hier fühlte er sich stark und sicher, denn keiner wagte es, Boxers Leute zu reizen. Er passte sein Äußeres an, kleidete sich in Jeans und Lederjacke, darunter ein T-Shirt mit der Aufschrift »Boxer«. In der kalten Jahreszeit darunter noch bis zu drei Flanell-Unterhemden gegen die Kälte. Wo auch immer die Bande auftauchte, zogen sich die Leute sicherheitshalber zurück oder hielten Sicherheitsabstand. Wenn auch die Täter des toten Mannes im Spätherbst 1981 nicht ermittelt werden konnten, so verdächtigte man doch genau jene Bande. Es gab Indizien, wie dem Zeitpunkt, zu dem sie das Stadion verließen, die Richtung, die sie nahmen, ihre generelle Gesinnung, ihr Alkoholpegel und die Tatsache, dass sie gegenüber Frauen immer wieder übergriffig wurden, diese aus Angst aber nie eine Anzeige machten, und die generelle Gewaltbereitschaft, oft einfach nur, um Spaß zu haben.

KAPITEL 7

FRIESING ZEHN JAHRE SPÄTER, DEZEMBER 1991

Der Tanzabend begann mit dem Eintreffen der Gäste pünktlich um zwanzig Uhr. Umliegende Tanzsschulen organisierten diese Art von Veranstaltungen regelmäßig, damit deren Tanzschüler Gelegenheit bekamen, ihr neues Können einzusetzen. Die Paare sahen elegant aus, Männer in Anzügen, Frauen in Ballkleidern. Adele und Marina passten nicht ganz dazu, waren zwar sehr gut gekleidet, aber gegen die Ballkleider im Saal wirkten sie fehl am Platz. Sie setzten sich mit Karl an den Tisch am Fenster und beobachteten, wie sich die Tanzfläche nach und nach mit Tänzern füllte, die sich im Rhythmus der Musik bewegten, manche tanzten wunderbar, andere waren etwas ungelenk und einige hatten offenbar überhaupt kein Gefühl für Takt und Rhythmus. In der zweiten Tanzrunde forderte Karl Marina zum Tanzen auf. Adele freute sich für Marina, denn sie bemerkte eine gewisse Zuneigung zwischen den beiden und gönnte es Marina. Sie genoss den Wein, den Karl bestellt hatte. Der konnte tatsächlich tanzen und es war schön zu sehen, wie Marina sich von ihm über die Tanzfläche führen ließ. Sie fielen besonders Alexander auf und das sollte auch so sein, denn er sollte wissen, dass Karl nicht an Adele, sondern an Marina Interesse hatte. Adele saß alleine am Tisch, wurde von niemandem zum Tanzen aufgefordert. Deshalb kam während der Pause Alexander an ihren Tisch, während Karl und Marina sich an die Bar begaben und mehrere Jackie Cola tranken. Alexander fragte Adele, ob sie nicht auch gerne tanzen würde, doch sie winkte ab, denn sie hatte nie einen Tanzkurs belegt, wieso auch, da sie doch Männerkontakte mied. Nein, sie sei zufrieden damit, zuzusehen.

»Aber Alexander, wann spielt ihr denn unsere Stücke, die wir uns gewünscht haben?«

»Gleich nach der Pause. Du wirst sehen. Schau, da kommen Marina und Karl mit Bier und Schnaps.«

Lachend verteilte Karl die mitgebrachten Getränke.

Adele war in unerwartet gelassener Stimmung. Sie war von sich überrascht, der Abend tat ihr gut. Es fühlte sich wunderbar an, wie eine Art Ekstase. Sie kippte den Schnaps ex runter und widmete sich dann dem mitgebrachten Bier. Einmal anstoßen, zweimal anstoßen, rasch war auch das Bier leer, da musste Alexander wieder zurück auf die Bühne zu seinem Instrument. Beim Gehen machte er Adele ein Zeichen, das heißen sollte, dass nun ihre Stücke gespielt würden. Adele lächelte ihm nach, spürte etwas im Bauch, das sie an die Gefühle für Markus Siebel erinnerte, nur noch stärker. Dort schritt gerade ihr Traummann einher, wie ein Gott. Er ging zu seinem Instrument, sprach kurz mit seinen Band Kollegen und dann nahm er das Mikrofon in die Hand.

»Und nun, meine Damen und Herren, kommen zwei besondere Musikstücke für eine bezaubernde, wunderschöne Dame, wie sie hier normalerweise nie gespielt werden. Freuen sie sich auf ›In the Mood‹ und ›Moon River‹. Einmal Swing und einmal langsamer Walzer. Viel Spaß beim Zuhören und Tanzen.«

Dabei schaute er Adele an, was bei vielen im Saal nicht unbemerkt blieb. Er bekam stets die Schönsten. Er bekam sie alle. Er war der Traum der Frauenwelt. Die Musik stimmte an, zunächst swingte man durch den Saal. Adele wurde von jemandem auf die Tanzfläche gezogen. Sie stolperte umher, konnte nicht tanzen, trat auf die Füße des Tänzers, verrenkte sich völlig unrhythmisch und wurde von ihrem Tänzer rasch wieder an ihren Tisch zurückgebracht. Doch sie hatte Gefallen am Tanz gefunden, torkelte zurück auf die Tanzfläche und bewegte ihren Körper nun ohne störenden Tänzer wild in einem Takt, der offensichtlich nicht zu dem gerade gespielten Stück gehörte. Sie wirbelte umher, stieß immer wieder an tanzende Paare, fing an, mitzusingen. Noch nie in ihrem Leben war sie so ausgelassen wie gerade eben. Alles Leid war plötzlich verflogen. An diesem Abend hätte sie die ganze Welt umarmen können. Sie war zu allem bereit. Oh, dieser wunderschöne Adonis dort oben auf der Bühne, der sein Saxophon so einfühlsam spielte und dabei nur sie ansah. Er spielte nur für sie, ach könnte er sie doch auch noch in die Arme nehmen, oder sie durch die tanzenden Wogen bewegen wie wohl einst Ahat, der ägyptische Gott des Tanzes. Das zweite Stück begann, gerade rechtzeitig, denn vom vielen Drehen beim schnellen Swing wurde ihr schwindlig. Sie stimmten den ruhigen langsamen Walzer an. Die traumhafte Musik brachte alles in ihr zum Schwingen. Mit langsamen, zarten Bewegungen breitete sie ihre Arme aus. Wie ein Vogel, der sich im Wind treiben lässt, durchquerte sie die Tanzfläche, nahm keine Notiz von bösen Blicken. Karl und Marina passten ein wenig auf, dass Adele nicht zu sehr umhertorkelte. Als das zweite Stück endete, folgte ausnahmsweise kein Drittes. Alexander winkte den Musikerkollegen ab, er sah, dass Adele die Tanzfläche besser verlassen sollte.

»Das war ein musikalischer Ausflug in vergangene Zeiten. Nach einer kurzen

Pause geht's weiter meine Damen und Herren. Wieder mit ihren Wünschen, die wir wie immer gerne erfüllen.«

Er legte sein Instrument bei Seite und ging zu Adele, die immer noch auf der Tanzfläche umherschwebte. Er fing sie auf, legte ihr seinen Arm um die Schulter und geleitete sie zu ihrem Platz. Sie fühlte seine Kraft und eine Welle des Glücks durchströmte ihren ganzen Körper.

›Gerne mehr‹, dachte sie, ›umarme mich, küss mich‹, rief es still aus ihrem Inneren.

Er tat es nicht, er war ein Gentleman, schob ihr den Stuhl bereit, so dass sie sich hinsetzen konnte und setzte sich kurz neben sie.

»Alles in Ordnung mit dir, Adele?«, er schaute ihr tief in die Augen.

Welch schöne Augen er doch hatte.

»Ja«, hauchte sie, »es ist so wunderschön.«

»Adele, wir spielen noch etwa eine Stunde, dann ist hier Schluss. Danach treffen wir uns ja alle auf einem der gemieteten Zimmer. Trink nicht mehr zu viel, sonst schläfst du uns noch ein«, lächelte dabei, stand auf und ging zu seinem Instrument.

Adele vermied es, nochmal auf die Tanzfläche zu gehen. Sie merkte, wie ihr zunehmend schwindlig wurde. Durst machte sich bemerkbar, sie trank noch ein Glas Bier und nahm den letzten Schluck, als das letzte Stück zu Ende war.

Nun kam es auf das richtige Timing an. Karl musste dafür sorgen, dass nichts schief ging. Er bat Marina, mit Adele schon mal vorzugehen, Zimmer 12, er würde mit Alexander nachkommen. Dann half er Alexander beim Abbauen und Aufräumen so gut er konnte. Es musste schnell gehen. Er drängelte möglichst unauffällig. Vierzig Minuten später gesellten sie sich zu den beiden Damen. Die lagen auf dem großen Doppelbett und unterhielten sich, kicherten und scherzten. Als die Männer den Raum betraten, wurden sie von erwartungsvollen Blicken empfangen. Sie setzten sich zunächst auf die beiden Stühle an dem kleinen Beistelltisch an der Wand. Alexanders Blick wirkte verliebt, seine Augen glänzten, er erwiderte Adeles Blick, konnte seine Augen nicht von ihr abwenden. Ebenso erging es Adele. Karl entging das nicht. Eine vortreffliche Entwicklung, dachte er sich und versuchte eine Unterhaltung in Gang zu bringen, indem er Adele ein wenig wegen ihrer lustigen Tanzeinlage aufzog, woraufhin Alexander einschritt und Karl einen Rumpelstilzchentänzer nannte. Alle lachten. Karl und Alexander scherzten noch ein wenig und erzählten Anekdoten aus ihrer gemeinsamen Kindheit. Marina gab ihr Witze Repertoire zum Besten. Nur

Adele war schweigsamer, wirkte melancholisch und doch völlig ausgeglichen, blickte unentwegt Alexander an, mit leuchtenden Augen, die wie Sterne im Halbdunkel des nur durch eine Nachttischlampe beleuchteten Zimmers funkelten. Als Marina vom Bett aufstand, zu Karl ging und sich auf seinen Schoß setzte, war das für Karl der perfekte Moment. Er fing sofort an, mit Marina zu knutschen, um ein Zeichen zu setzen, ließ jedoch die beiden anderen nicht aus den Augen. Dort war es Alexander, der die Initiative ergriff, sich zu Adele auf das Bett legte, wo Marina gerade noch gelegen hatte und sich seitlich zu ihr drehte, um zärtlich über die Wangen zu streichen.

»Adele, alles gut bei dir? Du wirkst ein bisschen als wärst du woanders. Ist ja auch schon spät, möchtest du schlafen? Ich kann mit Karl und Marina in das andere Zimmer verschwinden.«

Anstatt zu antworten drehte Adele sich zu Alexander, sah ihm in die Augen und küsste ihn kurz aber fest auf den Mund. Alexander erwiderte den Kuss sogleich leidenschaftlich und strich Adele zuerst übers Haar dann an den Schulterblättern vorbei bis zur Taille und den Hüften, machte dabei einen Wink in Richtung Karl und Marina, der bedeuten sollte, dass die beiden sich doch bitte verziehen sollten. Marina sprang sofort auf, ergriff Karls Hand und zog ihn mit sich ins Nachbarzimmer. Dort angelangt bugsierte sie ihn zum Bett, legte sich hinein und versuchte Karl neben sich zu platzieren. Er jedoch löste sich von ihr und sagte, er müsse noch kurz etwas erledigen. Er versprach, in dreißig Minuten wiederzukommen, sie solle sich doch gleich ausziehen und auf ihn warten, verließ das Zimmer und stellte sich vor die Türe von Alexander und Adele. Er musste sicher gehen, dass was lief, und zwar richtig und hoffentlich ohne Kondom, horchte, versuchte durch das Schlüsselloch zu schauen, konnte jedoch leider nichts sehen, aber er hörte nach einer Weile leises Stöhnen, es wurde lauter, aber es flaute auch wieder ab, verschwand wieder, um nach einigen Minuten wieder neu zu entflammen, intensiver als vorhin. Das Bett knarzte im Rhythmus mit, dieses Mal flaute das Stöhnen nicht mehr ab, es schwoll an zu einem Duett der überschäumenden Gefühle, zielstrebig einem Zustand des höchsten Glücks entgegenstrebend, jenen Sekunden, die alles bedeuten und danach die Sinne zum Einschlafen bringen. Er hörte, wie beide am Höhepunkt alles gaben, sie schrien fast und dann, schlagartig war es vorbei. Schweres Atmen war zu hören, flüstern, und dann Stille. Es war nun auch für Karl Zeit zum Schlafen. Er ging zurück zu Marina, die sich entkleidet hatte und nackt da lag, er legte sich zu ihr. Trotz vielem Bemühen bekam er Ihn nicht hoch. Da lag Marina, eine wirkliche Kanone, aber er bekam Ihn nicht noch. Marina versuchte all ihre Künste und schaffte es dann doch. Wie ein Baum stand er, beeindruckend, sofort ein Kondom drüber und aufnehmen, wer weiß wie lange das hält. Einige Sekunden und schon spürte sie ihn zucken, der Baum fiel sofort in sich zusammen, alle seine Sinne stellten sich auf Schlaf um, er drehte sich von ihr weg und schlief augenblicklich ein. Marina blickte an die Decke. Was war das? Enttäuscht und noch voller Feuer erledigte sie den Rest an sich selbst, und schlief dann auch ein.

Am nächsten Morgen wurden sie durch das Zimmerpersonal geweckt. Das Zimmer musste bis Zehn Uhr geräumt sein. Karl wusste, dass er Marina enttäuscht hatte, es war ihm schon in der Nacht klar gewesen. Er hatte ein Problem, das ihm den Verstand raubte. Er war begehrt und konnte nur enttäuschen, ein Mann wie ein Baum, ein Abenteurertyp, aber ein Schlappschwanz, wie er oft schon von Frauen genannt wurde. Er mochte Frauen, ungemein begehrte er sie, nur, er hatte nichts zu bieten. Aber an diesem Morgen war eines noch wichtiger, als sein erneutes Versagen. Er musste Alexander fragen, er musste es wissen.

»Na, Bruderherz, konntet ihr gut schlafen?«

»Jo, Karl, und wie gut, himmlisch war das. Ich sag dir, die ist es, das ist die Frau, von der ich immer geträumt habe.«

»Alex, red nicht drum herum, hattet ihr Sex?«, versuchte Karl sich grinsend.

»Ey Karl, na sowas, natürlich, was denkst du?«

»Geil. Mensch, und eine Freude, dass sie auch noch deine Traumfrau ist. Hast an ein Kondom gedacht?«

Alexander sah Karl erschrocken an, eilte dann zu Adele.

»Adele, ich weiß nicht so recht wie ich es sagen soll, daher mache ich es einfach direkt. Haben wir gestern verhütet? Wir hatten gestern kein Kondom benutzt. Ich hoffe, du nimmst die Pille?«

Er sah sie hoffnungsvoll an, erkannte sodann an Ihrem Gesichtsausdruck, dass dem nicht so ist.

Stattdessen sagte sie: »Weißt du, ich könnte mir ehrlich gesagt nichts Schöneres vorstellen, als ein Kind von dir. Ich hoffe ja, dass das keine einmalige Sache war und wir uns wiedersehen und mehr draus wird.«

KAPITEL 8

HAMBURG ZEHN JAHRE ZUVOR IM JAHRE 1982

Felix zog seit dem bestandenen Test bei der Dampfwalze nur noch mit Boxers Bande durch Hamburgs Straßen. Manchmal besuchten sie zusammen die Spiele der Sankt Pauli Kickers oder sahen beim Training zu. Sein verändertes Outfit, hin zu einem ›harten Typen‹ mit Fransenlederjacke und hautengen Jeans, wirkte unglaublich beschämend für Marta. Unter der Lederjacke trug er noch immer Hawaiihemden und Pollunder mit Rautenmuster und darunter bis zu drei Flanell-Unterhemden, je nach Außentemperatur. Seine Schirmmütze wurde durch eine Wollmütze abgelöst, die ihm etwas zu groß war und ihm ständig über die Augen rutschte. Marta begann, ihn regelrecht zu hassen. War er schon bisher eine lächerliche Gestalt, derer man sich nicht rühmte, so war er nun einfach nur noch abscheulich. Er hatte ein eigenartiges Selbstbewusstsein erlangt, das sie sich nicht recht erklären konnte, denn sie wusste nichts von seinem Ruf als Dschakumuro Kämpfer oder jenem des härtesten Rammlers am Kiez. Felix wurde bestimmender, härter, er interessierte sich nicht mehr für die Themen in den Nachrichten, der einzige einigermaßen vernünftige Austausch zwischen den beiden blieb dadurch aus. Somit auch die einzige Überschneidung. Sie sahen sich kaum noch, denn Felix ging oft bereits direkt nach der Arbeit zu seinen neuen Freunden, die es ebenso machten, sofern sie überhaupt arbeiteten. Sie entstammten allesamt problematischen Verhältnissen, mussten sich in ihrem noch kurzen Leben einem harten Durchsetzungskampf stellen und wussten eines ganz genau, in dieser Gruppe waren sie stark und nahezu unantastbar, jedoch war ihnen auch klar, ohne einen starken Anführer wären sie nichts. Auch Felix fühlte sich im neuen Kreis unheimlich stark, viel stärker, als in seinem alten Freundeskreis. Erstaunlicherweise wurde er akzeptiert und respektiert. Selbst Bulle startete keine Attacken mehr gegen ihn, seit er die Dampfwalze derart nahm, dass ihm das goldene Attest des härtesten Rammlers am Kiez ausgestellt wurde.

Mitte Januar trafen sie sich auf ein Bierchen an einer Wurstbude. Als der Budenbesitzer keine Anstalten machte, sie zu bedienen, da er sie als Rabauken kannte und hasste, zogen sie ihn an den Haaren aus seiner Bretterbude und pissten ihm in den Mund. Zu seinem Glück bedankte er sich danach dafür, zu trinken bekommen zu haben und man beließ es dabei, ihm zum Abschluss lediglich einen ordentlichen Magenschwinger zu verpassen, der ihn dennoch zu Boden stürzen ließ, wo er liegen blieb. Passanten sorgten dafür, dass Polizei und ein Rettungswagen gerufen wurden, er wurde abtransportiert. Die Bande hatte sich bereits verzogen, als die Polizei eintraf. Voll Adrenalin suchten sie nach dem nächsten Kick auf dem Weg zum Stadion, aber niemand begegnete ihnen, es schien, als würde ein Frühwarnsystem den Weg freiräumen. Die Ordnungskräfte am Stadion waren vorgewarnt. Die Bande wurde erwartet, man hatte genug. Dem Treiben musste ein Ende bereitet werden, mit rechtstaatlichen Mitteln. Polizei stand daher ebenfalls bereit. Dank einiger Passanten konnten einzelne Gruppenmitglieder identifiziert werden, sie würden auch keine Angst haben, vor Gericht auszusagen. Nun hatte man endlich eine Möglichkeit, der grausamen Meute einen Schlag zu versetzen. Alle zugleich anzugreifen, würde allerdings eine Massenschlägerei mit vielen Verletzten auslösen. Man hoffte darauf, einzelne zentrale Zielobjekte eliminieren zu können und dachte dabei in allererster Linie an Boxer und Bulle. Ohne diese beiden, so glaubte man, würde die Truppe auseinanderfallen. Danach könnte man sich noch weitere unter Anklage stehende schnappen. Boxers Truppe kam am Stadion an, alles schien wie sonst. Die Ordnungskräfte standen an Ihren Plätzen, die Fans wie immer in Gruppen auf dem Platz. Sie suchten nach einem Opfer, aber niemand stand einzeln herum. Somit blieb ihnen nur, eine der Fan-Grüppchen anzupöbeln. Boxer winkte seine Leute in Richtung einer vermeintlich schwächeren Gruppe und ging zusammen mit Bulle geradewegs darauf zu, die anderen etwas langsamer hinterher, sie wollten zunächst sehen, was ihre Anführer vorhatten, um dann am Spiel teilzunehmen.

»Na, ihr Arschlöcher!«, rief Boxer, »warum steht ihr hier auf unserem Platz? Hier stehen Wir immer!«

»Echt? Dachte ihr steht immer dort drüben«, entgegnete einer der Fans und deutete auf einen Fahnenmast.

»Du Wixer willst wohl eine auf die Fresse, oder was?«

»Ehrlich gesagt, nein«, entgegnete derselbe von vorhin, »aber ich kann dir sagen, Boxer, du irrst dich, ihr steht wirklich immer dort.«

Er sagte es ruhig und ohne jedwede Angst zu zeigen. Das machte Boxer, der etwas mehr Saft im Hirn hatte, als Bulle, stutzig, während Bulle schon dabei war, auf den Fan loszugehen. Plötzlich ging alles blitzschnell, in Sekundenbruchteilen.

Boxer konnte nicht mehr rasch genug zurückweichen. Bulle wurde von den verdeckten Ermittlern mit geübtem Griff überwältigt und am Boden fixiert, mehrere Ordnungskräfte und Beamte in Zivil drängten sich zwischen Boxer und seine Bandenmitglieder, sie versuchten Boxer zu ergreifen, der jedoch in keinster Weise daran dachte, sich zu ergeben. Im Gegensatz zu Felix trainierte er tatsächlich Kampfkunst. Als Kickboxer hatte er schon so manchen Gegner krankenhausreif geschlagen. Mit einem Jab zermalmte er das Gesicht eines Angreifers, der zu Boden fiel und regungslos liegen blieb, mit einem Punch traf er anschließend den von hinten kommenden, drehte sich blitzschnell um und legte ihn mit einem Uppercut ebenfalls flach. Mit gebrochenem Kinn, und Blut spuckend, sackte der zu Boden. Dann rannte er Richtung Bulle, um dessen beiden Kontrahenten ebenfalls zu Boden zu strecken. Seine Leute wollten zu Hilfe eilen, allerdings gelang es den Ordnungskräften und der zivilen Polizei, sie weiter abzudrängen, so dass Boxer und Bulle alleine zurechtkommen mussten. Bevor Boxer jedoch Bulle erreichte, stürzte er unvermittelt, jemand hatte ihm ein Bein gestellt, er stolperte, fing sich zunächst noch mit einer Vorwärtsrolle ab, stand wieder auf den Beinen, wandte sich um, um zu sehen, wer ihm das Bein stellte und übersah dabei einen Gummiknüppel der Polizei, jenen mit dem 90-Grad Griff, einer Tonfa. Sie traf ihn hart auf die Brust. Kopf, Kehle oder Bauch wären unter Umständen tödlich, daher die Brust. Augenblicklich blieb ihm die Luft weg, ihm wurde übel und schwindelig, stürzte erneut, konnte sich nicht mehr abfangen und rief im Fallen nur noch laut und deutlich: »Dschakumuro!«

Es half ihm nicht, denn seine Leute wussten nicht, was er ihnen damit sagen wollte, denn Dschakumuro war doch streng geheim und außerdem konnte er doch selbst kickboxen, weshalb man ihn ja schließlich den Boxer nannte. Die Strategie ging auf, Anführer und Bandenmitglieder waren getrennt, die ersteren neutralisiert, die anderen fingen an, zu zerstäuben angesichts der ihnen genommenen Stärke und angesichts der Übermacht, die sich ihnen entgegenstellte.

Felix beobachtete alles mit Entsetzen. Er stand ganz hinten, wurde nicht wahrgenommen und konnte sich unerkannt absetzen. Niemand nahm Notiz davon, niemand nahm ihn ernst. Mit ihm flüchteten weitere Mitglieder der Bande, nutzten jede Lücke in der Menschenmenge, stürzten, standen wieder auf, liefen um ihr Leben, wurden gejagt und festgehalten, bespuckt und getreten. Die Wut der Masse entlud sich. Nur mit Mühe gelang es den Sicherheitskräften, Kontrolle über den Tumult zu behalten. Einige wurden in Gewahrsam genommen und zusammen mit Boxer und Bulle in speziellen Fahrzeugen abtransportiert. Boxer war noch immer benommen, wurde jedoch nach kurzer Untersuchung zum Abtransport im Gefangenentransporter freigegeben. Als Boxer konnte er einiges einstecken. Die beiden von ihm niedergestreckten Beamten hatte es dagegen schwerer erwischt mit Quetschungen und Knochenbrüchen im Gesicht, sowie einer Augenverletzung und abgebrochenen Zähnen. Boxer wurde seinem Ruf gerecht.

Felix und etwa ein Dutzend der Bandenmitglieder konnten ihren Verfolgern entkommen, fanden sich in den angrenzenden Straßen nach und nach wieder zusammen und strebten im Laufschritt einem Ort zu, den alle kannten, einem schon längere Zeit ungenutzten Gebäude in der Lagerstrasse, das sie sich seit einiger Zeit für ihre Treffen zu Nutze machten. Außer Atem kamen sie an, die Tür war wie immer offen, denn vor Monaten hatten sie sich schon gewaltsam Zugang verschafft und das Schloss dabei zerstört. Völlig entkräftet ließen sie sich auf den herumstehenden Kisten und Styroporklötzen nieder und holten Luft.

»Licht auslassen«, zischte jemand.

Nur spärlich war der hohe, etwa tennisplatzgroße Raum durch ein Oberlicht beleuchtet. Nur langsam gewöhnten sich die Augen an das Halbdunkel, sie konnten einander gerade so erkennen.

»Schweine, Verdammte Schweine!«, rief einer ins Leere.

Sie schwiegen, blickten zu Boden, scharrten mit den Füßen im Staub, wippten vor und zurück, hielten sich die Hände vor das Gesicht, klatschten sich an die Stirn, schlossen die Augen vor Wut, Angst und Verzweiflung. Was sollte nun werden? Wen hatten sie denn schon? Manche wohnten zu Hause bei ihren Eltern, die sie hassten, andere alleine oder zusammen mit einem der Freunde in schäbigen kleinen Buden. Selbst die konnten sie sich kaum leisten. Felix war als einziger in einer festen Beziehung, sogar verheiratet, mit einem auskömmlichen Einkommen und einer winzigen, aber ordentlichen Wohnung, die er bezahlen konnte, er war zudem etwas älter, als der Rest, ein völlig aus den ihn umgebenden Rollen fallender Mensch also. Es machte ihn singulär und zusammen mit seinem Dschakumuro und dem Rammler Ruf hatte er das Potential, zu einem neuen Hoffnungsträger für die übrig Gebliebenen zu werden. Noch war er sich dessen nicht bewusst, aber erste Blicke wandten sich bereits in seine Richtung. Loyalität gegenüber den alten Anführern? Scheiß drauf, dachten einige von ihnen, die haben gerade verkackt, sind nicht mehr da. Es lebe der Neue. Ohne Anführer geht es nicht.

Nach einiger Zeit des Schweigens begannen sie leise miteinander zu sprechen. Sie wollten nicht entdeckt werden, kein Licht, möglichst still verhalten, aber sie mussten das eben Erlebte verarbeiten, mussten wissen, wie es weiter gehen sollte.

»Scheiße, so eine verdammte Scheiße. Scheiße, Scheiße, Scheiße«, sagte Manni, ein etwas feister aber stark wirkender Typ Mitte zwanzig, mit einem Mondgesicht und einer dicken roten Nase darin.

Er hatte sich neben der Eingangstür platziert und lugte immer wieder nervös durch den Türspalt ins Freie, aus Angst, doch noch entdeckt und hochgenommen zu werden.

»Halt doch den Mund, Manni«, hörte er von hinten.

»Leute«, meinte ein Dritter, »wir sollten jetzt nicht streiten, wir müssen uns überlegen, was wir jetzt tun, verdammte Axt!«

Allgemeine Zustimmung war vernehmbar.

»Felix, was meinst du?«

Manni blickte auffordernd zu Felix, der mit der Hand unentwegt über seine Glatze strich und dabei die Augen geschlossen hielt.

»Weiß nicht«, sagte der, machte eine kurze Pause und fuhr fort, »ich weiß nicht, was ihr wollt. Ihr wisst ja, dass ohnehin alles bald ein Ende haben wird. Ich hab's euch erklärt. Ihr wolltet es nicht hören. Nun seht ihr, dass die außerirdischen Mächte kommen. Alles geht dem Ende zu.«

»Mann, Felix, nicht schon wieder diesen Sch ...«

Manni wurde von jemandem weiter hinten unterbrochen

» ...Lass ihn doch mal, was wissen wir denn schon. Seht doch wie beschissen unsere Lage ist.«

Felix fuhr fort: »Ich meine, ich hab natürlich keine Ahnung, wie das Ganze abläuft, die arbeiten nicht umsonst mit den Nachrichtendiensten zusammen. Davon bekommen wir alle nichts mit. Ich bin einer der wenigen, die man nicht täuschen kann. Aber für uns bedeutet es eines. Lassen wir die Sau raus. Ist eh alles egal.«

Darauf Manni: »Nochmal, Felix, lass den Scheiß, sag lieber was wir deiner Meinung nach jetzt konkret tun sollen, ganz real und nichts Außerirdisches bitte, sonst bekommst du wieder'nen Maulkorb.«

»Manni, okay, okay, ist in Ordnung. Ich sage euch, wir sollten uns Weiber nehmen.«

Schon bei dem Gedanken an jene Frau, die Bulle einfach so überall anfasste auf dem Weg zur Dampfwalze, wurde ihm seither heiß in der Lende. Nicht mehr nur zur Handarbeit auf Basis von Fantasien verdammt sein.

»Aber, Leute, anders als bisher, wir nehmen sie uns ohne Spuren und Zeugen zu hinterlassen. Sowas wie heute mit dem Wurstbräter oder letztes Mal mit der einen, auf dem Weg zur Dampfwalze, darf nicht mehr passieren. Zeugen, Spuren. Wir haben ja gesehen, dass wir uns selbst in der großen Truppe nicht wirklich wehren konnten, umso weniger jetzt, da wir nur noch ein kleiner Haufen sind. Ab jetzt müssen wir uns unauffällig verhalten. Wir alle gehen am besten sofort und getrennt nach Hause und treffen uns erstmal nicht. Erst in zwei Wochen wieder hier, um sechs, okay?«

Manni nickte, den anderen deutete er, leise zu sein, vor der Tür fuhr langsam eine Streife vorbei.

Als sie weg war sagte Manni: »Felix hat recht, sage ich, lasst uns abhauen von hier.«

Allgemeines Nicken und leises Aufbrechen. Sie gingen unerkannt in verschiedene Richtungen weg. Es war bereits Nacht.

Marta war schon im Bett, als Felix zu Hause ankam. Er setzte sich vor den Fernseher und schaltete der Reihe nach alle Programme durch. Nichts, was ihn wirklich interessierte, außer das zweite Programm, da lief gerade Aktenzeichen xy ungelöst und zeigte die zunehmende Zahl an unaufklärbaren Sexualdelikten und neue Methoden zur Aufklärung derselben. Ups, dachte er sich, welch ein Zufall. DNA-Tests spielten in naher Zukunft eine Rolle. Ein Nachweis anhand von Sperma wird möglich, allerdings alles noch nicht verfügbar und rechtlich unklar. Es werden jedoch bereits Spuren, wie Spermareste gesammelt, um sie ggf. später in den Ermittlungen wieder zu verwenden, wenn DNA-Analysen möglich sein würden. Was heißt das nun? fragte sich Felix und dachte nach. Im Grunde eigentlich, aufpassen, dass man keine derartigen verwertbaren Spuren hinterlässt. Logisch eigentlich, gilt ja für alle Verbrechen. Hier aber ganz besonders, da man ganz schön viele Spuren in Form von Sperma, Haaren, Schweiß und Sonstigem hinterlässt. Aber alles, was außen an dem Opfer klebt, kann auch auf regulärem Weg an sie gekommen sein, nur Sperma nicht. Das heißt, Kondom benutzen. Wenn also das, was er den anderen vorschlug, nämlich sich Weiber gewaltsam zu nehmen, in die Tat umgesetzt werden sollte, dann hieß es, Kondome kaufen. Und wie er gerade in Aktenzeichen sah, nachts arbeiten, einsame Stellen, Parks, Waldwege, dort wo es dunkel genug war, wo man sich unbemerkt anpirschen und wieder verschwinden konnte. Eine wunderbare Anleitung, die Aktenzeichen ihm lieferte. Felix schaltete den Fernseher aus, Böses reifte in ihm, als er sich neben Marta ins Bett legte.

Am nächsten Morgen, es war ein Sonntag, wurden die beiden durch Klingeln an der Wohnungstüre geweckt. Rasch standen sie auf und zogen sich Bademäntel über. Felix hatte eine böse Ahnung, wirkte nervös und bleich im Gesicht, was Marta nicht entging und sich fragte, was sich hier gerade abspielte. Hat sie etwas nicht mitbekommen? Ein seltsames Gefühl beschlich sie, als sie sah, wie Felix sich im engen Gang an ihr vorbei drängte, um vor ihr an der Tür zu sein. Er schaute durch den Spion und sah Manni. Ein Seufzer der Erleichterung entkam ihm, seine böse Ahnung traf nicht ein, keine Polizei. Jedoch war es auch nicht gut, dass Manni hierher zu ihm nach Hause kam. Er sollte besser nicht mit Marta zusammentreffen. Doch es war zu spät. Marta öffnete bereits die Tür, während Felix noch durch den Spion schaute. Sie kannte diesen Mann nicht, sah Felix von der Seite an und wusste, die beiden hatten mehr miteinander zu tun. Ein Freund etwa? Sie wollte diese Typen nicht kennenlernen, daher kannte sie in der Tat nur zwei seiner Freunde, Sven und Olli. Für sie war es aber an sich klar, dass es neben den beiden auch noch andere geben musste, Fans gibt es ja schließlich zuhauf. Sie bat Manni in den Flur und schickte sich an, ins Bad zu gehen. Ihr Haar trug sie noch offen und der Bademantel sah weit reizvoller aus, als ihre Kleidung über den Tag. Mannis Blicke verrieten, dass er in seinem Leben wenig oder gar keinen Kontakt zu Frauen hatte, es war ihm ins Gesicht geschrieben, seine Lende meldete sich beim kleinsten Anlass. Marta sah seinen gierigen Blick und beeilte sich, im Bad zu verschwinden.

»Manni, was machst du denn hier, zwei Wochen Pause war abgemacht«, zischte Felix, als sie alleine im Flur standen.

»Ich musste kommen, Felix, die Polizei war bei mir zuhause. Moritz, mein Mitbewohner, hat geöffnet und schon hatten sie ihn hopsgenommen. Zum Glück konnte ich durch das Badfenster verschwinden, bevor sie an Moritz vorbei waren. Ich lief, was meine Beine hergaben. Bin sicher, dass mir keiner folgte. Felix, was soll ich tun? Kann ich eventuell ein bisschen bei dir bleiben?«, Manni schien voller Angst und Verzweiflung. Felix zwar ebenso, aber er hatte nicht die Möglichkeit, es zu zeigen, er musste sich vor Marta zusammenreißen. Und das tat er auch und fühlte so etwas wie Macht, zum ersten Mal in seinem Leben merkte er, wie es sich anfühlte, wenn sich ihm jemand unterordnete. Plötzlich konnte er etwas beeinflussen, etwas bestimmen, seinen Willen durchsetzen und Menschen nach seinen Vorstellungen manipulieren. Macht bezeichnet den Bereich dieser Handlungsmöglichkeiten, der sehr klein oder auch sehr groß sein kann. Ist jemand machtlos, kann er keinerlei Einfluss auf das Geschehen nehmen, er wird zum Spielball. Machtvolle Menschen dagegen können das Geschehen so steuern, dass es ihnen dienlich ist. Daher ist das Streben nach Macht durchaus nachvollziehbar. Denn niemand will ausschließlich Spielball anderer sein. Wenigstens ein wenig Macht, so ein ganz klein bisschen was beeinflussen können und das Gefühl haben, kein Spielball zu sein. Zugleich möchte jeder die Macht anderer über sich verringern, um seinen eigenen Willen möglichst uneingeschränkt durchsetzen zu können. Das Streben nach eigener Macht und das Streben nach Verringerung der Macht anderer über sich führt in extremer Ausprägung zum Streben nach totaler Macht. Anordnungen geben, ohne die Notwendigkeit einer Gegenleistung oder einer Kompromissbildung mit einer Gegenmacht oder Übermacht. Alle Kriege dieser Welt entstanden aus Machtstreben mindestens einer der Kontrahenten. Felix war das Gefühl der Macht bisher völlig unbekannt, er war Spielball aller, wurde nie ernst genommen, selbst von seiner Frau nicht. Er war ein machtloser Mensch, der nur einmal pro Woche ernst genommen wurde, wenn er Marta nach den Nachrichten das Weltgeschehen erklärte. Aber selbst das entfiel seit einigen Monaten. In der Arbeit hatte er die letzte und unterste aller Positionen, ohne jeden Spielraum, ohne irgendeine Möglichkeit, Dinge zu beeinflussen. Selbst die Putzfrau konnte ihm noch vorschreiben, wie er die Regale einzuräumen hatte. Und nun stand Manni vor ihm und ordnete sich unter, wollte von ihm wissen, was er tun soll, war es gewohnt von einem Anführer Befehle zu bekommen und diese auszuführen, kraft der ihm von seinem Anführer gegebenen Macht. Felix erkannte plötzlich seine Chance. Felix der Anführer. Sein Selbstbewusstsein wuchs. Der kleine Mann wurde plötzlich ganz groß, aber er wurde dabei gleichzeitig zum Schwein.

»Manni, wir machen es so, du frühstückst mit uns und dann setzen wir beide uns ins Wohnzimmer, trinken ein Bierchen und besprechen alles Weitere!«

In dem Augenblick kam Marta aus dem Bad, immer noch mit offenen Haaren und im Bademantel. Hatte sie gelauscht? Allerdings war sie gekämmt und hatte einen ihm unbekannten Geruch an sich. Parfum? Marta? Egal, Marta ist Marta, das änderte nichts.

»Felix«, sagte sie, »holst du bitte Brötchen, wir haben einen Gast.«

Hatte sie doch gelauscht? Felix wollte aber gerade jetzt nicht weg, wer wusste schon, was Manni verzapfen würde, wenn er nicht da war.

»Haben wir denn nichts da? Irgendwas?«

»Nein. Manni, komm doch rein in die Küche, setz dich hierhin.«

Sie deutete auf einen Platz am kleinen Esstisch in der unmodernen, aber blitzblanken Küche aus den Siebzigern mit den mattweißen Fronten und den breiten Alubeschlägen als Griff an den unteren Enden der Fronten.

»Komm, Felix, geh bitte, wenn wir schon mal einen Gast haben, dann sollten wir doch was bieten, oder?«

>Verdammt<, dachte Felix, >da bin ich ja `ne halbe Stunde aus<, und fragte, »magst mitkommen, Manni?«

Doch bevor der antworten konnte, sagte Marta: »Nichts da, er ist Gast und der Gast ist König. Geh jetzt bitte, bis du zurückkommst steht alles andere auf dem Tisch.«

Felix zischte Manni zu: »Halt deinen Mund, ja? Du erzählst nichts, absolut nichts!«

Er zog sich rasch Hose, Socken, Hawaii Hemd, Pollunder und eine warme Jacke an und ging; er bemerkte nicht den Blick, den Marta Manni zuwarf, jenen Blick, den sie schon einmal hatte, als sie einst Felix kennenlernte.

Als Felix mit den Brötchen zurückkam wirkten Marta und Manni sehr zufrieden und aufgeräumt. Sie wandten sich freudig Felix zu. Marta musste Manni offenbar gut unterhalten haben, denn Manni war eigenartig gut drauf. Martas Haare waren etwas unordentlicher, als vorhin. Naja, ist ja auch Arbeit, so einen Frühstückstisch zu decken, sie war noch immer im Bademantel. Das hatte er bei ihr noch nie erlebt. Na gut, sie konnte den Gast ja schließlich nicht alleine lassen. War für sie beide eine absolut außergewöhnliche Situation.

»Ich geh rasch ins Bad und zieh mir was über«, sagte sie.

Dort setzte sie sich zunächst auf den Rand der Badewanne und dachte sich: >Es geht ja doch weiter rein. Nur ein bisschen mehr anschieben musste man. Tat bisschen weh, aber doch auch irgendwie gut<, und lächelte leise in sich hinein.

Felix nahm sich Manni vor: »Worüber habt ihr euch unterhalten? Hast du ihr was erzählt?«

»Nö, was denkst du denn! Deine Alte hat aufgedeckt und ich hab ihr von den besten Sankt Pauli Spielen der letzten Jahrzehnte erzählt. Weißt du noch, wie wir Siebenundsiebzig über Herford triumphierten und aufstiegen? Na klar, weißt du. Kennst du noch das geile Gefühl dabei? Du, soeben hatte ich es wieder, als ich deiner Frau davon erzählte.«

»Na gut, Manni, ist ja gut. Bei mir interessiert sie das Thema nie, aber egal, du bist Gast, dir hört sie zu.«

Da kam Marta aus dem Bad, hatte eines ihrer grauen, hochgeschlossenen Kleider an, darunter eine schwarze Wollstrumpfhose und braune dicke Wollsocken an den Füßen. Die Haare trug sie allerdings noch immer offen. Sie hatte wohl nicht genug Zeit.

»So, lasst uns anfangen. Will jemand ein gekochtes Ei?«

»Gerne«, sagte Manni.

Felix bekam keines, er musste sie sich immer selbst machen.

Nach einem ausführlichen Frühstück beförderte Felix Manni ins Wohnzimmer. Marta blieb in der Küche, um abzuspülen und Ordnung zu schaffen.

»Manni, pass auf, wir müssen jetzt echt vorsichtig sein. Ich weiß auch nicht alles, aber viel mehr als ihr alle zusammen. Wir werden beobachtet und beim geringsten Fehler eliminiert. Du hast es heute Morgen ja erlebt. Die Mächte haben die anderen Kumpels offenbar schon klein gekriegt, die haben euch offensichtlich verpfiffen. Also, Manni, heute kannst du hierbleiben und übernachten, hier auf dem Sofa, in Ordnung? Morgen aber gehst du ganz normal zur Arbeit, nimmst den Straßenbesen, als ob nichts wäre und kehrst sauber und ordentlich, wie immer, okay? ... okay?!«

»Ja, okay!«

»Gut, und dann gehst du ganz normal nach Hause, denn durch eine Flucht wirst du erst recht verdächtig. Falls die von mir nichts wissen, werde ich dir weiterhelfen können und allen anderen auch, die mit mir mitziehen. Hast du verstanden? Aber wir müssen erstmal sehen, wen sie noch aufsuchen und wen nicht und ob ich mit auf der Liste stehe. Hast du verstanden?!«

»Ja, verdammt!«

»Gut. ... Marta! Unser Gast bleibt heute hier!«, rief er laut Richtung Küche.

»Gerne, kein Problem«, antwortete sie erstaunlich gut gelaunt.

Marta zeigte sich den ganzen Tag voller Tatendrang und dem Ansinnen, den Gast bestens zu verwöhnen. Felix war überrascht und erkannte seine mürrische Marta nicht wieder. Okay, dachte er bei sich, auch mal gut. Mittagessen wurde serviert, später Kaffee und selbstgebackener Kuchen, Manni bekam noch Sahne oben drauf. Die meiste Zeit waren die Münder kauend in Bewegung, ansonsten wurde über den FC geredet, über die glorreichen Siege der Vergangenheit, über die Derby Spiele gegen den Hamburger SV, den Erzfeind mit den bescheuertsten Fans, die man sich denken könne. Felix holte seinen Schal, der inzwischen gereinigt war und zeigte stolz das alte Wappen. Die Blutflecke waren kaum noch zu sehen, gingen jedoch nicht mehr ganz raus. Allerdings ließ er ihn dann aber auch rasch wieder verschwinden, denn es wäre fatal gewesen, hätte Marta davon erzählt, woher die Flecken kamen. Umgehend lenkte er wieder vom Schal ab. Fast nahtlos fügte sich das Abendessen an die Kaffeezeit. Sie aßen und tranken den ganzen Tag. Manni bekam von Marta ein Bier nach dem anderen. Felix holte sich selbst ein Bier nach dem anderen. Er freute sich dennoch, weil Marta an diesem Tag eine so tolle Gastgeberin war und irgendwie auch vom Aussehen her anders, als sonst.

›Ah ja, die Haare sind es‹, dachte sich Felix, ›die sind immer noch offen. Sieht irgendwie besser aus.‹

Nach dem Abendessen setzten sich alle an den Fernseher, wobei Marta sich fragte, warum die beiden heute nicht zu irgendeinem Fan Event mussten. Seltsam, aber auch egal. Sie stellte Knabbersachen und Bier auf den Wohnzimmertisch und gesellte sich zu den beiden. Felix nervte es ein wenig, dass sie sich zwischen sie setzte. Sie schauten Nachrichten und den Tatort. Felix schlief ein, Marta und Manni nicht, sie saßen, sich berührend, aneinander und weckten Felix nach der Sendung auf. Alle gingen schlafen. Felix mit Marta ins Schlafzimmer, Manni ins Wohnzimmer. Am nächsten Tag mussten alle wieder raus zur Arbeit.

In den folgenden zwei Wochen ging Felix nicht zum Stadion, nicht zu seinen Fan Freunden, nicht zu den Leuten aus Boxers Resttruppe. Er ging nirgendwo hin, war jeden Abend zu Hause und bangte und hoffte, dass er nicht im Fadenkreuz der Ermittlungen stand. Und in der Tat, er schien Glück zu haben, niemand klopfte bei ihm an. Niemand interessierte sich für ihn. Genauso, wie es immer war. Er war unsichtbar. Ein Umstand, der ihm auf einmal hilfreich erschien. Marta war wieder die Alte, seit Manni aus dem Haus war. Dutt, grau, bieder, schmucklos, Kernseife. Nach zwei Wochen Abstinenz ging er wie vereinbart zur Lagerhalle, schlüpfte durch die aufgebrochene Tür neben dem Rolltor und fand sich inmitten einer kleinen Gruppe wieder. Sie war nochmals dezimiert, auf nur noch sechs Leute. Alle anderen hatten sich entweder abgesetzt, wurden verhaftet, oder wollten sich ihnen nicht mehr anschließen. Diese sechs Leute aber kamen wegen Felix, ihrem neuen Anführer. Auch Manni kam noch dazu, er stellte sich sogleich demonstrativ neben Felix. Manni, der neue Bulle, der neue zweite Leader. Felix, der King.

»Hallo Leute«, sagte Felix in normaler Lautstärke, »sind wir nicht mehr?«, er schaute in die Runde, Schulterzucken, Nicken, »okay, lasst uns dann mal darüber reden, wie wir weiter machen. Als erstes brauchen wir einen neuen Anführer. Hat jemand einen Vorschlag?«

»Felix!«, rief einer, die anderen stimmten ein, auch Manni.

Felix hakte nur sicherheitshalber nochmal nach, sonst hätte sich mancher vielleicht wieder anders entschieden.

»Also gut, ich nehme an. Manni wird der Zweite, okay?«

»Warum Manni?«, rief wieder einer.

»Manni ist der Beste, ich hab dafür ein Gefühl. Ihr werdet sehen.«

Manni wuchs bei diesen Worten um mehrere Zentimeter.

Nachdem sich die Truppe sozusagen konstituierte, ging Felix sofort in die Vollen.

»Leute, so wie bisher, wisst ihr, das ist vorbei, das wird es nie wieder geben. Wir machen was Neues. Hab es das letztes Mal schon angesprochen. Wisst ihr noch?«

»Weiber«, sagte ein anderer.

»Ja, wir nehmen uns Weiber, wir nehmen sie aber so, dass keine Spuren hinterlassen werden, das ist wichtig. Ich sag euch, das wird geil. Wir müssen nur eine absolut verschwiegene Gemeinschaft sein. Jeder deckt jeden. Wir agieren nur im Dunkeln an abgelegenen Orten, nur Weiber, die allein rumlaufen. Schmiere stehen die einen, die anderen dürfen ran, dann Schichtwechsel. Am Ende gemeinsam aufräumen. Und ganz wichtig. Niemand arbeitet ohne Kondom!«

»Häh, warum?«

»Wegen der Spuren, du Hornochse!«

»Wieso Spuren, das ist doch innen, das sieht man doch gar nicht.«

»Oh, Mann. Noch nichts gehört von den neuen Ermittlungsverfahren? Sperma Abstrich, DNA-Analysen und so weiter?«

»Ääh, nein.«

»Egal, keiner ohne Kondom, sonst Dschakumuro, okay?«

Alle schwiegen zustimmend. Er erklärte ihnen, wie er sich das Ganze genau vorstellte. Dann bat er sie, zunächst noch einige Zeit still zu halten, es musste Gras über alles wachsen, am besten zwei drei Monate und dann muss das Ganze geübt werden, damit es auf Anhieb klappen konnte. Sie trennten sich und gingen ihren Verrichtungen nach, verhielten sich monatelang unauffällig, gesellten sich wie normale Fans unter die anderen Fans, nahmen an Events teil, wurden nicht mehr als Boxers Leute wahrgenommen, verschmolzen mit der Masse und wurden unsichtbar. Sie trafen sich nur hin und wieder in der Lagerhalle und arbeiteten an ihrem Plan. Felix wechselte zurück zu seinem alten Kleidungsstil. Steht mir doch besser, dachte er bei sich.

Eines Tages kam der Tag, an dem er sich wieder sicher genug fühlte.

KAPITEL 9

HAAGENSTEIN 10 JAHRE SPÄTER, 1991/1992

Glücksgefühle verdrängten Adeles Leid. Glück, viel stärker und intensiver, als sie es bei Markus Siebel spürte. Zum ersten Mal im Leben hatte sie Erfüllung erfahren, hatte Gefühle, spürte Verlangen und sie konnte es genießen. Ach, welch wundervoller Abend, welch leidenschaftliche Nacht. Die Schatten der Vergangenheit gönnten ihr eine Pause. Sie fragte sich allerdings auch ein wenig, wie das nur sein konnte. Sie kam zu dem Schluss, es musste an ihm liegen, dem Traum aller Frauen, ihrem Traum. Er hatte Gefühle in ihr zum Leben erweckt, die sie für immer verloren glaubte. Bisher war sie ein Opfer, voller Furcht, Abscheu und Gefühlsleere. Mag schon sein, dass der Alkohol am Vorabend ein bisschen zur Entspannung beitrug. Aber sie sah ihn nicht als Grund für die vollkommene Entspanntheit und dem Verlangen, das sich in ihr ausgebreitet hatte. Für sie war es Alexander und nichts anderes. Alexander, der sich gerade von ihr verabschiedete mit den Worten:

»Ich danke dir für diese wundervolle Nacht, Adele. Sie wird unvergessen bleiben. Ich melde mich bei dir.«

Ihre Telefonnummern hatten sie vorher ausgetauscht.

»Ja, es war wunderbar. Ich hatte das noch nie erlebt«, sagte sie, »bitte melde dich wirklich, ja?«

Sie setzte sich zu Marina in den Fonds von Karls Mercedes, der sehr zufrieden wirkte und den Motor gut gelaunt startete.

»Meine Damen, es geht los«, rief er und fuhr los mit quietschenden Reifen.

In Haagenstein angekommen, ließ sie sich von Karl direkt nach Hause chauffieren. Marina, auffallend still, fuhr mit ihm weiter. ›Moon River‹ summend ging Adele in ihre Wohnung. Verflogen war all das Leid der vergangenen Monate und Jahre, die Schatten ließen sie noch immer in Ruhe. Endlich spürte sie so etwas wie Unbeschwertheit. Alexander, ihr Traum, er wird sich melden, da war sie sicher, denn sie spürte seine Liebe. Und sie sollte recht behalten. Schon am selben Abend meldete er sich am Telefon. Adele war den ganzen restlichen Tag zu Hause geblieben, um nur ja da zu sein, falls das Telefon klingelte.

»Adele Kowalsky«, meldete sie sich.

»Hallo Adele, hier ist Alexander.«

Ein Schwall Schmetterlinge löste sich in ihrem Bauch und flatterte durch den ganzen Körper, beflügelte Geist und Seele und rief die Gefühle der letzten Nacht zurück in Brust und Lende. Sie spürte Liebe und Verlangen, wünschte ihn zu sich, wollte ihn spüren, riechen, streicheln.

»Alexander, ich freu mich! Schön, dass du dich so schnell meldest. Wie fühlst du dich?«

»Großartig, nach dieser unvergesslichen Nacht. Adele, es war wunderschön. Du bist wunderschön. Wollen wir uns morgen Abend treffen? Heute kann ich leider nicht, muss in München spielen, aber morgen ist nichts los. Hast du Lust, irgendwo essen zu gehen?«

»Klar, Alexander«, ihr war, als würden die Schmetterlinge sie umkreisen und in die Lüfte entführen, hinein in eine Wolke der Lust. Sie konnte nur noch hauchen, »ich würde dich so gerne wiedersehen.«

»Ich hol dich um 18:00 ab, ja? Kennst du das Stalle-Landum? Schönes Lokal. Muss jetzt leider los, sonst komm ich nicht rechtzeitig zum Auftritt. Bis morgen.«

»Ja, bis morgen, ich freu mich!«

Als sie auflegte, war sie im siebten Himmel und von dort wollte sie sich nie wieder wegbewegen. Sie erinnerte sich an die Flasche Wein im Kühlschrank, holte sie und trank sie voll des Glückes an diesem Abend nach und nach leer. Er verschaffte ihr einen tiefen Schlaf und hielt all die guten Gefühle aufrecht. Sie schlief am Sonntag bis nach Mittag und machte sich den ganzen Nachmittag hübsch, wie noch nie in ihrem Leben, mit den ihr zur Verfügung stehenden Mitteln. Es waren nicht sehr viele, wollte sie doch all die Jahre unauffällig bleiben. An diesem Tag jedoch fing eine neue Zeitrechnung an. Endlich war sie auf ihren Traummann fürs Leben gestoßen, ihn wollte sie festhalten, unter allen Umständen. Und dann würde sie ihn umhegen und derart verwöhnen, dass er nur noch sie sehe und keine Ambitionen mehr auf irgendetwas anderes habe, was ihre Vorstellung von Zweisamkeit stören könnte. Sie würde ihm alles bieten und er würde es unendlich gut haben bei ihr. Schon jetzt spürte sie Angst bei dem Gedanken, ihn zu verlieren, schon jetzt, da sie ihn noch nicht mal wirklich hatte. Neben all den Schmetterlingen, die sie erfüllten und in die Lüfte schweben ließen, fraßen sich bereits erste Spuren der Eifersucht in ihr Herz, um Zweifel zu sähen, um ihr die wundervollen Gefühle förmlich madig zu machen. Eifersucht war ihr bislang völlig fremd, so wie ihr auch Liebe fremd war. Liebe und Eifersucht gehen einher wie Kain und Abel. Kain, die Eifersucht, erschlägt Abel, die Liebe. Eifersucht ist grausam, zerstörerisch und boshaft, wenn man nicht aufpasst. Liebe ist das Schönste im Leben, sie würde gerne einfach frei existieren, in Ruhe und Frieden dem Menschen Freude bereiten. Aber sie ist verdammt, denn stets hat sie die Eifersucht im Nacken. Fortwährendes böses Geflüster sät unentwegt den Samen des Unkrauts, das sich des Herzens bemächtigt und versucht, die Liebe zu verdrängen. Wer es nicht laufend jätet, wird alsbald ein von Unkraut überwuchertes Herz haben, geprägt von Verlustangst und in ständiger vorauseilender Enttäuschung. Kontrollwahn über den Partner, um ihn von allem fernzuhalten, was eine Gefahr darstellen könnte oder ständiges überforderndes Erwarten von Liebesbeweisen kann die Folge sein. Nicht Liebe, sondern Kontrolle steht dann oft genug im Vordergrund. Aber wer liebt, muss loslassen können, wer liebt, muss Freiräume haben und geben, muss leben und leben lassen. Letzteres auszuhalten, ist der Schlüssel zu einer stabilen Beziehung, die auch Untiefen überwinden kann. Es nicht auszuhalten führt dagegen weiter in die Tiefe. Unendliches Leid ist die Folge. Für beide. Die Liebe mag noch so stark sein, ist die Eifersucht stärker, geht die Liebe zugrunde. Es ist möglich, dem entgegen zu wirken. Immer. Was man liebt, muss man loslassen. Adeles Eifersucht war noch ein kleines Pflänzchen, noch kein Grund zur Sorge. Sie musste nur darauf achten, dass sie stattdessen ihre Liebe hegte und pflegte, der Eifersucht dagegen Nahrung entzog, auf dass sie immer klein und schwach bleiben möge. So nahm sie sich das auch vor an diesem Tag und falls sie etwas tun konnte, falls sie Alexander verändern konnte, so dass ihre Eifersucht keine Nahrung von außen bekommt, dann würde sie das tun. Denn dann würde es ihr gut gehen und Alexander doch auch, denn er würde es so gut haben bei ihr, dass er alles andere vergäße.

Pünktlich um achtzehn Uhr klingelte Alexander an der Wohnungstüre. Er sah etwas müde aus, war elegant gekleidet, mit schwarzem Anzug, weißem Hemd und blauer Krawatte. Seine dunklen Haare nach hinten gegelt sah er einer wunderschönen Adele entgegen und war derart angetan von ihr, dass er rot wurde. Das passierte ihm sonst nie. Alles war dezent an ihr und dennoch umwerfend. Ein hochgeschlossenes schwarzes Kleid, an sich nicht auf Taille geschnitten, aber durch einen Gürtel wurde diese dennoch wunderbar hervorgehoben. Adele hatte nur unscheinbare Kleidung und musste irgendwie das Beste draus machen. Ein Liedschatten unterstrich ihre ohnehin schönen Augen, die Lippen zu schminken war bei ihr nicht notwendig, sie waren von Natur aus wunderschön rot. Ihr brünettes, rückenlanges Haar, hing in leichten Wellen hinab und umspielte ihre zarten Wangen. Adele bat Alexander kurz in die Wohnung, zeigte ihm, wie sie wohnte und dann fuhren sie gemeinsam los in seinem schicken roten 5er BMW. Er verdiente gut in seinem Job und konnte ihn sich leisten. Adele interessierte sich zwar wenig für Autos, aber so ein knallroter BMW war eine anerkennende Bemerkung wert.

Angekommen beim Stalle-Landum, stieg Alexander rasch aus, ging um das Auto herum, öffnete ihr die Tür und half ihr in graziöser Manier beim Aussteigen. Sie betraten das Lokal und ihnen wurden sofort die Mäntel abgenommen, man begleitete sie zum reservierten Tisch. Das Lokal lag einsam auf dem Land, typisch regional und bodenständig eingerichtet mit entsprechender Küche. Massive Holzstühle standen um schwere Tische herum, der Boden war mit weinrotem Cotton gefliest, an der Schankbar am anderen Ende des Raumes wurde emsig gearbeitet. Alexander schob Adele wieder den Stuhl bereit und setzte sich dann ihr gegenüber. Alles war perfekt. Der Abend verlief wunderbar, und sie unterhielten sich angeregt über viele verschiedene Themen, erfreuten sich an ihren gemeinsamen Interessen. Beide legten großen Wert auf Kultur, die schließlich zum wichtigsten Gesprächsthema wurde, besonders da Alexander als Musiker viel dazu beitragen konnte. Sie begannen, sich zunehmend füreinander als Menschen zu interessieren. Alexander war ein Gentleman durch und durch, bezahlte am Ende für sie und ließ ihren Mantel holen. Wieder im Auto, schwiegen sie zunächst, dann brach Alexander das Schweigen und sagte:

»Adele, als was du letztes Mal sagtest, du würdest gerne ein Kind von mir haben, meintest du das ernst? Ich meine, du kanntest mich doch gar nicht, wie kannst du dir da so schnell so sicher sein?«

»Alexander, ich bin mir sicher, glaube mir, ich fühle es ganz stark. Ich weiß nicht warum.«

»Naja«, sagte Alexander, »es ist doch so, dass du einen Job hast und ich auch, und ein Leben in der Freizeit, das ausgefüllt ist und da könnte das doch etwas plötzlich sein, meinst du nicht?«

»Alexander, nnnein, das glaube ich nicht. Wir sind alt genug. Aber lass es uns einfach vergessen, da wird schon nichts passiert sein.«

Damit ließ Alexander es bewenden, aber in Adele hinterließ es einen seltsamen Beigeschmack, nach dem schönen Abend.

In den folgenden Wochen trafen sie sich immer öfter, gingen mal zum Essen, ins Kino oder einfach nur spazieren, um sich zu unterhalten. Einmal holte Adele Alexander in seiner Münchener Wohnung ab, um zu sehen, wie er wohnte. Er wohnte alleine, in einem schönen Appartement im Stadtteil Solln. Von dort fuhr er täglich mit der Bahn in die Arbeit, oder direkt zu seinen Kunden zur Beratung. Er war glücklich mit seinem Leben, frei und ungebunden, musste niemandem Rechenschaft ablegen, konnte sich auf seine Hobbies stürzen und da er so wunderbar aussah, hatte er keine Probleme, dem gefühlvollen Teil seines Daseins, Erfüllung zu verschaffen. Er war rundum zufrieden. Und nun das, einmal Kondom vergessen. Die Unsicherheit machte ihm zu schaffen, denn wenngleich er Adele zutiefst liebte, so liebte er zugleich auch sein bisheriges Leben. Er, der alles immer so gut im Griff hatte, machte einen solchen Fehler. Wie konnte das nur passieren? Wieso nur war er derart enthemmt und unvorsichtig an diesem Abend gewesen, er hatte doch Kondome bei sich. Seither verbrachte er viele schlaflose Nächte, wirkte oft müde und unkonzentriert. Einerseits träumte er von der wundervollen Adele, andererseits hatte er Angst vor dem, was kommen könnte. Als er dann bei einem Kunden einen wichtigen Auftrag verlor, weil man ihm seine Unkonzentriertheit als Desinteresse auslegte, war ihm klar, dass sein Leben einen Knick bekommen hatte, eine Zäsur sozusagen. Niemals wäre ihm ein solcher Fehler unterlaufen. Er war zwar erst sechsundzwanzig, aber durch seinen guten Studienabschluss und sein makelloses Auftreten hatte er rasch einen guten Job in der Unternehmensberatung gefunden, zwar noch nicht in verantwortlicher Position und ohne Prokura, aber dennoch bereits mit überdurchschnittlicher Bezahlung. Da muss man funktionieren. Fehler werden kaum verziehen. Schwächen werden bestraft. Daher nahm er sich im Januar drei Wochen Urlaub, eine Zeit, in der ohnehin Auftragsflaute herrscht in der Branche. In dieser Zeit wollte er einerseits mit Adele eine schöne Zeit verbringen, andererseits erhoffte er sich Klarheit hinsichtlich möglicher Folgen dieser einen Nacht.

Adele zeigte sich überglücklich, nahm auch sofort Urlaub, bekam die ersten beiden Wochen des Januars genehmigt. Auch Adele konnte ihre erste Nacht nicht vergessen, aber im Gegensatz zu Alexander dachte sie daran voll Glückseligkeit. Eine mögliche Schwangerschaft hätte sie froh gemacht, aber sie glaubte nicht wirklich daran, hatte das unbestimmte Gefühl, dass an diesem Abend keine Gefahr bestand. Was ihr diese Gewissheit gab, war ihr allerdings nicht klar. Daher achtete sie nicht weiter darauf, ob sich ihr Körper veränderte. Ohnehin war er ihr, seit der Vergewaltigung, fremd geworden. Nur die Liebe zu Alexander stand für sie im Raum und die wuchs stetig an. Immer neue, schöne Seiten erkannte sie an ihm, immer mehr zeigte er sich, er war wirklich der Mann aus ihren Träumen. Der einzige Mann, von dem sie je träumte. Denn sie träumte von einem Mann, der ihr Schutz geben konnte, der ihr Innerstes verstand, einen, an den sie sich anlehnen konnte. Ein Mann, der zärtlich und innig war und Sex nicht als vordringlichstes Thema betrachtete, der gerade dadurch Verlangen bei ihr auslösen konnte. Sozial sollte er sein, einfach ein guter Mensch. Gutes Auftreten, sich pflegen, intelligent und gebildet sein und natürlich treu. Kurz, der perfekte Mann, Und das war er in der Tat in ihren Augen. Seine Sorgen nahm sie nicht weiter wahr.

Über Weihnachten sahen sie sich nicht, beide verbrachten die Tage zuhause bei ihren Eltern. Die freuten sich, ihre Kinder wieder mal für längere Zeit bei sich zu haben. Gleich nach den Feiertagen jedoch trafen sie sich wieder und zeigten ihre Verliebtheit in allen Facetten. An Silvester gingen sie auf einen Ball, es stellte sich jedoch heraus, dass sie beide nicht tanzen konnten. Als Musiker spielte er zwar für Tänzer, aber er tanzte nicht und Adele tanzte aus bekannten Gründen bisher auch nicht. Dennoch ließen sie es sich nicht nehmen, die Tanzfläche unsicher zu machen und andere Tänzer mit ihren unbeholfenen Bewegungen zu irritieren. Sie fanden es sogar unheimlich lustig und lachten den ganzen Abend über sich selbst. Gegen Mitternacht kamen melancholischere Klänge.

Sie schmiegte sich an ihn und sagte: »Alexander, ich kann dir nicht beschreiben, wie unglaublich wohl ich mich fühle. Es muss der Himmel auf Erden sein. Du hast mich zum Leben erweckt, du hast mich lieben gelehrt. Eine Frage aber wollte ich dir stellen. Wenn du so wie damals einen Auftritt mit deiner Band hast, ist das, was wir hatten, für dich normal gewesen? Also, versteh mich nicht falsch, es geht mich ja wirklich nichts an, aber nur so interessehalber. Hattest du sowas oft?«

Alexander wollte darauf nicht antworten, räusperte sich stattdessen und meinte: »Adele, lassen wir solche Fragen, ja? Lass uns jetzt lieber nach draußen gehen. Es schlägt gleich Zwölf und hier gibt es immer ein tolles Feuerwerk.«

Das wusste auch Adele und so begaben sie sich ins Freie. Fest umschlungen von seinen starken Armen, genossen sie das Feuerwerk.

In den ersten zwei Januarwochen sahen sie sich jeden Tag. Mal übernachtete er bei ihr, mal sie bei ihm, sie unternahmen viel, liebten sich zärtlich und innig, schauten fern, redeten und diskutierten, lachten und weinten sogar, wenn sie sich emotionale Geschichten aus ihrem Leben erzählten. Adele hatte sich eine Lebensgeschichte zurechtgelegt, die sie immer erzählte, wenn es notwendig war. Mal detaillierter, mal weniger. Sie enthielt nicht mal den Anflug eines Anscheins, dass sie einst von einem Verbrechen heimgesucht worden war und schon gar nicht, dass sie bereits ein Kind zur Welt brachte. Das wiederholte Schuljahr war halt so, da hatte sie wenig Lust zum Lernen, was sich danach aber drastisch änderte, als sie in den Süden Deutschlands zogen. Diese alternative Lebensgeschichte war auf eine Weise in ihrem Gehirn verankert, dass sie zu einer Art Realität wurde und die tatsächliche Wahrheit in den Hintergrund drängte, die sich verfestigte und dadurch jederzeit widerspruchsfrei wiedergegeben werden konnte. Eine wichtige Strategie, um im Leben wieder klar zu kommen, ist es, ein Profil zu haben, das einen nicht abstempelt. Ein geläuterter Mörder würde alles dafür geben, wenn ein Teil seines Lebens nicht mehr in seinem Profil erscheinen würde. Ein Vergewaltigungsopfer will nicht Zeit Lebens von jedem als solches und nur als solches betrachtet werden. Wie soll sonst ein normales Leben möglich sein, wenn jeder Blick ein mitleidiger Blick sein könnte, jede Handlung einem gegenüber möglicherweise von diesem Wissen geprägt ist? Nein, es ist manchmal besser, das ein oder andere aus einem Leben zu löschen, sofern möglich. Alexander war beeindruckt von ihrer Offenheit, ihrer Gefühlswelt und den schönen Geschichten ihres bisherigen Daseins. Nur ihre Eltern schienen sich nicht mehr ganz so zu mögen wie einst. Das war aber für ihn in Ordnung, denn da waren sie ja schließlich keine Einzelfälle.

In der dritten Januarwoche musste Adele arbeiten, Alexander dagegen hatte noch Urlaub. Er holte sie jeden Tag von der Klinik Milbersee ab. Am Samstag und am Sonntag hatte er abends Auftritte mit seiner Band.

Da fragte sie ihn wieder: »Ich weiß ja, es geht mich nichts an, aber ich bin da schon ein wenig neugierig«, und lächelte ihn herausfordernd an, »hast du öfter bei solchen Auftritten Frauen, äh, weißt schon …«

»Warum fragst du das, Adele? Da bist du und hier bin ich, wir kennen uns doch erst ein paar Wochen. Erst seitdem beginnt unsere Zeitrechnung. Alles, was vorher war, muss dich nicht kümmern.«

Sie lächelte ihn weiter an.

»Also, das heißt, Ja. Als Psychologin sage ich dir, du hast gerade Ja gesagt. Aber du hast recht und es geht mich ja echt nichts an, ist nur eben Neugier, weißt du. Und war das dann genauso schön für dich?«

»Na komm, Adele, wieso fragst du das?«

»Nur Neugier. Es war also auch so schön. Na gut. Und die Frauen, haben sie es auch so genossen?«

»Adele, lass es bitte, das ist nicht gut. Lass uns lieber über was anderes reden, ja? Ich frag dich doch auch nicht.«

›Ja, komisch, ist ihm das bei mir egal?‹, dachte sie ein wenig indigniert und ließ es erstmal dabei bewenden.

Ende Januar hatte Adele dann eine Schmierblutung. Für sie war damit klar, sie hatte ihre Tage. Wieder dachte sie an jene erste Nacht mit Alexander und dass sie sich sogar auf ein Kind von ihm gefreut hätte. Obwohl sie das Thema bereits vergessen hatte, war sie an dem Tag nun doch etwas enttäuscht. Andererseits wollte sie Alexander sofort in Kenntnis setzen, hatte er sich doch erschrocken gezeigt, angesichts einer möglichen Schwangerschaft. Sie rief seine Nummer im Büro an. Er hob ab, doch bevor er sich meldete, hörte sie noch eine Frauenstimme sagen:

»Kommst du danach zu mir?«

Erst dann meldete er sich mit seinem Namen und dem Namen der Firma.

»Adele hier, mein Schatz.«

»Hallo Engelchen, warum rufst du mich in der Arbeit an, Ist was passiert?«

»Ja und Nein, wie man es nimmt.«

»Was heißt das?«, klang es erschrocken.

»Ich wollte dir sagen, dass ich heute meine Blutung habe und daher nicht schwanger bin?«

Stille am anderen Ende der Leitung, ein leichtes Aufatmen war zu hören, dann sagte er:

»Adele, danke dir, ich weiß nicht so recht, was ich sagen soll. Lass uns heute Abend darüber reden, okay? Ich muss leider auflegen, hab eine Order bekommen, die rasch erledigt werden muss.«

Als er auflegte, lehnte er sich erleichtert zurück. Nochmal gut gegangen, dachte er, in Zukunft darf das nicht mehr passieren, mein Herr, stand auf und ging ins Büro nebenan, um der neuen Order gerecht zu werden.

Adele war traurig und erleichtert zugleich, in dieser Reihenfolge, die Traurigkeit überwog, während bei Alexander die Erleichterung überwog. In der Tat aber war es so, dass er nach dieser eigentlich erleichternden Botschaft doch auch ein gewisses Bedauern spürte. So ist es, wenn man etwas verliert, oft selbst wenn man es zunächst nicht wollte. So ein kleiner Henschel wäre doch irgendwie süß gewesen. Aber ist nun so. Wobei, er würde ja gar nicht Henschel heißen. Er müsste dazu Adele heiraten.

›Egal‹, dachte er, ›wird eh nichts‹, und wandte sich wieder seiner Arbeit zu.

Die Order musste bearbeitet werden. Adele entkam eine dicke Träne, dann noch eine, und schließlich immer mehr. Sie weinte, aber warum? Es gab doch keinen offensichtlichen Grund. Doch dann wurde ihr klar, dass sie an ihr erstes Kind dachte, Samson, den ungewollten Sohn. Sie kannte die Adoptiveltern nicht, wollte damals keinerlei Kontakt, um das ganze Leid für sich abschließen zu können. Dennoch, es war ihr eigen Fleisch und Blut, ein Aspekt, den sie so bisher nicht sehen wollte, nicht in sich spürte. Sie fragte sich:

›Was wohl aus ihm geworden ist? Er müsste inzwischen acht Jahre alt sein und geht bestimmt schon zur Schule. Ob er wohl klug ist?‹ In der folgenden Nacht schlief sie erneut sehr unruhig, die Schatten ihrer schrecklichen Vergangenheit holten sie wieder ein.

KAPITEL 10

HAMBURG ZEHN JAHRE ZUVOR IM JAHRE 1982

Nach Monaten der totalen Zurückhaltung wuchs für die restliche Boxertruppe wie erwartet Gras über die Sache. Die restlichen Bandenmitglieder integrierten sich in den Alltag und wurden von den Behörden nicht weiterverfolgt. Angeklagt wurden die Rädelsführer und jene, denen man direkte Beteiligung an diversen Vergehen nachweisen konnte. Bei wem das nicht möglich war, der hatte Glück. Alle hielten dicht, niemand verpfiff irgendwen. Und so wurde sich auch Felix immer sicherer, dass er nicht im Fadenkreuz der Behörden gelandet war. Im ›Treff‹, so wurde die Lagerhalle inzwischen genannt, kam die versprengte Meute regelmäßig zusammen, um vor allem dem neuen Anführer Respekt zu zollen, um sich über den Stand der Dinge auszutauschen, und um zu sehen, ob sich nicht doch noch welche aus der alten Bande wieder hinzugesellen würden. Im Mai waren es sechs, im Juli acht, Felix eingeschlossen. Der aber wollte seine Truppe gar nicht allzu groß werden lassen. Neuaufnahmen vermied er daher. Umso weniger Mitwisser, umso besser. Jedoch brauchte er etwa diese acht für seine perfiden Pläne. Keiner hätte sagen können, was ihm in dieser Zeit durch seinen kahlen Schädel ging. Er verwandelte sich von einem seltsamen, durch Handarbeit sexuell stabilen Menschen zu einem Triebtäter, der minutiöse Pläne zur Umsetzung seiner perfiden Vorhaben ausarbeitete. Seine neue Rolle als Bandenführer genoss er sichtlich. Kleiner Mann ganz groß. Manni als sein Stellvertreter ordnete die Reihen im Hintergrund für ihn. Muckte jemand auf, hatte er danach sofort eine ›Unterredung‹ mit Manni, der ihn mit schlagkräftigen Argumenten wieder auf die schiefe Bahn zurückholte. Alle mussten felsenfest eingeschworen werden und durften keinerlei abweichende Tendenzen zeigen. Alles musste so abgesichert werden, dass jeder mehr Angst vor einem Ausstieg, als vor dem Mitmachen hatte.

Manni war zuverlässig für Felix, aber auch für Marta. Die hatte sich inzwischen mit Kondomen eingedeckt. Im Alltag blieb sie ihrem grauen und leblosen Stil treu, aber wenn Manni kam, veränderte sie sich, machte die Haare auf und zog schöne Unterwäsche an, was schon einiges bewirkte. Manni kam ab und an, wenn Felix im Stadion war und der war da stets zuverlässig, denn ein echter Fan lässt seine Mannschaft nie im Stich. Und da sich seine Anhänger im Alltag getrennt bewegen sollten, um unauffällig zu bleiben, fiel ihm nicht auf, wenn Manni fehlte. Marta wurde in der Zeit zur Frau und Manni zum Mann. Das Äußere zählte nicht, nur das Erleben war wichtig und ein Meilenstein im Leben der beiden. Felix bekam davon absolut nichts mit. Für ihn war die Welt zu Hause so, wie er sie brauchte. Stabil und unauffällig lebten sie den Alltag. Marta hatte das Thema Adoption vorerst auf Eis gelegt, denn erstens fand sie dazu nicht den richtigen Zugang zu Felix und zweitens war da Manni. Alles zugleich ging nicht.

»Es geht los, Leute. Wir haben monatelangen Rückzug und Reintegration hinter uns, alles steht bestens. Keiner von uns ist mehr unter Verdacht. Wir können loslegen. Ihr wisst Bescheid, ja? Jeder hat seinen Posten und weiß hoffentlich, wie es abläuft. Manni, ihr vier werdet beim ersten Mal Schmiere stehen, die anderen vier das nächste Mal. Aufräumen tun dann alle zusammen. Heute Abend, wenn es dunkel wird, legen wir los, gehen in den Stadtpark und schauen, was sich bietet.«

»Äh Felix, wann genau?«

»Um halb Neun an der bekannten Stelle.«

Alle erschienen pünktlich. Kondome wurden aus einem Automaten in der Bahnhofstoilette organisiert. Sie scharrten sich um Felix, Spannung lag spürbar in der Luft. Monatelang war alles nur Theorie, nur Gerede, Planung, sogar Trockenübungen, wie Schmiere stehen, festhalten, Mund zukleben, Kondome korrekt überziehen, Warnzeichen festlegen, Aktionen bei Warnzeichen, Säubern des Tatorts. Nun aber wurde es ernst, ernster, als unter Boxer, in der Belästigungen von Frauen zwar öfter vorkamen, aber aus einer Laune heraus, dem Zufall geschuldet. Niemals aber war es eine geplante Aktion, wie diese hier. Felix selbst war ebenso aufgeregt, wie die anderen. Einerseits war da die schiere Gier nach Sex, den man sich endlich einfach nehmen konnte, wie man wollte, aber anderseits machte sich auch ein mulmiges Gefühl bemerkbar. Die Gier aber überwog und so ging Felix nochmal alles durch.

»Manni, du und deine Leute wissen Bescheid? Ihr bleibt ein Stück weit weg, in Blickweite, aber so, dass wir nicht als zu großer Haufen erkannt werden und man uns meidet. Generell gehen wir immer nur zu zweit nebeneinander und unterhalten uns, bis ich das Zeichen gebe und dann verfolgen wir das Ziel, bis wir es irgendwo alleine an einer geeigneten Stelle haben.«

»Okay, Boss!«, schallte es zurück.

Ingmar gesellte sich zu Felix und sie begannen eine Unterhaltung.

»Ein schönes Wetter heute.«

»Jo.«

»Schöner Park.«

»Jo.«

»Toller Baum dort drüben.«

»Jo.« ...

Es war ja auch egal, denn im Grunde waren alle Sinne auf ein Ziel gerichtet und nach einer Weile, es wurde langsam duster, kam tatsächlich eine Frau alleine den Weg entlang und schien keine Eile zu haben. Nicht gerade die erträumte Art von Frau, aber die Gier war groß und sie waren nicht wählerisch. Der Weg war wenig frequentiert, dennoch aber nicht menschenleer, die nächsten dichteren Waldstellen noch etwas entfernt. Die Richtung, die sie einschlug, passte. Felix gab ein Zeichen nach hinten, es wurde weitergegeben. Zwei überholten die Frau und gingen weit vor ihr her, Felix und Ingmar hinter ihr. Ungefähr so weit entfernt, dass es nicht bedrohlich wirkte. Als sie das bewaldete Stück erreichten, versteckten sie sich hinter den Bäumen, Felix und Ingmar rückten rasch auf. Der völlig ahnungslosen Frau standen plötzlich zwei Männer wie aus dem Nichts gegenüber, sie blieb stehen, war verunsichert, ob sie einfach weitergehen sollte. Einfach so standen sie vor ihr und blickten sie an, es machte ihr Unbehagen, begründetes Unbehagen. Wie aus dem Nichts wurde sie von hinten ergriffen, ein Klebeband über dem Mund erstickte augenblicklich ihre Schreie, ein Sack über den Kopf gestülpt nahm ihr jegliche Orientierung. Verzweifelt begann sie, sich zu wehren, trat mit den Beinen, versuchte ihre Fingernägel als Waffe einzusetzen, aber die Männer waren stark und hielten sie eisern fest. Sie zerrten sie an eine Stelle im angrenzenden Wald, die vom Weg aus nicht einsehbar war und begannen, ihr die Kleider vom Leib zu zerren. Sie hörte einen Kauz in der Nähe rufen, als einer der Angreifer plötzlich und unerwartet in die Hände klatschte. Alle Vier ließen sofort von ihr ab, offenbar suchten sie die Umgebung kurz ab und verschwanden dann in verschiedene Richtungen. Die Frau ließen sie auf dem Boden liegen. Sie zitterte und konnte vor lauter Panik kaum Atmen. War es vorbei? Wollten sie wiederkommen? Bei diesem Gedanken sprang sie auf, riss sich den Sack vom Kopf und rannte so schnell sie ihre Beine trugen zurück zum Weg, bog nach rechts ab, von wo sie gekommen war und was vermeintlich der kürzeste Weg in die Sicherheit war. Sie rannte um ihr Leben und mied für alle Zeiten einsame Wege. Ein Kauz war es, der sie rettete, ein echter Kauz. Doch das erfuhr sie nie.

Felix und seine Mannschaft aber liefen getrennt und dem Plan folgend nach Hause und trafen sich erst nach Tagen wieder in der Lagerhalle. Bis dahin war absolute Funkstille. Nun aber musste geklärt werden, was passiert war.

Felix wandte sich an Manni: »Manni, was war los? Ihr habt ein Zeichen gegeben.«

Manni sah ihn verdutzt an: »Häh, wieso Zeichen? Ihr seid einfach davongelaufen und dann haben wir dasselbe getan, wir haben kein Zeichen gegeben!«

»Manni, das ist doch Quatsch, ihr habt doch den Kauz gemacht. Huuuuuh! Da sind wir getürmt.«

»Keiner von uns hat den Kauz gemacht, Felix. Weiß nicht, wieso du das sagst!«

Ingmar ergriff das Wort: »Äh, könnte es sein, dass ein echter Kauz ...«

»Halt den Mund«, fiel Manni ihm ins Wort,

darauf Felix: »Verdammt, wer hatte denn den bescheuerten Einfall, ausgerechnet den Kauzruf als Warnzeichen zu verwenden, wenn es dort so viele Käuze gibt. Ingmar, du hast recht, das war wohl ein echter Kauz, verdammt! Hat jemand einen Vorschlag für einen anderen Warnton, der nach Natur klingt, aber nicht so, dass sowas wieder passieren kann.«

Alle fingen zugleich an, Vorschläge zu unterbreiten, ein wildes durcheinander, Felix hörte Blöken, Muhen, Rülpsen, Miauen, Bellen, Wahlpfeiffen, Husten, Quaken, Pfurzen, Lachen. Am Ende entschieden sie sich für einen Zischlaut. »Bssscht!«

Zwei Wochen später zogen sie wieder los, ein Wald mit Wanderwegen außerhalb Hamburgs. Sie warteten oder gingen herum und warteten wieder, aber niemand kam. Kein Opfer. Der Tag ging ereignislos vorbei. Bei ihrem nächsten Treffen im Lager wurde ein geeigneterer Ort gesucht und auch gefunden. Der Altonaer Stadtpark. Im Vorfeld musste man ihn wegen seiner Größe und Weitläufigkeit noch etwas erkunden. Sie liefen den Park an unterschiedlichen Tagen und Tageszeiten ab, erkundeten die besten Stellen und vereinbarten einen neuen Termin. Am 12. Oktober war es dann so weit, sie trafen sich alle und gingen wie immer in Zweiergruppen, in einem Abstand zueinander der nichts vermuten ließ, aber man sich gegenseitig Zeichen geben konnte. Felix war wieder mit Ingmar unterwegs. Sie waren etwas früher dran, als die letzten Male, denn möglicherweise waren Frauen eben doch nicht so oft im Dunkeln auf einsamen Wegen unterwegs wie gedacht und die Sonne ging auch bereits kurz nach halb Sieben unter. Felix und Ingmar unterhielten sich über Belangloses, als sie eine Gruppe junger Mädchen sahen, eine davon war außerordentlich schön.

»Felix, schau dir die Kleine an!«

»Wow, aber schade, es scheint, als ob sie den Park gerade verlassen.«

»Ja, echt schade, die eine Süße da, die wär's.«

Sie trauerten ihnen hinterher und sahen, wie sich die Freundinnen voneinander verabschiedeten. Gerade wollte Felix sich wieder wegdrehen, als er bemerkte, dass die eine süße Kleine kehrt machte und zurück in den Park ging.

»Ingmar, schau mal, es sieht so aus, als hätten wir einen Treffer.«

Das Böse bahnte sich nun unaufhaltsam seinen Weg. Es lief alles nach Plan, sie verfolgten sie, schnitten ihr den Weg ab und zerrten sie mit geknebeltem Mund ins Unterholz, rissen ihr die Kleider förmlich vom Leib, die Gier hatte alle Hemmungen verdrängt. Die Sache geriet außer Kontrolle, was sich hier abspielte war äußerst grausam und brutal, sie wehrte sich mit all ihrer Kraft, versuchte die Angreifer am Schopf zu packen und wurde dafür getreten und geschlagen. Der Reihe nach vergingen sich alle vier an ihr. Felix war als letzter dran, er spürte wie sie seine Mütze vom Kopf riss, sich ihre Fingernägel tief in seine Glatze eingruben und sie blutig kratzten. Er musste sie mehrmals schlagen, um sie gefügig zu machen. Doch plötzlich blieb alle Gegenwehr aus und sie lag nur noch reglos da. Er rollte sich von ihr runter.

»Die rührt sich nicht mehr«, zischte Ingmar Felix an.

Felix versuchte, sie wach zu rütteln, schaute hilfesuchend im Dunkeln zu den anderen und musste eine Entscheidung treffen. Er war der Boss.

»Holt die anderen, wir müssen schnell aufräumen, unsere Spuren beseitigen. Ingmar komm her, mach mal dein Feuerzeug kurz an, muss sehen, was hier so rum liegt. ... Schau, das Zeug aus der Handtasche liegt hier verstreut rum. Wir müssen alles wegräumen. Packt sie derweil und werft sie dort hinten in die Büsche, damit man sie nicht zu schnell findet. Ihr Zeug werfen wir auch dorthin.«

Er nahm die Handtasche und packte alle ihre verstreuten Utensilien hinein. Derweil kamen die anderen an und halfen mit. Felix hatte alles soweit wieder in der Tasche, doch da sah er noch etwas Dunkles am Boden liegen. Er hob es auf, ihr Personalausweis, wie es schien. Neugier überkam ihn. Er leuchtete mit seinem Feuerzeug auf den offenen Ausweis und las Name und Adresse. Dann kam das Dokument zu den anderen Sachen in die Tasche.

›Ist ja egal, wer das war‹, dachte er sich, ›nur weg von hier, denn verdammt noch mal, das hätte so nicht passieren dürfen. Die Kleine wacht einfach nicht mehr auf.‹

Die Zeit war knapp, sie mussten mit allem rechnen.

»Leute, wir müssen los.« zischte er.

Ingmar war noch unentschieden: »Aber was ist mit der?«, fragte er.

»Lasst sie liegen«, sagte Felix, »kommt wir müssen sofort abhauen!«

Sie stoben in alle Richtungen davon, wie beim letzten Mal. Felix türmte wie ein Irrer, stolperte, überschlug sich, fiel in einen Graben, aus dem er sich, den Rücken voller Schlamm, wieder herausarbeitete und lief weiter und weiter. Ihm war klar, er durfte nun keinen Bus nehmen, denn so wie er jetzt aussah, würde er bestimmt auffallen, man würde sich an ihn erinnern. Also lief er den ganzen Weg, und das waren mehrere Busstationen, nach Hause. Er versuchte, sich aus dem Licht zu halten und wich nach Möglichkeit Passanten aus. Ein derartiges Laufpensum war er nicht gewohnt, er musste mehrmals pausieren und atmete schwer. Dennoch schaffte er es nach Hause. Gott sein Dank war Marta schon im Bett. Auf leisen Sohlen schlich er sich in die Wohnung, zog seine Jacke aus und ging damit ins Bad, wo er sie notdürftig vom Schlamm befreite und seine Sachen zum Trocknen aufhängte. Dann setzte er sich im Wohnzimmer auf die Couch, sein Herz raste wie wild und er blickte stumm vor sich hin. Da war noch etwas in seiner Unterhose. Er zog sie herunter und sah, dass das Kondom noch an seinem schlaffen Penis hing. Er zog es ab, betrachtete es kurz und wollte es schon wegwerfen. Doch ruckartig zuckte sein Kopf zurück, um es nochmal genauer zu betrachten. Was er sah, ließ ihn das Blut in den Adern gefrieren, das Kondom war gerissen.

Jene, die Schmiere standen fühlten sich nicht besser, als jene, die die Tat begangen hatten. Zweimal schiefgelaufen und das dritte Mal möglicherweise in einen Mord verwickelt und das alles nur wegen dem kranken Hirn eines Volltrottels. Ingmar musste Kotzen und legte sich in die Badewanne, Manni, der nur Schmiere gestanden hatte, war einfach nur noch sprachlos. Er teilte sich mit Moritz, der nicht mehr zur Bande gehörte, eine winzige Wohnung. Moritz hörte Manni die Wohnung betreten und sofort in seinem Zimmer verschwinden, danach hörte er nichts mehr. Denn Manni setzte sich auf sein Bett und rührte sich die ganze Nacht nicht mehr vom Fleck. Er saß nur da und schaute umher.

›Was haben wir nur getan? Ich hab's doch gar nicht nötig, ich fick doch eh die Alte vom Felix. Verdammt nochmal, worauf hab ich mich da eingelassen?‹

Felix zog das Kondom in die Länge. Vielleicht täuschte er sich? Nein, keine Täuschung, das Kondom war gerissen. Wie kann so ein Drecksding reißen? Kann es sein, dass ausgerechnet er eines jener kaputten Kondome aus dem Bahnhofsautomaten erwischte.

›Hab ich ausgerechnet so ein Scheißding gezogen? Verdammt.‹

Und dann schoss ihm das Opfer wieder in den Kopf, wie sie sie einfach so unbekleidet in den Büschen zurückließen. Sein Sperma möglicherweise in ihr.

›Von wegen keine Spuren. Verdammt! Alles war so gut geplant und dann sowas. Eine Vergewaltigung mit Spuren und mit Todesfolge? Mord?‹

Felix wurde immer unruhiger und dachte fieberhaft nach, seine Hände zitterten, sein Herz raste. Seine mentalen Kräfte hatte er überschätzt. Er dachte unentwegt an die nackt am Boden liegende junge Frau, deren Name und Adresse aus ihrem Personalausweis sich nun in sein Hirn brannten. Er schlug sich mit den Händen ins Gesicht, drückte seine Fäuste in die Magengrube, um dem inneren Druck entgegenzuwirken, sein Gesicht wurde fahl, er übergab sich im Wohnzimmer, Bier und Wurststückchen verteilten sich auf dem Boden und es stank erbärmlich, so, dass er immer weiter würgen musste. Er machte den Fernseher an, aber es war bereits nach Mitternacht, nur das Testbild erschien. Sein ganzer Körper zitterte, er war einem Nervenzusammenbruch nahe.

In den frühen Morgenstunden sprang er plötzlich wie ein Wilder auf, zog seine zum Trocknen aufgehängten Sachen an, steckte die Geldbörse ein und verließ die Wohnung. Er lief zur nächsten Telefonzelle, öffnete die quietschende Tür, warf einige Geldstücke in den Schlitz des Münzfernsprechapparates und wählte mit zittrigen Fingern die 110. Als sich jemand meldete, verstellte Felix seine Stimme und sagte:

»Sie suchen eine junge Frau? Wenn dem so ist, kann ich ihnen sagen, wo sie suchen müssen.«

Sofort hatte er die volle Aufmerksamkeit, man wollte seine Identität wissen, aber er verweigerte sie. Stattdessen schilderte er, wo genau die Frau lag und legte sofort auf. Danach lief er auf dem schnellsten Weg nach Hause, hängte seine Kleider wieder zum Trocknen auf, putzte sein Erbrochenes vom Wohnzimmerboden, machte den Fernseher aus und schlich sich auf leisen Sohlen zu Marta ins Schlafzimmer. Er hatte Glück, sie schlief tief und fest und hatte von alledem nichts mitbekommen. Eine knappe Stunde später klingelte der Wecker. Montag, die Arbeit rief. Er musste aufstehen und dafür sorgte auch Marta, die sich wunderte, wie müde ihr Mann an diesem Morgen aussah, und als sie im Bad die zum Trocknen aufgehängten Sachen sah, verwundert fragte:

»Äh Felix, warum hängen hier deine Sachen? Warum wirfst du sie nicht einfach in die Wäsche? Die stinken.«

»Lass sie bitte hängen Marta, ich brauch sie doch gleich. Hab vergessen, sie rechtzeitig in die Wäsche zu tun, daher gestern kurz Handwäsche, als ich heim-kam.«

»Seltsam, hm, aber du bist halt seltsam«, und sie ließ es dabei bewenden.

Felix kroch mühsam aus dem Bett und stolperte ins Bad, um zu duschen und sich einigermaßen für den Tag fit zu machen. Marta beobachtete ihn ohne jeden Argwohn. Felix kam oft spät nach Hause und war dann am Morgen darauf ent-sprechend hundemüde. Und seine stinkende Kleidung könne er ruhig wieder anziehen. Sie wunderte sich nur, warum er heute so lange duschte. Als er das Bad verließ, hatte er seine Sankt Pauli Kappe auf, warum auch immer.

KAPITEL 11

HAAGENSTEIN ZEHN JAHRE SPÄTER IM JAHRE 1992

Adele wachte am nächsten Morgen mit starken Kopfschmerzen auf und unterzog sich einer intensiven Frischekur unter der Dusche mit wechselnden Temperaturen, schlürfte einen extra starken Kaffee und strich sich ein Marmeladenbrot mit extra dicker Schicht Marmelade. Die Schatten der Vergangenheit hatten ihr den Schlaf geraubt, dennoch musste sie fit sein für die Arbeit. Es hat sich etwas verändert. Natürlich war es immer noch die Vergewaltigung, die sie verfolgte, jene Nacht, in der man sie einfach ins Gebüsch warf wie Müll, in der man sich vielfach an ihr verging, bis sie bewusstlos wurde, einerseits durch die körperliche Pein, andererseits aber auch durch Sauerstoffmangel aufgrund des zugeklebten Mundes. Sie erinnerte sich immer wieder an jenen Kopf ohne Haare. Sie konnte ihn nicht fassen, versuchte sich mit den Fingernägeln zu wehren, aber es war vergeblich, sie glitschte von seiner fettigen und verschwitzten Haut ab. Sie konnte sich danach erst wieder an die Intensivstation im Klinikum erinnern. Die Zeit verschmolz zu einem Knäuel an entsetzlichen Gefühlen und schmerzhaften Erfahrungen. Die Falschheit der Menschen kam zutage, viele bittere Enttäuschungen mussten verkraftet werden, die ganze Familie litt und dann kam auch noch das Kind zur Welt. Es wäre stets eine wandelnde Erinnerung an das Verbrechen gewesen. Jeder Blick auf dieses Wesen hätte fremde Gesichtszüge offenbart, die nur von einem der Täter stammen konnten, sie war sicher, dass sie niemals Liebe zu diesem Kind hätte entwickeln können. Ein Kind des Verbrechens, von Verbrechern gezeugt und somit eine Ausgeburt des Bösen. Doch nun hat sich etwas verändert. Sie hatte ihre Tage und damit war klar, sie war von Alexander nicht schwanger. Doch dieses Mal wäre sie glücklich über die Schwangerschaft gewesen, sie hätte sich über ein Kind von Alexander gefreut, zugleich ihr Kind, ihr eigen Fleisch und Blut, so wie auch Samson ihr eigen Fleisch und Blut war. Samson, was wohl aus ihm wurde? Bestimmt hatte er es gut, er hatte es sogar sicher besser, als er es bei ihr gehabt hätte. Die damalige Entscheidung war richtig. Für sie und für Samson. Beide hätten zusammen nur gelitten. Ihre Eltern waren tieftraurig, sie waren Großeltern geworden, aber unter entsetzlichen Umständen. Sie konnten ihr nicht helfen, und weder konnten sie sich in Bezug auf eine Abtreibung durchsetzen, noch später gegen die Freigabe zur Adoption. Obwohl sie noch minderjährig war, respektierten sie ihre Entscheidung, verstanden, dass es besser war für alle und vor allem auch für das Kind. Und nun, nach knapp zehn Jahren änderte sich etwas in ihr, die Gedanken an Samson ließen sich nicht mehr verdrängen und verschafften sich langsam Geltung.

Adele blickte auf die Uhr. Halb acht – Zeit, zur Arbeit zu fahren. Sie aß ihr Marmeladenbrot auf, trank ihre Tasse leer und machte sich bereit zum Aufbruch. Aus dem Kühlschrank holte sie ein vorbereitetes belegtes Brötchen für die Mittagspause und griff dabei noch kurz in das Essiggurkenglas. Bisschen was Saures noch. Nun aber los. Während der Fahrt zur Arbeit überkam sie leichte Übelkeit. Ist wohl doch nicht so gut, eine Essiggurke auf Marmelade, dachte sie und fuhr auf den Parkplatz vor der Klinik. Es schneite leicht, der Tag war trist und sie musste an das Telefonat mit Alexander denken, als sie ihm erzählte, dass sie nicht schwanger sei. Er war erleichtert, sie jedoch war traurig. Ihr Verstand sagte ihr, dass sie doch eigentlich nichts von ihm erwarten konnte. Sie hatten sich ja gerade erst kennen gelernt und ein Kind schon am ersten Abend wäre sicher kein guter Garant für eine gute Partnerschaft. Es wäre eine erzwungene Zweisamkeit oder eine herbe Enttäuschung geworden, indem er sie vielleicht hätte sitzen lassen. Nein, sagte sie sich, so war es am Ende wohl doch besser. Gefühle der tiefen Liebe kamen wieder in ihr hoch, wie gerne hätte sie sich jetzt in seine Arme geschmiegt. Nur eine kleine Sache trieb einen winzigen Keil in ihre schönen Gedanken. War da nicht eine weibliche Stimme am Telefon zu hören, als sie ihn im Büro anrief, die ihn einlud, nach dem Telefonat zu ihr zu kommen? Es war eine attraktive Stimme. Sie konnte ihn ja mal fragen, nur so interessehalber natürlich. Sie stieg aus dem Auto, eisiger Wind und winzige Schneeflocken wehten ihr entgegen, sie zog den Mantel enger um sich, wickelte den Schal um den Kopf und machte sich auf den Weg.

In der Station angekommen wurde ihr schon wieder übel. Sie schaffte es gerade noch auf die Toilette und übergab sich.

›Was ist los mit mir? Ich bin doch hoffentlich nicht krank‹, dachte sie.

Kreidebleich verließ sie den Toilettenraum und wurde prompt von ihrer Kollegin Marina darauf angesprochen, die gerade vorbeieilte.

»Eieiei, Adele, was ist dir denn über die Leber gelaufen. Siehst ja aus, als wäre dir der Leibhaftige begegnet.«

Adele holte tief Luft: »HHHHFFFFFt! Eigentlich nix, Marina. Eigentlich ist alles gut. Hab heute Morgen noch schnell eine Essiggurke gegessen und danach ist mir schlecht geworden. Die war sicher nicht mehr gut, hatte bestimmt 'nen Hau! Ich werf das ganze Glas gleich weg, wenn ich nach Hause komme.«

Aber Marina lächelte verschmitzt und entgegnete: »Vielleicht, meine Liebe, liegt's ja gar nicht an den Gurken, vielleicht ist da ja so ein kleiner Alexander oder eine Alexandra unterwegs. Würde ja passen von der Zeit her. Habt ihr nicht verhütet?«

»Liebe Marina«, lächelte Adele milde zurück, »ich muss dich leider enttäuschen, nix ist passiert, ich habe meine Tage. Alles gut. Nein, ich glaube, es lag an den Essiggurken.«

»Oooch, schade Adele, so ein Kleines von dir wäre sicher wunderschön ... Aber nun muss ich weiter. Wir sehen uns später in der Kaffeeküche.«

Der Rest des Tages verlief ohne weitere Auffälligkeiten und so roch Adele abends nur kurz an dem Essiggurkenglas, fand, dass es in der Tat etwas seltsam und eklig roch und warf es in den Müll. Überhaupt schien irgendetwas in der Wohnung nicht gut zu riechen. Sie ging ins Bad, holte eines ihrer Parfums und versprühte es in der ganzen Wohnung, so dass sich ein wohliger Duft verbreitete. So konnte sie sich einem gemütlichen Abend zuwenden. Alexander konnte leider nicht kommen, er musste noch etwas länger arbeiten und hatte dann mit Freunden einen seiner Herrenabende.

›Es sei ihm gegönnt,‹ dachte sie.

Sie zog sich etwas Bequemes an, aß noch zu Abend und wurde plötzlich hundemüde, so dass sie schon vor acht ins Bett ging und sehr schnell einschlief. Nicht verwunderlich nach der vorangegangenen schlaflosen Nacht.

Morgens um halb sieben läutete der Wecker, es klang grausam. Endlich Freitag, heute Abend würde sie ihren geliebten Alexander wieder sehen. Mühsam setzte sie sich im Bett auf, gähnte und gähnte und gähnte, fiel wieder zurück in ihre Kissen und schlief wieder ein. Sie schrak auf, als plötzlich das Telefon klingelte, war zunächst desorientiert, rannte dann zum Apparat und sagte kurz: »Kowalski, Hallo!«

»Adele, was ist los? Wo bleibst du? Bist du krank?«

Marina war am anderen Ende der Leitung. Adele zuckte auf

»Wieso krank .... Ooooh verdammt«, sie sah auf die Küchenuhr, »neun!! Marina, ich fahr sofort los, bin in dreißig Minuten da!!«

»Stopp, nein!«, schrie Marina in den Hörer, »ich hab doch gestern gesehen, dass es dir nicht gut geht. Meld dich doch heute einfach krank. Ich hab mir

Sorgen um dich gemacht, daher rufe ich an. Ja, wirklich, du solltest zu Hause bleiben. Ich sag für dich in der Perso Bescheid.«

»Lieben Dank, Marina. Hast recht, ich bleib heute zu Hause, aber nur heute, hab in den letzten Monaten schon zu viel gefehlt.«

»Okay, dann tschüss und erhol dich gut.«

»Danke, tschüss.«

Und so blieb sie an dem Tag zu Hause, dann musste Alexander eben heute zu ihr kommen und sie würden sich einen gemütlichen Abend bei ihr machen. In diesem Augenblick überkam sie schon wieder diese Übelkeit und sie dachte sich, es war richtig, von der Arbeit zu Hause zu bleiben. Scheint eine Magen-Darm-Grippe zu sein. Sie lief ins Bad, um sich zu übergeben, danach ging es ihr wieder besser und sie brauchte dringend einen starken Kaffee, dazu ein dick beschmiertes Marmeladenbrot und eine Scheibe Wurst hinterher.

›Wie lecker‹, dachte sie.

Erst danach machte sie sich im Bad fertig. Sie hatte keine Blutungen mehr, wie immer verlief ihre Periode problemlos. Sie duschte ausgiebig, begab sich anschließend ins Wohnzimmer und machte den Fernseher an. Müdigkeit übermannte sie nach wenigen Minuten und wieder schlief sie ein, bis sie erneut durch das Klingeln des Telefons geweckt wurde. Ein kurzer Blick zur Uhr verriet ihr, dass es bereits nach drei Uhr war.

»Alex hier, wollte mich nur kurz melden, wollte wissen, ob es heute dabei bleibt, dass du zu mir kommst.«

»Oh je, Alex, hab ganz vergessen, dir Bescheid zu geben. Mich hat wohl eine Magen-Darm-Grippe erwischt und ich hab mich für heute krankgemeldet. Könntest du nicht zu mir kommen? Dann machen wir es uns hier gemütlich.«

Kurzes Schweigen, dann: »Es ist so, Adele, ich hab heute noch zwei Kollegen eingeladen, die wollte ich dir eigentlich vorstellen, bzw. ich wollte dich ihnen vorstellen. Es ist Silke, meine Chefin, und mein Kollege Arno. Du wirst die beiden mögen. Könntest du nicht doch kommen?«

»Ich weiß nicht, ist doch etwas überraschend, aber andererseits freut es mich, dass du mich bekannt machen willst. Könnten wir das nicht ein andermal nachholen?«

»Eher schlecht, die haben sich extra Zeit genommen. Meinst du nicht, dass es doch irgendwie gehen könnte? Ich hol dich auch gerne ab, noch ist genug Zeit.«

»Na gut, dann mach ich mich fertig. In einer Stunde?«

»Jo, in einer Stunde bin ich da«, und legte auf.

Adele sinnierte. Silke also. Das muss die sein, die ihn nach dem Telefonat vor ein paar Tagen zu sich kommen ließ. Seine Chefin also. Na, da hat sie aber einen feschen Mitarbeiter, so für Orders zwischendurch oder so.

>Ach komm, Adele<› sie lachte über sich selbst, >was denkst du für Mist<, und machte sich fertig.

Dieses Mal gab sie sich mit ihrem Outfit und ihrem Make-up besondere Mühe, denn man konnte ja nicht wissen, welcher Konkurrenz man sich gleich gegenüber sehen würde. Ihre Mühe hatte sofort Wirkung, als sie Alexander die Tür öffnete, auch ihr teures Parfum, das sie sich geleistet hatte, tat das Übrige. Er wurde wieder rot, ein deutliches Zeichen, dass er zutiefst beeindruckt war, das wusste sie inzwischen und lächelte ihn verführerisch an. Sie zog sich den Mantel über, legte den Schal um ihren grazilen Hals und verschloss hinter ihnen die Tür. Sein eleganter BMW parkte vor dem Haus. Er half ihr beim Einsteigen, und gemeinsam fuhren sie los.

In München angekommen, parkte er eine Straße weiter. Da vor seiner Wohnung kein Parkplatz frei war, mussten sie ein Stück gehen. Adele fror erbärmlich und schmiegte sich soweit möglich an ihn. Er legte seinen Arm um sie und stützte sie, denn der Boden war rutschig. Überall Schneewehen oder von Räumfahrzeugen angehäufter Schnee, eine unangenehme Jahreszeit und das Wetter an diesem Abend mit dem eisigen Ostwind und den kalten Eiskristallen in der Luft, ließen Adeles Körper bibbern und ihre Lippen färbten sich blau, ein Schwächeanfall bahnte sich an, sie verlor kurz das Bewusstsein und kippte zur Seite. Alexander konnte gerade noch verhindern, dass sie auf die Straße stürzte, fing sie mit seinen starken Armen auf, hob sie hoch und trug sie das letzte Stück bis zu seiner Wohnung. Umständlich öffnete er die Türe und legte sie auf seine Couch, voller Sorge um sie. Er wollte gerade den Notruf wählen, als sie wieder zu sich kam und ihm zuwinkte. Er ging zu ihr und küsste sie sanft auf beide Wangen und auf den Mund und erkundigte sich, wie es ihr denn gehe.

»Danke, mein Schatz! Danke, dass du dich so um mich kümmerst und mich getragen hast. Mir geht es wieder etwas besser, war irgendwie komisch, aber jetzt geht's wieder.«

»Soll ich dir eine Tasse Tee bringen? Earl Grey wie immer?«

»Nein, irgendwie geht der heute nicht. Einen Kamillentee vielleicht?«

»Mal schauen, ob ich sowas habe«, er enteilte.

Hätte er wohl doch besser die Einladung absagen sollen und zu ihr kommen sollen, wenn es ihr doch so schlecht ging. Als er ihr den Tee brachte, war sie wieder wohlauf, und ihre Lippen hatten auch wieder einen Hauch von Rosa.

Sie saß aufrecht auf der Couch und sah einfach umwerfend aus in ihrem neuen, schlichten, weinroten Hosenanzug der ihre fantastische Figur unterstrich. Ja, so konnte er sie wirklich voller Stolz zeigen. Ach, wie er sich doch in diese Frau verliebt hatte. Langsam dämmerte ihm, dass sie keine seiner kurzen Liebeleien war, sondern sich nach und nach eine echte, tiefe Beziehung anbahnte. Sie waren sich in den knapp zwei Monaten, die sie sich nun kannten, schon ziemlich vertraut geworden. Beide lebten praktisch schon beim jeweils anderen, bewegten sich frei in den Wohnungen und fühlten sich nicht mehr wie Gäste.

»Alexander, wann kommen denn deine Gäste?«

»Um halb acht.«

»Silke heißt sie, oder?«

»Jo.«

»Und er Arno?«

»Jo.«

»Sind die beiden zusammen?«

»Nein.«

»Achso, also die kommen einfach so. Nehmen die ihre Partner nicht mit?«

»Haben keine.«

»Achso, die Silke ist sicher schön, oder?«

»Bei weitem nicht so schön wie du, aber ja, sie sieht gut aus.«

»Na, dann bin ich ja froh, dass ich schöner bin. War sie es, als ich dich in der Arbeit angerufen habe, die sagte, du sollest danach zu ihr kommen?«

Alexander wurde rot und fragte: »Was meinst du?«

»Egal, ist ja nur so aus reinem Interesse, weißt du? Wobei ich das schon zu gerne wüsste«, sie lächelte ihn dabei herausfordernd an.

»Okay, ja sie war das wohl, musste zu ihr wegen einer neuen Order.«

»Ah, so nennt man das heute«, versuchte sie es humorvoll rüber zu bringen, was sichtlich nur mühevoll gelang.

»Adele, du bist aber jetzt nicht eifersüchtig, oder?«

»Nein, wo denkst du hin, ist nur Interesse an deiner Arbeit, weißt du.«

Pünktlich um 19:30 klingelten Silke und der etwas untersetzte Arno an der Wohnungstüre. Silke sah völlig anders aus, als Adele es vermutet hatte. Sie stellte sich eine schlanke, vollbusige, Blondine vor. Herein aber schneite eine hochgewachsene korpulente Frau um die Vierzig mit dunklem Bürstenschnitt und unreiner Haut. Silke war allerdings außerordentlich gut gekleidet.

›Eine Führungspersönlichkeit‹, dachte Adele.

Offenbar ließ sie sich gut beraten oder hatte selbst erkannt, wie sie war und wie man damit umging. Ihre Herzlichkeit füllte den Raum und sie hatte sofort Adeles Sympathie, die im Übrigen keinerlei Eifersucht mehr verspürte. Alexander stellte alle einander vor und sie waren schnell beim Du.

Silke wandte sich an Alexander: »Vielen Dank nochmal für die Einladung. Ist sehr nett von dir und ich war wirklich gespannt auf deine Freundin, von der du seit einiger Zeit jeden Tag schwärmst. Hallo, Adele, also ich muss schon sagen, du bist wirklich so schön, wie Alexander dich schilderte. Du bist die Erste von der er so schwärmt. Weißt du, ich bin nicht nur seine Chefin, wir sind auch befreundet. Hin und wieder unternehmen wir drei Singles was zusammen oder ich komme auch mal, wenn Alexander irgendwo spielt. Ist ja ein echt guter Musiker.«

»Silke«, antwortete Adele, »da hat Alexander aber Glück mit seiner Chefin, wenn ihr euch sogar privat so gut versteht. Du wirkst nett, bist du das auch in der Arbeit, ich meine, lässt sich das in der Branche verwirklichen?«

»Ist schon manchmal nicht leicht, aber wenn man gute Leute hat, kann man sich treu bleiben und nett bleiben. Ich kann mich auf meine Leute verlassen. Das passt gut. Musste nur einmal bei jemandem Konsequenzen ziehen, der direkt gegen mich arbeitete. Dann kann ich auch anders sein. Aber die beiden hier sind meine Stützen. Arno ist zudem mein Vertreter und Alexander mein bester Newcomer. Der hat echt Potential.«

Derweil offerierte Alexander Getränke und stellte Knabbereien auf dem Esstisch bereit. Die drei trafen sich öfter und es war nicht üblich, groß aufzutischen. Der Abend verlief heiter, es wurde viel geplaudert und gelacht. Arno offenbarte sich als Witzeerzähler und brachte sie alle zum Lachen, bis sie Bauchschmerzen bekamen. Als sie sich voneinander verabschiedeten, war Adele überglücklich, bis Silke beim Gehen sagte:

»Alexander, Montag wird es ernst, da musst du mit Janine raus zu Vericon. Hoffe, ihr beide habt euch gut vorbereitet, ich war ja in letzter Zeit viel unterwegs und konnte eure Ergebnisse noch nicht einsehen, aber ich weiß ja, dass ich mich auf euch verlassen kann. Arno sagte mir, dass er keine Probleme sieht. Dann also tschüss ihr Turteltäubchen«, und verschwand mit Arno in der kalten, dunklen, schneetreibenden Nacht.

›Janine also.‹

Adele war kurz davor, Alexander zu fragen, wer das sei, verkniff es sich aber, hatte sie doch gerade heute den Vorwurf bekommen, eifersüchtig zu sein. Aber das war sie doch eigentlich gar nicht. Stattdessen umarmte sie ihn also, legte ihren Kopf an seine Brust und ließ sich von ihm in die Arme nehmen. Nach langen Unterhaltungen und ein paar Gläsern Wein verwöhnten, streichelten und liebten sie sich die ganze Nacht. Beim Frühstück konnte Adele sich dann doch nicht zurückhalten und fragte Alexander frei heraus, wer denn diese Janine sei und was er mit ihr am Montag mache. Alexander erklärte ihr, es sei eine Kollegin, etwas erfahrener als er und er sollte sie unterstützen bei der Erstellung eines Angebotes für Vericon und am Montag sei die Angebotspräsentation. Bei Neukunden würde die Firma immer gerne Janine einsetzen, denn sie hat eine ungemeine Begabung, Menschen für sich zu vereinnamen.

›Na, hoffentlich vereinnamt sie nicht meinen Alexander‹, dachte sie bei sich und fragte nur noch so nebenbei, ob sie denn hübsch sei. Alexander bejahte dies, beschwichtigte Adele aber, als er merkte, dass sich hier wieder ein wenig Eifersucht zeigte.

»Weißt du, Adele, du musst dir da echt keine Sorgen machen. Wir sind professionell, einfach nur Kollegen, da ist nichts, absolut nichts. Ja, sie ist hübsch, das merken regelmäßig auch die Kunden, aber im Business ist das zweitrangig. Wir sind einfach nur Profis und ich kann viel von ihr lernen. Aber mal was anderes. Leider muss ich heute Abend im Postsaal einspringen. Ich muss spielen, ohne mich wären die Jungs heute zu gering besetzt. Würde dich aber gerne mitnehmen.«

»Aber Alex, du wolltest doch heute Abend mal Zeit für mich haben. Wir wollten ins Kino und Essen gehen. Hab mich schon so gefreut«, wandte sie enttäuscht ein.

»Schatz, ich weiß, aber heute ist das echt blöd gelaufen, der Bodo ist krank und kann nicht spielen und ich muss nun ungeplant doch ran. Aber wie gesagt, ich würde dich gerne dabeihaben, okay?«

Eine Weile sah Adele ihr Brötchen an, um dann gute Miene zu machen.

»Okay, Alex, es wird sicher auch schön, dich da oben spielen zu sehen. Dann tanze ich halt ein wenig.«

Alexander atmete auf: »Sehr schön, dann lass uns den Tag genießen, um Sieben fahren wir dann los, um dort die Musikinstrumente aufzubauen.«

Sie verbrachten den ganzen Tag bei Alexander zu Hause, draußen war es bitter kalt, die Fensterscheiben waren mit Eisblumen überzogen und so kuschelten sie sich auf dem gemütlichen Sofa zusammen und schauten den ganzen Tag fern.

Pünktlich fuhren sie mit all den für den Auftritt nötigen Sachen im Fond los. Am Postsaal angekommen wollte sie mithelfen, um sich nicht überflüssig vorzukommen. Doch es gab nichts zu tun für sie. Jeder Handgriff war so eingespielt, dass sie doch nur herumstand, wenn auch Alexander sie immer wieder kurz in die Arme nahm oder ihr einen Kuss gab. Er war in einem anderen Modus, dem Modus des Musikers, musste sich von allem lösen und auf den Auftritt vorbereiten, denn gleich gings los mit einer kurzen Ansprache, die er übernehmen sollte. Adele fühlte sich plötzlich allein gelassen. Sie setzte sich an einen der Tische und sah zur Bühne hinauf, wo Alexander gerade die Ansprache hielt. Er machte es wunderbar, selbst Cicero hätte ihn bewundert. Und dann begannen sie zu spielen. Das Publikum war durchwegs etwas älteren Semesters. Sie passte nicht dazu und fühlte sich nicht besonders wohl. Einige Male wollte sie jemand zum Tanz auffordern, aber sie wies alle ab, denn sie konnte ja nicht tanzen und hatte auch kein Interesse an all diesem Rumgeschubse und den ekligen Körperkontakten. Und so saß sie einfach nur da und schmachtete Alexander an. In der Pause kam er zu ihr, drückte ihr einen festen Kuss auf die Lippen und stellte einen Stuhl dazu, um sich neben sie zu setzen.

»Na, wie gefällt es dir?«

»Ganz gut.«

»Schön! Die Leute sind zwar nicht gerade in deinem Alter, doch ihr habt euch sicher gut unterhalten hier am Tisch. Hab leider gerade wenig Zeit, muss gleich wieder hoch.«

»Okay, Alex, alles klar, es ist schön, euch zuzuhören und deine Ansprache vorhin war sehr gut.«

Alexander stand auf und ging wieder zurück zur Bühne, grüßte mal hier, machte eine freundliche Bemerkung dort. Man kannte ihn. Adele aber wurde von niemandem beachtet, außer ein paar lüsternen alten Männern, die sie anzüglich anzulächeln versuchten. Einige Damen standen vor der Bühne und Alexander unterhielt sich kurz mit ihnen, gab einer davon einen Kuss auf die Wange, um dann die Bühne zu betreten. Zwei Stunden später war Schluss. Adele schlief schon fast am Tisch ein, hatte etwas zu viel getrunken, was sie erst recht müde machte, sehr müde. Bis alles verstaut war und Alexander fahren wollte, schlief sie. Er weckte sie sanft und küsste sie innig. Sie hakte sich bei ihm ein und sie gingen zum Auto.

Es war noch kälter geworden und die Scheiben waren zugefroren. Mühsam kratzte er sich ein kleines Sichtfenster in die Frontscheibe. Es fing wieder an zu schneien. Sorglos fuhr er los, sah nur sehr wenig durch das kleine Guckloch. Er gab Gas und spürte, wie die Reifen wegschmierten, aber sie kamen los. Im nächsten Waldstück wollte das Auto in einer Rechtskurve plötzlich nicht mehr gehorchen. Die Trägheitskraft schob es geradewegs in die Leitplanke gegenüber, die Lenkung reagierte nicht mehr. Er fuhr zu schnell, überschätzte sein Können, Adele schrie, er versuchte gegenzulenken, aber es war zu spät. Die Sachen auf dem Rücksitz schossen durch den Innenraum nach vorne und wären nicht die Kopfstützen gewesen, hätte sich der ein oder andere Gegenstand von hinten in ihre Köpfe gebohrt. Aber auch so war es schlimm genug, denn einige der Geschosse flogen bis ganz nach vorne, prallten an Frontscheibe und Armaturenbrett ab und kamen ihnen von vorne wieder entgegen, als zusätzlich die Airbags auslösten. Sie schlugen hart und schmerzvoll mit Kopf und Brust gegen diese. Nur Bruchteile von Sekunden später krachte es nochmal. Ein nachkommendes Auto fuhr in voller Fahrt in sie hinein, ihre Körper wurden nach hinten geschleudert, ihre Köpfe prallten mit voller Wucht gegen die Kopfstützen und wurden sogleich wieder vorne an die Airbags geschleudert. Blut spritzte, Alexander verlor das Bewusstsein. Adele, orientierungslos und unter Schock. Der Mann aus dem nachfolgenden Auto befreite sich aus seinem Fahrzeug, lief zu Alexanders Wagen und versuchte dessen Fahrertür zu öffnen, doch sie klemmte. Auch die Tür in Fond ließ sich nicht öffnen. Allerlei Gegenstände lagen verstreut herum.

»Hallo!«, rief er durch die geborstenen Fenster ins Auto, um sich bemerkbar zu machen. Alles was er hörte war ein Stöhnen. »Hallo, geht es ihnen gut? Ich hole Hilfe, halten sie durch. Ich hol sie besser erstmal nicht raus aus dem Fahrzeug, denn hier draußen würden sie erfrieren.«

Nicht weit entfernt sah man einige Häuser. Er sah, wie sich ein weiteres Auto der Unfallstelle näherte und machte sich bemerkbar, damit dieses anhielt. Dann rannte er die Straße entlang zum nächstgelegenen Haus und klingelte Sturm, es war bereits nach Mitternacht. Nach einer gefühlten Ewigkeit tat sich etwas im Haus, im Flur ging das Licht an und ein alter Mann öffnete vorsichtig einen Spalt weit die Tür.

»Wenn sie mitten in der Nacht klingeln, muss was Unangenehmes vorgefallen sein, wieder ein Unfall in der Kurve da vorne?«

»Ja, da sind wohl einige Verletzte, könnten sie bitte die Polizei rufen und vielleicht einen Notarzt?«

»Kommen sie erstmal herein .... Da hinten ist das Telefon, am besten rufen sie selbst die 110 an, sie können es besser schildern. Braucht dort jemand gleich Hilfe?«

»Ja, da sind zwei Personen drin, nur eine davon konnte überhaupt einen Laut von sich geben.«

»Telefonieren sie mal, ich zieh mich an und wecke meine Frau.«

Die Polizei stellte am Telefon einige Fragen und alarmierte den Rettungsdienst und auch gleich die Feuerwehr. Sie liefen mit warmen Decken zur Unfallstelle zurück, die Frau kam mit heißem Tee hinterher. Der alte Mann öffnete die Beifahrertür, sie klemmte nicht, und legte die Decken über Alexander und Adele. Alexander war inzwischen wieder bei Bewusstsein und atmete schwer. Adele war weiter orientierungslos und unter Schock und fragte flüsternd:

»Was ist passiert? Ich weiß nicht, meine Beine fühlen sich eingeklemmt an.«

Einige Minuten später hörten sie bereits Martinshörner aus verschiedenen Richtungen. Die Polizei kam zuerst an und begab sich zu den Unfallbeteiligten, um die Situation zu erfassen. Die eintreffende Feuerwehr nahm die Absicherung des Unfallortes vor und sperrte die Straße, spreizte mit schwerem Gerät die Fahrertüre von Alexanders BWW auf, um an den Verletzten zu gelangen. Als letztes kam der Rettungsdienst dazu. Eine Vielzahl an blauen Blinklichtern war weithin zu sehen. Vorsichtig wurde zunächst Alexander von Feuerwehrleuten aus dem Fahrzeug gehoben. Mit großer Umsicht wurde dabei darauf geachtet, dass er möglichst schnell in eine liegende Position kam, ohne ihn dabei zu sehr zu bewegen. Bei Adele mussten zunächst die eingeklemmten Beine befreit werden, bevor auch sie mit aller Vorsicht auf die bereitgestellte Trage gehoben werden konnte. Ein weiterer Rettungswagen war inzwischen eingetroffen. Alexander lag bereits im ersten und bekam starke Schmerzmittel. Adele kam in den zweiten und wurde durchgecheckt. Man leuchtete ihr in die Augen und stellte ihr Fragen, die sie etwas wirr beantwortete. Während man sie an eine Infusion mit Schmerzmittel anschloss, sah sich der Notarzt ihre offene Wunde am rechten Schienbein an.

Die beiden wurden in verschiedene Krankenhäuser gebracht. Der erste Schock ließ dank des Medikamentencocktails etwas nach und Adeles Orientierung kam während der Fahrt ins Krankenhaus wieder ein wenig zurück, jedoch waren die Schmerzen an Beinen und Brust schier unerträglich. Mehrmals fragte sie nach Alexander, jedoch konnte man ihr dazu keine nähere Auskunft geben, außer, dass er in ein anderes Krankenhaus komme. Im Krankenhaus angekommen, wurde sie in den Schockraum gebracht und eingehend untersucht. Das Bein war nicht gebrochen, die Wunde musste lediglich gesäubert und genäht werden. Die Quetschungen an beiden Beinen würde sie noch einige Zeit spüren, ebenso die Gurtverletzungen und Quetschungen der Brust.

»Frau Kowalsky, es scheint, dass sie glimpflich davongekommen sind und auch ihrem Kleinen im Bauch geht es gut. Sie müssen sich keine Sorgen machen. Wir behalten sie nur vorsorglich ein paar Tage zur Beobachtung hier.«

Adele wurde augenblicklich schwindlig, sie schnappte nach Luft, das Blut schoss ihr aus dem Gesicht. Den Ärzten und Krankenschwestern war sofort klar, dass die Nachricht überraschend kam. Unklar aber war, ob sie für die Patientin positiv oder negativ war. Eine der Krankenschwestern nahm ihre Hand und hielt sie fest. Adele sagte langsam und mit hohler Stimme:

»Bis eben war ich mir sicher, dass ich nicht schwanger bin, ich hatte doch gerade erst meine Tage, wie kann das sein? Sind sie sicher?«

»Ja, wir sind sicher, in solchen Fällen gehen wir immer auf Nummer sicher.«

Adeles Gefühlswelt war noch unentschieden, aber nach und nach überwog ein Gefühl der Freude, das einherging mit einem wohligen Gefühl und dem Gedanken an Alexander und wie er es wohl aufnehmen werde.

»Können sie mir sagen, wohin Alexander, mein Freund, also der Fahrer des Unfallwagens, hingebracht wurde?«

»Leider nein, wir haben noch keine Informationen, aber wir informieren sie sofort, wenn wir etwas wissen. Derweil lassen wir sie auf die Station bringen. «

Alexander wurde gleichzeitig im anderen Krankenhaus versorgt. Er war bei Bewusstsein, konnte jedoch nicht sprechen, artikulierte mit den Händen. Seine Miene war schmerzverzerrt. Sein Gesicht und sein Brustkorb, auf den er immer wieder deutete, bereiteten ihm höllische Qualen. Die umstehenden Ärzte und Krankenschwestern unterhielten sich leise, er konnte sie hören.

»Was machen wir mit den Zähnen?«

»Kühl lagern, wir geben sie weiter an den Kieferchirurgen, zuerst müssen wir uns um die Schmerzen in der Brust kümmern und wir müssen die Zunge versorgen. Ist alles bereit?«

»Bereit.«

Alexander durchfuhr es wie ein Blitz. Seine Zähne, seine Zunge? Was bedeutet das? Er wollte sprechen, aber es kam nur ein gurgelähnliches Geräusch zustande. Über sich sah er einen Tropf mit gelblicher Flüssigkeit. Rings um ihn diverse Apparate, die blinkten und piepten. Er hörte noch die Frage:

»Wie konnte sowas trotz Airbag passieren?«

»Offenbar umherfliegende Teile im Innenraum des Autos, scheint einiges unbefestigt auf dem Rücksitz gelegen zu sein.«

Adele lag einen Tag nach Aufnahme in einem Mehrbettzimmer auf der gynäkologischen Station. Sie war mit Schmerzmedikamenten versorgt. Ihr ging es den Umständen entsprechend gut und so auch dem Fötus in ihrem Bauch. Immer wieder fragte sie nach Alexander. Am frühen Nachmittag bekam sie Nachricht.

»Ihr Alexander ist im Klinikum ›Rechts der Isar‹. Leider kann er nicht sprechen. Wir dürfen leider auch keine genaueren Angaben machen. Er liegt auf Intensiv und wird gut versorgt.«

Adele war versucht, ihn von der Schwangerschaft unterrichten zu lassen, entschied sich aber doch dagegen, als ihr seine Reaktion am Telefon einfiel. Außerdem wusste sie nicht, wie schlecht es ihm ging und ob er überhaupt Nachrichten empfangen oder aufnehmen konnte. Nein, dachte sie, das erzähl ich ihm besser selbst. Ich muss ihn bald besuchen. Oh Gott, was wird wohl mit ihm sein? Mit ihr im Zimmer lagen noch zwei weitere Frauen, ein Bett war leer. Es klopfte an der Tür. Vater und Mutter kamen voll Sorge zu Besuch, ihre jüngste Schwester gleich hinterher. Was habe sie doch für Glück gehabt, dass ihr nicht mehr fehle, sicher hätte sie dasselbe ohne Airbag nicht überlebt. Das Auto sei offenbar abgeschleppt worden, denn die Unfallstelle war geräumt, man habe aber die fürchterlich verbogene Leitplanke gesehen. Sie waren am Vormittag von Adele benachrichtigt und gebeten worden, vor ihrem Besuch an der Unfallstelle vorbei zu fahren, um nachzusehen, wie die Situation dort sei. Betroffen fragten sie sich, was ihre Tochter wohl noch alles mitmachen müsse im Leben.

»Mutti, Vati«, sagte Adele mit nassen Augen, »ich muss euch was sagen.« Tränen rannen über ihre Wangen. Nach einem kurzen Schweigen sagte sie: » … Ich bin schwanger.«

Ihre Mutter wurde aschfahl, ihr Vater schluckte, die Schwester drehte sich zum Fenster. Stille. Sie konnten nicht damit umgehen, wussten nicht, ob sie es als gute oder schlechte Nachricht nehmen sollten. In Adeles Ohren begann es zu pfeifen, ihr Nacken verspannte sich und schmerzte.

Unter Mühen fuhr sie fort: »Bitte, ich weiß, ich wollte niemals mehr ein Kind, nach allem, was war. Ich weiß, ihr seid Großeltern und konntet es doch nie sein. Ich danke euch, dass ihr das all die Jahre ausgehalten habt und ich flehe euch an, versteht doch, dass auch ich nun wieder ins Leben zurückkehren will. Alexander heißt der Vater. Ich habe ihn euch noch nicht vorgestellt. Sag nichts, Mutter. Mit Alexander wurde mir bewusst, was echte Liebe ist. Ich liebe ihn, wie nichts sonst auf der Welt, er ist meine große Liebe des Lebens, mein Seelenverwandter. Er hat mich wieder ins Leben zurückgeholt. Nie hätte ich daran geglaubt, dass ich wieder Spaß haben könnte an Dingen, die ich für immer

abschrieb. Aber mit Alexander ist es möglich, er ist anders, er ist mein Heils-
bringer und er ist der Vater des Kindes.«

Ihre Mutter sah sie an und versuchte passende Worte zu finden. Sie fand
keine, stattdessen umarmte sie die liegende Adele und musste weinen. Ihr
Vater schwieg ebenfalls, strich ihr übers Haar, wandte sich dann seiner jüngs-
ten Tochter, die immer noch aus dem Fenster starrte, zu, gesellte sich zu ihr
und tat es ihr gleich. Adele bekam Kopfschmerzen, ihre Ohren fielen zu, sie
hörte fast nichts mehr.

Alexander erwachte am nächsten Morgen durch ein Piepen auf der Intensivstation, mit betäubtem Mund und Unterkiefer. Aus einem Radio hörte man
leise Orgelmusik, es war Sonntag, eventuell eine Messe. Speichel sammelte sich
laufend im Rachen und musste ununterbrochen abgesaugt werden. Ständiger
Schluckreiz machte ihm zu schaffen. Was war nur passiert? Die untere Hälfte
des Gesichts gehorchte ihm nicht.

›Wo ist Adele, wie geht es ihr?‹, dachte er.

Er konnte niemanden fragen. Eine Krankenschwester kam herein und rief sofort jemanden per Haustelefon, als sie sah, dass der Patient wach war. Zwei Ärzte
kamen kurz darauf hinzu und stellten sich vor, ein HNO und ein Kieferchirurg.

»Herr Henschel, Alexander Henschel?«

»RRR«, röchelte Alexander.

»Das ist Herr Mayer, HNO und ich bin Norbert Wankel, Kieferchirurg.«

»RRR.«

Die beiden Ärzte unterrichteten Alexander über seinen Zustand und welche
Maßnahmen folgen würden. Alexander war privat versichert und konnte deshalb mit bester Versorgung rechnen.

»Herr Henschel, wenngleich sie das Glück hatten, ein Auto mit einem Airbag zu besitzen, haben sie erhebliche Verletzungen im Gesicht davongetragen
und sich zudem zwei Rippen gebrochen. Wir konnten uns das Gesamtbild der
Verletzungen zunächst nicht erklären und nahmen Kontakt zur Polizei auf, die
den Unfallhergang daraufhin rekonstruierte. Es scheint, als wären in ihrem Auto
beim Aufprall einige Gegenstände im Innenraum umhergeflogen. Einer davon
war ein zusammengeklappter Notenständer, der offenbar zwischen ihnen und
den Airbag geriet und so zu diesen Verletzungen maßgeblich beitrug. Neben den
gebrochenen Rippen ist leider auch ihr Kiefer gebrochen und es fehlen ihnen
drei Zähne im Oberkiefer, darunter die beiden Schneidezähne. Zudem musste
ihre Zunge genäht werden.«

Besorgt beobachteten die beiden Ärzte, wie Alexander rot anlief, Tränen aus seinen Augen traten und er verzweifelt versuchte, etwas zu sagen.

»RRRRRgggggRRRR!«

»Bitte beruhigen sie sich, es ist nicht so, dass das lebensbedrohlich wäre und wir können ihnen versichern, dass alles wieder heilt und man am Ende nichts mehr davon erkennen wird. Aber sie brauchen etwas Geduld, wir tun unser Bestes.«

Alexander schwirrte der Kopf, sein Nacken wurde eiskalt, sein Gesicht schien zu zerspringen, der Magen krampfte sich zusammen, er gab Zeichen, etwas aufschreiben zu wollen. Man gab ihm Stift und Papier. Mit zittrigen Fingern schrieb er nur ein Wort.

›Adele?‹

Die Ärzte sahen sich ratlos an, dann zur Krankenschwester, die die Schultern zuckte und den Ärzten etwas zuflüsterte.

»Sie meinen wohl ihre Mitfahrerin, ja? Wir wurden unterrichtet, dass noch eine weitere Person im Auto war, weiblich, mehr wollte uns die Polizei nicht sagen. Wir wissen leider nicht, was mit ihr ist, tut mir sehr leid.«

»RRRRR.«

Er schrieb weiter: ›Angehörige unterrichten?‹

»Ja, schreiben sie uns auf, wen wir unterrichten sollen.«

Das tat er und dann noch: ›Saxophon?‹

»Sie spielen Sax? Tolles Instrument! Sie werden es wohl einige Zeit nicht spielen können.«

Alexander brach sichtlich in sich zusammen und ließ den Stift fallen, nichts war ihm mehr wichtig, nicht einmal, den Arbeitgeber zu informieren oder den Verbleib des Autos zu erfahren. Als Sax Spieler brauchte er einen starken gesunden Oberkiefer mit gesunden Zähnen. Ob er je wieder spielen können wird?

Adele starrte an die Decke, ihre Eltern und die Schwester waren gegangen. Die Stimmung war bis zum Schluss gedrückt. Niemand zeigte Freude oder gratulierte ihr zum Kind. Sie gingen und hinterließen eine niedergeschlagene Adele, die den Glauben an ein schönes Leben gerade wieder verlor. Ein Kind von einem Mann, den sie zu dem Zeitpunkt noch gar nicht richtig kannte, entstanden durch Leichtsinn. Wie konnte das nur passieren? Plötzlich wurde ihr bewusst, wie seltsam sorglos sie an diesem Abend war und wie unglaublich leichtfertig sie sich ihm hingegeben hatte. Sie, die sich schwor, niemals mehr im Leben mit Männern körperlich zu werden. Sicher, er war unglaublich zärtlich und hat ihr alle Angst genommen. Ohne jede Aufdringlichkeit hat er ihr Verlangen geweckt und seine Zärtlichkeit und Gefühle berührten ihre Seele bis in die tiefsten Tiefen. Es war schön, wundervoll aber dennoch ohne Verstand. Und nun stand sie vor einer erneuten Prüfung in ihrem Leben. Die Reaktion der Eltern und der Schwester war vernichtend, bohrte sich in ihr Herz wie ein Messer. Warum nur konnte für sie Freude nie ungetrübt sein? Ist das noch ein Leben, an dem sie festhalten sollte? Ein kleiner Schritt in den Abgrund, ein Schnitt in die Handgelenke oder ein paar Tablettchen und alles Leid hätte ein Ende, alle Sorgen und Probleme wären für immer fort. Endlich Ruhe, diese Sehnsucht, diese unendliche Sehnsucht nach innerer Ruhe.

Die Visite kam und riss sie aus den trüben Gedanken.

»Visite!«, schallte es, »na, wie geht's uns?«

›Seltsam, warum immer so gefragt wurde‹, dachte sich Adele, ›wenn man doch erkennbar elend darnieder liegt und jeder sehen kann, wie es einem geht. Und dann noch ›Wie geht's uns‹, als ob der Fragende beteiligt wäre. Es hat so ein bisschen was von Kleinmachen. Egal!‹, und sagte, »uns geht's besser, Danke«, und lächelte der Visite gezwungen entgegen, um dann fortzufahren, »wann werde ich entlassen? Ich habe nicht das Gefühl, dass ich noch länger hier sein müsste. Um ehrlich zu sein, würde ich gerne heute gehen, damit ich meinen Freund Alexander in ›Rechts der Isar‹ besuchen kann. Können Sie da was machen?«, und lächelte einen der Ärzte noch etwas freundlicher an.

»Frau Kowalski, ja? Sie wissen, dass sonntags eigentlich nicht entlassen wird, oder?«

»Ja, ich weiß, aber können Sie da nicht eine Ausnahme machen?«

»Ich werde sehen, was sich machen lässt.«

Um Drei Uhr nachmittags bekam sie Arztbrief und Medikamentenplan, humpelte hinaus und fuhr mit einem Taxi direkt nach ›Rechts der Isar‹, wo man sie zur Intensivstation schickte. Als sie eingelassen wurde und sie Alexander sah, stockte ihr zunächst der Atem.

»Alexander!«

Weinend betrachtete sie sein geschwollenes Gesicht, die untere Hälfte ein einziges großes Hämatom. Der Mund stand offen, ein Absaugschlauch ragte hinein und es fehlten Zähne. Er sah verheerend aus und er konnte nicht sprechen. Dennoch lebte er sichtlich auf, als er sie erkannte, sah ihr mit großen Augen entgegen, verzweifelt und freudestrahlend zugleich.

»RRRR«, gab er von sich.

Adele stürzte zu ihm, ließ alle hygienische Vorsicht außer Acht und umarmte ihn, soweit die vielen Schläuche und Kabel an und um ihn herum es zuließen und küsste ihn auf die Stirn und beide Augen.

»Ich bin so froh, endlich bei dir zu sein. «

»RRRR. «

»Du kannst nicht sprechen«, Adele liefen die Tränen herunter, »deine Zähne ....«

»RRR. «

Adele drehte sich zur Krankenschwester um.

»Wie schlimm ist es, was sagen die Ärzte? «

»Frau Kowalski, ich darf ihnen keine Auskunft geben, es sei denn, Herr Henschel ist einverstanden. Ah, er reckt den Daumen hoch, also dann. Herr Henschel hat offenbar eine größere Verletzung durch herumfliegende Gegenstände im Auto. Der Airbag hat ihm sicher sehr geholfen und Gott bewahre, was ansonsten hätte passieren können. Jedoch scheint einer der Gegenstände in einer mir nicht bekannten Art und Weise dafür verantwortlich gewesen zu sein, dass er einen Kieferbruch erlitt, sich die Zunge teilweise durchbiss und drei Zähne verlor, zudem brachen ihm zwei Rippen. Die Ärzte sagen, das wird alles wieder so, dass man es kaum noch merkt, aber man müsse Geduld haben. Und dann wurde noch darüber geredet, dass er wohl Saxophon spielt und das wohl einige Zeit nicht mehr möglich sein wird. «

Adele war nun klar, woher der verzweifelte Ausdruck in Alexanders Gesicht kam. Er war leidenschaftlicher Musiker und ein sehr guter noch dazu. Sie kannte sich zwar nicht so gut mit dem Instrument aus, aber sie konnte sich denken, dass eine verletzte Mundpartie dazu führte, dass er mindestens längere Zeit nicht spielen können würde. Sie erkannte, wie er darunter litt.

»Mein Schatz, schau mich an, ich liebe dich. Wir schaffen das. Du wirst sicher bald wieder spielen. Die Medizin bringt solche Sachen heute perfekt hin. «

Er deutete nun fragend auf sie.

»RRRR. «

»Meinst du, wie es mir geht? Gequetschte Brüste und eine genähte Wunde am rechten Bein. Wird alles schnell wieder. Mach dir keine Sorgen. Und wenn du aus dem Krankenhaus kommst, habe ich noch eine Nachricht für Dich. «

»RRRR«, Alexander wollte wissen, um was es geht.

»Nein, jetzt erstmal Ruhe geben. Hast du denn noch keine Sachen hier? Waren deine Eltern schon da? Ich kümmere mich morgen um den Wagen und um deine Sachen im Auto. «

Die Krankenschwester gab ihr zu verstehen, dass Alexander Ruhe benötige und sie sich kurzfassen solle. Seine Eltern seien verständigt und er habe immer wieder nach ihr gefragt. Sie nahm daraufhin seine Hand, hielt sie fest, schaute ihn verliebt an und sagte

»Alexander, ich liebe Dich!«

»RRR.«

Da kamen seine Eltern herein und ihr wurde angedeutet, dass nun zu viele Besucher gleichzeitig zugegen seien. Daher grüßte sie seine Eltern kurz und ging auf den Gang hinaus. Sie erkannte sie von Fotos. Zwanzig Minuten später kamen sie ebenfalls auf den Gang, mit betrübter Miene. Seine Mutter hatte Tränen in den Augen.

»Hallo, Frau Kowalsky, oder dürfen wir Adele sagen? Alexander hat uns schon so viel von Ihnen erzählt.«

»Ja, aber natürlich.«

»Ich heiße Maria, und das ist mein Mann Ludwig.«

»Hallo Maria, Ludwig. Ich war mit eurem Sohn im Auto, als der Unfall passierte. Habe auch Blessuren davongetragen, aber Alexander hat es viel schlimmer erwischt als mich und das tut mir so leid. Hat euch die Schwester erzählt, was passierte?«

»Ja, hat sie. So ein verdammtes Pech. Jeder lässt doch Sachen auf dem Rücksitz liegen. Das ist doch kein Vergehen, oder?«

»Nein, ganz sicher nicht. Er wird leiden, weil er zumindest einige Zeit nicht mehr Saxophon spielen können wird.«

»Adele, kommen Sie doch die nächsten Tage mal bei uns vorbei, wo wohnen Sie eigentlich?«

»Haagenstein, Rostberg. Sie können mich übrigens ruhig Duzen.«

»Na sowas, wir wohnen auch in Haagenstein, allerdings am anderen Ende. Wir sind uns anscheinend noch nie begegnet? Oder vielleicht auch doch, aber man achtet nicht auf jeden, oder?«

»Stimmt. Ich komme gerne die Tage mal vorbei.«

»Adele, wie kommst du denn heute nach Hause?«

»Hab gerade ein Taxi gerufen, um zu Alexanders Wohnung zu fahren, Schlüssel hab ich.«

»Alles klar, dann müssen wir uns darum nicht kümmern, morgen schauen wir nach dem Auto und den Sachen darin.«

»Sehr gut, könnten sie mich bitte dazu auf dem Laufenden halten? Ich fahre morgen wieder hierher zu Alexander. Ich würde ihm dann gerne den Sachstand zum Auto erzählen. Rufen sie einfach seine Nummer an, ich werde abnehmen.«

Montag frühmorgens. Silke war unruhig, Alexanders Arbeitsplatz war noch leer. Eigentlich sollte bereits das Briefing für Vericon stattfinden. Verdammt, das ist die wichtigste Akquise der letzten Jahre und einer der Hauptakteure fehlt. Sie baute schon seit einiger Zeit stark auf ihn. Wenngleich noch wenig Erfahrung, hatte er ein unglaubliches Talent, Menschen zu überzeugen. Dazu Janine, die Menschen für sich einnehmen konnte und viel Erfahrung hatte. Ein Erfolgsgespann, lange aufgebaut und genau an diesem Tag fehlte Alexander. Janine wartete im Besprechungsraum und ging immer wieder die Unterlagen durch. Arno versuchte verzweifelt, Alexander zu erreichen, weder auf dem Handy, noch zu Hause, ging jemand ran. Silke rannte nervös den Gang zwischen den etwa zehn Büros auf und ab.

Dann ging sie zu Arno und sagte: »Ich schicke jemanden zu ihm nach Hause. Hast du eventuell die Nummer seiner Freundin? Vielleicht ist er bei ihr und hat verpennt?«

»Leider nein.«

»Mist!«

»Wie hieß sie mit Nachnamen?«

»Hat sie nicht gesagt, glaube ich.«

»Oh Mann. Seine Eltern?«

»Hab ich auch keine Nummer, weiß auch nicht, wo die wohnen.«

»Sonst irgendwer bekannt, den wir kontaktieren könnten?«

»Leider Fehlanzeige.«

»Arno, dann musst du zur Not einspringen, okay?«

»Zur Not, ja, aber …«

»Kein ABER, es steht zu viel auf dem Spiel. Geh am besten gleich zu Janine, du kennst den Vorgang ja auch ganz gut.«

Arno stand wortlos auf, ging in Richtung Besprechungsraum und hatte ein leises Lächeln auf den Lippen. Janine klappte die Kinnlade runter, als er ihr eröffnete, dass er einspringe. Silke schickte einen anderen Mitarbeiter zu Alexanders Wohnung, da auch sie dem Briefing beiwohnen musste. Er kam nach einer Stunde zurück und berichtete, dass eine Frau namens Adele Kowalsky die Tür öffnete und aus allen Wolken fiel, als er ihr den Grund seines Auftauchens erzählte. Sie habe kein Telefon gehört. Er erzählte von dem Unfall und dem aktuellen Stand. Silke und Janine waren bestürzt, Arno saß still mit Pokergesicht dabei.

»Arno, dann bist du nun am Zug mit Janine. Ihr schafft das. Ich verlasse mich auf euch beide. Das Briefing sollte reichen. Fahrt los, damit ihr frühzeitig dort seid und noch etwas Small Talk halten könnt.«

Adele untersuchte das Telefon. Warum nur hörte sie keinen Klingelton? Aha, es war auf Stumm geschaltet. Die Firma schien mehrmals angerufen zu haben.

>Stimmt<, dachte sie, >heute ist ja dieser enorm wichtige Termin mit dieser Janine. Na, das muss sie ja nun anders lösen.<

Gegen Mittag riefen Alexanders Eltern an und informierten sie, wohin das Auto abgeschleppt wurde und dass es wohl Totalschaden habe. Zum Glück sei er aber gut versichert. Die meisten Gegenstände, die im Auto umherflogen, seien unbrauchbar, darunter auch das Saxophon. Die Polizei habe das Fahrzeug noch unter Beschlag, sie scheinen irgendetwas im Fahrzeug gefunden zu haben, sie hätten aber nicht erfahren können, worum es sich dabei handele.

>Hmm<, dachte Adele und runzelte die Stirn.

Sie machte etwas Ordnung in der Wohnung und fuhr dann wieder in die Klinik. Alexander lag fast unverändert da und blickte leer zur Decke. Seine genähte Zunge lag dick und blau im noch immer geöffneten Mund. Er schien etwas weggetreten zu sein, offenbar bekam er sehr starke Schmerzmittel. Sie sagte ihm, dass seine Arbeitsstelle Bescheid wisse und dass ein Kollege sich nach ihm erkundigt habe. Sie solle einen Gruß und gute Besserung ausrichten, und Arno würde ihn vertreten. Alexander sackte erneut in sich zusammen. Sie erzählte weiter vom Verbleib des BMW und dass die Polizei noch an dem Fahrzeug dran sei, sie aber nichts Näheres wisse. Seine Augen verengten sich.

Alexanders Bandmitglieder besuchten ihn nur einmal im Krankenhaus, brachten ihr größtes Bedauern zum Ausdruck und dass sie nun einen Ersatz für ihn suchen müssten, denn so schnell würde er ja nicht wiederkommen. Danach kamen sie nicht mehr. Silke kam kurz vorbei und brachte ebenfalls ihr größtes Bedauern zum Ausdruck und dass nun Arno seinen Job mache, sie wünsche ihm aber natürlich alles Gute und hoffe, dass er rasch wiederkomme und dann möglicherweise in einem anderen Projekt seine Chance wahrnehmen könne. Aktuell gebe es allerdings erstmal keines, daher müsse man sich dann unterhalten, wie es weiter gehe. Arno und Janine seien sehr erfolgreich gewesen, was sie sehr freue. Adele, die selbst auch krankgeschrieben war, versorgte seine Wohnung, informierte regelmäßig die Angehörigen, besuchte einmal auch seine Eltern und brachte ihm die ungeöffnete Post mit. Darunter war eine Vorladung der Polizei. Man wolle ihn zu Herkunft und Verwendung eines Päckchens mit Marihuana in seinem Auto befragen. Auf Nachfrage des Krankenhauses wurde der Unfall am Fahrzeug rekonstruiert und dabei tauchte dieses Päckchen auf. Seine Krankenversicherung meldete sich mit einer Nachfrage bezüglich der ungesicherten Ladung auf dem Rücksitz, da sie zu einem größeren Schaden geführt habe, als zu erwarten gewesen wäre. Dazu kam seine Autoversicherung, die den Vollkaskoschaden nicht anerkannte, da zunächst zu klären sei, inwiefern der hinten aufgefahrene Unfallgegner für den Schaden belangt werden könnte. Er hatte somit erstmal kein Auto, die Zukunft in seinem Job war unsicher, seine Zeit in der Band war vorbei und was bei der Sache mit dem Marihuana herauskommen würde, stand in den Sternen. Aber die größte Sorge bereitete ihm Adeles Nachricht.

»Alexander, halt dich fest. Ich wollte es dir eigentlich nicht im Krankenhaus sagen, es hat mich selbst sehr bewegt. Ich weiß nicht, wie ich es sagen soll, aber es ist so, die Ärzte haben mich ja auch eingehend untersucht und mir danach gratuliert ...«

Alexander sah sie fragend an.

» ...äh, dass es unserem Kleinen im Bauch gut geht.«

»Ohgr ...«

»Verstehst du nicht? Wir bekommen ein Baby. Ich weiß, ich dachte und sagte, ich hätte meine Tage und war mir gewiss, dass ich nicht schwanger bin, aber es war nur eine Schmierblutung, wie mir der Frauenarzt inzwischen erklärte und das könne durchaus am Anfang einer Schwangerschaft vorkommen.«

»Hmm ...«

Alexander versuchte vergeblich etwas zu sagen, schaute sie stattdessen traurig an.

»Freust du dich nicht?«

» ...äh, nrlgr ...«, in Wahrheit dachte er insgeheim nach, ob es vielleicht noch einen Weg gab, es zu verhindern.

»Ach komm, Alexander, das schaffen wir schon, ich hab meinen Job ja noch und du wirst auch bald wieder durchstarten, da bin ich mir sicher.«

»Mhm«, gab er mutlos von sich.

»Na komm her.«

Sie umarmte ihn und war sich irgendwie nicht ganz sicher, ob er sich nun freute oder nicht. Nach zwei Wochen wurde er aus dem Krankenhaus entlassen, mit Halskrause, Kieferbruchschiene und einem provisorischen Zahnersatz, für die Optik. Die Fäden in seiner Zunge waren noch nicht gezogen, sie war noch immer geschwollen und nässelte mitunter. Seine Rippen schmerzten, aber das war nicht das eigentliche Problem. Inzwischen konnte er wieder, wenn auch undeutlich und unter großen Mühen, ein wenig sprechen. Existenzängste quälten ihn. Nur wenige Sekunden änderten sein Leben komplett, machten zunichte, was ihm bisher lieb und teuer war.

KAPITEL 12

HAMBURG ZEHN JAHRE ZUVOR, 1982

Felix ging wie immer zur Arbeit und räumte seine Regale ein. Nach außen schien alles in Ordnung, niemand wunderte sich, dass da jemand mit einer Sankt Pauli Kappe auf dem Kopf arbeitete. Er spürte schmerzhaft die tiefen Kratzer, beigebracht von scharfen Fingernägeln, die ihm zuerst seine Mütze vom Kopf rissen und dann wie wild seine Glatze zerkratzten. Er musste mehrmals kräftig zuschlagen, um dies zu beenden, doch dann versank sie in Bewusstlosigkeit. Er überlegte, ob er an den Tatort zurückkehren sollte, um nachzusehen, ob etwas von ihnen liegen blieb, denn er fand seine Mütze nicht mehr und hatte Angst, dass er sie dort verloren hatte, doch dann wurde ihm klar, dass sicher die Polizei bereits alles in Beschlag genommen hat.

Polizeimeister Frank Nagel sah sich zum wiederholten Male die Fundstücke des Tatortes an, die zerrissene Kleidung des Opfers und dabei eine Mütze, die nicht unbedingt zum Opfer passte.

An seine Kollegen gewandt sagte er: »Wie kann es sein, dass wir am Tatort nichts anderes gefunden haben, als diese Kleidung und diese eine Mütze?«

»Tja, wir sind selbst perplex. Es scheint, als wäre hier ein Profi am Werk gewesen. Vielleicht gibt es einen Zusammenhang mit dem Belästigungsfall vor einigen Wochen, bei dem die Täter plötzlich abzogen und das Opfer fast ungeschoren davonkam. Auch da gab es keinerlei Spuren. So ähnlich könnte das auch hier gewesen sein, nur dass es dieses Mal funktionierte und dass das Opfer leider nicht davonkam.«

Frank Nagel hob die Mütze auf und reichte sie seinem Kollegen.

»Geben sie sie bitte zur Forensik, die sollen nach Haaren oder irgendeinem anderen Hinweis suchen. Vielleicht hilft uns das weiter.«

Zwei Tage später kam das Ergebnis. Es wurde kein einziges Haar gefunden, auch sonst keine Spuren, die Mütze war offenbar frisch gewaschen. Was niemand ahnen konnte, der Besitzer der Mütze hatte keinerlei Haare am Kopf. Die Mütze kam zurück zu den anderen Sachen und alles zusammen wurde in die Asservatenkammer gebracht. Niemand fragte nach den Kleidungsstücken, auch die Eltern nicht. Man versäumte, die Eltern zu fragen, ob die Mütze zu Adele gehörte, ging einfach davon aus, dass es so war.

Felix verbrachte seine Tage zu Hause oder in der Arbeit, ging nicht zu seinen Freunden oder ins Stadion. Niemand meldete sich bei ihm. Niemand kam vorbei, auch keine Polizei. Marta zeigte sich genervt, ihn ständig um sich zu haben. Das war sie nicht gewohnt und das schreckte natürlich auch Manni ab, denn der kam nicht mehr, um ihr weitere Glücksmomente zu bereiten.

»Was ist los mit dir Felix, warum bist du denn ständig zu Hause? Ist der FC nicht mehr wichtig für dich, sind sie untergegangen? Wollen sie dich nicht mehr? Es ist Samstag, Mensch. Da bist du doch immer unterwegs!«

Felix antwortete unwirsch: »Lass mich in Ruhe! Ich hab halt keine Lust zur Zeit. Werde auch älter und da ändert sich so manches. Ist Zeit, ein neues Leben zu beginnen.«

»Häh, wieso das denn, so plötzlich? Kann mir gar nicht vorstellen, was du meinst.«

»Na, so ein bisschen häuslicher, weißt du?«

Das wiederum erweckte in Marta einen alten Wunsch wieder zum Leben, den Wunsch nach einem Kinderglück in trautem Heim. Felix gab ihr die Steilvorlage, die sie brauchte.

»Felix, wenn du das ernst meinst, dann wäre vielleicht auch eine andere Sache an der Zeit.«

»Was meinst du?«

»Du weißt schon, und block das jetzt bitte nicht wieder ab. Du weißt, dass ich mir ein Adoptivkind wünsche.«

»Wieso? Und wieso eigentlich nicht eines von mir?«

»Aber Felix, du weißt doch, dass das nicht geht, kannst du dich nicht an den Abgang damals erinnern? Der Frauenarzt hatte mir dann bestätigt, dass mir das immer wieder passieren könne. Willst du das wieder und wieder riskieren, oder gar mein Leben?«

»Hm, nö, hast recht, ich will das sicher nicht riskieren«, sagte sie und dachte, ›und schlafen will ich ganz sicher auch nicht mit dir.‹

»Na, Felix, dann sag doch Ja!«

»Ich überleg es mir.«

Marta beließ es erstmal dabei, sie war sicher, damit einen Schritt weiter gekommen zu sein und nahm sich vor, wieder Kontakt zum Jugendamt aufzunehmen. Als Felix später an die frische Luft ging, um etwas durchatmen zu können, spukte ihm der Name des Opfers im Kopf herum. Name und Adresse hatten sich in den wenigen Sekunden, da er den Ausweis in Händen hielt, in sein Gehirn gestanzt und konnten nicht mehr verdrängt werden. Zu Marta zurück in die Wohnung wollte er im Augenblick gerade nicht, aber auch nicht zum Stadion oder ins Lager, also ging er ziellos umher und dachte nach. Als er nach einiger Zeit doch in die Wohnung zurückkehrte, war Marta weg. Felix suchte nach einem Stadtplan und suchte darin nach dem Straßennamen, den er im Personalausweis des Opfers las. Dann verließ er die Wohnung und stieg in den Bus, der ihn zur Trabrennbahn Bahrenfeld brachte. Von dort war es nur noch eine viertel Stunde bis zu ihrer Adresse. Als er dort ankam, wurde es, in herbstlicher Stimmung, bereits dunkel. Vor dem alten Mehrfamilienhaus standen ein Reihe Laubbäume an der Straße entlang, deren Laub sich weitläufig auf dem Boden verteilte und offenbar nie entfernt wurde. Straßenlaternen und Lichter in den Häusern gingen an. Hier also lebte sie. Kalter Schweiß rann ihm den Rücken hinab. Lebte sie denn überhaupt noch? Er musste es irgendwie in Erfahrung bringen. Der Presse war nicht viel zu entnehmen, nur eine Randnotiz zu einer erneuten Vergewaltigung in Hamburg. Eine von so vielen. Der Körper sei leblos abtransportiert worden. Danach kam dazu nichts mehr. Marta hatte den Artikel gefunden und ihm gezeigt.

»Schau mal, Felix, nirgends kannst du dich als Frau mehr sicher fühlen. Die hier scheinen sie ganz besonders grausam behandelt zu haben.«

Felix verließ daraufhin die Küche und ging ins Bad, um sich zu übergeben. Nun stand er vor dem Haus seines Opfers. Ein alter silberner Passat Kombi kam an und parkte am Straßenrand. Ein Mann und eine weinende Frau stiegen aus und verschwanden im Haus. Er hatte leider im Ausweis nicht erkennen können, wie alt das Opfer war, aber sie war in jedem Fall jung genug, um noch zu Hause zu wohnen. Könnten das ihre Eltern gewesen sein? Im ersten Stock ging ein weiteres Licht an. Die beiden tauchten kurz in einem der Fenster auf und verschwanden dann. Als sich längere Zeit nichts weiter tat und auch sonst niemand zu sehen war, ging Felix wieder zur Bushaltestelle zurück und fuhr nach Hause.

Am nächsten Tag stand er sehr früh auf, verließ ohne sein übliches Frühstück die Wohnung und fuhr wieder mit dem Bus zur Trabrennbahn, aber dieses Mal, um von dort in den Altonaer Park zu gehen, in dem er zum Täter wurde. Es zog ihn magisch zum Tatort. Dort angekommen, sah er, dass nichts zu sehen war. Sollten hier je Spuren gewesen sein, hatte sie das Herbstlaub inzwischen hinweggefegt und zugedeckt. Er setzte sich auf einen Baumstumpf. Alles spulte sich wieder und wieder in seinem Kopf ab. Es ließ ihm keine Ruhe, keine einzige Sekunde. Er fühlte ihre Fingernägel, spürte, wie sie sich mit aller Kraft zur Wehr setzte, wie sie geschlagen und getreten und am Ende wie Müll einfach ins Gebüsch geworfen wurde. Und nun hatte sie womöglich seinen Samen in sich. Und wo war nur seine Mütze? Keinerlei Spuren sollte es geben und doch hatte ausgerechnet er welche hinterlassen, er der Anführer.

›Oh mein Gott‹, dachte er, ›ich muss die anderen fragen, ob sie einer gesehen und mitgenommen hat.‹

Er schlug verzweifelt und voller Abscheu über sich selbst die Hände vors Gesicht, stand auf und machte sich auf den Weg zum Stadion des FC Sankt Pauli, in der Hoffnung die anderen der Truppe dort anzutreffen. Als er ankam, war der Vorplatz, wie immer um diese Zeit, fast leer. Verloren stand er da und schaute sich um. Da fiel ihm die Dampfwalze wieder ein. Er erinnerte sich noch an den Weg, den sie damals gingen. Vielleicht wusste sie ja irgendetwas. Bestimmt hörte sie das eine oder andere. Als er den Weg abmarschierte erinnerte er sich wieder an die Frau von damals. Diejenige, die Bulle sich einfach so nahm. Ein Vorfall, der ihn erst auf die Idee brachte, sich Frauen einfach so zu nehmen, so wie Bulle es machte, nur wollte er es schlauer anstellen. Dann kam ihm der Mann in den Sinn, der ihr zu Hilfe eilte und dadurch zu Tode kam. Er war damals nicht eingeschritten, hatte sich der Gruppendynamik untergeordnet. Zum Glück wurde er nie damit in Verbindung gebracht.

Er kam bei der Dampfwalze an und klopfte.

»Wer da?«

»Felix!«

»Ah, der Rammler, komm rein.«

Er trat ein und fragte sich, was er denn eigentlich fragen sollte, um nicht irgendeinen Verdacht auf sich zu lenken.

»Na, willst du mich wieder kaputt rammeln?«, sie lachte dabei.

»Nein, eigentlich wollte ich nur reden.«

»Reden? Mit mir? Ich bin nicht deine Psychologin. Lass mich besser mal in Ruhe meine Arbeit machen. Such dir jemand andern zum Reden.«

»Also gut, ich zahle dir deine Standard Nummer, aber wir reden nur, okay?«

»Na. Wenn du meinst. Leicht verdientes Geld, würde ich sagen. Leg los. Was hast du?«

»In letzter Zeit passieren immer mal wieder so Vergewaltigungen ....«

»In letzter Zeit? Hahahaha ...«

»Also, ich weiß, immer schon, aber in letzter Zeit fällt mir das auf und meine Frau macht sich bittere Sorgen. Und da wollte ich fragen, ob du mehr darüber weißt.«

»Eigentlich auch nicht mehr wie jeder andere. Seit Boxers Truppe zerschlagen wurde, scheint sich die Lage ohnehin gebessert zu haben. Aber das was ich da Anfang dieser Woche in der Zeitung gelesen habe, scheint eine besonders grausame Sache gewesen zu sein. Ich verpfeife ja niemanden, aber in dem Fall würde ich eine Ausnahme machen.«

Felix wurde blass: »Hast du denn schon was gehört?«

»Nein, wie gesagt, aber wenn, dann ist derjenige rasch vom Erdboden verschwunden. Nur eines hab ich mitbekommen, von einem aus der ehemaligen Boxertruppe. Es scheint eine neue Gruppierung zu geben. Da scheinst du Würstchen aber nichts damit zu tun zu haben. Hahahahah ... Komm jetzt her und besorg es mir!«, forderte sie ihn lachend auf.

»Nein, danke, ich muss leider wieder weg«, drehte sich um und ging schnurstracks hinaus.

Die Dampfwalze wunderte sich über den seltsamen Auftritt und machte einen Vermerk in ihrem ›Tagebuch der speziellen Informationen‹.

Felix ging zurück zum Stadion, inzwischen standen ein paar Fans herum, allerdings niemand aus seiner Bande. War auch klar, denn so war es ja auch vereinbart. Vierzehn Tage Karenzzeit nach einer Tat. Und jetzt war gerade mal eine Woche rum. Niemand sollte sich sehen lassen, niemand besuchte einen der anderen. Sven, sein alter, treuer Freund kam auf ihn zu und freute sich sichtlich, ihn zu sehen. Felix wollte schon kehrt machen, um sich diesem zu entziehen, aber da kamen auch schon die anderen aus seiner alten Clique auf ihn zu und fragten ihn, wo er denn die ganze Woche abgeblieben war. Es sei ihm nicht so gut gegangen, antwortete er, und Sven bestätigte ihm, dass er tatsächlich nicht so gut aussehe, aber nun denn, er solle sich einfach zu Ihnen gesellen und ein Bierchen trinken. Und das tat er denn auch, eines nach dem anderen, bis er dann schlussendlich umfiel. Seine Freunde nahmen ihn unter die Arme und begleiteten ihn zum Bus, setzten ihn auf einen der Sitzplätze und Sven setzte sich daneben. Als sie an seiner Haltestelle ankamen, stieg Sven mit aus und brachte den schwankenden Felix zu Marta nach Hause. Sie war wieder mal im Bademantel. Wenig begeistert schob sie ihn ins Schlafzimmer in ein ungemachtes Bett, wie Felix noch feststellen konnte, bevor er hineinfiel und augenblicklich einschlief. Sein Freund Sven verließ die Wohnung und die Tür fiel zu. Kurz darauf öffnete sich die Wohnungstüre erneut und fiel wieder mit einem Klack ins Schloss. Marta fing vergnügt an zu summen, ging ins Wohnzimmer und stellte den Fernseher an.

Die darauffolgende Woche verbrachte Felix mehrmals vor dem Haus des Opfers, um es zu beobachten. Er wusste nicht wirklich, warum er das machte, er konnte weder sein Gewissen damit beruhigen, noch irgendeine Frage zum Stand der Ermittlungen klären. Dennoch zog es ihn immer wieder dorthin. Am darauffolgenden Sonntagabend ging er zum Lager, so wie sie es vereinbart hatten. Ihre selbstauferlegte Sperrfrist war vorüber, er war sichtlich nervös. Wer würde kommen, oder noch wichtiger die Frage, wer würde fehlen. Als er die Halle betrat war sie noch leer.

>Na gut<, beruhigte er sich, >ich bin etwas zu früh dran.<

Er wartete eine geschlagene Stunde. Aber Niemand kam. Nicht einmal Manni. Hatte Felix der große Anführer bereits seine Autorität und Anziehungskraft verloren? Seine Emotionen kochten hoch und er musste sich Luft verschaffen, schrie sich die Wut aus der Seele, warf mit Gegenständen um sich, zertrat die Behelfstische und Sitzgelegenheiten, pfefferte Bierflaschen gegen die Wand. Als er sich abreagiert hatte, machte er sich rasch vom Acker. Seine Geschichte als Anführer war wohl hier zu Ende, das Lager tot, er war wieder der Alte, er war zu seinem NICHTS zurückgekehrt. Alles war schiefgelaufen und er war zum Mörder geworden. Einem, der Spuren hinterließ und fortan in ständiger Angst vor Entdeckung leben musste. Er kehrte zurück nach Hause. Marta war allem Anschein nach bei ihren Betschwestern. Alleine sah er fern und holte sich ein Bier, dann noch eines, noch eines, und dann noch eines und fiel schlussendlich auf der Couch in einen unruhigen Schlaf. Als Marta nach Hause kam, ließ sie ihn einfach so liegen, wie er war. Er war ihr im Grunde egal. Sie hatte anderweitigen Auftrieb in ihrem Leben. Da war Manni und da war die Aussicht auf ein Adoptivkind.

Die nächsten Wochen verliefen für Felix wie eine Fahrt durch die Hölle, er sackte immer tiefer, verlor völlig den inneren Halt. Nach außen aber gab er sich betont normal und unauffällig. Im Freien sah man ihn nur noch mit Sonnenbrille und er kaufte sich eine neue Mütze, diesmal in Braun. Die Sankt Pauli Kappe legte er ab und tauschte sie gegen die Mütze. Und die legte er ab da so gut wie nie ab, denn er wollte nicht, dass Marta die unglaublich langsam heilenden

Striemen auf seinem Kopf sah. Offenbar hatten sie sich zum Teil entzündet. Täglich ging er seiner Arbeit nach, abends entweder zum Stadion oder zum Haus des Opfers. Marta sah ihn nur noch am Wochenende.

Eines Samstags Morgen kam sie zu ihm und sagte: »Felix, ich war inzwischen beim Jugendamt und habe einen Termin für uns beide vereinbart. Kommende Woche Freitagnachmittag. Da haben wir beide frei. Komm doch einfach direkt nach der Arbeit um zwei Uhr zum Jugendamt, ja? Bitte nicht gleich wieder zu deinen Saufkumpanen!«

»Aber ...«

»Nichts Aber! Du hast gesagt, dass du es dir überlegst. Du hattest lange genug Zeit dafür, jetzt wird gehandelt!«

Sie ließ ihn stehen, verließ die Wohnung, bevor er noch etwas entgegnen konnte. Er hatte auch gar nicht mehr die Kraft dazu, saß am Frühstückstisch und starrte ins Leere. Irgendwann stand er auf, zog sich eine Jacke über und machte sich auf den Weg in die Fockestrasse. Dieses Mal hoffte er, jemanden anzutreffen, den er fragen konnte. Noch immer war nicht klar, ob sie überlebt hatte, oder ob er ein Mörder war. Dort angekommen, stellte er sich auf seinen üblichen Beobachtungsposten gegenüber dem Haus. Ein junges Paar kam heraus und bewegte sich direkt auf ihn zu. Er wollte sich umdrehen und verschwinden aber das Paar kam ihm zuvor und sprach ihn an.

»Heh, Sie. Bleiben sie bitte stehen. Wir würden sie gerne was fragen.«

Er blieb stehen. Davonlaufen wäre jetzt zu auffällig gewesen.

»Ja, was wollen Sie?«

»Die Frage ist, was wollen Sie? Wir sehen sie jetzt seit Wochen hier stehen und rüber zum Haus glotzen. Warum machen Sie das?«

»Äh, ja ...«

»Ich sag Ihnen, wir haben einfach die Nase voll, das Haus hier ist geschlagen genug, da brauchen wir nicht auch noch einen Stalker. Wissen sie, meine Liliane ist hübsch, das weiß ich, und ständig wird sie von allen Seiten angebaggert und immer wieder ist ihr irgend so ein mieser Belästiger auf den Fersen, solche wie Sie? Lassen Sie uns bitte in Ruhe, ja?«

›Das gibt es doch nicht‹, dachte Felix, ›die halten mich für einen, der dieser Liliane nachstellt.‹ Das konnte er sich zunutze machen: »Also dann, okay, ich verstehe. Ich zieh dann ab und lasse Sie in Ruhe, versprochen. Aber warum sagen Sie, das Haus sei geschlagen genug?«

»Geht Sie an sich nichts an, aber weil es gerade dazu passt, bei denen im Obergeschoss hat offenbar so ein Triebtäter zugeschlagen und deren Tochter vergewaltigt, die liegt seit Wochen im Krankenhaus, ganz grausam muss die behandelt worden sein. Und daher sind wir nun schon doppelt und dreifach allergisch auf Typen wie Sie.«

Das war die entscheidende Info. Das Opfer lebte, sie war im Krankenhaus. Er war kein Mörder. Aber die anderen Probleme blieben, das Sperma, die Mütze.

»Die Familie tut mir sehr leid.«

Er drehte sich um und ging raschen Schrittes davon und dachte sich: ›Ich muss mich unbedingt unauffälliger verhalten.‹

Felix arbeitete nur unweit des Jugendamts und machte sich am Freitag auf den Weg dorthin. Marta wartete bereits ungeduldig. Die ganze Woche war er nicht mehr in der Fockestrasse gewesen, stattdessen ging er öfter zum Stadion, in der Hoffnung, die Leute seiner Bande zu treffen. Aber keiner ließ sich mehr blicken. Sie waren alle wie vom Erdboden verschluckt und ihm fiel zum ersten Mal auf, dass er von keinem wusste, wo er wohnte, von einigen nicht einmal den richtigen Namen. Es war ihm nicht möglich, sie ausfindig zu machen, konnte sich mit ihnen nicht mehr austauschen. Eine zusätzliche Verunsicherung seiner Lage. Zudem stellte er Überlegungen an, in welches Krankenhaus das Opfer wohl gebracht wurde. Wahrscheinlich ins Allgemeine Krankenhaus Altona, kam er zum Schluss. Nur, wie sollte er dort etwas in Erfahrung bringen. Keine Chance. Da schaut man sich zig Krimis an und sieht, wie man vorgehen könnte, sich als Arzt oder Pfleger verkleiden und einfach reinmarschieren, sich als Gesundheitsamt ausgeben, als Angehöriger oder gar als Geistlicher. Aber das ist Fiktion, die Realität ist anders, da wird schon genauer hingesehen und nachgefragt. Aber irgendwie musste es doch auch für ihn eine Möglichkeit geben, mehr zu erfahren, wie es um sein Opfer stand.

»Hallo Marta«, sagte er, als er beim Jugendamt ankam.

»Moin«, sagte sie kurz angebunden, drehte sich um und ging durch die große Eingangstür.

Zwei Stunden lang wurden sie befragt und aufgeklärt. Marta war Feuer und Flamme, Felix dagegen ließ alles einfach nur mit sich geschehen, nickte zu allem, insbesondere zu Martas Ausführungen, nur um in Ruhe gelassen zu werden. Er hatte keinerlei Ambitionen mehr, ihm war einfach alles egal geworden. Aber gerade durch dieses Auftreten erregte er positive Aufmerksamkeit bei der Beamtin, die es als ruhiges und überlegtes Verhalten auslegte und die beiden als wohl abgestimmt einstufte. Er erschien als ein Mann, der den dringlichen Wunsch seiner Frau voll unterstützte und wohl ein guter Adoptivvater sein würde mit seiner souveränen Art. Beide hatten einen Job, was allerdings natürlich mit Kind nicht vereinbar sein würde, aber sie sehe, dass er an sich gut genug verdiene und sie keine unnötigen Ausgaben hätten. Tatsächlich wurde sein Gehalt im Laufe der Jahre regelmäßig angehoben, da er sich als zuverlässiger Mitarbeiter gut etablieren konnte. Nach diesem Erstgespräch konnte die Beamtin den beiden ein gutes Zeugnis ausstellen, das ihre Chancen auf eine Adoption deutlich erhöhen würde. Felix kotzte innerlich. Marta fühlte eine unbändige Vorfreude.

KAPITEL 13

HAAGENSTEIN ZEHN JAHRE SPÄTER IM FRÜHJAHR 1992

Alexander sah seine Existenz zerstört.

›Alles dahin,‹ dachte er.

Musik, Job, sein geliebter BMW, Gesundheit, Renommee. Und nun auch noch ein Verfahren wegen ein bisschen Marihuana. Das hatte doch jeder mal bei sich, der ein wenig Spaß wollte. Nur leider hatte er mehr dabei, als die ›erlaubte Menge‹. Wer weiß, wie lange sich das Verfahren hinziehen würde. Die Mühlen der Justiz mahlten langsam. Und dann war da noch dieses Baby, es kam zur Unzeit in sein Leben. Kaum eine neue Liebe begonnen, schon die Freiheit weg. Er hätte so gerne noch weiter sein junges Leben ausgekostet, sich auf die Karriere konzentriert, aber so ging das nicht mehr. Keine seiner Andeutungen führte bei Adele zu der Einsicht, das Kind wegmachen zu lassen. Er musste sich dem stellen, ob er wollte oder nicht, denn er liebte Adele über alles, wollte sie nicht verlieren, oder gar nur Alimente zahlen. Und so saßen sie, eine Woche nach seiner Entlassung aus dem Krankenhaus, seinen Eltern bei einem Sonntag Nachmittags-Kaffee gegenüber. Für Alexander gab es alles püriert und stark verflüssigt. Seine Zunge war immer noch geschwollen, so dass diese den Ärzten Sorgen bereitete und sie ihm noch mehr Antibiotika verschrieben. Starke Schmerzmittel musste er zudem noch schlucken. Adele eröffnete den Eltern gerade, dass sie schwanger sei und sie bald Großeltern würden. Alexander, der sich mit dem Reden nach wie vor sehr schwertat, wie auch mit dem Einsatz jeglicher Mimik, sah sie dabei einfach nur an. Seine Eltern zeigten sich sofort von Ihrer freundlichsten Seite, alle umarmten sich gegenseitig und freuten sich sichtlich und ohne Einschränkung über die freudige Nachricht. Adele war erleichtert, hatte sie doch diesem Augenblick mit Angst und Bangen entgegengefiebert. Nachdem sie bislang nur negative oder verhaltene Reaktionen bekommen hatte, erleichterte es ihr Herz so sehr, dass ihr Tränen der Freude in die Augen schossen. Daraufhin passierte dasselbe mit Alexanders entzückender Mutter. Eine herzensgute Seele, genau wie sein Vater. Beide waren ihr höchst sympathisch und sie begann sie in ihr Herz zu schließen und ebenso war es umgekehrt. Sie sahen in ihr, genau wie Alexander, seine Seelenverwandte, erkannten, wie gut sie zu ihm passte und wie sehr sie harmonierten. Sie liebten sich sichtlich und selbst der Unfall und die daraus hervorgegangenen Probleme konnten ihrer Liebe nichts anhaben. Selbst die Sache mit dem Marihuana schien keinen größeren Zwist hervorzurufen, wenngleich Adele davon nicht gerade begeistert war. Alexander hielt Adeles Hand, als sie weitererzählte und streichelte diese sanft mit dem Daumen. Immer wieder blickten sie sich verliebt an. Sie sprach davon, wie sie sich kennengelernt hatten, von dem super netten Karl, der das zuwege gebracht hatte und offenbar wusste, wie sehr sie zusammenpassen würden. Karl hatten sie es zu verdanken, ja, dem guten Karl. Jedes Mal allerdings, wenn sie Karls Namen nannte, zog Alexanders Vater die Augenbraue hoch. Denn Karl war schwierig, war einer, der sich nicht bändigen ließ, wild und ungehobelt entschwand er irgendwann nach seiner Kochlehre, um die Welt zu bereisen, verdingte sich auf Schiffen in den Kombüsen und machte immer wieder durch unangenehme Nachrichten von sich reden. Sie mussten ihm immer mal wieder finanziell aus der Patsche helfen mussten und des Öfteren rief die Polizei bei ihnen an. Eines Tages kam er zurück nach Haagenstein und übernahm jene uralte schäbige Bar, die er nie renovierte und betrieb sie zusammen mit dieser alten Bruni. Aber selbst die hatte er vor wenigen Monaten entlassen und arbeitete nun alleine. Keiner wusste, wo Bruni abgeblieben war. Zu Hause bei seinen Eltern ließ Karl sich nur selten blicken und war gar schnell wieder weg, um nicht allzu sehr ausgefragt zu werden. Denn es gab doch recht dubiose Sachen in seinem Leben. Und nun soll Karl es sein, der den beiden Glück brachte?

›Erstaunlich‹, dachte Maria, seine Mutter, ›wirklich erstaunlich, vielleicht ein Zeichen des guten Willens? Bessert er sich gerade? Vielleicht lag ja alles an dieser Bruni? Kaum ist Bruni weg, verändert sich der Kerl. Kann ja sein.‹

Ludwig und Maria Henschel, ein Vorzeige-Ehepaar um die Fünfzig, er hochgewachsen mit gemütlichem Bierbauch, sie blond, etwas üppig und im Dirndl. Sie versuchten mit Adele Hochdeutsch zu sprechen, scheiterten dabei aber kläglich, das Bayerische kam stets durch. Adele erkannte ihr Bemühen an und konnte ihnen durchaus folgen. Sie lebte ja nun schon lange genug hier. Ludwig und Maria hatten ein kleines Häuschen am Rande Haagensteins und waren ausreichend gut betucht, um sich zwei Autos leisten zu können, eine ansprechende moderne Möblierung, zwei schicke Bäder und einen vom Landschaftsgärtner gestylten Garten. Maria stand auf und ging in den Nebenraum, von dort kam sie alsbald zurück mit einem kleinen hellblauen Strampelanzug und einem nostalgischen Blick.

»Schau mal, Adele, den hier trug Alexander, als er noch ein Baby war.«

›Wann denn auch sonst?‹, dachte Adele und lächelte in sich hinein.

»Der Alex, das sag ich dir, der war ein dickes Kind und hat dauernd Hunger gehabt, der wollte ständig an meine Brust. Soviel hatte ich gar nicht, wie der trinken wollte, musste ihm noch zusätzlich das Fläschchen geben. Deshalb ist er wahrscheinlich so groß geworden.«

Alexander verdrehte die Augen. Adele aber nahm den Strampler entgegen und roch daran.

»Oooch. Ist der süüüüß!«

»Ist er, gell? Und weißt du, ich hab da noch eine ganze Menge an Sachen aufgespart, die könnt ihr dann alle haben. Komm mal mit, Adele, dann können sich die Männer ein wenig unterhalten und ich zeig dir die Baby Sachen.«

Adele folgte ihr sofort. Endlich freute sich jemand mit ihr, und über sie, endlich.

Alexander war nun alleine mit seinem Vater, dessen Miene sich augenblicklich von freundlich auf normal umstellte und fragte:

»Sag mal Junge, wie konnte das denn passieren. So hoppla hopp das Ganze, du wolltest das doch noch gar nicht. Ich meine, wenn ihr das beide wolltet, kein Problem, aber irgendwie hab ich da so ein komisches Gefühl, dass euch das einfach passiert ist. Stimmts, oder hab ich recht?«

Alexander blickte zu Boden.

»Na, Junge, scheint, dass ich wirklich recht habe. Ihr zieht das aber offenbar durch, oder?«

Alexander nickte und blickte weiter zu Boden.

»Wegmachen ist nicht, oder?«

Alexander nickte.

»Na dann Junge, trotzdem alles Gute. Find gut, dass du dich dem stellst, alles andere hätte mich enttäuscht.«

Sie unterhielten sich noch eine Weile relativ einseitig, da Alexander nur wenige Worte von sich gab, sein Vater aber viel zu erzählen hatte, aus seinem Leben, über seine Auffassung von Kindererziehung, von einem erfolgreichen Leben, von einer glücklichen Ehe, von Außenwirkung und Dasein in der Gesellschaft, Pflichten und Moral. Besonders auf Moral solle er achten und sich dabei ein Beispiel an ihm nehmen. Da kamen Maria und Adele zurück. Letztere bepackt mit einem Haufen an Baby Utensilien.

»Schau mal, Alex, welch wunderschöne, süße Sachen. Nehmen wir alles sehr gerne mit, Maria. Freue mich, es dem oder der Kleinen anzuziehen.«

Sie aßen noch eine Weile Kuchen und tranken weiter Kaffee und unterhielten sich über Treue auf dem gemeinsamen Lebensweg. Dabei kamen seine Eltern einem für sie entscheidenden Punkt immer näher, nämlich der Frage, ob das Kind einst Henschel heißen würde, oder Kowalsky, oder,

» ... besser gesagt«, meinte Ludwig, »werdet ihr heiraten, bevor das Kind zur Welt kommt?«

Alexander und Adele sahen sich entgeistert an, schluckten kurz und dann sagte Adele:

»Wenn Alex mich danach fragen würde, würde ich nicht Nein sagen. Aber ich weiß ja nicht, ob er fragen wird.«

Sie grinste Alexander dabei an. Der schaute sich allerdings, scheinbar abwesend, interessiert ein Bild an der Wand an und sagte zu seinem Vater:

»Das Bild ist neu, oder?«

»Ja, gut erkannt, mein Junge. Es ist eins vom Hirzlmoser. Schön, oder?«

»Sehr schön, hast du noch andere neue Bilder?«

»Ja, komm ich zeig sie dir.«

Und so blieb Adeles Frage offen. Eine Stunde später verabschiedeten sie sich von Alexanders Eltern und fuhren zu Adeles Wohnung.

KAPITEL 14

HAMBURG ZEHN JAHRE ZUVOR, ANFANG 1983

An einem bitter kalten Samstag im Januar saß Felix allein vor dem Fernseher, es war ihm zu kalt draußen und es war ohnehin Spielpause beim FC. Marta war wieder mal nicht zuhause, er hatte keine Ahnung wo sie war und es interessierte ihn auch nicht wirklich. Er dachte an die letzten Monate. Es ließ sich nicht mehr ungeschehen machen. Er war ein Verbrecher. Schon mit Boxer und seinen Leuten ist er zum Mittäter grausamer Taten geworden und dann hat er selbst ein noch perfideres Verbrechen ausgeheckt und begangen. In den Monaten nach der Tat kam er immer mehr zu der Erkenntnis, ein schlechter Mensch zu sein. Er verlor die Lust an einfach allem, sogar am FC. Er ging kaum noch zum Stadion. Seine Kumpel tauchten nicht mehr auf. Er traf keinen mehr von ihnen auch nur noch ein einziges Mal. Seit er mehr und mehr zu Hause war, war Marta dafür noch mehr weg, manchmal etwas besser gekleidet, mit offenem Haar und einem seltsamen Duft an sich. Ihm war auch das egal. All die Monate gelang es ihm nicht, auf unauffällige Weise an Informationen über sein Opfer zu kommen. Das eine Mal, als er vor dem Haus angesprochen wurde, warnte ihn davor, mehr zu riskieren und auch die Dampfwalze war keine Hilfe, auch nicht, als er ein weiteres Mal bei ihr aufkreuzte. Sie lachte ihn aus, kassierte ihr Geld und schickte ihn wieder weg, da sie arbeiten müsse. Aber glücklicherweise hatte sich auch sonst nichts getan, keine Polizei, niemand, der wegen irgendwas auf ihn zukam, er hatte seine Ruhe. Dennoch war ihm klar, dass er zeitlebens damit rechnen musste, doch noch in den Fokus der Ermittlungen zu geraten. Seine Mütze und sein Sperma, das möglicherweise für eine spätere DNA-Auswertung aufgehoben wurde, wie er vor einigen Monaten in der Sendung Aktenzeichen XY lernte, könnten ihn eines Tages überführen. Klar, aktuell war das noch unmöglich, aber die Technik würde kommen und vielfach wurden solche Spuren schon gesammelt. Er konnte nur hoffen, dass es in seinem Fall nicht gemacht worden war. Was er nicht wissen konnte, der zuständige Kommissar Frank Nagel war den neuen Methoden noch nicht aufgeschlossen. Er hörte von einer hohen Fehlerquote. Und so wurde in diesem Fall kein Sperma sichergestellt. Und Felix' Mütze verstaubte in der Asservatenkammer, da sie dem Opfer zugeordnet wurde. Da er aber eben beides nicht wusste und nie wissen würde, blieb die erbärmliche Angst vor Entdeckung bestehen und marterte ihn Tag und Nacht. Er wusste zudem nicht, was er denn noch tun konnte, um irgendetwas über das Opfer herauszufinden, wie es ihr ging, ob sie dauerhafte Schäden davontrug oder sie sogar ein Kind erwartete. Täglich wuchs sein innerer Druck. Er kam ans Ende seiner Kräfte, Herzrasen und Kopfschmerzen begleiteten seinen Alltag. Ein einziges Mal wagte er sich zum Altonaer Krankenhaus, stand bereits vor der Pforte, wollte fragen, setzte an, doch dann versagte ihm die Stimme und er schien der Dame an der Pforte wie jemand, der in die Notaufnahme gehörte und schickte ihn genau dorthin. Felix aber ging stattdessen wieder nach Hause.

Er beschloss kurz darauf wieder zur Fockestrasse zu gehen, auch auf die Gefahr hin, dass man ihn erneut sehen würde. Wenn das Mädchen noch lebte, musste sie doch irgendwann nach Hause zurückkommen. Er kam dort gegen Mittag an. Der alte silberne Passat Kombi stand vor dem Haus. Er wartete eine Stunde und wollte gerade wieder frustriert abziehen, als drei Personen das Haus verließen und in Richtung des Passats gingen. Ein Mann, eine Frau Mitte Vierzig und eine sehr junge Frau, fast noch ein Mädchen, und als diese zu sprechen begann, traf es ihn wie einen Schlag, denn er erkannte ihre Stimme. Das musste sie sein und was er noch sah, ließ seinen Atem stocken, er sah die Wölbung am Bauch. Anschließend stiegen die drei in den vor dem Haus geparkten Passat und fuhren los. Sein Herz pochte bis zum Hals, Panik, schmerzhafter Druck im Kopf, Pfeifen in den Ohren, so laut, dass es alles übertönte, ihm wurde schwarz vor Augen und fiel der Länge nach zu Boden. Da lag er nun und niemand nahm Notiz von ihm, bis auf das junge Paar in dem Haus, das sich wiederum belästigt fühlte. Als sie sahen, wie er zu Boden fiel, schauten sie weg.

»Soll er doch verrecken, der Spanner, geschieht ihm recht.«

Einige Zeit lag er da besinnungslos. Als er wieder zu sich kam, rappelte er sich mühsam hoch und rannte weg. Nur weg von hier, dachte er sich. Sie war es, da bin ich mir sicher, sie war es und ihr Bauch wölbte sich. Sie hat es nicht wegmachen lassen, sie trägt es aus. Er konnte es einfach nicht fassen. Er wurde Vater, aber unter welchen Umständen. Sein Kind entstand in diesem Bauch. Es konnte nur sein Kind sein, oder hatten die anderen auch solche Mistkondome? Er konnte es nicht mit Sicherheit sagen. Sowas passierte praktisch nie. Nur eben ihm, dem Pechvogel Nummer Eins auf dieser Erde. Nein, er war sicher, er war der Vater. Er rannte und rannte, verlor sich in den Nebenstraßen und fand sich

plötzlich nicht mehr zurecht, musste Passanten nach dem Weg zur Trabrennbahn fragen. Dort angekommen versäumte er seinen Bus und musste auf den
nächsten warten, setzte sich auf die Wartebank und verdeckte sein Gesicht mit
den Händen.

›Was hab ich nur getan?‹, er weinte, krampfte und zitterte am ganzen Körper.

Ein Passant sprach ihn an, doch er reagierte nicht darauf. Eine Polizeistreife
fuhr vorbei und die Polizisten darin dachten, da sei schon wieder so ein Penner an
der Bushaltestelle und vergaßen ihn sofort wieder. Er kollabierte auf der Wartebank und blieb darauf liegen. Fahrgäste stiegen ein und aus, sahen ihn, hielten ihn
ebenfalls für einen Penner. Es wurde Nacht, die Straßenlaternen leuchteten schon
seit Stunden, als er wieder zu sich kam. Völlig durchgefroren erhob er sich und
erkundigte sich am Fahrplan, wann der nächste für ihn passende Bus kam. Dreißig Minuten später stieg er ein, am ganzen Körper schlotternd. Schwer atmend,
fiebrig, mit hochrotem Kopf stieg er aus dem Bus und schleppte sich in seine
Wohnung. Der Fernseher lief, Marta, unscheinbar wie immer, saß auf der Couch.
Sie erkannte sofort, dass etwas nicht stimmte, rannte zu ihm, half ihm beim ablegen des Mantels, geleitete ihn, ohne ein Wort zu verlieren, zur Couch, half ihm
dabei, sich hinzulegen, zog ihm die Schuhe aus und deckte ihn zu.

»Oh mein Gott, Felix, was ist los? Du fieberst ja! Hast dich irgendwo angesteckt. Die verdammte Grippewelle. Ich mach dir einen Kamillentee.«

Keine Antwort. Felix röchelte leise, hustete und verdrehte die Augen. Als
Marta den Tee brachte, lag er mit geschlossenen Augen und pfeifendem Atem
da. Alle Versuche, ihn zu wecken, waren vergebens, so ließ sie ihn erstmal liegen
und ging selbst zu Bett. Als der Wecker klingelte, griff sie neben sich, um ihn zu
wecken, doch ihr fiel ein, dass sie ihn am Abend auf der Couch liegen ließ, erhob
sich und eilte so, wie sie war, mit dem langen grauen Baumwoll-Nachthemd ins
Wohnzimmer. Sein Kopf war tiefrot, er zitterte und das Atmen fiel ihm schwer,
er röchelte und pfiff durch die Kehle. Sie nahm das Telefon und rief Hilde an, die
ihr empfahl, sofort einen Arzt zu rufen, was sie auch sofort umsetzte. Als dieser
nach einer gefühlten Ewigkeit kam, hatte Felix gerade einen Hustenanfall. Nach
rascher Untersuchung brachten sie ihn wegen Verdachts auf schwere Lungenentzündung mit dem Rettungswagen ins Krankenhaus.

Zwei Wochen später wurde er entlassen, ließ sich weitere vierzehn Tage krank-
schreiben und verbrachte die ganze Zeit zu Hause. Viel Zeit, um nachzudenken.
Und es reifte ein Entschluss in ihm. Er wollte, wenn möglich, irgendwann sein
Kind sehen.

KAPITEL 15

HAAGENSTEIN, ZEHN JAHRE SPÄTER, 1992

Adele häufte massenweise Babysachen für Jungs an, da alles von Alexanders Mutter kam und die hatte eben nur Jungs Sachen. Es war März und der Winter verabschiedete sich langsam, zog öfter noch mit Schnee und Graupel durch die Lande, um am Ende doch dem Frühling zu weichen. Alexander war inzwischen soweit genesen, dass er daran dachte, wieder zur Arbeit zu gehen. Die Decke fiel ihm auf den Kopf und er wurde depressiv. Nichts interessierte ihn mehr wirklich und zum Sex hatte er auch keine Lust mehr, zu viele existenzielle Gedanken gingen ihm durch den Kopf. Adeles Bauch wölbte sich inzwischen erkennbar und sie streichelte immer wieder einmal sanft darüber, da sich in diesem Bauch ein Spross ihres über alles geliebten Alexanders befand. Alexander, der gerade so sehr leiden musste. Sie war voller Mitleid ihm gegenüber und erkannte dabei zugleich ihre Grenzen als Psychologin, ausgerechnet bei ihm. Denn eine Psychologin kann an sich nicht mehr leisten, als zu trösten oder zu motivieren. Die Probleme der Menschen lösen aber kann sie nicht. Wenn nun bei Alexander so viele wertvolle Teile seines Daseins zerbrechen, dann werden sie auch durch die schönsten Worte nicht mehr heil. Seine Musiker-Karriere war verloren, seine Arbeitsstelle war so gut wie weg, ein Auto konnte er sich gerade nicht mehr leisten, weil die Versicherungen sich weigerten, zu zahlen und er musste mit einer hohen Geldstrafe für den Marihuana Besitz rechnen. Seine Anwaltskosten in der Angelegenheit waren enorm. Nur kein Gefängnis, war seine Devise. Sein Unterkiefer war soweit zusammengewachsen, dass er die Kieferbruchschiene nicht mehr benötigte, jedoch hatte er noch Schmerzen beim Kauen. Die Zunge war ebenfalls verheilt, nur blieb ihm ein Lispeln beim Sprechen, eine Logopädin versuchte sich mit ihm darin, es wieder in den Griff zu bekommen. Doch man erkannte rasch, dass sie nicht mehr wie vorher funktionieren würde. Die fehlenden Zähne wurden durch Implantate ersetzt, die sich leider farblich leicht aber merklich von den anderen abhoben. Wenn er lächelte blieben die Blicke seines Gegenübers daran haften. Für seine Umgebung war er zwar immer noch ein toller Typ, athletisch, brauner Teint und zurückgekämmte schwarze Haare, aber dennoch, die kleinen Makel störten ihn sehr. Silke besuchte ihn einmal während dieser Zeit mit traurigem Gesicht, musterte ihn lange, sprach zunächst über dies und jenes, um dann aber die niederschmetternde Nachricht zu überbringen, dass die Konzernzentrale beschlossen habe, ihn zu entlassen, da sein Zustand einen dauerhaften Schaden nach sich zog, der bei den Kunden nicht gut ankäme, was aber doch Grundlage seines Jobs sei. Sie wünsche ihm alles Gute für die Zukunft und er könne sich Zeit lassen, seine Sachen abzuholen.

Seit einiger Zeit wohnte Alexander mit in Adeles Wohnung, da er nicht mobil war und sie ihn zu Ärzten und anderen Terminen fahren musste. Auf diese Weise war es einfacher, als wenn sie ihn immer von München hätte holen müssen. Und so war es ihr auch ganz recht, hatte sie ihn doch dadurch auch viel besser unter Kontrolle. Wenn sie abends nach Hause kam, war er da; ein wundervolles Gefühl des Nachhause-Kommens. Sie kümmerte sich in jeder freien Minute um ihn, war immer an seiner Seite, und war froh, dass sie sich in der Zeit keine Gedanken mehr um weibliche Konkurrenz machen musste. Die waren alle weg, schwuppdiwupp. Keine interessierte sich mehr für ihn in seinem Zustand. Und wie seltsam, auch kaum einer seiner Freunde ließ sich blicken. Er, der immer dachte, wie beliebt er sei, saß nun einsam und alleine in Adeles Wohnung und sinnierte vor sich hin. Innerlich ein Häufchen Elend. Er verstand mit der Zeit, dass er nur begrenzte Zeit auf Verständnis hoffen konnte, denn alle gingen wieder ihren eigenen Dingen nach und wollten keinen ›Depri‹ um sich haben. Also begann er, sein Herz zu verschließen, umzog es mit einer Hülle der Unnahbarkeit, hörte auf, über seine Gefühle und Probleme zu sprechen und fühlte sich nur noch als Last. Wenn ihn jemand nach seinem Befinden fragte, antwortete er wie gewohnt: »Gut, alles bestens!«, und lächelte mit seinen neuen, zu weißen, Zähnen, die das Mundstück seines geliebten Saxophons nicht mehr halten konnten und somit seinen Traum in der Band beendeten. Jeder Versuch mit seinem vom Unfall zerbeulten Instrument endete in Schmerz und Tränen. Im Wohnzimmer saß er meist auf einem Sessel und sah fern oder las irgendeinen langweiligen Schund. Es wollte sich nichts mehr auftun, was ihn interessierte und wäre da nicht Adele gewesen, jene Lichtgestalt, hätte er sicher keinen weiteren Sinn mehr für sich in seinem Leben gesehen. So aber hatte er einen Lichtblick, der ihn aufrecht hielt und immer wieder zu motivieren versuchte. Er begann dadurch nach einiger Zeit, in Zeitungen nach einer neuen Arbeitsstelle zu suchen, schnitt Annoncen aus, legte Ordner mit Vorgängen an, verfasste Lebenslauf und Bewerbungsschreiben. Aber es kam eine Absage nach der anderen in erstaunlicherweise extrem kurzer Zeit. In der Branche kennt man sich. Seine Probleme hatten sich offenbar rumgesprochen. Er sah keine Zukunft mehr für sich und das bereits in so jungen Jahren.

Als er wieder einmal so vor sich hin sinnierte, klingelte sein Handy. Es war Ende März und er hatte noch immer das Firmenhandy, das Silke ihm nicht abnahm, da er ja offiziell noch angestellt war, solange er krankgemeldet war. Ein Kunde verirrte sich, war anscheinend noch nicht unterrichtet, dass Arno seinen Job übernommen hatte. Lispelnd unterrichtete Alexander den Kunden namens Volker Hein, dass er nicht mehr zuständig sei und er möge doch bitte seinen Nachfolger anrufen. Er selbst würde die Firma bald verlassen. Der Kunde zeigte sich zunächst irritiert ob der sprachlichen Veränderung und hakte nach, ob denn alles in Ordnung sei.

Alexander sagte wie immer: »Klar, alles bestens. Hab mir nur gerade auf die Zunge gebissen.«

Aber der Kunde schien zu merken, dass da was nicht stimmte.

»Wissen sie, Herr Henschel, ich war ihnen damals recht dankbar, als sie ihre Argumente so überzeugend vortrugen, wenngleich ich selbst zunächst ihr Gegner war, aber heute, wissen Sie, heute sehe ich das ganz anders, denn sie hatten recht. Unsere Zahlen gehen seither nach oben und wir mussten so gut wie keine Entlassungen vornehmen, nur die Querulanten mussten gehen. Ich würde sie daher gerne mal geschäftlich auf einen Kaffee einladen, bevor sie einer anderen Stelle zusagen. Wir haben Bedarf an jemandem, der sich mit Prozess Optimierung auskennt und als interner Berater etwas mehr Zug in unsere Abläufe bringen könnte. Da ich nun weiß, dass sie frei werden, könnten wir uns doch mal darüber unterhalten. Was meinen Sie?«

Alexander saß senkrecht im Sessel, er fühlte plötzlich Hoffnung und er spürte ein Gefühl des Aufbruchs.

»Aber klar doch, Herr Hein, wann und wo?«

Sie einigten sich auf Ort und Zeit in der nächsten Woche. Plötzlich schienen sich die Dinge für Alexander wieder zum Positiven zu wenden. Er spürte natürlich auch Zweifel, denn es gibt keine Hoffnung ohne Zweifel, so wie es auch keine Liebe ohne Eifersucht gibt, aber seine Hoffnung und seine Aufbruchstimmung ließen ihn schlagartig erstarken, motivierten ihn und belebten alle seine Sinne. Er stand auf, ging ins Bad, duschte, rasierte sich und machte sich frisch. Er spürte wieder so etwas wie Freude in seiner Brust und fing an, ein Lied zu summen.

Adele kam an diesem Abend ziemlich geschafft nach Hause und hatte unendlich Lust auf Pizza, und dann zu einem gemütlichen Fernsehabend überzugehen. Alexander aber hatte nur ein Thema im Kopf und wollte die freudige Nachricht sofort mitteilen.

»Ich habe Neuigkeiten, mein Schatz.«

»Schön, mein Schatz, aber hat das noch etwas Zeit? Bin müde und hungrig. Ich rufe kurz in der Pizzeria an und bestelle uns was.«

»Okay, Okay«, sagte er leicht enttäuscht.

Sie ging zunächst kurz ins Bad, um dann sogleich die Pizza abzuholen und kam nach zwanzig Minuten wieder.

»Und nun hopp, Alex, lass sie uns essen, bevor sie kalt werden. Da ist noch der Wein von gestern im Kühlschrank, lass uns den dazu genießen, okay?«

Alexander holte den Wein, setzte sich neben sie auf die Couch und schenkte ein.

»Adele, ich habe Neuigkeiten ...«

»Ich auch, Alex«, sie lächelte glückselig, »stell dir vor, unser Baby hat sich heute zum ersten Mal im Bauch bewegt, ich hab's gespürt«, sie sah Alexander erwartungsvoll an.

Gegen diese Neuigkeit hatte Alexander nichts Bedeutenderes aufzubieten und musste darauf eingehen.

»Na, das ist ja suuuper, zeig mal«, und legte seine Hand auf ihren Bauch.

Zuerst spürte er nichts, aber dann, war da was? So ein kleines Zucken, oder so? Eher nicht. Aber er sagte trotzdem:

»Ja, Adele jetzt hab ich es auch gespürt«, und versuchte ebenso glückselig zurückzulächeln.

»Schau, die Nachrichten beginnen«, sagte sie und wandte sich dem Fernseher zu. Nach einigen Minuten war sie mit dem Kopf auf seinem Schoß eingeschlafen. Er streichelte traurig ihr Haar.

Eine Woche später saß er zusammen mit Volker Hein in einem Kaffee in Haagenstein. Zufällig hatte es gepasst, dass dieser auf dem Weg war und in Haagenstein einen Stopp einlegte. So fiel auch nicht auf, dass Alexander kein Auto hatte und er konnte ihm zugleich während eines kleinen Spaziergangs seine schöne Heimat zeigen. Adele wusste nicht Bescheid, denn Alexander hatte sich an dem Fernseh-Abend entschlossen, ihr doch erstmal nichts zu erzählen, bis die Sache spruchreif würde. Volker Hein ließ sich von Alex schildern, was ihm widerfahren war, denn sein Lispeln war nicht zu überhören und seine Zähne erzählten ihre eigene Geschichte. Als er fertig war, meinte dieser:

»Wissen Sie, Herr Henschel, die Branche ist hart. Man kann gut verdienen, aber man muss stets mit allem rechnen. Nur die Besten haben eine Chance, jede Schwäche wird bestraft. Gut ist es nur, wenn man Erfolge über Erfolge vorweisen kann. Dann wird man gefeiert, das heißt, gefeiert werden die Gewinne der Firma und die Dividenden an die Anteilseigner, während sie ein Schulterklopfen bekommen oder einen kleinen Bonus. Dafür machen sie umso intensiver weiter, um noch mehr Erfolge zu erzielen und bekommen dann wieder Schulterklopfen. Jedes Level wird nach kurzer Zeit schon zur Normalität und muss durch noch höhere Leistungen getoppt werden, damit das Schulterklopfen nicht ausbleibt, aber die Gewinne erhöhen sich dennoch und die Dividenden auch. Also gehen Sie weit über ihre Grenzen hinaus und rackern sich krank bis zum Umfallen, was sie aber nicht zeigen dürfen, denn dann sind sie ja weg vom Fenster, was dazu führt, dass sie tatsächlich krank werden und trotzdem weiterarbeiten, bis sie zum Beispiel einen Herzanfall bekommen und so krank werden, dass alle erkennen, dass sie nicht weiter steigerungsfähig sind und sogar in der Leistung nachzulassen drohen. Dann werden sie ausgemustert und fallen in ein Loch, weil sie sich bis dahin nur mit diesem Job identifizieren konnten und all ihre Kraft dort ließen. Dann liegt es an Ihnen, sich wieder herauszuarbeiten aus dem Sumpf. Manche schaffen es nicht und gehen unter. Ich war so ein Fall und habe ein langes Tief hinter mich bringen müssen. Nicht nur ich litt darunter, auch meine ganze Umgebung. Ich verlor Freunde, Kontakte und Kollegen, weil ich mich schämte. Plötzlich fühlte ich mich alleine, sehr alleine und dachte, ich käme nie wieder heraus aus der Misere. Es war grausam und ich war ungemein beschämt, da ich bis dahin als Fels in der Brandung galt und Batsch war ich nur noch ein Elend und alle Hüllen fielen ab. Ich war nackt und schutzlos. Ich musste mich neu erfinden und versuchte vieles, verlor mich dabei aber immer mehr selbst, weil nichts wirklich einem Plan folgte. Alles unterlag meiner Gefühlslage, die jeden Tag vermieste und jede Aktion mit einem schlechten Gefühl belegte. Ich versuchte es, indem ich mich Freunden öffnete, aber nach einer gewissen Zeit kam ich mir so vor, als wäre ich lästig. Wie gesagt, es kam mir nur so vor. Ausgerechnet Einsamkeit war es letztendlich, was mir half. Natürlich erntete ich dafür Unverständnis und hatte jedes Mal ein schlechtes Gefühl dabei und doch war es genau das, was ich brauchte, nur so konnte ich alles verarbeiten, was sich über so viele Jahre aufstaute. Nichts anderes, als genau das und auch die Gespräche, die ich dabei oft mit völlig unbekannten Leuten führen konnte, denn die waren es, die mich völlig unvoreingenommen annehmen konnten, so wie sie mich eben in diesem Augenblick sahen. Auch sie erzählten mir teilweise ihre Geschichten. Ich lernte viel während dieser Zeit, vor allem lernte ich mich selbst neu kennen. Es ergaben sich neue Sichtweisen und vor allem die Erkenntnis, dass wirklich jeder seines eigenen Glückes Schmied ist, aber es auch viele Kräfte gibt, die dich dabei unterstützen und ebenso welche, die es verhindern. Manches zerstört dich schier, aber vieles kannst du auch aufhalten und ändern, nur fehlt oft, sehr oft, der Mut dazu. Ich hatte damals kein Angebot und keinen, der auf mich zukam, musste mich zwei Jahre lang neu bewerben und bin jetzt mit meinen gut fünzig Jahren in einer Firma, in der man es aushalten kann, verdiene zwar wesentlich weniger, bin dafür aber zufrieden und ausgeglichen. Und nun treffe ich Sie und sehe, dass sie bereits in so jungen Jahren aus dem Karussell geflogen sind. Aber Sie haben Glück, Sie sind hier mit mir und ich kann Ihnen ein Angebot machen. Sie können darüber den Wiedereinstieg in die Unternehmensberater Branche schaffen. Machen Sie ein paar klasse Projekte bei uns intern und sie werden sehen, dass ihre Vergangenheit in wenigen Jahren nicht mehr zählt und sie sogar abgeworben werden, trotz ihres Lispelns. Fangen Sie bei uns an und zwar bald, solange es die Stelle noch gibt, denn es gibt bereits Bewerber. Ich weiß, dass Sie genau der Richtige wären. Interessiert?«

»Natürlich! Erzählen Sie mir doch bitte mehr«, sagte Alexander mit leuchtenden Augen.

»Na gut, sie würden zunächst eine gewisse Zeit zur Einarbeitung bekommen und können sich dann in verschiedene Projekte einbringen. Diverse Bereiche benötigen bei uns Optimierungen. Sie werden sehen, dass sie genug zu tun bekommen, wir müssen Kosten reduzieren, wollen aber keine Leute entlassen, denn wir sehen Sie als wertvolle Ressourcen. Das heißt, wir brauchen jemanden, der das Geschäft steigert und die überzähligen Leute auf offene Stellen im Haus transferiert, der Weiterbildung und Integration organisiert. Welche Position Sie dabei genau einnehmen, wird sich ergeben, wenn sie sich eingearbeitet haben. Ich gehe davon aus, dass sie die Projekte teilweise leiten werden. Sie werden sie aber in jedem Fall konzipieren, dem Vorstand vortragen und dann die korrekte Umsetzung überwachen. Finanziell werden wir ihr bisheriges Level nicht bieten können, aber es wird dennoch mehr als genug sein.«

Er gab ihm noch ein paar Eckdaten und dann unterhielten sie sich über allgemeine Themen. Als Adele abends nach Hause kam, wirkte er so zufrieden, dass es Adele auffiel und sie sich zu ihm setzte, um zu erfahren, was der Auslöser sein könnte. Er erzählte ihr alles und war sehr stolz auf sich. Adele aber hakte nach und fragte, welche Firma das denn sei und wie er an diese gekommen sei und ob er dann wieder auf Reisen gehen müsse und wieviel er denn verdiene, denn er müsse schließlich auch an das Kind denken und sie habe eher gehofft, er würde sich bei ihr in der Klinik bewerben, in der Buchhaltung bräuchten sie nämlich gerade jemanden, und dann könnten sie sich doch auch viel besser abstimmen wegen dem Kind. Als sie fertig war, wirkte er etwas zerknirscht. Er stellte klar, dass er keineswegs ein kleiner Buchhalter sein wolle, sondern definitiv auf die Berater Laufbahn zurückwolle und er dankbar sei, dass diese Firma ihm den Wiedereinstieg ermöglichte. Das Gehalt reiche ganz sicher, er müsse das aber noch mit deren Personalabteilung besprechen, sehe da aber kein Problem und das mit dem Reisen werde ganz bestimmt nicht so schlimm, denn er werde alles vom Büro in München aus machen können und manchmal auch von zu Hause aus. Adele wirkte am Ende dennoch unzufrieden, denn sie hätte ihn gerne mehr um sich gehabt, vor allem auch wegen des Kindes. Die Stimmung kippte und so gingen sie zu Bett, drehten sich voneinander weg und schliefen alsbald ein.

Einige Tage darauf hatte er bereits einen Termin in der Personalabteilung und machte ein enttäuschtes Gesicht, denn sein Gehalt war weitaus geringer, als er es sich ausgemalt hatte. Es gab zwar ein Diensthandy, das durfte er aber privat nicht nutzen und einen Dienstwagen gab es gar nicht. Nach den vielen Absagen anderer Firmen aber war er sich bewusst darüber, dass er keine Wahl hatte, er musste zusagen, denn sonst wäre auch diese Chance vertan gewesen. Er bedankte sich herzlich für das Vertrauen, das sie in ihn setzten und dass so schnell ein Termin zustande kam und machte sich wieder auf den Weg nach Hause. Arbeitsbeginn war in drei Monaten. Bis dahin wollte er in seiner aktuellen Firma ordentlich abschließen und sich ggf. abfinden lassen. Alles sollte seine Ordnung haben. Dem Arzt gab er Bescheid, dass er sich nicht weiter krankschreiben lassen wolle, um diesen Plan einhalten zu können. Das Gehalt, naja, das sollte Adele besser nicht gleich erfahren. Darum überging er das Thema immer, wenn das Gespräch auf das Finanzielle kam. Ein Problem war allerdings das fehlende Auto, er musste entweder wieder in seine Wohnung nach München, um täglich mit der U-Bahn ins Büro zu fahren, was natürlich bei Adele auf Ablehnung stieß, da sie dann die meiste Zeit getrennt wären, oder aber er musste sich eines kaufen, ein Gebrauchtes, etwas Kleineres vielleicht, vorübergehend, denn am Ende wollte er doch wieder so einen schönen großen BMW haben. Der Händler am Ort hatte ein gutes Angebot für ihn, einen blauen Kadett, den nahm er sofort, allerdings musste er dazu bei der Bank einen Kredit aufnehmen. Kein Problem, denn er war ja offiziell in Lohn und Brot, wenn auch krankgeschrieben, und von seiner Kündigung wusste man nichts. Der erste Kredit in seinem Leben und der erste in der Beziehung mit Adele. Sehr einfach war das und schon hatte man ein Auto. Freudig fuhr er tags darauf mit seiner Neuanschaffung zu Adele.

»Schau, Adele, nun bin auch ich wieder mobil. Wie gefällt er dir?«

Adele schaute sich den Wagen kurz an und sagte dann: »Na, ein Auto halt, in weiß hätte er mir besser gefallen. Komm rein, ich hab Abendessen gemacht.«

Adele war inzwischen durch die Schwangerschaft noch dicker geworden und fühlte sich nicht besonders attraktiv. Sex kam ihr nicht mehr in den Sinn. Sie merkte daher gar nicht, dass Alexander während seines Tiefs ebenso kein Interesse mehr an Sex hatte. Nun aber, da es ihm wieder besser ging, bewegte sich bei Alexander wieder etwas in der Hose. Er fing an, sie abends zu berühren. Sie ließ es zwar geschehen, war er doch ihr geliebter Alexander, so richtig Spaß hatte sie jedoch nicht dabei, aber immerhin machte er nichts, was sie nicht wollte. Er war eben ein Gentleman. Aber einen Punkt gab es noch zu klären, einen enorm wichtigen und sie wusste nicht, wie sie ihm das auf eine Art beibringen konnte, so dass es vorgeblich wie seine eigene Idee aussah. Es ging um die Hochzeit. Um die Sache voranzutreiben, machte sie sich an einem Apriltag auf den Weg zu seiner Mutter und schmiedete mit ihr einen Plan.

Alexander, der inzwischen bis zum Ende der Kündigungsfrist wieder in seiner alten Firma arbeitete, kam eines Tages nach Hause, was hieß, er kam in Adeles Wohnung, denn seine in München hatte er aus Kostengründen Ende März gekündigt. Als er die Wohnung betrat, sah er seine Mutter in der Küche stehen, was ihn schon sehr wunderte. Sie kochte Rindsroulladen, Spätzle und Blaukraut und machte Salat. Auf die Frage, warum sie denn hier sei und koche, sagte sie, dass sie nun öfter mal vorbeischauen werde, denn Adele sei ja nun hochschwanger und nicht mehr so gut zu Fuß und der kleine zukünftige Henschel Spross soll es ja gut haben im Bauch. ›Henschel Spross‹ hatte sie dabei derart betont, dass es selbst einem Mann wie Alexander auffallen musste, so dass er fragte:

»Warum betonst du das mit dem Henschel Spross so?«

»Naja«, meinte seine Mutter, »einfach so, weißt du, einfach nur so«, und lächelte ihn vielsagend an.

»Mama, ihr habt doch was ausgeheckt. Ist doch leicht zu durchschauen, aber, bssst«, und er beugte sich an ihr Ohr und flüsterte, »ich hab doch die Ringe schon lange gekauft, wollte aber noch abwarten, bis ein guter Moment kommt«, grinste dabei und fuhr fort, »aber macht nichts Mama, ich liebe deine Rindsroulladen. Und ich mache ihr gleich nach dem Essen den Antrag.«

Seine Mutter war entzückt, behielt es aber für sich, rief nur ihren Mann an, der sofort dazu kam und nach dem gemeinsamen Abendessen durften sie dabei sein, wie er ihr tatsächlich den lange ersehnten Antrag machte. Mit Kerze, die er allerdings vergaß, anzumachen. Mit teurem Wein, der allerdings verkorkt war und nicht schmeckte. Mit Ringen, die Adele wohl hässlich fand, wenn man ihren Gesichtsausdruck richtig interpretierte. Dennoch aber nahm sie seinen Antrag glücklich und erleichtert an, gab ihm dabei aber den kleinen Hinweis, er solle, wenn er mal wieder einen Antrag mache, besser auf die Details achten. Aber sie sei dennoch sehr glücklich, ob des Antrages und freue sich sehr, dass sie nun eine echte Familie würden, wobei sie es doch sehr schade fände, dass ihre Eltern beim Antrag nicht mit eingeladen waren und diese sicher sehr traurig deswegen sein würden.

Alexander dachte danach frustriert: ›Wie konnte ich das alles nur so verpatzen.‹

Adele stupste ihn an, er solle doch jetzt endlich mal einen trinkbaren Wein holen.

KAPITEL 16

HAMBURG ZEHN JAHRE ZUVOR, MÄRZ – JULI 1983

Felix der ehemalige Anführer, eines Tages zum perversen Kriminellen geworden, dachte über sein Leben nach. Der Winter neigte sich dem Ende zu und die ersten Schneeglöckchen und Narzissen zeigten sich, um zu beweisen, dass auch der strengste Winter zu besiegen war. Überall lagen Reste von Schnee. Die Herzen der Menschen sogen das frische Licht des Frühlings gierig auf, die Schwere des Winters zerschmolz und wich der Hoffnung. Felix erinnerte sich an die Nachrichten vom Morgen, die Neuwahlen des 6. März 1983 waren ausgezählt, die Welt würde eine andere werden, denn die Grünen eroberten mit 5,6 Prozent erstmals Mandate im Bundestag. Angst grassierte, dass bald keine Autos mehr auf den Straßen fahren dürfen, kein Plastik mehr in den Regalen zugelassen sein wird, alle wieder zu Selbstversorgern zurück erzogen werden würden und was Felix anbelangte, hatte er Angst, dass man sicher bald auch keine Regaleinräumer mehr brauchen würde, also auch ihn nicht mehr. Wut auf die Politik keimte in ihm auf, es blieb allein zu hoffen, dass diesem grünen Unbill durch die etablierten Parteien Einhalt geboten würde. Vorerst aber hatte er seinen Job ja noch und er hatte natürlich bei den Wahlen richtig gewählt und dabei auch seiner Meinung energisch Nachdruck verliehen, indem er diese auf dem Wahlzettel niederschrieb und zwar saftig:

›Wir sind dem Untergang geweiht‹, stand da.

Ein Wahlzettel, der durch viele Hände gehen würde, um die Gültigkeit dessen festzustellen. Jedoch führen ja bekanntlich Bemerkungen auf Wahlzetteln in der Regel zur Ungültigkeit, und so wohl auch hier. Aber er hatte das Gefühl, es allen gezeigt zu haben, davon war er fest überzeugt. Langsam und sinnierend, immer wieder ängstlich umherblickend, bewegte er sich durch den Altonaer Park, rings um ihn herum zeigten die Bäume ihr erstes grün, leise und in zarten Farben sogen sie die erste Wärme in sich auf, zaghaft noch, aber entschlossen. Felix war zu einem tief melancholischen Menschen geworden, sein Zusammenbruch vor einigen Wochen und die Zeit danach hatten ihn verändert. Seither ging er überhaupt nicht mehr zum Stadion, hatte keinen einzigen Freund mehr, keinen Kontakt mehr zu irgendwem, außer seinen engsten Arbeitskollegen. In der Freizeit stets zu Hause, konnte auch Marta nicht mehr anders, als ihr Leben zu verändern. Felix' Zusammenbruch bewegte sie und hatte eine Seite in ihr zum Leben erweckt, der sie sich nicht entziehen konnte. Die Fürsorglichkeit. Sie merkte plötzlich, dass sie Felix zwar nicht liebte, aber sich so sehr an ihn gewöhnt hatte, dass sie ihn dennoch nicht verlieren wollte. Manni konnte sie seither nicht mehr zu sich kommen lassen, da Felix fast immer da war und es war ihr auch kaum noch möglich, ihn irgendwo anders zu sehen, da sie mit ihren Schanzeln bereits schon so oft unterwegs war, dass noch mehr Abwesenheit zu auffällig gewesen wäre. Zu Mannis Wohnung konnte sie nur sehr eingeschränkt fahren, denn er wohnte ja nicht alleine. Inzwischen war das Ganze ohnehin auch schon etwas abgeflacht und nicht mehr so heiß, wie anfangs, und irgendwie war der Manni doch auch nicht schön und stank meist nach Bier, Zigaretten und Männerschweiß und er hatte immer dieselben ungewaschenen Klamotten an.

Felix, der nichts davon mitbekommen hatte, konnte das alles egal sein, denn der eigenen Ehe tat das gut, Marta wurde aufgeschlossener, netter. Die Trendwende kam ausgerechnet, als Felix am Boden lag und Marta erkannte, wie wichtig er doch für ihr Leben war. Sie umsorgte ihn ab da wie ein Kind, bzw. so wie sie sich dachte, dass man ein Kind umsorgen müsse. Immer, wenn es Felix zu viel an Umsorgung wurde, ging er nach draußen, manchmal in den Altonaer Park und sinnierte vor sich hin. Er wurde ernsthafter und legte nach und nach alte Marotten ab. Frauen schaute er nicht mehr lüstern an, glotzte nicht mehr in deren Ausschnitte oder auf den Hintern. Viele Male zog es ihn auf seinen Spaziergängen an den einsamen und verlassenen Tatort. Ein nicht aufgeräumtes kurzes Stück rotweißes Absperrband lag noch an der Stelle, wo sie einst das Opfer liegen ließen. Oft saß er auf einem Baumstumpf daneben und wusste, egal, was er auch unternahm, er würde für immer ein Verbrecher sein. Niemals würde es Wiedergutmachung geben können. Sein gesamtes Leben würde geprägt sein durch die grauenvolle Angst vor Entdeckung. Den Mut, sich zu stellen, hatte er nicht. Manchmal nahm er seine Kopfbedeckung ab und strich sich über die Glatze, um die Narben der Kratzer zu spüren. Marta hatte sie entdeckt, als er ins Krankenhaus eingeliefert wurde. Ihre Sorgen galten jedoch seiner Lungenentzündung, daher sah sie sich diese zunächst nicht genauer an und fragte erst später danach.

»Felix, die Narben auf deinem Kopf, woher hast du die eigentlich?«

Felix lief rot an und überlegte verzweifelt. Ihm fiel nichts Besseres ein, als zu behaupten: »Ach Marta, der Tag mit der Lungenentzündung. Weißt du, da bin ich vorher schon umhergetorkelt und ich kann mich noch erinnern, dass ich einmal Kopf voraus gegen einen Baum gelaufen bin, da bin ich auch wohl einige Zeit gelegen bevor ich wieder auf die Beine kam. Da hab ich sie mir vermutlich zugezogen.«

»Ach, du Armer«, sagte sie und gab ihm zusätzlich zum Salbei Tee einen Löffel Honig in den Mund.

Sein Kleidungsstil hatte sich verändert. Die alten Sachen wollte er loswerden, sie erinnerten ihn an all das Böse und all die belastete Zeit. Er warf das Meiste in den Müll und kaufte sich, in Martas Begleitung, neue Sachen, was dazu führte, dass er zwei graue Hosen, zwei graue Hemden und zwei eidottergelbe Pollunder kaufte, dazu einen dunkelgrauen Mantel und einen dottergelben Schal, sowie einen Hut mit Krempe und herunterklappbaren Ohrschützern. Das alles stand ihm allerdings gar nicht mal so schlecht. In jedem Fall sah er darin besser aus, als je zuvor in seinen selbst ausgewählten Outfits, in denen er einst die Welt beeindrucken wollte. Nun erschien er wie ein Herr mittleren Alters, seinen fünfunddreißig Jahren angemessen, was auch seitens des Jugendamts wohlwollend zur Kenntnis genommen wurde.

An diesem Tag zog es ihn, wie schon so oft, zum Tatort, ohne dass er irgendeinen speziellen Grund gehabt hätte. Doch dieses Mal war etwas anders, als er ankam. Er erkannte nicht sofort, was es war. Eine kleine, unauffällige Veränderung. Irgendetwas war anders. Er schaute sich um, ob jemand in der Nähe war, sah niemanden und setzte sich auf seinen Baumstamm. Aus dieser Perspektive fiel es ihm auf, unversehens, eine an sich unbedeutende, winzige Veränderung für jeden anderen. Für ihn aber nicht. Ihm wurde heiß. Das weißrote Absperrband fehlte.

Zur selben Zeit machte Marta sich zurecht, um zu ihrem Betkreis zu gehen. Grau in Grau gekleidet, die Haare zu einem Dutt geknebelt und durch ihren grauen Flanellmantel gewärmt, ging sie nach draußen und wollte noch, kurz bevor sie losmarschierte, die Post holen. Als sie den Postkasten öffnete und mehrere Kuverts entnahm, sah sie darin ein weißrotes Absperrband, das jemand wohl zum Spaß hineingestopft hatte. Schweinerei, dachte sie, steckte alles in ihre Handtasche, denn es eilte, sie musste weg.

Felix im Park erstarrte, wer war hier? Wo ist das Absperrband hin? Erneut schaute er sich um, stand langsam auf und entfernte sich möglichst unauffällig, aber dennoch zügig. Rasch zurück auf den offiziellen Weg und raus aus dem Park. Nie wieder würde er hierher zurückkehren, dachte er bei sich. Immer schneller wurden seine Schritte, bis er fast zu laufen begann, vorbei am Bahrenfelder Flohmarkt und rein in den nächsten Bus, egal wohin, nur weg von hier. Einige Haltestellen weiter wieder raus und rein in einen anderen Bus, wie ein Verfolgter, der seinen Verfolger abschütteln wollte. Weitere Male umsteigen, bis er sich sicher fühlte und dann in den Bus nach Hause. Raschen Schrittes zur Wohnung, hinein und zum Fenster. Ist da irgendwer, der ihn verfolgt haben könnte? Niemand zu sehen. Oder bewegte sich gerade etwas hinter dem Baum gegenüber? Nein, er musste sich täuschen. Mit klopfendem Herzen setzte er sich auf die Couch und atmete erstmal durch. Wo nur waren seine Kumpane? Warum tauchte niemand mehr von ihnen auf? Er musste unbedingt mit ihnen reden. Verdammt, wie sollte er das nur anstellen. Er knallte eine Blumenvase gegen die Wand. Scherben und Wasser spritzten umher, die Blumen fielen herab mit der stummen Frage, was sie denn für all das könnten. Nach einigen Minuten fing er an, sich zu fragen, wie er das gerade angerichtete Dilemma mit der Vase wohl Marta erklären sollte und versuchte aufzuräumen. Jedoch hatte er die Vase so fest an die Wand gedonnert, dass ein Stück Putz fehlte. Es ließ sich nicht verbergen, also musste er sich etwas einfallen lassen. Doch da kam bereits Marta, gerade, als er die Scherben in den Küchenmüll schippte und das Wasser aufgewischt war. Er hörte den Schlüssel und deckte noch schnell etwas über die Scherben im Müll, steckte die Blumen in eine ähnliche Vase und stellte sie auf den Couchtisch. Da stand Marta auch schon im Raum.

»Was ist los Felix, du wirkst gehetzt, deine Psyche wieder?«

›Gute Frage‹, dachte sich Felix, ›sehr gut‹, und sagte, »oh ja, Marta, so ist es, meine Psyche wieder, ja, so ist es.«

Doch Marta hörte nicht hin, sie sah das Loch im Putz gegenüber der Couch und deutete stumm darauf. Felix lief rot an.

»Was ist das?«, fragte sie.

Er wusste nicht, was er sagen sollte, fing sich dann aber und log

»Marta, ich wollte es eigentlich verbergen, du hattest recht, meine Psyche ist wirklich angegriffen, ich weiß nicht so recht, was los ist, aber seit der Lungenentzündung habe ich Probleme damit. Irgendwie muss ich mein Leben verändern, ich habe nichts und niemanden mehr und das ganze Leid ist plötzlich so sehr über mich gekommen, dass ich die Vase nahm und sie gegen die Wand pfefferte.

Aber es hat mir sofort leidgetan, weißt du? Deine wunderschönen Blumen, ich hatte an dich gedacht und sofort versucht, alles wieder in Ordnung zu bringen, aber das mit der Wand konnte ich nicht mehr richten.«

»Ach, Felix, du Armer, hast recht, etwas muss sich ändern. Du wirst sehen, wenn wir mal ein Kind haben, wird sich dein Leben sehr zum Positiven verändern, dann hast du eine Aufgabe .... Sieh mal, heute haben wir lustige Post bekommen.«

Sie holte die Briefe heraus und gab sie ihm.

»Was soll daran lustig sein?«, fragte er nach kurzer Sichtung der Absenderadressen, »alles Rechnungen!«

»Nein, Felix, das hier. Da hat doch einfach jemand ein Absperrband in den Postkasten gesteckt. HaHaHaHa!«, Marta lachte.

Felix aber erstarrte, langsam und steif stand er auf, nahm das Band an sich und sagte möglichst gefasst, dass das wohl Kinder gewesen sein mussten, offenbar ein Streich. Er werfe es gleich weg und wenn er die Racker erwische, könnten sie sich was anhören. Marta nickte und ging ins Bad, um sich für die Nacht fertig zu machen. Sie dachte:

›Der Arme. Aber ich muss mal sehen, ob ich nächste Woche jemanden für die Wand finde, sonst kommt noch jemand vom Jugendamt und sieht das.‹

Felix konnte die ganze Nacht nicht schlafen, stand mehrmals auf, tappte im Dunkeln zum Schlafzimmerfenster und schaute hinaus. Nichts zu sehen. Zwischendurch ging er in die Küche, um Baldrian zu sich zu nehmen. Als der Wecker am nächsten Morgen klingelte, war es fast wie eine Erlösung für ihn. Sofort stand er auf und machte sich fertig. Sonntagsfrühstück stand an, das übernahm immer er. Als der Tisch gedeckt war, weckte er Marta. Alles musste schnell gehen an diesem Tag. Sie solle sich nicht lange anziehen, sondern gleich hinsetzen, denn er müsse weg. Wo er denn hinwolle, nicht doch wieder zu seinen Saufkumpanen? Seine Antwort war vage, er wolle einfach mal wieder Sven sehen, aber keine Sauferei, das könne er ihr versprechen. Wie lange er denn aus sei. Er wisse es nicht und nach einem kurzen Frühstück machte er sich auf den Weg. Er musste dringend zu seinen Leuten Kontakt aufnehmen. Irgendwie! Irgendwer musste doch einen von denen besser kennen, irgendeinen von denen. Er fuhr zum Stadion, nur wenige standen herum, unter ihnen niemand aus seiner Bande. Jedoch kannte er die meisten davon und heute musste er handeln und fragen, auch auf die Gefahr hin, dass er unter Verdacht geriet, mit der Bande etwas zu tun zu haben. Er ging zu Bodo und fragte ihn, wie es ihm denn so ginge und dass er ja nun schon länger nicht mehr da gewesen sei. Bodo sagte, es ginge ihm gut und bedankte sich der Nachfrage und fragte, warum Felix denn so lange nicht mehr dagewesen sei. Felix antwortete, er sei krank gewesen und erst jetzt wieder gesund genug, um mal wieder vorbei zu schauen, aber wo denn all die anderen seien, z.B. der Manni oder der Sven oder der Ingmar und so. Bodo meinte, er habe keine Ahnung, aber die würden schon noch kommen, aber den Ingmar und den Manni habe er auch schon länger nicht mehr gesehen, habe aber gehört, dass die sich irgendwie verändert hätten, seien wohl völlig abgestürzt. Der Ingmar soll angeblich den Job verloren haben und auf der Straße leben, irgendwo rund um den Altonaer Park sei er wohl öfter mal gesehen worden. Mehr wisse er aber auch nicht, jedenfalls freue er sich, dass er Felix mal wieder sehe und es ihm gut gehe und er solle sich am besten von dem Gesocks wie Manni und Ingmar fernhalten, die seien mal bei Boxer gewesen und das seien alles Looser und es sei doch ein Glück, dass er mit denen nichts zu tun habe. Darauf tranken die beiden ein Bierchen und quatschten über die glorreichen Zeiten des FC. Wo denn sein Schal abgeblieben sei und was denn mit seinem Outfit passiert sei, fragte Bodo ihn zum Abschluss, doch Felix war schon am Gehen und gab keine Antwort mehr darauf. Es war früher Nachmittag und er musste schnellstmöglich zum Park, um etwas zu unternehmen, irgendetwas. Insgeheim hoffte er, Ingmar im Park anzutreffen.

›Könnte er derjenige mit dem Band sein?‹, fragte er sich.

Ingmar brauchte Geld, soviel war sicher. Ging es hier etwa um Erpressung? Aber wie sollte das gehen? Ingmar war doch selber dabei, somit in jedem Fall mitschuldig. Wie sollte er ihn erpressen können, wenn er doch im Zweifel auch mit auffliegen würde. Die Antwort lag schnell auf der Hand. Ingmar hatte nichts mehr zu verlieren, Felix aber schon. Am Park stieg er aus und begann Passanten zu fragen, wo sich in der Umgebung Penner aufhielten. Von niemandem erhielt er eine brauchbare Antwort, denn die, nach denen er fragte gehörten nicht mehr zur Gesellschaft und niemand interessierte es auch nur einen Pfurz, wo sie waren, solange man sie nicht sah. So ging er einfach drauf los, nicht mehr durch den Park, dort kannte er sich aus und traf nur selten auf Penner. Öffentliche Toiletten, Bahnhöfe, Bushaltestellen, U-Bahn-Stationen, Obdachlosenasyle, Notunterkünfte von Caritas oder Diakonie, Wärmestuben oder auch von Firmen bereitgestellte Areale. Irgendwo musste Ingmar doch sein, denn offenbar wurde er hier in der Umgebung gesehen. Er klapperte alle Bushäuschen rund um den Park ab, bis es dunkel wurde und er keine Chance mehr auf Erfolg sah. Als er die Haltestelle für die Linie 8 erreichte, die ihn nachhause bringen sollte, lag jemand auf der Wartebank in einen alten schmutzigen Schlafsack gehüllt, die Mütze bis weit über das Gesicht gezogen. Hoffnung keimte auf. Er rüttelte den Betrunkenen so lange, bis dieser verschlafen seinen Kopf hob und Felix sein Gesicht sehen konnte.

Enttäuscht sagte er: »Kann ich sie was fragen? Kennen sie einen Obdachlosen namens Ingmar?«

»Häh?«

»Ingmar!!«

»Schreien sie nicht so! Ingmar, ja, so einen kenne ich. Ist neu hier. Ein armer Kerl, völlig durch den Wind, redet dauernd wirres Zeug. Was willst du Schnösel denn von ihm. Sind wir euch nicht schon weit genug unten? Ich kann dir versichern, du kannst uns nichts mehr tun, denn weiter unten ist nur noch die Erde und da hinein kommen alle mal, auch solche Schnösel wie du, die sich anmaßen, noch auf uns herumzutreten, weil sie selbst auch schon fast unten sind und sich freuen, dass es noch welche gibt, die noch weiter unter sind. Fühlst dich toll was? Lass uns in Ruhe!«

»Halt mal die Luft an, ich will dem armen Kerl doch helfen, er ist mein Freund, hilf mir bitte.«

»Hau ab!«

»Nein!«

»Hau ab, sonst rufe ich die Polizei!«

»Versuchs doch, dir hilft keiner, du bist ganz unten«, provozierte Felix.

»Arschloch dreckiges. Damit du abhaust, verrat ich dir was. Der Ingmar ist hinter irgendjemandem her, an dem er sich rächen will und er haust meistens mit ein paar unguten Typen in den öffentlichen Toiletten hier am Park. Und nun hau ab und lass mich in Ruhe!«

»Danke«, sagte Felix und fuhr nach Hause.

Vor dem Fernseher neben Marta und einem Bier überlegte er sich die nächsten Schritte. Marta hatte an diesem Abend den Betschwestern abgesagt, weil sie sich um Felix kümmern wollte.

Die nächsten Tage musste Felix eigentlich in die Arbeit und hätte nur abends Zeit gehabt, sich um die Sache mit dem Absperrband zu kümmern. Er setzte daher Prioritäten und nahm sich ab Dienstag für den Rest der Woche frei, um nach Ingmar zu suchen. Jeden Tag fuhr er zum Park und suchte und war immer rechtzeitig wieder zu Hause, wenn Marta von der Arbeit kam. Für sie zählte in dieser Woche nur eines, das Loch in der Wand musste verschwinden, bevor die

Dame vom Jugendamt kommen würde, um die Wohnung in Augenschein zu nehmen. Ein Handwerker war für so eine Kleinigkeit nirgends zu bekommen und so passierte es, dass Mittwoch abends jemand vom Jugendamt klingelte und die Wand noch immer nicht repariert war. Verdammt, zu früh, dachte Marta und versuchte noch, das Bügelbrett davor zu stellen, es war aber nicht hoch genug. Ein Bild? Zu spät. Die Dame betrat das Wohnzimmer und begutachtete es, wechselte in den Flur, zur Küche, zum Schlafzimmer.

»Und wo wollen sie das Kind unterbringen?«

Marta sah Felix an. Schweigen.

»Na?«, sagte die Beamtin, ging zurück ins Wohnzimmer und entdeckte, zum Entsetzen Martas, das Loch in der Wand.

»Hier bröckelt ja schon der Putz ab!«

Felix reagierte sofort: »Ja, das ist echt schlimm hier. Passiert immer mal wieder, haben es dem Vermieter schon lange gemeldet, nichts ist passiert bislang.«

»Alter Bestand, wie mir scheint. Okay, macht nichts, aber sie müssen wissen, die Wohnung ist an sich zu klein, sie müssten ohnehin wechseln. Und in dieser Wohnung, in der sogar der Putz schon von der Wand fällt, sollte sowieso kein Kind aufwachsen. Ich wüsste für sie eine geeignete Wohnung am Stadtrand, bestimmt nicht teurer, als diese hier, aber mit einem Zimmer mehr.«

Die restliche Woche suchte Felix den Park und die gesamte Umgebung dessen verzweifelt nach Ingmar ab. Bald hatte er alle erdenklichen Orte und Behausungen durch, traf auf viele Obdachlose, aber nicht auf Ingmar. Es war zum Haare raufen, wenn er denn welche gehabt hätte. Er wusste nicht mehr weiter. Am Sonntag beschloss er, zu Hause zu bleiben, er war dran mit dem Frühstück und ging Brötchen holen. Auf dem Weg zum Bäcker sah er in einiger Entfernung einen bärtigen Mann mit schmutzigem Parker und abgewetzter Jeanshose, die Kapuze tief ins Gesicht gezogen. Es war noch sehr kühl am Morgen. Er wollte sich ihn aus der Nähe ansehen, ging in seine Richtung, doch plötzlich verschwand der Mann, Felix verlor ihn aus den Augen. Und so ging er wieder nach Hause. Zurück vom Bäcker, hing an seinem Postkasten ein weißrotes Absperrband. Nervös um sich blickend, zog er es heraus. Er wollte es gerade zusammenknüllen und in seiner Hosentasche verschwinden lassen, als er sah, dass darauf eine Notiz gekritzelt war:

›20:00 Lager.‹

Der Tag verging unter großer Anspannung. Marta war abends wieder bei ihren Betschwestern, Ostern stand vor der Tür, es gab viel zu tun in dem erleuchteten Kreis. So konnte Felix ohne weitere Erklärungen weg. Pünktlich um Acht stand er vor der Halle. Fahles Licht fiel durch den Türspalt. Er öffnete zaghaft, nur um gerade so einen Blick hineinwerfen zu können. Dort standen drei Männer, einer mit Bart und am Boden mehrere Schlafsäcke, Decken und diverse Utensilien.

›Mann‹, dachte er, ›klar, die beste Unterkunft für Obdachlose, aber nur für die, die das Lager kannten. Warum habe ich nicht auch hier nochmal nachgeschaut?‹

Der bärtige Mann bemerkte ihn und deutete mit dem Zeigefinger in seine Richtung. Die anderen beiden wandten sich ihm ebenfalls zu, der Bärtige näherte sich ihm.

»Felix, komm rein.«

Plötzlich erkannte Felix den Mann, es war Ingmar.

»Ingmar, Manni und, uff, Bodo?? Aber du hast doch gesagt, du wüsstest nicht …«

»Na was denkst du dir denn, glaubst du, ich plaudere einfach alles so aus?«

»Aber mal 'ne andere Frage, was hast du eigentlich mit Ingmar und Manni zu tun, du warst doch nie zuvor mit ihnen unterwegs?«

»Na und, du warst früher auch nicht mit ihnen unterwegs.«

Felix ließ sich auf eine der umherstehenden Kisten nieder.

»Wer haust denn hier alles? Scheinen ja an die zehn Schlafplätze zu sein.«

Ingmar antwortete: »Alles Freunde von mir, denen ich vom Lager erzählt habe. Sie sind gerade bei der Essensausgabe am Bahnhof, glaube ich, oder in einer der Wärmestuben. Die kommen irgendwann nachts wieder.«

»Haben die keine Angst, dass ihr Zeug danach weg ist?«

»Nicht hier, hier herrscht Ordnung und wenn, dann hätte derjenige nichts mehr zu lachen. Das kannst du mir sowas von glauben.«

»Nun, sagte Felix was wollt ihr von mir? Das mit dem Absperrband war übrigens eine gefährliche Nummer. Meine Frau hat es gefunden, musste mir was einfallen lassen. Warum habt ihr mich nicht einfach angesprochen?«

»Na, du bist gut? Wie sollen wir wissen, ob du nicht beschattet wirst? Wir mussten dich erstmal 'ne Zeit beobachten. Nur Manni und ich sind seither wieder zusammengekommen, alle anderen haben sich verdrückt und tauchen nirgends mehr auf. Hier im Lager ist außer uns beiden keiner der alten Truppe mehr. Bodo ist irgendwann dazugestossen, als ich mit Manni im Stadion war. Alle anderen, die hier hausen, habe ich mal hier mal da kennengelernt. Ich sag dir, es ist ein scheiß Leben. Alles hab ich verloren. Der Manni hat's gut, der wohnt noch in der Wohnung mit Moritz zusammen, und Bodo wohnt zu Hause, aber ich hatte rasch keinen Job mehr, dann kein Geld und dann keine Wohnung.«

»Was ist denn passiert?«

»Ich kam mit meinem Leben nicht mehr klar, wurde krank und dann konnten die mich nicht mehr brauchen. Das ging ganz schnell und dann kam noch dazu auf, dass die mich im Job gar nicht angemeldet hatten, daher bekomme ich jetzt auch kein Arbeitslosengeld und bin nicht krankenversichert. Eine Verbrecherfirma ist das, sag ich dir. Ich hab mich abgerackert mit den Fässern, von denen ich nie wusste, was sie beinhalteten. Ich wusste nicht mehr wohin, es gab niemanden mehr. Zuerst war es dann Boxer, der mich aufnahm und mir Schutz und Heimat gab, Freunde, Erlebnisse, dann du mit deiner Truppe. Das alles war zwar nicht schön, aber ich gehörte irgendwie dazu, konnte reden, etwas unternehmen. Und dann war plötzlich alles vorbei und warum? Weil du so einen Scheiß abgezogen hast. Und deshalb, genau deshalb bist du hier. Der Manni und ich hassen dich dafür bis in die letzte unserer Fasern. Unser Leben ist Mist seither.«

Felix schluckte. Also ist es tatsächlich so, an ihm wollte er sich rächen.

»Ingmar«, sagte Manni, »warte noch mit der Abrechnung, ich hab ihm noch was zu sagen.«

»Okay.«

»Felix, du Scheißer, ich sag dir eins, du bist am Arsch, ich f…«

»Stop!«, sagte Ingmar, »das behältst du dir für später auf.« Offenbar hat Ingmar die Führungsrolle, dachte Felix, also wandte er sich erneut an ihn.

»Lass uns doch erst mal reden.«

»Was willst du reden, du Arsch? Schau mich an, ich bin ganz unten und du bist schuld.«

Felix kramte in seinem Gehirn, es musste doch etwas geben, das ihm hier half, er hatte doch sonst immer wieder Glück gehabt, sollte das nun zu Ende sein?

»Ingmar, ich sag dir eins«, begann Felix, »ich hatte keinen von euch zu irgendwas gezwungen, oder? Ihr habt mich einfach so zum Anführer gemacht, weil keiner von euch den Arsch in der Hose hatte, oder? Ihr habt mich nach vorne gedrängt und ich habe mir was ausgedacht, was Geiles, dachte ich zumindest. Aber es brachte nichts ein, als nur Ärger und es hat uns zu noch größeren Verbrechern gemacht, als wir es vorher mit Boxer waren. Wir sind tief gesunken und es tut mir leid, dass ich es war, der euch alle da reingezogen hat.

Schau mal Ingmar, egal was du oder Manni oder Bodo mir nun antun würdet. Es würde euch doch nur ins Gefängnis bringen. Okay, Ingmar, dir mag das im Augenblick egal sein, aber denk nach, hast du nicht wieder Lust auf ein normales Leben? Wenn ja, dann lass deine Rache sein, die bringt nichts und zieh nicht Manni und Bodo mit rein, denn die haben noch ein einigermaßen normales Leben, oder Manni, Bodo?«

»Was mich anbelangt, hat er recht, die Scheiße geht mich eigentlich gar nichts an«, meinte Bodo nachdenklich.

»Okay, sagte Felix, was ist mit dir Manni, willst du dir alles kaputt machen, was du jetzt hast?«

Manni dachte nach und wurde unsicher, gut dass Ingmar ihn gerade einbremste, er wollte doch Felix' Alte durchaus weiter ficken, auch wenn das gerade zur Zeit nicht ging, weil Felix, der Arsch, immer daheim war, also antwortete er: »Felix, ich denke wir sollten wirklich erstmal vernünftig reden, hast recht.«

Felix fuhr fort: »Und nun Ingmar, denk auch du nach, dir fehlt doch nur ein Job zu deinem Glück, oder? Ich kann doch nichts dafür, dass dein Arbeitgeber so ein Betrüger war. Und weißt du, Freunde hast du doch. Schau uns hier an. Wir vier könnten doch echte Freunde werden, oder? Ich geb dir jetzt erstmal Hundert Mark. Hab sie nicht dabei, aber du bekommst sie und dann helf ich dir, einen Job zu finden. Es werden im Verkauf immer wieder Hilfskräfte gesucht, oder was anderes. Was hast du eigentlich mal gelernt?«

»Äh, hab keinen Beruf. Ich war auf dem Gymnasium, hab aber hingeschmissen, wurde von meinem Alten oft grün und blau geschlagen und bin abgehauen. Hab mir dann ein Zimmer gemietet und jeden Hilfsjob angenommen, den ich bekommen konnte. Es war mir egal, was. Ich hab auch nie gefragt, ob ich irgendwo gemeldet bin oder nicht. In der letzten Firma war ich ganze fünf Jahre. Und jetzt steh ich mit nichts da. Ja, du hast recht, ich brauch einen Job.«

»Na dann, Ingmar, ich frag morgen meinen Boss, ob die noch jemanden brauchen können. Aber mal ehrlich, wenn du auf dem Gymnasium warst, bist du wohl klüger, als wir alle hier. In welcher Klasse warst du?«

»Zehnte, mit sechzehn bin ich abgehauen. Vater wurde daraufhin wild und schlug meine Mutter, bis auch sie die Flucht ergriff. Sie ist in ein Frauenhaus und inzwischen irgendwo hingezogen.«

»Zehnte Klasse, alle Achtung. Komm einfach morgen Abend um Fünf zu mir nach Hause, ja? Da weiß ich vielleicht mehr und geb dir die Hundert Mark. Du weißt ja, wo ich wohne, du warst es, der heute da war, oder?«

»Ja, stimmt.«

»Also dann, lassen wir den Scheiß und machen uns nicht noch gegenseitig kaputt.«

Erleichtert machte Felix sich auf den Heimweg und dachte angestrengt darüber nach, wie er mit dieser Situation umgehen sollte. Offenbar war Ingmar kein Dummkopf, die beiden anderen dagegen schon. Es würde sicher gut sein, wenn er Ingmar irgendwie an sich band, dann hätte er Manni und Bodo auch unter Kontrolle. Auf keinen Fall aber wollte er wieder so etwas wie ein Anführer werden. Das überließ er lieber Ingmar. Felix hatte die Schnauze voll davon. Wenn er Ingmar nun einen Job besorgen würde, dann könnte alles nochmal gut gehen.

›Verdammt, in welche Lage habe ich mich da nur gebracht. Ich will nicht mein ganzes Leben lang in Angst leben!‹

Zu Hause angekommen, ging er sofort ins Bett, bevor Marta zurück war. Am nächsten Morgen mussten beide zur Arbeit. Abends kam Ingmar wie vereinbart und klingelte an der Wohnungstür. Felix eilte rasch zur Tür und fing ihn ab, sah ihm in die Augen und Ingmar nickte ihm verstehend zu. Felix war klar, Ingmar war klug genug und er würde hier keine dummen Fehler machen, also bat er ihn herein und stellte ihn kurz vor. Marta erschrak etwas über Ingmars Aussehen und schaute Felix mit fragendem Blick an.

Doch Ingmar kam ihm zuvor: »Keine Sorge Frau Olderbrock, ich bin ein ganz normaler Mensch. Ich komme gerade von einer Expedition und da sieht man dann erstmal so aus. Felix und ich sind alte Freunde und da dachte ich mir, ich besuche ihn gleich mal, bevor ich wieder ins normale irdische Leben zurückkehre.«

Marta war zutiefst beeindruckt und bot ihm etwas zu Essen an, denn so ein Expeditionär, der habe doch sicher Hunger. Zunächst habe sie gedacht, da stünde ein Obdachloser, solche Kreaturen wolle sie nicht in der Wohnung haben, aber so ein Abenteurer, das ist was ganz anderes. Ingmar nahm das Angebot dankend an und Marta deckte den Tisch. Ingmar aß sich nach langer Zeit mal wieder richtig satt und trank etwas Wein, aber nicht zu viel, damit die Zunge nicht locker würde. Dann verzogen Felix und Ingmar sich nach draußen, angeblich weil Ingmar eine rauchen wollte. Dort wechselten hundert Mark ihren Besitzer und Felix gab bekannt, dass er in der Personalabteilung angefragt habe und die Ingmars Adresse bräuchten, damit sie ihn in die Kartei aufnehmen könnten, was aber natürlich blöd sei, da er ja als Obdachloser keine habe. Aber ohne Adresse gehe es nicht. Ob er denn ein Bankkonto habe. Ingmar verneinte, das sei ihm gesperrt worden, als sie merkten, dass nach dem Überziehen des Kontos kein Geld mehr kam. Felix überlegte und schlug vor, er könne doch die Adresse von Manni angeben und dachte sich, dann hätte ich die auch endlich mal.

»Gute Idee, Felix. Ich geh morgen zu Manni und klär das mit ihm.«

Er gab Felix die Adresse und dann gingen beide wieder zurück in die Wohnung. Marta bot Snacks an und wollte Ingmar ein wenig ausfragen über seine Expedition, aber Ingmar winkte ab und meinte, er müsse jetzt rasch los, wieder zurück in die Zivilisation, die Pflicht rufe und er müsse sich gut ausschlafen, bevor morgen alles auf ihn einprassle. Mit einem verschlossenen aber leise hoffnungsvollen Lächeln verließ er die beiden und setzte sich in die Nacht ab. Marta fragte Felix, wo Ingmar eigentlich wohne, doch Felix verschwand im Bad und tat so, als hätte er es überhört. Die Frage kam nicht nochmal. Sie gingen zu Bett.

Am nächsten Abend war Ingmar wieder zur Stelle, doch dieses Mal rasiert und gewaschen und in neuen Kleidern. Mit den hundert Mark hatte er sich billig aber effektiv neu eingekleidet und bei Manni geduscht und rasiert. Er hatte endlich wieder Hoffnung auf ein neues Leben, aber dieses Mal wollte er es richtig machen. Felix gab ihm nochmal fünfzig Mark.

»Mehr kann ich dir nicht geben, Ingmar. Mehr kann ich nicht abzwacken. Aber ich habe eine gute Nachricht. Du sollst dich morgen in der Firma vorstellen, die brauchen jemanden im Lager zum Einräumen der angelieferten Waren. Aber wichtig, du brauchst ein Konto, sonst schicken die dich gleich wieder weg.«

Ingmar wurde blass: »Aber wie soll das gehen? Die Bank gibt mir erst wieder ein Konto, wenn ich eine Arbeitsstelle habe und die Arbeitsstelle bekomme ich erst, wenn ich ein Konto habe? Wie soll das gehen?«

Auch Felix war ratlos: »Na dann musst du halt so hingehen, hilft nichts, vielleicht hast du ja Glück.«

Ingmar stellte sich am nächsten Tag vor. Mit seinen neuen Klamotten und gepflegtem Äußeren, sah er ganz ordentlich aus. Er konnte die Tage bei Manni unterkommen. Das Gespräch dauerte nicht allzu lange, dann war für den Arbeitgeber klar, dass Ingmar eingestellt werden könne, er müsse nur noch seine vollständigen Daten angeben, dann könne er bereits am nächsten Tag beginnen. Als er aber kein Bankkonto vorweisen konnte, wurde nachgefragt.

»Wieso das denn? Jeder hat doch eins. Haben sie was ausgefressen oder können sie mit Geld nicht umgehen. Wir brauchen vertrauenswürdige Mitarbeiter. Wenn ihnen eine Bank nicht traut, wie sollen wir ihnen da trauen? Gehen sie mal lieber wieder nach Hause, wir schauen uns noch ein paar andere Bewerber an und melden uns bei Bedarf.«

Ingmar verließ das Gebäude mit schon wieder zerstörten Hoffnungen und mit Tränen in den Augen. Er fuhr zum Kanal und schaute in die Tiefe. Ein kleiner Schritt nach vorne. Er fiel und fiel und fiel, schlug auf die Wasseroberfläche auf, verlor das Bewusstsein und ertrank in den Fluten. Er hatte ein Leben ohne Chance, der Gosse entkommst du nicht. Sein letzter Gedanke galt seiner Mutter und dann ging er durch einen langen Tunnel, am Ende ein helles Licht der Hoffnung, in das er eintauchte und sich zum ersten Mal wohlfühlte, dann war alles vorbei. Ein unwichtiger Mensch weniger auf der Erde, so unwichtig, dass noch nicht einmal jemand an seiner Bestattung teilnahm.

Felix hörte nie wieder etwas von Ingmar. Der war wie vom Erdboden verschluckt und er fand keine Erklärung dafür. Seine ständige Angst nahm aber dadurch weiter zu. War Ingmar wieder untergetaucht und würde er ihn weiter bedrohen? Ab diesem Tag geriet Felix langsam aber stetig in einen Verfolgungswahn. Jeder Schritt musste ab sofort sorgfältig bedacht werden. Auch Manni und Bodo wussten nichts, verhielten sich daher in Folge ruhig, denn sie hatten den Verdacht, und das war die einzige logische Erklärung, Ingmar könne verhaftet worden sein.

KAPITEL 17

HAAGENSTEIN ZEHN JAHRE SPÄTER, MAI – AUG 1992

Die Hochzeitsvorbereitungen liefen auf Hochtouren. Adele war voller Eifer am Organisieren. Endlich nahm ihr Leben den erträumten Verlauf. Alexanders Genesung schritt voran. Er musste nicht mehr lange in der alten Firma ausharren, in der er ohnehin keinen Fuß mehr auf den Boden gebracht hätte. Silke und Arno waren nur noch normale Kollegen. Sie hatten in ihrer Freizeit keine gemeinsamen Unternehmungen mehr mit ihm. Die Jungs aus der Band ließen sich nicht mehr blicken, nur einen einzigen Anruf gab es noch, um sich nach dem Stand der Dinge zu erkundigen, aber es war kein wirkliches Interesse mehr an ihm zu spüren. Es kränkte ihn. Doch so hatte Alexander wenigstens Zeit für die Gründung seiner Familie und konnte sich zusammen mit Adele um die Hochzeit kümmern, Babysachen besorgen, oder um eine neue gemeinsame Wohnung Ausschau halten. Als erstes aber mussten sie das Versäumnis mit Adeles Eltern nachholen und ihnen beichten, dass sie sich tags zuvor ohne ihr Beisein verlobt hatten und heiraten wollten. Gleich am Abend danach, an dem er ihr den Verlobungsring angesteckt hatte, besuchten sie ihre Eltern. Erstaunlicherweise hatten sie sich bislang noch nicht kennengelernt. Dennoch wussten Adeles Eltern bereits, wen sie vor sich hatten, als er das Haus betrat, denn Adele hatte ihn in höchsten Tönen angekündigt, sprach von seiner wundervollen edlen Art und seiner unglaublichen Attraktivität. Adeles Mutter war sofort angetan, als sie ihn sah, ihr Vater jedoch stand etwas betroffen im Raum, denn er war um einiges kleiner als Alexander und musste zu ihm aufschauen, was ihm irgendwie unangenehm war.

»Mutti, Vati, das ist Alexander, von dem ich euch schon soo viel erzählt habe.«

Sie gingen ins Wohnzimmer, wo bereits Kaffee und Kuchen bereitstand, begannen zu plaudern, über das Wetter, über die aktuellen Nachrichten, die tristen Aussichten allgemein, aber dann natürlich auch, wie sie sich kennengelernt hätten und fragten wie das denn bei ihren Eltern verlaufen sei.

»Bei uns«, sagte ihr Vater, »da war es so, dass wir uns auf einer Kirmess kennengelernt hatten, als ich mir ein Eis kaufte und es mir auf den Boden fiel, direkt vor die Füße deiner Mami. Ich hab mich sofort in sie verliebt, daher sagte ich spontan zu ihr ›Willst du mich heiraten?‹ Sie musste lachen und sagte spaßeshalber ›Ja‹, woraus allerdings sehr bald Ernst wurde, als deine Schwester unterwegs war.«

Das war das richtige Stichwort und Adele offenbarte ihnen, dass sie sich am Tag zuvor verlobt hätten. Ihren Eltern verschlug es die Sprache, sie vergaßen zu lächeln, es entstand eine gar seltsame Stimmung. Alexander konnte sie sich nicht erklären.

›Ist etwas falsch an mir?‹, fragte er sich und schaute Adele an, die den Blick nur kurz erwiderte und dann zu Boden blickte.

Seltsam, dachte Alexander. Als erstes brach ihr Vater das Schweigen: »Na dann, meinen Segen habt ihr, herzlichen Glückwunsch.«

Ihre Mutter stimmte mit ein, doch die Situation entspannte sich aus irgendeinem Grund kaum. Das gerade Erlebte hinterließ bei Alexander viele Fragen, die er anschließend mit Adele besprechen wollte. Offenbar waren ihre Eltern doch stärker beleidigt über den Umstand, dass sie nicht auch bei der Verlobung dabei sein durften, als gedacht. Der weitere Nachmittag verlief dann ohne große Emotionen, etwas aufgesetzt freundlich. Seit wann sie denn wüssten, dass sie heiraten wollten, wann das Kind auf die Welt komme, wo sie wohnen wollten, ob sie sich das alles gut überlegt hätten und ob sie Baby Sachen bräuchten, denn da sei noch einiges da. Die beiden beantworteten alles brav und waren froh, als es soweit war, aufbrechen zu können.

Auf dem kurzen Fußweg zu Adeles Wohnung fragte Alexander: »Sag mal, deine Eltern waren aber nicht gerade begeistert, oder?«

»Ach herrje, Alex, so sind sie halt, denk dir nichts. Am Ende haben sie sich ja doch gefreut. Sind halt Nordlichter, die sind ein wenig kühler, als ihr hier. Du weißt ja, die Kühlen aus dem Norden.«

»Okay, hmm..ja … könntest durchaus recht haben.«

Von da an wurde die Hochzeit minutiös geplant. Es sollte die Schönste aller Hochzeiten werden, einzigartig, alles in den Schatten stellend. Das Aufgebot wurde bestellt, der Pfarrer aufgesucht, der sie mit all seiner Lebenserfahrung überschüttete, insbesondere mit ehelichen Tipps und Hinweisen.

»Meine Schäfchen«, so begann er, allerdings mit einem Zwinkern, »ich gehe davon aus, dass ihr vor der Ehe entsagtet und so werdet ihr alsbald der ehelichen Pflicht anheimfallen und miteinander in Einheit gehen, um euch zu mehren«, er schaute dabei auf Adeles Bauch und fuhr lächelnd fort, »aha, wie ich sehe, können wir den ersten Teil schon mal weglassen.«

Er machte etwas weniger salbungsvoll weiter mit allerlei Tipps zur Kindererziehung, zur Mehrung, Treue, Loyalität, Moral, Moral und nochmal Moral und machte klar, dass Moral im Prinzip alles ausschließe, was Spaß mache und wehe, man halte sich nicht daran, dann würde sie einst die Strafe Gottes ereilen. Auf Adeles Nachhaken, was denn die Strafe Gottes für Spaß sei, meinte der Pfarrer, das werde man dann sehen. Keiner kenne Gottes Gedanken, Wege und Urteile. Da meinte Adele, wenn das denn keiner kenne, wieso sollten denn dann all die moralischen Tipps richtig sein, woher er das denn dann nehme.

»Na, wir haben doch Gottes Vertreter auf Erden, den Papst, weißt du, und der ist unfehlbar.«

»Aha, und wer gibt ihm diese Unfehlbarkeit oder anders gesagt, war er denn bevor er Papst war fehlbar und dann ab der Wahl plötzlich nicht mehr? Dann muss ihn doch jemand unfehlbar machen.«

»Gott selbst ...«

»Na, aber wie kann das denn sein, wenn doch niemand Gottes Gedanken kennt.«

»Oh, Adele, mit solchen Sachen solltest du dich nicht so sehr befassen, denn Glauben heißt auch, nicht hinterfragen, denn wenn ich etwas hinterfrage, dann heißt das ja, dass ich nicht daran glaube. Ihr wollt aber vor der Kirche heiraten, also glaubt ihr und dazu gehört auch, dass man als Katholik an die Unfehlbarkeit des Papstes glaubt.«

»Ach, Herr Pfarrer, ich komm aus dem Norden, da sind wir offenbar schon weiter, als ihr hier im Süden. Wissen Sie, im Mittelalter hat man auch noch daran geglaubt, dass die Erde eine Scheibe ist und nur weil es Mutige gab, die das hinterfragten – übrigens auch Katholiken – wissen wir heute, dass es nicht so ist. Oder die Tatsache, dass nicht die Erde Mittelpunkt des Universums ist, sondern sie nur ein Planet ist, der um die Sonne kreist. Erst in diesem Jahr 1992 gab die Kirche offiziell zu, dass Galileo 1632 recht hatte mit seiner These. Wie soll mich eine solche Religion überzeugen, die sogar widerlegte Behauptungen immer noch weiterverbreitet. Und so, lieber Herr Pfarrer, sage ich Ihnen, der Papst ist fehlbar. Er ist ein ganz normaler Mensch, ein studierter Mensch, okay, möglicherweise sogar ein guter Mensch, was allerdings auch zu beweisen wäre.«

Der Pfarrer schluckte, so ein Vorbereitungsgespräch für eine Hochzeit hatte er noch nie. Offenbar saß da eine kluge Frau. Früher wäre sie wohl als Hexe verbrannt worden, wenn sie einen Geistlichen derart herausgefordert hätte.

»Liebe Adele ...«

»Frau Kowalski bitte ...«

Der Pfarrer schluckte abermals: »Liebe Frau Kowalski, was soll ich ihnen denn sagen, ich habe meine Lehre zu vertreten, dafür werde ich bezahlt, aber unter uns, ja, der Papst ist sicher nicht unfehlbar, ganz im Gegenteil. Viele Päpste haben schon enorm viele Fehler begangen. Papst Pius zum Beispiel, der sich mit dem Teufel Hitler eingelassen hat. Ich weiß, dass intelligente Menschen mit all der Tautologie nicht mehr klarkommen und Fakten haben wollen. Aber wissen Sie, es ist so, Menschen wollten seit jeher Antworten haben zu allen Fragen. Früher gab es keine Wissenschaft, die ihnen die Antworten geben konnte, also haben sich die schlaueren Menschen für die Dummen einfach was ausgedacht und merkten, dass sie dadurch bewundert wurden, Vorteile genossen und Menschen manipulieren konnten. Also haben sie es weiter ausgebaut, sich zu Priestern gemacht, dann Götter erfunden, damit die Menschen Angst bekamen und die Priester noch mehr achteten, die offenbar einen Draht zu einer höheren Macht hatten, mit der man sich besser nicht anlegte, um nicht einer fürchterlichen Strafe anheim zu fallen. Diese erfundene Macht, die vermeintlich hinter den Priestern stand, verlieh ihnen Autorität auf Erden. Und sie nutzten diese, erzeugten Angst und Schrecken unter Ungläubigen und auch Gläubigen, missbrauchten die Menschen vielfach, nahmen ihnen ihr Geld ab. Doch sie gaben Antworten, die sie sich zwar aus den Fingern saugten, aber das war vielen dieser Menschen egal, Hauptsache sie hatten Antworten und diese Antworten wurden sogar noch verteidigt. Und so ist religiöser Glaube entstanden, indem Unwissenheit und Naivität durch Behauptungen bedient wurden, die den Anschein erweckten, echtes Wissen zu sein. Es entstanden Kirchen, ganze Institutionen, die davon gut lebten, ihre Schäflein um sich sammelten und möglichst dumm hielten, damit sie nicht die Fähigkeit erlangten, zu hinterfragen oder die wahren Antworten zu finden. Natürlich wussten die Gelehrten, dass alles auf tönernen Füßen stand und bekämpften Menschen wie Galileo, der nicht weniger wagte, als die Unfehlbarkeit der katholischen Kirche in Zweifel zu ziehen, indem er eine grundlegende Behauptung in Frage stellte. Denn wenn jemand an der Spitze der Kirche steht, der doch unfehlbar ist, dann ist es folglich auch die ganze Kirche und damit hätte Galileo bewiesen, dass die Kirche sich eben doch irrte und somit eben gerade nicht unfehlbar war und damit auch der Papst nicht. Heute wissen die einfachsten Menschen weit mehr, als die gelehrtesten Priester einst und können sich selbst ein Bild machen und was sehe ich, es kamen noch weit bizarrere Gurus mit noch irreren Behauptungen und selbst die schaffen es,

Schäflein um sich zu scharen. Das bedeutet doch am Ende, dass viele Menschen die Wissenschaft zu kompliziert ist und sie weiter danach suchen, einfache Antworten zu bekommen, die ihnen die Last von der Seele nehmen. Sie suchen nach Verhaltensregeln und Gemeinschaften, in die sie sich einbetten können und die ihnen Strukturen geben. Das ist es, was eigentlich zählt. Und ja, es ist so, dass die Moralregeln heute überholt sind und vor allem den Spaß rauben, sie hatten aber früher ihre Berechtigung. Nur kann sich die Kirche eben nicht so rasch anpassen. Man sieht es auch an der Frage der Ökumene oder des Zölibats, wie starr dieser Apparat ist.«

Nun war Adele baff: »Äh, 'tschuldigung, sie können mich nun doch Adele nennen. Ist ja n'Ding. Wie können sie nur dieses Amt bekleiden und andererseits so denken?«

»Naja, da könnte ich sie auch fragen, wie kann jemand in einem kapitalistischen Staat leben, aber sozial denken? Sollen wir denn alles den anderen überlassen? Nein, und so ist es auch hier. Die Kirche hat nur eine Chance, nämlich, dass sie sich von innen verändert, durch Leute wie mich und davon gibt es inzwischen viele. Nur haben wir noch nicht das Ruder in der Hand, aber würden wir gehen, dann wäre die Kirche am Ende ein reiner konservativer, gegebenenfalls rechtspopulistischer Machtapparat und all die Gläubigen wären dem ausgeliefert. Nein, Adele, wir müssen gerade deswegen dabei sein, um das zu verhindern und wir müssen für Veränderung sorgen, so uns das hoffentlich gelingen mag. So, und nun reden wir einfach ganz normal über euer zukünftiges Leben. Seht ihr, es ist so, eine Ehe ist kein Manifest mit einer immerwährenden Funktionsgarantie. Auch die größten Liebesgefühle weichen einmal dem Alltag. Das heißt nicht, dass man sich nicht mehr liebt, aber man merkt es vielleicht nicht mehr, denkt an vieles nicht mehr. Alles wird selbstverständlich, Stress schleicht sich ein. Manche entlieben sich sogar. Ihr werdet eine höllische Achterbahnfahrt an Gefühlen mitmachen, manche hassen einander später. Ich will euch nichts vormachen, das Thema ›bis der Tod uns scheidet‹ durchzuziehen, ist für etwa fünfzig Prozent der Bevölkerung nicht möglich und es gibt eine hohe Dunkelziffer, die zum Beispiel nur noch aus wirtschaftlichen Gründen zusammen sind, aber eigentlich schon innerlich abgeschlossen haben. Einige finden sich nach einer gewissen Durstphase wieder, andere nicht mehr. Aber genau darum macht man das Trennen einer Ehe schwer, damit diejenigen sich wiederfinden können, bei denen noch nicht alles verloren ist. Zumindest ist das staatlicherseits so. Die katholische Kirche kennt keine Scheidung, nur in absoluten Ausnahmefällen. Ihr seid vor der Kirche auch nach einer Scheidung verheiratet und würdet aus dieser Sicht quasi fortan außerehelich fremd gehen. Ist auch wieder so eine weltfremde Regelung der Kirche, ich weiß, sie hat nichts mit der Realität gemein. Alles nur Scheinheiligkeit.«

Da sagte Adele zu Alexander: »Alex, er hat recht, als Psychologin sage ich dir, man kann den Spruch ›bis dass der Tod uns scheidet‹ eigentlich nicht aussprechen, wenn man die Realität so betrachtet.

»Hm«, meinte Alexander nur und schien sichtlich genervt von dem vielen Geschwafel.

Die Hochzeit wurde so angesetzt, dass sie auf alle Fälle vor der Niederkunft stattfinden konnte. Alles wurde in Windeseile abgewickelt und doch sollte es die beste Hochzeit aller Zeiten werden. Alles wurde bedacht, jedes Detail wurde zigmal erörtert, bevor entschieden wurde. Für Alexanders Geschmack war es etwas zu viel Trubel, aber naja, Adele war es ihm wert und da waren ja schließlich auch noch die Mütter. Die beiden hatten sich inzwischen kennengelernt, wohingegen die Väter allerdings kein Interesse aneinander zeigten. Die Mütter aber überschlugen sich mit Vorschlägen, rissen das Geschehen mitunter so sehr an sich, dass Adele sie erinnern musste, wer denn eigentlich heiratete. Das Aussuchen des Brautkleids war eine Geduldprobe für alle Beteiligten. Die Geschmäcker waren derart verschieden, dass es schien, als benötigte man einen Schiedsrichter. Am Ende entschieden die beiden Mütter und Adele fügte sich, des lieben Friedens willen. Alexander durfte das Kleid vor der Hochzeit nicht sehen, klar, aber Adele wiederum wollte bei seinem Einkauf durchaus dabei sein. Es musste ja schließlich perfekt sein und zu ihrem Kleid passen und Männer haben dafür einfach kein Händchen.

Die Hochzeit rückte näher. Mitte Juli sollte sie sein, alles war organisiert, als sie die Nachricht bekamen, dass das Lokal, in dem sie heiraten wollten einen Wasserschaden hatte, was bedeutete, dass die Hochzeit dort nicht stattfinden konnte. Schnell musste alles umorganisiert werden. Die Entbindung wurde für Ende August oder Anfang September erwartet, also konnte man nicht mehr so wählerisch sein. Die Wahl fiel auf eine Dorfwirtschaft in der Nähe von Wartburg. Etwas urig, aber durchaus ansprechend. Leider hatten sie aber nur Termine ab Ende Juli frei. Sie legten sich auf den einunddreißigsten Juli fest. Einladungen wurden neu versandt, das Kirchenfest verlegt, Musiker, Standesamt und alles andere ebenso. Enormer Stress entstand und es war Alexanders ruhiger Art zu verdanken, dass zu dieser Zeit keine Beziehungskrise ausbrach.

Unangenehmerweise hatte die Musikband zum neuen Termin keine Zeit mehr und sie mussten sich um eine Alternative bemühen. Am Ende blieb Alexander nur übrig, bei seinen ehemaligen Musikerkollegen anzurufen, mit der Bitte, ob sie denn für ihn spielen würden. Da einige von ihnen ohnehin zur Hochzeit eingeladen waren, war es selbstverständlich für sie, den Part zu übernehmen. Er freute sich enorm darüber und hoffte, vielleicht könnte er ja doch auch noch irgendwie mit auf die Bühne. Zumindest würde er gerne die Ansagen machen, dachte er bei sich, ohne dabei die Rechnung mit Adele gemacht zu haben, die sich ihn selbstverständlich den ganzen Abend an ihrer Seite wünschte.

Zwei Wochen vor der Hochzeit besuchte Adele ihren Frauenarzt, um sich zu vergewissern, dass alles in Ordnung war, was dieser auch bestätigte, allerdings in einer Art, die sie nicht erwartete.

»Wissen sie, ihr Kind ist gesund und munter und, wenn ich das anmerken darf, es ist seiner Zeit in der Entwicklung etwas voraus, wie mir scheint. Alles ist bereits so weit ausgebildet, dass ich mir fast zutraue, zu sagen, es könnte schon Mitte August oder noch früher kommen.«

»Was meinen sie damit? Das wären dann ja drei bis vier Wochen zu früh! Wie kann das denn sein?«

»Na, machen sie sich keine Sorgen, Frau Kowalski, das ist nur meine grobe Einschätzung, Genaueres kann ich nicht sagen. Ich kann mich auch komplett irren. Aber auf alle Fälle sollten sie sich mal auf eine frühere Geburt einstellen, als sie es bisher planten. Wissen sie, das kommt öfter mal vor.«

Adele sah ihn verdutzt an. Da sie aber in Eile war, zog sie sich rasch wieder an und akzeptierte es einfach. Es war ohnehin schon alles sehr eng und nun wurde es noch knapper. Es musste nun alles funktionieren wie geplant, so manche ärgerlichen Abstriche hatten sie eh schon hinnehmen müssen. Einige Tage vor dem großen Tag wurde dann auch noch das gemietete Hochzeitsauto in einen Unfall verwickelt. Und so mussten sie auf die Schnelle Alexanders Vater bitten, sein Auto zur Verfügung zu stellen, was er natürlich gerne machte. Er war stolz, seinen fast neuen Audi 100 in diesem Glanze zu sehen und zwar so, dass jeder wusste, dass er, der Vater, es sich leisten konnte, so ein Auto zu fahren.

Der Tag der Hochzeit war gekommen. Adele war, so wie es der Brauch war, die letzte Nacht bei ihren Eltern und Alexander bei seinen. Ihr Bauch war inzwischen enorm angewachsen, das Kleid war dafür zu eng geschnitten. Es spannte über dem Bauch und schob sich nach oben, so dass eine sehr unvorteilhafte Querfalte zwischen Bauch und Busen entstand. Unglücklich rief sie ihre Schneiderin an, die jedoch auf die Schnelle nichts mehr unternehmen konnte, außer eine Art Bauchbinde anzubieten.

›Noch hässlicher‹, dachte Adele und verzichtete dankend. Wenigstens passten die Schuhe. Weinend trat sie aus dem Haus, um von Alexander, chauffiert im Audi seines Vaters, abgeholt zu werden. Alexanders Anzug passte perfekt.

›Ungerecht‹, dachte Adele, ›ich als Braut müsste die Schönste im Saal sein, aber mein Kleid sieht aus wie Tante Friedas und mein Mann sieht aus wie ein Grand Senior.‹

Pünktlich ging es zum Standesamt. Danach zur Kirche. Der Pfarrer gab sein Bestes, hielt sich allerdings an seine Vorgaben und erzählte allerhand seltsame Dinge. Danach ab zum Festsaal. Adele blickte immer unglücklicher aus der Wäsche; der schönste Tag des Lebens und dann so ein Kleid. Die Musiker waren auf der Bühne, Alexander ging hinauf und begrüßte und umarmte sie. Es war ein großes Hallo. Adele allerdings stand etwas verloren herum und hoffte, dass ihr Ehemann gleich wieder von der Bühne kam. Er aber stellte sich an das Mikrofon und sagte lispelnd die ersten Musikstücke an, ging dann zu Adele und forderte sie zum Tanz auf. Nach dem ersten Stück beendeten sie den Versuch, er scheiterte an ihrem Bauch und ihrer Tanzbegabung. Sie hätten vorab doch einen Tanzkurs besuchen sollen, dachte Adele und setzte sich an ihren Platz. Mit einem Mal wurde es ihr schummrig vor Augen, das Baby trat gegen ihre Bauchdecke. Ein lebendiges Kind. Die beiden Mütter erkannten Adeles Not und begleiteten sie zur Toilette, wo sie sich vor Schmerz krümmte. Ein anwesender Arzt untersuchte sie kurz und war rasch sicher, dass es sich hierbei um Senkwehen handelte. Nichts Ungewöhnliches in dieser Phase der Schwangerschaft, allenfalls ein wenig früh, aber nichts Dramatisches. Sie könne weiter an der Hochzeit teilnehmen, sobald die Schmerzen nachließen. Eine Stunde später saß sie wieder an ihrem Platz. Alexander sah ihr besorgt und hilflos entgegen, aber sie beruhigte ihn, denn anscheinend sei alles in Ordnung. Das Kind kündige sich an und das sei doch eine schöne Nachricht.

›Uff,‹ dachte Alexander, ›geht's schon los, oder was?‹

Aber die Hochzeit wollte er sich nicht verderben lassen und forderte seine Schwiegermutter zum Tanz auf. Im Gegensatz zu Adele war sie eine hervorragende Tänzerin und zusammen mit Alexander sah es richtig gut aus, wenngleich Alexander nur den Discofox tanzte.

›Wie kann es sein, dass Alexander nun doch so einige gute Schritte auf's

Parkett bringt und mit mir umhertorkelt wie ein schwimmender Korken?‹, fragte sich Adele.

Noch mehr Ärger spürte Adeles Vater, der sich ohnehin schon etwas seltsam fühlte in Bezug auf Alexanders Körpergröße und nun zusehen musste, wie seine Frau plötzlich Spaß an der Bewegung fand, während sie mit ihm wie ein Stock tanzte. Überhaupt schien ihm seine Frau heute wie ausgewechselt. Sie unterhielt sich viel mit diesen und jenen Leuten und insbesondere mit einem attraktiven Mann um die Fünfzig. Ihm fiel dann ein, dass es Adeles Psychologe war und somit maß er dem keine Bedeutung mehr bei. Auch er ging kurz zu ihm hin und grüßte ihn nett.

»Eine attraktive Frau haben sie da«, meinte der Psychologe.

»Attraktive Frau? Meinen sie meine Frau?«

»Ja, und klug.«

Adeles Vater drehte sich zu seiner Frau um und versuchte zu ergründen, wie das gemeint sein könnte.

›Hat sich da was verändert? Nein. Hmm.‹, dachte er und erwiderte, »danke, aber wo ist denn Ihre Frau?«

»Sie ist unpässlich und konnte heute leider nicht mitkommen.«

»Na schade, dann grüßen sie sie unbekannterweise von mir.«

Währenddessen stolperte Alexander tanzend über seine eigenen Füße und fiel zu Boden. Er hatte etwas zu viel getrunken. Lachend rappelte er sich wieder hoch und wollte sofort weiter tanzen, fiel aber sofort wieder hin.

›Hups,‹ dachte er und torkelte zurück zu seinem Platz wo ihn Adele mit vorwurfsvollem Blick in Empfang nahm.

Einige verspätete Gäste kamen zum Gratulieren an den Brauttisch, darunter auch der Bürgermeister Haagensteins, der Alexander in eine längere Unterhaltung verwickelte, dabei aber Adele wenig Aufmerksamkeit schenkte, was sie ärgerte. Bin ich niemand? Sie wollte aufstehen, um von Tisch zu Tisch zu gehen, doch ihr wurde erneut schummrig und so setzte sie sich schnell wieder an ihren Platz.

›Die schönste Hochzeit aller Zeiten‹, dachte sie etwas angefressen.

Alexander war endlich fertig mit seinem Gespräch und sie wollte endlich mit ihm zusammen die Gäste begrüßen, doch er entschuldigte sich kurz und erhob sich mit einem Lächeln von seinem Stuhl, das sagen sollte: ›Pass auf, ich habe eine Überraschung.‹ Er ging auf die Bühne zu seiner ehemaligen Band, die gerade eine kurze Pause machte, nahm das Saxophon, sprach kurz mit dem

Bandleader und stellte sich ans Mikrophon. Schwarzlicht wurde zugeschaltet, seine falschen Zähne blitzten grellweiß und er sprach lispelnd und lallend ins Mikro.

»Meine suse Adle, hicks hab di solllieb. Nun unsaLLLied ›Moon Liver‹!«

Er setzte das Sax an die Lippen, gab dem Orchester einen Wink und spielte. Er spielte und spielte, …fünf Takte, dann riss er das Instrument aus seinem Mund und jaulte leise vor Schmerzen. Mit traurigem Gesicht stellte er das Sax weg und schlich mit hängenden Schultern zurück an seinen Platz. Adeles Kleid war inzwischen an der Bauchfalte so verschwitzt, dass es sich nicht mehr verbergen ließ. Sie konnte es selbst allerdings nicht sehen, da es aus ihrer Warte vom Busen verdeckt wurde. Die Gäste aber sahen es und redeten darüber und sie redeten über Alexanders Problem gerade mit dem Sax und wieso denn diese Hochzeit unbedingt noch vor der Geburt sein musste und wieso sie denn überhaupt so schnell ein Kind haben mussten und wieso sie sich kein besseres Brautauto leisten konnten und der Vater sein Auto zur Verfügung stellen musste und wieso sie in so einer Dorfwirtschaft heirateten, er sei doch Musiker, da kenne man doch bessere Lokale. Alles in allem wurde natürlich schlecht über sie geredet, wie immer, wenn über andere geredet wird. So sind sie, die Leut'. Alexander und Adele saßen frustriert auf ihren Stühlen. Einige Gäste begannen, sich vorzeitig zu verabschieden.

»Müssen früh raus, war aber super.«

»War toll, aber bin leider etwas angeschlagen.«

»Hab morgen einen wichtigen Termin.«

»Meiner Frau geht's nicht gut …« …

Nach und nach leerte sich der Saal, obwohl das Fest noch lange nicht zu Ende war. In der letzten Stunde war nur noch ein Dutzend Gäste anwesend und als das Paar am Ende der Feier nach dem letzten Tanz hinausgespielt wurde, leuchteten nur noch fünf Feuerzeuge. Adele schritt mit nassen Augen, aber tapfer und erhobenen Hauptes zum Hochzeitsauto, dessen röhrender Motor seine Pferdestärken zeigte und mit quietschenden Reifen in die Hochzeitsnacht verschwand, mit einem traurigen Alexander und einer erneut unter Senkwehen leidenden Adele im Fond.

›Nun‹, dachte Adele am Tag darauf ernüchtert, ›das war also die schönste Hochzeitsfeier aller Zeiten.‹

Nachdem alle Geschenke von der Dorfwirtschaft abgeholt und Band sowie Wirt bezahlt waren, setzten sich die beiden in Adeles Wohnzimmer, schalteten den Fernseher an und schauten schweigend ein trauriges Liebesdrama im Nachmittagsprogramm an, beide auf ihre Weise zutiefst enttäuscht. Für Alexander war es der letzte Versuch, sein geliebtes Saxophon zu spielen. Er würde es nie wieder in die Hand nehmen. Adele konnte die Feier wegen ihres Zustandes fast nur von ihrem Platz aus verfolgen, abgesehen von der Zeit, die sie wegen der Senkwehen fernblieb. Welch ein Auftakt für ein glückliches gemeinsames Leben, eine ungeplante Schwangerschaft mit verfrühten Senkwehen, ein Unfall, eine missglückte Hochzeitsfeier.

Alexander überzeugte Adele nun davon, sich bis zur Niederkunft krankschreiben zu lassen. Die Senkwehen kamen immer häufiger. Ihr Frauenarzt sah seine Prognose einer verfrühten Entbindung bestätigt, denn am 11. August 1992 morgens war es soweit. Das frisch vermählte Paar wurde Vater und Mutter. Voll Glück und Zufriedenheit über die, laut der Hebamme, für eine erste Schwangerschaft erstaunlich gut verlaufene Geburt und dem wunderbarsten Baby der Welt, lagen sie sich in den Armen.
»Schau mal, er sieht dir richtig ähnlich«, sagte Adele.
Alexander sah den Jungen verliebt an. Einen Namen hatten sie bereits: ›Tom‹
All das Leid und die vielen Enttäuschungen der Vergangenheit und nun dieses große Glück im Leben. Als die Hebamme ihre Glückwünsche übermittelte, mit dem Hinweis, dass das Baby zwar früh dran sei, aber dennoch vollkommen ausgebildet, war sie erleichtert und Alexander dachte:
›Gott sei Dank, wenigstens die Natur ist gnädig mit uns.‹

Am selben Tag kamen beide Großelternpaare zu Besuch. Adeles Vater drängte sich als erster nach vorne und umarmte seine Tochter voll Herzlichkeit, als er erkannte, wie glücklich sie war. Auch ihm fiel eine riesige Last von den Schultern, endlich konnte er wieder an ein Glück seiner Tochter glauben und hoffen, dass all die schlimmen Zeiten der Vergangenheit angehörten und langsam einem neuen, schöneren Leben wichen. Ihre Mutter stand lächelnd dahinter, Tränen der Freude funkelten in ihren Augen, auch sie umarmte Adele. Als Adele merkte, wie sehr sich ihre Eltern strahlten, musste sie vor Glück weinen. All die Pein, all der Schmerz, alles wich aus ihrem Körper, machte sich Luft und entlud sich in einem Feuerwerk der Gefühle, das auch ihre Eltern ansteckte. Alle drei lagen sich nun in den Armen und heulten im Trio Rotz und Wasser. Alexander und seine Eltern standen etwas verwirrt daneben, blickten sich an, ob des unheimlichen Gefühlsausbruches von Menschen, denen sie bislang keine besonderen

Gefühlswallungen zugeschrieben hatten, denn es waren für sie ja die Kühlen aus dem Norden.

›Wie passt das nun wieder zusammen?‹, fragte sich Alexander verdutzt.

Da begann der kleine Tom in seinen Armen lautstark auf sich aufmerksam zu machen, er hatte Hunger. Adele machte ihre Brust frei und legte ihn an. Nach einigen Fehlversuchen erreichte er sein Ziel und saugte kräftig das Manna des Lebens in sich hinein.

»Ein sehr kräftiger Junge«, meinte eine der Schwestern, »und groß. Ganz der Vater.«

KAPITEL 18

HAMBURG VON MAI 1983 BIS ZUM JAHR 1996

Felix und Marta wurden beim Jugendamt inzwischen als ›geeignet für eine Adoption‹ eingestuft. Der Wohnungswechsel Ende Mai an den Stadtrand verschaffte ihnen noch weitere Pluspunkte und beide konnten ihre Arbeitsstellen weiterhin gut mit öffentlichen Verkehrsmitteln erreichen. Marta war sehr zufrieden mit allem, eine Adoption lag in greifbarer Nähe. Endlich konnte sie auf ein Kind hoffen. Felix hatte jeden Widerstand aufgegeben und das Jugendamt unterstützte sie nach Kräften. Die neue Wohnung hatte ein Zimmer mehr und war insgesamt etwas großzügiger und moderner. Die Küche konnten sie übernehmen, alle anderen Möbel zogen sie aus der alten Wohnung mit um. Marta fühlte sich glücklich und fing an, die Wohnung nach ihrem Geschmack zu gestalten. Felix wurde zwar hin und wieder auch nach seiner Meinung gefragt. Seine Antwort war am Ende aber doch stets irrelevant. Hier ein paar Figürchen, dort ein wenig Gehänge und Glöckchen, eine Vitrine voller Kleinode, gestrickte Accessoires, Bilder, Deckchen, Blümchen, Kerzen, Duftseifen ... einfach alles, was den Damenherzen Freude bereitet.

Felix aber hatte andere Probleme. Zwar hoffte er, dass er mit dem Umzug abtauchen konnte und jemand wie Ingmar, so er noch leben sollte, ihn hier nicht finden würde, aber irgendwie hatte er dennoch das Gefühl, beobachtet zu werden, nicht so schlimm wie in der vorherigen Wohnung, aber präsent und unheimlich. Manni und Bodo traf er nicht mehr, er ging auch nicht mehr zum Stadion, selbst seinen alten Freund Sven mied er. Felix vereinsamte vollständig, ging nur noch seiner Arbeit nach und machte sich ansonsten in der neuen Wohnung nützlich, baute Möbel auf, räumte Schränke ein, reparierte dies und jenes.

Anfang Juni aber trieb ihn wieder ein Gedanke, es war die Schwangerschaft des Opfers. Noch nannte er sie so, obwohl er wusste, dass ihr Name Adele Kowalsky war. Er scheute sich, ihren Namen zu verwenden, wollte weiterhin eine, wenn auch scheinbare, Anonymität des Opfers, damit er ihr emotional nicht zu nahekomme. Erneut wurde ihm gewahr, dass er Vater wurde. Es erschütterte ihn zunehmend, dass Marta einerseits ein Adoptivkind wollte, aber keinesfalls ein Kind von ihm, dass andererseits aber bereits ein Kind seines Verbrechens unterwegs war. Er wollte dieses Kind sehen, er wusste nur noch immer nicht, wie. Da es ihm einfach keine Ruhe ließ, fuhr er nach langer Zeit wieder einmal zum Haus der Kowalskys und wartete einige Zeit verborgen hinter einem Baum gegenüber. Endlich ging die Haustüre auf und die junge Frau, sein Opfer, mit einem älteren Herrn, vermutlich ihrem Vater, das Haus verließ. Ihr Bauch hatte inzwischen einen enormen Umfang angenommen, da fing Felix zu rechnen an und ihm wurde bewusst, dass das Kind wohl so ab Mitte Juni zur Welt kommen müsste, wenn er der Vater war. Er fing einige Worte auf, wie

» …bald soweit …den Scheißer raus …hasse …«

Dann stiegen die beiden ins Auto und fuhren weg. Felix tat es ihnen gleich und er fuhr mit der Bahn zurück zu seiner neuen Wohnung. Irgendwann, so hoffte er, würde sie mit dem Kinderwagen vor dem Haus erscheinen, und dann würde er wie zufällig hineinschauen.

Ab diesem Tag fuhr er täglich hin. Glücklicherweise behelligten ihn die jungen Leute, die ihn schon einmal an dieser Stelle angesprochen hatten, nicht mehr. Offenbar hatten sie kapiert, dass er nichts von Ihnen wollte, oder sie waren einfach weggezogen, denn sie kamen in all der Zeit nicht aus dem Haus. Dafür rührte sich bei den Kowalskys mehr. Allerdings machte es ihn nervös, dass er nur noch ihre Eltern sah und vermutlich Schwestern von ihr, aber sie selbst nicht auftauchte. Was mag geschehen sein? Hatte sie bereits entbunden? Lebte sie überhaupt noch in dem Haus? Fast schon wollte er seine täglichen Überwachungen einstellen, da Marta bereits Fragen zu stellen begann, was er die Abende immer so mache, wenn er doch eigentlich gar nicht mehr zum Stadion fahre oder seine Freunde treffe. Doch an einem Sonntag, es war der 20. Juni, wurde es plötzlich hektisch, sie tauchte wieder auf, hochschwanger, zusammen mit ihrem Vater, der ihr beim Einsteigen ins Auto half. Mit Vollgas fuhren sie davon. Für Felix hätte es deutlicher nicht sein können. Der Tag der Geburt seines Kindes war wohl gekommen und in wenigen Tagen oder Wochen würde er das Kind sehen können. Irgendwie, da war er sich ganz sicher.

In den nächsten Tagen registrierte er aufgeregtes Kommen und Gehen. Der Vater hatte offensichtlich frei genommen. Die Mutter weinte viel und es wurde gestritten.

Einmal hörte er die Mutter ihn anschreien: »Du bist schuld an allem ...«
Daraufhin stieg er schnaubend ins Auto, fuhr los und ließ sie auf dem Gehweg stehen. Wütend stapfte sie zurück ins Haus.

Einige Tage später kam die junge Frau nach Hause, zusammen mit ihren Eltern. Mutter holte ein lebendiges Bündel aus dem Kindersitz im Fond, das Opfer stieg aus und verschwand sofort im Haus, während Mutter und Vater dem Kind gut zuredeten. Es war ein Kind eines furchtbaren Verbrechens, seines Verbrechens, schoss es Felix wie ein Giftpfeil in den Kopf, er bekam Kopfschmerzen, ihm wurde übel und schwindlig. Benommen setzte er sich auf den Boden. Sein Glück, dass keine Passanten unterwegs waren. Als er sich wieder etwas fing, suchte er das Weite, fing irgendwann an, zu laufen, rannte immer in eine Richtung, zum Altonaer Park, um dort abermals den Tatort aufzusuchen. Er wollte ihn eigentlich für immer meiden, aber an diesem Tag konnte er einfach nicht anders. Der Ort, an dem dieses unschuldige Kind gewaltsam gezeugt wurde. Ein Kind, das für immer benachteiligt sein würde, mit einem Vater ohne Identität, geächtet und gehasst, einem Verbrecher. Wie wird sich ein solches Kind entwickeln? Kann man ihm seine Herkunft verheimlichen, oder wird es Menschen geben, die es ihm doch irgendwann stecken werden? Wird er von der Mutter geliebt oder gehasst? Wird er die gleichen Chancen haben, wie andere Kinder? Wie wird das alles des Kindes Charakter formen?

Felix kam am Tatort an, es wurde bereits dunkel und er erinnerte sich, dass es auch damals dunkelte, als sie die Tat begingen. Er schaute sich auf dem Weg mehrfach um. Ob ihm jemand folgte? Er sah niemanden und ging dann in einem weiten Kreis um den Tatort herum. Als er sich sicher genug fühlte, setzte er sich auf seinen Baumstamm und überlegte, wie er es schaffen könnte, das Kind zu sehen. Er wollte nur noch das eine, nur noch das Kind sehen, irgendwie, um danach seinem unwerten Leben einen Schlussstrich zu setzen. Die einzige Möglichkeit all dem zu entfliehen, die Angst zu beenden und zu sühnen, was er getan hatte. Es schien im plötzlich so einfach und so klar, der Exit aus all der Pein kann durch eine kleine Handlung herbeigeführt werden und dann würde es zu Ende sein, er würde in Frieden ruhen und müsste nichts und niemanden mehr fürchten. Aber zuerst musste er das Kind sehen. Und eigentlich, dachte er, kann ich auch ein wenig mehr riskieren, denn wenn ich mich danach selbst erledige, ist eh alles egal.

Felix kam spät abends nach Hause, Marta erwartete ihn bereits.

»Lass uns bitte nochmal alles durchsprechen bezüglich der Adoption, ja?«, meinte sie.

Felix sah sie stumpfsinnig an: »Wenn es sein muss ...«

»Ja, Felix, es muss sein. Ich will denen etwas Dampf unterm Hintern machen. Jetzt haben wir schon eine neue Wohnung, machen alles, was von uns verlangt wird, sind bestens eingestuft und meine Eltern haben uns Geld für Kindersachen gegeben. Ich will nicht ewig warten. Und ich habe gehört, wenn man sich immer wieder mal meldet, dann kommt man schneller dran.«

Felix hörte sie zwar reden, aber er nahm nicht wahr, was sie redete. Um dem Ganzen zu entkommen, nickte er zwischendurch und stimmte einfach allem zu. Marta schien am Ende zufrieden und sie gingen zu Bett. Bereits tags darauf fuhr Marta zum Jugendamt, um denen Feuer unter dem Hintern zu machen. Und Marta konnte das, oh ja. So grau und unscheinbar sie auch wirkte, die Macht scharfer Worte aus ihrem Mund waren nicht zu unterschätzen. Die genervte Sachbearbeiterin versprach ihr in die Hand, die Sache zu beschleunigen. Zwei Wochen später bekam sie dann endlich Bescheid. Möglicherweise bahne sich eine Freigabe zur Adoption an und man solle sich bereithalten. Es sei ein neugeborener Junge einer Minderjährigen. Diese Nachricht hielt Marta erstmal zurück. Sie wollte zunächst sicher gehen und erst danach Felix mit der freudigen Nachricht überraschen.

Felix irrte derweil weiterhin täglich an seinen Beobachtungsposten, aber erstaunlicherweise kam nie jemand mit einem Kinderwagen aus dem Haus. Es war nicht möglich, einen Blick auf das Kind zu werfen. Hin und wieder hörte man zwar ein Baby schreien, aber sonst nichts. Nach Wochen erst durfte das Kind zum ersten Mal an die Luft, nicht aber im Kinderwagen. Die Mutter der jungen Frau trug das Kind in den Armen, der Kopf war nicht bedeckt. Offenbar wartete sie auf ihren Mann, damit sie ins Auto einsteigen konnte. Felix nutzte die Zeit und startete los. Wie ein zufälliger Passant, schlenderte er ganz langsam an der Mutter vorbei und grüßte sie freundlich, um dann zu bemerken, welch schönes Kind sie auf dem Arm trage.

Die Mutter aber entgegnete: »Sie sind doch der, der immer auf der anderen Straßenseite steht und rüber glotzt. Was wollen sie eigentlich immer hier. Hier gibt es doch gar nichts zu sehen und die beiden jungen Leute aus dem Erdgeschoß sind wegen ihnen weggezogen, die konnten diese Belästigung und Nachstellerei nicht mehr aushalten. Also, jetzt wo sie wissen, dass die nicht mehr da wohnen, könnten sie sich doch endlich mal woanders hinbegeben, oder? Und was das Baby hier anbelangt, lassen sie uns bitte in Ruhe. Ich kenne sie nicht, sie sind mir suspekt und ich will mich sicher nicht mit ihnen über den Jungen unterhalten.«

Ein Junge also, Felix wurde rot. Erwischt und doch nicht, offenbar hatte man ihn nur mit den beiden jungen Leuten, die vormals im Erdgeschoss wohnten, in Verbindung gebracht.

»Tut mir leid, ich wollte sie nicht erschrecken und ja, ich war verliebt in die junge Frau im Erdgeschoss. Ich werde jetzt nicht mehr hier erscheinen, versprochen. Dennoch, ein schönes Kind.«

»Danke, und nun gehen sie bitte, wir müssen los.«

Felix suchte raschen Schrittes das Weite. Er hatte erreicht, was er erreichen wollte, er hatte das Baby gesehen, sein Kind, sein Junge. Ein blasses, schmales Kind zwar, aber es erschien irgendwie aufgeweckt. Ab jetzt musste er den Ort meiden. Sein Schritt wurde langsamer, nun konnte er sich vom Leben verabschieden, ein paar Wochen vielleicht nur noch und dann »Buff«. Die Bushaltestelle tauchte auf, er fuhr heim.

An einem schwülen Tag im August kam Felix verschwitzt nach Hause und wollte ins Bad, sich duschen, seine Klamotten wechseln und dann an den Fernseher. Tag und Ort seines Todes standen fest. Exakt am 12. September, also dem Datum des Verbrechens und zwar genau am selben Ort. Einerseits sollte es ein wenig theatralisch und mit einem Geständnis verbunden sein, andererseits wollte er sich dadurch aber zugleich der an sich gerechten Strafe und der Schmach entziehen.

Felix kam nicht bis ins Bad, Marta fing ihn ab, mit einem siegessicheren Lächeln im Gesicht.

»Was willst du, Marta?«

»Felixchen, hab guuute Nachrichten ...«

»Na, was denn ...«

»Das Jugendamt hat uns einen Brief geschickt. Wir sollen uns bereithalten, wir seien für eine Adoption vorgesehen. Ein Kind, das perfekt zu uns passe. Wir könnten es am 19. August zu uns holen, da sind es ziemlich genau acht Wochen nach der Geburt. Ist so vorgeschrieben. Vorher darf man es nicht freigeben. Übergabe inkognito, voraussichtlich im Altonaer Krankenhaus. Die leiblichen Eltern des Kindes werden uns also niemals kennen und auch, Gott sei Dank, keinen Kontakt zu uns haben. Wir aber dürfen wissen, woher und von wem das Kind stammt. Die Mutter hat anscheinend die Zeugung des Kindes nicht gewollt und will es nun loswerden. Eine Minderjährige, sie muss bestimmt noch zur Schule. Da kann man das verstehen, oder, Felix?«

Felix' Magen fing aus unerfindlichen Gründen plötzlich zu rumoren an. Ein Kind, das zu ihnen passe, von einer Minderjährigen, nur ein paar Wochen alt. Er weigerte sich instinktiv, die Frage der Fragen zu stellen, doch die Antwort kam auch ohne.

»Du willst sicher auch den Namen wissen ... Kowalsky, Adele.«

Felix' Magen stieß einen Schwall an Magensäure hoch, er würgte, wurde abwechselnd blass und rot.

»Felix, was ist los? Sagt dir der Name was? Felix!«

»Nein«, röhrte er, »ich kenne sie nicht, aber ich habe den Namen mal jemanden am Stadion sagen hören.«

Er bekam einen Hustenanfall und krümmte sich, flüchtete ins Bad, sperrte ab und ließ sich auf den Boden fallen. Marta blieb verdutzt im Gang stehen und betrachtete die geschlossene Badezimmertür.

›Was war das denn nun schon wieder, ich werde ihn nie verstehen‹, dachte sie, ›zeigt er Freude, oder was? ... Hm, ja, muss wohl Freude sein, der kann aber auch anstrengend sein. ...Interessant, dass er ausgerechnet diesen Namen schon mal gehört hat. Diese Adele scheint ja eine bekannte Persönlichkeit zu sein in den Kreisen der Fußballfans. Wohl so eines dieser Flittchen, die mit denen rumziehen. Da ist es doch echt besser für das Kind, wenn es in geordnete Verhältnisse kommt.‹

»Felix, komm doch dann bitte zum Abendessen, wenn du dich ausgesponnen hast, okay?«, und ging in die Küche, ohne eine Antwort abzuwarten.

Dann am 19. August war es endlich so weit. Marta und Felix fuhren ins Altonaer Krankenhaus, beide unter Anspannung, allerdings aus unterschiedlichen Gründen. Felix konnte kein Auge mehr zu tun, seine Tage waren grauenvoll und die Nächte noch viel schlimmer. Er schwankte zwischen einem Geständnis, Selbstmord oder sich seinem Schicksal zu ergeben. Marta sah in diesen Tagen, wie belastet er war und redete beruhigend auf ihn ein, sie würden das schon alles gemeinsam schaffen. Er würde schon sehen, wie schön das alles würde, und wenn er erst das Baby sähe, dann würde es ganz sicher fürsorgliche oder gar väterliche Gefühle in ihm wecken. Sie konnte ihn jedoch durch nichts beruhigen. Er aß nichts mehr, trank zu viel Alkohol, zog sich zurück, redete kaum noch ein Wort. Grausame Angstzustände zerfetzten seine Seele in tausend Stücke. Seine Persönlichkeit verfiel zunehmend. Marta machte sich Sorgen. In diesem Zustand durfte ihn niemand sehen, so konnten sie das Kind nicht entgegennehmen. Sie fragte Hilde, ihre Freundin von den Betschwestern, ob es denn bei ihnen damals auch so war, was diese verneinte, bei ihnen sei einfach nur Vorfreude zu spüren gewesen und ihr Mann habe sich richtig ins Zeug gelegt, dass alles wunderbar passe. Das half Marta nicht weiter. Sie brauchte irgendetwas, womit sie Felix rasch beruhigen konnte. Alkohol, Drogen, Psychopharmaka? Alkohol auf keinen Fall, den trank er ohnehin schon zu viel, und an das andere kam sie nicht ran und lehnte es im Grunde auch ab. Was aber konnte helfen? Nichts ...

Und so standen sie nun an der Pforte des Krankenhauses und warteten. Ein Mann in Weiß und eine Frau vom Jugendamt kamen auf sie zu und begrüßten sie herzlich. Marta grüßte herzlich zurück, Felix blieb stumm und senkte den Kopf. Die Frau vom Jugendamt bemerkte diese Haltung sofort und hakte nach, ob alles in Ordnung sei. Marta übernahm das Antworten. Felix sei einfach aus Vorfreude derart aufgeregt. Die Frau vom Jugendamt zog eine Augenbraue hoch, nickte dann aber dem Arzt zu und der führte sie in ein Zimmer. Dort stand ein Kinderbettchen. Marta wollte sofort drauf losstürmen, doch zunächst musste der Arzt über den Stand der Dinge bei den Adoptiveltern in Kenntnis gesetzt werden. Dort sei alles vorbereitet und in bester Ordnung, informierte die Dame vom Jugendamt, und aus ihrer Sicht könne man den beiden das Kind nun zeigen. Wie immer sei es so, dass zunächst ein Probejahr absolviert würde, bevor die Adoption endgültig vollzogen werde. Dann erst könne man endgültig erkennen, ob Eltern und Adoptivkind zusammenpassten. Das Jugendamt werde natürlich streng darüber wachen. Der Arzt machte sich einige Notizen und stellte Fragen an die Adoptiveltern, die alle Marta beantwortete.

›Seltsamer Kerl‹ redet überhaupt nichts, aber vielleicht ist er einfach nur aufgeregt‹, dachte der Arzt und sah Felix musternd an.

»So, und nun ist es soweit«, sagte die Frau vom Jugendamt, »kommen sie, er ist wach, gefüttert und es geht ihm gut. Er trinkt vom Fläschchen, denn er wurde nicht gestillt. Sofort, als wir ihn zum ersten Mal sahen, haben wir an sie gedacht. Es war gut, Frau Olderbrock, dass sie uns ein wenig unter Druck gesetzt haben, so hatten wir sie direkt im Hinterkopf. Sie werden gleich sehen, wie gut er zu Ihnen passt. Das ist uns wichtig, wissen sie? Ein Kind sollte am besten so sein, dass es möglichst wenig Gerede gibt, also idealerweise so, als könnte es ihr

Kind sein. Und in diesem Fall ist eine derartige Ähnlichkeit gegeben, dass wir niemand anderen sehen, als sie. Nun, schauen sie. Das ist der kleine Samson.«

Sie lüftete den Vorhang und da lag er, schmächtig, blass, klein. Marta erkannte die Ähnlichkeit zu Felix sofort und sah ihn voll Freude an.

»Schau mal Felix, als wäre es unser Kind. Schau, wie süß der schaut. Darf ich ihn auf die Arme nehmen?«

»Dürfen sie, aber bitte passen sie auf.«

»Na komm, mein Kleiner.«

Doch bevor Marta ihn nehmen konnte, drängte Felix sich nach vorne, hob den Kleinen aus dem Bett, drückte ihn an sich, küsste ihn, setzte sich mit ihm auf einen Stuhl und schaukelte ihn sanft. Dabei weinte er leise. Er sah niemanden mehr, nur das Kind hatte seine volle Aufmerksamkeit. Als Marta das Baby übernehmen wollte, verweigerte er es ihr. Die Frau vom Jugendamt machte einen erleichterten Eindruck. Offenbar war Felix wirklich einfach nur aufgeregt, nun aber konnte man erkennen, welch gefühlvoller Adoptivvater sich hinter dieser Fassade verbarg. So ein glücklicher Mensch, der noch dazu Gefühle zeigen konnte. Sie lobte die beiden und gab Marta zu verstehen, sie möge sich noch zurückhalten, denn ihr Mann würde gerade eine wichtige Verbindung zum Kind aufbauen, sie könne sich aber dazu setzen und beiden Zuneigung geben, indem sie sie umarmte. Marta tat, wie ihr geheißen. Felix war das egal, er wollte nur das Baby halten und nie wieder loslassen. Sein Kind, eindeutig sein Kind, es sah aus wie er. Marta war nicht die Mutter, er aber der Vater und sie würden es alle nie erfahren. Nur unter gutem Zureden aller gelang es schließlich, ihm das Kind abzunehmen. Er konnte seine Augen dennoch nicht abwenden, sah es weiter unentwegt tränenüberströmt an. Nun durfte Marta übernehmen, eine Hebamme kam hinzu und wies sie in die wichtigsten Grundlagen der Baby Betreuung ein. Sie würde sie noch einige Zeit begleiten und regelmäßig zu Hause aufsuchen. Zum ersten Mal in ihrem Leben hielt Marta ein Baby in den Armen, sie wirkte trotzdem nicht unsicher. Das Fläschchen konnte sie dem Kind ohne Probleme geben. Arzt, Beamtin und Hebamme zeigten sich hoch zufrieden mit der Wahl der Adoptiveltern und vor allem goutierten sie Felix' Verhalten. Sie waren sich nun sicher, dass er einen guten Adoptivvater abgeben würde, da er vom ersten Augenblick an mit einer solchen Liebe an die Sache ran ging. Der kleine Samson wurde in den Kinderwagen gelegt, ein Geschenk des Jugendamtes, und dann wurde die kleine Familie mit einem Taxi nach Hause gebracht. Nun hatte er eine neue Heimat und eine Familie, aber er würde nie erfahren, wo er hingeraten war.

Marta hatte ihre Arbeit an den Nagel gehängt. Ab jetzt galt die ganze Konzentration Samson. All ihre Kraft und Liebe galten dem Kind. Finanziell reichte inzwischen Felix' Gehalt, zusammen mit diversen Unterstützungsgeldern. Felix hatte sich zwei Wochen frei genommen, er schien wie von Sinnen und nahm den Kleinen so oft wie möglich auf seinen Arm. Dieses Baby nahm kaum etwas anderes wahr, als Felix' Körpergeruch. Er gab ihm das Fläschchen, spielte mit ihm und wickelte ihn. Marta hatte wenig Chancen, Samson zu nehmen. Es tat ihr weh, aber sie war im Grunde auch glücklich darüber, wie sehr Felix sich offensichtlich über das Kind freute. Und sie wusste, dass er bald wieder arbeiten würde und dann habe sie den Kleinen den ganzen Tag für sich alleine. Als Felix den ersten Tag wieder zur Arbeit musste war er kaum aus der Wohnung zu bekommen und kam überpünktlich nach der Arbeit nach Hause, um den Kleinen sofort wieder zu übernehmen. Er fütterte ihn und sang ihn in den Schlaf. Und so lief es jeden Tag, außer am Wochenende, wenn Felix ganz zu Hause war. Da nahm er den Kleinen den ganzen Tag. Felix vernachlässigte sich selbst, verfiel äußerlich und innerlich und wusste doch, dass er sich nun nicht mehr vom Leben verabschieden durfte. Er sah sich einer Verantwortung gegenüber und die verbot ihm sogar, sich der Justiz zu stellen. Denn dann würde ihnen das Kind sofort weggenommen, ihn würde man einsperren und das Leben Samsons und Martas wäre zerstört. Er konnte nur noch einen Weg gehen, er musste sein Kind großziehen. Er musste es, unter allen Umständen. Die Hebamme kam regelmäßig und sah, dass alles in bester Ordnung war, dass sich auch der Adoptivvater weiterhin rührend um das Kind kümmerte. Es bekam so viel Liebe, wie wohl kaum ein anderes Kind. Die positiven Rückmeldungen freuten die Zuständigen vom Jugendamt und sie hakten den Fall gedanklich bereits ab.

Nach dem ersten Jahr lief die Probephase aus und die Adoption wurde ohne weitere Probleme amtlich gemacht. Jetzt waren sie echte Eltern und Samson hieß fortan Samson Olderbrock. Felix' Verhalten hatte sich im Umgang mit Samson inzwischen etwas normalisiert, er pflegte sich wieder mehr und Marta hatte alles sehr gut im Griff. Alles schien perfekt, aber es schien eben nur so, denn Felix befand sich innerlich weiter in einer Teufelsspirale der Angst und wurde zu einem Nervenbündel. In seiner Arbeit sprach er nur noch das Allernötigste mit den Kollegen. Kein Lachen kam mehr über seine Lippen und selbst der FC Sankt Pauli interessierte ihn nicht mehr. Auf allen seinen Wegen fühlte er sich verfolgt und sah sich ständig um, sprang manchmal unversehens hinter Büsche oder schaute um Hausecken, um zu sehen, ob jemand dahinterstand. Zu

Hause beteiligte er sich nach Kräften an allen Arbeiten und kümmerte sich viel um Samson. Der bekam weiterhin seine volle Zuwendung. Jeder kleine Mucks ließ Felix aufhorchen und er wollte losstürmen, um zu sehen, was los war. Marta musste ihn oft zurückhalten.

»Der schläft, das war nur ein Bäuerchen.«

Felix litt nun dauerhaft an Herzrasen, ständiger Übelkeit und Rückenschmerzen, so sehr, dass er teilweise etwas gebückt umherlief. Das Weiß seiner Augen war nur noch gelb oder rot, der gesamte Organismus geriet in Unordnung und wurde anfällig für Krankheiten. So schleppte er sich mehr und mehr nur noch mühsam zur Arbeit. Krankmelden kam für ihn nicht in Frage, da er wohl wusste, dass jemand wie er rasch austauschbar war und er als Versorger der Familie kein Risiko eingehen konnte. Er aß nur noch sehr wenig und vieles davon gab er wieder von sich. Unterhaltungen mit Marta fanden nur noch im Zusammenhang mit Samson statt oder wenn unumgehbare Themen ihn dazu zwangen, ansonsten aber herrschte Schweigen. Marta war das einerlei, sie hatte alle Hände voll zu tun. Als Hausfrau und Mutter konnte und wollte sie sich nicht auch noch um einen Erwachsenen und seine Probleme kümmern. Schon bald glich Felix' Erscheinung der eines alten Mannes, er agierte ohne jeden inneren Antrieb. Niemand nahm noch Notiz von ihm, selbst seine Eltern nahmen ihn nicht mehr wahr. Sie konzentrierten sich als Großeltern ausschließlich auf Samson. Ich lebe wie ein lebendiger Toter, haderte er, nur noch da, um Geld zu beschaffen. Aber ich muss weitermachen, immer weitermachen, mein Schicksal ist unumkehrbar.

Samson erwies sich trotz seiner geringen Größe und seiner Schmächtigkeit, als robustes und intelligentes Kerlchen. Er lernte rasch und die viele Liebe, die ihn umgab half ihm dabei. Schon im Alter von acht Monaten begann er mit den ersten Gehversuchen. Alle waren ganz entzückt, besonders Felix, der seinen Kleinen abgöttisch liebte. Er wusste, er hatte etwas gut zu machen und er würde alles tun, damit Samson ein gutes Leben haben würde. Dieses Versprechen hielt ihn aufrecht und so schaffte er es Tag für Tag, zur Arbeit zu gehen, dann zu Hause seine teils selbst auferlegten Pflichten zu erfüllen und das Tag aus Tag ein. Als Samson fünf Jahre alt war kam er in den Kindergarten und war dort den anderen weit voraus, konnte bereits vieles verstehen, was andere noch lange nicht begriffen. Vieles deutete auf eine Begabung im naturwissenschaftlichen Bereich hin. Er baute komplizierte geometrische Gebilde mit Bausteinen. Er lebte in seiner eigenen Welt, war aber dennoch kein einsamer Wanderer. Stets freundlich, nett und aufgeschlossen, war er beliebt und hatte Freunde.

Felix war es in dieser Zeit gelungen, seine Position in der Firma zu verbessern und konnte sich endlich ein kleines Auto leisten. Das änderte die Situation der Familie ganz erheblich. Da Marta einen Führerschein hatte, konnte sie so ihre Termine und Besorgungen alleine erledigen. Ihr Leben war durchaus erfüllt. Sie besuchte einmal mit dem Auto Manni, nur um ihm zu sagen, dass es aus sei, was dieser einfach so hinnahm, ohne Probleme zu machen.

Sie kümmerte sich tagsüber um den Jungen, was sie gerne tat. Jedoch abends und am Wochenende war Felix zur Stelle, darauf konnte sie sich verlassen. Er nahm sein Schicksal an und hoffte nur, niemals entdeckt zu werden, damit er diese ihm gestellte Aufgabe erfüllen konnte. Als er eines Tages aus dem Fenster Richtung Straße blickte, stand vor dem Haus ein Polizeiauto. Sein ganzer Körper spannte sich an. Zwei Polizisten stiegen aus und gingen in Richtung seines Wohnblocks. Sein Herz begann zu rasen, und ein schier unerträglicher Druck breitete sich von seinem Hals bis in seinen Kopf aus. Es fühlte sich schrecklich an, aber er musste wissen, was da vor sich ging.

›Verdammt! Was macht die Polizei hier!‹, dachte er entsetzt und voller Panik.

Da drehten die Polizisten wieder um, stiegen ins Auto und fuhren davon. Am nächsten Tag zitterte Felix immer noch am ganzen Körper, so sehr, dass Marta ihn für krank hielt und seinen Arbeitgeber anrief, um ihn krank zu melden. Felix wollte das nicht, aber in dem Fall war Marta unnachgiebig. Nach einigen Tagen beruhigte er sich etwas und ging wieder zur Arbeit, während Marta Samsons ersten Schultag vorbereitete. Alles lief bestens für Marta. Sie kaufte Samson neue Kleidung und befüllte die Schultüte mit Süßigkeiten und allerlei Kleinigkeiten. Felix aber hatte einen weiteren Knacks bekommen, den er nicht mehr abstellen konnte. Bei jeder kleinen Unsicherheit begann sein Herz zu rasen. Er zitterte manchmal so sehr, dass es den Kollegen mitunter auffiel. Aber solange er seine Arbeit trotzdem gut erledigte, griff niemand ein. Marta gewöhnte sich an diesen Zustand, ihr war Felix am Ende doch ziemlich egal. Sie brauchte ihn nur als Versorger und zur Entlastung im Alltag, die Erziehung wollte sie allerdings nicht aus der Hand geben.

Als Samson in die Schule kam, veränderte sich das Leben der kleinen Familie, denn rasch wurde klar, Samson war intelligenter, als die anderen Schüler und so wurde er vielfach gefördert, was Marta Zeit kostete. Körperlich war er den anderen Schülern zwar weit unterlegen, aber er hatte keine Schwierigkeiten damit, denn er glich alles durch seine Schläue aus. Er war zudem flink und konnte gut

ausweichen. Grundsätzlich versuchte er, direkten körperlichen Auseinander-
setzungen aus dem Weg zu gehen. Er ersetzte Gewalt durch Wortgefechte, in
denen er so gut wie immer die Oberhand behielt, ohne dabei aber die Gegner
zu erniedrigen. So konnte er sicher sein, in Zukunft Ruhe vor ihnen zu haben.
Als Klassenbester kam er ins Gymnasium und überzeugte auch dort mit guten
Leistungen, bis eines Tages, etwas eintrat, das sein Leben und auch das von Felix
und Marta, nachhaltig verändern sollte.

KAPITEL 19

HAAGENSTEIN 1992 – 1995

Eine glückliche Familie, wie aus dem Bilderbuch. Beide Großelternpaare vergötterten Tom und nahmen ihn ständig in Beschlag. Von Anfang an kräftig und körperlich den Gleichaltrigen voraus, war er eine Wonne für seine Mutter Adele und seinen Vater Alexander. Auch Onkel Karl besuchte sie überraschend oft und nahm den Kleinen gerne auf den Arm. Karl war weiter ungebunden, denn Marina hatte rasch genug von ihm. Kein einziges Mal hatte es zwischen den beiden geklappt, und Karl musste sich wieder einmal eingestehen, dass er im Bett ein Versager war und daher ungeeignet für eine Beziehung. Ohnehin aber liebte er das freie Leben und war daher nicht allzu traurig. Alle waren glücklich und Karl ganz besonders, da niemand je ahnen würde, wie alles zustande kam. Bruni war für immer weg und würde sicher nie wieder kommen, sie würde überhaupt nirgends mehr auftauchen, das wusste Karl, es fragte auch niemand mehr nach ihr, der Einzigen, die ihm hätte gefährlich werden können. Die Bar betrieb er einige Zeit noch alleine, stellte aber bald eine neue Hilfskraft ein, die ihm unter die Arme griff. Ling war irgendwo in Asien geboren, konnte kein Deutsch, war nur halb legal in der Küche beschäftigt und wohnte hinten bei ihm in der Wohnung. Er konnte sicher sein, sie würde ihren Mund nicht aufmachen, komme, was wolle. Damit konnte er sein Leben weiterführen wie bisher, und lockte noch so manche Frauen nach hinten in seine Wohnung, die dann einige Zeit später verwundert wieder auf seiner Couch aufwachten.

Alexander hatte sich in der neuen Firma gut eingearbeitet und konnte sich trotz seines Lispelns als Prozess Manager etablieren. Seine Arbeit wurde zunächst mit Argwohn betrachtet, als man allerdings merkte, dass tatsächlich keine Leute entlassen werden sollten, wurden ihm die Türen gerne geöffnet. Als es jedoch eines Tages darum ging, Posten neu zu besetzen, zeigten die Beteiligten durch maßlose Selbstüberschätzung, Machtgier, Neid und Missgunst ihr wahres Gesicht. In dieser Zeit war Alexander viel unterwegs. Adele hatte sich nach der Geburt für ein Jahr aus dem Berufsleben zurückgezogen, wollte dann aber wieder

Teilzeit arbeiten. Ihre Eltern, wie auch die Schwiegereltern, erklärten sich bereit, auf den Kleinen aufzupassen. Alexander war vollkommen ausgelastet durch seinen nervenaufreibenden Job, sowie durch Familie und so manche abendliche Fortbildung. Daneben dachte er daran, ein Haus zu bauen und zeichnete erste Entwürfe. Für Freunde und seine geliebte Musik blieb keine Zeit mehr. Aber er war jung und voller Ehrgeiz. Er strebte einem höheren Niveau an Lebensqualität entgegen, auf dem er hoffte, sich dann etwas mehr ausruhen zu können.

Tom wurde an seinem ersten Geburtstag von beiden Großeltern schier überschüttet mit Geschenken und Zuwendung. Dazu kam Onkel Karl mit einer Unmenge an Süßigkeiten. Tom konnte mit all den Sachen noch gar nichts anfangen und steckte alles in den Mund oder warf es umher. Schnell lag alles verstreut in der Gegend herum. Was er zerlegen konnte, zerlegte er, warf mit den Einzelteilen um sich und stopfte dabei so viel Süßigkeiten in sich hinein, wie er bekommen konnte. Alle Anwesenden lachten und hatten ihren Spaß mit ihm, was ihn sichtlich bestärkte, er wurde immer wilder, alles, was er in die Finger bekam, flog umher und er zerrte an allem, was er erreichen konnte. Als er gerade etwas weniger Aufmerksamkeit bekam, zog er mit aller Kraft an der Tischdecke, stemmte sich auf seinem Kindersitz mit den Füßen dagegen und gab der Tischdecke mit all dem teurem Geschirr darauf guten Schwung. Und so krachte einiges auf den Boden, auch die volle Kaffeekanne, die, wie einige Teller und Tassen, in tausend Teile zerbarst. Der Inhalt ergoss sich über den Boden und spritzte ringsherum an Hosen, Röcke, Stuhlbeine. Alle sprangen erschrocken auf und wichen zurück, so dass Tom weiter an der Tischdecke ziehen konnte und auch den Rest noch vom Tisch bekam, bevor jemand reagieren konnte. Die Zuckerdose entleerte sich, der Kuchen lag zermantscht am Boden, überall Scherben, das Service war hinüber, die Party war vorbei. Tom reagierte keinesfalls erschrocken, sondern hatte sogar noch riesigen Spaß damit. Als Psychologin war Adele nun gefordert, besonders geschickt mit dieser Situation umzugehen und zeigte den Anwesenden an, ruhig zu bleiben, sie würde das schon übernehmen, ging zu Tom und nahm ihn in die Arme.

»Oh, Schätzchen, da hast du uns aber gezeigt, was in dir steckt, was? Aber nun haben wir es ja gesehen und du musst es in Zukunft nicht mehr wiederholen, ja? Nun gehst du zu Oma Lulu und lässt dich ein wenig knuddeln und Mama räumt in der Zwischenzeit alles auf hier.«

Alexander schüttelte den Kopf. Einerseits, klar, sie war die Psychologin und musste wissen, wie man mit sowas am besten umging, aber irgendwie kam ihm das doch falsch vor, zumal Tom offenbar noch den größten Spaß dabei hatte und weiter mit allem um sich warf, was er in die Finger bekam. Oma Lulu, also Adeles Mutter, wirkte dem ebenso wenig entgegen. Alexander wollte einschreiten, nahm Tom auf den Arm und hielt ihn von allem fern. Doch Tom war eindeutig nicht damit einverstanden und fing aus Leibeskräften an, zu schreien und sich in seinen Armen zu winden, bis Adele kam und ihn ihm abnahm mit den Worten:

»Alexander, was machst du mit dem armen Jungen?«

»Was heißt armer Junge, der führt sich hier auf und du lobst ihn noch dafür. Schau, der meint, das ist alles auch noch lustig. Du verhätschelst den Kleinen!«

Adele drehte sich weg und tröstete den kleinen Tom. Alexander sah hilfesuchend zu seinen Eltern, die ihm zustimmend zunickten. Karl wandte sich ab. Adeles Eltern blickten zu Boden. Überall Scherben, Kaffeespritzer und der zermantschte Kuchen. Die Großmütter begannen aufzuräumen, während die Männer sich in verschiedene Ecken verzogen und vor sich hinstarrten. Einige Zeit später war der Tisch wieder neu gedeckt, mit dem Alltagsgeschirr, denn das gute Geschirr lag in Scherben. Ein Teil des Kuchens konnte noch gerettet werden und stand lädiert auf dem Tisch. Als alle wieder saßen, herrschte Totenstille, nur Tom quietschte vergnügt vor sich hin und versuchte Dinge zu greifen, um sie umherzuwerfen. Die Großmütter allerdings achteten darauf, dass nichts mehr in seiner Nähe stand. Alexander schaute betroffen auf seinen Teller, Adele schien den Tränen nahe. Der Kuchen wurde aufgegessen und alsbald standen die Gäste auf, um sich zu verabschieden.

Beim Hinausgehen sagte Alexanders Mutter noch: »Der Kleine ist ein wenig wie Karl damals, wild und ungestüm. Aber so ist ja auch der Opa, das schlägt halt durch, gell?«

Alexander stand neben Karl, als sie es sagte und musste lachen, während Karl schluckte, sich umdrehte und ging, damit niemand sein Gesicht sah.

Als alle weg waren, saß Adele erschöpft am Tisch und nahm Tom auf den Schoß. Alexander räumte frustriert auf. Der Kleine wurde zu Bett gebracht, er schlief noch immer im elterlichen Schlafzimmer. Alle drei wohnten in Adeles Wohnung in Haagenstein, für ein Kinderzimmer war die Wohnung zu klein, weshalb bald ein Umzug notwendig werden würde. Alexanders Wohnung in München war inzwischen gekündigt, aber auch sie wäre für eine Familie zu klein gewesen.

An diesem Abend wollte im Bett keine rechte Stimmung aufkommen. Der Kleine konnte nicht schlafen, war noch völlig überdreht. Adele war erschöpft und Alexanders Libido stürzte ins Bodenlose. Sie drehten sich voneinander weg und versuchten zu schlafen.

Karl dachte auf dem Heimweg über die Äußerung seiner Mutter nach. Der Kleine sei wie Karl als Kind.

›Zu oft‹, dachte er, ›sollte sie das nicht sagen.‹

Er bog in die Färbergasse ein und sah, dass in seiner Bar Licht brannte. Seltsam, dachte er, ich hatte doch alle Lichter ausgemacht und Ling ist um die Zeit normalerweise in der Wohnung hinten. Ein ungutes Gefühl beschlich ihn. Die Straßenlaternen störten ihn plötzlich, zu viel Licht. Er versuchte möglichst unauffällig zu bleiben und näherte sich langsam dem Eingang. Leider waren die beiden Fenster mattiert und durch die matten Scheiben der Eingangstüre konnte man ebenfalls nichts erkennen. Karl drückte vorsichtig die Klinke nach unten und öffnete die Tür nur so weit, dass er gerade hindurchsehen konnte. Er sah zwei jüngere, starke Kerle, so um die dreißig, und einen älteren, wohl an die sechzig. Ling stand hinter der Bar und servierte Schnaps. Dass die Tür einen Spalt weit geöffnet wurde, bemerkte sie sofort, lenkte deshalb die Aufmerksamkeit der Männer gekonnt auf sich und gab Karl mit einer kurzen Geste zu verstehen, dass er besser draußen bleibe. Die Tür ging wieder leise zu. Hier scheint was faul zu sein, dachte sich Karl und ging um das Haus herum, um über den Hintereingang hineinzugelangen. Er betrat den Flur, ohne Licht zu machen, tappte dann leise zum anderen Ende und horchte.

»Hier war sie zuletzt, ich sag euch, die ist wie vom Erdboden verschwunden. Das Schlitzauge da kann uns leider nichts sagen, die kann kein Deutsch und versteht rein gar nichts. Weiß auch nicht, was wir jetzt tun sollen, keine Ahnung, ob der Wirt irgendwann noch kommt. Karl heißt er, soviel hab ich rausgefunden. Was meint ihr, sollen wir weiter warten, oder morgen wieder kommen?«

»Lass uns noch ein wenig warten ist doch ganz gemütlich hier und die Getränke sind auch umsonst«, sagte einer der beiden Jüngeren und lachte, denn ein Blick von Ling Richtung Hintertür blieb leider nicht unbemerkt.

Scheinbar gelangweilt ging jener Richtung Tür, stieß sie mit einem kräftigen Fußtritt auf und sah Karl nach hinten taumeln.

»Na, sieh einer an, ein großer starker Kerl. Ist er das?«

Im Nu waren die Männer im Flur und verhinderten, dass Karl sich absetzen konnte.

»Wir hätten da ein paar Fragen an dich. Setz dich.«

Karl war klar, dass er nun mitspielen musste, um unbeschadet davonzukommen.

»So, Wirt, oder darf ich Karl sagen?«, fragte der ältere der Männer, »bei dir hat mal eine Brunhilde gearbeitet, stimmts?«

»Brunhilde? …oder meint ihr Bruni?«

»Bruni ist ihr Spitzname, so um die sechzig ist sie. Die beiden hier sind ihre Söhne.«

Karls Kiefer klappte nach unten.

»Sie hatte Söhne!?«

»Ja, diese beiden Jungs. Sie sind inzwischen knapp Dreißig. Bruni, hat sie alleine großgezogen und musste sich mit allen möglichen Hilfsjobs und allem was sich sonst an Einnahmemöglichkeiten ergab, über Wasser halten. Nach der Schule mussten die beiden sofort arbeiten, da Bruni keine Kraft mehr hatte. Sie hatten nicht die Möglichkeit höhere Abschlüsse anzustreben. Beide sind in der Security Branche gelandet und haben ein erträgliches Einkommen. Bruni ist vor etwa zehn Jahren weggezogen, wollte ein neues Leben beginnen, und alles hinter sich lassen, solange es noch ging. Keiner wusste, wohin sie zog, außer den beiden Jungs. Sie hielten immer Kontakt zu ihr, zeigten sich dankbar und gönnten ihr das neue Leben. Seit einiger Zeit aber bekommen sie keine Post mehr und machen sich deshalb Sorgen. Daher haben sie mich gebeten, mit ihnen hierher zu fahren und Nachforschungen zu betreiben. Weißt du, Karl, die beiden wollten mich dabeihaben, weil sie ansonsten rabiat werden könnten, meinten sie. Ich bin ruhiger und bespreche die Dinge gerne vernünftig. Nun, es ist so, die Bruni ist hier angestellt, das wissen wir, aber wo ist sie? Die Asiatin konnte uns keine Auskunft geben. Sag du uns, wo wir Bruni finden.«

Karl schluckte, sein Herzschlag beschleunigte sich, Schweiß brach aus allen Poren, sein Gehirn arbeitete auf Hochtouren. Ihm war klar, dass dieser Abend für ihn nicht gut ausgehen könnte, wenn ihm nicht noch etwas einfiel. Mit einem Fingerzeig befahl er Ling, etwas Alkoholisches zu servieren. Dabei zwinkerte er ihr zugleich mit einem Auge zu. Sie nickte fast unmerklich und schenkte, verborgen hinter dem Tresen, weitere Schnäpse ein. Das verschaffte Karl Zeit, sich etwas auszudenken. Die Schnäpse wurden rasch serviert und sein unerwünschter Besuch kippte, ohne zu überlegen, das Hochprozentige runter.

Erleichtert wandte er sich an den älteren und sagte: »Weißt du, das war gar nicht schön, hätte ich ihr auch nie zugetraut, aber sie hat mich bestohlen und ich musste sie leider vor gut einem Jahr fristlos entlassen. Ich weiß nicht, was aus ihr geworden ist. Sie zog weg und das wars.«

»Karl, Karl, Karl. Eines weiß ich ganz genau, die Bruni stiehlt nicht. Was soll sie denn gestohlen haben?«

»Geld, aus der Kasse dort drüben.«

»Nanana, das Geld nehmen zwar wir gleich mit, aber die Bruni macht sowas nicht. Hast du ihr nichts gezahlt, oder was?«

»Selbstverständlich, ordentlich hab ich sie bezahlt. Sie war in allem meine Vertraute. Deshalb war ich dann ja auch so enttäuscht. Später hab ich es dann bereut, sie rausgeworfen zu haben, aber da konnte ich sie schon nicht mehr auffinden. Hätte sie sonst zurückgeholt.«

»Oh Karl, es tut mir leid für dich, aber du lügst. Sie schrieb vor ihrem Verschwinden einen Brief an die beiden, in dem sie ankündigte, zu Besuch zu kommen, aber sie kam nie und war auch nicht mehr erreichbar. Was ist vorgefallen, Karl?«

In diesem Augenblick landete eine Faust mitten in Karls Gesicht und brach sein Nasenbein. Es war ein geübter Schlag aus dem Nichts. Karl kippte mit dem Stuhl nach hinten und landete benommen und mit blutender Nase auf dem Boden.

»Stopp«, sagte der ältere, »wir sind doch noch in der freundlichen Phase«, und gähnte dabei.

Auch die Jungs gähnten. Und der eine Jüngere, der gerade zuschlug, sagte etwas schwerfällig und schlaftrunken.

»Verdammt, die haben uns was reingemischt. Dreckskerl!«, und wollte Karl nochmal eine brettern.

Doch der war nun vorbereitet und drehte sich weg, stand behände auf und schlug mit seinem Fuß in die Kniekehle des Angreifers, so dass dieser einknickte und zu Boden ging. Nicht, dass der Schlag so hart gewesen wäre. Es war die bereits fortgeschrittene Betäubung, die den Gegner schwach werden ließ. Auch die beiden anderen taumelten nur noch, konnten sich nicht mehr auf den Beinen halten und landeten ebenfalls auf dem Boden. Karl fragte Ling auf Englisch, wie viel von dem Mittelchen sie in den Schnaps träufelte. Lings Antwort stellte ihn zufrieden. In etwa einer halben Stunde würden sie also wieder zu sich kommen. Er schaute auf die Uhr. Lings Bemühen, ihm das Blut aus dem Gesicht zu wischen, wehrte er ab. Er ließ sich etwa zehn Minuten Zeit und rief dann die Polizei an, oder besser gesagt, er rief bei einem seiner besten Kumpels an, der bei der Polizei arbeitete und ihm noch einen Gefallen schuldig war.

»Max, ich bräuchte dich mal, kannst du kommen? Ist ein wenig seltsam die Geschichte, daher wende ich mich erstmal an dich.«

»Karl, es ist spät, kann das nicht bis morgen warten?«

»Nein, auf keinen Fall und vielleicht nimmst du noch einen von deinen Kollegen zur Verstärkung mit. Ich bin überfallen worden.«

Karl legte auf, dann schlug er jedem der Drei am Boden Liegenden mit der Faust ins Gesicht, ging zur Kasse, brach sie mit einem Stemmeisen auf, entnahm das darin befindliche Geld und steckte es dem Älteren in die Tasche, das Stemmeisen drückte er ihm in die Hand. Etwa zwanzig Minuten später trafen zwei Polizisten ein. Ling zog sich unauffällig zurück. Sein Kumpel Max sah die am Boden Liegenden, die sich mühsam aufzurappeln versuchten. Er bemerkte die Schlagspuren in ihren Gesichtern, aber auch in Karls Gesicht, das mit all dem Blut noch viel schlimmer aussah.

»Max, schau dir das an. Ich komm von der Geburtstagsparty meines Neffen und sehe, dass Leute in meinem Lokal sind. Schau mal, die haben die Kasse aufgebrochen. Ich komm rein und wollte sie zur Rede stellen, da haben sie begonnen, mich zu verprügeln. Nur kennen die mich nicht, haben mich unterschätzt. Hab alle drei K.O. geschlagen. Schau, jetzt wachen sie wieder auf. Einer von denen hat bestimmt noch mein Geld. Ich wollte die nicht anfassen, ist doch Sache der Polizei.«

Max und der andere Polizist begannen, die Taschen der vermeintlichen Verbrecher zu durchsuchen und fanden eine größere Menge Bargeld in der Jackentasche des Älteren. Sie schauten sich an, nickten und sagten zu Karl:

»Wow! Welchen Kampsport hattest du gleich nochmal gemacht? Karate?«

»Ja, Karate, schwarzer Gurt. Bin leider etwas aus der Übung, aber mit diesen drei Kasperln komm ich noch locker klar.«

»Nur, was stellst du dir vor, was wir mit den dreien machen? Willst du Anzeige erstatten oder sollen sie einfach verschwinden?«

»Nehmt sie mit, buchtet sie ein. Die zwei da behaupten, dass sie die Söhne von Bruni seien. Mit dem Trick sind sie auch ins Haus gekommen. Meine Küchenhilfe hat sie reingelassen und dann haben sie die Kasse geplündert. Zum Glück bin ich rechtzeitig gekommen und konnte die drei schachmatt setzen.«

»Okay, Karl, dann brauchen wir aber deine Anzeige.«

»Bekommt ihr.«

»Nur noch eine Frage. Wie konnte denn deine Ling sie verstehen, sie spricht doch kein Deutsch, oder?«

›Ups‹, dachte Karl und sagte, »nein, aber Englisch …«

»Hm, achso, na dann.«

Sie legten den beiden Jüngeren Handschellen an und alle drei wurden abgeführt. Max kam nochmal kurz herein und sagte:

»Wir sind dann quitt, Karl.«

»Ja, du schuldest mir dann nichts mehr. Aber bitte, ich will die drei nicht mehr sehen, okay? Und lasst Ling aus dem Spiel.«

»Ich schau, was ich machen kann, die Indizienlage ist ja eindeutig und ich kann alles, zusammen mit meinem Kollegen, bezeugen. Noch eins, was mir gerade auffiel, die reden gar nichts, sind immer noch ziemlich belämmert von deinem Schlag, musst echt aufpassen bei sowas, sonst schlägst du noch einen tot. Dein Geld bekommst du zurück, wenn es von der Staatsanwaltschaft freigegeben wurde. Guten Abend, Karl.«

Max rückte ab, zurück blieb ein geschockter Karl, allein mit seinen Gedanken. Das war knapp, allerdings noch nicht ganz ausgestanden, es verschaffte ihm lediglich Zeit.

Tags darauf wurde Karl vorgeladen, als Zeuge und weil sie seine Anzeige benötigten. Karl machte sich zurecht, achtete aber darauf, dass sein lädiertes Gesicht noch Wirkung zeigen würde. Er wollte Diebstahl und Körperverletzung anzeigen. Mit gemischten Gefühlen ging er zum Präsidium, das sich in einem der Gebäude rund um den Schlossplatz befand. Die blaue Fassade bröckelte schon etwas, das Gebäude war dringend renovierungsbedürftig, innen alles alt und modrig mit schwerer dunkler Büroausstattung. Er musste ins Dienstzimmer im ersten Stock. Dort erwartete ihn Max. Er klärte Karl über den Stand der Dinge auf.

»Karl, wir haben die drei über Nacht in Gewahrsam genommen und vom Arzt untersuchen lassen. Sie haben zwar Blutergüsse im Gesicht, aber es scheint nichts gebrochen. Bei dir sieht das echt viel schlimmer aus. Der Arzt war etwas verwundert, dass die Männer noch so benommen waren. Er meinte, das würde er bei dem Älteren vielleicht verstehen, aber nicht bei den beiden Jungen, die eindeutig durchtrainiert und topfit sind. Er hat allen dreien Blut abgenommen. Das Ergebnis erwarten wir morgen. Karl, sei ehrlich, du hast mir dazu nichts zu erzählen?«

Karl wurde blass und fragte: »Wann, Max, wann genau hat er Blut abgenommen?«

»Heute Morgen!«

Karl atmete ein wenig auf, sein Gehirn ratterte. Fünf Stunden, dann sollte nichts mehr nachweisbar sein. Es war gegen zehn Uhr nachts, als sie das Zeug bekamen. Bisher wurde nie eine Blutprobe genommen. Er konnte sich aber nicht wirklich sicher sein, dass die Fünf Stunden stimmten. Sollte er Max einweihen?

»Max, was bedeutet heute Morgen?«

»Ich weiß es nicht genau, Karl, ich war nicht dabei, der scheint sehr früh da gewesen zu sein. Warum fragst du, hast du mir nun was zu sagen, oder nicht?«

Karl dachte, um drei Uhr morgens müsste das Zeug nicht mehr nachweisbar gewesen sein, da war der Arzt sicher noch nicht da. Er entschied sich, Max nicht einzuweihen. Sicherlich ein Risiko, aber es konnte aufgehen, wenn er es richtig einschätzte.

Und so sagte er: »Max, alles gut, nein, hab dir nichts weiter zu sagen.«

Inzwischen war das Verhörzimmer bereit und Karl wurde gebeten, einzutreten. Max gesellte sich zum zuständigen Beamten, der einige Fragen stellte. Karls Antworten kamen prompt und klar und auch bei Fangfragen wirkte er sicher. Er war es gewohnt, alternative Wahrheiten aufzutischen, konnte sein Denken, seine Erinnerungen verändern und anreichern, bis er seine Geschichten fast schon selbst glaubte. Die alternativen Geschichten liefen vor seinem inneren Auge immer wieder gleich ab, so dass er bei jedem Nachhaken stets bei der gleichen Variante blieb. Max nickte oft dazu und bestätigte auf diese Weise, dass die vorgefundene Situation exakt zu Karls Erzählungen passte, auch dass Karl im Gesicht einen erheblichen Schlag abbekommen hatte und zwar offenbar auf die Art, dass zwei ihn festhielten und der dritte ihm seine Faust ins Gesicht schlug. Der Arzt bestätigte, dass einer der beiden Jüngeren einen leicht gestauchten Mittelfinger hatte. Auch sei die Kasse aufgebrochen gewesen und es wurde eine größere Menge Geld in der Tasche des Älteren sichergestellt. Auf die Frage nach Fingerabdrücken sagte Max, man habe ein Stemmeisen in der Hand des Älteren sichergestellt, mit dem, den Spuren zufolge, eindeutig die Kasse aufgebrochen wurde. Insofern sei aus seiner Sicht Karl das Opfer und die Geschichte klar nachvollziehbar, beziehungsweise im Zweifel auch nicht widerlegbar. Der zuständige Beamte machte die Akte zu und sah Karl an.

»Weißt du, Karl, nichts für ungut, aber die drei scheinen ansonsten völlig unbescholten zu sein. Sie erzählten, sie seien auf der Suche nach ihrer Mutter bei dir gelandet, um herauszufinden, wo sie abgeblieben sei. Wir gehen der Sache aber nicht weiter nach, denn deren Geschichte klang ansonsten im Vergleich zu deiner Geschichte widersprüchlich und wenig nachvollziehbar. Max konnte deine Version anhand der Indizien gerade bestätigen, die Version der anderen dagegen nicht. Insofern kannst du nun gerne deine Anzeige aufgeben, oder aber Gnade walten und die drei ziehen lassen, denn ihre Strafe haben sie durch deine Jabs bekommen und wir werden ihnen nahelegen, die Gegend zu verlassen. Zudem müsstest du bei einer Anzeige damit rechnen, dass wir auch etwas mehr bei dir rumstöbern müssten. Der Staatsanwalt hat das beschlagnahmte Geld noch nicht freigegeben, aber ich denke, wenn das Ergebnis der Blutprobe vorliegt und

Fingerabdrücke auf dem Stemmeisen und ggf. den Geldscheinen, dann sollten wir den Fall einstellen können.«

Wieder wurde Karl nervös. Er hatte etwas übersehen, konnte es nicht mehr korrigieren und nur noch hoffen, dass es keine Rolle spielen würde. Die Geldscheine hatte er direkt in die Jackentasche des Älteren gesteckt, sie würden also keine passenden Fingerabdrücke finden.

›Verdammt nochmal‹, dachte er und machte sich auf den Heimweg, ohne die Drei anzuzeigen.

Nachmittags kam Max zu Karl und berichtete von den Ergebnissen.

»Karl, ich sag dir eins. Mir ist klar, dass irgendwas an deiner Geschichte nicht stimmt, aber es spielt vielleicht auch keine Rolle.«

Er übergab Karl das Geld. Dieser stutzte, sah sich das Bündel an und zählte nach. Es fehlte die Hälfte.

»Wo ist der Rest des Geldes?«

»Weißt du Karl, du brauchst Freunde, die dir helfen. Es waren keinerlei Fingerabdrücke der Täter auf den Scheinen, was seltsam erschien, aber wenn dein Freund Max sagt, dass er beim Herausnehmen der Scheine aus der Tasche unvorsichtig war und die Spuren bedauerlicherweise versehentlich verwischte, dann ist das Ergebnis nicht verwertbar.«

Stille, Starre. Karl musste erkennen, dass Max nicht hinters Licht geführt werden konnte.

»Okay, Max, verstehe. Hab gerade nochmal nachgezählt, alles da, wo muss ich unterschreiben?«

»Hier.«

»Und wo sind die Typen jetzt?«

»Sie sind auf freiem Fuß, aber sie wurden aufgefordert, sich aus der Gegend zu entfernen. Mehr kann ich aktuell nicht für dich tun. Und noch was. Sei froh, dass die Sache nicht weiterverfolgt wird, die wollen deinen Laden schon lange unter die Lupe nehmen. Die Drei waren übrigens sauber, konnten sich ausweisen, sind tatsächlich Söhne von der Bruni und der Ältere ist ihr Bruder. Ich habe ihnen bestätigt, dass Bruni gekündigt wurde und unbekannt verzogen ist. Ich denke, die kommen nicht mehr zu dir. Der Bluttest war übrigens ohne Auffälligkeiten.«

Er drehte sich um und ging ohne ein Wort des Grußes. Die Schlinge zog sich zu. Karl musste sich setzen. Er wusste, dass er etwas unternehmen musste, nur was? Max als quasi Mitwisser konnte er nun gar nicht gebrauchen, ebenso wenig wie die drei Arschlöcher von der Bruni. Was tun? Was nur? Während er sich den Kopf zerbrach, kamen Adele und Alexander in seine Bar.

»Hallo Karl«, sagte Alexander.

»Hi, ihr beiden, na so was, welche Freude, euch hier zu sehen.«

»Wir haben gehört, bei dir sei gestern Abend eingebrochen worden. Und wenn ich mir dein Gesicht so ansehe, dann würde ich sagen, das war mehr, als ein Einbruch, da fand wohl auch eine Schlägerei statt.«

» ...Äh, ...Ja, stimmt. Hier ist eingebrochen worden. Die Kasse wurde geplündert. Ich bin denen wohl etwas zu früh nach Hause gekommen, hab sie dann flachgelegt, nachdem sie zuerst mir eine verpasst haben. Aber, Alex, ich frage mich, woher ihr das schon wissen könnt.«

»Hat sich bereits rumgesprochen. Geht schnell in dem kleinen Ort hier, das weißt du doch. Ein Frage Karl. Du hast den schwarzen Gurt, wie konnten die dir eine solche verpassen? ... Na, egal, bist wohl schon etwas eingerostet, alter Herr. Wie geht's dir heute, hast du es verkraftet?«

»Geht, geht. Danke der Nachfrage.«

Er schaute zu Adele, die den Kleinen auf dem Arm hatte und versuchte zu lächeln.

Adele lächelte zurück und sagte: »Karl, du magst ja den Kleinen ... und da dachten wir, dass wir ihn vielleicht heute ein wenig bei dir lassen könnten, um abends mal etwas zu unternehmen. Beide Großeltern haben keine Zeit, sagen, sie seien von gestern noch etwas angeschlagen. Und dabei haben wir doch Theaterkarten. Kannst du ihn nehmen? Biiitte! Du hast heute eh Ruhetag. Und Ling könnte dir bestimmt helfen.«

»Achso, deshalb seid ihr hier«, antwortete Karl, »ich weiß nicht so recht, ob ich das kann. Ich frag mal Ling, ob sie mir hilft.«

Er ging nach hinten in die Wohnung, um sie zu holen. Alles lief durcheinander in seinem Kopf, er musste sich konzentrieren, damit er keinen weiteren Fehler beging. Ling war entzückt, den Kleinen ein wenig haben zu können. Sie liebte Kinder, ihre eigenen Kinder waren bereits erwachsen und eigenständig, wenngleich Ling erst knappe Vierzig war. Sie konnte mit Kindern gut umgehen. So kam es, dass der kleine Tom zum ersten Mal in Karls Einflussbereich geriet. Karl der Hüne, der Kämpfer, der Abenteurer, der Anarchist, der Hintertriebene, der Skrupellose. Was kann ein Kind von einem Menschen wie Karl lernen, was kann es sich abschauen? Alexander und Adele ließen einige Sachen für Tom da und unterwiesen Ling und Karl, was zu tun wäre. Dann zogen sie los, um den Abend zu genießen. Karl dagegen wurde jetzt alles zu viel, erst die Bemerkung seiner Mutter, dann die Scheiße mit Brunis angeblichen Verwandten und nun sollte er auch noch auf dieses verdammte Kind aufpassen. Er ging hinter die Bar und goss sich einen doppelten Whisky ein, kippte ihn in einem Zug hinunter, den Nächsten nahm er mit an den Tisch, an dem Ling bereits mit dem kleinen Tom saß und scherzte. Er sah ihn lange einfach nur an, versuchte sich selbst in dem Kind zu erkennen. Mutter sagte, er sei wie ich, dachte er bei sich. Wild und ungestüm. Das wollen wir doch mal austesten. Er nahm ihn hoch und stellte ihn auf den Boden, wollte sehen, was passiert. Ling lächelte. Sie lächelte immer. Zuerst schaute Tom sich um. Dann fing er an, in der Bar umherzulaufen, drehte sich, hüpfte herum, nahm Anlauf, um sich gegen Karl oder Ling zu werfen. Karl stieß dabei das Glas mit dem Whisky um, so dass dieser sich zuerst über den Tisch und dann auf den Boden ergoss. Ehe Ling einen Lumpen holen und aufwischen konnte, plantschte Tom bereits mit seinen kleinen Händen in der Pfütze. Als er diese in seinen Mund steckte, spürte er die Schärfe des Alkohols und hustete und prustete. Das war so putzig anzusehen, dass Karl lauthals auf- lachte. In seiner Überdrehtheit machte Tom weiter und schluckte, für so einen kleinen Kerl, einiges an Alkohol, bis Ling endlich alles aufgewischt hatte. Karl setzte den Kleinen wieder in den Kinderstuhl und gab ihm Süßigkeiten, die Tom sofort gierig in sich hineinstopfte. Zu Hause wurde er nie so verwöhnt. Es gefiel ihm hier. Urplötzlich kippte sein Kopf nach vorne.

»Sleeping, Alkohol, bsssst«, flüsterte Ling und legte ihn in seinen Kinder- wagen, den seine Eltern dagelassen hatten.

Ruhe kehrte ein, der Kleine schlief. Am nächsten Morgen rief Adele an, sie wolle Tom abholen, damit ihre Mutter weiter auf ihn aufpasse und sie in die Arbeit könne. Doch Karl gab ihr zu verstehen, dass der Kleine noch schlafe und es doch schade wäre, wenn er aufgeweckt würde.

»Was?«, staunte Adele, »bei mir wacht er immer schon um fünf Uhr auf und bei dir schläft er jetzt um Sieben immer noch? Na, das ist ja eine gute Nachricht. Dem scheints bei dir zu gefallen.«

»Ja, Adele, scheint so. Lass ihn da und ich bringe ihn dann zu deiner Mutter. Oder sie holt ihn ab, ganz wie du willst.«

»Du bist so lieb Karl, das hilft mir wirklich sehr.«

Drei Stunden später holte Adeles Mutter den immer noch müden Tom ab. An diesem Tag war er brav und still und alle freuten sich darüber. Karl und Ling wurden ab diesem Tag immer öfter angefragt, ob sie Tom nehmen würden und jedes Mal willigten die beiden ohne weiteres ein. Karl wusste nun, wie er Tom zum Schlafen bekam, erst wie wild rumtoben lassen und dann ein klein wenig

Alkohol. Der Kleine schlief in Folge tief und fest und wachte am nächsten Tag erst spät auf. Manchmal blieb er dann einfach weiter bei Karl. Der wiederum beschäftigte sich gerne mit dem Kleinen, er fühlte sich als Vater, aber musste nicht dafür blechen und keine Einschränkungen in Kauf nehmen. Das freie Leben blieb ihm erhalten. Ling war ebenso begeistert und spielte mit ihm, wann immer möglich. Bei Ling und Karl ging es dem Kleinen gut, da durfte er alles, bekam alles und hatte deren volle Aufmerksamkeit. Hin und wieder, wenn er nicht einschlafen wollte, gabs wieder etwas Whisky in die Milch, nicht viel, aber so, dass er tief und fest schlafen konnte und morgens erst spät aufwachte. Adele und Alexander waren sehr dankbar und zeigten sich erkenntlich, aßen oft bei Karl und luden auch die Großeltern dazu ein. Alle waren zufrieden und hoch erfreut über Karls positive Entwicklung und auch die des Kleinen, dank Karl, der ihm so manches beibrachte.

Brunis Verwandte tauchten nie mehr auf. Jedoch tauchte Bruni wieder auf, aber anders, als erwartet. Man fand ihre Leiche schon vor längerem im Rechen eines Inn-Stauwerks. Max informierte Karl, dass die Leiche schon vor längerer Zeit gefunden wurde, aber zunächst nicht identifiziert werden konnte. Erst vor wenigen Tagen sei dies gelungen, nachdem sie von den Söhnen und ihrem Bruder als vermisst gemeldet worden war und ein Abgleich stattfand. Die Identität wurde zweifelsfrei festgestellt und damit konnte der Fall abgeschlossen werden. Alles deutete nämlich auf einen Selbstmord hin, es gebe keine weiteren staatsanwaltschaftlichen Ermittlungen dazu. Bruni könne nun in Frieden ruhen. Die Söhne und der Bruder zeigten sich sehr betroffen und ließen zudem eine Entschuldigung an Karl ausrichten. Karl versuchte zu weinen, das ging nicht sofort, wirkte aber dann so überzeugend, dass Max ihm sogar seine Hand tröstend auf die Schulter legte. Innerlich aber grinste Karl, machte einen Freudentanz. Wieder einmal war alles für ihn gut ausgegangen und es stand noch besser, als zuvor, denn nun konnte ihm wegen Bruni keiner mehr etwas anhaben. Ling erzählte er eine leicht angepasste Version dazu, so dass auch sie am Ende weinte, weil die Geschichte sie so sehr rührte. Karl hatte gewonnen, er fühlte sich gut. Er nahm Ling tröstend in seine Arme. Sie war eine asiatische Schönheit. Erst jetzt bemerkte er es so richtig. Aber nicht nur der große Karl, nein, auch der kleine Karl in seiner Hose merkte es. Ling versuchte von ihm loszukommen, sie bemerkte sein Verlangen und war nicht interessiert, nicht an Karl, nicht an jenem Mann, den sie immer decken musste bei seinen Schweinereien. Doch Karl ließ nicht locker, sie hatte diesem Hünen nichts entgegen zu setzen. Keinen

Millimeter konnte sie sich befreien. Desto mehr sie es versuchte, desto mehr drückte er sie an sich. Plötzlich legte er sie auf den Tisch und riss ihr die Bluse auf, massierte ihre Brüste mit der einen Hand und zog seine Hose mit der anderen Hand runter. In ihr kämpfte nun Abscheu gegen Verlangen, als sie sah, welcher Baum von Penis dabei zum Vorschein kam. Sie konnte den Penis mit ihrer Hand kaum umfassen. Dieser bäumte sich weiter auf. Nie hatte Karl so etwas erlebt, nie hatte eine Frau derartige Reaktionen bei ihm ausgelöst, stets war nach wenigen Sekunden oder einer einzigen Berührung bereits Schluss. Ling aber bewirkte wahre Wunder. Im Nu war Lings Rock hochgeschoben und das Höschen ausgezogen. Feucht zeigte sich das Dreieck der Lust und lud ein zu einem intimen Besuch. Er drang in sie ein und alles war so wunderbar. Für beide. Eine Erfüllung, die sie noch nie hatten. Erst eine halbe Stunde später ließen sie voneinander ab. Glücklich lächelnd blieb Ling auf dem Tisch liegen, während Karl sich einen Whisky einschenkte und genüsslich trank. Er hatte seine Traumfrau gefunden. Er hatte durchgehalten. Zum ersten Mal hatte eine Frau Spaß mit ihm. Zum ersten Mal war er kein Versager, wurde nicht verlacht. Er, der Hüne, der Kämpfer.

Toms zweites Lebensjahr verging, der nächste Geburtstag kam. Sie waren noch immer in der inzwischen viel zu kleinen Wohnung. Es war an der Zeit, eine andere Lösung zu finden. Tom konnte nicht ewig im Schlafzimmer der Eltern schlafen. In letzter Zeit fiel auf, dass er bei Karl immer bestens durchschlief, dafür aber zu Hause nachts eine nervöse Unruhe an den Tag legte, die Adele sich nur so erklären konnte, dass auch er seinerseits sich im elterlichen Schlafzimmer nicht mehr wohl fühlte und sie sich gegenseitig um den Schlaf brachten. Bei Karl schlief er auf der Couch, jener Couch, die auch Adele kannte, also wollte Adele es auch mit ihrer Couch versuchen. Der Kleine schien sich bei Karl auf der Couch wohlzufühlen. Doch sie musste erkennen, dass er zuhause auf der eigenen Couch im Wohnzimmer leider keine Minute schlafen konnte, sondern ständig zu ihnen ins Schlafzimmer wollte. Bei den Versuchen, nässte er stets ein. Sie gaben die Bemühungen auf, die Couch wurde intensiv gereinigt, Gästen wollte man sie so nicht zumuten. Ein eigenes Zimmer konnten sie ihm noch nicht bieten, denn bislang war die Suche nach einer größeren Wohnung erfolglos, ebenfalls auch die Suche nach einem Baugrundstück. Da kam Adeles Vater eines Tages mit dem Vorschlag, die Wohnungen einfach zu tauschen.

»Weißt du, Kindchen. Unsere Wohnung haben wir damals mit drei Kindern bezogen. Es ist Unsinn, wenn ihr in einer viel zu kleinen, wir aber in einer viel zu großen Wohnung leben und das auch noch so nah zusammen. Lasst uns einfach tauschen, dann habt ihr Platz genug. Richtet euch schön ein, Geld habt ihr ja. Werft das alte Zeug, das ihr nicht mit rüber nehmen wollt, einfach weg. Wir nehmen auch nur die persönlichen Sachen mit, aber keine Möbel, die werfen wir weg, wird Zeit, das alte Zeug loszuwerden. Wir würden einfach Eure übernehmen, die sind moderner. Na. Was hältst du davon?«

Adele machte einen Luftsprung. Sie schaute zu Alexander und fragte überglücklich: »Alex, was ist, was hältst du von dem Vorschlag?«

Doch Alexander sagte: »Kannst du bitte mal mit rauskommen.«

Mit fragender Mimik folgte sie ihm.

Er druckste zuerst noch etwas herum, rückte dann aber raus mit der Sprache: »Adele, ist ja nett, was dein Vater da vorschlägt, aber du weißt doch, ich will ein eigenes Haus bauen und du doch auch, oder nicht?«

»Ja, aber Schatz, wir haben doch auch immer parallel nach einer Wohnung gesucht und nun haben wir endlich eine Option.«

»Adele, bedenke doch, wenn wir das machen, werden wir ganz sicher nicht mehr bauen, dann müssen wir in steter Dankbarkeit ewig in der Wohnung deiner Eltern verharren. Willst du das denn?«

»Na komm, Alex, ich sehe das Problem gar nicht. Die Wohnung wäre perfekt für uns drei geeignet. Mehr Platz, als nötig. Dann ist der Druck weg und der Kleine hat endlich ein eigenes Zimmer. Da stellen wir ihm dann ein gemütliches Bett hinein, noch gemütlicher, als Karls Couch. Und wenn du wirklich einen Baugrund findest, dann bin ich gerne bereit, es meinen Eltern zu erklären. Die verstehen das schon. Oder hast du jetzt auf der Stelle eine bessere Lösung? In dieser kleinen Wohnung können wir jedenfalls nicht mehr bleiben. Ich will nicht mehr. Verstehst du? Ich will einfach nicht mehr, und aus!«

Alexander wurde rot: »Was soll das heißen? Ich mach und tu und du würdigst das nicht. Ein eigenes Haus ist doch unser gemeinsamer Traum, oder nicht?«

»Nein, Alex, nicht wirklich, es ist dein Traum, weil auch deine Eltern ein Haus haben. Du willst es, um es deinem Vater zu zeigen, weil er ein Fan von Karl ist, weil der seinen Charakter geerbt hat. Du willst es nicht für uns, sondern für dich! Mir ist es recht, aber ich warte nicht bis dahin, ich will jetzt eine passende Wohnung. Danach können wir immer noch bauen.«

»Du wirst sehen, wir werden nicht mehr bauen, wenn wir mal in der Wohnung sind. Du wirst sehen!«

Adele verdrehte die Augen, ging wieder zurück zu ihren Eltern und sagte zu.

Der Umzug fand kurz nach Toms zweitem Geburtstag statt. Zug um Zug. Zunächst zogen Adeles Eltern vorübergehend zu Alexanders Eltern. In dieser Zeit wurde deren Wohnung renoviert, bekam ein neues Bad und eine neue Küche. Alle Möbel wurden neu gekauft. Alles wurde renoviert und neu gestrichen, die Böden neu verlegt. Das Ergebnis sah enorm schick aus. Das Meiste hatte Alexander geplant, ein Zugeständnis Adeles an ihn, damit er sich besser mit der Entscheidung abfinden konnte. Es dauerte Monate, bis alles fertig war. Alexander erwies sich als guter Handwerker und hatte viele Freunde, die ihm halfen. Adele hatte nun endlich, was sie wollte, eine schicke, große Wohnung. Glücklich betrat sie ihr neues Heim, nachdem alles eingeräumt war.

»Und das hier«, sagte sie zu dem kleinen Tom, »ist ab jetzt dein Zimmer. Hier kannst du ganz alleine schlafen, denn Mama und Papa brauchst du nicht mehr, du bist ja schon groß, gehst schon bald in den Kindergarten.«

»Will aber nicht! Will aber nicht! Will aber nicht! ...«, skandierte Tom lauthals.

Adele setzte sich ratlos auf einen Stuhl und überlegte, wie sie ihn dazu bewegen könnte. Da klingelte es an der Wohnungstür. Es war Karl. Er und Ling wurden voller Stolz durch die neue Wohnung geführt, Alexander war gerade im Bad mit den letzten Handgriffen beschäftigt und bekam wenig davon mit. Der kleine Tom aber hörte Karl, rannte wie der Blitz zu ihm und warf sich in seine Arme.

»Na, Kleiner, so stürmisch«, lachte Karl.

Sie waren in Toms Zimmer angekommen. Adele klagte ihr Leid

»Der Kleine will nicht in sein Zimmer, ich weiß einfach nicht, was ich machen soll ...«

»Lass mich mal machen«, unterbrach Karl, nahm Tom auf den Arm und sagte, »du bist wohl eine Memme, oder was? Oder bist du doch ein starker Junge, ein Kämpfer, wie dein Onkel Karl?«

Toms Gesicht sah zunächst unentschlossen aus, doch dann sagte er klar und deutlich: »Bin ein Kämpfer«, und machte zusammen mit Karl das Zeichen des Stieres mit der Hand.

Karl ließ ihn runter und er rannte los und skandierte: »Mein Zimmer! Mein Zimmer! Mein Zimmer!«

Adele schaute verdutzt hinterher. Karl war wie ein Vater zu ihrem Sohn. Alexander hatte leider nicht diesen Draht zu ihm, aber klar, er war auch viel unterwegs und musste in den letzten Monaten neben seiner Arbeit die Wohnung renovieren. Er hatte viel weniger Zeit, als Karl.

Es gab für alle Kaffee und Kuchen. Ohne Alexander. Er hatte davon, wegen seiner Arbeit in der Wohnung, in die er vertieft war, nichts mitbekommen und freute sich am Ende nur, dass Tom sein Zimmer so gut angenommen hatte. Tom fetzte durch die Wohnung wie ein Hurrikan, sprang auf allem herum, was er besteigen konnte, warf mit allem herum, was er in die Finger bekam. Abends wurde er dadurch so müde, dass er in seinem Zimmer bald einschlief und auch gut durchschlief. Auch die nächsten Tage verliefen so, bis er sich an alles gewöhnt hatte, dann war es wieder so wie vorher. Er hatte viele nervöse Wachphasen mit Schreiattacken. Immer wieder mussten Alexander oder Adele aufstehen und nach ihm sehen. Nach wie vor schlief er nur bei Karl ruhig und auch lange durch. Niemand konnte sich das erklären. Adele war einfach nur froh, dass Karl ihnen den Kleinen oft abnehmen konnte. Sie besuchten verschiedenste Ärzte, versuchten ihr Glück mit der Homöopathie oder mit dem neuen Ansatz der Osteopathie und mit diversen Methoden von Heilpraktikern. Niemand konnte die Ursache des Problems erkennen. Und so kämpfte sich das junge Paar durch. Der dritte Geburtstag nahte und es hatte sich noch immer nichts geändert. Nur eines würde anders werden, Tom kam in den Kindergarten.

KAPITEL 20

HAMBURG 1995

Felix blickte stumpfsinnig aus dem Wohnzimmerfenster, Marta saß neben ihm auf der Couch und strickte eine Mütze für Samsons zwölften Geburtstag. Er bekam jedes Jahr eine gestrickte Wollmütze, und das am zwanzigsten Juni, mitten in der warmen Jahreszeit. Samson spielte jedes Mal große Freude und setzte sich die Mütze den jeweils nachfolgenden Winter auf. Marta strickte gerne, aber sie wollte damit den Menschen auch Gutes tun und nutzte jede Gelegenheit, ihre Strickkünste zum Einsatz zu bringen. Sie strickte zwar gerne, allerdings nicht besonders gut. Alles wirkte ein wenig verzogen und unförmig, so auch ihre Mützen. Samson erlangte durch diese Mützen Bekanntheit. Jeden Winteranfang waren seine Freunde gespannt, wie denn die neue schrumpelige Mütze aussehen würde. Komischerweise fanden die Freunde gerade das cool und fragten ihn, ob er ihnen nicht auch welche besorgen könnte. Also ging er zu Marta, die sogleich mit Enthusiasmus ans Werk ging und allen seinen Freunden schrumpelige Mützen strickte. So saß sie nun sehr oft im Wohnzimmer und strickte vor sich hin. Samson und seine Freunde hatten damit eine unverkennbare Gemeinsamkeit. Man nannte sie ab da die Schrumpelmützenbande.

Felix sinnierte währenddessen meist stumpfsinnig vor sich hin. Der Fernseher war im Dauerbetrieb, was gerade lief, interessierte niemanden, außer, wenn Samson sich dazu setzte. Noch immer lebten sie in der Wohnung am Stadtrand, die ihnen damals vom Jugendamt vermittelt wurde. Wozu sollten sie auch umziehen. Felix verdiente genug, Marta verdiente etwas hinzu, sie hatten ein veritables Auskommen. Felix war an diesen Tagen immer besonders bedrückt. Jeweils zu Samsons Geburtstagen und jedes Mal am zwölften September, dem Tag, an dem er das grauenhafte Verbrechen begangen hatte, verfiel er in tiefe Depression und Panikzustände. Für Außenstehende kaum bemerkbar. Ein Mensch ohne jeden Elan und ohne Leben. Er existierte nur noch zur Pflichterfüllung, was er auch tadellos erledigte. Zu Hause, wie in seiner Arbeit. Noch immer arbeitete er als Regaleinräumer bei immer dem gleichen Arbeitgeber, hatte aber zusätzliche Aufgaben in der Disposition übernommen, was zu einem merklich höheren Gehalt führte. Man bot ihm sogar einen Abteilungsleiterposten an, den er aber dankend ablehnte. Nur er wusste, warum, nur er wusste, dass er nie mehr in seinem Leben irgendetwas anführen wollte. Mit seinen achtundvierzig Jahren sah er bereits aus wie ein alter Mann, nicht wegen grauer Haare, denn Haare hatte er ja keine, sondern wegen seiner leicht gebückten Körperhaltung und den tiefen Falten im Gesicht. Felix war nur noch ein Schatten seiner selbst. Er dachte oft zurück an seine glorreichen Zeiten mit seinen Freunden im Stadion, als er noch mit seinem extravaganten Kleidungsstil glänzen konnte und er die bewundernden Blicke der Frauen genoss. Ja, er war noch immer überzeugt, dass er damals in der Frauenwelt begehrt war, aber als braver Ehemann musste er natürlich verzichten. Alles war in Ordnung, bis zu dem Tag, als er auf die Boxertruppe stieß. Von da an nahm das Elend seinen Lauf.

Seine Untat endete in einem elenden Desaster und nun musste er selbst das Ergebnis dessen auslöffeln, was er angerichtet hatte. Niemandem würde er sich je dazu anvertrauen können. Seine damaligen Kumpane hatte er nicht wieder gesehen. Und er ging auch weiterhin nicht mehr zum Stadion. Einige Male war er noch vor dem Haus des Opfers. Er wusste, sie hatte Samson geboren und ihm war klar, dass er es gezeugt hatte. Die Ähnlichkeit zu ihm war frappierend. Ein Glück nur, dass der Kleine Haare hatte, zwar noch sehr wenige, aber er hatte Haare, ansonsten würde er genauso aussehen, wie er früher. Felix lebte in ständiger Angst, entdeckt zu werden. Mittlerweile waren DNA Tests auch im polizeilichen Alltag angekommen und sie wurden gerne für Vaterschaftstests verwendet. Und eine solche würde zweifelsohne nachgewiesen werden können. Das machte ihm Angst. Er hoffte, dass niemals jemand auf die Idee kam, seine DNA mit Samsons in Abgleich zu bringen. Es gab Mitwisser, seine Bande, sie hätten Gerüchte streuen können. Am meisten Angst aber hatte er vor Ingmar. Warum war er plötzlich verschwunden, musste er untertauchen? Ein unlösbares Rätsel. Einige Monate nach der Geburt Samsons war er wieder vor dem Haus des Opfers – er konnte sie noch immer nicht beim Namen nennen – und sah, dass an den Fenstern der Wohnung die Vorhänge und Gardinen fehlten. Auch die darauffolgenden Tage änderte sich nichts. Ebenso war auch das Auto der Familie nicht mehr vor dem Haus geparkt. Um sicher zu gehen, schaute er etliche Tage später wieder nach. Keine Veränderung.

>Sie sind weggezogen<, dachte er, >sie sind weggezogen.<

Und dann vergingen die Jahre und er fragte sich ständig, was wohl aus seinem

Opfer geworden war. Eines Tages, so schwor er sich, würde er herausfinden, wo sie hingezogen war, eines Tages würde er Gewissheit haben. Doch dann kam der Tag, von dem an sich das Leben grundlegend änderte. Jener Tag kurz vor dem zwölften Geburtstag Samsons.

Felix starrte noch immer aus dem Fenster, als er die Wohnungstür hörte. Ah, dachte er, Samson kommt nach Hause und wartete darauf, dass er kurz zum Grüßen ins Wohnzimmer kam. Doch er kam nicht, er hörte stattdessen seine Zimmertür und dann war Stille. Ein Blick zu Marta verriet ihm, dass auch sie erstaunt war. Das hatte es in all den Jahren nicht ein einziges Mal gegeben, er kam immer zuerst auf einen Gruß zu ihnen. Was war los? Abnabelung? Pubertät? Das Leben, das sich seit zwölf Jahren eingespielt hatte, gab Halt. Rituale und Gewohnheiten strukturierten und färbten das ansonsten triste Leben der Familie. Jede Abweichung fiel auf und erzeugte Unsicherheit. Die beiden sahen sich an, in stiller gegenseitiger Aufforderung, nach dem Rechten zu sehen. Felix war es, der aufstand. Jede außergewöhnliche Begebenheit machte ihm Angst. Mit ungutem Gefühl ging er zu Samsons Zimmer, klopfte, nichts rührte sich, klopfte nochmals, es rührte sich nichts. Er öffnete behutsam die Tür einen Spalt und sah Samson auf seinem Bett mit dem Gesicht zur Wand. Er drehte sich nicht nach ihm um, machte keine Anstalten, seinen Vater zu begrüßen oder sich ihm zuzuwenden, er lag einfach nur da.

»Samson, ist alles in Ordnung?«

›Schon in der Frage liegt der Fehler‹, dachte Felix, ›natürlich ist nicht alles in Ordnung. Was soll einer auf so eine Frage antworten?‹

Also fragte er anders: »Samson, ich habe das Gefühl, dass es dir nicht besonders gut geht, möchtest du mir den Grund nennen?«

Stille, Schweigen.

»Soll ich dich kitzeln?«

Hatte früher immer geholfen, aber so ein Blödsinn zu diesem Zeitpunkt zeugte nur von totaler Hilflosigkeit.

»Na, war Blödsinn, oder? Samson, ich hol Mama.«

Doch bevor er Marta rufen konnte, platzte es aus Samson heraus: »Was heißt hier Mama und was heißt Papa, ihr seid nicht meine Eltern!!«

Felix erblasste, er musste sich setzen, fühlte, wie die Situation ihn überrannte. Was war nur passiert? Wieso sagte er sowas?

»Marta, kommst du bitte!«, rief er.

Verunsichert stand Marta auf und ging mit plötzlich aufsteigender Angst in

Samsons Zimmer, sah ihn auf dem Bett. Felix saß auf dem Stuhl am kleinen Schreibtisch, der über und über mit Literatur beladen war.

»Marta«, sagte Felix mit belegter Stimme, »er weiß es …«

Schockartige Stille. Entsetzen. Nie hatten sie sich auf diesen Augenblick vorbereitet, auch sie war der Situation nicht gewachsen. Dabei wurden sie immer wieder vom Jugendamt darauf hingewiesen, dass so etwas eintreten könne, wenn sie den Jungen nicht selbst darüber informierten. Nun war es soweit und sie waren nicht gerüstet.

»Ihr seid nicht meine Eltern!«, setzte Samson nach.

»Aber wieso sagst du das? Was ist passiert?«, fragte Marta mit hilfloser Gestik.

»Wieso habt ihr mich angelogen, wieso habt ihr es mir nie gesagt, wieso musste ich es heute beiläufig erfahren. Wieso wissen es andere, aber nicht ich? Wieso?«

Marta sah Felix an, der blickte ratlos zurück.

»Andere??«, rief sie fassungslos, »wer?«

»Die ganze Klasse weiß es. Die sagen, ich sei das ungewollte Kind einer Vergewaltigung!«

Felix wurde bleich, Übelkeit kroch ihm den Hals hoch, sein Puls raste. Adrenalin schoss in alle seine Körperregionen. Er konnte seinen Fluchtreflex nur schwer beherrschen. Seine Schläfen pochten, seine Ohren fielen zu. Nur mit Mühe konnte er sich noch auf dem Stuhl halten. Es war ihm unmöglich, auch nur ein einziges Wort von sich zu geben. Nun ging alles den Bach runter. Da saß sein Sohn, aber niemals durfte dieser mehr erfahren, und doch war er sein leiblicher Sohn. Er war der Vater und seine Strafe war es, seinen Sohn großzuziehen, ohne je sein wirklicher Vater sein zu dürfen. Das Kind einer grausamen Vergewaltigung und der Vergewaltiger in den gleichen vier Wänden. Niemals durfte das ans Tageslicht kommen. Es drehte sich in seinem Kopf. Kein klarer Gedanke war mehr möglich. Er verdeckte sein Gesicht mit den Händen, Tränen der Verzweiflung lösten sich.

Marta interessierte sich nicht weiter für Felix, nur Samson war ihr wichtig. Sie setzte sich vorsichtig zu ihm ans Bett und legte ihm eine Hand auf die Schulter. Einige Zeit schwieg sie, überlegte sich passende Worte, fand aber keine. Sollte sie abstreiten?

›Nein, das wäre eine Lüge mit sehr kurzen Beinen, besser ehrlich sein‹, dachte sie und sagte: »Samson, mein Liebling …«

»Liebling! Liebling! Ach hör doch auf, ich bin nicht euer Sohn …!«, unterbrach er Marta.

»Samson, hör zu. Es hat sich nichts geändert zwischen uns. Aber ich sehe ein, dass wir einen Fehler gemacht haben, es dir nicht zu sagen. Ich weiß nicht, wie das in Umlauf kam. Mir ist manches nicht klar. Aber das mit der Vergewaltigung und dass du das Kind davon sein sollst, das ist Humbug, davon weiß ich nichts!! Deine Mutter war einfach zu jung und war nicht in der Lage, dich großzuziehen und wir haben uns so sehr ein Kind gewünscht und waren so überglücklich, als wir dich sahen. Wir haben uns sofort in dich verliebt. Dein Papa hat dich in die Arme genommen und wollte dich nicht mehr loslassen. Er war soo rührend.«

Marta massierte Samson dabei sanft den Rücken. Weinend sagte der nur noch: »Lasst mich, ich will alleine sein!«

Marta und Felix gingen zurück ins Wohnzimmer und setzten sich nebeneinander auf die Couch. Felix, blass und still, seine Hände zitterten, seine Atmung war schnell, sein Puls raste. Martas Gesichtsausdruck verriet Entsetzen. Sie konnte nicht fassen, was gerade passiert war. Es schien, als würde all das Familienglück mit einem Mal zunichte sein. Sie hatte keine Ahnung, was sie machen sollte, aber gleich am nächsten Tag würde sie im Jugendamt anrufen, oder doch vielleicht nicht, sie könnten ihn ihnen wegnehmen. Oh Gott, dachte sie, was sollen wir nur tun? Da fiel ihr Hilde ein, jene Freundin, die sie damals um Rat fragte, als es um grundsätzliche Fragen zur Adoption ging.

›Vielleicht weiß sie Bescheid, was zu tun ist.‹

»Felix, ... Felix!«

Er gab einen seltsamen Laut von sich, eine Mischung aus Räuspern und Grunzen.

»Felix, hör mir zu. Ich habe Angst, dass, wenn wir zum Jugendamt gehen und ihnen den Vorfall schildern, wir ein Problem bekommen. Ich geh stattdessen gleich morgen früh zu Hilde und frage, wie die das gehandhabt haben. Felix, hörst du zu? Felix, was ist mit dir, du zitterst ja. Setzt dir das so zu? Aber ja, kann ich verstehen. Mich schockt es auch. Und dann noch diese grauenvolle Geschichte von einer Vergewaltigung. Davon hätten die uns doch damals erzählt, oder? Uns sagten sie nur, dass es eine Minderjährige war, zu jung, um das Kind großzuziehen. Ich sag dir, Felix, das müssen wir dem Samson ausreden! Da wollen ihn irgendwelche Idioten kaputt machen, weil er so schlau ist, viel schlauer, als alle anderen in seiner Klasse. Da steckt Neid dahinter, das sag ich dir. Ein Kind eines Vergewaltigungsopfers hätte ich nie genommen, weißt du, das könnt ich nicht, da müsste ich immer dran denken. Aber zum Glück ist es ja nicht so. Hey, hörst du mich? Hallo! Ach dann halt nicht! Ich schau jetzt nochmal nach Samson.«

Doch Samson hatte seine Zimmertür abgesperrt. Sie horchte an der Tür, hörte ihn weinen, klopfte und bettelte, dass er aufmache. Er ignorierte sie. Nach einer Weile gab Marta auf und ging weinend zu Bett. Felix blieb in dieser Nacht auf der Wohnzimmercouch, am ganzen Körper zitternd. Die Augen traten hervor, der ganze Körper verkrampfte sich, Schaum trat aus seinem Mund. Niemand aber bemerkte es zunächst. Erst am nächsten Morgen. Samson kam auf dem Weg ins Badezimmer am Wohnzimmer vorbei und sah seinen Vater wie tot auf der Couch liegen. Etwas stimmte hier nicht, sein Vater hatte noch seine Sachen vom Vortag an und sein Blick war starr zur Zimmerdecke gerichtet.

Sofort stürzte er zu ihm und rief: »Papa, Papa!«

Doch Felix reagierte nicht, sein Atem war kaum wahrnehmbar.

»Mama, Mama! Dem Papa geht's nicht gut«, und rannte dabei ins elterliche Schlafzimmer.

Marta stand sofort auf, lief ins Wohnzimmer, sah Felix liegen und klatschte ihm die Wangen. Die Pupillen drehten sich nach oben, ansonsten keine Regung.

»Mama, was ist mit Papa los? das wollte ich nicht. Ich wollte das nicht! Es ist meine Schuld!«

»Hör auf, Samson, du bist nicht schuld.«

Marta rannte zum Telefon und wählte die 112. Ein Rettungswagen brachte Felix ins Krankenhaus. Samson weinte um seinen Adoptiv-Vater und beteuerte immer wieder, er habe das nicht gewollt, er sei schuld. Marta widersprach jedes Mal. Sie warteten vor der Intensivstation, Felix war während der Fahrt im Rettungswagen kollabiert und musste reanimiert werden. Ein Arzt kam heraus und informierte sie über den aktuellen Stand.

»Ihr Mann hatte einen Herzinfarkt. Es steht auf Messers Schneide. Wir müssen mit allem rechnen. In jedem Fall aber werden Schäden bleiben, sollte er überleben. Ich halte sie informiert. Sie können gerne weiter hier warten.«

Eine Stunde später kam derselbe Arzt wieder und sagte: »Sie können nun zu Ihrem Mann, wir konnten ihn stabilisieren. Aber bitte erwarten sie nicht zu viel, er ist noch nicht ansprechbar. Bitte, kommen sie mit.«

Felix' Anblick war schockierend. Kreidebleich mit offenem Mund lag er da, angeschlossen an unzähligen Kabeln und Schläuchen. Samson wollte zu ihm, aber Marta hielt ihn zurück und schaute den Arzt an. Der machte ein Zeichen, sich bitte vom Patienten fernzuhalten.

»Bitte seien sie jetzt unbesorgt, wir haben ihn stabil, fahren sie nach Hause und gönnen sie sich etwas Ruhe. Morgen können sie ihn wieder besuchen, möglicherweise ist er dann ansprechbar. Aber bitte, wir wissen noch nicht, was alles geschädigt ist. Wir rechnen ganz sicher mit einer Herzschwäche durch viele abgestorbene Herzzellen, es könnten sich auch Aneurysmen gebildet haben. Genaueres hoffen wir, morgen herauszufinden.«

Am nächsten Tag telefonierte Marta lediglich mit der Klinik. Sie hatte wenig Lust hinzufahren, wenn Felix noch nicht ansprechbar war, zumal sie in Bezug auf Samson noch ein ganz anderes Problem zu lösen hatte. Im Grunde war sie sauer auf Felix, dass er sich gerade jetzt einfach so aus dem Staub machte und sie mit allem alleine ließ.

›Das Weichei‹, dachte sie wütend.

Wie man ihr am Telefon mitteilte, war Felix tatsächlich noch immer nicht ansprechbar. Sie bedankte sich für die Auskunft und wandte sich ihrem anderen Problem zu.

»Samson, komm doch bitte mal her«, sie nahm ihn in die Arme, »hör zu, das mit deinem Vater hat nichts mit dir zu tun. Du kannst nichts dafür. Glaubst du mir?«

»Aber gestern am Morgen war er doch noch ganz gesund und dann abends, als er bei mir war und sich das anhörte ...«

»Nein, Samson, der war gestern den ganzen Tag schon so seltsam, der hat bereits was ausgebrütet und nichts gesagt. Hätte er tun sollen, dann wäre es nicht so weit gekommen. Da ist er schon selber schuld.«

»Aber Mama ...«

»Nein, Samson. Bring das nicht in Verbindung. Erzähl mir lieber, was man dir erzählt hat und warum und vor allem wer.«

Marta sah Samson auffordernd an, er aber schwieg.

»Samson, sag's mir bitte, ich muss wissen, wo das herkommt.«

»Warum? Willst du alle zur Rede stellen, die es wissen könnten? Willst du Detektiv spielen? Was soll das bringen? Die hassen mich dann, Mama, verstehst du? Ich bin klein und schmächtig und kann mich nicht zur Wehr setzen. Bitte lass das. Sag mir einfach nur, ob es stimmt.«

Eine Weile herrschte Schweigen, dann sagte Marta: »Du hast recht, Samson, zu wissen, wer dir das gesagt hat, hilft uns nichts. So gerne ich wissen würde, wo das herkommt. Ja, es war ein großer Fehler, dir nichts zu erzählen, so bist du überrascht worden und zurecht enttäuscht und böse auf uns. Es ist richtig, Samson, wir haben dich adoptiert von einem Mädchen, das etwa sechzehn Jahre alt war bei deiner Geburt. Sie hätte dich nicht aufziehen können und wir haben uns dringend ein Kind gewünscht. Und weißt du, du passtest so sehr zu uns, dass alle ganz fasziniert waren und wir erst recht. Der Papa hat dich sofort in die Arme genommen und weinte vor Glück. Es war echt süß, das hätte ich ihm nicht zugetraut. Und danach war er all die Jahre immer für dich da, hat dir seine ganze Zeit gewidmet. Aber er ist leider auch nicht der Gesündeste. In den letzten Jahren ist er immer anfälliger geworden und wirkt jetzt schon wie ein alter Mann. Mich wundert nicht, dass es ihn nun erwischt hat, er hört nie auf mich und dann passiert sowas. Es hat aber nichts mit dir zu tun, das ist ganz sicher, mein Sohn.«

»Aber Mama, warum gerade gestern? Warum gerade nachdem ich euch mit dem Vorwurf konfrontierte? Ich versteh das nicht. Weißt du, Mama, was ich auch nicht verstehe. Warum sagen die, dass meine ... – ich weiß nicht wie ich sagen soll –, äh, dass sie vergewaltigt wurde und ich dabei entstand? Warum sagen die das?«

»Dazu, Samson, müsste ich wirklich erstmal wissen, wer es dir erzählt hat und woher das kommt. Ich sage dir aber, das ist nicht wahr. Wir haben uns ausführlich mit den Leuten vom Jugendamt unterhalten, da gab es absolut keinen Hinweis darauf. Nein, Samson, da ist nichts dran, das wüssten wir. Dann hätten wir ... äh, dann ...«

»Was, Mama, was dann?«

»Wir hätten dich erst recht angenommen, natürlich mein Schatz.«

»Versteh ich nicht, ist denn annehmen und erst recht annehmen im Ergebnis nicht dasselbe? Also manchmal bist du ein bisschen komisch, Mama.«

»Nun, Samson, wir müssen jetzt lernen, mit dieser Situation umzugehen. Du weißt es nun und denkst, alles ist anders, die ganze Welt ist anders, als sie bisher schien, dabei ist gar nichts anders, nur eine Information mehr steht im Raum. Aber wir sind nach wie vor deine Mama und dein Papa. Wir sind deine Eltern, durch Adoption wurdest du zu unserem Kind, voll und ganz und ohne jede Einschränkung. Wir sind seither für dich in jeder Hinsicht verantwortlich und haben den vollständigen Verwandtschaftsgrad von Eltern zu dir. Wir haben dich aufgezogen, als unseren Sohn, nicht, als wärst du unser Sohn, sondern als unseren echten Sohn. Wir lieben dich ... Und dann kommt so ein ...« Marta konnte nicht mehr weiterreden.

Tränenüberströmt saß sie da und hatte das Gefühl, dass sich alles um sie herum sich drehte. Samson schwieg, legte seine Arme um Marta und weinte mit ihr.

Nach einer Weile sagte er: »Wo lebt sie, in Hamburg? Kann ich sie sehen?«

Das war wie ein Schuss, mitten in Martas Herz. Eine einfache Frage eines Dreizehnjährigen brachte sie um den Verstand.

»Samson, bitte frag nicht danach, wir sind deine Eltern, das andere Verwandt-schaftsverhältnis ist aufgelöst. Nicht sie ist deine Mutter, ich bin es, ICH, III-ICH!«, das letzte ich schrie sie aus Leibeskräften.

Doch sofort hielt sie sich die Hand vor den Mund und sah Samson er-schrocken an. Der stand auf und ging wortlos in sein Zimmer.

»Samson, Samson!«, rief sie noch hinterher.

Ihr war klar, dass er nun Zeit brauchte, um all das zu verarbeiten. Sie hoffte nur, dass er das mit der Vergewaltigung aus seinem Schädel rausbekomme, nahm sich aber vor, dazu noch beim Jugendamt nachzuhaken und überhaupt sich Informationen zu holen, wie in diesem Fall am besten weiter zu verfahren wäre. Über all dem hatte sie Felix völlig vergessen, sie räumte in der Küche auf und setzte sich, wie gewohnt, vor den Fernseher und schlief völlig erschöpft ein.

Felix lag derweil weiter auf der Intensivstation und war nach wie vor nicht an-sprechbar.

Die Ärzte fragten sich: »Haben wir die richtige Diagnose? Er sollte längst aufgewacht sein.«

Er war stabil, die richtigen Maßnahmen wurden ergriffen, Aneurysmen wur-den nicht gefunden. Auch weitere Untersuchungen zeigten keinen Grund, warum er nicht aufwachen konnte. Es schien, als wollte der Patient dies nicht, als sperre er sich dagegen. Keiner konnte in Felix' Kopf schauen, keiner wusste, welch schreckliche Tat ihn verfolgte und ihm zur Strafe seinen Lebenswillen raubte. Felix wollte dieses Leben abstreifen. Er sah keinen Ausweg mehr. Und so beschloss er, zu sterben. Doch die Ärzte arbeiteten dagegen. So sehr er sich seinen Tod gewünscht hätte, so wenig war er erreichbar und so blieb er weiter in einem komatösen Zustand, nicht ansprechbar. Marta rief jeden Tag an, jedes Mal sagte man ihr, er sei noch immer nicht ansprechbar. Also sparte sie sich den Weg ins Krankenhaus. Sie hatte mit Samsons Problem genug am Hals. In der Schule entschuldigte sie ihn für ein paar Tage. Da er bisher ohnehin nur Einsen schrieb, warf das kein zusätzliches Problem auf. Jeden Tag redete sie auf Samson ein, versuchte, ihn zu beruhigen, sein Vertrauen zurück zu gewinnen. Vergeblich.

Das Telefonat mit dem Jugendamt war kurz und knackig.

»Wissen Sie, wir haben Sie oft genug darauf aufmerksam gemacht, dass die Situation kommen kann. Reden Sie mit ihm, mehr können wir auch nicht für sie tun. Und zusätzliche Auskünfte zu der leiblichen Mutter, dem Mädchen, dürfen wir ihnen nicht geben. Bitte akzeptieren Sie das. Aber ein Hinweis, mit

Sechzehn ist er berechtigt, Akteneinsicht zu seiner Herkunft zu bekommen. Bitte stellen Sie sich darauf ein. Auf Wiederhören!«

Batsch, aufgehängt.

›Und nun?‹, dachte Marta, ›was soll ich denn nun tun?‹

Felix lag einfach nur da und starrte zur Decke. Es ergab keinen Sinn, er war stabil. Körperlich war er bereits auf dem Weg der Besserung. Es musste also etwas Nervliches oder Psychisches sein, das ihn daran hinderte, in die Wirklichkeit zurückzukehren. Marta telefonierte weiter jeden Tag mit dem Krankenhaus, immer dieselbe Antwort, also sah sie noch immer keine Notwendigkeit hinzufahren, was hätte sie auch tun können. Ihm Liebe zeigen, Liebe, die nicht da war? Ihm gut zureden?

›Hört er ja doch nicht‹, beschwichtigte sie sich.

Also hakte sie ihn Tag für Tag ab und konzentrierte sich auf Samson. Eine ganze Woche war er nun schon nicht zur Schule gegangen. Es war Montag und er sollte eigentlich aufstehen und sich fertig machen, doch Marta stand vor seiner verschlossenen Zimmertüre, klopfte und bekam keine Antwort.

Verzweifelt dachte sie: ›Jetzt fahr ich doch mal ins Krankenhaus, der Felix muss jetzt einfach mal aufwachen, ich hab hier alles alleine am Hals und der ruht sich aus. Aber was mach ich derweil mit Samson? Kann ich ihn alleine lassen? In jedem Fall informiere ich erstmal die Schule darüber, was mit Samson los ist. Die müssen das verstehen und sollen sich die Schüler vornehmen, die Samson das angetan haben.‹

Sie rief in der Schule an und erzählte, was alles passiert war, doch die Reaktion war anders, als erwartet.

»Wissen sie, Frau Olderbrock, wir können nicht jeder Kleinigkeit nachgehen und uns unsere Schüler zur Brust nehmen. Das müssten wir sonst am laufenden Band tun. Das geht einfach nicht, das können wir nicht leisten. Es ist nicht unser Problem, dass sie Samson nicht rechtzeitig über die Adoption informiert haben, sie mussten mit so etwas rechnen. Und dass Kinder das besonders grausam rüberbringen, das kennen wir doch alle. Wenn sie wollen, können wir mal reinhören, was da so geredet wird, aber wir werden ganz sicher niemanden dafür bestrafen oder ins Verhör nehmen. Ich hoffe, sie verstehen das. Lassen sie Ihren Sohn gerne noch etwas zu Hause, das legt sich alles. Es wird schon wieder, sie werden sehen.«

Danach noch einige Verabschiedungsfloskeln und damit stand Marta erneut alleine mit dem Problem da. Sie musste einsehen, dass sie und nur sie die

Verantwortung übernehmen musste. Also ging sie nochmal zu Samsons Zimmer und schlug mit der Faust dagegen, mit aller Macht.

»Samson, mach auf, mach sofort auf, du hast keinen Grund, uns zu bestrafen, wir waren für dich da, WIR! UND ICH BIN DEINE MUTTER!«

Sie hörte Schritte, der Schlüssel drehte sich im Schloss, die Tür öffnete sich und da stand Samson, mit hängendem Kopf und tief traurigem Blick. Sie umarmte ihn, er erwiderte die Umarmung nicht, stand da wie ein nasser Sack.

»Mama, ich will nicht mehr in diese Schule und ich will die Frau sehen, die mich zur Welt gebracht hat. Ich will wissen, woher ich komme. Ich brauche es, um mich selbst kennenzulernen. «

Er blickte dabei zu Boden, konnte ihr nicht in die Augen schauen. Ein schreckliches Gefühl der Angst überkam Marta. Ihr war nun klar, dass die Sache außer Kontrolle geriet, dass sie es weder wegreden, noch wegschweigen konnte. Es ließ sich nicht marginalisieren, es gab nur noch eine Richtung, in die es gehen konnte, die Zerstörung der bisherigen gediegenen und glücklichen Familienstruktur. Es machte keinen Sinn, es aufhalten zu wollen, es würde im Zerwürfnis enden. Sie brauchte jemanden und dabei fiel ihr ein, dass sie schon Anfangs zu Hilde wollte, um sich mit ihr auszutauschen.

»Hilde, danke, dass du Zeit für mich hast, ich komm sofort«, Marta legte den Hörer auf, »Samson, du musst nicht in die Schule, das hab ich geklärt. Setz dich einfach vor den Fernseher. Ich bin in gut einer Stunde zurück. «

Dann fuhr sie zu Hilde, die sie bereits mit Kaffee und Gebäck erwartete.

»Was ist los, Marta, du klangst so besorgt. «

»Ach, Hilde, ja, ich habe Sorgen. Wir haben einen Fehler gemacht. Wir haben Samson nie erzählt, dass er adoptiert ist und nun hat er es von Mitschülern erfahren. Ich weiß nicht, woher die es wissen, aber nun haben wir ein Malheur, das kannst du dir vorstellen. Und als Samson uns das erzählte, nahm Felix sich das so zu Herzen, dass er einen Herzinfarkt erlitt. Der war aber schon die ganzen Tage so komisch, Hat vielleicht nicht direkt miteinander zu tun. Ärgert mich auch ein wenig, denn der liegt im Krankenhaus und lässt sich versorgen und ich hab alles alleine am Hals. «

»Aber Marta, um Gottes Willen, ein Herzinfarkt, das ist doch was Schlimmes. Das kannst du doch so nicht sehen, der hat sich doch nicht verdrückt. Einen Herzinfarkt bekommt man doch nicht einfach so und schon gar nicht mit Absicht. «

»Hilde, ich kenne doch meinen Felix, ständig kränkelt er dahin, ständig hat er was und jetzt macht er es noch hochdramatisch. Die Ärzte sagen, er sei stabil und körperlich wäre er auf einem guten Weg, aber der wacht einfach nicht auf. Die Ärzte meinen, er weigere sich, ins Leben zurück zu kommen. So ein Mist, sowas. So einfach kann man es sich machen. Aber Hilde, wegen dem bin ich nicht gekommen. Ich brauche irgendwen, der mir mit Samson helfen kann. Ich hab das Jugendamt angerufen, die helfen mir nicht. Ich soll mit ihm reden, ja und hab ich gemacht, wird aber jeden Tag schlimmer. Hab mit der Schule telefoniert, die interessiert das nicht, horchen nur ein wenig rum, woher die Information kommt. Und der Felix ist eh keine Hilfe. Ich weiß einfach nicht mehr weiter.«

Marta senkte den Kopf, Tränen tropften auf den Boden. Hilde hatte Mitleid.

»Ooch, Martalein, ich kann dich verstehen, soviel Probleme auf einmal, von einem Tag auf den anderen ist die Welt eine andere. Weißt du Marta, wir haben es unseren Kindern schon sehr früh erzählt, sehr schonend natürlich, aber so, dass sie verstanden, dass sie zwei Eltern haben, aber wir jetzt die richtigen Eltern sind. Sie wissen es also schon lange und gehen offen damit um. Andere machen es anders, als wir, aber wir dachten uns, wir sollten die ersten sein, die es unseren Kindern sagen. Sie sollten wissen, dass es was ganz Normales ist und vor allem ein Glück für alle Seiten. Unsere zwei älteren Kinder sind beide bereits über sechzehn und hätten schon längst ohne unsere Erlaubnis nach ihren Ursprungseltern fragen können. Haben sie noch nicht, aber wir hätten nichts dagegen. Es gehört ganz einfach zur Realität, in der wir leben. Das kann man nicht ausklammern. Und so kamen wir nie in so eine Situation.«

Hilde sah Marta an, die gerade ansetzte.

»Hilde, das hilft mir nicht weiter. Ihr habt das natürlich wie immer alles super vorbildlich gemacht. Aber wir haben es ihm eben nicht gesagt und nun will er seine echte Mutter kennenlernen. Ist denn alles, was ich für ihn getan habe nichts wert?«

»Doch, es hat ohne Zweifel auch für ihn nichts an Wert eingebüßt. Nur kam für ihn ein neuer Aspekt in seinem Leben hinzu, ein sehr bedeutender. Er konnte sich nicht langsam von klein auf damit auseinandersetzen und daran gewöhnen. Es kam wie eine Bombe und das in einem Alter, in dem die Pubertät auch noch eine Rolle spielt. Ich an deiner Stelle würde folgendes machen. Geh auf seine Forderung ein und unterstütze ihn. Wenn du ihn aufhältst verstärkst du seinen inneren Druck. Wenn du ihn unterstützt, könnte sich das wieder beruhigen. Und natürlich sollte er auch den Vater kennenlernen.«

Marta fiel die Kinnlade runter. Von Samsons Vater war nie die Rede und weder sie, noch Felix hatten danach gefragt. Aber gut, ihr war damals ja auch klar, dass die leibliche Mutter wohl so ein Flittchen gewesen sein musste. Wahrscheinlich wusste sie gar nicht, wer der Vater war. Mal der, mal jener und dann ist es halt passiert. In so einem Fall kann man den Vater wohl abschreiben.

»Den Vater nicht, Hilde. Der ist unbekannt, die hatte wohl mehrere Männer. So ein Flittchen muss das gewesen sein. Aber die Mutter, okay, das ginge. Die ist bestimmt abgestürzt und lebt irgendwo in ärmlichen Verhältnissen. Da wird er dann schon sehen, was er an uns hat.«

»Genau, Marta, so sehe ich das auch.«

Und so nahmen die Dinge ihren Lauf. Marta ging, nach ein wenig Tratsch, wieder zu Samson nach Hause und fand ihn, wie erwartet, vor dem Fernseher, mit stumpfem Gesichtsausdruck.

»Samson, mein Liebling, es wird alles wieder gut. Ich kann dich nun sehr gut verstehen. Du willst die Frau kennenlernen, die dich auf die Welt brachte.«

»Ja, ich will meine leibliche Mutter kennenlernen.«

Leibliche Mutter, wie seltsam das in Martas Ohren klang nach all den Jahren, in denen es selbstverständlich wurde, dass Samson ihr Sohn war. Ja, sie fühlte sich schier, als wäre sie die leibliche Mutter. Aber nun kamen die Realitäten zurück mit der Macht eines Orkanes.

Mit feuchten Augen sagte sie: »Ach Samson. Du hast ja recht. Ich sehe ein, dass du wissen willst, woher du stammst. Aber du musst auf alles gefasst sein. Es könnte dich erschrecken.«

»Ich weiß, Mama, dennoch will ich wissen, woher ich komme und was aus meiner leiblichen Mutter geworden ist, und wie es ihr heute geht. Ich habe ein schlechtes Gewissen, denn in mir ist die Vorstellung, dass sie in Not lebt, während es mir, ihrem Kind hier so gut geht. Verstehst du das, Mama?«

»Ja, verstehe ich. Ich werde mich morgen erkundigen, woher man solcherlei Daten bekommt und wie man Kontakt aufnimmt, oder ob man besser unerkannt auftreten sollte. Denn sie hat dich im Inkognito-Verfahren abgegeben, wollte also jeden Kontakt abbrechen. Wir müssen damit rechnen, dass sie nicht mehr konfrontiert werden will, weißt du?«

Das war zu hart für Samson. Schluchzend rannte er in sein Zimmer.

Tags darauf rief Marta zunächst in der Klinik an. Keine Veränderung, Felix war noch immer nicht ansprechbar, also sah sie weiter keinen Grund, hinzufahren. Dann telefonierte sie erneut mit dem Jugendamt und wollte wissen, woher sie denn die Adresse der leiblichen Mutter Samsons bekomme. Sie wurde an das >Bundesamt für Familie und zivilgesellschaftliche Aufgaben< verwiesen. Dort könne man in solchen Fällen Vor- und Familienname, Geburtsdatum und Anschrift erfahren. Darüber informierte sie Samson, der sich über Nacht wieder etwas gefangen hatte und zugänglicher war. Hilde schien recht zu haben, durch die Aufgeschlossenheit, die Marta zeigte, nahm sie der Sache offenbar ein wenig den Wind aus den Segeln, so dachte sie zumindest. Doch die Dynamic, die sich in Folge entwickelte, hatte sie unterschätzt.

KAPITEL 21

HAAGENSTEIN 1995

September 1995, ein wunderschöner Spätsommer. Die Familie Henschel war in Aufregung, denn der kleine Tom hatte seinen ersten Tag im Kindergarten. Viele Hoffnungen waren damit verbunden. Unter anderem, dass er durch das Eingebundensein in eine Umgebung mit anderen Kindern etwas von seiner Hyperaktivität verlöre. Adele war dem Verzweifeln nahe. Alles hatte sie versucht, all ihr Wissen angewandt, Tonnen an Literatur gelesen und doch war es stets so, dass Tom nur bei Karl abends ruhig wurde und durchschlief und generell besser zu haben war. Alexander war deswegen inzwischen etwas verschnupft. Karl hatte offenbar eine wesentlich bessere Bindung zu Tom, als er, der Vater. Er schob es auf seinen Job, auf die wenige Zeit, die er zur Verfügung hatte. Karl hatte es wesentlich leichter, der ließ den Kleinen einfach zwischen den Tischen umherlaufen und es war immer jemand da. Zu Hause aber war er meist alleine in seinem Zimmer, zwar beaufsichtigt von den Omas oder auch Adele, so sie mal frei hatte, aber ohne den abenteuerlichen Spaß, den er bei Karl genoss. Alexander war nur selten für ihn da. Bei Karl aber gefiel es ihm und dort schlief er auch stets durch. Daher war er immer öfter bei ihm, der zum Glück wenig dagegen hatte und den Kleinen fast schon wie einen eigenen Sohn behandelte. Was er zwar so spürte, aber niemand je wissen würde, und daher kümmerte er sich auch nicht um all die Pflichten rund um das Kind, das machte Adele. Die Vorbereitungen auf den ersten Tag im Kindergarten blieben ausschließlich ihr, da Alexander wie immer sehr stark in ein neues Projekt eingebunden war. Nichtsdestotrotz ging er natürlich am ersten Tag mit in den Kindergarten. Zu zweit brachten sie ihn hin. Einige Kinder waren bereits da, sie schauten noch etwas schüchtern und klammerten sich an ihre Eltern. Forschende Blicke der Kinder tasteten durch den Raum. Abschätzende Blicke der Eltern kreuzten sich. Wer würde alles sein Kind bringen, wen kannte man? Dann ging alles rasch, die Kindergärtnerinnen kümmerten sich um die Kinder, machten sich bekannt und beliebt mit kleinen Willkommensgeschenken, zeigten ihnen ihre neue Lebenswelt und verabschiedeten dann die leidenden Eltern. Adele blieb an dem Tag abrufbereit zu Hause, sollte mit Tom irgendwas sein. Alexander musste zur Arbeit. Mittags holte sie Tom ab und fragte die Kindergärtnerinnen, wie es lief. Die Antwort wunderte sie nicht. Ihr Sohn sei recht lebhaft, es sei nicht so einfach, mit ihm sofort klar zu kommen, aber dennoch sei man sicher, dass er sich einfügen werde, wie alle anderen. Adele war klar, was gemeint war, jeden Tag erlebte sie dieses Verhalten und hatte keine Erklärung und kein Mittel, damit umzugehen. Seit einiger Zeit aber hörte man immer mehr von einer Krankheit mit der Kurzbezeichnung ADHS (Aufmerksamkeitsdefizit-/ Hyperaktivitätsstörung). Leider konnte man sich nicht so richtig an einer führenden Meinung dazu orientieren, was die Ursache anbelangte, jedoch in der Beschreibung der Symptome schien es mehr Klarheit zu geben. Bei Tom waren die Symptome eindeutig erkennbar, Unaufmerksamkeit, Hyperaktivität und Impulsivität. Ihr wurde eine Verhaltenstherapie des Kindes und eine Schulung für die Eltern im Umgang mit dem Problem empfohlen. Nun war Adele wieder als Psychologin gefragt, denn die Verhaltenstherapie war nichts anderes, als eine Form der Psychotherapie und da kannte sie sich aus, dachte sie. Doch wo sollte sie ansetzen? In der Verhaltenstherapie sollten dem Kind ungünstige Verhaltensweisen und Denkmuster, das es im bisherigen Leben erlernte, wieder abgewöhnt werden. Nur war sich Adele nicht klar, woher solche Verhaltensweisen stammten, denn ihre Erziehung war doch die beste aller Zeiten und Tom bekam die größte Liebe aller Zeiten. Sie zog eine Psychotherapeutin zu Rate, die sich darauf spezialisierte und die führte an, dass Kinder, die oft abgegeben werden in den ersten Jahren oft falsche Verhaltensmuster haben. Ja, dachte Adele, bei den Omas durfte er immer alles und wenn sie dann nach Hause kam, musste sie ihn wieder ›einfangen‹ und auf den Boden zurückholen. Das kostete unheimlich Kraft. Nur Karl schien das im Griff zu haben, bei ihm war er stets ruhig und konnte schlafen. An Karl kann es also nicht liegen. Nein, es mussten die Omas sein, die sollte sie sich mal zur Brust nehmen, die werden mithelfen, dafür würde sie sorgen. Sie dachte es und verwarf es sofort wieder, da würde sie doch den Bock zum Gärtner machen und am Ende kämen die Omas nicht mehr zum Aufpassen. Vielleicht gebe ich den Kleinen mehr zu Karl, der kann mit ihm umgehen, überlegte sie. Nur warum ist das eigentlich so? Egal, erst mal ist es gut so, liegt vielleicht an Ling, die hatte schon Kinder und das fernöstliche Herangehen ist vielleicht ganz gut für Tom.

Die Psychotherapeutin nahm sich den kleinen Tom intensiv vor, machte Tests, befragte ihn, spielte verschiedene Spiele mit ihm und kam zu dem Schluss, dass

Tom zwar die Symptome von ADHS aufwies, aber sie der Meinung sei, dass noch irgendetwas anderes dahinterstecke. Sie könne es sich nicht erklären, aber der Junge weise ein Verhalten auf, das auch Kinder haben, deren Mutter während der Schwangerschaft Alkohol getrunken haben oder Medikamenten-missbrauch eine Rolle spielte. Man wisse nicht viel darüber, was zum Beispiel Psychopharmaka anrichten könnten, aber bei Alkohol kenne man die Folgen sehr wohl und ohne Adele zu nahe treten zu wollen, sei dieser Aspekt doch von Bedeutung, man sollte ihm Beachtung schenken. Adele war tief getroffen. Alkohol, sie und Alkohol. Na gut, sie hatte nach der Sache mit dem Lehrer vorübergehend zu Alkohol gegriffen. Zu viel und zu oft, aber dann doch nicht mehr.

›Okay, gut, dann waren die Monate, in denen ich gar nicht wusste, dass ich schwanger bin, da hab ich wohl auch zu viel getrunken, aber das war doch nur so ein bisschen, so kleine Schlückchen hin und wieder, das kann doch nichts ausmachen. Okay, bei der Hochzeit nochmal und danach auch ein wenig, doch nur aus Frust.‹

Aber tief in ihr drinnen war es ihr klar. Ja, sie hatte während der Schwangerschaft Alkohol getrunken, doch das konnte sie der Therapeutin natürlich nicht sagen und tat es auch nicht, sondern sie entzog ihr umgehend den Auftrag und nahm Tom mit nach Hause, wo Alexander, müde nach der Arbeit, auf der Couch lag und schnarchte. Sie weckte ihn, regte sich über die Therapeutin auf, nannte sie unfähig und anmaßend und warf eine Vase an die Wand.

»Alexander, nun kümmere dich doch auch mal, …ich kann nicht mehr, ich bin am Ende!«

Weinend setzte sie sich zu ihm auf die Couch, er zog sie zu sich und strich ihr übers Haar. Ihm war mehr als bewusst, dass sie mitunter ein wenig zu tief ins Glas schaute.

Ohne Therapeutin musste sich Adele wieder direkt selbst mit dem Problem befassen. Alexander versprach, ihr dabei unter die Arme zu greifen, war aber nach kurzer Zeit so genervt, dass er froh war, wieder in die Arbeit zu kommen. Eines Abends kam er spät nach Hause und fand Adele mit einer fast leeren Flasche Wein vor dem Fernseher. Tom lief lange wie wild herum, während Adele sich dem Wein hingab und nicht wirklich mehr mitbekam, was Tom so machte, bis er schlief. Er schlief wirklich und zur Feier dieses Ereignisses, leerte sie die ganze Flasche. Doch war ihr nicht klar, warum er schlief und auch Alexander wunderte sich, freute sich aber über den Therapieerfolg Adeles und zog sie stolz an sich, schenkte sich selbst noch den Rest der Flasche ein und stieß mit ihr an.

Die Freude hielt nicht lange an, genauer gesagt, eine Nacht. Die nächste war bereits wieder unruhig und es konnte sich niemand erklären, warum er gerade die eine Nacht so ruhig war. Adele verzweifelte. Monatelang versuchte sie weiter die Empfehlungen für ADHS Therapien, aber nichts hatte Erfolg. Also zog sie erneut eine Kollegin zu Rate, die jedoch kam zu demselben Schluss wie die erste und zog ebenso den Unmut Adeles auf sich, sie schickte auch sie weg und sah nur noch einen Ausweg. Karl musste mehr eingebunden werden, denn bei ihm war der Kleine wie ausgewechselt. Sie hatte keine Wahl. Also ging sie zu Karl und fragte, ob der Kleine noch etwas öfter bei ihm sein könne, als bisher. Doch Karl winkte ab. Erst nach langem Zureden, konnte sie ihn überreden, zumindest für ein halbes Jahr. Sie vereinbarten, dass er, wenn sie in der Arbeit sein würde, bei ihm bleiben könne, sie ihn aber zum Schlafen abhole. Hin und wieder könne er natürlich auch bei Karl übernachten. Und siehe da. Jedes Mal, wenn der Kleine tagsüber bei Karl war, konnte er abends auch zu Hause gut schlafen. Somit war klar, Karl tat ihm gut. Alexander war zunächst beleidigt und fühlte sich als Vater zurückgesetzt, doch als er endlich ruhige Nächte mit Adele im Bett hatte und auch Zärtlichkeiten bei dem jungen Paar wieder entflammten, sah er ein, dass man im Leben auch mal alternative Wege gehen musste. Das Leben jedenfalls fühlte sich so wieder besser an und er war Karl nach einiger Zeit durchaus dankbar, zumal sie ihn auch dann abgeben konnten, wenn sie zu zweit etwas unternehmen wollten. Und das taten sie nun auch wieder öfter, da endlich ein wenig Ruhe einkehrte. Im Kindergarten atmeten sie ebenso auf. Er war nicht mehr so hibbelig und aufgedreht, nur seine Konzentration ließ weiter zu wünschen übrig. Er war nie bei der Sache, ärgerte die Mädchen, etablierte sich als starker Macker bei den Jungs, denn er war größer und stärker, als alle anderen. Die Großmütter dagegen waren beleidigt. Sie empfanden es als Beleidigung gegen sich und ihre Bereitschaft. Sie hatten sich so bemüht und wie dankte man es ihnen. Einige Wochen ließen sie sich gar nicht mehr sehen, hielten es dann aber nicht aus ohne ihren einzigen Enkel und kamen zumindest am Wochenende zu Besuch oder schauten bei Karl vorbei, wenn der Kleine gerade da war. Karl wurde nun von allen Seiten gelobt, was bei Alexander allerdings etwas verhalten klang. Doch am Ende war auch er froh, dass sie durch Karls Hilfe wieder etwas mehr Ruhe im Leben hatten. Tom zeigte sich stets erfreut, wenn er zu Karl durfte und zwischendurch mal ein wenig von seinen ›Säftchen‹ kosten durfte.

›Ja, der Karl hat den Bogen raus‹, dachten alle, doch niemand wusste, was wirklich vor sich ging.

Das Jahr 1995 neigte sich dem Ende zu, dicke Schneeflocken fielen auf die Erde, Adele hatte ein paar Tage frei, saß auf der Couch und schlürfte gedankenversunken einen Glühwein. Tom war im Kindergarten, so hatte sie Zeit für sich und so ein wenig Glühwein konnte da nicht schaden, zumal zu dieser Jahreszeit. Das Klingeln des Telefons riss sie jäh aus ihren Gedanken. Inzwischen hatten sie ein schnurloses Telefon, rasch hob sie ab. Es war die Kindergartenleitung.

»Frau Kowalsky, Tom wurde gerade eben ins Krankenhaus gebracht. Wir konnten sie leider nicht früher anrufen, er dürfte bereits dort in der Notaufnahme sein. Tom lag am Boden und hatte Krämpfe, er war nicht ansprechbar. Wir mussten sofort reagieren. Es tut uns so leid, Frau Kowalsky. Wenn wir irgendwie helfen können, dann melden sie sich bitte.«

KAPITEL 22

HAMBURG 1996

Felix wachte nach Wochen auf. Er war dünner als je zuvor, sah todkrank aus und konnte sich nur schwer verständlich machen. Eine Krankenschwester stand neben seinem Bett, ein Arzt untersuchte ihn gerade.

»Verdacht auf Herzinsuffizienz, möglicherweise dauerhaft nicht mehr belastbar, Reha zu empfehlen.«

Felix hörte die Worte, konnte sie aber nicht begreifen. Marta war nicht da. Sie kam erst abends, zusammen mit Samson. Dieser wollte seinen Vater umarmen, aber Marta hielt ihn zurück.

»Er ist noch zu schwach.«

Felix sagte kein Wort, wenngleich er wach war, es fiel ihm nichts Sinnvolles ein. An diesem Tag sollte er auf Station verlegt werden, daher hatte Marta ein paar Sachen mitgebracht, bisher war er im Krankenhaushemd und brauchte nichts. Marta fragte den Arzt, wie lange er noch hier sein müsse und wie er die Situation einschätze. Er informierte sie über seine Untersuchungsergebnisse und dass noch ein paar Untersuchungen folgen würden, um die weiteren Schritte zu klären. Es könne aber sein, dass er nicht mehr voll einsatzfähig werde. Was das heiße, wollte Marta wissen. Doch der Arzt hatte noch keine Klarheit, nur dass er von einer Herzinsuffizienz ausgehe, dies aber noch weiter untersucht werden müsse.

Marta sprach Felix an: »Felix, warum hast du uns das angetan, warum liegst du hier, während wir solche Sorgen haben? Ich muss alles alleine stemmen. Werde bitte mal wieder gesund, in der Arbeit haben sie auch schon nachgefragt, bis wann du wieder kommst. Heh, Felix, sag bitte was!«

Doch Felix schwieg weiter, es gab nichts zu sagen. Er drehte seinen Kopf weg und ließ Marta ratlos dastehen.

Samson zugewandt sagte sie: »Komm, lass uns gehen.«

Felix blieb alleine zurück. Am nächsten Tag würde er auf Station verlegt, vielleicht hoch genug und mit Fenstern, die man öffnen konnte, so dass man sich all seiner Sorgen entledigen könnte. So hoffte er.

Nach der Verlegung in sein neues Krankenzimmer, versuchte er aufzustehen, doch es gelang nicht. Bis jetzt war ihm nicht bewusst, in welch miserablem Zustand er war. Besonders seine Beine gehorchten nicht mehr. Sie waren so schwach, dass er sie noch nicht einmal bis über den Bettrand bewegen konnte. Ihm fehlte generell jede Energie. Dennoch war er entschlossen, zu springen. Er nahm alle Kraft zusammen, zerrte seine Füße mit den Händen über den Bettrand und fiel auf den Boden, kroch weiter Richtung Fenster, zerrte sich am Heizkörper hoch, schwitzte von oben bis unten, versuchte den Griff des Fensters zu erwischen, rutschte ab, fiel auf den Boden, zerrte sich wieder hoch, hatte den Griff des Fensters in Händen, drehte ihn ... Doch da wurde er plötzlich von hinten gepackt und von mehreren starken Armen zurück ins Bett gezerrt. Ein der beiden Patienten, die mit im Zimmer lagen, hatte die Notfallklingel betätigt und Pflegekräfte stürmten ins Zimmer. Als Felix wieder im Bett lag, gab man ihm ein Beruhigungsmittel. Völlig erschöpft schlief er daraufhin ein und wachte erst am nächsten Morgen wieder auf. So bekam er nicht mit, dass wieder einmal kein Besuch kam. Marta hatte Wichtigeres zu tun.

Nach dem Frühstück, das er nur spärlich zu sich nehmen konnte, sah er wieder zum Fenster. Es war neblig. Dieses Mal wartete er, bis er alleine im Zimmer war, die anderen beiden Patienten wurden zu Untersuchungen abgeholt. Wieder mühte er sich aus dem Bett. Legte seine ganze verbliebene Kraft in seinen letzten Weg. Er zerrte sich am Heizkörper hoch, konnte den Griff drehen, öffnete das Fenster und sah voll Entsetzen hinaus. Er lag im Erdgeschoss. Langsam sank er zurück auf den Boden, dort blieb er paralysiert liegen, bis ihn erneut starke Hände ergriffen und zurück ins Bett hievten. Wieder gab man ihm ein Beruhigungsmittel und nach einiger Zeit schlief er erneut ein und schlief den ganzen Tag und die Nacht. Wieder kam niemand zu Besuch. Auch am nächsten und den darauffolgenden Tagen nicht. Frustriert lag er da und dachte über sein Leben nach, dabei fiel ihm ein, dass er sich einst vornahm, eines Tages herauszufinden, wohin das Opfer gezogen war. Zumindest dieses eine Ziel wollte er noch erreichen, er wollte wissen, was aus ihr geworden war. Sicher, er konnte nichts mehr gut machen und doch war es ihm, als würde seine Seele eine Art Absolution suchen, bevor sie entschwinden würde. Es war, als würde sich plötzlich eine neue Tür ins Leben auftun. Eine Sinnlose möglicherweise, aber eine, die ihm noch einmal einen letzten Antrieb gab. Ab diesem Tag begann er wieder ins Leben zurück zu kehren und zu sprechen.

Marta hatte viel zu tun in dieser Zeit. Sie kümmerte sich vor allem um Samson, sein Seelenheil lag ihr am Herzen. Jeden Tag hatte sie lange Gespräche mit ihm und sie wandte sich an Behörden, füllte Formulare aus, mit dem Ziel, an die Daten der Mutter zu kommen. Die Behörden arbeiteten wie immer langsam und behäbig und ließen sich durch nichts beschleunigen. Und so musste sie mit Geduld an die Sache herangehen. Sie führte unzählige Telefonate mit Behörden, der Schule, mit Hilde oder mit ihren Eltern. Zwei Wochen nach Felix' Erwachen rief das Krankenhaus an und informierte sie darüber, dass ihr Mann plötzlich signifikante Verbesserungen zeige. Er rede wieder und esse gut. Zudem sei er in physiotherapeutischer Behandlung mit dem Ziel, sich wieder selbständig bewegen zu können. Marta fragte nur, ob sie dabei helfen könne. Das wurde verneint und somit hatte sie weiter keinen Anlass ins Krankenhaus zu fahren. Sie musste sich ja um alles zu Hause alleine kümmern, da war keine Zeit für den Tölpel. Doch eine Woche später stand er überraschend in einem Rollstuhl vor der Tür. Marta öffnete verblüfft. Ein Sanitäter schob ihn in die Wohnung. Indigniert blaffte sie den Sanitäter an, warum man sie nicht informiert habe. Der gab zurück, man habe sie nicht erreichen können, seit einigen Tagen schon nicht, es sei immer belegt gewesen.

›Kann sein‹, dachte sie, ›ich hatte ja tatsächlich viele Telefonate.‹

Dann fragte sie Felix, warum er denn klingle, er habe doch einen Schlüssel und was er denn im Rollstuhl mache, ob er sich nun auch noch rumschieben lassen wolle. Bevor Felix antworten konnte, fragte sie den Sanitäter, wie sie denn nun mit der Situation umgehen solle. Der konnte aber keine Auskunft geben, verwies auf den Arzt im Krankenhaus. Felix wollte erneut etwas sagen, doch Marta schob ihn kurzerhand ins Wohnzimmer. Dort saß Samson vor dem Fernseher, sah ihn und warf sich Felix an die Brust, voll Freude, seinen Papa wieder zu Hause zu haben. Als der Rettungswagen abfuhr, rief sie umgehend im Krankenhaus an. Der zuständige Arzt war erreichbar und informierte sie, dass Felix' Herzinsuffizienz sehr ernst zu nehmen sei. Er könne nur wenig Belastung vertragen. Arbeiten könne er bis auf weiteres nicht. Und sie müsse damit rechnen, dass er noch sehr lange zu schwach sein würde, den Rollstuhl zu verlassen. Es könne sich sogar so entwickeln, dass er ihn gar nicht mehr verlassen könne. Marta war entsetzt. Plötzlich wurde ihr klar, was das bedeutete. Felix würde nicht mehr arbeiten können, es würde viel weniger Geld hereinkommen, das musste irgendwie kompensiert werden. Bis dato hatte sie sich dazu keine Gedanken machen müssen. Stets zuverlässig hatte er seinen Job verrichtet und Geld nach Hause gebracht. Damit war es nun vorbei. Fragen über Fragen türmten sich auf. Wie sieht es mit einer Reha aus, mit Physiotherapie, mit anderen

Maßnahmen? Wer zahlt nun was und wieviel? Oh, mein Gott, dachte sie, wieso bricht das Weichei einfach so zusammen? Was sollte das? Sie konnte es sich nicht erklären, es passte nicht zusammen. Sie hatte es doch auch ausgehalten, als Samson sie mit der Adoption konfrontierte.

Es dauerte Monate, bis das Amt endlich die Daten der leiblichen Mutter übermittelte zusammen mit dem Angebot, die Zusammenkunft in einem geschützten Rahmen zu begleiten. Felix saß noch immer im Rollstuhl, er konnte seine Beine zwar ein wenig bewegen, aber zum Gehen war er viel zu schwach. An Arbeiten war nicht zu denken. Inzwischen wurde Krankengeld gezahlt, nur gerade genug, um zu überleben. Marta informierte Felix über ihr Vorgehen bezüglich Samsons Wunsch, seine leibliche Mutter zu sehen. Felix war mehr als einverstanden, denn es brachte ihn seinem letzten Ziel im Leben näher. Gespannt machten die drei den Brief des Jugendamtes auf und sahen die Adresse. Haagenstein, Bayern, mit Straße und Hausnummer. Tief in den Süden war sie also gezogen. Was hat sie dazu bewegt? Wieso so weit weg?

Marta dachte: ›Sie hat vielleicht jemanden kennengelernt aus dem Süden.‹

Felix dachte: ›Sie ist geflohen vor all dem, was ihr hier passiert ist, sie wollte wohl ein neues Leben haben.‹

Marta fragte sich: ›Ob es wohl immer noch so ein Flittchen ist, oder ist sie vielleicht häuslich geworden?‹

Felix überlegte: ›Was mache ich, wenn ich sie wiedersehe?‹

Samson aber war aufgewühlt und konnte sich kaum ruhig halten vor Aufregung. Marta registrierte sein Verhalten sehr genau. Es gab ihr einen Stich. Sie als seine Mutter, die alles für ihn tat, versus jenem Flittchen, das ihn einfach weggab, sich nie um ihn kümmerte, und doch war sein Drang, sie zu sehen, nicht zu bändigen. Sie hatte umsonst gehofft, dass das Problem langsam im Sand versickerte, aber Samsons Drängen wurde täglich stärker. Sie startete noch einen Versuch

»Samson, Liebling, weißt du, ich bin traurig. Ich war all die Jahre immer für dich da, hab dir den Hintern gewischt, gekocht, geputzt, gewaschen, dich getröstet, gefahren ... Alles hab ich für dich getan und deine leibliche Mutter hat nichts von all dem gemacht, sie hat sich einfach aus dem Staub gemacht und nun willst du nichts anderes mehr, als sie zu sehen? Wieso? Genüge ich dir nicht mehr.«

Bevor Samson etwas sagen konnte, schaltete sich unvermittelt Felix ein. Wochenlang sagte er kaum ein Wort, aber jetzt platzte es aus ihm heraus.

»Marta, wofür bitte wäre denn dann der ganze Aufwand mit der Beschaffung der Adresse seiner leiblichen Mutter gut gewesen? Er hätte doch erst ab sechzehn Anspruch darauf, bis dahin hätten wir es ablehnen können. Aber nun ist die Adresse da und wir können Samson das jetzt nicht mehr vorenthalten. Er schätzt und liebt dich. Aber er will das, was so viele Adoptivkinder wollen, er will wissen, von wem er abstammt. Und, Marta ich sag's dir gleich, wir bleiben dort unten so lange, bis es für Samson passt«, an Samson gewandt fuhr er fort, »bitte aber, bedenke Samson, dass wir nicht einfach so bei ihr auftauchen können, am besten bist du für sie ein Fremder ...«

»Papa, ja, ich weiß, das ist mir alles selbst klar, ich bin kein Trottel. Was ist mit dem Angebot des Jugendamtes, dass sie die Zusammenkunft begleiten wollen?«

Felix wurde blass und dachte: ›Verdammt, nur das nicht, sonst wird da noch nachgebohrt, oder ich steh am Ende seiner Mutter direkt gegenüber. Lieber nicht!‹ und sagte zu Samson: »Lass uns einfach keine Zeit verlieren, Samson, es dauert wieder ewig, bis das Amt sowas auf die Reihe bekommt. Lass es uns auf eigene Faust machen.«

Samson sah in erleichtert an: »Okay, wann fahren wir?«

»Am besten in den großen Ferien«, sagte Felix.

Marta wandte sich gekränkt ab und sagte kein Wort mehr.

Die großen Ferien kamen. Trotz des langen Aussetzens in der Schule und trotz eines erkennbaren Leistungsabfalls, der im Kollegium nicht unbemerkt blieb, war Samson wieder der Klassenbeste. Er fieberte den Ferien in Haagenstein entgegen. Die Reise wurde umgehend angetreten. Felix hatte für zwei Wochen ein kleines Appartement in einer Pension in der Nähe von Haagenstein gebucht. Um vor Ort beweglich zu sein, fuhren sie mit ihrem kleinen Auto dorthin. Zu Dritt mit Gepäck und mit Felix' Rollstuhl war das Auto fast am Bersten. Spät abends kamen sie wohlbehalten an. Die Unterkunft war rasch bezogen und alle legten sich schlafen. Das heißt, alle wollten schlafen, aber sie konnten nicht. Es wurde kein Auge zugetan, die innere Aufregung, Ängste, Panik, alles drehte sich im Kreis, wirbelte durch Körper und Geist. Am liebsten wäre jeder einzeln aufgestanden und losgelaufen, um endlich der Wahrheit ins Auge zu blicken. Die ständigen Fragen, wie sie aussehen würde, wie sie wohnte, ob sie einen Job hatte ..., kreisten in ihren Köpfen. Aber in einem waren sich alle sicher. Sie würde bestimmt kein weiteres Kind haben. Wie könnte das auch funktionieren, eines abzugeben und ein anderes zu behalten? Welch ein bitterer Schlag das wäre für Samson. Aber davon war ja nun schließlich nicht auszugehen. Sie drehten sich im Bett hin und her, ächzten und schwitzten. Alle Stresshormone waren aktiviert, die Nerven waren zum Zerreißen angespannt.

Besonders übel ging es Felix. Sein Puls raste, ein Kloß steckte im Hals, der Kopf war kurz vor dem Bersten. Eine Panikattacke nach der anderen quälte ihn. Aber er hatte weiter noch das eine letzte Ziel, er wollte sehen, was aus seinem Opfer geworden ist und dann konnte das Leben zu Ende gehen. Der Morgen graute und noch immer hatte keiner eine Minute geschlafen. Gerädert standen sie dennoch um sieben Uhr auf. Warum auch immer, denn es gab keinerlei Plan, es war an sich völlig egal, wann sie aufstanden. Es hielt sie einfach nichts mehr im Bett, die Anspannung war schier zu groß, sie lag wie eine unsichtbare Wolke in der Luft. Still und nachdenklich machten sie sich im Bad fertig. In gedrückter Stille saßen sie darauf am Frühstückstisch. Blickkontakt wurde gemieden. Eine enorme Erwartungshaltung lag in der Luft. Jeder wartete darauf, dass irgendwer sagt, was nun zu tun sei. Doch niemand hatte auch nur die leiseste Idee. Nun waren sie hier, aber was hatten sie sich denn vorgestellt? Dass sie einfach rausgehen und ihnen die leibliche Mutter einfach so über den Weg lief, nein, mit Sicherheit nicht. Oder sollten sie zur angegebenen Adresse gehen und dort warten und lauern? Würde es nicht auffallen, wenn sich drei Personen mit Blick in Richtung eines Hauseinganges womöglich stundenlang dort aufhielten. Felix kannte das nur zu gut, und dabei war er damals alleine und trotzdem fiel er auf. Die nächste Frage, die sich stellte, würden sie sie denn überhaupt erkennen. Es waren dreizehn Jahre vergangen und damals war sie ein Mädchen und sie hatten sie nie persönlich getroffen. Nur Felix natürlich, aber das wussten die anderen beiden ja nicht. Und so saßen sie mutlos da und schwiegen sich an. Als das Frühstücksbuffet längst abgeräumt war, saßen sie noch immer schweigend da. Marta wollte Samson eigentlich nochmal überreden, von der Sache Abstand zu nehmen, wusste aber, dass sie keinen Erfolg haben würde und schwieg daher. Felix hatte andere Pläne, die konnte er aber ohnehin nicht mitteilen, also schwieg er. Samson schwieg ebenso, weil er hoffte, dass seine Eltern wüssten, was nun zu tun sei. Irgendwann standen sie auf, gingen, beziehungsweise rollten vor die Haustür der Pension und schauten in Richtung Haagenstein. Stolz ragte der Schlossturm mit seinen vier Nebentürmchen in die Höhe.

Da sagte Marta: »Schaut mal, so ein schöner Turm. Lasst uns doch wenigstens mal dorthin fahren und ihn aus der Nähe ansehen, dann haben wir wenigstens etwas gemacht heute.«

Felix und Samson stimmten erleichtert zu. Endlich ein Vorschlag. Egal was, irgendetwas musste unternommen werden. Und so fuhren sie gemeinsam zum Schlossplatz und schauten sich den Turm aus der Nähe an. Etwas verloren standen sie auf dem wenig frequentierten Platz herum. Es war Mittwoch, die Menschen arbeiteten. Nach einer Weile beschlossen sie, in die Pension zurückzukehren und sich ein wenig auszuruhen, bis zum Abendessen, wo sie dann das weitere besprechen könnten. Während sie einstiegen und Marta Felix' Rollstuhl verstaute, kam eine Frau den Gehweg entlang. Felix sah sie kommen, sie sahen sich für einen kurzen Augenblick in die Augen und dann wieder teilnahmslos weg, doch einige Sekunden später durchzuckte es ihn. Kannte er sie? Sein Herz pochte bis zum Hals.

Sie fuhren zurück zur Pension und gingen ins Zimmer, um sich auszuruhen. Aus Kostengründen hatte Samson ein Beistellbett bekommen, kein eigenes Zimmer. Unausgeschlafen und hundemüde schliefen sie bald ein. Eigentlich wollten sie zwar besprechen, wie es weitergehen sollte, doch die Augenlider fielen ihnen allen einfach zu und alsbald hörte man die drei schnarchen, rasseln oder fiepen und sich unruhig im Bett hin und her wälzen. Sie versäumten das Abendessen, schliefen durch. Am Frühstückstisch stocherten sie am nächsten Morgen erneut schweigend in ihren Tellern herum. Felix war mit den Gedanken bei der Frau vom Schlossplatz, grübelte, was ihm an ihr bekannt vorkam.

Marta dachte: ›Ich werde das jetzt nicht weiter forcieren, hab schon mehr getan, als man von mir erwarten konnte, nun sollen sich mal die Männer Gedanken machen.‹

Samson wiederum verließ sich weiter auf seine Eltern. Wie tags zuvor, gingen sie nach dem Frühstück vor die Pension, standen zunächst herum und fuhren anschließend zum Schlossplatz. Dieses Mal gingen sie Essen. Das brachte Samson auf die Idee, in den kommenden Tagen weitere Lokale abzuklappern und so zu versuchen, mit Leuten ins Gespräch zu kommen. Ihm war klar, dass sein Vater mit niemandem reden würde, wenn er nicht musste, und seine Mutter sprach mit niemandem, wenn es nicht nötig war. Also musste er selbst die Leute ansprechen. Als er sich im Lokal umsah, fiel ihm eine Gruppe Jugendlicher an einem großen Tisch auf. So musste es gehen, dachte er sich. Es stellte keine große Herausforderung für ihn dar. Er stand auf, ging in deren Richtung und schaute dann etwas hilflos, als suche er nach etwas.

»Könnt ihr mir sagen, wo die Toiletten sind?«, fragte er einen der Jugendlichen.

Die Antwort kam in tiefstem Bayrisch. Er schaute etwas ratlos und zeigte damit an, nicht verstanden zu haben. Man bemühte sich daraufhin im Hochdeutschen, was alle erheiterte. Sie fragten ihn, wo er herkomme, ob er womöglich ein ›Fischkopf‹ sei. Er nickte. Rasch kamen sie ins Gespräch über dies und jenes und lachten viel miteinander. Samson glänzte mit Wissen und Eloquenz und hatte die Sympathie der Gruppe rasch für sich gewonnen. Sie boten ihm einen Platz an, er setzte sich und fühlte sich sofort wohl. Die Jugendlichen waren ihm gegenüber aufgeschlossen und freundlich. Immer wieder kam es zu lustigen Verständigungsschwierigkeiten aufgrund der unterschiedlichen Dialekte. Samson erzählte viel von sich und fragte viel. Doch eine Frage mied er zunächst. Nach einiger Zeit verabschiedete er sich und ging zu seinen Eltern zurück, denn dort wartete sein Essen. Vorher vereinbarten sie, sich am nächsten Tag wieder zu treffen, am Bräuhausplatz, wo man sich als Jugendlicher eben traf in Haagenstein. Er hatte erreicht, was er wollte, er hatte Anschluss gefunden. Freudig erzählte er seinen Eltern von dieser Entwicklung. Er schwärmte von den jungen Leuten, von deren Freundlichkeit ihm gegenüber und dass sie ihn einluden, in der Zeit seines Urlaubs, mit ihnen ein wenig umherzuziehen. Marta blickte betroffen zu Boden, die Dinge nahmen eine Dynamic an, die sie nicht absehen konnte. Ihre Hoffnung, das Ganze würde sich irgendwann von selbst erledigen, schwand. Schuld war wieder mal dieser Trottel von Felix, indem er Samson bei seinem Wunsch unterstützte, hierher zu fahren. Sie war sich sicher, dass sie es hätte austaktieren können. Aber nun waren sie hier. Felix' Blick wandte sich den Jugendlichen zu, er wollte erkennen, welche Art von Menschen es waren. Er selbst hatte böse Erfahrungen damit gemacht, wie es ist, Umgang mit den falschen Leuten zu haben. Sag mir mit wem du umgehst und ich sage dir, wer du bist, sagte einst ein berühmter Mensch. Die Boxer Truppe war einst sein Verderben und machte ihn zum Verbrecher, zerstörte sein Leben und er musste sich eingestehen, dass er im Kern ein schlechter Mensch war. Er vernichtete Existenzen oder schaute dabei zu. Samson hatte er gewaltsam gezeugt, er war verantwortlich für ihn.

›Er gedieh gut, ist intelligent. Was er wohl von mir hat‹, dachte Felix.

All das Böse der Vergangenheit erlaubte es nie, ihn über seine Herkunft aufzuklären, unverändert groß war die Gefahr, entdeckt zu werden. Nun aber hatte Felix mit seinem Leben abgeschlossen, wollte es abstreifen, sich all seiner Sorgen entledigen. Dann durften alle wissen, wer er wirklich war. Sein Blick schweifte zurück zu Samson. Die jungen Leute schienen in Ordnung. Nicht wie die Boxer Truppe, die ihn zunächst einer Mutprobe unterzogen. Nein, diese hier schienen anders zu sein. Gut erzogen und freundlich. Er hatte nichts dagegen, dass Samson sie wieder traf. Im Gegenteil, er freute sich für ihn.

»Sehr schön, mein Junge. Klar kannst du sie wieder treffen. Aber eines will ich dir mitgeben, mache nicht den Fehler, ihnen falsche Geschichten von dir zu erzählen, nur damit du ankommst, ja? Versprichst du mir das?«

»Wie meinst du das?«

»Naja, weißt du, es gibt Menschen, die haben ein so geringes Selbstbewusstsein, dass sie nie zeigen, wie sie wirklich sind. Sie spiegeln jemanden, der sie gerne sein möchten, aber irgendwann geht das nicht mehr. Irgendwann bricht diese Hülle auf und es zeigt sich der wahre Kern, jener Kern, dessen man sich schämt, den man nicht zeigen will, aus Angst verlacht oder nicht geliebt zu werden oder keine Anerkennung mehr zu bekommen. Man verliert sich und wird traurig und unausgefüllt, man funktioniert irgendwann nur noch nach außen, aber innerlich ist man tot. Mach nicht diesen Fehler. Nur, wenn sie dich so annehmen, wie du bist, sind sie es wert, sich deine Freunde zu nennen. Und nimm auch du sie, so wie sie sind.«

Samson sah seinen Vater mit Erstaunen an. Noch nie hatte er ihn derart Kluges von sich geben hören. Sein Vater hatte bislang wenig Identität für ihn gehabt, doch seit er aus der Klinik zurück war, entwickelte er eine ganz andere Art, er hatte plötzlich Meinungen, widersprach Marta und gab Lebensweisheiten von sich. Und Felix half zu ihm. Samson fragte sich, warum seine Mutter so viel dagegen hatte, dass er seine leibliche Mutter kennenlernte, während sein Vater ihn dabei voll unterstützte. Was war mit Mutter?

»Papa, ja, ich werde das beachten, du hast völlig recht. Ich mach es, wie du sagst. Kann ich auch sagen, dass ich Adoptivkind bin und meine leibliche Mutter suche?«

›Neiiiiin‹, schrie es in Marta.

Doch Felix nickte.

Samson ging am nächsten Tag zu Fuß zum Treffpunkt. Marta weigerte sich, ihn zu fahren und Felix konnte in seinem Zustand nicht. Es war warm, sonnig und das Ziel war gut erreichbar. Wie verabredet fand er seine neuen Freunde am vereinbarten Ort vor. Es waren mehr, als am Tag zuvor, etwa ein Duzend. Einige begrüßten ihn mit einer freundschaftlichen, angedeuteten Umarmung und deuteten ihm, sich zu ihnen zu setzen. Schnell kamen sie wieder in vertiefte Gespräche, erzählten von ihren Leben, ihren Vorlieben, Hobbies und von der Schule. Verschiedene Schulen, verschiedene Klassen, von der Hauptschule bis zum Gymnasium. Keine Hürden, keine Überheblichkeiten, keine Underdogs, alle fühlten sich gut in der Gruppe. Es gab einen Ehrencodex in Bezug auf sozialen Umgang miteinander, wie Samson schnell erkannte. Er war massiv beeindruckt. Anders, als in der Großstadt, kannte man sich hier. Leute, die den Platz überquerten, wurden gegrüßt und grüßten zurück. Man fühlte sich sicher und geborgen.

Samson wurde wohl ums Herz. Er öffnete sich, endlich konnte er einfach nur sein und er machte es, wie Felix ihm riet, er erzählte unverblümt über sich und sein Leben, zeigte Gefühle und weinte, als er schilderte, wie ihn die Nachricht der Adoption traf und wie sich seine Mitschüler dabei ihm gegenüber verhielten. Als er dies erzählte, setze sich ein kleines unauffälliges Mädchen mit vielen Pickeln und einer dicken Hornbrille neben ihn und legte ihm tröstend ihre Hand auf die Schulter. Sie tat es nicht, weil sie >etwas von ihm wollte<, sie war Dreizehn, wie Samson. Sie tat es aus Nächstenliebe, so wie es in dieser Clique eben war. Jeder war für jeden da. Samson fühlte sich irgendwie >angekommen<. Er fühlte sich in einer Art zu Hause, wie er es in Hamburg nie erlebt hatte.

»Ich heiße Monika, aber alle sagen Moni zu mir. Weißt du Samson, ein Leben ist so schwer oder so leicht, wie man es sich macht und wie man es annimmt, je nachdem. Vieles hängt von der persönlichen Einstellung ab. Schau mich an, wie ich aussehe, niemand wird mich je bemerken, ich komme aus einer Familie mit wenig Geld, es mangelt uns an allem. Schöne Kleidung können wir uns nicht leisten. Mein Vater muss hart auf dem Bau arbeiten, meine Mutter sitzt im Rollstuhl und ich muss viel im Haushalt mithelfen. Meine drei Geschwister sind jünger und ich kümmere mich fast wie eine Mutter um sie. Aber weißt du, ich liebe mein Leben trotzdem. Ich habe Freunde, sie sind für mich da und ich für sie, ich bin in Vereinen und ich liebe es, zur Schule zu gehen. Ich akzeptiere die Umstände, wie sie sind, denn sie sind wie sie sind, selbst dann, wenn ich sie nicht akzeptierte.«

Samson sah sie erstaunt an, ob dieser Weisheiten, die er einem Erwachsenen zutrauen würde, aber nicht diesem kleinen unscheinbaren Mädchen. Plötzlich sah er sie mit anderen Augen. Er sah kein unansehnliches Mauerblümchen mehr, sondern ein kluges und einfühlsames Mädchen mit großen inneren Werten.

»Aber Moni, wie machst du das? Wie kannst du dein Leben so annehmen wie es ist? Willst du es denn nicht anders haben?«

»Doch, aber ich lebe nach dem Prinzip, was ich ändern kann, das ändere ich, was ich nicht ändern kann, das akzeptiere ich erstmal, bis ich es vielleicht doch mal ändern kann. Aber es macht keinen Sinn, ständig zu hadern und sich jeden

Tag damit zu vermiesen. Ich will glücklich sein, auch dann, wenn nicht alles passt. Denn alles passt nie, niemals im Leben. Zudem stellt sich die Frage, was ist Alles. Wann wäre der Punkt, an dem Alles passt? Wenn man Millionär ist, gesund und erfolgreich, schön und begehrt? Na, dann können wir uns gleich abschreiben, oder?«

Samson war baff. Welch intelligentes Mädchen.

»Moni, auf welche Schule gehst du? Du wirkst unglaublich intelligent.«

»Gymnasium, wie du. Komme in die achte Klasse.«

»Dachte ich mir. Du scheinst mein Alter zu haben, ich komm auch in die achte Klasse.«

Immer weiter vertieften die beiden sich in ein Zwiegespräch, bis Moni sagte, sie müsse nun nach Hause und beim Abendessen helfen, außerdem müsse sie sich auf ein Referat vorbereiten. Nachdem sie weg war, widmete er sich wieder den anderen und wollte gerade fragen, wer eine Frau namens Kowalsky kenne, als aus einem ihm unbekannten Grund alle aufzubrechen begannen.

»Wo geht ihr hin?«

»Party, beim Leo. Kommst du mit?«

»Würde ich gerne, aber ich muss dann auch mal wieder zurück zu meinen Eltern.«

»Ist okay, Samson, wir würden uns freuen, wenn du morgen wieder hier auftauchen würdest, war nett mit dir.«

Nach allgemeiner Verabschiedung ging Samson wieder zurück in die Pension, wo er auf seine Eltern im Gastraum traf. Er berichtete kurz von seinen Erlebnissen, ließ das eine oder andere weg, sagte Bescheid, dass er am nächsten Tag wieder zu seinen Freunden gehen werde. Dann aßen sie gemeinsam. Als er ins Bett ging, dachte er an Moni.

Felix war an diesem Tag verzweifelt. An seinen Rollstuhl gefesselt und vollkommen abhängig von Marta, konnte er nichts tun. Er hatte nur ein Ziel, er wollte wissen, was aus seinem Opfer geworden war, er wollte sie nur einmal sehen und dann aus dieser Welt verschwinden. Aber Marta fuhr ihn nirgendwo hin, sie wollte einfach nur ihre Ruhe, saß im Gastraum oder vor der Pension oder ging etwas spazieren und ignorierte Felix weitgehend. Sie war allein mit ihrem Schmerz beschäftigt. Felix wurde klar, dass er weder auf Marta, noch auf Samson bauen konnte und da kam ihm die Idee, sich einfach per Taxi herumchauffieren zu lassen. Plötzlich schien alles ganz einfach. Denn ein Taxi könnte ihn direkt zu der Adresse bringen, ihn alleine, was wesentlich einfacher wäre, als würden sie zu dritt irgendwo aufkreuzen. Und so legte er sich einen Plan zurecht.

Das Taxi kam kurz nach Mittag. Felix hatte vergessen zu erwähnen, dass er im Rollstuhl saß. Etwas missmutig versuchte der Taxifahrer diesen unterzubringen. Mit Mühe schaffte er es. Marta sah erstaunt zu. Was war in Felix gefahren? Woher kam plötzlich diese Energie? Wohin wollte er? Sie war unsicher, ob sie ihn fragen sollte, denn andererseits war er ihr wiederum ziemlich egal. Das Taxi fuhr ab, Felix, im Fond, nannte ihm die Adresse. Der Taxifahrer musste gleich wieder weiter, stellte ihm seinen Rollstuhl auf den Gehweg und Felix ließ sich hineingleiten.

»Kommen Sie mich bitte wieder in zwei Stunden abholen«, sagte er noch und dann war er alleine.

Vor ihm stand ein Mietshaus mit mehreren Wohnungen. Es erinnerte ihn an die Zeit in Hamburg, als er in der Fockestraße immer wieder vor dem Haus des Opfers wartete, nur um zu sehen, was aus ihr geworden war. Heute hoffte er, das Opfer noch einmal zu sehen. Was ihn dazu trieb, konnte er niemandem wirklich erklären. Er wollte sie einfach sehen und dann für immer verschwinden.

Er betrachtete das Haus. Es sah ordentlich aus, nicht wie erwartet. Aber was hätte er eigentlich erwartet?

Er dachte nach: ›Martas Meinung ist klar. Für sie ist die leibliche Mutter ein Flittchen auf der untersten Ebene, die sich reihenweise auf Männer einließ und mindestens einmal zu blöd zum Verhüten war. Dabei war Marta doch selbst einst ebenso unvorsichtig gewesen, und nur dadurch kam meine unglückliche Verbindung mit ihr überhaupt zustande. Aber solche bigotten Frauen blenden ihre eigenen Sünden einfach aus. Für Samson ist seine leibliche Mutter gesichtslos. Er kann ja keinerlei Vorurteile haben, er will sich einfach selbst kennenlernen, indem er seine Mutter findet. Seltsamerweise fragt er nie nach dem Vater, als ob ihm klar ist, dass dieser ohnehin nicht auffindbar oder irrelevant ist. Zumindest ist es bisher so.‹

Nun stand Felix auf diesem Gehweg und beobachtete schon wieder ein Haus, in dem er sein Opfer vermutete. Er hatte keine Vorstellung, was aus ihr geworden war, aber das, was er sah, machte einen ganz normalen, gutbürgerlichen Eindruck. Das Opfer hätte ebenso gut in der Gosse landen oder ein völlig normales Leben führen können. Beides konnte er sich nicht richtig vorstellen. Er wollte sie daher sehen.

Er rollte hinter ein am Gehsteig geparktes Auto, blickte um sich und sah die Siedlungsstraße entlang. Die gut gepflegten Mehrparteienhäuser aus den Siebzigern wirkten sauber und ordentlich. Die parkenden Autos ließen vermuten, dass hier einfache, aber keine armen Leute wohnten. Er fühlte sich schwach; es kostete ihn schon alle Kraft, nur wenige Meter mit dem Rollstuhl voranzukommen. Unter Aufbietung seiner ganzen Energie bewegte er den Rollstuhl vor die Eingangstür der angegebenen Adresse und betrachtete die Namensschilder. Tatsächlich fand sich dort der Name Kowalsky. Sein Atem stockte, als er ein Geräusch aus dem Inneren des Hauses hörte

Mit aller Kraft versuchte er zu wenden, um zurück hinter das geparkte Auto zu kommen. Er wollte keine direkte Konfrontation. Wie wild trieb er die Räder an, sah den Bordstein des Gehsteiges vor sich.

›Ich schaffe es‹, dachte er, doch dann wurde ihm plötzlich schwarz vor Augen.

Mit letzter Kraft wollte er den Gehsteig bezwingen, aber er war zu schwach, musste aufgeben und klappte völlig erschöpft im Sitzen nach vorne. Hinter ihm sprach ihn eine Männerstimme an.

»Kann ich ihnen helfen?«

Felix versuchte, sich aufzurichten, klappte aber wieder nach vorne, die Augen fielen ihm zu, er unterdrückte einen Brechreiz und konnte dadurch nicht reden. Im Nu waren weitere Personen zur Stelle, um zu helfen. Zunächst schoben sie ihn auf den Bürgersteig, dann richteten sie ihn auf, und rückten ihn in eine bequemere Sitzposition. Einer der Helfer wurde mit Alexander angesprochen, eine anderer mit Hans. Als Felix die Augen wieder öffnen konnte, war er umringt von Menschen, die sich um ihn sorgten. Sie redeten auf ihn ein, es war fürchterlich für ihn. Er wollte unauffällig bleiben und nun hatte er Aufruhr und Aufmerksamkeit.

»Alles gut, alles wieder gut. Ich danke ihnen allen. Nein, nein, kein Arzt, war nur eine vorübergehende Schwäche. Vielen Dank. Bitte keinen Notruf, Danke!«

Er wollte sie loswerden, versuchte, sich wegzubewegen, doch es gelang ihm nicht. Seine Kraft reichte nicht mehr.

»Wollen Sie wirklich keinen Arzt, sie kommen doch nicht mehr weiter. Können wir jemanden benachrichtigen?«

»Nein, bitte nicht, ich komme schon zurecht.«

»Hm«, sagte jemand und wandte sich an einen der anderen Helfer, »Alex, wie siehst du das hier? Können wir den Mann alleine lassen?«

Alexander sagte: »An sich müssen wir das, er ist erwachsen und scheint mir nicht von Sinnen. Insofern denke ich, dass wir ihn in Ruhe lassen sollten, wenn er meint er komme zurecht.«

»Na gut«, sagte der eine und wandte sich an Felix, »wir lassen sie jetzt hier stehen, aber wenn sie irgendwas brauchen, dann klingeln sie bei dem Haus gegenüber, bei Meyer. Mein Name ist Hans Meyer. Auch Alexander wird ihnen gerne helfen.«

»Ne, Hans, ich muss leider weg, aber ich würde sagen, das läuft hier schon.«

Die Menge zerstreute sich. Die Meyers wohnen also im selben Haus, wie die Kowalskys. So viel Aufruhr, zu dumm. Hierher konnte er nicht mehr kommen, ohne noch mehr Aufmerksamkeit auf sich zu ziehen. Doch noch dauerte es gut eine Stunde, bis der Taxifahrer wieder kommen würde. Er kam nicht vom Fleck, konnte niemanden anrufen und wurde mindestens von diesem Hans weiter beobachtet. Er stand offen auf dem Gehsteig herum, versuchte einen klaren Gedanken zu fassen, der ihn weiterbringen würde. Doch ihm wurde klar, er konnte nicht mehr tun, als hier zu stehen und zu warten, bis das Taxi wiederkam. Nach dreißig Minuten kam Hans wieder aus dem Haus gegenüber mit einer Mülltüte, die er in die Tonne vor dem Haus warf. Er schaute zu ihm herüber, winkte und ging wieder ins Haus zurück. Weitere zehn Minuten später kam er nochmals heraus, er hatte etwas zu trinken dabei und eine Tasse Kaffee und ging damit direkt auf Felix zu. Felix wollte das nicht, war aber immer noch zu schwach, um Reißaus zu nehmen, also ließ er es über sich ergehen, um Hans nicht vor den Kopf zu stoßen und damit noch mehr Aufmerksamkeit zu bekommen. Er bedankte sich und trank gierig. Durst hatte er durchaus, es war ein heißer, sonniger Tag. Nur nicht in ein Gespräch verwickeln lassen, dachte Felix noch, doch Hans legte bereits los.

»Also, wie gesagt, ich heiße Hans und wohne da drüben im Erdgeschoß. Deinen Namen habe ich vorhin entweder nicht verstanden, oder du hast ihn nicht genannt. Wäre super, wenn du ihn mir sagen würdest.«

Felix überlegte kurz und antwortete dann ausweichend: »Naja, so sehr anfreunden will ich mich nun auch wieder nicht, aber vielen Dank für die Getränke.«

Hans redete einfach weiter: »Wozu sind sie denn hier? Sind sie auf Besuch?«

Felix sah ihn etwas genervt an.

»Nein, kein Besuch, hatte mich in der Adresse geirrt.«

»Na, da kann ich Ihnen sicher helfen. Wo wollen sie denn hin?«

»Ach Herr Meyer, lassen sie nur, gleich kommt mein Taxi.«

»Also gut, sie wissen ja, wo ich wohne. Ich wünsche Ihnen alles Gute.«

Und somit entfernte sich Hans wieder, ging in seine Wohnung im Erdgeschoss, während im ersten Stock eine Gardine einen Spalt weit aufging.

Endlich kam das Taxi, der Rollstuhl wurde umständlich verstaut und Felix ließ sich zurück zur Pension fahren. Marta war Spazieren und Samson noch bei seinen Freunden. Er brauchte jemanden, der ihn schob. Zum Glück übernahm das ein anderer Gast und rollte ihn in den Gastraum. Dort saß er alleine, bis Marta zurückkam. Sie sprachen kein Wort miteinander. Beiden war ungut zumute, beide hatten das Gefühl, dass all ihr scheinbares Glück gerade zerplatzte und der Realität wich. Eine Realität, deren furchtbare Tragweite am Ende aber nur Felix kannte. Marta und Samson lebten in einer großen Lüge. Jeder Mensch konstruiert sich seine Realität, interpretiert sich seine individuell empfundene Wahrheit, von der er oft so überzeugt ist, dass er andere ebenfalls davon überzeugen will. Aber dennoch bleibt es Interpretation. Martas Wahrheit war die des Flittchens, Felix' die des Opfers, Samsons die einer Frau, die ihn aus finanziellen und gesellschaftlichen Gründen nicht großziehen konnte.

»Wo bleibt eigentlich Samson?«, fragte sie Felix nach geraumer Zeit.

»Weiß nicht, wann wollte er denn wiederkommen?«

»Keine Ahnung. Felix, du hast ihm das doch erlaubt, dann musst du das auch regeln«, sagte sie und dachte, ›warum nur bin ausgerechnet ich an diesen Dödel Felix geraten, der war nie zu irgendwas zu gebrauchen und jetzt hängt er noch im Rollstuhl rum und lässt sich schön bedienen.‹

Kurze Zeit später kam Samson mit einem leisen Lächeln im Gesicht zurück und ging auf die beiden zu.

»Hallo«, sagte er nur und setzte sich zu seinen Eltern.

»Ich habe mir Sorgen gemacht«, sagte Marta.

»Wieso Sorgen? Ich war doch bei meinen neuen Freunden, was soll da sein?«, entgegnete Samson mit Verwunderung.

Mit Dreizehn war Samson in der Pubertät. Bisher machte sich das kaum bemerkbar. Aber nun, mit diesen Freunden, wollte Samson mehr Freiheiten, wollte mehr Entscheidungsfreiraum, weniger Sorge der Eltern, mehr Vertrauen. Eltern wirken dem entgegen, sie sehen immer noch das Kind, das ohne den Schutz der Eltern womöglich in große Gefahr geriete. Genau dadurch aber entstehen Konflikte, damit stärkere Sorgen, als zuvor und das Gefühl, sich voneinander zu entfernen.

Marta setzte nach: »Samson, das geht so nicht. Wir müssen wissen, wann du zurückkommst und dann musst du bitte auch da sein, sonst machen wir uns Sorgen.«

»Aber Mama, wieso denn Sorgen? Ich bin doch kein kleines Kind mehr, da müsst ihr euch doch keine Sorgen mehr machen. Mir passiert nichts.«

Dann berichtete Samson von seinem Tag, von vielen interessanten Gesprächen, neuen Ideen, Ideologien, über einige der neuen Freunde und dabei mit besonderer Hingabe über Moni. Ihre Intelligenz beeindruckte ihn. Er wollte nichts von ihr, davon war er trotz Pubertät weit entfernt. Monis Aussehen gab ihm da wenig Anlass, aber auch er selbst war ja nicht gerade der Attraktivste. Sie berührte ihn auf intellektueller Ebene. Daraufhin erzählte Felix in etwas abgewandelter Form, wo er war.

Samson horchte auf: »Warum hast du mich nicht mitgenommen, Papa?«

»Ich wollte es halt erstmal selbst sehen, um dich darauf vorbereiten zu können. Ich weiß nun, dass es dort ein Namensschild mit dem Namen Kowalsky gibt und es wäre schon sehr seltsam, wenn das nicht deine Mutter wäre, wie vom Amt angegeben. Insofern denke ich, dass du einfach mal hinschauen könntest und vielleicht siehst du sie ja ein und ausgehen. Wie sie genau aussieht, weiß ich nicht, sie müsste um die dreißig sein und dunkelhaarig. Ich selbst habe sie leider nicht gesehen. Ist besser, wenn du alleine hingehst, das fällt nicht so auf, als wenn wir zu dritt dort aufkreuzen würden. Ich falle mit dem Rollstuhl sowieso auf.«

Samson ging am nächsten Tag schon früh morgens zur angegebenen Adresse, bevor alle zur Arbeit aufbrachen. Marta protestierte, Felix nickte. Er stellte sich gegenüber dem Haus auf und wartete. Nach und nach kamen Menschen aus den Häusern, stiegen in ihre Autos und fuhren los. Das Haus gegenüber hatte vier Wohneinheiten, zwei im Erdgeschoss, zwei im ersten Stock. Er sah vier Namensschilder und darunter auch das mit dem Namen Kowalsky. Wie Felix war auch er sofort überzeugt, am richtigen Ort zu ein. Die vier Autos vor dem Haus waren nun weg. Es waren vier Männer, die er alle auf über Fünfzig schätzte.

›Seltsam‹, dachte er, ›kann es sein, dass meine leibliche Mutter noch bei ihren Eltern wohnt oder hat sie einen so alten Partner?‹

Also wartete er weiter und machte sich keine Gedanken, ob er auffiel oder nicht. Nach einiger Zeit war ihm alles egal. Er trat noch ein wenig auf der Stelle, ging dann auf das Haus zu und nahm seinen gesamten Mut zusammen. In diesem Moment öffnete sich die Haustür, und eine Frau mittleren Alters trat heraus. Sie blieb stehen und sah ihn unsicher an. Samson spürte einen Kloß im Hals.

Mit piepsiger Stimme fragte er: »Kowalsky?«

Die Frau sagte: »Ja, Kowalsky. Wer bist du? Warum stehst du hier?«

Samson antwortete nicht, fragte satt dessen: »Wie viele Kowalskys wohnen hier?«

»Mein Mann und ich. Aber wer bist du. Sollte ich dich kennen?«

Samson verlor den Mut, bekam kein weiteres Wort mehr heraus, sagte nur noch: »Ich glaube, ich hab mich getäuscht.«

Bei diesen Worten hatte er sich bereits zum Gehen gewandt und lief einfach davon. Die Frau rief ihm hinterher, wer er sei, aber er wollte nur noch weg. Das waren nicht die Kowalskys, die er suchte. Er war bitter enttäuscht. Es war nur ein älteres Paar, aber ganz sicher nicht seine Mutter, die er gerade traf. Und sonst lebte niemand mehr in der Wohnung. Er dachte nicht weiter nach, für ihn war klar, dass sie eine falsche Adresse bekamen. Wie konnte das nur sein? Er rannte zum Bräuhausplatz, in der Hoffnung, dort Freunde vorzufinden, doch es war noch zu früh, alle seine neuen Freunde waren entweder in der Schule oder arbeiteten. Und so ging er stattdessen auf den Schlossplatz, setzte sich auf eine der Bänke und weinte leise. Nach kurzer Zeit legte er sich rücklings auf die Bank und starrte in den Himmel. Er fühlte sich leer und ausgebrannt, konnte einfach nicht fassen, dass die Fahrt umsonst war. Noch einmal würde er seine Mutter nicht überreden können, eine Reise wegen seiner leiblichen Mutter zu unternehmen. Bei dem Gedanken schlug er wütend mit der Faust gegen die Rückenlehne der Bank. Immer wieder schlug er dagegen. Eine Passantin schüttelte den Kopf und ging rasch weiter. Er bemerkte sie und hörte auf, um sich zu schlagen, weinte weiter und spürte tiefe Bitternis in sich. Nach einiger Zeit schlief er ein. Die Sonne brannte auf ihn herab, bis der Schatten eines Baumes langsam über ihn fiel. Irgendwann spürte er, wie ihn jemand rüttelte. Er machte die Augen auf und sah Moni. Sie hatte eine Einkaufstasche bei sich, musste wohl für die Familie einkaufen.

»Was ist mit dir, Samson?«

Rasch wischte er sich die Tränen aus den Augen und versuchte sich in Coolness.

»Nichts, alles paletti, war nur müde.«

»Achso, dann hast du gar nicht geweint?«

»Nein, war nur müde.«

»Naja, dann täusche ich mich. Du bist da an der Backe ganz nass und offenbar hast du eine Augenentzündung, die sind ganz rot.«

Samson wischte sich die Wangen trocken und wandte sich wieder Moni zu.

»Könnte sein, Augenentzündung, ja. Wie kommt es, dass du hier bist? Bist du Einkaufen?«

»Ja, ich kaufe für die Familie ein. Mutter kann nicht und Vater kommt immer zu spät nach Hause, also mach ich das. Macht mir aber nichts aus. Mach ich gerne. Muss jetzt aber leider wieder weiter, hätte mich gerne mit dir weiter unterhalten.«

»Ich helf dir, Moni, kann ich mitkommen?«

Sie sah ihn kurz etwas unschlüssig an, sagte dann aber lächelnd:

»Gerne, na dann komm!«

Unterwegs unterhielten sie sich angeregt, kauften gemeinsam noch die restlichen Sachen ein. Die Einkaufstasche wurde voller und voller und er wunderte sich, wie die zierliche Moni so eine schwere Tasche tragen konnte. Er nahm sie ihr ab und bot an, sie zu ihr nach Hause zu tragen. Dankend nahm sie an. An der Haustür kam ihnen eine Frau im Rollstuhl entgegen.

Sie schaute ihn freundlich an und sagte: »Hallo! Du bist bestimmt Samson, stimmts? Der Junge aus dem Norden.«

»Stimmt und auch Hallo«, sagte er und schaute Moni fragend an.

»Moni hat von dir erzählt, scheinst ein schlauer Junge zu sein. Komm rein und setz dich. Möchtest du etwas trinken?«

»Oh ja, sehr gerne.«

Moni versorgte alle mit Getränken und sie setzten sich zusammen an den großen Tisch in der Küche, unterhielten sich über dies und jenes, stellten sich gegenseitig Fragen und hatten Spaß. Samson fühlte sich einfach wohl.

Monis Mutter war ebenso intelligent, wie ihre Tochter, dazu emphatisch und rücksichtsvoll im Umgang mit anderen Menschen. Der Tag verging und es wurde fürs Abendessen gedeckt. Samson wurde eingeladen, mitzuessen. Er winkte aber ab, wollte er doch dieses Mal pünktlich bei seinen Eltern zurück sein. Er bedankte sich herzlich und verabschiedete sich. Mit einem Lächeln im Gesicht ging er zurück zur Pension. Dort traf er im Gastraum auf Marta und Felix. Er erzählte ihnen sofort von seinem Tag, in umgekehrter Reihenfolge, zunächst von Moni und ihrem Zuhause und dann erst von der bitteren Enttäuschung, dass bei der Adresse zwar Kowalskys wohnen, diese Frau aber viel zu alt sei, um seine Mutter sein zu können. Es musste die falsche Adresse sein.

»Kann es sein, dass das Bundesamt falsch informiert war?«, fragte er.

Marta jubelte innerlich. Felix erbleichte. Er wollte etwas erwidern, da setzte Marta ein.

»Ach Samson, du Armer. Da werde ich das Bundesamt nochmal anschreiben, aber das dauert, bis wir die Antwort haben, du hast es ja schon erlebt. Lasst uns das hier abbrechen und nach Hause fahren, dann kann ich mich schneller darum kümmern.«

»Aber Mama, sollten wir nicht von hier ...«

»Nein, Samson, kostet hier alles so viel Geld, das wir eigentlich nicht haben, besonders da dein Vater ja nichts arbeitet, weißt du?«

»Aber wenigstens noch einen Tag, Mama, ja? Ich will mich noch von meinen Freunden verabschieden.«

»Okay, ein Tag noch, aber übermorgen fahren wir.«

Felix wollte etwas erwidern, doch Marta machte eine ablehnende Handbewegung.

»Keine Widerrede!«

Traurig legte Samson sich schlafen. Er konnte nicht fassen, dass sie bei der falschen Adresse gelandet waren. Während des Frühstücks saßen sie sich erneut schweigend gegenüber. Keiner hatte dem anderen etwas zu sagen, denn jeder verfolgte eigene Interessen. Es gab keinen gemeinsamen Strang, sie machten sich gegenseitig etwas vor. Nachmittags ging Samson wieder zum Bräuhausplatz. Es waren einige da. Moni aber fehlte. Sie sei unterwegs, sagte man ihm, da sie sich hin und wieder etwas Geld verdiente, indem sie Werbung an die Haushalte verteilte. Es war ihr einziges Geld, da die Eltern kein Taschengeld zahlen konnten. Wo sie denn gerade sein könnte, wollte Samson wissen, doch es war klar, dass das keiner wissen konnte. Irgendwo in Haagenstein eben. Er unterhielt sich noch eine Weile, sagte dann, dass er am kommenden Tag abreisen würde, was allgemein auf Bedauern stieß und machte sich dann auf den Weg zurück zur Pension. Er würde Moni schreiben. Er hatte sich ihre Straße und Hausnummer eingeprägt und auch den Nachnamen Kunze. Tags darauf wurde gepackt und sie verließen Haagenstein mit dem kleinen Auto gen Hamburg, wo sie spät abends ankamen und ermattet ins Bett fielen.

KAPITEL 23

HAAGENSTEIN 1996 / 1997

Adele stand am Krankenbett ihres inzwischen fünfjährigen Sohnes Tom. Als sie von seiner Kindergärtnerin erfuhr, was passiert war, machte sie sich sofort auf den Weg. Der erste Schnee fiel, und sie musste vorsichtig fahren. Ein wenig zu viel Glühwein vernebelte ihre Sinne. Toms Krämpfe hatten bereits während des Krankentransports aufgehört, dennoch wollte man ihn für einige Tage im Krankenhaus behalten, um weitere Untersuchungen durchzuführen. Ein fünf Jahre altes Kind alleine im Krankenhaus ging für Adele jedoch nicht, daher nahm sie sich die darauffolgenden Tage umgehend frei und verbrachte sie bei Tom am Krankenbett. Blut wurde abgenommen, nach zwei Tagen kamen die Untersuchungsergebnisse. Die hatten es in sich.

»Frau Kowalsky, wir denken, dass wir die Ursache für den Krampfanfall gefunden haben. Wir bitten sie, die Sache ernst zu nehmen, die wir ihnen gleich offenbaren. So wie es aussieht hat ihr Sohn eine erhöhte Dosis Alkohol zu sich genommen. In diesem Alter ist das schieres Gift. Wir müssen sie das nun fragen. Können sie sich erklären, wie er an Alkohol kommen konnte? Trinken sie möglicherweise gelegentlich Alkohol, oder ihr Mann und lassen es offen herumstehen?«

Adele lief puterrot an. Klar, sie trank des Öfteren mal kleinere Mengen, nur des Genießens wegen, nicht dramatisch. Aber natürlich, es blieb auch mal was offen stehen. Sie fühlte sich plötzlich schuldig.

»Hm, ich gebe zu, ja, hin und wieder ein ganz klein wenig.«

»Frau Henschel, ich will ihnen nicht zu nahetreten, aber sie sollten da etwas mehr Sorgfalt an den Tag legen. Wir haben die Leberwerte des Kleinen geprüft und eindeutig auch erhöhte Werte festgestellt, was dafürspricht, dass er schon längere Zeit mit Alkohol belastet sein könnte. Es kann zwar auch andere Ursachen haben, aber es würde zusammenpassen. Wir können ihnen nur raten, hierauf ab jetzt sehr zu achten. Wir müssten sonst das Jugendamt informieren, sehen aber in Ihrem Fall davon ab, wir kennen sie gut genug, um zu wissen, dass es sich hier nur um eine kleine Unachtsamkeit handeln konnte. Bitte ändern sie das im Sinne ihres Sohnes.«

Adele fühlte sich entblößt und angegriffen. Am liebsten hätte sie dem Arzt eine Ohrfeige verpasst. Doch andererseits quälte sie eine gewisse Unsicherheit. War das der Grund für Toms ewige Unruhe zu Hause? Hatte sie zu wenig aufgepasst? War Tom durch ihre eigene Unachtsamkeit an Alkohol gekommen? War sie am Ende selbst verantwortlich für alles? Oh, mein Gott, klar, so könnte es gewesen sein. Karl hatte es offenbar besser im Griff. Entpuppte sie sich plötzlich selbst als die Übeltäterin?

Nach wenigen Tagen durfte sie Tom wieder nach Hause holen. Im Krankenhaus schlief er genauso unruhig wie zu Hause, was sie auf den Krankenhausaufenthalt selbst zurückführte. Nun würde sie streng darauf achten, dass er absolut keinen Alkohol mehr abbekam. Jede Art von Versehen sollte ausgeschlossen werden. Tom ging vorerst nicht in den Kindergarten und blieb die ganze Zeit unter Adeles strengster Aufsicht. Sie nahm sich Urlaub. Jeder Alkohol war weggesperrt, und im ganzen Haushalt herrschte totale Abstinenz. Auch Alexander hielt sich strikt daran. Nur bei Verwandtenbesuchen gab es weiterhin Alkohol, jedoch unter Adeles strenger Kontrolle. Sie war absolut sicher, dass Tom keinen Tropfen Alkohol mehr zu sich genommen hatte. Doch Wochen später kam die Ernüchterung. Trotz aller Maßnahmen wurde er immer hibbeliger und unruhiger, zudem klagte er über Kopfschmerzen.

›Der arme Kleine!‹, Adele verzweifelte schier.

Nach Neujahr war sie so am Ende, dass der Wunsch sie erfüllte, alles hinzuwerfen.

Alexander war ebenso ratlos und sagte: »Weißt du was, Adele, lassen wir Tom doch wieder mal zu Karl, damit wir alle drei zur Ruhe kommen können. Wir beide brauchen Schlaf und der Kleine auch und den findet er bei Karl, warum auch immer. Tom bettelt doch schon jeden Tag, ihn wieder besuchen zu dürfen.«

Aber Adele lehnte strikt ab, wollte das Problem selbst und endgültig klären. Sie ging zu jenem Arzt in der Klinik, der Tom einst untersuchte und fragte ihn um Rat.

»Sie können sich noch an mich erinnern?«

»Klar, sie sind Adele Henschel, die Mutter des kleinen Tom.«

»Genau. Sie hatten mir vor einigen Wochen den Hinweis auf ein Alkoholproblem gegeben.«

»Ja, kann mich erinnern.«

»Naja, nun, es ist so. Ich habe wochenlang strengstens darauf geachtet, dass

Tom keinerlei Kontakt mehr zu Alkohol hat. Er wird aber immer hibbeliger und unruhiger und spricht von Kopfschmerzen.«

»Hm«, der Arzt wirkte nun besorgt, »Frau Henschel, das scheinen mir Entzugserscheinungen zu sein. Hört sich nicht gut an. Geben sie ihm noch länger Zeit. Ich will noch nicht tätig werden, wie gesagt, das Jugendamt …«

»Bitte nein. Sie haben recht, er bekommt so viel Zeit, wie er braucht, ich werde so lange zu Hause bleiben, wie irgend nötig.«

»Ja, bitte lassen sie ihn nicht alleine. Wo ist er denn gerade?«

»Bei seinem Onkel, dort wo er im Allgemeinen gut zu haben ist.«

»Wie meinen Sie das?«

»Dort ist er ruhig und schläft gut, bei uns zu Hause dagegen nicht und auch anderswo nicht.«

»Seltsam«, sagte der Arzt stirnrunzelnd.

Er musste aber dringend weiter und verabschiedete sich von Adele.

›Ja‹, dachte sie, ›seltsam‹, und rieb sich nachdenklich das Kinn mit Daumen und Zeigefinger.

Wieder zu Hause angekommen, ging sie ins Wohnzimmer und öffnete die Bar des Wohnzimmerschranks. Alles war so, wie vor Wochen, als sie ihn absperrte. Sie hatte damals sogar ein Foto gemacht, denn auch Alexander war unter Verdacht. Sollte also etwas fehlen, würde sie es erkennen, doch es fehlte nichts. Also hatte der Arzt möglicherweise recht, der Kleine schien bereits stärker betroffen zu sein, als vermutet und könnte durchaus Entzugserscheinungen haben, da er nun wochenlang keinen Nachschub mehr bekam. Wenn das aber so war, dann würde er, wenn er wieder an Alkohol kam, ruhiger werden. Sie wollte es nun genau wissen. Sie holte Tom bei Karl ab und als sie zu Hause ankamen, machte sie etwas, das niemand je erfahren durfte. Sie kochte und reicherte die Soße mit einer merklichen Menge Wein an. Ein geschulter Gaumen wäre entzückt gewesen. Tom aß mit großem Hunger. Dann stand er auf und begann etwas umherzulaufen. Doch nach einiger Zeit wurde er ruhiger und ruhiger und setzte sich schließlich auf die Couch, wollte noch etwas sagen, doch dann sank er nach hinten und schloss die Augen. Sein Atem ging regelmäßig und seine Gesichtszüge wirkten entspannt. Adele nahm in auf die Arme, er wachte nicht auf, sie legte ihn ins Bett. Als Alexander abends nach Hause kam, schlief er noch immer, er schlief die ganze Nacht durch. Endlich eine ruhige Nacht, dachte Alexander und schlief ebenfalls tief und fest, denn er hatte wieder einen enorm strengen Arbeitstag. Adele wachte die ganze Nacht, ging immer wieder zu Tom, um nach dem Rechten zu sehen. Aber er schlief ruhig und gelöst, so, wie es bisher zu Hause nur einmal vorkam. Die nächsten Tage achtete sie wieder streng darauf, dass er keinen Tropfen abbekam und er wurde wieder täglich hibbeliger und schlafloser. Noch einmal machte sie den Versuch mit Wein in der Soße und wieder schlief er ruhig und gelöst. Alexander war erstaunt.

»Adele, du scheinst langsam Erfolg zu haben.«

»Möglicherweise, Alex, aber nicht so, wie du denkst. Ich kann dir allerdings noch nicht sagen, was ich glaube, denn ich hinterfrage jetzt einfach alles. Lass mir noch ein paar Tage Zeit und dann kläre ich dich auf, ja?«

»Mein Schatz ...!«, wollte er protestieren, doch Adele winkte unwirsch ab.

Nun war klar, unter welchen Umständen Tom ruhig zu stellen war. Und langsam kam ihr ein schlimmer Verdacht. Immer wenn er bei Karl war, war der Kleine wie ausgewechselt und schlief durch. Sie ließ alles Revue passieren und wurde blass. Wenn es nun genau anders herum war? Sie fasste einen Entschluss.

Einige Tage danach, rief sie Karl an: »Karl, könntest du den Kleinen bitte wieder mal eine Nacht nehmen? Wir brauchen dringend Ruhe. Er genauso, wie ich und Alex. Bei dir ist er immer so ruhig.«

»Klar, mach ich. Lin kümmert sich. Bring ihn einfach vorbei.«

Als sie Tom in der Bar übergab, musterte sie diese sehr genau, fand aber keine offenen Alkoholika, auf die er zugreifen hätte können. Mit mulmigem Gefühl fuhr sie nach Hause. Dort wartete bereits Alexander, der sie verwundert fragte, ob Tom denn wieder bei Karl sei. Sie bejahte und begründete es damit, dass sie mal wieder eine ruhige Nacht brauche, sie sei am Ende ihrer Kräfte. Rasch machte sie Abendessen fertig, um weiteren Fragen zu entgehen und wich auf andere Themen aus. Danach setzte Alexander sich an den Fernseher und Adele ging zu Bett. Sie schlief kaum, tat aber so, als ob, damit sie ihre Ruhe hatte.

Sofort am nächsten Morgen fuhr sie zu Karl. Tom schlief noch tief und fest. Sie ging zu ihm und sah ihn ebenso gelöst und regelmäßig atmend, wie zu Hause, als sie ihm Wein ins Essen mischte. Nun fiel es ihr wie Schuppen von den Augen. Karl ... oder Lin ... Wut stieg in ihr hoch. Doch sie hielt sich bedeckt, zuerst wollte sie mit Alexander reden. Also bedankte sie sich wie immer für die Hilfe und nahm ihren Sohn mit nach Hause. Dort schaltete sie den Fernseher ein und schaute mit ihm den ganzen Tag Kinder Videos, bis abends Alexander von der Arbeit kam, müde und gestresst. Doch sie konnte ihn nicht verschonen, er musste ihr zuhören. Rasch brachte sie Tom ins Bett. Unwillig hörte Alexander sich an, was in den letzten beiden Wochen geschah. Seine Augen wurden dabei zuerst immer größer, um am Ende zu bösen Schlitzen zu werden.

»Spinnst du, Adele? So einen üblen Verdacht auszusprechen gegen meinen Bruder, das verbitte ich mir. Der Karl war von Anfang an nett zu dir, hat sich um dich gekümmert, hat uns beide zusammengebracht und hat uns Tom so oft abgenommen, wie wir nur wollten. Wenn du es als Mutter nicht fertigbringst, ihn richtig zu erziehen und nur Lin das kann, dann musst du dich als Mutter hinterfragen, aber nicht jene, die uns immer helfen. Was glaubst du eigentlich, was es auslöst, wenn wir damit auf Karl zugehen würden? Die ganze Familie würde auf uns losgehen, das kannst du mir glauben. Und an die Öffentlichkeit darf das eh nie. Und ich sag dir eins, mach nie wieder solche Versuche mit Tom, ja!? Kümmere dich besser um seine Erziehung. Bleib am besten von der Arbeit ganz weg. Ich verdiene jetzt genug, da brauchen wir dein Geld nicht mehr. Auch deswegen, weil wir ja nun wegen des blöden Wohnungstausches mit deinen Eltern nie mehr bauen werden!«

Zutiefst getroffen stürzte Adele aus dem Zimmer und sperrte sich im Bad ein. Als sie nach einer Stunde noch nicht wieder herauskam, machte Alexander sich leichte Sorgen, doch er schaute weiter fern, Fußball war noch nicht zu Ende. Seine Mannschaft lag vorne und er konnte es sich nicht entgehen lassen, sie triumphieren zu sehen. Nach weiteren dreißig Minuten wurden seine Sorgen größer. Er stand auf und ging zur Badtür. Auf sein Klopfen meldete sie sich nicht, auch nach mehrmaligem Klopfen nicht, dann hämmerte er mit der Faust dagegen. Nichts. Panik ergriff ihn, er nahm Anlauf und warf sich mit all seiner Kraft und seinem Körpergewicht dagegen. Wohl weil er inzwischen zwanzig Kilogramm zugelegt hatte durch den Stress in der Arbeit und der wenigen Zeit für Bewegung und Ausgleich, brach die Tür sofort auf. Adele lag reglos am Boden.

»Neeeeiiiiin!!!«, schrie er voll Verzweiflung.

Plötzlich wurde ihm bewusst, wie sehr er sie vorhin verletzt haben musste. Größte Selbstvorwürfe quälten ihn nun, doch es half nichts. Er musste handeln. Sie atmete nur noch sehr flach. Er hob sie auf und trug sie ins Wohnzimmer. Dort rüttelte er sie, sprach sie laut an, doch keine Reaktion. Er rannte zum Telefon und wählte den Notruf. Als der Rettungsdienst und Notarzt ankamen, atmete sie nicht mehr. Alexander versuchte, sie verzweifelt mit Herz- Lungen Massage und Mund zu Mund Beatmung am Leben zu halten. Als die Rettungskräfte übernahmen, klappte er zusammen, ihm wurde schwarz vor Augen und er bekam alles Weitere nicht mehr mit.

KAPITEL 24

HAMBURG 1996 / 1997

Die Ferien waren vorbei, Samson ging wieder zur Schule. Er hatte sich verändert. Plötzlich kam ihm so etwas wie die Schrumpelmützenbande doof und kindisch vor, wollte auch keine mehr tragen, als es Winter wurde. Ein erneuter Versuch, nach seiner leiblichen Mutter zu suchen kam nicht mehr zustande. Marta weigerte sich hartnäckig und setzte Felix so sehr unter Druck, dass er sich nicht mehr traute, weitere Anstrengungen zu unternehmen. Ohnehin verließen ihn die Kräfte mehr und mehr. Er gab sein Vorhaben auf, das Opfer noch einmal zu sehen. Nie würde es ihm in dem Zustand noch gelingen. Samson schrieb mehrere Briefe an Moni, bekam aber keine Antwort. Er entschuldigte sich, dass er sich nicht von ihr verabschieden konnte. In der Schule rutschte er weiter ab, er verdankte es rein seiner Intelligenz, dass er zumindest auf mittelmäßigem Niveau verblieb, jeglicher Ehrgeiz war verflogen. Traurig und alleine saß er täglich auf dem Schulhof herum, wurde gehänselt, geschubst und beleidigt und ließ es über sich ergehen. Ein willenloser Mensch, ohne jeden Antrieb. Im Lehrerkollegium besprach man seinen Fall und erinnerte sich an den Vorfall, als er über Mitschüler erfuhr, dass er ein Adoptivkind sei. Der Schulleitung wurde bewusst, man nahm ihn nicht ernst genug und offenbar konnte er es nicht verarbeiten. Wie sonst würde sich seine Veränderung erklären lassen. Immer wieder mussten sie eingreifen, wenn er von den Mitschülern gemobbt wurde. Eines Tages musste er dann zur Schulleitung. Man wollte ihm Hilfe anbieten. Nur leider bekamen die anderen Schüler mit, als er das Büro des Schulleiters betrat und verdächtigten ihn der Petzerei. Ab diesem Tag hatte er keinen einzigen Freund mehr an der Schule. Alles in seinem Leben ging in die Brüche. Jeden Tag auf dem Weg zur Schule überquerte er eine Brücke. Sehnsüchtig schaute er nach unten, er sah im Geiste Monis Spiegelbild im Wasser. An einem Tag war er so tief traurig, dass er über das Geländer der Brücke zu steigen begann, als gerade eine Gruppe Jugendlicher herankam. Sie sahen, was er vorhatte und lachten.

»Na. Sollen wir dir helfen, du Pisser?«, hörte er aus der Gruppe.

»Hast die Hose voll, traust dich ja doch nicht.«

Allgemeines Gelächter. Samson ließ sich fallen. Das Gelächter hörte augenblicklich auf. Er schlug auf dem eisigen Wasser auf, die Strömung riss ihn sofort mit, er ruderte mit den Armen. Zum Glück waren gerade zwei Boote auf dem Wasser und die Szene blieb nicht unbemerkt. Eines der Boote setzte sich sofort in Bewegung und erreichte ihn rechtzeitig, bevor er unterging. Man zog ihn an Bord, entkleidete ihn und hüllte ihn in warme Decken. Die Küstenwache wurde verständigt und übernahm ihn mitsamt seinen Sachen. Sein Schüler-Bibliothek Ausweis, durchnässt, aber lesbar, zeigte den Namen Samson Olderbrock nebst Adresse. Die Eltern wurden verständigt und er kam zunächst ins Krankenhaus. Gleichzeitig wurde jener Bootsbesitzer befragt, der ihn rettete. Er berichtete von einer Gruppe Jugendlicher, die den, der gesprungen war, bedrängten und verhöhnten und dann davonliefen. Er konnte keine nähere Beschreibung abgeben, aber er schätzte sie etwas älter, als den Springer. Auch Passanten hatten den Vorfall beobachtet, waren aber ebenfalls zu weit weg, um Näheres aussagen zu können. Am Ende stellte man die Suche nach den Jugendlichen ein. Niemand konnte weitere sachdienliche Hinweise geben.

Samson wurde im Krankenhaus versorgt und ein Psychologe nahm sich seiner an. Er redete auch mit Marta und Felix, die aufgelöst im Krankenhaus erschienen und sich voll Sorge anhörten, was passierte. In Felix bäumte sich unendliche Wut auf, er erinnerte sich an seine eigene Kindheit und Jugend, überhaupt an sein ganzes Leben, das voller Demütigungen steckte. Nur einmal im Leben war er wer, als er die Reste der Boxertruppe anführte, bis alles schief ging und er noch dazu zum Verbrecher wurde. Er erinnerte sich, wie er an Marta kam, eine Frau, die er nie liebte und sie ihn ebenso wenig. Er sah hier seinen Sohn liegen, aus einem Verbrechen heraus entstanden, intelligent und dennoch chancenlos. Marta hingegen war einfach nur verzweifelt. Von Verlustangst gequält, versuchte sie Samson in die Arme zu schließen, der aber wehrte sie ab. Sie hatte den Zugang zu ihm verloren.

»Mama, du wolltest beim Amt nach der korrekten Adresse fragen. Warum hast du das nicht gemacht? Verstehst du nicht, dass ich meine Wurzeln kennenlernen muss? Ihr wart immer gut zu mir, aber ihr habt mir so etwas wichtiges einfach verschwiegen. Ich kann es nicht verstehen. Hast du nun angefragt beim Amt, oder nicht?«

Marta schluckte und bemühte sich um Fassung. Sie wollte keinen Aufruhr.

»Samson, lass uns das zu Hause nochmal besprechen, wir machen einfach einen neuen Plan, okay?«

»Hast du nun oder nicht?«

Widerwillig gab sie es zu: »Äh, okay, ja, hab ich.«

»Und welche Antwort hast du bekommen? Warum erzählst du es mir nicht?«

»Ach Samson, es ist wirklich tragisch, aber die wissen nicht, warum sie nicht mehr bei dieser Adresse wohnt. Offenbar ist sie umgezogen, aber hat sich nicht umgemeldet. Sie haben eine offizielle Anfrage an die Marktgemeinde Haagenstein geschickt. Ich warte noch auf Antwort.«

Marta log. Sie hatte die Antwort bereits und Felix wusste das ebenfalls. Er schwieg bis dato, weil er sich nicht mehr gegen Marta durchsetzen konnte. Nun aber platzte ihm der Kragen, er konnte nicht mehr anders, musste dies klarstellen.

»Marta, bitte sag ihm die Wahrheit!«

Marta wurde zuerst bleich und dann rot vor Wut. Giftig sah sie Felix an. Dann stand sie auf und verließ das Krankenzimmer. Sie musste sich beruhigen, ging lange im Gang auf und ab, schimpfte vor sich hin, haderte mit ihrem Leben und der ganzen Situation, in die sie geraten war. Verdammte Kinder in der Schule, warum konnten die nicht einfach ihren Mund halten.

Felix blieb an Samsons Bett und begann zu erzählen: »Junge, hör mir zu. Ich weiß nicht, wie es mit mir weiter geht, aber ich werde dich so gut es geht dabei unterstützen, deine leibliche Mutter zu finden, sie zumindest einmal gesehen zu haben. Es stimmt, was Marta sagte, zunächst bekam sie die Antwort, dass dem Amt keine neueren Daten vorliegen. Doch das Amt hatte bei der Marktgemeinde nachgefragt und auch eine Antwort bekommen. Die Kowalskys, die du gesehen hast, waren die Eltern deiner leiblichen Mutter. Sie hatten die Wohnungen getauscht. Deine leibliche Mutter wohnt ganz in der Nähe im selben Ortsteil, in der Wohnung, die vorher ihre Eltern bewohnten. Die Adresse liegt uns vor. Ich werde dich unterstützen, du sollst deine leibliche Mutter kennenlernen. Aber bitte tu mir einen Gefallen, würdige weiterhin die Leistung Martas. Sie hat dich mit all ihrer Liebe großgezogen.«

Samson sah Felix mit großen Augen an.

›Was ist mit Vater los?‹, dachte er.

Er hat plötzlich wieder Worte, eigene Meinungen, widersetzt sich, setzt sich durch. Er konnte kaum glauben, dass ausgerechnet sein Vater ihm auf einmal wieder in dieser Weise zur Seite stand. Klar war er immer da, hatte viel Zeit mit ihm verbracht, aber er hatte nie etwas anderes gemacht, als seine Frau ihm erlaubte, hatte nie einen Fuß auf den Boden bekommen, schien wie eine Marionette. Und nun, da er eigentlich am Ende seiner Kräfte und im Rollstuhl war, nun wuchs er über sich hinaus.

»Vater, ich weiß nicht, was ich sagen soll. Es ist unglaublich lieb von dir, dass du mich unterstützt und klar werde ich Mama weiter ehren und sie wird meine Mama bleiben. Ich hab euch doch beide lieb.«

Er machte eine kurze Pause, dann schien ihm etwas im Kopf umzugehen: »Vater, eine Frage, mit der ich dir hoffentlich nicht zu nahetrete. Ich dachte ja bisher, dass ich euer Kind bin und alle sagen auch, dass ich dir ähnlich schaue, was echt lustig ist. Aber nun weiß ich ja, dass ich nicht von euch komme. Ich stelle mir aber die Frage, warum ihr keine eigenen Kinder habt. War das nicht möglich?«

Samson sah Felix an, dass der nach einer Antwort rang. Die war offenbar nicht so einfach.

Nach kurzem Schweigen sagte Felix: »Es ging nicht.«

Und damit konnte er es auch bewenden lassen, da im selben Augenblick Marta zurück ins Zimmer kam und sich wieder neben Felix setzte. Als sie ansetzte, etwas zu sagen, bremste Felix sie ein und gab ihr zu verstehen, dass er gerade alles erzählt hatte. Marta blickte betrübt zu Boden. Tränen rannen leise über ihre Wangen. Da setzte Samson sich im Bett auf und nahm Marta in die Arme.

»Weißt du Mama, du musst keine Angst haben, du bleibst immer meine Mama und ich werde dich immer in Ehren halten, denn du warst es, die immer für mich da war und ist und alles für mich getan hat. Nicht meine leibliche Mutter. Ich will einfach nur meine Wurzeln kennenlernen, um mich selbst zu verstehen, um zu verstehen, warum ich bin, wie ich bin. Bitte glaube mir.«

Marta sah ihn an, gab ihm dann einen mütterlichen Kuss auf die Haare und umarmte ihn ihrerseits. Es war alles gesagt.

Sie dachte nur noch: ›Felix, Felix, das wirst du noch bereuen.‹

Ab diesem Tag wurde Felix durch Ignorieren, Schweigen und Martas unentwegt tief getroffener Miene bestraft. Zudem schob sie ihn nicht mehr im Rollstuhl und fuhr ihn nirgendwo mehr hin. Nur Essen bekam er noch. Ein kranker Mensch, der auf diese Weise behandelt wird, hat sein Todesurteil. Diesen Menschen gibt es nicht mehr. Bald würden sich die Leute fragen, was wohl aus Felix geworden sei, den hätten sie schon lange nicht mehr gesehen. Felix entkräftete immer weiter, sein Herz war so geschädigt, dass es sich nicht mehr erholte. Eine Reha wäre dringend notwendig gewesen, aber er hatte nicht mehr die Kraft, sich darum zu kümmern. Und Marta krümmte dafür keinen Finger. Felix war ihr nur noch eine Last. Samson nahm dies alles zur Kenntnis. Zunächst wusste er nicht, wie er reagieren sollte, als er aber sah, wie es seinem Vater täglich schlechter ging, machte er sich langsam Sorgen. Er brauchte ihn, er war seine Unterstützung. Inzwischen hatte er zwar die Adresse bekommen, aber er konnte nicht auf Reisen gehen, er konnte nicht dort anrufen, keinen Brief schreiben. Nichts. Er war auf seine Eltern angewiesen. Nicht einmal das Geld für eine Zugfahrt hatte er. Seit Vater nicht mehr arbeitete, konnten sie ihm kein Taschengeld mehr zahlen.

Eines Morgens im Bad hörte er ein dumpfes Geräusch aus dem elterlichen Schlafzimmer. Es kam ihm seltsam vor, aber natürlich konnte es ja was ganz Harmloses sein. Dennoch sagte ihm sein Instinkt, dass er vielleicht einen kurzen Blick hineinwerfen sollte. Da er seine Mutter in der Küche hörte, konnte das Geräusch nur von seinem Vater kommen. Er machte sich rasch fertig. Auf dem Weg zur Küche schaute er kurz in das Schlafzimmer. Er sah zunächst niemanden und wollte schon weiter gehen, als er ein leises Stöhnen hörte. Auf der abgewandten Seite des Bettes lag Felix am Boden und krümmte sich. Samson rief um Hilfe. Marta kam, doch ihre Reaktion erschrak Samson.

»Lass ihn liegen, der zieht die Show jeden Morgen ab, der kommt schon wieder hoch. Komm, lass uns frühstücken und dann ab in die Schule. Und heute Nachmittag setzen wir uns zusammen und beraten, wie wir weiter machen mit dem Kennenlernen deiner leiblichen Mutter.«

»Aber Mutter, lass ihn uns doch wenigstens wieder ins Bett legen, wir können doch nicht ...«

Marta unterbrach ihn: » ...Doch, Samson, das können wir, der wird gleich wieder. Wirst sehen, heute Nachmittag sitzt er wieder im Wohnzimmer und schaut fern.«

Als Samson nachmittags nach Hause kam, war es auch so. Felix saß in seinem Rollstuhl vor dem Fernseher. Nur saß er seltsam schief und sein Kopf hing zur Seite. Er schien eingeschlafen zu sein.

Marta machte: »Bsst!«, und deutete Samson, in die Küche zu kommen, Essen stehe bereit.

Nach dem Essen hing Felix immer noch so im Stuhl, Samson ging in sein Zimmer, wollte Hausaufgaben machen. Doch es ließ ihn nicht in Ruhe, er sprang auf und lief ins Wohnzimmer, schüttelte seinen Vater, der reagierte nicht, er atmete, aber er reagierte nicht. Wieder rief er um Hilfe und Marta kam.

»Lass ihn doch bitte schlafen, Samson. Siehst du nicht, dass er Ruhe braucht.«

»Aber Mama, er schläft nicht, ich kann ihn gar nicht wecken, er schläft nicht. Wir müssen was tun!«

Marta erkannte, dass sie Samson dieses Mal nicht beschwichtigen konnte und änderte ihre Strategie.

»Natürlich, du hast recht, wir müssen ihm helfen. Komm lass ihn uns ins Schlafzimmer fahren und wir hieven ihn aufs Bett, okay? Dann kann er sich mal richtig ausschlafen.«

Doch Samson war kein kleines Kind mehr und ihm war der Ernst der Lage bewusst, er schaute seine Mutter verständnislos an, drehte sich um und ging zum Telefon. Marta wollte ihn wegholen, aber er wehrte sie ab. Er wählte den Notruf und wieder holte ein Rettungswagen Felix ab. Er kam in dieselbe Klinik, wie beim letzten Mal. Diagnose, ischämischer Schlaganfall, Gefäßverschluss, lange unerkannt. Es gilt Zeit ist Gehirn. Umso länger ein Schlaganfall unerkannt bleibt, umso mehr Gehirnfunktion geht verloren. Nach einigen Tagen und vielen Tests war klar, dass Felix linksseitig vollständig gelähmt war. Sein Mundwinkel hing herab, das Auge konnte er nicht mehr schließen, er bekam einen Augenschutz. Arm und Bein hingen schlaff herab. Er konnte sich nicht verständlich machen; nur seltsame Laute kamen aus seiner Kehle. Samson besuchte seinen Vater jeden Tag mit dem Bus. Marta entzog sich der Situation, indem sie sich selbst krank und bettlägerig gab. So blieb alles an Samson hängen. Er musste mit seinen knapp vierzehn Jahren nun agieren, wie ein Erwachsener und er wuchs an diesen Aufgaben. Nach Wochen stellte man ihm die Frage, wo er seinen Vater gerne auf Reha sehen würde. Leider sei in Hamburg nirgends ein Platz frei, er könne aber aus einer Liste an Alternativen wählen. Er durchforstete die Liste, geordnet nach Bundesländern und fragte, einer plötzlichen Hoffnung folgend:

»Darf ich auch was in Süddeutschland aussuchen?«

»Naja, im Prinzip schon, aber an sich sollte es so nah wie möglich sein. Lass mal sehen, das hier? Okay, ich prüfe, ob das möglich ist.«

Eine Woche später war Felix im idyllischen Ort Bad Feilen südlich von München untergebracht. Per Krankentransport wurde er dorthin verfrachtet. Ein Wrack von Mensch, hilfsbedürftig in jeder Hinsicht. Entsprechend wurde er untergebracht. Sein Essen bekam er aufs Zimmer und für jede Anwendung kam eine Schwester, die ihn mit dem Rollstuhl umherschob. Er musste gewaschen und teils gefüttert werden. Scham konnte er sich nicht mehr leisten. Er war eine kaputte Hülle eines dumpfen Geistes, der nur noch eines wollte: Sterben, seinem Leben ein Ende setzen! Doch dazu fehlte ihm jede Möglichkeit. Es gab nichts, womit er das hätte umsetzen können, nicht einmal ein scharfes Messer.

Und sogar mündlich oder schriftlich hätte er es nicht artikulieren können. Er wurde zum Spielball, zu einem, zu dem man täglich sagt:

»Na, wie geht's uns heute?«, ohne zu berücksichtigen, dass er gar nicht antworten konnte.

Zwischen den Anwendungen schob man ihn in sein Zimmer und ließ ihn alleine. Ein kleiner Fernseher im Zimmer war seine einzige Möglichkeit, sich abzulenken, es liefen allerdings nur drei Programme in schlechter Qualität. Abends half man ihm ins Bett. Wenn er etwas brauchte, konnte er klingeln, ansonsten war er stets alleine, bekam keinen Besuch und da er sich ohnehin nicht artikulieren konnte, hatte Marta für ihn auch kein Telefon im Zimmer anmelden lassen.

›Wenn du mal diesen Zustand erreicht hast‹, dachte Felix, ›dann bist du für die Welt nicht mehr vorhanden. Du wirst nicht mehr ernst genommen, bist kein geachtetes Mitglied der Gesellschaft und so manche wünschen dir wohlwollend nur noch einen würdevollen Tod.‹

Den strebte er auch an, nur wie? Er war Gefangener seiner selbst.

Samson musste zu Hause bleiben. Er hatte die Hoffnung, seinen Vater beim Transport begleiten zu können, hatte intensiv seine Unterstützung angeboten. Aber als Minderjähriger konnten sie ihn nicht ohne Martas Erlaubnis mitnehmen und die gab sie ihm nicht. Nun saß er trübsinnig zu Hause und wusste nicht so recht, wie er weitermachen sollte und da half auch nicht, dass das Frühjahr sich mit ersten wärmeren Tagen zeigte und die Flora zu sprießen begann. Sein Vater war nun bereits einige Wochen auf Reha in Bayern. Mehrere Male rief er in der Klinik an und fragte nach dem Stand der Dinge. Sein Zustand verbesserte sich nur unmerklich, weshalb er weitere Aufenthaltsverlängerungen bekam.

Marta ging derweil dem Alltag nach, zelebrierte diesen so, als wäre nichts geschehen. Sie ignorierte die Abwesenheit Felix', schien sie sogar zu genießen. Mit Hingabe kümmerte sie sich um den Haushalt, um Samson, um ihre Arbeit, um die Aufgaben im Kreise der Betschwestern.

Eines Tages aber zerplatzte die Blase, in der sie lebte. Es war der Tag, an dem Samson einen Brief von Moni in die Finger bekam. Er fand ihn, als er für Marta die Post aus dem Briefkasten holte, was er ansonsten nie tat. Im Brief fragte sie, warum er ihr nicht mehr schreibe. Sie habe sich so über seine Briefe gefreut und jedes Mal geantwortet, aber dann seien seine Briefe ausgeblieben. Sie würde sich freuen, wenn er ihr weiter schriebe und vielleicht in den kommenden großen Ferien wieder nach Haagenstein kommen könne. Umgehend schrieb er zurück, dass er sich nicht erklären könne, warum die Briefe nicht angekommen seien, aber er sich freue, dass er diesen letzten Brief nun in Händen halte. Mangels Taschengeld könne er leider nicht so einfach kommen und bräuchte zudem die Erlaubnis seiner Mutter, die aber strikt dagegen sei. Aber er sehe eine Chance darin, dass sein Vater gerade auf Reha in Bad Feilen sei und vielleicht könne er seine Mutter überreden, diesen doch wenigstens einmal zu besuchen. Dann könne er es sicher so einrichten, bei ihr vorbeizuschauen. Bald darauf schrieb Moni, dass sie ein wenig Geld vom Zeitungen austragen gespart habe und sie könne ihn vielleicht unterstützen, wenn es am Geld liegen sollte. Samson war beseelt von diesem Brief. Sofort ging er zu Marta und fragte, ob sie etwas von Monis Briefen wisse, die nicht bei ihm ankamen. Die Art ihres Verneinens deutete Samson als Eingeständnis, dass sie etwas damit zu tun hatte. Es verletzte ihn sehr.

»Mama, Moni hat dir doch gar nichts getan!«

Marta antwortete nicht, sie stand am Herd und kochte. Zunehmend lebte sie in einer Parallelwelt, in die sie nichts eindringen lassen wollte. Was nicht in ihre Welt passte, wurde weggeschwiegen.

»Mama, ich kann dich nicht verstehen, du hast mir versprochen, dass du mich unterstützt und in Wirklichkeit tust du genau das Gegenteil!«

Weinend rannte er in sein Zimmer und warf sich aufs Bett. Marta kochte, deckte den Tisch für zwei und servierte, als wäre nichts gewesen. Als Samson nicht kam, rief sie nach ihm. Als er immer noch nicht kam, ging sie in sein Zimmer und sagte deutlich Bescheid. Widerwillig machte er sich auf den Weg in die Küche an den Esstisch, setzte sich und hielt kurz inne.

Dann sagte er: »Mama, ich kann das so nicht mehr akzeptieren. Du besuchst Papa nie und du denkst dabei überhaupt nicht an mich. Ich brauche Mama und Papa. Lass uns doch bitte zu ihm fahren, ein Wochenende oder so. Bitte!«

Marta schwieg lange, sah auf den Boden und kämpfte erkennbar mit ihren Gefühlen.

Dann blickte sie Samson an, mit einem stumpfen Blick ohne Leben, und antwortete monoton: »Wir haben kein Geld, dein Papa hat sich verdrückt und uns lässt er hier ohne Geld zurück.«

»Aber Mama, das stimmt doch nicht wirklich. Du verdienst Geld und Papa bekommt Krankengeld.«

»Ja, aber das ist viel zu wenig für eine Reise.«

Samson atmete tief durch und sagte dann: »Aber ich hab Geld …«

»Wieso? … Woher?«

»Egal, ich hab Geld. Reicht vielleicht nicht für alles, aber leben müssten wir hier ja auch, oder?«

»Ich will sofort wissen, woher dein Geld kommt!«

»Nein, Mama, akzeptiere einfach, dass ich es habe.«

»Woooher stammt das Geld!«

»Ich sag es nicht, und, Mama, ich würde auch ohne dich dorthin reisen, aber ich brauche deine Erlaubnis, sonst kann ich nirgends übernachten.«

»Soweit kommt es noch!! Du bleibst hier!!«

»Nein!!!! Ich besuche Papa!!! Ich geh zum Jugendamt, wenn du es mir verweigerst!«

Martas Gesicht wurde rot vor Zorn.

»Na dann verschwinde, du undankbarer Kerl. Ich mach und tu und das ist nun der Dank für alles! Jugendamt, Juugendamt! Bring mir was zum unterschreiben und dann kannst du abhauen, wann immer du willst!!!«

KAPITEL 25

HAAGENSTEIN 1997

Adele wurde in die Notaufnahme gebracht. Die Wiederbelebungsversuche der Rettungskräfte waren erfolgreich. Ihr Magen musste ausgepumpt werden, da sie eine große Menge an Psychopharmaka, Schlafmitteln und Schmerzmitteln geschluckt hatte. Sie entkam dem Tod nur knapp. Alexander wachte rasch wieder auf, durch die Anstrengung während der Herz-Lungen Massage bis zum Eintreffen der Rettungskräfte, war ihm schwarz vor Augen geworden und er kippte um. Während dieser Zeit konnte Adele reanimiert und abtransportiert werden, was Alexander in seinem Zustand aber nicht mitbekam. Alexander versorgte man zu Hause. Seine Eltern wurden verständigt, um nach dem Rechten zu sehen und sich um das Kind zu kümmern.

Adeles Eltern dagegen fuhren umgehend ins Krankenhaus. Stark geschwächt lag sie im Bett, umgeben von Messgeräten, Kabeln und Schläuchen. Die Ärzte gaben bereits Entwarnung, was den Körper anging, bzgl. der Psyche aber machten sie klar, dass bei einem Selbstmordversuch wie diesem, eine psychiatrische Behandlung anzuraten sei, da die Patientin ohnehin bereits starke Psychopharmaka zu sich nehme, also psychisch instabil sei und daher die Gefahr eines weiteren Versuches bestehe. Adeles Eltern wurden bleich, sie sahen sich in die Vergangenheit zurückversetzt. Ihre Tochter wieder dem Tod nahe. Damals durch fremde Hand, dieses Mal durch die eigene Hand. Ihre Mutter hielt ihre zarte Hand und strich ihr unentwegt übers Haar, während ihr Vater mit den Ärzten sprach und sie zu überzeugen versuchte, Adele nicht stationär in eine Psychiatrie einzuliefern, da sie das ihren Job kosten würde. Sie wäre sofort disqualifiziert. Überhaupt solle das bitte unter Verschluss bleiben. Nach langem Hin und Her gaben die Ärzte nach und empfahlen, sich zumindest im Nachgang professionelle Hilfe zu holen. Ihr Vater stimmte dem zu und dann wandte er sich an seine Frau, die noch immer über Adeles Kopf strich.

»Komm jetzt, sie schläft, lass uns nach Hause gehen und morgen wieder kommen. Ich werde dann auch mit Alexander sprechen, er soll mir erklären, was passiert ist.«

Alexander wollte sofort zu ihr ins Krankenhaus. Seine Eltern aber hielten ihn zurück und sagten, er solle lieber bis zum nächsten Tag warten. Sie hätten gerade mit Adeles Eltern telefoniert und erfahren, dass Adele lebe, dass keine Gefahr mehr bestehe, der Zustand nicht mehr kritisch sei und sie tief schlafe. Adeles Vater habe sich schon um alles wichtige gekümmert. Er solle nun bitte ruhig bleiben und morgen erstmal mit ihnen und Adeles Eltern sprechen. Auch der Kleine brauche ihn ja nun dringend. Das sah er ein und blieb zu Hause, seine Mutter blieb bei ihm. Tom schlief erneut unruhig.

Alexander erzählte seiner Mutter nichts von Adeles Anschuldigungen gegen Karl. Nicht nach allem, was Karl für sie getan hatte, er konnte einfach nicht daran glauben. Dennoch, es bohrte in ihm. Während er mit seiner Mutter über Adeles Launen sprach und darüber, dass er sie manchmal einfach nicht verstehe, dachte er über ihre Worte nach. Könnte doch was dran sein? Die Gedanken wirbelten in seinem Kopf umher, er versuchte sie zu sortieren, so dass er sich damit abfinden könnte. Er suchte nach einer Variante der Wahrheit, die ihm passte, nach etwas, das Adele übersehen haben könnte, die aber nicht auf seinen Bruder Karl zielte. Und er fand sie. Urplötzlich drehte sich seine Stimmung gegen Adele.

›Klar‹, dachte er, ›sie lässt immer wieder Alkohol rumstehen, da kommt der Kleine ran und dann kann er nicht schlafen. Sie war es. Nur so rum kann es sein. Nun will sie es Karl in die Schuhe schieben, um von sich abzulenken. Als ich sie gestern durchschaute, spielte sie die Verzweifelte, um mich unter Druck zu setzen. Aber da hat sie sich geschnitten. Nicht mit mir.‹

Alexanders Miene verhärtete sich. Mitfühlend legte seine Mutter ihre Hand auf seine, da sie glaubte, zu wissen, was ihn so bewegte. Doch er stand auf, streifte ihre Hand ab und verabschiedete sich ins Bett. Sie blickte ihm verdutzt hinterher, machte es sich dann auf der Couch bequem und wusste, dass sie eine unruhige Nacht hier verbringen würde.

Alexander erwachte, seine Gedanken drehten sich unentwegt um dasselbe Thema. Alles, was er gestern dachte, stellte sein Gehirn heute schon wieder in Frage. Kopfschmerzen quälten ihn zudem. Mühsam stand er auf und machte sich fertig, weckte seine Mutter, damit sie sich um Tom kümmerte. Schnell noch einen Kaffee und dann in die Klinik zu Adele. Als er das Krankenzimmer betrat, blickte sie ihm unsicher entgegen, ihr Gesicht zeigte sich traurig, vermischt mit Bedauern, Wut, aber auch bitterer Enttäuschung. Alexander sah sie betroffen an. Er wusste nicht, was er sagen sollte. So eloquent er sonst war, hier fehlten ihm die Worte. Vorsichtig setzte er sich zu ihr an die Bettkante und küsste sie sanft auf den Mund, nahm ihre zarte Hand und strich ihr über die Haare. Mit nassen Augen fragte er, wie es ihr gehe. Sie wandte den Blick ab, schloss die Augen, fand keine Antwort.

Nach einiger Zeit sagte sie mit weinerlicher Stimme: »Bitte lass mich alleine, Alex.«

Der sah sie verständnislos an.

»Aber ...«

»Nichts ABER! Lass mich bitte alleine!«

»Lass uns doch reden, Adele, bitte!«

»Gestern hättest du reden müssen. Gestern hätte ich dein Vertrauen gebraucht. Gestern! Was du zu mir gesagt hast, hat mich zutiefst getroffen. Und nun geh bitte, kümmere dich um Tom, der braucht dich jetzt. Schau, wie du das nun selbst hinbekommst. Ich jedenfalls bekomm es nicht hin.«

»Adele, lass mich dazu bitte auch etwas sagen. Es tut mir wirklich leid, was ich gestern gesagt habe. Ich war müde von der Arbeit, verspannt und voller beruflicher Probleme. Ich hätte nur etwas Ruhe gebraucht. Stattdessen kommst du mit solchen Geschichten auf mich zu. Ich konnte es einfach nicht mehr richtig einordnen.«

»Ach hör doch auf, nicht mehr richtig einordnen. Was bitte ist wichtiger, deine Arbeit, oder unsere Familie. Du willst doch wohl nicht sagen, dass dir deine beruflichen Probleme wichtiger sind, als unser Sohn!«

»Adele, ich hab mir das nochmal überlegt. Ich muss der Sache nachgehen. Ich bin mir nicht mehr sicher, was ich glauben soll. Aber eines tut mir leid, dass ich dir sofort Misstrauen entgegenbrachte. Klar, ich kann mir das mit Karl nicht vorstellen. Aber weißt du, die meiste Zeit ist er doch mit dieser Ling im Lokal zusammen. Die ist mir ohnehin irgendwie suspekt. Spricht nur Englisch und scheint sehr öffentlichkeitsscheu. Wer weiß, was für Erziehungsmethoden die dort, wo sie herkommt, haben.«

Adele schaute Alex verdutzt an. Ihr Blick veränderte sich.

»Alex, klar, du hast recht, Ling kommt definitiv in Frage. Es tut mir leid, dass ich automatisch Karl verdächtigte. Es stimmt schon, der hat uns so viel geholfen, der tut sowas wohl wirklich nicht. Unsere Eltern sowieso nicht und wir beide auch nicht. Ling also.«

Ihr Blick wurde plötzlich hasserfüllt, so sehr, dass Alexander erschrak.

»Adele, bitte, das sind alles nur Vermutungen. Wir wissen nichts. Die Ärzte wissen nichts ...«

»Doch, und ich hab's dir auch gesagt. Alkohol spielt hier eine große Rolle und ich hab's ausgetestet.«

Alexander senkte den Kopf.

»Adele, ich werde jetzt gehen. Darf ich dich morgen wieder besuchen?«

»Ist mir egal, ich brauche jedenfalls meine Ruhe. Die passen hier schon auf mich auf.«

Als Alexander nach Hause kam, fand er seine Mutter und Tom, miteinander spielend, im Wohnzimmer. Tom war wie immer überzogen und wütete zwischen all seinen Spielsachen. Alexander fing ihn auf, als er an ihm vorbeistürmte. Tom wollte sich sofort losreißen, aber er befand sich fest im Griff seines Vaters. Er zappelte, er wand sich, fing an zu schreien, bis er endlich loskam. Alexanders Mutter sah fassungslos zu. Der fuhr sich nervös durch die Haare und sagte:

»Mama, ich weiß, das kann nicht so weiter gehen. Die Familie zerbricht gerade. Ich muss etwas tun.«

»Ja, Alex, das musst du wirklich. Ich meine, ein Selbstmordversuch, das ist etwas, das man als die schlimmste Botschaft überhaupt bezeichnen kann. Warum hat sie das gemacht? Willst du mit mir darüber reden? Wie kam es dazu?«

Er erzählte nun alles, von Toms Anfall im Kindergarten, vom Verdacht der Ärzte, von Adeles Nachforschungen und Tests, von ihren Verdächtigungen gegen Karl und am Ende von ihrer beider Vermutungen gegen Ling. Seine Mutter hörte geduldig und aufmerksam zu, nickte oder schüttelte den Kopf.

Als er mit seiner Ausführung fertig war, sagte sie: »Aber Alex, weißt du eigentlich, was du da gemacht hast? Das hätte auch mich zutiefst verletzt. Du hast ihr das Vertrauen entzogen, du hast ihr den Boden entzogen, einer verzweifelten Mutter hast du nicht geholfen, du hast sie stattdessen zutiefst verletzt. Gerade Adele, die doch ohnehin so eine zarte Seele ist. Wie konntest du nur?! Sie hat es verdient, dass du zuhörst. Sie ist deine Frau und wenn du ihr nicht zuhörst, wer dann? Du hättest vernünftig mit ihr darüber reden müssen, hättest fair abwägen müssen. So haben wir euch erzogen und so hatte ich dich immer eingeschätzt und nun trittst du auf wie ein patriarchischer Narzisst. Das enttäuscht mich sehr.«

Alexander schluckte, wischte sich über's Gesicht, senkte den Kopf und schwieg. Auf einmal quälte ihn ein Gefühl des Versagens, Enttäuschung über sich selbst, über sein Verhalten am Vortag. Wenn sie ihm nach der Arbeit wenigstens etwas Ruhe gegönnt hätte. Wenn er etwas früher nach Hause gekommen wäre, wenn in der Arbeit nicht gerade derartiger Druck herrschte, wenn, wenn, wenn … Aber all diese Wenns halfen nicht, die Vergangenheit ist eine unverrückbar, man muss dies akzeptieren, ob man will oder nicht, denn nichts in der Vergangenheit kann je wieder verändert werden, sie ist fixiert und gnadenlos eingetreten. Niemand kann dem entfliehen und hat nur die Wahl des Akzeptierens oder daran zugrunde zu gehen. Jeder hat die Wahl. Nur allzu oft gehen Menschen an der Vergangenheit zugrunde, erleben Traumata, denen sie nie mehr entfliehen können, werden verletzt, werden unentwegt daran erinnert und können dem nicht entfliehen. Und wenn die Leute etwas erahnen oder etwas glauben zu wissen, dann wird darüber geredet, wird nach Belieben abgefälscht oder zerredet, so dass man nicht mehr weiß, was aus den Geschichten wird, wer welche Version davon hat, wer wie über dich denkt und in welcher Weise deine Vergangenheit wieder auf dich zukommen wird. Auch selbst versucht man die jeweils günstigste Version jeder eigenen Vergangenheit von sich zu geben, aber man hat keinen Einfluss mehr auf den weiteren Verlauf, nicht auf individuelle Interpretationen, die meistens weniger wohlwollend denn sensationsheischend sind. Daher ist es oft besser, Geschichten aus der Vergangenheit einfach gar nicht zu erzählen oder auch manchmal komplett neue Versionen zu erfinden, um sich selbst oder auch andere zu schützen.

Und nun stand Alexander da und dachte nach, wie er alles wieder ins Lot bringen konnte. Er fragte sich plötzlich in einem Anflug von Panik, ob er am Abend zuvor ihre Beziehung zerstört hatte, ob es unter diesen dramatischen Umständen noch einen Weg gäbe, der sie wieder zu einer glücklichen Familie machen würde. Er begann zu weinen, etwas, das er sich immer verbat, etwas, das Männer nicht tun, etwas, das den Schlappschwanz und Schwächling hervorkehrt. Seine Erziehung galt dem typischen Rollenbild des starken Mannes, der hart und felsenfest in der Brandung stehend, sich allem Unbill entgegenstellend, ohne zu jammern, ohne zu weinen, der schwachen unterwürfigen Frau ein Fundament und eine Festung sein würde. Doch nun hatte er als Fundament versagt und hatte seine Frau innerhalb der Festung selbst angegriffen. Er hatte sich seiner, am Ende doch auch selbst auferlegten, Rolle – denn jeder kann frei entscheiden, ob er die zugedachten Rollen auch so annimmt – als unwürdig erwiesen. Er sah plötzlich in seinem Dasein keinen Sinn mehr. Er hatte ohnehin keinen Draht zu Tom, der würde wahrscheinlich viel besser bei Karl aufwachsen. Beruflich fühlte er sich überfordert und zu Adele hatte er die Bindung verloren. Alles änderte sich mit einem Schlag. Er weinte bitterlich, seine Mutter legte ihm den Arm auf die Schulter und sie saßen lange Zeit schweigend da.

Adeles Gemütszustand war weiterhin bedenklich. Die Ärzte waren sicher, dass sie eigentlich in psychiatrische Behandlung hätte müssen. Nur auf Drängen ihres Vaters hin verfolgten sie dieses Thema nicht weiter. Es landeten aber entsprechende Vermerke im Arztbrief und damit in der Krankenakte.

In diesen Tagen kam in Adele etwas zum Vorschein, das sie ihr ganzes bisheriges Leben unterdrückt hatte. Rache! Rache an allen, die ihr das Leben zerstörten. Wut! Rache und Wut verdrängten ihre Angst. Am Abend des Selbstmordversuchs zerbrach ihre innere Welt vollständig. Denn auch die neue Welt, die sie sich so schön vorstellte, zusammen mit Alexander und einem gemeinsamen Kind, war zu einem Trauma geworden. Alle Hoffnungen zerstört, keine Freude mehr.
    ›Nein‹, dachte sie, ›mit mir nicht mehr, ich werde leben, ich werde es euch nun allen zeigen. Und diese dreckigen Scheißpisser von damals, die werde ich auch erwischen, ja, ich erwische euch alle, ich mach euch fertig. Als erstes kommt Ling an die Reihe. Die mach ich alle, ich mach sie fertig, fix und fertig!!!‹

Nach zwei Wochen kam Adele auf eigenen Wunsch nach Hause. Gegen Anraten der Ärzte, sich zumindest noch eine Weile psychologisch betreuen zu lassen, wollte sie einfach wieder ins Leben zurück und niemanden mehr an sich heranlassen. Eine neue, harte Adele war geboren. Ab jetzt würde sie ihren Gefühlen und vor allem ihrer Wut und ihrem Hass freien Lauf lassen. Sie wollte sich nicht mehr auf der Nase herumtanzen lassen, sondern packte ihre Sachen in die eine Tasche und ließ sich von einem Taxi nach Hause in ihre Wohnung fahren. Alexander, der sie eigentlich abholen wollte, reagierte überrascht, sie ignorierte ihn. Sofort nahm sie den kleinen Tom an sich. Alexander wollte mit ihr sprechen, wollte alles erklären, doch sie würgte das Gespräch ab, wandte sich mit Tom an der Hand zum Gehen und sagte nur kurz, aber beängstigend:
    »Die Zeiten ändern sich nun!«
    Alexander schaute hinterher, ihm war flau im Magen.
    ›Was hat sie nur vor?‹
    Ein letzter Versuch, sie zurückzuhalten scheiterte, es war ihr Blick, der ihn

zurücktaumeln ließ. War das seine Adele? Er ließ sie gehen, setzte sich auf einen Stuhl und sein leerer Blick schweifte durch den Raum. Schmerzende, hoffnungslose Gefühle in der Brust. Angst, ja Panik, durchzog seinen Körper, sein Herz bebte, seine Seele krümmte sich. Das Leben ging den Bach runter und er wusste nichts, womit er dies aufzuhalten hätte können. Er, der erfolgreiche Manager, hatte kein Mittel, diese Krise in den Griff zu bekommen.

Adele fuhr mit Tom schnurstracks zu ihren Eltern, gab ihn dort ab, mit dem Hinweis, dass sie gleich wiederkomme. Sie habe etwas Dringendes zu erledigen. Dann fuhr sie zu Karls Bar, ging durch den Vordereingang direkt auf Ling zu und schlug ihr ohne Vorwarnung mit aller Macht ins Gesicht. Ling konnte sich nicht rechtzeitig wegducken. Sie verdrehte die Augen bei diesem Schlag, der heftiger ausfiel, als man es der zierlichen Adele zugetraut hätte. Als sie sich wieder fing, landete Adele den nächsten Schlag mit der anderen Hand und schüttete ihr zugleich ein gerade zum Servieren bereitgestelltes Bier ins Gesicht. Ling traf das so unvermutet, das sie sich nicht wehren konnte. Die zwei einzigen anwesenden Gäste verließen rasch das Lokal. Adele holte wieder aus und dieses mal kratzte sie mit den Fingernägeln durch Lings Gesicht. Blut lief über ihr Gesicht. Adele setzte mit einer Bierflasche nach, rammte ihr die Flasche mit dem Boden voraus mitten ins Gesicht, die Nase brach hörbar und Ling ging mit einem Stöhnen zu Boden. Als Adele sich mit der Flasche auf die liegende Ling stürzen wollte, kam Karl gerade aus der Küche. Sofort sprang er zu den Frauen und trennte sie. Ling lag benommen auf dem Boden und stöhnte vor Schmerzen.

»Adele! Bist du wahnsinnig geworden? Was ist in dich gefahren? Ich dachte, du seist noch im Krankenhaus. Bist du sicher, dass du schon wieder in Ordnung bist? Lass bitte die Flasche los. Ling ist doch schon erledigt. Setz dich hierhin und lass sie sofort in Ruhe.«

Adele wollte sich befreien, doch Karls Griff war eisern, sie konnte sich ihm nicht widersetzen. Da sie wie eine Irre um sich schlug, drückte er sie auf einen Stuhl, drehte ihre Arme hinter die Lehne und band sie dort provisorisch mit seinem Gürtel fest. Dann wandte er sich Ling zu, untersuchte sie kurz und registrierte die schiefe Nase. Mit einem Ruck richtete er sie gerade. Ling schrie dabei wie am Spieß. Dann half er ihr vom Boden auf und setzte sie auf einen der anderen Stühle. Sie sackte vornüber und legte ihr Gesicht schützend in ihre Hände. Adele wollte sich losreißen, war wie eine Furie, stand zusammen mit dem Stuhl auf und drehte sich so um die Achse, dass ein Stuhlbein Lings Knie mit voller Wucht traf. Der Schmerzensschrei war bis auf die Straße zu hören.

Ein Passant ging kopfschüttelnd an der Bar vorbei. Karl hatte Mühe, Adele zu bändigen, am Ende setzte er sich einfach auf sie, so dass sie sich nicht mehr bewegen konnte.

»Verdammt nochmal, was ist los Adele?«

Er sah in ihr Gesicht und erschrak. Er sah eine hassverzerrte Fratze, wie er sie bei Adele nie für möglich gehalten hätte.

»Erklär mir, was los ist!!«

Adele legte los: »Deine dreckige Ling hat unseren Tom mit Alkohol vergiftet. Die Ärzte haben es mir gesagt. Sie war es, da bin ich sicher. Nur sie konnte es sein. Stillstellen der Kinder mit Alkohol, damit sie Ruhe geben und schlafen, tolle Erziehungsmethoden. Tom ist alkoholgeschädigt und auf Entzug, wenn er bei uns ist. Aaaahhh, ich schlag sie tot!!«

»Nichts machst du!«

Karl wusste, dass er ganz nah am Rande einer Katastrophe war, die ihn alles kosten könnte. Wieder einmal. Er musste sich unverzüglich etwas einfallen lassen. Ohne langes Nachdenken, er musste sofort handeln.

»Ling, sagst du? Aber warum denkst du an Ling, könnte er nicht auch anderswo ...?«

»Nein, definitiv nicht. Ich habe alles ausgelotet, nur sie kann es sein, sie kümmert sich immer um den Kleinen, wenn er bei dir ist.«

Karl stellte sich nachdenklich und abwägend und gab dann zurück: »Scheiße, wenn du Recht hast, dann würde sich so vieles erklären, oder? Verdammt, ich werde Ling zur Rede stellen und ausquetschen und wenn sie es war, dann wird sie ihre Strafe bekommen.«

»Karl, ich will sie bestrafen!«

»Ja, okay, du bestrafst sie. Aber geh jetzt bitte erstmal, bevor wieder Gäste hereinkommen. Ich bringe Ling nach hinten und wische hier das Blut weg. Geh jetzt bitte, schnell!«

Er band sie los und schob sie durch die Eingangstüre, die er direkt hinter ihr absperrte. Er wischte das Blut auf, zerrte Ling in seine privaten Räume und verging sich erstmal an der halb bewusstlosen Frau. Dann wischte er ihr Gesicht ein wenig ab, packte all ihre wenigen Habseligkeiten in einen Koffer und verfrachtete die immer noch benebelte Ling in sein vor dem Lokal parkendes Auto. Mit quietschenden Reifen fuhr er los und kam erst nach Stunden wieder zurück. Einige Kunden warteten verwundert vor der Bar, wollten gerade gehen, als Karl mit einem Lächeln aufsperrte und sagte:

»Sorry, hab die Zeit übersehen.«

Karl war bekannt für das spontane Absperren seiner Bar und daher war das gleich wieder vergessen. Er gab allen einen Drink aus und machte einige Witze, um gute Stimmung zu erzeugen. Alles schien in bester Ordnung. Am nächsten Tag fand man die Leiche einer Asiatin in einem Waldstück 50 km entfernt. Ihre Identität konnte nicht ermittelt werden, sie hatte keine Papiere bei sich und niemand schien sie zu vermissen.

Adele ging am nächsten Tag zu Karl und wollte wissen, was er aus Ling herausbrachte, doch Karl schaute betrübt, zuckte bedauernd die Schultern und sagte:

»Sie ist einfach abgehauen. Ich war gestern kurz weg und als ich zurückkam, war sie verschwunden. Ich kann mir das nicht erklären, aber eines fiel mir auf, als ich sie wegen der Sache befragte, hatte sie sehr auffällig reagiert. Ich war mir sofort sicher, dass sie das tatsächlich getan hat. Sie wollte sicher der Polizei entkommen, wollte sich einer gerechten Bestrafung entziehen. Es tut mir wirklich leid Adele. Ich bin so enttäuscht von ihr.«

Adele sah ihn fassungslos an und setzte sich dann an den Tresen.

»Gib mir was zu trinken. Ich brauch was Hartes.«

Er schenkte ihr einen doppelten Whisky ein, den sie in einem Zug austrank und dann noch einen wollte, den sie dann wieder in einem Zug hinunterkippte.

»Und noch einen, bitte!«

Karl schenkte weiter nach und dachte sich. Na, da könnte noch was gehen heute. Und noch einer, und noch einer und dann kippte sie vom Stuhl. Er hob sie auf, trug sie nach hinten und legte sie auf seine Couch, träufelte ihr noch ein paar Tropfen seines Wundermittels ein und schloss ihren Mund, so dass sie schlucken musste. Nach einigen Minuten war sie endgültig weggetreten. Er zog ihre Hose runter, dann das Höschen, nahm sein bestes Stück in die Hand und wollte loslegen. Bei Ling hatte er durchhalten gelernt, dachte er. Doch von Durchhalten keine Rede, denn sein bestes Stück stürzte in sich zusammen, und hing schlaff nach unten. Wütend warf er ein Glas an die Wand. Er kleidete sie wieder sorgfältig an und nahm den Hörer in die Hand. Es tutete, Alexander meldete sich.

»Hallo Karl!«

»Servus Alex, du, pass mal auf, deine Adele liegt hier bei mir auf der Couch, die ist bei mir vorbeigekommen und wollte unbedingt einen Drink. Ich hab ihr ein wenig gegeben, aber sie hat es nicht vertragen. Jetzt liegt sie hier. Was soll ich machen?«

»Lass sie bei dir ausschlafen, Karl. Die Stimmung bei uns ist gerade nicht gut, sie würde ohnehin nicht mit mir kommen.«

»Okay, Alex. Ich begleite sie nach Hause, wenn es ihr wieder besser geht.«

Er legte auf, kehrte die Scherben des Glases auf und ging zurück in den, zum Glück, leeren Gastraum.

Adele wachte auf, ein fahles Gefühl und Kopfschmerzen quälten sie. Sie lag in Straßenkleidung auf Karls Couch. Ein Blick auf die Uhr an der Wand verriet ihr, es war Sechs Uhr. Abends oder morgens? Unklar. Sie erinnerte sich an ihr Gespräch am Vortag mit Karl und dann daran, dass sie dringend ›etwas Hartes‹ zu trinken brauchte. Ling war nicht mehr da, die hatte sich abgesetzt. Wie konnte das nur passieren? Karl wollte sich um Ling kümmern, wie konnte sie ihm nur entwischen? Verdammt nochmal, hätte er doch etwas mehr auf sie aufgepasst. Leise tapste sie Richtung Türe. In diesem Augenblick kam Karl herein. Bereits angezogen zeigte er sich betont gut gelaunt.

»Guten Morgen, meine liebe Schwägerin. Ich hoffe, dir geht's wieder gut. War wohl doch ein wenig zu viel Whisky gestern Abend. Hätte dir besser nicht so viel geben sollen, aber du wollest wohl ein Problem ertränken. Komm doch nach vorne, ich hab uns in der Gaststube Frühstück bereitet. Kannst gerne mein Bad benutzen. Nur eine Frage, wo hast du Tom? Ist er bei Alex? Muss Alex denn nicht in die Arbeit?«

Adele erschrak.

»Verdammt, Karl. Den hab ich gestern bei meinen Eltern abgegeben und mich dann nicht mehr gemeldet. Wollte ihn eigentlich gestern Abend wieder holen. Die sind bestimmt in Sorge.«

»Okay, Adele, dann telefoniere doch mit deinen Eltern. Ich hole Tom dann einfach gleich ab und er kann hier mit uns frühstücken.«

Adele telefonierte mit ihren Eltern. Die machten sich große Sorgen und waren erleichtert, dass ihr nichts passiert war. Tom durfte natürlich dort übernachten. Selbstverständlich hatten sie auch bei ihr zu Hause angerufen. Alex ging ans Telefon, der sei ebenfalls sehr besorgt und ganz froh gewesen, dass Tom bei den Großeltern schlafen durfte.

Alexander wollte nach Adele suchen, aber wusste nicht, wo er suchen sollte. Doch irgendwann rief zum Glück der gute Karl an. Da fiel ihm ein Stein vom Herzen. Bei Karl war sie gut aufgehoben. Und so ging er am nächsten Tag ganz normal in die Arbeit. Ein wichtiges Projekt wartete auf ihn, das Wichtigste in seiner bisherigen Karriere.

Während Adele sich im Bad fertig machte, holte Karl den kleinen Tom. Der freute sich erkennbar. Doch weder er, noch Adele wussten, was Karl wirklich bezweckte. Er musste vorbauen, sollte es Gespräche mit dem Kleinen geben über die böse Ling, die ihm Alkohol gegeben haben soll. Der Kleine würde sicher ehrlich sein und sagen, dass es in Wirklichkeit nicht Ling, sondern Onkel Karl war. Also war es nötig, den Kleinen so zu beeinflussen, dass das nicht passieren konnte.

»Tom, ich muss dir was sagen ... Ling ist nicht mehr da.«

Tom blickte ihn ungläubig an.

»Aber warum?«

»Hör zu, Tom. Sie ist eine böse Frau, hat dir immer Alkohol gegeben und ich wusste nichts davon. Sie hat ihn in den Saft gemischt, den ich dir gegeben habe. Sie ist eine Hexe. Ich hab es lange nicht bemerkt, aber vorgestern kam deine Mutter und hat es aufgedeckt. Du hast eine intelligente Mutter. Ich bin so froh, dass es herauskam.«

Tom schaute seinen Onkel ungläubig und dankbar zugleich an.

»Karl, ist Ling nun im Gefängnis?«

»Nein, Tom, leider ist sie einfach abgehauen, wie eine Verbrecherin. Deine Mama ist bei mir zum Frühstück. Kannst ein bisschen rumlaufen und auch frühstücken, aber die Säfte von Ling gibt es natürlich nicht mehr, ja?«

»Ja, böse Ling. Ich hasse sie!«

Wieder in der Bar. Adele saß bereits am gedeckten Tisch und trank Kaffee. Karl erzählte ihr, dass er Tom bereits behutsam aufgeklärt habe, da er als Onkel Karl doch einen recht guten Zugang zu dem Kleinen habe. Er wisse nun Bescheid über Ling und sei sehr enttäuscht. Adele solle bitte nicht weiter auf ihn einwirken, damit er das verarbeiten könne. Sie stimmte ihm zu, denn als Psychologin wusste sie, dass alle Menschen nur begrenzt aufnahmefähig sind und erstmal Zeit zum Verarbeiten benötigen. Sie bedankte sich bei Karl und lehnte sich etwas entspannter zurück.

›Karl ist ein echter Schatz, was der schon alles für mich getan hat.‹, so dachte sie.

Sie sehnte sich nach einer verlässlichen Konstante in ihrem Leben. Und das schien Karl zu sein. Nach dem ausgedehnten Frühstück wollte sie mit Tom nach Hause, als das Telefon klingelte. Karl übergab Adele den Hörer, die sich eine Weile mit ihrem Mann lautstark unterhielt und dann wütend auflegte.

»Alex muss für ein paar Tage weg«, sagte sie geladen.

»Na, lass ihn doch seine Arbeit machen. Ist doch ein treuer Mann, der sich für die Familie aufopfert. Ich mach euch ein Angebot. Ihr könnt die ganze Woche hier bei mir bleiben, bis Alex wieder zurück ist. Tom wird's guttun und du könntest auch mal etwas abschalten in einer anderen Umgebung«, schlug Karl vor.

Adele überlegte kurz und dachte: ›Warum nicht? Zu Hause ist niemand und hier kann ich den Kleinen auch mal kurz alleine lassen, um Dinge zu erledigen.‹

Sie stimmte zu und Tom freute sich so sehr, dass er einen Purzelbaum machte. Rasch noch einige Sachen von zu Hause geholt, geduscht und was Frisches angezogen. Dabei musste sie über sich lächeln, als sie merkte, dass sie ihr Höschen links herum anhatte. Ist ihr wohl in all der Aufregung passiert.

Die Tage vergingen rasch, Adele und Tom schliefen im Wohnzimmer und verbrachten entspannte Tage bei Karl. Tom zeigte sich unruhig und aufgekratzt. Wie mit Karl vereinbart, bedrängte Adele Tom nicht mit Fragen, sondern sah zu, dass sie sich anderen Dingen zuwandte. Sie konnte endlich wieder so manches erledigen, denn Karl war da, kümmerte sich um Tom und achtete streng darauf, dass er keinen Alkohol mehr bekam. Als Adele mit Tom nach Tagen wieder nach Hause kam, erwartete Alexander die Beiden bereits mit Blumen und einem gedeckten Kaffeetisch. Er hatte einen nicht besonders schönen, aber lieb gemeinten Kuchen gebacken. Da fiel sie ihm um den Hals und küsste ihn. Lange unterhielten sie sich, Tom war dabei wie immer unruhig, doch irgendwie auch nicht mehr so sehr, wie noch vor einigen Wochen. Langsam wurde er müde und schlief endlich ein. Alexander trug ihn ins Bett und zum ersten Mal schien er zu Hause in einen tiefen, natürlichen Schlaf zu fallen. Ein Schlaf der Erschöpfung sicherlich. Adele fiel Alexander um den Hals. Sie küssten sich innig, ihre Zungen verschlangen einander, ihre Körper rieben sich. Erregung und unbändiges Verlangen ergriff sie. Sie rissen sich gegenseitig die Kleider vom Leib. Es gab kein Halten mehr, alles andere wurde unwichtig, nur das Eine wollten sie. Er spürte ihre Feuchte, massierte ihre wundervoll geformten Brüste mit seinen sanften Händen, drang sachte mit seinem prachtvollen Glied in sie ein und begann mit rhythmischen Bewegungen. Lustschreie, Stöhnen, es steigerte sich ins Unermessliche und in höchster Ekstase hatten beide einen wunderschönen Höhepunkt, der ein Feuerwerk an Gefühlen auslöste. Dann fiel alles in sich zusammen und Müdigkeit ergriff ihre beiden Körper. Sie schliefen bis zum nächsten Morgen auf der Couch, lagen sich immer noch zärtlich in den Armen, als sie erwachten. Tom hatte sie zum ersten Mal die ganze Nacht nicht geweckt. Etwas beunruhigt liefen sie in sein Schlafzimmer, sie fanden ihn jedoch ruhig schlafend vor. Erstaunt sahen sie sich an, machten sich Kaffee und fielen erneut übereinander her, es war ein Sonntag, sie hatten alle Zeit der Welt. Doch ihr Glück wurde durch ein schrilles Klingeln an der Wohnungstür gestört. Die beiden zogen sich rasch ihre Bademäntel über und öffneten. Adeles Eltern wollten nach dem Rechten sehen.

Die Eltern wurden gut bewirtet und Adele erzählte alles, was vorgefallen war und wie erleichtert sie sei, dass diese Ling nun weg sei und wie man sich doch in Menschen täuschen könne. Dann erzählte sie von Karl und wie nobel er sich benommen habe. Und von ihrer Versöhnung mit Alexander. Alles schien wieder in bester Ordnung, nur Adeles Mutter runzelte besorgt die Stirn. Ihre Tochter hatte kein Glück im Leben. Immer wieder musste sie einstecken. Ihr fiel plötzlich wieder diese seltsame Begegnung mit dem Glatzenmann vor einem halben Jahr ein, jenem seltsamen Typen der einst auch in Hamburg so oft vor ihrem Mietshaus wachte. Sie dachte damals, dass es um die junge Frau im Erdgeschoss ginge. Ein Stalker sozusagen. Aber letzten Sommer war er dann plötzlich nach vielen Jahren wieder aufgetaucht, in Haagenstein vor ihrer Wohnung, leicht wiederzuerkennen, aber dieses Mal im Rollstuhl. Ein unangenehmes Gefühl beschlich sie. Und dann war da noch ein oder zwei Tage später ein Jugendlicher an derselben Stelle gewesen. Er sah dem Glatzenmann extrem ähnlich, nur hatte der Haare und sah nicht ganz so dämlich aus. Sie fragte sich, ob sie Adele davon erzählen sollte, entschied sich aber dagegen. Sofern diese Gestalten hier nicht mehr auftauchten, sollte das Thema besser vermieden werden.

KAPITEL 26

HAMBURG, HAAGENSTEIN, BAD FEILEN – SOMMER1997

In Hamburg begannen die Sommerferien. Die achte Klasse war absolviert. Nichts konnte Samson nun noch davon abhalten, seinen Vater in Bad Feilen zu besuchen. Dessen Reha wurde bereits mehrfach verlängert. Es war nicht klar, in welchem Zustand er ihn auffinden würde. Nach Martas zähneknirschender Zustimmung, stieg er in den Zug nach München und fuhr dann weiter mit dem Bus zur Klinik. Unsicher ging er an die Rezeption, ein Jugendlicher mit vierzehn Jahren, schmächtig und blass, wurde nicht ernst genommen und es nahm zunächst niemand von ihm Notiz, bis eine der Angestellten ihn sah und sich lächelnd an eine Kollegin wandte.

Beide kamen auf ihn zu und sagten: »Junger Mann, könnte es sein, dass du zu einem Patienten mit dem Vornamen Felix willst?«

Erstaunt bejahte Samson dies und fragte sich. Wie konnten sie das feststellen? Er hatte sich doch noch gar nicht vorgestellt oder vorab angemeldet.

Daher fragte er: »Wieso glauben sie das?«

»Na, du siehst ihm doch enorm ähnlich. Du bist doch sicher sein Sohn.«

Samson schluckte.

»Äh, ja, mag sein, aber er ist nicht mein leiblicher Vater. Ich bin adoptiert.«

Die Angestellten schauten sich verblüfft an.

»Oh! Junger Mann, dann tut es uns leid, dann ist das reiner Zufall. In deinem Fall hat das wohl sehr gut gepasst. Egal, willst du zu Herrn Olderbrock?«

»Ja.«

»Na, dann komm mal mit, er dürfte gerade auf seinem Zimmer sein und sein Mittagessen zu sich nehmen.«

Eine der Damen führte ihn zu Felix. Als er sein Zimmer betrat, strömten ihm unangenehme Gerüche entgegen. Eine Schwester half Felix gerade, seine Toilette zu verrichten. Jegliche Schamgrenze muss überwunden werden, wenn ein Mensch nicht mehr selbst auf die Toilette gehen kann. Samson wartete, bis Felix mit dem Rollstuhl aus dem WC geschoben wurde. Er saß darin leicht vornübergebeugt. Speichel tropfte aus seinem Mund, er sah vollkommen erschöpft aus, nahm keine Notiz von der Umgebung, sah nur in Richtung des kleinen Tisches, auf dem sein Brei stand. Ein spartanisches Zimmer. Ein Fenster, daneben das Krankenbett, hinter der Tür ein Schrank, ohne jede persönliche Note. Wer hätte sich auch darum gekümmert? Samson schaute seinem Vater bedrückt zu. Dessen Zustand hatte sich augenscheinlich verschlechtert. Er nahm keinerlei Anteil mehr an seiner Umgebung. Ein Stück Fleisch, das herumgeschoben und gefüttert wurde. Hilfesuchend sah Samson die Schwester an. Die ging daraufhin zu Felix und sprach ihn an.

»Herr Olderbrock, sie haben Besuch, ihr Sohn ist hier.«

Es versetzte Felix sichtlich einen Ruck, sein Kopf schwenkte herum, schleuderte dabei Spucke im Raum umher. Der völlige Stumpfsinn, den er gerade noch im Gesicht hatte, wurde zu einem Lächeln, einem dämlich wirkenden Lächeln zwar, weil die linke Gesichtshälfte weiter schlaff nach unten hing, aber immerhin zu einem Zeichen der Freude. Felix' rechtes Auge wurde groß, Tränen glitzerten darin. Die Schwester und Felix' Betreuerin sahen sich gerührt an. Es war das erste Mal, dass Felix Besuch bekam, er hatte ihnen stets leidgetan. Er war der Einzige, der nie Besuch bekam, nicht mal Post oder Anrufe. Einfach nichts. Sie wussten, dass er Familie hatte, daher waren sie so sehr verwundert und fragten sich, wie er das verdiente, was wohl vorgefallen war, dass er derart ignoriert wurde. Seine Betreuerin drehte ihn mit dem Rollstuhl um, so dass er zu Samson blicken konnte. Er hob den rechten Arm, richtete ihn auf seinen Sohn, deutete an, ihn umarmen zu wollen. Samson ging langsam auf seinen Vater zu und bückte sich zu ihm herab. Er roch nach Erbrochenem und aus seinem Mund kamen Faulgerüche. Die Umarmung war lange und innig.

»Wir lassen sie jetzt etwas alleine mit ihrem Vater, ja?«

»Oh ja, das wäre gut.«

Als Felix und Samson alleine waren, sahen sie sich eine Weile schweigend an. Dann sagte Felix, langsam und schwerfällig: »Marta?«

Samson sah traurig zu Boden und Felix verstand. Eine Träne machte sich auf den Weg über die Wange, und versiegte am Hals. Ein bedeutungsloses Leben, ein einsames Leben, ein Niemand. Das Ende all jener Illusionen, die ihn noch aufrecht hielten. Nichts blieb mehr übrig. Und da stand nun Samson vor ihm, er lebte ebenfalls in einer Illusion. Nie durfte sie ihm genommen werden, sein Leben wäre zerstört. Samson, sein lieber, kluger Sohn, denkt gut von seinem Vater, doch er weiß nicht, was einst geschah. Felix war klar, dass er Samson belog und ihm war klar, dass Samson ihn bis in die letzte Faser hassen würde, wenn er erfahren würde, wer wirklich sein Vater war. Daher sah Felix Samson voll Mitleid an und konnte dessen Liebe nicht entgegennehmen, denn er hatte sie nicht verdient. Samson lag auf der Zunge, seinen Vater zu fragen, wie es ihm ginge, doch er verkniff es sich. Zu offensichtlich war das Leid, es musste nicht erfragt werden. Felix richtete sich etwas auf und setzte zum Sprechen an.

Mit leiser, kraftloser Stimme sagte er: »Komm näher. Ich freue mich, dass du mich besuchst. Ich kann dir leider nichts anbieten. Wie du siehst, geht es nicht gut voran. Ich kann nur noch Brei essen, meine Kiefer haben sich entzündet, die Zähne fallen aus. Die linksseitige Lähmung wird bleiben. Ich bin zudem noch hochgradig gefährdet, einen weiteren Schlaganfall zu erleiden. Das könnte dann mein Ende sein. Daher will ich dich bitten, finde deine wahre Mutter und sprich sie an. Und wenn du sie gefunden hast, kannst du sie mir gerne vorstellen. Ich würde sie auch gerne kennen lernen.«

»Aber Papa, du hast doch mal gesagt, ich soll sie nicht ansprechen. Warum jetzt doch?«

Felix wollte das Opfer unbedingt noch einmal sehen, koste es, was es wolle. Seine einzige Chance war, dass Samson sie und ihn irgendwie zusammenbrachte.

»Hast recht, Samson, aber es ist ein Jahr vergangen seither und ich hatte viel Zeit zum Nachdenken. Ich weiß nicht, wie lange ich noch bei klarem Verstand bin. Ich würde es gerne sehen, nach allem, was war und was wir dir vorenthalten haben, dass du deinen Frieden findest und ich würde euch gerne meinen Segen geben.«

Samson konnte nicht recht fassen, was er hörte. Welch ein Sinneswandel. Während sich hinter ihm eine Türe schloss, öffnete sich vor ihm eine Neue.

»Papa, danke! Ich werde es so machen. Ich werde sie ansprechen und ich werde euch einander vorstellen.«

Sie unterhielten sich noch eine Weile, bis Samson aufbrechen musste.

»Papa, ich muss los, der Bus wartet nicht auf mich. Mama hat mir kein Geld mitgegeben, ich kann hier nicht übernachten. Die Fahrtkosten bezahlt Moni. Du kennst sie aus der Zeit in Haagenstein. Sie hatte es mir angeboten, als sie erfuhr, dass ich dich aus Geldnöten nicht besuchen könne und sie wollte, dass ich sie danach in Haagenstein besuche. Ich kann bei ihr zu Hause übernachten, die Eltern haben mir bereits ein Nachtlager vorbereitet. Muss also los, wird eh schon spät. Ich versuche, dich noch einmal zu besuchen, bevor ich wieder nach Hamburg zurückfahre.«

»Gut, mein Sohn. Grüße Moni.«

Für Marta hatte er keinen Gruß mehr übrig

Samson kam erst gegen Zehn Uhr nachts in Haagenstein an. Moni und ihr Vater erwarteten ihn bereits auf dem Bahnsteig. Moni hatte sich zu ihrem Nachteil verändert. Ihr Körper zog sich durch das Wachstum in die Länge, war dürr und wirkte zerbrechlich. Samson dagegen hatte sich kaum verändert, nur noch etwas pickeliger, als im Vorjahr und der Stimmbruch setzte ein. Im Jahr zuvor war Moni merklich kleiner, als Samson, dieses Jahr aber waren sie gleich groß. Obwohl sie sich augenscheinlich pflegte, wirkte ihr Äußeres verwahrlost, was an der Kleidung lag, die vielfach getragen wirkte, verbeult und spindig war. Samson standen Tränen der Rührung in den Augen. Offenbar hatte sie ihr gesamtes Geld ihm geschickt, damit er kommen konnte, nur weil seine Mutter nichts locker machen wollte. Dieses Mädchen, so unansehnlich sie war, hatte ein großes Herz und es schlug offenbar für ihn. Er schämte sich angesichts des ärmlichen Anblicks Monis. Und auch ein Blick auf ihren Vater offenbarte, dass in diesem Hause an Geld nach wie vor großer Mangel herrschte. Moni sah Samson verlegen an.

»Grüß dich, Samson. Schön, dass du wieder da bist. Zu Hause ist alles vorbereitet. Du kannst gerne einige Tage bleiben. Meine Mutter freut sich ebenfalls auf dich. Vater natürlich auch.«

Mit einem Seitenblick erhaschte sie seinen zustimmenden Blick. Bei Moni zuhause wurde er von ihrer Mutter herzlich begrüßt und bezog rasch sein Zimmer. Es war das Zimmer, in dem an sich Moni und ihre Schwester untergebracht waren. Die beiden zogen auf Matratzen in das andere Kinderzimmer, so dass sie dort zu viert waren. Samson war das extrem unangenehm, aber den Geschwistern schien es nichts auszumachen, sie freuten sich sogar auf ein paar lustige Nächte. Überhaupt schien die Familie zwar arm, aber dennoch glücklich zu sein. Geld schien also nicht das einzig Glücksbringende. Auch mochte die Tatsache, dass Monis Mutter im Rollstuhl saß, dem keinen Abbruch tun. Am nächsten Morgen saßen alle gemeinsam am Frühstückstisch. In Bayern begannen gerade die Sommerferien und da Samstag war, war auch Monis Vater zu Hause. Die Stimmung in der Familie war gelöst, geradezu heiter. Etwas schüchtern setzte sich Samson an den ihm zugewiesenen Platz. Schnell wurde er in die Unterhaltungen mit eingebunden, er fühlte sich unglaublich wohl. Gerade dachte er, in dieser Familie könne es niemals Streit oder laute Töne geben, als sich zwei der Geschwister um die letzte Semmel im Brotkorb stritten. Der Tisch war zwar reichlich gedeckt, aber für die Anzahl an Mäulern doch nur gerade so ausreichend. Sofort änderte sich das Auftreten des Vaters. Hart hieb er mit der Hand auf den Tisch. Sofort war Ruhe. Die Semmel wurde zurückgelegt und niemand griff mehr danach. Betreten sahen alle zu Samson, der bei dem Hieb des Vaters zusammenzuckte.

Moni legte ihm ihre Hand auf den Arm und sagte: »Weißt du, es ist nicht so leicht für unsere Eltern mit vier Kindern, da muss Vater manchmal streng sein.«

Langsam löste sich die Stimmung wieder und es wurde etwas gedämpfter weiter geplaudert. Die Semmel blieb übrig. Sie lag am nächsten Tag wieder im Brotkorb, wie auch alles andere vom Vortag. Nichts wurde weggeworfen, alles wurde wieder serviert oder in andere Speisen integriert. Nur so kam die Familie um die Runden. Alle Kleidung wurde so lange getragen, bis sie sich auflöste oder niemandem mehr passte. Sie wurde von den Älteren an die Jüngeren weiter gereicht. Es schien kein einziges neues Kleidungsstück im Haus zu geben. Moni sagte, alles was sie anhatten, bekamen sie gebraucht von der Verwandtschaft. Mobiliar und überhaupt alles war uralt und teilweise reparaturbedürftig. Moni und ihre Geschwister mussten ihrer Mutter enorm viel helfen. Sie als die Älteste rackerte sich am meisten ab. Samson wollte ihr helfen, aber als Gast behandelte man ihn wie einen König. Er konnte tun und lassen, was er wollte, ging viel in Haagenstein spazieren und suchte dabei natürlich auch nach der neuen Adresse seiner leiblichen Mutter. Noch fand er nicht den Mut, dort zu klingeln, nur beobachten wollte er das Gebäude. Am dritten Tag fragte er Moni, warum sie eigentlich derart arm seien. Ihr Vater würde doch wohl nicht so wenig verdienen, dass sie sich gar nichts leisten könnten.

Da sagte Moni: »Du siehst ja meine Mama im Rollstuhl. Dazu gibt es eine traurige Geschichte. Vor ca. acht Jahren war Mutter noch gesund und mein Vater verdiente auf dem Bau als Meister ganz gut. Zumindest kam es mir damals als Sechsjährige so vor. Mama wurde aber noch ein fünftes Mal schwanger. Doch irgendwas stimmte nicht. Sie bekam ständig Blutungen und eines Tages verlor sie das Kind. Danach stürzte sie in eine tiefe Depression und wollte sich das Leben nehmen. Sie stürzte sich von einer Brücke und überlebte. Was blieb, ist die Querschnittslähmung. Seither nimmt sie schwere Medikamente gegen ihre Depression. Vater musste einige Zeit seinen Job aufgeben, um für Mama da zu sein. Zudem musste das Haus umgebaut werden. Hierfür wurden zu den bereits vorhandenen Schulden noch weitere aufgenommen, allerdings, aufgrund des hohen Risikos, weil mein Vater arbeitslos war, zu horrenden Bedingungen. Unter denen leiden wir noch heute. Vater würde gerne mehr verdienen, dafür müsste er aber Zeit haben und sich fortbilden oder einen Job annehmen, der ihm nicht so viel Zeit zu Hause ermöglicht. Daher war er gezwungen, sich mit einem einfachen Bauarbeiter Job mit wenig Gehalt zufrieden zu geben. Wir alle leben in ständiger Angst um unsere Mutter. Alle benehmen sich ihr gegenüber stets harmonisch und wenn nicht, schreitet Vater sofort energisch ein. Wir müssen meiner Mutter viel abnehmen, damit sie nicht überlastet wird. Auf diese Weise erlebst du nun ein falsches Familienbild und denkst, unsere Armut sei gottgegeben. Nein, ist sie nicht, es ist nur einfach so, dass durch das Schicksal unserer Mutter auch alle Schicksale um sie herum zum Negativen gedreht wurden. Alles hängt zusammen. Aber nichts ist unwiderrufbar. Jeder ist seines Glückes Schmied. Ich auch. Und ich werde ein Leben in Glück anstreben, werde studieren und ausreichend Geld verdienen, mit dem ich gut leben und auch meiner Familie aus diesem Tief helfen kann. Bis dahin aber kann ich nur wenig tun, außer meine Mutter und meinen Vater zu unterstützen.«

Samson starrte Moni an. Eine derartige Stärke hätte er nicht erwartet. Alles war ganz anders, als es schien. Keine Familie in Harmonie und Glück, sondern ganz im Gegenteil. Und darin Moni, die in ihren jungen Jahren bereits stärker war, als ihre ganze Familie zusammen. Vor dieser Kulisse drehte sich plötzlich etwas in ihm. Seine Sichtweise auf sein eigenes Leben, seine Einstellung zu seiner eigenen Tragik. Was war er nur für ein Narr, sich für so wichtig zu nehmen, seinen Adoptiveltern und seiner leiblichen Mutter Vorwürfe zu machen. Im Vergleich zu Moni hatte er bislang ein gutes Leben gehabt, bis zu dem Tag, an dem er von der Adoption erfuhr. Klar hätten ihm Felix und Marta etwas sagen sollen, doch sie hatten ja auch Gründe, es nicht zu tun. Nicht sie, sondern er selbst mit seiner Reaktion auf die Nachricht war der Auslöser für alles, was danach kam. Aber es hatte auch etwas Gutes. Niemals hätte er sonst Moni kennengelernt. Ein Mädchen, das seit dem ersten Moment des Kennenlernens in seinem Inneren wohnte und nie mehr aus seinen Gedanken wich. Er umarmte Moni voll Mitgefühl für ihr Schicksal und zugleich voll Bewunderung ihrer inneren Kraft und Intelligenz.

Wenn Moni gerade nichts zu tun hatte, spazierten sie gemeinsam umher, oder sie gingen zum Bräuhausplatz, um sich mit anderen Jugendlichen zu treffen. Einige davon konnten sich noch an ihn erinnern und begrüßten ihn freundlich. Er fühlte sich wohl, wie schon vor einem Jahr. Umgeben von netten jungen Menschen, anders als jene in seiner Heimatstadt Hamburg, genoss er die angenehme Atmosphäre. Diese jungen Menschen waren ausgeglichener und weniger überheblich. Sie schienen sich alle zu kennen und konnten offensichtlich gut miteinander. Ihn akzeptierten sie, wie er eben war. Keine bösartigen Hänseleien, wie zu Hause. Er wünschte sich plötzlich, hier bleiben zu können.

Natürlich ging das nicht. Er war noch nicht alt genug, konnte nicht einfach so seinen Wohnort wechseln, ohne Zustimmung seiner Erziehungsberechtigten und schon gar nicht ohne Geld. Dennoch ging ihm der Gedanke nicht mehr aus dem Kopf.

Die Zeit verflog, die Tage zerrannen. Zwei Wochen lang verbrachte er eine schöne Zeit in Haagenstein, unterhielt sich, zog mit Moni durch die Straßen, half ihr beim Austragen der Zeitschriften, mit dem sie sich ihr Taschengeld verdiente und von dem sie seine Reise bezahlte. Er vergaß dabei, weiter nach seiner leiblichen Mutter zu suchen. Nur Moni zählte für ihn. Er wollte sich bei ihr zu Hause erkenntlich zeigen und half mit, wo er nur konnte. Am Tag der Abreise sah er Tränen in ihren Augen und auch ihm wurde es schwer ums Herz. Er hatte sich in sie verliebt. Für beide war es mit ihren vierzehn Jahren das erste Mal, dass sie sich verliebten. Ein Gefühl, das sie schier übermannte und doch waren sie zu anständig, um mehr daraus zu machen. Brav umarmten sie sich zum Abschied am Bahnhof, versicherten sich gegenseitig, Briefe zu schreiben, und äußerten die Hoffnung, sich eines Tages wieder zu sehen. Dann stieg Samson in den Zug. Auf seiner Rückfahrt besuchte er noch einmal Felix in Bad Feilen. Er erfuhr, dass sein Vater austherapiert sei und man ihn als schweren Pflegefall einstufte. Es müsse nun entschieden werden, wer dessen Pflege übernehme. Zu Hause oder im Pflegeheim. Sie würden sich mit seiner Frau Marta in Verbindung setzen, um das zu klären. Samson sagte, dass sein Vater vermutlich zu Hause gepflegt werde und reiste zurück nach Hamburg.

Dort erwartete ihn Marta am Bahnhof. Samson ging ihr unsicher entgegen, er war sich nicht im Klaren, wie er ihren Gesichtsausdruck zu deuten hatte. Sorge? Bedauern? Vorwurf? Angst? Unklar. Sie umarmten sich zögernd, etwas stand zwischen ihnen.

»Samson, wie schön, dass du wieder da bist.«

Es klang seltsam, aber ehrlich.

»Mama, ist was los?«

»Erzähl ich dir dann zu Hause. Wie war dein Ferienaufenthalt? Wie geht's deiner Moni? Hast du deine leibliche Mutter getroffen?«

Fragen über Fragen. Doch erstmal fuhren sie nach Hause. Marta hatte Essen vorbereitet. Es schmeckte köstlich. Samson begann zu erzählen, von Felix' Zustand, seinem Wunsch, seine leibliche Mutter ebenfalls kennenlernen zu dürfen, von Moni, dem Schicksal ihrer Familie, seiner Zeit in Haagenstein und dann ging es um die Frage von Felix' Zukunft. Marta schaute Samson eine Weile an und sagte dann etwas völlig Unerwartetes.

»Samson, ich werde Felix, deinen Vater nicht pflegen. Ich habe heute mit der Klinik telefoniert. Sie haben mir die Aussichtslosigkeit einer Genesung dargelegt und zwar nicht nur körperlich, sondern auch psychisch. Gerade letzteres machte dem Arzt Kopfzerbrechen. Dein Papa scheint eine Art Verfolgungswahn entwickelt zu haben. Weißt du, sie schlugen vor, ihn in einer Psychiatrie weiter behandeln zu lassen. Er zeigte sich mehrfach stark suizidal und daher muss das sein. Sie schlugen vor, ihn nach Milbersee zu verlegen. Dort sind sie auf derartige Fälle spezialisiert. Es liegt noch näher an Haagenstein. So kannst du deine Moni wieder treffen, wenn du deinen Papa besuchst.«

Samson sah Marta mit offenem Mund an. Dies hatte zwei Gründe. Einerseits war er sich nicht des psychischen Zustands seines Vaters bewusst, andererseits freute er sich, dass seine Mutter ihm im selben Atemzug erlaubte, wieder nach Haagenstein zu reisen. Nichts hatte er sich sehnlicher gewünscht.

»Aber Mama, ich dachte, wir hätten kein Geld dafür.«

»Ach, Samson, wir haben wenig Geld, das stimmt, aber es macht auch keinen Sinn mehr für mich, dich sowohl von deinem Vater, von Moni und deiner leiblichen Mutter zugleich fernzuhalten. Ich hatte jetzt Zeit zum Überlegen. Deine Großeltern unterstützen uns ein wenig. So haben wir nun das Geld, dass du, sooft du willst, nach Haagenstein fahren kannst, und natürlich nach Milbersee, solange dein Vater dort ist. Ich will doch, dass du ein glückliches Leben führst und das erfordert oft Schritte, die konträr zu dem sind, was man sich persönlich wünschen würde. Manchmal muss man loslassen, damit andere glücklich werden können, es geht ja nicht nur um das eigene Glück. Was hab ich davon, wenn ich habe, was ich wollte, aber andere dabei zu Grunde gehen und ich es vielleicht nicht mal merke, weil sie es aufgegeben haben, sich zu äußern. Ich will mir nicht weiter was vormachen. Du bist mein Ein und Alles und es wäre dumm von mir, genau dich für etwas zu bestrafen, wofür du am wenigsten kannst. Ich hoffe, du kannst mir verzeihen.«

Nach kurzem Schweigen sagte Samson: »Danke, Mama, danke dir! Natürlich verzeih ich dir. Du bist die Beste!«, und umarmte Marta lange und innig.

Beide gingen gelöst und mit hoffnungsvollem Blick in die Zukunft zu Bett. Sie ahnten nicht, was noch alles auf sie zukommen würde.

KAPITEL 27

HAAGENSTEIN 1997 / 1998

Bei Adele und Alexander kehrte Entspannung ein. Tom wurde zunehmend ruhiger. Er durfte zurück in den Kindergarten und Adele begann wieder zu arbeiten. Alexander konnte sich weiter seiner Karriere widmen. Karl lehnte sich zurück. Wieder einmal war alles gut ausgegangen für ihn. Die beiden Opas und Omas waren erleichtert. Nun, da das Böse aus ihrem Leben entfernt schien, nämlich Ling, war wohl der Weg offen zu einer normalen und liebevollen Familie. Es wurde Sommer, die Tage wurden länger und die Sonne zauberte etwas Bräune auf Adeles Haut, Zeit für sie, ihre Garderobe zu erneuern. Sie kaufte nun öfter in Modegeschäften ein und änderte ihren Kleidungsstil. Sie verbrachte viel Zeit mit ihrer Mutter, zog mit ihr und Tom an der Hand durch die Geschäfte. Die Wogen glätteten sich. Als sie bei einer ihrer Shoppingtouren von Geschäft zu Geschäft schlenderten, sahen sie, wie so oft, am Bräuhausplatz eine Gruppe Jugendlicher sitzen. Ihre Mutter hielt Adele am Arm fest, um sie auf jemanden aufmerksam zu machen.

»Adele, schau, dieser eine Junge da.«

»Ja, was ist mit ihm? Ein wenig zierlich, aber sonst ganz okay, oder?«

»Ja, das stimmt. Nur gibt es zu ihm eine Geschichte, die ich dir schon lange Mal erzählen wollte.«

»Okay, scheint ja furchtbar interessant zu sein.«

Sie sah sich den Jugendlichen etwas genauer an.

›Ist wohl so um die fünfzehn‹, dachte sie, ›ein zierliches Kerlchen, aber mit intelligenten Augen. Bin mal gespannt, was an dem so interessant sein soll.‹

Ihre Mutter wollte im Weitergehen die Geschichte erzählen, aber irgendwie faszinierte sie der Junge. Sie musste ihn noch ein wenig beobachten und überlegte, ob sie ihn nicht schon einmal irgendwo gesehen hatte. Irgendwie kam er ihr bekannt vor. Sie gingen weiter.

»Letztes Jahr, Adele, war etwas Seltsames passiert, etwas, das mich an unsere schwere Zeit in Hamburg erinnerte. Dieser Junge stand, auch in den Ferien, vor unserem Haus und beobachtete es. Das wäre an sich kein Problem, wenn nicht zwei Tage vorher jemand im Rollstuhl ebenfalls unser Haus beobachtet hätte, der sein Vater hätte sein können. Die Ähnlichkeit war frappierend. Ich konnte nicht erkennen, was oder wen sie beobachteten. Aber mir fiel ein, dass einst in Hamburg auch ein Typ tageweise vor unserem Haus herumstand, der genauso aussah, wie der im Rollstuhl, nur jünger und ohne Rollstuhl. Ich dachte, es ginge um die junge Frau aus dem Erdgeschoss, die er stalkte. Eines Tages sprach er mich sogar an, als ich mit Samson gerade ins Auto steigen wollte und sagte, welch schönes Kind Samson sei. Es war einer mit einem Glatzkopf. Und so war auch der im Rollstuhl letztes Jahr. Er sah aus, wie der von damals. Nur gibt es ja die junge Dame von damals hier nicht, also dachte ich mir, er ist möglicherweise gar nicht wegen ihr, sondern vielleicht wegen mir hier. Und zwei Tage später war dann dieser Junge vor dem Haus. Ich bin raus, wollte ihn ansprechen, doch er lief davon. Irgendwas stimmt mit den beiden nicht und irgendwie denke ich, gehört der Junge und der mit der Glatze zusammen. «

Mutter hielt an und sah, wie Adele blass wurde. Sie sagten nichts mehr, gingen beide schweigend weiter.

Einige Wochen später gab es in der Psychiatrie Milbersee einen Neuzugang. Direkt verlegt von der Klinik in Bad Feilen zur psychiatrischen und psychologischen Betreuung aufgrund Suizidgefahr und schwerer Paranoia. Er wurde mit seinem Rollstuhl direkt in ein Behandlungszimmer gebracht. Dort wartete er, kratzte sich seinen kahlen Schädel und sabberte aus dem Mund. Adele und ihr Kollege betraten den Raum, um mit dem Patienten den Therapieplan zu besprechen. Sie wusste bereits die medizinische Vorgeschichte, dass er aus Hamburg stammte und Felix Olderbrock hieß. Als sie ihn sah fiel ihr sofort wieder ein was ihre Mutter erzählt hatte über einen kahlen Mann im Rollstuhl. Augenblicklich kamen alte Bilder in ihr hoch. Bilder, die sie verdrängt hatte, die sie einst Tag und Nacht verfolgten. Gerüche, schreckliche Angstgefühle, Schmerzen und die Erinnerung an einen kahlen Kopf, der sich über ihr befand, sich an ihr verging, sie immer wieder schlug, bis sie besinnungslos wurde. Sie erinnerte sich, wie sie ihm die Mütze vom Kopf riss, sich ihre Fingernägel in seine Kopfhaut krallten und sie ihm tiefe Kratzer zufügte. Der hier war es aber sicher nicht, so ein Wrack! Nein, sicher nicht. Und außerdem sieht der total harmlos aus, dachte sie. Doch etwas bohrte in ihr. Ein Kloß schob sich ihr in den Hals. Als sie vom Kollegen angesprochen wurde, war sie geistig abwesend und konnte auch nach mehrmaligem Räuspern keinen Ton von sich geben. Besorgt nahm er sie auf die Seite und fragte, ob es ihr gut gehe. Mittlerweile wussten alle, dass man bei dieser Kollegin immer etwas aufmerksamer sein musste. Sie war sensibler, als andere Menschen. Nach einer Weile fing sie sich wieder und meinte, sie habe wohl was Falsches gegessen, so dass es ihr etwas unwohl sei, und so wandten sie sich wieder dem Patienten zu. Als er nach all den Untersuchungen dann endlich auf seinem Krankenzimmer war, half man ihm beim Ausziehen und Waschen. Er hatte nicht viel bei sich. Seit er in die Klinik nach Bad Feilen kam, hatte Marta sich nicht mehr um ihn gekümmert. Seine wenige Wäsche wurde in Bad Feilen regelmäßig vom Klinikpersonal gewaschen, denn er tat ihnen leid. Im Krankenhaus Milbersee aber, war das so nicht regelbar. Seine Unterwäsche würde in wenigen Tagen verschmutzt sein. Seine Utensilien passten in ein kleines Fach im Schrank. Er hatte nichts mehr, er war nichts mehr. War er jemals jemand? Nur einmal im Leben konnte er sich groß fühlen. Nur einmal im Leben und da machte er einen vernichtenden Fehler, vernichtend für ihn, für das Opfer, für ihre Familie, für Samson. Nie würde es ihm gelingen, dies wieder gut zu machen. Was geschehen ist, ist geschehen und lässt sich nicht mehr tilgen. Das Gehirn ist nicht in der Lage, gezielt zu vergessen, es kann nicht aussortieren und unerwünschtes einfach entsorgen. Nie hatte er eine Therapie gemacht, warum auch, wie auch, er war ja der Täter, einer der Täter, aber wohl der Haupttäter, der Initiator, der Gnadenloseste, der Brutalste und derjenige, der unerwünschtes Leben zeugte. Er war der größte Zerstörer von allen. Ausgerechnet er, der kleine, schmächtige, harmlos wirkende Felix, der niemandem was zu leide tun konnte, ausgerechnet er wurde zum Tier.

Adele ging derweil vor die Klinik und setzte sich auf eine Parkbank. Sie wollte alleine sein. Man bot ihr an, sie zu begleiten, aber sie lehnte dankend ab. Enorme Unruhe bemächtigte sich ihrer. Die einstigen Gefühle drängten sich aus der Tiefe ihrer Seele wieder an die Oberfläche. Sie waren nie weg, nur verdeckt und verdrängt, aber ein Trauma zu verarbeiten ist schwer. Sie hatte alles versucht, körperbezogene Psychotherapie, jede Art der Traumatherapie, Verdrängung, gezieltes Durchleben der Situation, Geistheilung, esoterische Ansätze, einfach alles, was angeboten wurde. Und dennoch blieb das Erlebte in Körper und Geist verankert. Sie erlebte eine Retraumatisierung, geriet in eine Intrusion, durchlebte somit das Trauma erneut im Geiste. Panik und Angst bemächtigten sich ihrer. Sie wollte es alleine durchstehen, niemand sollte ihre Vergangenheit je kennenlernen. Diesen Teil ihres Seins musste sie für sich behalten. Niemand konnte ihr helfen. Unter Schmerzen krümmte sich ihr Körper, sie stöhnte auf, all die Qual, all die Brutalität, die Schläge, das gewaltsame, schmerzvolle

Eindringen. Diese unerträglichen Schmerzen, die unendliche Pein. Wie von einem Bulldozer wurde sie von all diesen grausamen Gefühlen überfahren. Lange saß sie nach vorne gekrümmt und wiegte sich vor Schmerzen. Man ließ sie in Ruhe, ohne zu verstehen, was gerade passierte.

Nach einer gefühlten Ewigkeit stand sie auf. Ihr Gesicht war hasserfüllt. Panik und Angst wurden durch ein noch böseres Gefühl verdrängt, dem Hass. Der Hass gab ihr neue Kraft. Eine Kraft, die Aktivität forderte. Die Energie musste sich Luft verschaffen. Langsam, aber sicheren Schrittes, ging sie in das Kranken-zimmer, in das Felix gebracht wurde. Sie musste sich vergewissern, ihn nochmal genauer ansehen, den Kopf auf Narben untersuchen, um sicher zu sein. Als sie das Zimmer betrat, saß er im Rollstuhl, gewaschen und im Schlafanzug. Er war alleine, sein Zimmernachbar war wohl in einer Untersuchung.

»Herr Olderbrock? Felix Olderbrock?«

»Ja«, stammelte er undeutlich.

Seine Aussprache war gezeichnet von einer schweren Zunge und der hängen-den linken Gesichtshälfte. Spucke rann beständig aus seinem schiefen Mund-winkel.

»Herr Olderbrock. Ich muss sie kurz untersuchen.«

Ohne weitere Anstalten ging sie zu ihm, beugte sich über seinen Kopf und .... Was sie sah, verschlug ihr den Atem. Da waren sie, leichte, aber immer noch deutlich sichtbare Narben, die von tiefen Kratzern stammten. Sie beherrschte sich, versuchte ihm gegenüber nicht zu entgleisen. Wenn er es war, dann würde sie ihn leiden lassen.

»Herr Olderbrock, sie kommen aus Hamburg, korrekt? Woher genau?«

Felix sagte es ihr.

»Okay, Herr Olderbrock, kennen sie auch den Altonaer Stadtpark?«

»Ja, ich ging dort gerne spazieren.«

Adele zuckte und fuhr fort: »Ist ein gefährliches Pflaster. Wie ich hörte, pas-siert dort viel. Vergewaltigungen zum Beispiel. Haben sie auch schon davon gehört?«

Felix blickte sie an, er schaute sie genauer an, er schaute auf ihr Namensschild, dann fasste er sich an den Kopf, ein grausamer Schmerz durchzuckte seinen Schädel, als schien er zu Bersten. Er stammelte nur noch Unverständliches. Seine Augen brannten, die Nase fing an, zu bluten.

Adele beugte sich nun ganz dicht über sein Ohr und flüsterte mit eiskalter Stimme: »Du warst es, du Schwein. Du kennst mich. Warst damals vor unserem

Haus, bist letztes Jahr in Haagenstein gewesen. Du willst wohl Absolution. Aber nein, mein Lieber. So einfach geht das nicht. Ich verzeihe nichts. Nicht dir, du Dreckschwein. Sie drückte ihm die Beine auseinander und rammte ihm ihr Knie mit voller Wucht in sein Geschlechtsteil. Er quiekte vor Schmerz, konnte sich nicht wehren. Sie schlug so lange mit aller Wucht und all ihrer Kraft zu, bis er bewusstlos wurde und der Körper nur noch zuckte. Röchelnd kippte er vornüber. Adele spürte ein Gefühl des Triumphes, ein wunderbares erfrischendes Gefühl. Mit kalter Miene betätigte sie die Notglocke. Krankenschwestern kamen, Ärzte wurden gerufen. Man brachte ihn in die Stroke Unit. Ein hämorrhagischer Schlaganfall, ein Blutgerinnsel im Gehirn. Alle Gegenmaßnahmen wurden ergriffen. Nach einigen Tagen stabilisierte sich der Zustand auf niedrigem Niveau. Seine Genitalien wurden außer Acht gelassen, was sollte man dort auch vermuten. Nur einer der Schwestern fiel die Verfärbung der Hoden auf, machte einen Vermerk und ging nach Hause. Der Vermerk hatte keine Nachwirkung, es interessierte niemanden. Nach zwei Wochen wurde er aus der Stroke Unit entlassen und landete wieder in einem Krankenzimmer. Er konnte nicht mehr reden, seine Augen schielten, sein Mund stand dauerhaft offen und tropfte permanent, er konnte sich nicht mehr im Rollstuhl halten, kippte dauernd nach vorne oder fiel aus dem Stuhl. Die Beine waren nun gar nicht mehr steuerbar, ebenso der linke Arm. Nur noch der rechte gehorchte ihm einigermaßen. Felix war nun endgültig Gefangener in sich und Opfer seiner selbst. Ein Drama bahnte sich an, ein Todeskampf, aber nicht, wie man vermuten würde, ein Kampf gegen den Tod. Nein, es war ein Kampf, um zu sterben, er wollte sterben. Doch er hatte keine Möglichkeit dazu, außer seinen rechten Arm konnte er nichts mehr steuern. Als er wieder im Krankenzimmer alleine war, kam erneut Adele herein. Kalt und grausam schaute sie ihm in die Augen. Er erschauderte, Schweiß brach aus, er konnte seine Blase nicht mehr steuern, es begann streng zu riechen. Er zitterte, als er sah, wie sich ihre Hand wieder zu seinem Geschlechtsteil bewegte. Sie öffnete seine Hose und zog kräftig an seinen Genitalien, bis die Hoden freilagen. Als er sah, was sie in der anderen Hand hatte, wollte er schreien, aber er konnte nicht, er brachte keinen Laut mehr heraus. Langsam und mit grausamer Genüßlichkeit durchbohrte sie seine Hoden mit einer langen dünnen Nadel, zog sie dann soweit zurück, dass sich die Spitze im Hoden befand und stocherte darin herum, kippte die Nadel in alle Richtungen und beobachtete, wie er zuckte und zu schreien versuchte, die Augen traten ihm vor Schmerz fast aus seinen Höhlen. Sie zog die Nadel wieder heraus. Nichts war zu sehen. Niemand würde es bemerken. Felix aber hatte die größte Folter erlitten, er röchelte nur noch, der rechte Arm versuchte, sie abzuhalten, aber er war zu schwach. Adele machte seine Hose wieder zu und ging leise aus dem Zimmer. Der Triumph gab ihr ein herrliches Gefühl. Hass, Rache, Macht, Triumph, welch wunderbare Gefühle der Überlegenheit plötzlich in ihr erwachten.

Eine Schwester fand Felix im Zustand der völligen Apathie vor. Der rechte Arm bewegte sich laufend auf und ab, die Hand ging auf und zu, als würde er nach etwas Imaginärem greifen. Sie holte Ärzte hinzu. Erneut kam er in die Stroke Unit. Man fand heraus, dass sich die Hirnblutung wieder aktivierte, bekam sie aber nicht mehr in den Griff. Marta wurde informiert. Sie solle sich auf das Schlimmste einstellen. Sofort begab sie sich mit Samson auf die Reise. Doch Felix verstarb, bevor sie eintrafen. Sein Gesicht war eine von Schmerz und Pein zerfressene Fratze. Er bot ein Bild des Grauens. Ärzte wie Schwestern zeigten sich entsetzt. Sowas hatten sie noch nie erlebt. Marta sah ihn an, bis Brechreiz sie zum Abwenden zwang. Samson saß zusammengesunken an seinem Bett.

Adele hielt sich fern. Sie hatte ihre Rache. Doch machte es sie zufrieden? Unruhig waren ihre Nächte. Kann man Böses durch Böses vergelten? War das legitim oder war es genauso böse? Doch das Gefühl des Triumphes spielte dagegen. Dieses Hochgefühl nach so langer Zeit der inneren Qualen, nahm ihr den immerwährenden Druck aus der Brust und ersetzte ihn durch ein erhebendes Gefühl, das sie nie gekannt hatte und das war Macht, nun hatte sie Genugtuung.
    >Keine Therapie hilft so gut, wie Rache!<, dachte sie.

Felix Todesursache wurde eindeutig festgestellt. Verstorben in Folge der Hirnblutung. Es gab keinen Anlass zu weiteren Untersuchungen. Sein Leichnam wurde zur Einäscherung freigegeben. Marta spürte keine Trauer in sich. Eher Erleichterung. Nun war sie frei. Eine Lebensversicherung gab es leider nicht, konnten sie sich nicht leisten, aber egal, sie war frei. Als erstes würde sie Manni aufsuchen, wenn sie wieder zurück sein würde. Samson aber war in tiefer Trauer. Er hatte seinen Vater verloren, seinen Adoptivvater. Mit hängendem Kopf verfolgte er die Einäscherung, die in Bayern stattfand. Die Urne wurde zur Bestattung nach Hamburg überführt. Er bekam das günstigste Urnengrab, das zu haben war. Seine Eltern und Schwiegereltern, sowie Marta und Samson nahmen an der Bestattung teil. Keine Freunde oder Nachbarn kamen und selbst seine Kollegen blieben der Beerdigung fern. Nur Felix' Vater und Samson trauerten um ihn und weinten am offenen Grab. Danach setzte man sich kurz zusammen und stritt, wer wieviel von den Kosten zu tragen habe. Damit war ein wertloses Leben beendet, von dem niemand mehr je Notiz nehmen würde, und ein Geheimnis vermutlich mit ins Grab genommen. Ausgelöscht, aus!

Adeles Hochgefühle flachten nach einigen Wochen langsam wieder ab. War sie anfangs noch voll Adrenalin und Tatendrang, voller Zukunftspläne und Zuversicht, drängte sich schleichend schlechtes Gewissen in den Vordergrund. Unangenehm fühlte sich das an und vor allem unerwünscht, gerade jetzt, da sie endlich triumphieren hätte können.

›Das geht nicht, das lasse ich nicht zu‹, dachte sie.

Zur Beruhigung trank sie ein Glas Wein, bevor Alexander von der Arbeit nach Hause kam. Dann trank sie noch eines zusammen mit ihm. Tom spielte in seinem Zimmer mit seinem Nintendo 64, der in diesem Jahr brandneu herauskam. Seit er in der ersten Klasse der Grundschule war, hatte er sich verändert, wurde ruhiger, zurückgezogener, verbrachte viel Zeit in seinem Zimmer. Mitunter stellte er den Ton zu laut, dass Adele zu ihm gehen und ihn ermahnen musste.

»Jajaja«, sagte Tom dann und drehte den Regler kaum merklich zurück.

War Adele wieder aus dem Zimmer, hob er den Mittelfinger in Richtung der Türe und drehte wieder auf.

Der Wein half, Adele konnte das ungute Gefühl erfolgreich verdrängen, es blieb der Triumph. Oh welch schönes Gefühl. Sie wollte es nicht wieder verlieren. Es durfte nicht vergehen. Okay, so ein Gläschen Wein oder zwei pro Tag, das kann einem doch keiner verwehren, oder? Andere trinken doch viel mehr. Sie blickte aus dem Fenster. Es wurde kalt und neblig draußen, eine Jahreszeit, die einen zu Trübsinn leiten und Depressionen fördern kann. Glühwein wurde für Adele in der Vorweihnachtszeit ein steter legitimer Begleiter. Ob mit Kollegen am Christkindlmarkt oder bei einem gemütlichen Abend im Kreise der Familie oder einfach so zuhause, mit oder ohne Alexander. Der stete Pegel verhalf ihr zu einem guten Gefühl. Ach, tat das gut!

Das neue Jahr begann, im März 1998 plagte Adeles Gewissen sie immer mehr. Hass und Triumph wichen dem bitteren Gefühl, dass sie sich von niederen Trieben hatte leiten lassen. Rache. Es war nicht umkehrbar, die Dinge waren passiert und würden in ihrem gesamten weiteren Leben einen ebenso verheerenden Einfluss haben, wie einst das, was man ihr antat. Sie war nun Opfer und Täter zugleich, ebenso wie der Glatzkopf, der aber zunächst Täter und nun auch Opfer war. Die Frage der Selbstjustiz, des Lynchmords, nicht umsonst ist es verboten. Denn, ist es richtig niedere Taten durch ebenso niedere Taten zu vergelten? Hat ein Opfer das Recht, seinen Peiniger ebenso zu peinigen? Hat nicht jeder Täter ein Anrecht auf einen unparteiischen Prozess, der alle Fakten berücksichtigt und mildernden Umständen eine gerechte Chance einräumt? Bei Selbstjustiz gibt es keine mildernden Umstände. Nur der Grad des Hasses ist die Maßeinheit und enthemmte Rache führt zu Taten, die man normalerweise nie begehen würde. Zunehmendes Entsetzen über sich selbst verfolgte Adele im Alltag. Sie konnte an nichts anderes mehr denken. Plötzlich hatte sie nicht mehr ihr einstiges Schicksal im Kopf, nein, jetzt drehte sich alles um ihr eigenes Vergehen. Eines Tages sprach Alexander sie an, wieso sie denn in letzter Zeit so viele Weinflaschen zu entsorgen hätten, ob sie denn öfter mal Gäste empfange, wenn er nicht da sei. Daraufhin achtete sie mehr darauf, dass es solche äußerlichen Anzeichen des Alkoholkonsums nicht mehr gab. Sie brauchte ihn nun täglich, musste ihre Sinne betäuben. Sie ging über zu Hochprozentigerem. Ein kleiner Begleiter fand auch in ihrer Handtasche Platz und wurde ihr bester Freund. Ihm konnte sie sich regelmäßig anvertrauen, dem kleinen Flachmann, der immer zur Stelle war, wenn es ihr nicht gut ging. Ein paar kleine Schlucke und schon ging es wieder bergauf. Äußerlich merkte man ihr nichts an. Im Gegenteil. Sie achtete noch mehr auf ihr Erscheinungsbild, kleidete sich schick, schminkte sich, sah umwerfend aus. Sie wirkte heiter und gelassen wie nie und wer sie kannte, dachte

>Wow, welch eine Verwandlung, welch eine Frau.<

Sie zog die Blicke der Männer auf sich und genoss sie sogar.

Eines Tages auf einer Party ohne Alexander blickte sie zu tief ins Glas und fing zu weinen an. Niemand kannte den Grund. Ein älterer Herr setzte sich neben sie, wohl doppelt so alt wie sie, und nahm sie in die Arme. Sie weinte sich an seiner Brust aus. Er streichelte ihr übers Haar, ein Streicheln, das ihr genau in diesem Augenblick guttat. Ein Mensch zur richtigen Zeit am richtigen Ort. Er war einfühlsam und strich nach einer Weile über den Rücken und die Oberschenkel. Ein wohliges Gefühl überkam sie und machte sich in ihrem ganzen Körper breit. Ein Gefühl, das jenes, das ihr der Alkohol gab, bei weitem übertraf. Sie merkte, wie leises Verlangen in ihr hochstieg. Plötzlich fühlte sie sich völlig enthemmt, ihr Gesicht drehte sich ihm entgegen, ihr Mund traf auf seinen, ein Feuerwerk der Gefühle entbrannte. Der Mann war gut dreißig Jahre älter, als sie, aber in

diesem Augenblick war es ihr egal. Sie kannte ihn. Er hatte ihr stets Kompli-
mente gemacht und seine Hilfe angeboten. Immer wieder war er wie zufällig in
ihrer Nähe und suchte das Gespräch. Und nun war er derjenige, der ihr innerstes
berührte, ihr Halt gab, all die bösen Gedanken und Gefühle wegzauberte. Der
Mann erkannte seine Chance und setzte all seine Erfahrung ein, küsste sie heiß
und innig, streichelte sie am ganzen Körper. Zum Glück saßen sie in einem
wenig eingesehen Bereich. Nach einem gefühlt endlos langen Kuss, flüsterte
er ihr ins Ohr, ob er sie nach Hause bringen soll. Sie wollte in diesem Augenblick mehr und bejahte. Sie schafften es nur bis zu einem Waldstück, Adeles
Verlangen war unermesslich. Sie wollte ihre Gedanken und Sorgen loswerden.
Dieser Mann konnte ihr dabei helfen das spürte sie. Gegenseitig entkleideten
sie sich, fielen übereinander her, wie Ausgehungerte. Sie küssten und berührten
sich, er verwöhnte ihre Brüste und brachte sie mit seinem Mund zur Ekstase. Es
war die schönste Erfahrung, die sie in ihrem bisherigen Leben gemacht hatte.
Als sie später erschöpft nebeneinander lagen und schwiegen, fühlte Adele die
Schwingungen immer noch, nie hatte sie je so etwas gefühlt. Dieser Mensch gab
ihr etwas, das ihr half, ihr Leben zu vergessen. Sie konnte nicht sagen, was, aber
er war der richtige Mann zur richtigen Zeit. Das Alter war ihr egal. Sie musste
ihn haben, sie wollte ihn weiter treffen. Als sie sich an dem Abend trennten, sah
sie ihm tief in die Augen. Er verstand.

Von da an trafen sie sich regelmäßig. Er war geschieden, sie nicht, er war nun ihr
Geliebter. Ihr Alkoholkonsum verringerte sich wieder etwas. Ein stetes Lächeln
umspielte ihre Lippen. Alexander war hocherfreut über den Wandel seiner Frau.
Sie machte sich immer hübscher, betrieb wieder regelmäßig Sport und zeigte
sich aufgeschlossen und ausgeglichen. Für ihn war es die beste Entwicklung,
die er sich wünschen konnte. Endlich fanden sie auch in der Liebe wieder zusammen. Sie zeigte ihm diese offen und unbeschwert. Welch eine Frau, dachte er
voll zärtlicher Gefühle für sie. Sei fingen an, mehr miteinander zu unternehmen.
Tom wurde bei den Großeltern abgegeben, sein Nintendo immer mit im Gepäck. Eine schöne Zeit brach für die beiden an. Sie reisten hierhin und dorthin.
Geld war kein Problem. Sie gingen aus und besuchten Konzerte. Adele fühlte
sich glücklich wie nie. Ihr Geliebter war immer da, wenn sie ihn brauchte. Sie
konnte so ihr Ventil öffnen, er war ihre Rettung, ihre Stabilisierung. Jedes Treffen mit ihm war unvergleichlich, wenngleich er auch seltsame Charakterzüge
zeigte, die ihr nicht so gefielen. So zeigte er sich immer fordernder in seinen
sexuellen Vorstellungen. Mitunter war es ihr etwas unangenehm, aber sie konnte

nicht von ihm lassen. Manchmal wirkte er aggressiv, reagierte barsch oder behandelte sie wie ein kleines unwissendes Mädchen. Doch die Gefühle, die sie bei ihm hatte, überflügelten alles andere und machten ihr Leben endlich positiv.

Zwar konnte sie Sex nicht ohne Alkohol zulassen, die Bilder von damals hätten sie übermannt, aber unter Alkohol stand sie ohnehin ständig. Ihr bester Freund, das kleine Fläschchen in der Handtasche stand immer für sie bereit und fragte nicht, es tat einfach seinen Dienst. Sie war wie besessen von ihm und ihren Treffen, hätte alles gegeben, um mit ihm zusammen zu sein. Aber sie wollte auch Alexander nicht verlassen, er war der Vater ihres Sohnes, er war der Mann ihrer Träume. Sie lebte in einem Zwiespalt, für den es keine Lösung gab. Sie wollte beides, das schöne Leben mit Alexander und Tom, wollte ihre Idylle nicht zerstören, das Verhältnis zu den Eltern, zu Freunden, zu allem. Nein, auf keinen Fall. Für ihren Geliebten schien das am Anfang in Ordnung zu sein. Doch eines Tages kam der erste Hinweis, dass er mehr von ihr wollte. Er fing an, von den Leiden Geliebter zu erzählen, von deren Sehnsüchten, deren stetem Warten auf die Begehrte, deren Eifersucht auf den echten Partner, der nicht im Schatten wandeln muss, der sie zu jederzeit habe und all die Zeit mit ihr verbringen konnte, die auch er gerne mit ihr verbracht hätte. Es war August 1998, sie lagen Körper an Körper in einer Waldlichtung und betrachteten die vorbeiziehenden Wolken, als er ihr gestand, dass seine Liebe ins Unendliche gewachsen sei. Sie sah ihn erschrocken an.

»Was bedeutet das?«, fragte sie.

»Ich würde dich gerne haben, dich nehmen, wie du bist, für dich sorgen, immer für dich da sein.«

»Aber wir haben doch eine Vereinbarung«, entgegnete sie.

Doch er fuhr fort: »Ja, Adele das stimmt, aber meine Gefühle sind eben so, wie sie sind. Ich weiß, ich bin um einiges älter als du, aber das kann für dich nur von Vorteil sein. All meine Erfahrung, davon wirst du profitieren, wie mit niemandem sonst. Ich habe ein gutes Auskommen, habe eine Firma, Immobilien. Dir wird es an nichts mangeln.«

Adele legte sich zurück ins Gras und dachte nach: ›Ja, ich bin auch verliebt in ihn. Ich brauche ihn, durch ihn kann ich alles vergessen.‹

Jedoch ein Gedanke schob sich seit kurzem immer in den Vordergrund. War der Glatzkopf, wie sie ihn nannte, Samsons Vater? Ein grässliches Gefühl des Ekels brachte sie zum Erzittern. Ihr Geliebter nahm sie zärtlich in die Arme und entfachte erneut ein Feuer in ihr, das nur er zu löschen in der Lage war. Adele wand sich unter ihm und umklammerte ihn wie eine Ertrinkende, sie liebten sich unter freiem Himmel, die Körper rieben sich aneinander und die guten Gefühle kamen wieder.

KAPITEL 28

HAMBURG / HAAGENSTEIN 1998

Samson saß geknickt auf der Wohnzimmer Couch. Marta rumorte gut gelaunt in der Küche. Sie hatte Witwenrente zu erwarten und zur Überbrückung bekam sie etwas Geld von Felix' Eltern. Samson jedoch trauerte um Felix, er fühlte eine innere Leere, sinnierte vor sich hin, dachte an Moni, dachte an seinen Vater und wie elend er zugrunde ging, dachte an seine Mutter Marta, wie sie wohl leide und es bestimmt durch gute Laune überdecke, um ihm zu helfen. Und er dachte an seine leibliche Mutter. Das Thema war aus dem Fokus geraten. Nun aber drängte es sich wieder in den Vordergrund. Er wollte seine Wurzeln kennenlernen. Er würde seine Mutter Marta, wie er sie in seinen Gedanken nun nannte, beim Wort nehmen und schon sehr bald wieder nach Haagenstein reisen. Doch Marta sah darin keine Notwendigkeit mehr, da sein Vater ja tot sei und er ihn nun nicht mehr besuchen müsse und Moni könne er doch schreiben, oder sie solle halt mal nach Hamburg kommen. Doch für Samson war das nicht die Lösung. Er wollte nach Haagenstein, denn dort, so vermutete er weiterhin, war seine leibliche Mutter, dort hatte er Freunde, hier nicht, und dort war Moni und ihre Familie, die ihn mochten. Was sollte Moni hier, sie wäre in einer lieblosen Umgebung. Gut, er könnte ihr Hamburg zeigen. Aber das würde ihn seinem Ziel nicht näherbringen.

Die Monate zogen ins Land, Marta und Samson lebten vor sich hin, er ging in die Schule, sie arbeitete und kümmerte sich um den Haushalt. Immer wieder versuchte Samson seine Mutter dazu zu bewegen, ihn reisen zu lassen und ihm das Geld hierfür zu geben. Doch Marta vertröstete ihn immer wieder. Er tauschte viele Briefe mit Moni aus. Sie schrieben sich wie zwei dicke Freunde. Keiner wollte sich dem anderen aber zu sehr offenbaren. Sie hielten es für moralisch, aber in Wirklichkeit war es Unsicherheit, ob man dem anderen gefiel, wenn man sich doch selbst nicht mochte. Mehr als Freunde können wir nie werden, dachte Samson. Ich bin kein toller Typ, wie so viele andere. Ich habe nichts zu bieten. Moni ist zwar auch nicht die Schönste, aber sie ist groß und schlank, größer, als ich. Das wird den anderen Jungs schon auffallen. Aber als Freundin würde er sie gerne behalten. Sie war ein Mensch, der Samson mochte und verstand, mit ihm über die gleichen Sachen reden konnte, sich für so vieles interessierte. Der einzige Mensch, bei dem er je dieses Gefühl hatte. Die einzige, neben Marta natürlich, dem er nicht egal war. Zur Ablenkung konzentrierte er sich wieder mehr auf die Schule und glänzte mit seinen Leistungen.

Als es 1998 dem Ende des Schuljahres zuging, wuchs sein Fernweh. Er hatte Moni nun schon seit einem Jahr nicht mehr gesehen. Sie schrieben sich zwar regelmäßig, aber ihre Texte wurden belangloser. Irgendwas schien sich bei Moni verändert zu haben. Er musste nach Haagenstein, egal wie. Also ging er in seiner Not zu seinen Großeltern und bettelte sie um Geld für die Reise nach Haagenstein an. Sie gaben ihm das Geld, konnten sich allerdings keinen Reim darauf machen, was er denn ausgerechnet dort wolle. Marta stimmte der Reise zähneknirschend zu, als er ihr mitteilte, dass er das Geld dazu bereits habe. Und so stieg er Anfang August in den Zug nach Bayern. Dort begannen gerade die Sommerferien und so hoffte er, möglichst viel Zeit mit Moni verbringen zu können. Kurz vorher schrieb er Moni, wann sein Zug ankommen würde. Doch als sein Zug in Hagenstein einlief, war der Bahnsteig leer. Moni war nicht gekommen um ihn abzuholen. Erschöpft von der Reise ging er zu Fuß zur Pension. Die billigste Unterkunft weit und breit. Müde setzte er sich auf sein Bett, ließ sich nach hinten umfallen, und schlief ein. Er wachte erst am nächsten Tag wieder auf. und fragte sich, warum Moni ihn nicht abgeholt hatte. Nach dem Frühstück machte er sich auf den Weg zum Bräuhausplatz und hielt nach ihr Ausschau, sie war nirgends zu sehen. Also ging er zu ihr nach Hause. Ihre Mutter öffnete und begrüßte ihn herzlich. Leider wisse sie nicht, wo sie gerade sei, sie habe neue Freunde gefunden und sei oft mit denen unterwegs. Er solle doch einfach auf dem Bräuhausplatz warten, dort tauchten sie sicher mal auf. Er ging wieder zurück und dann sah er sie, und eine Welt brach für ihn zusammen. Sie war mittlerweile eine wunderschöne junge Dame geworden. Aus dem hässlichen Entlein wurde ein schöner Schwan. Groß, schlank, Hüfte und Brüste entwickelten sich. Sie schminkte sich und ihr Haar war gemacht. Sie war umringt von Jungs.

Als sie ihn sah, lief sie rot an und rief: »Hi, Samson!«

Der stockte, sah sich die Jungs rings um sie herum an. Sie waren einige Jahre älter als er, keine Milchbubis mehr wie er, es waren fast schon echte Männer. Sie stand auf und ging ihm entgegen, dabei fiel ihm auf, dass sie, im Gegensatz zu ihm, wieder ein gutes Stück gewachsen war. Er, klein und schmächtig, blass und unscheinbar, sie eine heranreifende Schönheit. Sie nahm ihn bei der Hand und zog ihn auf den Platz neben sich. Der kleine schmächtige Samson inmitten der echten Jungs und Moni neben ihm. Es gab ein seltsames Bild ab.

»Samson, wo warst du gestern?«

»Was heißt, wo warst du? Ich bin angekommen, wie angekündigt und hab dich nirgends gesehen, wo warst du?«

»Na, am Bahnhof, wie versprochen, aber du kamst nicht. Ich wusste nicht, was los war und wollte bei dir zu Hause anrufen, aber niemand hob ab.«

Samson verstand plötzlich. Offenbar hatte er die Ankunftszeit falsch angegeben.

»Der Zug kam um 19:00 Uhr.«

»Ach, du hattest aber geschrieben, du kämst um 13:00 Uhr. Ich hab zwei Stunden auf dich gewartet und bin dann enttäuscht abgezogen. Schau, ich hab den Brief extra mitgenommen, falls du doch auftauchst.«

Als er diesen anschaute sah er, dass er die Neun so schlampig geschrieben hatte, dass es wie eine Drei aussah.

»Oh Mann, Moni, das ist eine Neun.«

Sie mussten beide lachen. Das Eis war gebrochen.

»Samson, schön, dass du jetzt da bist.«

Sie umarmte ihn kurz.

»Darf ich dir die Jungs kurz vorstellen. Max, Reiner, Josef, Matthias, Christian.«

Sie deutete der Reihe nach auf jeden einzelnen. Max schien eine besondere Rolle zu spielen. Er legte besitzergreifend seinen Arm um ihre Schultern. Damit war klar, dieser Claim war abgesteckt.

Ernüchtert stand Samson auf und sagte: »Ich geh dann mal besser wieder und schau, wen ich sonst noch so treffe.«

»Okay, Samson, komm doch morgen bei mir zu Hause vorbei, so gegen Mittag, ja?«

»Mach ich, also bis morgen.«

Enttäuscht ging er zu einer Gruppe Jugendlicher, die eher in seinem Alter waren, und setzte sich dazu. Sie erzählten ihm, dass Moni seit zwei Monaten mit Max zusammen sei und die älteren Jungs sie umschwärmten. Samson war zutiefst enttäuscht. Es tat weh. Er wechselte das Thema, sprach über dies und jenes und fragte schließlich die Frage aller Fragen: Ob jemand eine Adele Kowalsky kenne.

»Ja«, sagte einer der Jungs.

»Sie ist eine auffällig schöne Frau. Hat es nicht leicht, was man so hört. Aber zurzeit scheint es ihr richtig gut zu gehen.«

»Wieso weißt du das so genau?« fragte Samson.

»Na, ich wohne im selben Haus. Warum fragst du eigentlich nach ihr?« Samson wusste keine Antwort darauf. Stille trat ein.

Dann sagte der Junge: »Du kannst ja zu mir kommen, wir können dann ein wenig Platten hören oder Filme schauen. Hast du Lust? Ist mir zwar ehrlich gesagt egal, was du von der willst, aber könnte ja sein, dass du sie dann siehst.«

»Gute Idee, wollen wir gleich los?«

Sein neuer Freund und er machten sich auf den Weg. Da Manfreds Eltern berufstätig waren, hatten sie die Wohnung für sich und schalteten den Fernseher an. Samson hatte von seinem Platz aus den Hauseingang im Blick.

Nach einer Weile tippte Manfred ihn an und sagte: »Da ist sie.« Samson stürmte ans Fenster und sah eine schöne Frau, die einen hübschen kleinen Jungen, etwa im Einschulungsalter, an der Hand hielt. Diese Frau, dachte er, sie ist meine Mutter. Tränen traten in seine Augen, er versuchte, sie vor seinem Freund zu verbergen, wollte schon hinausstürmen, wollte sie ansprechen, doch ein hochgewachsener, gutaussehender Mann, kam ihr hinterher. Er sah, wie sie das Haus betraten und hörte sie im Treppenhaus nach oben gehen. Das war er, der Augenblick der Wahrheit. Fassungslos starrte er weiter aus dem Fenster. Was er sah, schien eine glückliche Familie zu sein. Nur, womit hatte er denn eigentlich gerechnet? Mit einer abgestürzten, verwahrlosten Frau? Irgendwie schon, aber was er hier sah, war alles andere als verwahrlost. Seiner leiblichen Mutter, die ihn einst weggegeben hatte, ging es mehr als gut und sie hatte sogar ein weiteres Kind. Warum aber wollte sie mich nicht, warum wurde ich verstoßen? fragte er sich. Ihm wurde plötzlich bitter bewusst, dass dieser kleine Junge sein Halbbruder sein musste. Oder wie war das? Seine alten verwandtschaftlichen Verhältnisse sind durch die Volladoption rechtlich aufgelöst, allerdings nicht die Blutsverwandtschaft, oder? Er war also zwar rechtlich nicht sein Bruder, aber er war quasi sein Blutsbruder im wahrsten Sinne des Wortes. Wie der wohl hieß. Er setzte sich wieder zu Manfred und schaute den Film weiter, zumindest tat er so, denn seine Gedanken waren woanders, sie kreisten um die Frage, ob er sich zu erkennen geben sollte, oder ob es ihm genügte, seine Mutter ein paar Tage beobachten zu können. Es war zwar seine leibliche Mutter, aber sie wollte ihn einst nicht, hatte ihn weggegeben. Warum auch immer. Laut Angaben der Behörden war sie zu jung, um ihn zu erziehen. Wie kam es eigentlich zu der Schwangerschaft? Eine Frage, die sich ihm aufdrängte. War sie liederlich? Sie war bestimmt schon als Jugendliche extrem hübsch und wer weiß, was die alles getrieben hat und mit wem. Ich war bestimmt ein Unfall aus einer ihrer Entgleisungen. Der Vater war laut Jugendamt nicht ermittelbar. Dass es Vergewaltigung gewesen sein könnte, wie es damals seine Mitschüler behaupteten, hatte er über all die Jahre verworfen. Vielleicht, weil er das für sich selbst nicht ertragen hätte. Auf einmal fühlte es sich so an, als würde alles über ihn einstürzen. Entkräftet musste er sich nach hinten lehnen, er atmete schwer und fing an, zu weinen. Manfred sah ihn sprachlos an.

»Was ist los, Samson?«, fragte er unsicher.

Samson aber stand auf, verabschiedete sich rasch und ging raus auf die Straße. Dort drehte er sich noch einmal um und blickte eine Weile hinauf zu den Fenstern im Obergeschoss des Hauses.

Am nächsten Tag blieb er in der Pension, er brauchte Zeit, um nachzudenken, nachzufühlen und seinen seelischen Schmerz zu verarbeiten. Es ging ihm nicht aus dem Kopf, dass er ein ungewolltes Kind war und verstoßen wurde, aber der Junge, den er sah, den wollte sie allen Anschein nach schon. Gab es keine Großeltern, die ihn vorübergehend hätten nehmen können, bis seine Mutter soweit gewesen wäre? Hätte sie ihn nicht vorübergehend in Pflege geben können? Warum nur wollte sie ihn nicht? Was er am Tag zuvor sah, war eine glückliche Familie. Warum nur konnte er nicht dazugehören? Er musste eine Entscheidung treffen. Wenn er sich zu erkennen geben würde, wäre das sicherlich sehr zerstörerisch für diese Familie. Da sie ihn ja offensichtlich ablehnte, könnte es sein, dass der Mann an ihrer Seite von ihm nichts wusste. Wenn er sich aber nicht offenbarte, wäre es dann für ihn selbst eine Tragödie? Einerseits wollte er gerne wissen, warum er zur Adoption freigegeben wurde, andererseits könnte es aber sein, dass er dann etwas erführe, mit dem er nicht hätte leben können. Am Abend traf er eine Entscheidung und legte sich schlafen.

Als ein Hahn krähte, wachte er auf. Rasch zog er sich an und frühstückte ein wenig. Geradewegs ging er zum Bräuhausplatz, wollte auf Moni warten. Er musste mit ihr reden. Er brauchte jemanden, dem er all sein Leben anvertrauen konnte. Wenngleich es ihn schmerzte, dass sie sich anderen Jungs hingab, war sie dennoch seine einzige echte Freundin. Nach einer Weile kam Moni in Begleitung mehrerer Jugendlicher. Sie schaute traurig und setzte sich ohne Worte neben ihn. Fragend blickte er sie eine Weile an.

»Moni, was liegt dir auf dem Herzen? Du hast doch was. Ist was passiert? Sind es deine Eltern oder hat dich jemand schlecht behandelt?«

Moni drehte sich ihm zu und fing zu weinen an. Er legte seinen Arm um sie, musste sich dabei ein wenig nach oben recken, da sie auch im Sitzen größer war, als er.

Dann erzählte sie: »Samson, die Welt ist echt kompliziert. Der Max hat gestern Schluss gemacht. Er wollte mit mir schlafen, aber ich wollte es auf keinen Fall, hab ihn abwehren müssen und daraufhin ist er wütend abgezogen und rief mir nur noch zu, es sei Schluss, denn so ein Gezicke könne er sich sparen, da gäbe es willigere und zu denen gehe er nun. Und heute habe ich gehört, dass er bei der Petra war. Die ist eine richtige Männermatratze. Die hatten sie schon alle, was man so hört. Scheiße, Samson, was soll ich nur tun. Ich liebe Max doch!«

Samson hatte plötzlich ein bleiernes Gefühl in der Brust. Wie konnte er sich einbilden, Moni bekommen zu können? Er, das kleine, windige Kerlchen, der zwar schlau war, aber den nicht mal seine Mutter wollte. Wie konnte er sich nur Hoffnungen machen und glauben, dass Moni ausgerechnet ihn will. Als Freund ja, aber mehr nicht. Offenbar sah sie ihn wirklich nur als guten Freund.

»Moni, ganz ehrlich. Da kann ich dir nicht helfen. Ich kenne mich in Beziehungsfragen nicht aus, habe noch keinerlei Erfahrung und es gibt nur eine, an die ich immer denken muss.«

Moni horchte auf.

»Ja? An wen musst du denn immer denken?«

Samson war plötzlich klar, dass er ihr bislang nie seine wahren Gefühle gezeigt hatte. Tatsächlich standen sie sich immer wie sehr gute Freunde gegenüber. War ja auch klar, er war in den Augen von Moni immer noch ein kleiner Junge, sie aber war auf dem besten Weg, erwachsen zu werden. Mädchen interessieren sich in dem Alter für die älteren Jungs, die verführen sie und machen sie zu Frauen. Das gleiche würde auch er machen, wenn er siebzehn oder achtzehn wäre. So ist das Spiel des Lebens.

»Ähm, Moni. Ich denke, das sollte ich jetzt besser nicht sagen. Das würdest du vielleicht nicht verstehen. Ich will unsere Freundschaft nicht gefährden.«

»Ach, Samson, lass mich doch jetzt nicht so neugierig sterben. Ich würde es echt gerne erfahren.«

»Besser nicht.«

Moni wandte sich enttäuscht ab, stand auf und ging nach einer kurz angedeuteten Umarmung und lies Samson alleine. Mit fünfzehn Jahren lag eine

Welt der körperlichen und geistigen Entwicklung zwischen ihnen. Er sah Moni, wie sie um ein Hauseck verschwand und noch einmal traurig zurückblickte.

›Wieso schaute sie so traurig?‹, durchfuhr es Samson.

Wie ein Blitz sprang er auf und rannte hinter Moni her. Sie war noch zu sehen, er könnte sie noch einholen. Er rannte, so schnell er konnte und rief laut hinter ihr her.

»Moni, Moni, bleib doch bitte stehen!«

Als er bei ihr war, nahm er ihre Hand und gestand:

»Du bist es, Moni, du bist es, an die ich immer denke. Ich weiß, ich kann nicht mit Max und den anderen mithalten, außerdem bin ich erst fünfzehn und kann sicher noch nicht einschätzen, was ich da von mir gebe. Aber du bist es, an die ich immer denken muss!«

Da zog sich ein Lächeln über Monis ganzes Gesicht und sie legte ihre Hand auf seinen Arm.

»Samson, du schreibst nur hin und wieder belanglose Briefe. Nie hätte ich mir so etwas denken können. Ich weiß, dass du nicht nur die Oberfläche siehst, sondern auch mein Inneres. Leider kann nicht mehr aus uns werden. So eine Fernbeziehung würde nie funktionieren, schon gar nicht in unserem Alter. Weißt du, wir beide machen eines Tages Abitur und wollen studieren. Wir werden uns auseinanderleben.«

»Ja, Moni, das ist auch mir klar. Aber ich bitte dich um eines. Können wir weiter beste Freunde bleiben? Du bist die einzige, der ich alles erzählen kann, mit der ich über alles reden kann.«

»Natürlich, das werden wir. Wir werden uns als Freunde nie verlieren. Das kann ich dir versprechen. Auch ich brauche dringend einen ehrlichen Freund. Nicht so einen, wie Max. Aber leider habe ich mich in ihn verliebt, obwohl ich weiß, dass er ein Arschloch ist. Aber, Samson, du siehst auch nicht gerade glücklich aus. Was hast du denn auf dem Herzen?«

Sie gingen langsam zum Schlossplatz und setzten sich nebeneinander auf eine der Bänke. Samson erzählte ihr alles, seine ganze Geschichte und auch, wer seine wahre Mutter sei und wie er sich nun fühle. Die Geschichte berührte Moni so sehr, dass sie Samson in die Arme nahm und sanft wiegte. Samson ließ sich fallen, all seine Gefühle bahnten sich ihren Weg. Tränenüberströmt schaute er sie an und fragte, was er nun tun solle.

Moni überlegte lange und äußerte sich daraufhin sehr einfühlsam: »Lieber Samson, du bist nicht alleine mit deinem Schicksal. Es gibt unendlich viele adoptierte Menschen, unendlich viele, die sich verstoßen fühlen. Ich kann deine

Gefühle verstehen. Es wird dir allerdings nicht viel einbringen, wenn du deine leibliche Mutter konfrontierst und damit alles, was sie sich vielleicht mühsam neu aufgebaut hat, zum Einstürzen bringst. Sie hat sich einst entschieden und du solltest nicht nur dich sehen, sondern auch respektieren, dass es wohl auf ihrer Seite sehr gewichtige Gründe gab, dies zu tun. Kaum eine Mutter gibt ihr Kind leichtfertig ab. Deine Mutter bestimmt auch nicht. Beim Verteilen der Zeitungen bin ich ihr schon oft begegnet. Sie ist eine sehr liebe und feine Frau. Sie wirkt ganz sicher nicht wie eine, die dich einfach mal so verstoßen wollte, da muss ein sehr ernsthafter Grund dahinterstecken. Ich rate dir. Lass es dabei bewenden. Du hast sie gesehen, lass diese Geister ruhen, weder du, noch deine leibliche Mutter hat etwas davon. Und deine Adoptivmutter würde wohl daran zerbrechen. Aber wenn du ihr gerne nahe bist, dann zieh doch irgendwann einfach hierher, damit du sie hin und wieder sehen kannst.«

Sie redeten noch eine Weile, bis Samson sein Herz vollends ausgeschüttet hatte. Nun konnte er endlich klarer sehen. Moni hatte Recht. In allem. Er entschied, nicht weiterzugehen, sich nicht zu offenbaren. Niemand würde wirklich profitieren. Er wusste nun, von wem er abstammte, zumindest mütterlicherseits, an den Vater dachte er erstaunlicherweise weiterhin nicht, er wollte immer nur seine Mutter kennenlernen, aber natürlich, da gab es logischerweise auch einen Vater, aber er würde nun dennoch nicht mehr weiter forschen. Im Jugendamt sagte man ihm, der Vater sei unbekannt, damit musste er sich abfinden.

Moni sah Samson an: »Wenn ich dich so ansehe, ein bisschen was hast du von deiner Mutter, etwas Zierliches. ... Aber nun sollten wir heimgehen, es wird dunkel. Wollen wir uns morgen wieder treffen?

»Sehr gerne, Moni!«

Samson lag erleichtert in seinem Zimmer in der Pension. Der Druck war weg, die Entscheidung war wie eine Befreiung. Er fühlte sich wie ein Vogel, der sich im warmen Wind treiben lässt und völlig befreit auf die Erde herabblickte, die noch so viel Schönes zu bieten hatte. Jetzt war nur noch eines für ihn wichtig, Moni, er wollte um sie kämpfen. Er würde all seine Intelligenz gegen diesen Max ins Feld führen. Moni sollte mit niemandem zusammen sein, der sie nicht schätzte, der sie nur ausnutzte, sie war eine viel zu feine Seele. Ach wäre er doch schon ein paar Jahre älter, damit er für Moni attraktiver wirkte.

Am nächsten Tag ging er mittags zu Moni nach Hause. Ihre Mutter öffnete und schaute ihn betrübt an, deutete nach hinten.

»Sie ist im Zimmer und weint, vielleicht kannst du mit ihr reden.«

Als er ihr Zimmer betrat, saßen Moni und ihre Schwester, mit der sie das Zimmer teilte, auf dem Bett. Moni erzählte gerade, sah auf und ein Lächeln erschien auf ihrem Gesicht. Ihre Schwester verließ den Raum.

»Samson, so schön, dass du hier bist. Setz dich neben mich?«

Sie fuhr fort: »Max ist ein gemeines Arschloch, ich hasse ihn!«

»Was ist passiert?«

Ich wollte ihn anrufen, er hat bereits eine eigene Bude, weißt du. Aber nicht er ging ran, nein, es war Anja.«

»Dachte der macht mit Petra rum?«

»Nein, jetzt hat er Anja. Der Max ist ein Schwein, der macht mit allen rum, die er bekommen kann, verspricht ihnen alles Mögliche, hält nichts, will nur Sex. Und Anja sagte mir, ich solle mich vom Acker machen, ich sei viel zu hässlich für einen, wie Max und der hätte eh keine Lust auf so eine, wie mich und die anderen auch nicht, das könne sie mir versichern.«

Samson legte seinen Arm um Moni und sagte: »Ich bin für dich da, Moni, ich bin dein bester Freund, auf mich kannst du dich verlassen. Lass uns doch was unternehmen. Lass uns baden gehen, hast du Lust?«

Die kommende Zeit mit Moni war wunderbar. Hin und wieder trafen sie auf Max und seine Freundin.

Die beiden verhöhnten sie: »Na, Moni da hast du dir aber einen Jüngling an Land gezogen. Willst du nicht echte Männer? Hat der überhaupt einen?«

Solche und andere Sprüche erzeugten in Moni eine tiefe Abneigung gegen diese Art von Männern. Wie wohl sie sich dagegen doch mit Samson fühlte. Die Liebe zu Max wurde schließlich durch Ekel ersetzt. Am Ende des Sommers fragte sie sich, wie ihr das nur hatte passieren können. Und als sie Samson am Bahnhof verabschiedete, gab sie ihm einen sanften Kuss, aus tiefer Dankbarkeit, auf seine Lippen.

»Danke, Samson, Danke, dass du hier warst und mich vor diesen Ärschen gerettet hast. Ich danke dir so sehr!«

Samsons Seele meldete sich und flüsterte leise: ›Kümmere dich um sie, sie ist deine Seelenverwandte, lass sie nie mehr los.‹

Dann reiste er zurück zu Marta, mit einem Entschluss im Gepäck.

KAPITEL 29

HAAGENSTEIN SOMMER 1998 BIS 2007

Adele stand auf dem Bräuhausplatz. Sie hielt nach diesem etwa fünfzehnjährigen Jungen mit schmalem Gesicht Ausschau, den ihre Mutter ihr einst gezeigt hatte. Mehrfach war sie schon deswegen hier gewesen. Nie tauchte er auf. Es wurde August. Viele Jugendliche hielten sich hier auf, doch ihn sah sie nie. Sie entschied sich, nach ihm zu fragen. Die Antwort war ernüchternd.

»Ich kenne viele dunkelhaarige schmale Jungs. Gibt's nicht irgendwas Besonderes an ihm?«

Adele überlegte lange, dann fiel ihr etwas ein.

»Der spricht eventuell nur Hochdeutsch, so einer aus dem Norden, der einen mit ›Moin‹ grüßt.«

Da musste der Junge lachen und meinte: »Oh ja, da war mal einer da in den Sommerferien, der sagt tatsächlich immer ›Moin‹, ist immer mit der Moni unterwegs gewesen .... Hee, Manfred, ist eigentlich der Hamburger wieder da?«

»Ja, ist wieder da, weiß aber nicht, wo der sich rumtreibt.«

»Na, wird schon mal wieder auftauchen. Der hat hier einige Freunde.«

Adele wollte nochmal nachhaken, wollte den Namen wissen, doch die Jungs standen bereits und die Gruppe brach auf. Aus Hamburg ist er, dachte sie. Moin sagt er.

Wann immer es ging, schaute sie zum Bräuhausplatz. Und tatsächlich tauchte er eines Tages mit einem deutlich größeren Mädchen an seiner Seite auf und trug einen kleinen Koffer mit sich. Sie setzten sich zu anderen Jugendlichen und unterhielten sich angeregt. Das muss diese Moni sein, sie kannte sie vom Sehen, sie trug immer die Zeitungen aus. Der Junge aus Hamburg sieht dem Glatzkopf wirklich sehr sehr ähnlich, dachte sie. Adele hielt sich im Hintergrund. Sie wollte nur eines, den Namen des Jungen erfahren. Plötzlich großer Abschied allenthalben, die Gruppe löste sich auf, insbesondere schienen sie den Jungen aus Hamburg zu verabschieden. Alle gingen in verschiedene Richtungen davon. Der Junge ging mit Moni zusammen anscheinend in Richtung Bahnhof.

Adele folgte ihnen mit großem Abstand. Am Bahnhof sah sie, wie Moni dem Jungen einen Kuss gab, dieser stieg daraufhin in den Zug und fuhr ab. Moni winkte hinterher und als der Zug nicht mehr zu sehen war, drehte sie sich um, zum Gehen und sah mitten in der Halle Adele Kowalsky stehen, die sie beide offenbar beobachtet hatte. Scheinbar war nicht nur Samson klar, dass diese Frau seine Mutter war, sondern umgekehrt auch ihr. Moni konnte nicht ausweichen, der Weg aus dem Bahnhof ging direkt an Adele vorbei. Diese stellte sich ihr in den Weg und fragte, ob sie Moni sei.

»Ja, bin ich.«

»Der Junge gerade. Kannst du mir sagen, wie er heißt?«, fragte Adele ohne Umschweife.

Es war ihr egal, was Moni von ihr dachte. Moni wurde rot, überlegte, ob sie lügen sollte. Doch das wäre keine gute Idee gewesen, denn Samson war durchaus bekannt hier und es würde aufkommen

»Samson Olderbrock heißt er.«

»Samson, wirklich Samson, Samson Olderbrock?!«, fragte Adele mit zitternder Stimme.

»Ja. Er heißt so. Ich muss nur leider jetzt nach Hause.«

Adele war ohnehin nicht mehr in der Lage zu sprechen. Paralysiert ging sie einen Schritt beiseite und machte für Moni, die sich beeilte, dieser Situation zu entkommen, den Weg frei.

Nun war es also Moni, die die Büchse der Pandora geöffnet hatte, während sie Samson davon abriet, sich zu offenbaren. Aber die Dinge verselbständigten sich, aus welchem Grund auch immer. Da fiel ihr wieder ein, dass Samson erzählt hatte, dass sein Vater in Milbersee war und auch dort verstarb und sie wusste, dass auch Frau Kowalsky dort arbeitete. Plötzlich beschlich sie das Gefühl, dass sich hier ein Drama anbahnte, das sie nicht aufhalten konnte, in das sie sich nicht gerne einmischen wollte.

Adele musste sich setzen. Sie war sich sicher, der Junge gerade, war ihr Sohn, das Kind das sie aus ihrem Gedächtnis streichen wollte. Nur, was machte er hier, ausgerechnet hier? Warum war eigentlich dieser Glatzkopf – wie hieß er gleich, Felix? – hier? Warum passierte das alles? Sie hatte doch abgeschlossen, hatte das Kind abgegeben, wollte es nicht haben, nicht sehen, hatte sich geekelt. Tränen über Tränen strömten über ihr Gesicht. Die des linken Auges wurden aus heftigem Ekel und Abscheu geboren, die des rechten aber waren die einer

Mutter für ihr Kind. Sie fühlte sich schwach und hundeelend. Brechreiz überkam sie, ihr Herz tobte, sie bekam kaum noch Luft. Ihr Kopf schien zu bersten. Sie brauchte Hilfe. Der Bahnsteig war leer. Also musste ihr bester Freund zum Einsatz kommen. Frisch aufgefüllt mit Hochprozentigem, konnte sie ein paar tiefe Schlucke aus ihrem kleinen Fläschchen nehmen. Ach, tat das gut, es tat soo gut, soo unglaublich gut. Noch ein Schluck, ach egal, alles leeren. Wie leicht es sich plötzlich anfühlte. Nach einer Weile ging sie zum Bahnhofskiosk um die Ecke, kaufte sich Nachschub und nahm an Ort und Stelle aus der Flasche einen kräftigen Zug.

›Ups‹, dachte sie, ›fühl mich grade ein wenig instabil.‹

In einem schwer einsehbaren Bereich neben dem Bahnhofsgebäude, setzte sie sich auf den Boden und lehnte sich mit dem Rücken an die Wand. Ein Lied kam ihr in den Sinn.

›Ave Maria‹

Sie summte es vor sich hin. Dann erbrach sie sich, es ergoss sich über ihr Kleid, aber das kümmerte sie wenig. Sie nahm die Schnapsflasche und schüttete den Rest in sich hinein, kippte seitlich weg, und blieb in ihrem Erbrochenen liegen. Lange Zeit lag sie so unbemerkt hinter dem Schuppen und niemand konnte in dieser lauen, warmen Sommernacht all die Qualen und das Elend dieser jungen Frau erahnen. Als es schon beinahe auf Mitternacht zuging, näherte sich ein graubärtiger Mann in abgerissener Kleidung, er machte sich dieses Plätzchen hinter dem Schuppen manchmal zu Nutze, um eine ruhige Nacht zu verbringen, jedoch heute war der Platz schon besetzt. Er wollte schon kehrt machen, als ihm die guten Schuhe und die adrette Kleidung der Person am Boden auffielen. Es war zwar schon dunkel aber dennoch konnte er erkennen, dass es sich um eine Frau handelte, die nicht zu der Sorte von Mitmenschen gehörte, die solche Plätze freiwillig aufsuchten. Er rüttelte sie vorsichtig, sprach sie an, tastete ihren Puls und nahm ihren Atem, der stark nach Alkohol roch, wahr. Daraufhin richtete er sie auf, zog sie hoch und trug sie in den Wartesaal des Bahnhofgebäudes. Dort legte er sie auf eine Bank und deckte sie mit seiner Jacke zu. Adele wachte auf, sah den Mann, sah, wo sie sich befand und wurde sich bewusst, dass da jemand mit Mitgefühl war und dieser Mann sich gerade rührend um sie kümmerte.

»Mein Name ist Eduard Holzapfel«, sagte er mit einer erstaunlich sanften Stimme, die nicht zu seinem Äußeren passte, »ich habe Sie draußen gefunden, denke, ich hole besser Hilfe.«

Unvermittelt kamen Fahrgäste in den Wartesaal und sahen die Szene.

»Du Schwein, willst dich hier an der jungen Frau vergehen, oder was?«
Sie stürzten sich auf ihn. Einer hielt ihn fest und der Andere stieß ihm seine Faust in den Magen. Eduard brach zusammen und blieb liegen. Adele konnte ihm nicht helfen, sie war noch zu benebelt. Sie versuchte, die Männer zu besänftigen, doch sie konnte sich nicht artikulieren, der Alkohol lähmte noch ihre Zunge. Die Polizei wurde gerufen.

Laut Zeugen habe sich dieser Penner gerade über die Frau hergemacht, die Männer hätten gerade noch Schlimmeres verhindern können. Daten wurden aufgenommen, Adele mit dem dazu gerufenen Rettungswagen ins Krankenhaus gebracht, Eduard mit auf die Wache genommen. Ihm halfen keine Beteuerungen, niemand glaubte ihm auch nur ein Wort. Nach einigen Tagen in U-Haft ließ man ihn, mangels Beweise und ohne Anzeige, wieder gehen. Der Name Eduard Holzapfel blieb aber in Adeles Gedächtnis. Noch in der Nacht, als sie eingeliefert wurde, kamen Alexander und ihre Eltern ins Krankenhaus. Voller Sorge nahm ihre Mutter sie in die Arme, während Alexander und ihr Vater versuchten, herauszufinden, was passiert war und warum Adele sich derart betrunken hatte. Adele dachte sich eine Geschichte aus, doch die war so wenig überzeugend, dass sie damit Spekulationen geradezu anheizte. Nach einigen Tagen wurde Adele wieder aus dem Krankenhaus, vollgepumpt mit Medikamenten, entlassen. Sie hatte eine schwere Alkoholvergiftung. Eine Woche später erfuhren sie von der Polizei, dass sie dank der beiden Herren davor bewahrt wurde von dem Penner missbraucht zu werden. Tief in ihrem Inneren wusste sie jedoch, dass dies nicht so war und Eduard sie gerettet hatte, ohne jemals Dank dafür zu erwarten. Die Beruhigungsmittel aus der Klinik ließen langsam nach und sie nahm wieder nur ihre regulären Psychopharmaka. Als sie über die nächsten Tage merkte, dass diese für ihren Zustand zu gering dosiert waren, verdoppelte sie eigenmächtig die Menge, später verdreifachte sie sie. Sie fühlte sich dadurch müde, aber wenigstens plagte sie nicht mehr jene grausame Gefühlshölle. Ständig musste sie an Samson denken, mal als Mutter, mal voller Ekel als Opfer. Sie wurde hin und her gerissen. Viele Monate konnte sie nicht arbeiten, die Psychopharmaka wurden vervierfacht und zusätzlich trank sie. Nur so kam sie über die Tage. Ihr Appetit wuchs, sie aß mehr, bewegte sich weniger und hatte keinerlei Lust mehr auf Körperlichkeit. Auch ihren Geliebten wollte sie nicht mehr sehen und sagte es ihm knallhart ins Gesicht. Der brach sichtlich zusammen und ließ sich bei ihr nicht mehr blicken. Als sie in kurzer Zeit zehn Kilogramm zugelegt hatte, wurde Alexander langsam nervös. Was wurde nur aus seiner geliebten Adele? Was war nur passiert an diesem einen Abend? Seither war sie eine andere. Er erkannte sie nicht wieder.

Als Adele den ersten Tag wieder zur Arbeit ging, wurde sie zum Klinikleiter zitiert.

»Frau Kowalsky, wie geht es Ihnen?«

»Gut geht's mir. Wie meinen Sie die Frage?«

»Naja, wie soll ich es zum Ausdruck bringen. Sie sind nun doch einige Zeit ausgefallen und was man so vernehmen konnte, spielte wohl psychische Labilität eine Rolle und hoher Alkoholkonsum. Beides, das wissen sie ja, verträgt sich doch recht wenig mit Ihrer Arbeit, in der sie doch gerade den Labilen und den Alkoholikern aus ihren Schuhen helfen sollten. Ich hoffe, sie verstehen, was ich Ihnen damit sagen will. Es ist doch so, Frau Kowalsky, wir haben sie wirklich gerne in unseren Reihen. Sie sind äußerst kompetent. Aber wir sollten eine gewisse Zeit einplanen, bis wir sie wieder direkt auf Patienten loslassen.«

Adele wurde blass, wusste aber, dass sie besser den Mund halten sollte. Ihr war klar, dass sich all das nicht mehr geheim halten ließ. Man bot ihr an, Kolleginnen zu unterstützen bei der Bewältigung ihrer Büroarbeiten, so dass diese sich mehr auf ihre Arbeit konzentrieren könnten.

Hängenden Kopfes stimmte sie zu und meldete sich bei den Kolleginnen. Diese waren bereits unterrichtet und wiesen sie in ihre Aufgaben ein. Lustlos verrichtete sie diese fortan tagein, tagaus. Sie stellte keine Forderungen, verhielt sich still, zog sich in sich zurück. Ihre Arbeit war stets tadellos erledigt. Zusätzliches Engagement war dagegen nicht zu erwarten. Nach Arbeitsschluss verließ sie die Klinik sofort, ging rasch in ein Fastfood Restaurant und stillte ihren großen Hunger. Zu Hause aß sie dann nochmal zusammen mit Tom und Alexander. Das Verlangen nach Süßigkeiten stieg massiv an. Sie bewegte sich kaum noch, ihre Muskulatur begann zu schwinden, mehr und mehr setzte sich Fett an. Sie nahm derart rasant zu, dass die Haut nicht hinterherkam. Ein Jahr später, war sie kaum noch zu erkennen. Alexander versuchte alles, ihr zu helfen, doch ohne jeden Erfolg. Beim leisesten Versuch, die Probleme anzusprechen reagierte sie aggressiv und spielte die zutiefst Beleidigte. Traurig musste er mit ansehen, was aus seiner Adele wurde. Noch pflegte sie sich äußerlich, duschte regelmäßig, machte sich zurecht, schminkte sich. Ihre Kleidung aber wurde bieder und hochgeschlossen. Sie trug fast nur noch grau und schwarz, um möglichst unauffällig zu wirken.

Seit dem Tag am Bahnhof sah Adele Moni nicht mehr wieder. An den üblichen Plätzen ward sie nicht mehr gesehen und die Zeitungen trug sie offenbar auch nicht mehr aus. Es war das Jahr 1999, alle fieberten dem Jahr 2000 entgegen, der Millennium Bug beschäftigte die Computerwelt, viele erwarteten den Weltuntergang. Samson tauchte ebenso nirgends mehr auf. Auch nicht in den nächsten Schulferien.

Alexander kam eines Tages nach Hause. Etwas war seltsam. Tom war wie immer in seinem Zimmer, Adele aber sollte eigentlich auch zu Hause sein, aber es meldete sich niemand, als er beim Betreten der Wohnung sein übliches »Hallo« von sich gab. Er wollte ins Bad, doch es war verschlossen, er klopfte und sagte erneut:

»Hallo!«

Keine Antwort, er hatte ein böses Déjà-vu, klopfte nochmals, stärker, nichts. Panik ergriff ihn. Mit der Faust schlug er nun wie wild gegen die Tür und rief verzweifelt Adeles Namen. Tom kam aus seinem Zimmer und verstand nicht, was vor sich ging, bekam Angst und zog sich wieder in sein Zimmer zurück. Er verkroch sich unter dem Bett. Plötzlich krachte es. Alexander hatte die Tür zum Badezimmer aufgebrochen, indem er sich mit seinem ganzen Gewicht dagegen warf. Tom hörte, wie sein Vater mehrfach voller Verzweiflung den Namen seiner Mutter rief. Wasser plätscherte, etwas Nasses klatschte zu Boden. Unerklärliche Geräusche waren zu hören. Schweres Atmen, Anstrengung, dann telefonierte Vater offenbar mit jemandem. Einige Zeit später hörte man Sirenen. Menschen kamen in die Wohnung. Stimmengewirr. Aufregung. Die Stimmen entfernten sich wieder. Niemand kümmerte sich um ihn. Und irgendwann schlief er unter dem Bett ein.

Adele wurde wieder ins Krankenhaus eingeliefert. Ein erneuter Selbstmordversuch. Wieder überlebte sie nur knapp, doch dieses Mal ließen die Ärzte sie nicht wieder nach Hause. Adele wurde in eine Psychiatrie eingewiesen. Nicht nach Milbersee, sondern in eine Klinik in der Nähe von München. Medikamentös gut eingestellt und weitgehend stabil, entließ man sie nach einem halben Jahr wieder in die Obhut Alexanders. Tom verbrachte diese Zeit bei seinen Großeltern, denn sein Vater war mit Adele und seiner Arbeit mehr als genug ausgelastet und konnte sich nicht auch noch um seinen Sohn kümmern. Tom verstand das alles nicht, hatte plötzlich Angst vor seinen Eltern, sie wurden ihm unheimlich. Immer wieder wurde er auch bei Karl abgeladen. Dort fühlte er sich am wohlsten, doch Karl hatte nur wenig Zeit für ihn. Er musste sich um seinen Laden alleine kümmern, seit Ling weg war. Eine neue Hilfskraft, die zu all dem passte, fand er nicht.

Als Adele aus der Psychiatrie entlassen wurde und nach Hause kam, fand sie ihre ganze Familie im Wohnzimmer vor. Alexander, der sie abholte, hatte es geschafft, ein Überraschungsfest zu organisieren. Kuchen standen auf dem wunderbar gedeckten Tisch, dazu Blumen über Blumen, Adeles Lieblingsmusik spielte im Hintergrund. Alle blickten ihr entgegen, doch die Gesichter erstarrten, denn was sie sahen, stimmte sie traurig. Adele hatte nochmals enorm zugenommen. Alles an ihr war zu viel. Das einst so schöne, schlanke Gesicht war nun rund und aufgedunsen, ihr Blick abwesend und verwirrt. Als sie die Szenerie sah, fing sie zu weinen an. Sie wusste, dass sie sich nun der Bewertung der Menschen im Alltag stellen musste. Sie hatte Angst davor. Ihre Hüllen waren gefallen, sie konnte niemandem mehr etwas vormachen. Aller Respekt war verloren. Sie galt nur noch als wirre Kranke. Betroffenheit stand den Anwesenden ins Gesicht geschrieben, sie sahen eine bemitleidenswerte Kreatur. Alexander versuchte sich in guter Miene, lächelte allen freundlich entgegen, wollte die Situation entspannen. Zugleich schob er sie sanft an den ihr zugedachten Platz am Tischende, wo sie alle gut sehen konnten.

Kuchen wurde verteilt, Kaffee ausgeschenkt, es wurde kaum ein Wort gesprochen. Peinliche Stille, niemand konnte mit dieser Situation umgehen. Ihre Schwestern verabschiedeten sich schon sehr bald. Karl schloss sich direkt an. Irgendwann wurde es Adele zu viel, sie zog sich ins Schlafzimmer zurück und schlief sofort ein. Müdigkeit war ihr ständiger Begleiter.

An Arbeiten war nicht mehr zu denken, sie wurde als erwerbsunfähig eingestuft und verbrachte ihre ganze Zeit zu Hause. Ihr geliebter Job war weg, sie kam sich nutzlos vor. Das Fernsehgerät war ihre einzige Unterhaltung. Besuch bekam sie kaum noch. Freunde blieben fern. Mit ihr konnte niemand mehr etwas anfangen. Düsternis war in ihrem Inneren. Trotz starker Medikamente bohrten alle ihre Traumata unentwegt in ihrem Herzen und schoben jeden positiven Gedanken beiseite. Sie dachte an ihre Vergewaltigung, an Samson, den sie weggab, an den Glatzkopf und was sie mit ihm gemacht hatte, an ihre eigene Schuld. Nichts ließ sich mehr heilen, nichts je wieder gut machen.

Tom verbrachte seine Zeit vorwiegend in seinem Zimmer. Die Spielekonsole war sein bester Freund. Schulisch konnte er kaum mithalten, fiel immer weiter zurück. Nur Alexander kümmerte sich noch um ihn und half ihm abends, wenn er nachhause kam, bei den Hausaufgaben. Danach machte er noch den Haushalt, den Adele immer mehr vernachlässigte, so wie sie auch sich selbst vernachlässigte.

»Adele, du könntest mal wieder duschen gehen«, sagte Alexander, als er merkte, wie es in der ganzen Wohnung bereits unangenehm roch.

Alles war fleckig und speckig. Chips, Schokolade und Cola standen auf dem Tisch und die leeren Packungen stapelten sich auf der Couch.

›So kann es nicht weitergehen‹, dachte Alexander.

Er versuchte, mit ihr zu reden, doch sie weigerte sich, verstand seine Worte als Angriff und wehrte sich auf eine derart verletzende Art, dass Alexander die Wohnung verlassen musste, sich ins Auto setze und eine Weile durch die Gegend fuhr. Irgendwo im nirgendwo stieg er aus und ging in ein Café. Die Bedienung nahm seine Bestellung auf und fragte, ob alles in Ordnung sei, er wirke so niedergeschlagen. Als er sie genauer ansah, merkte er, dass er sie aus der Schulzeit kannte, es war Liese. Da ansonsten niemand im Lokal war, setzte sie sich zu ihm und sie unterhielten sich. Nach einer Weile begann er, von sich zu erzählen. Als sie das Lokal schloss, schickte sie ihn nicht weg, sondern setzte sich zu ihm. Sie redeten und redeten, auch sie hatte viel zu erzählen. Endlich war da jemand, der einfach nur zuhörte, der versuchte, einen zu verstehen, der unvoreingenommen alles aufnahm. Ohne Vorverurteilung, ohne Partei zu ergreifen. Um Mitternacht stand Alexander auf. Nach einer langen wohltuenden Umarmung, trennten sie sich. Beide verheiratet, beide ohne einen Gedanken, die Situation auszunutzen. Sie wollten nur Verständnis, Freundschaft, Unvoreingenommenheit, Vertrauenswürdigkeit, ein offenes Ohr, jemanden, der sich Zeit nahm, zuzuhören. Mit erleichtertem Herzen fuhr Alexander wieder nach Hause. Adele war auf der Couch eingeschlafen. Er deckte sie zu und wollte sie küssen, als diese aufwachte und ihn anschrie:

»Alex, du Arschloch, wo warst du den ganzen Tag. Was glaubst, du, was ich mir Sorgen gemacht habe. Haust einfach ab und lässt mich hier mit allem alleine. So einfach kann man es sich machen. Und dann willst du mich auch noch auf der unbequemen Couch liegen lassen. …«

Sie zeterte noch eine Weile weiter. Alexander ließ sie. Er sagte nichts mehr. Es würde nichts nützen. Adele war nicht mehr zugänglich und schoss bei jeder Gelegenheit aus allen Rohren. Er dachte an Liese und nahm sich vor, sie die nächsten Tage wieder zu treffen.

Mehrere Male trafen sich Alexander und Liese in den darauffolgenden Wochen. Sie redeten sich alles von der Seele, was dort schon seit langem begraben lag und endlich befreit werden wollte. Es entstand eine innige Freundschaft, wie er sie noch nie im Leben hatte. All das oberflächliche Gequatsche, das sich gegenseitig etwas Vorspielen, all das half nichts. Nur das unverblümte sich Öffnen war der Schlüssel zur Befreiung von allem Schmerz. Nicht Verdrängung, sondern Beschäftigung mit den eigenen Qualen, führt zu einer neuen, besseren Gefühlswelt. Zwei Menschen, die sich eine gewisse Zeit begleiteten, ohne sich zu berühren, ohne diese Art der Seelenfreundschaft durch Intimität zu zerstören. Sie gab Alexander neue Kraft. Kraft, die er gerade jetzt so bitter nötig hatte. Ansonsten wäre auch er zusammengebrochen oder hätte wohl seinem Leben ein Ende gesetzt, denn es schien alles so hoffnungslos, ohne Licht, ohne jede Freude.

Bei Alexander wurde es wieder einmal spät. Adele erwartete ihn und wieder bekam er sein Fett weg. Wo er sich denn immer herumtreibe. Warum er sie mit allem alleine lasse. Tom mache schon keine Hausaufgaben mehr und sie könne sich darum nicht auch noch kümmern, das müsse er doch verstehen.

Nun hatte er genug und er schrie: »Adele, so geht es einfach nicht mehr weiter. Ich halte das nicht mehr aus ...«, er schrie laut, es war wie ein Befreiungsschlag, »du machst mich, Tom und die ganze Familie kaputt. Reiß dich endlich zusammen, beweg dich mal weg von der Couch, mach endlich wieder was, du bist fett wie ein Schwein und stinkst, dass es nicht mehr auszuhalten ist. Hör auf, dich gehen zu lassen. So kannst du nicht ewig weiterleben und ich auch nicht und wenn sich das nicht ändert, bin ich weg, und Tom nehme ich mit. Dann kannst du auf der Couch liegen, bis sie zusammenbricht. Und lass endlich deine Trinkerei, du Säuferin!!!«

Das saß, Adele sah ihn mit offenem Mund an, stand dann unter größten Mühen auf und ging schweigend zu Bett.

Die nächsten Tage warf sie alle Süßigkeiten in den Müll, räumte den Kühlschrank aus und verbannte allen Alkohol in die Tonne. Monatelang aß sie nur wenig, trank hauptsächlich Wasser und verlor enorm an Gewicht. Doch sie bewegte sich nicht. Daher verlor sie zwar rasch an Gewicht, allerdings vieles davon durch Verlust an Muskulatur. Durch die fehlende Muskulatur wurden ihre Gelenke stärker belastet, so dass sie auch mit Gelenkschmerzen zu kämpfen begann. Diverse Problemzonen bildeten sich heraus. Um das in den Griff zu bekommen, schonte sie sich und bewegte sich noch weniger. Nach einem halben Jahr war sie zwar fünfundzwanzig Kilogramm leichter, aber dennoch fühlte sie sich nicht gut. Sie suchte Ärzte auf, die ihr alles Mögliche an Medikamenten verschrieben, ohne darauf zu achten, welche Wechselwirkungen zu bereits bestehender Medikation eintreten könnten. Unruhige Beine quälten sie jede Nacht. Für alles gab es Medikamente. Ihre Organe rebellierten, Wassereinlagerungen und Fettpolster an den falschen Stellen machten ihr zu schaffen. Sie schluckte alles, darunter auch Cortison. Und das wiederum führte zu extremem Appetit und sie nahm wieder zu. Durch die fehlende Muskulatur nahm sie nun noch extremer zu. Gelenkbeschwerden, Muskelschmerzen, kranke Organe, Gleichgewichtsstörungen, Kopfschmerzen, Übelkeit waren ihre ständigen Peiniger. In den folgenden Jahren war es ein Auf und Ab, ihr Körper wurde immer unförmiger.

Alexander hatte nach seinem ›Befreiungsschlag‹ das Gefühl, das sich die Dinge langsam wieder zum Positiven wendeten. Wo immer er konnte und sie es zuließ, unterstützte er sie dabei, abzunehmen, wurde aber meist mit den Worten weggeschoben, er tue sich da leicht, er habe ja das Problem nicht und könne da gar nicht mitreden und er könne ja eh alles essen und nichts würde bei ihm anschlagen. Also ließ er es irgendwann sein, etwas zu sagen. Der Kontakt zu Liese bestand weiter. Ihre Freundschaft war wertvoll, wie ein Diamant. Sie achteten stets darauf, sich nicht zu nahe zu kommen, denn es war diese tiefe innige Freundschaft, die sie wollten. Eine Freundschaft, die sie von sonst niemandem bekamen. So halfen sie sich gegenseitig, den schweren Alltag zu ertragen. Persönlich trafen sie sich zwar kaum noch, telefonierten aber des Öfteren oder schrieben sich SMS, was sich in diesen Jahren langsam verbreitete.

Opfer von all dem war Tom. Er wurde mehr und mehr übersehen, quälte sich durch die Schule, war jedes Jahr versetzungsgefährdet und als in der vierten Klasse die Frage anstand, wer für eine höhere Schule geeignet sei, war er derjenige, bei dem dringend davon abgeraten wurde. Er sei zu wenig ehrgeizig, würde andere ständig hänseln, wäre zu wild und unkonzentriert und lebe offenbar in einer von Computerspielen geprägten Scheinwelt, die er in der Realität imitierte, indem er sich in die Heldenrollen begab, seine vermeintlichen Feinde bekämpfte und damit seine Mitschüler drangsalierte. Um ihn herum sei eine Art Clique entstanden, die man fürchtete. Doch Alexander wollte davon nichts hören und auch nicht davon, dass Tom nicht für eine höhere Schule geeignet sei. Also paukte er mit Tom, damit er an der Aufnahmeprüfung für's Gymnasium teilnehmen konnte. Mit Ach und Krach schaffte Tom diese Prüfung.

Man konnte ihn dann nicht mehr ablehnen. Mit wenig Freude sah man seinem Kommen im Jahre 2001 entgegen.

Die kommenden Jahre waren von ständigen Höhen und Tiefen in der Familie geprägt. Alexander wurde immer mehr durch seine Arbeit gebunden und hatte, aus Adeles Sicht, zu wenig Zeit für die Familie. Streit war deshalb an der Tagesordnung. Tom musste sich das über die Jahre alles anhören. Adele ging nicht mehr zur Arbeit. Nach ihrem psychischen Totalzusammenbruch fand sie nicht mehr zurück in ihren Job. Selbst Hilfsarbeiten boten sie ihr nicht mehr an. Sie lag am Boden, degeneriert, verfallen, fettleibig und suizidal depressiv. Ihr Führerschein wurde ihr schon sehr früh abgenommen, als sie wieder einmal betrunken am Steuer saß und so war ihre Reichweite enorm eingeschränkt. Alexander musste alles kompensieren, was Adele nicht mehr leisten konnte oder wollte.

Und dann kam das Jahr 2002, in dem Samson auf unerwartete Weise wieder in ihr Leben trat. Er war offenbar nach Haagenstein gezogen. Sie nahm keinen Kontakt zu ihm auf, sie wollte sein Leben nicht stören, denn sie wusste nichts davon, dass er seinerseits bereits wusste, dass sie seine wahre Mutter war und ebenso keinen Kontakt aufnahm, um ihr Leben nicht zu stören. Sie liefen sich manchmal zufällig über den Weg und er weckte jedes Mal, wenn sie ihn sah, wieder und wieder die Schreckensbilder der Vergangenheit in ihr. Ein frustrierender, trauriger Alltag, jahraus, jahrein, bis zum Jahr 2007.

KAPITEL 30

HAMBURG/HAAGENSTEIN SAMSON 2002 – 2007

Im Jahr zuvor hatte Samson das Abitur mit Bravour bestanden und musste nun etwas Geld verdienen. Er konnte sich zwar aussuchen, was und wo er studieren wollte. Doch er hatte ein klares Ziel. Er wollte seinen Lebensmittelpunkt in Haagenstein. Dazu brauchte er dringend Geld. All die Jahre war er nicht mehr dort gewesen, er war inzwischen volljährig und musste Marta nicht mehr um Erlaubnis fragen. Sie jedoch war verzweifelt, bat ihn an einem Tag, nicht zu gehen, sie nicht alleine zu lassen, an anderen Tagen warf sie ihm Undankbarkeit vor und wollte, dass er gehe.

Nach wenigen Monaten schon hatte er endlich genügend Geld beisammen und zog in sein neues Zuhause, nach Haagenstein. Und es war nicht nur Zufall, dass seine Wohnung nicht weit entfernt von seiner leiblichen Mutter mit ihrer Familie lag. Inzwischen war er zu einem attraktiven, jungen Mann gereift, der sich nicht verstecken musste. Er war selbstbewusst, wusste ob seiner intellektuellen Fähigkeiten und war durchaus auch körperlich mit sich zufrieden. In all der Zeit schrieb er mit Moni. Sie tauschten Bilder aus, auf denen Moni auch mit ihrem neuen Freund zu sehen war. Auch Samson war zwischenzeitlich in ein Mädchen verschossen, das sich aber kurz darauf einem anderen zuwandte. Ihm war es egal. Er dachte ohnehin nur an Moni. Marta entließ ihren Adoptivsohn unter bitteren Tränen in seine Freiheit. Sie würde ab jetzt alleine sein. Als er in den Zug stieg und abreiste, gab sie ihm zum Abschied den Fan-Schal seines Vaters und ihr kleines Gebetbüchlein mit auf den Weg. Sie versprach, ihn bald zu besuchen, sobald er sich vor Ort eingerichtet habe. Moni erwartete ihn mit ihrem neuen Freund am Bahnhof in Haagenstein. Das attraktive Paar studierte in München und sie teilten sich dort mit weiteren Kommilitonen eine Studentenbude.

Samson suchte sehr bald seine alten Freunde wieder auf. Einige wohnten noch zu Hause, andere waren bereits ausgezogen. Er wurde rasch wieder integriert. Schnell fand er auch in Haagenstein einen Aushilfsjob. Er sparte alles, was er konnte, um sein Dasein abzusichern. Gleichzeitig bewarb er sich auf einen Studienplatz in Mathematik an der TU in München, machte den Führerschein und kaufte sich ein günstiges, altes Auto.

Im Herbst ging es mit dem Studium los. Die Wohnung in Haagenstein behielt er jedoch weiter. Er konnte es sich leisten, hatte genug gespart und zusammen mit dem BAFÖG und seinem Aushilfsjob, den er flexibel gestalten konnte, reichte es, um sich Wohnung, Auto und das Leben leisten zu können. Mitunter übernachtete er in Monis Studentenbude. Sie war schön geworden, ihr brünettes, glattes, schulterlanges Haar umspielte ihr zauberhaftes Gesicht. Samson nutzte dann die Gelegenheit, sich mit ihr über alte Zeiten zu unterhalten, über die zahlreichen Briefe, über das Leben und viele andere Themen. Nur sein Adoptionsthema war ein wunder Punkt in seinem Leben und daher ließen sie es ruhen.

Samson hielt laufend Ausschau nach seiner leiblichen Mutter. Er sah ihren Mann oder ihren Sohn, deren Namen er schnell ausfindig machen konnte, Alexander und Tom. Adele aber lief ihm leider nicht über den Weg. Seine Freunde erzählten ihm, sie habe vor einiger Zeit ihren Job verloren, man wisse nicht so genau, warum, aber es schien etwas Ernstes vorgefallen zu sein. Überhaupt seien die Henschels seltsame Leute.

Als er eines Tages an ihrem Haus vorbeischlenderte, sah er sie dann doch wieder. In seiner Erinnerung war sie eine schöne, schlanke Frau mit gepflegtem langem Haar und nun sah er eine füllige und ungepflegt wirkende Frau mit fahlem Gesicht und fettigen Haaren.

›Was, um Gottes Willen, ist nur geschehen?‹, dachte Samson erschrocken.

Als er für einen Moment stehen blieb, kreuzten sich für einen kurzen Augenblick ihre Blicke. Er merkte, wie sie innerlich zusammenzuckte, dann aber kehrt machte und davoneilte. Was keinem von beiden jedoch bewusst war, war die Tatsache, dass sie jeweils beide für sich um das Geheimnis ihrer Verbindung wussten, sie es sich aber nicht gegenseitig sagen konnten. Daher gingen sie ihrer Wege, beide hatten sich entschieden, sich nicht dem anderen zu offenbaren, um dessen Leben nicht zu stören oder gar zu zerstören. Samson ging in seine Wohnung, trank Tee und dachte nach. Ein Gefühl des Mitleids stieg in ihm hoch. Er sah sie zum zweiten Mal in seinem Leben, nur kurze Augenblicke. Dennoch war er sich sicher, dass seine Mutter, als er sie zum ersten Mal sah, eine schönere und gepflegtere Erscheinung war. Am liebsten wäre er einfach zu ihr gegangen, aber er hatte sich entschieden, die Familie nicht zu behelligen und seine Mutter nicht mit einer Vergangenheit zu konfrontieren, die sie offensichtlich von sich geschoben hatte. Also musste er einen anderen Weg finden, sich Klarheit zu verschaffen. Scheinbar wusste niemand so richtig Bescheid über die Henschels, auch Moni nicht. Aber er hörte davon, dass Alexanders Bruder in der Stadt eine Bar hatte.

Also ging er am nächsten Abend zusammen mit Freunden zur Abwechslung einmal dort hin. Der Wirt namens Karl freute sich über die jungen Gäste und nahm deren Bestellungen gleich auf. Inzwischen hatte Karl wieder eine Küchenhilfe und konnte sich mehr Zeit für seine Gäste nehmen.

Samson musterte Karl und dachte: ›Etwas abenteuerlicher sieht er aus, aber er kann die Ähnlichkeit mit Alexander nicht leugnen.‹

Deshalb suchte Samson nach einer Gelegenheit, mit dem Wirt ins Gespräch zu kommen. Die ergab sich prompt von selbst, als Karl ihn fragte, wer er denn sei, ihn habe er hier noch nie gesehen. Ein Hiesiger sei er nicht, meinte Samson daraufhin.

»Ich komme aus dem hohen Norden, dort wo die Menschen in gelbem Friesennerz herumlaufen und nichts als Fisch essen, stets frisch und perfekt zubereitet. Sowas Gutes bekommt man hier in Bayern nicht.«

»Nana«, sagte Karl, »das halte ich für ein Gerücht. Da solltest du mal sehen, wie wir hier Fisch zubereiten. Natürlich andere Fische, als bei euch da oben. Damit könnt ihr Fischköppe nicht mithalten, das sag ich dir, Bürschchen!«

»Okay«, meinte Samson, »dann will ich das bewiesen haben. Du hast doch gar keinen Fisch auf der Speisekarte.«

»Bei mir gibt es jeden Sonntag Fisch. Nächsten Sonntag Forelle.«

»Bin dabei!«, hakte Samson sofort ein.

Einige seiner Freunde nickten beistimmend und so kamen sie am darauffolgenden Sonntag zum Fischessen wieder in die Kneipe. Samson bekam einen Ehrenplatz und wurde besonders zuvorkommend bedient. Die Forelle war in der Tat ein Leckerbissen und Samson konnte nicht umhin, zuzugeben, dass Karl recht hatte. Als sich das Lokal langsam leerte und seine Freunde sich nach und nach verabschiedeten, versuchte er, Karl in ein Gespräch zu verwickeln, indem er seine Kochkünste nochmals lobte. Karl war es recht, er unterhielt sich gerne und ließ sich darauf ein. Normalerweise horchte er dann seine Gäste aus, doch in diesem Fall lief es andersherum. Samson fragte alles Mögliche, zeigte Interesse an Karls heldenhaften Erzählungen, seinen Frauengeschichten, seinen Autos und an seiner Familie im Allgemeinen. Irgendwann kam Karl ganz von alleine auf seine Schwägerin Adele zu sprechen, lobte sie zunächst in den höchsten Tönen. Sie sei eine der schönsten Frauen, die er in seinem Leben jemals gesehen hatte. Ach, wie er doch seinen Bruder Alexander darum beneide, aber Alexander sei eben der smartere. In ihn habe sie sich verliebt und sogleich am selben Abend sei der kleine Tom gezeugt worden. Sie habe sich so sehr auf das Kind gefreut, noch während der Schwangerschaft wollte sie daher heiraten, damit das Kind auch ordnungsgemäß den Namen des Vaters bekam. Ach sei das ein wundervolles Paar. An dieser Stelle konnte Samson nicht mehr. Er musste gehen, Emotionen bemächtigten sich seiner, er wollte sie nicht zeigen. Rasch stand er auf und verabschiedete sich.

»Tschüss, Karl, muss gehen, hab noch was vor. Aber ich komme wieder, dein Fisch war köstlich.«

»Alles klar, Junge und danke für das Kompliment. Wie heißt du eigentlich?«

»Meine Freunde hier nennen mich ›Sam‹, kannst mich auch so nennen.«

»Alles klar, Sam.«

Als er die Straße betrat, dachte er noch: ›Welch guter Einfall, mich Sam zu nennen. Karl sollte besser nicht meinen wahren Namen kennen.‹

Dann machte er sich traurig auf den Weg nach Hause, denn es übermannte ihn wieder die Erkenntnis, dass sein Halbbruder Tom ein geliebtes Kind, er aber ein verstoßenes war. Es schmerzte zu sehr und er konnte es nicht begreifen.

Eine Woche später aß er wieder Fisch bei Karl, wartete, bis die anderen Gäste gegangen waren und verwickelte Karl erneut in ein Gespräch. Dieser freute sich, dass Samson so viel Interesse zeigte und erzählte weiter über sich und seine Familie. Durch geschickte, unauffällige Fragen drehte sich das Gespräch rasch wieder um Adele und ihre Familie.

»Weißt du, Sam, von Adeles Vergangenheit ist mir nicht viel bekannt. Ich weiß nur, dass sie aus Hamburg stammt, dort wohl ein ganz normales gutbürgerliches Leben hatte und Abitur hat. Dann ist die ganze Familie hierher nach Haagenstein gezogen. Ich kenne den Grund nicht. Ich hab damals Adele und ihre Freundin Marina mit zu einer Tanzveranstaltung mitgenommen. Dort lernte sie Alexander kennen. Er war einer der Musiker. Die beiden verliebten sich sofort ineinander. Schön für meinen Bruder. Ich musste mich hingegen mit Marina begnügen, von der ich mich schon bald wieder trennte.«

Das waren die entscheidenden Informationen für Samson. Bestürzt musste er erkennen, dass er bei all dem keine Rolle spielte. Es war keine Rede von einem ledigen Kind aus Adeles Jugendzeit, geschweige denn davon, dass ihn damals seine Mutter und ihre Familie nicht haben wollte. Nur, was konnte der Grund sein? Eine Frage, die er sich wieder und wieder stellte. Betrübt verabschiedete er sich von Karl, der bereits neue Gäste begrüßte und seiner beleibten Hilfskraft Maria einige Anweisungen zurief.

Mehr war aus dem weiteren Umfeld um Adele nicht zu erfahren. Samson wollte aber mehr über sich und sein damaliges Schicksal erfahren. Nur wie, wenn er nicht direkt bei Adele oder bei ihrer Familie anklopfen würde. Doch plötzlich hatte er einen Einfall, es fiel ihm wie Schuppen von den Augen. Es gab damals Nachbarn, die vielleicht noch immer dort wohnten und sich erinnerten. Er brauchte dazu nur Adeles ehemalige Adresse in Hamburg. Tags darauf rief er dazu beim Jugendamt in Hamburg an. Dort allerdings wollte man ihm eine solche Auskunft nicht geben. Er solle bitte schriftlich anfragen. Das tat er auch, schickte den Brief ab und wartete und wartete. Wochen später hakte er tel. nach. Ein Brief sei angekommen, bestätigte man ihm, doch sei man derzeit sehr überlastet und könne ihm nicht sagen, bis wann er bearbeitet werde. Er legte frustriert auf und machte sich über seine Studien her. Wieder hatte er niemanden, mit dem er über seine Themen reden konnte. Moni war mit ihrem Studium beschäftigt und verbrachte viel Zeit mit ihrem Freund. Sie hatte gerade kein offenes Ohr für seine Problemchen, wie sie sie nannte.

Die Zeit verflog. Schnell war ein Jahr rum. Samson war im Studium einer der Besten seines Jahrgangs. Finanziell kam er gut über die Runden, zumal er zu seinen Einnahmen aus Aushilfsjob und Bafög noch Erspartes hatte und zusätzlich ein Stipendium erhielt. Er lebte bescheiden und konnte mit Geld umgehen. Einen Teil seiner Einnahmen legte er in Aktien an und ließ diese einfach laufen, in der Hoffnung, dass sie eines Tages etwas abwarfen. Das Hamburger Jugendamt lehnte seinen Antrag ab. Er habe das Recht, den aktuellen Aufenthaltsort seiner Mutter zu erfahren, nicht aber Auskünfte aus der Vergangenheit zu erlangen. Das müsse er auf anderem Wege herausfinden. Eines Tages würde ihm dazu etwas einfallen, dachte er. Nun aber musste er sich auf sein Studium konzentrieren und er hoffte immer noch auf Moni, dass sie eines Tages für ihn bereit war, sah seine Felle aber immer weiter davonschwimmen.

Adele lief ihm hin und wieder über den Weg. Meist war sie in Begleitung Toms oder ihrer Mutter. Ihr Mann Alexander war eher selten an ihrer Seite zu sehen.

Sie tat ihm zunehmend leid. Es musste etwas geben, dass an ihr nagte. Ihr leidender Gesichtsausdruck, ihre Körperhaltung, der körperliche Verfall. Sie musste sich schrecklich fühlen. Er hätte ihr so gern geholfen, sie angesprochen, aber er verbot es sich.

In den Semesterferien des Jahres 2003 suchte Samson einen zusätzlichen Job. Er wollte sich wieder einen Puffer schaffen. Karl, der inzwischen eine Art Freund geworden war, stellte ihn als Aushilfskraft an. Maria arbeitete ihn ein und nahm dann einen längeren Urlaub. Es war nicht viel, was er bei Karl verdienen konnte, aber so kam er mit vielen Leuten in Kontakt. Wenn jemand aus Karls Familie kam, verzog er sich in die Küche. Er hatte sich daran gewöhnt, sich im Umfeld der Familie unerkannt zu bewegen. Niemand würde je erfahren, wer er war, dachte er. So konnte er seine Mutter sehen und vielleicht würde ihm eines Tages etwas einfallen, das ihr helfen würde.

Karl ging dann zu ihm in die Küche und sagte: »Fleißig bist du, hast schon recht, hier muss mal richtig aufgeräumt werden. Maria ist ein wenig schlampig.«
Samson wurde beliebt bei den Gästen. ›Einen pfiffigen, flinken Kerl‹ nannten sie ihn. Besonders weibliche Gäste mochten ihn, war er doch freundlich und zuvorkommend und hatte stets ein Kompliment auf den Lippen. In seiner Freizeit las er Fachbücher, begab sich in Diskussionsrunden oder traf sich, wenn möglich, mit Moni. Doch die war meist mit ihrem Freund unterwegs. Der war einige Jahre älter und hatte das Examen gerade hinter sich. Die beiden waren von der Sorge geplagt, dass sie bald nicht mehr zusammenwohnen würden, weil er wegen einer Praktikantenstelle den Wohnort wechseln musste. Er sah sie in diesen Tagen öfter mit verweinten Augen. Eines Tages, kurz vor Ende der Semesterferien, traf er sie auf dem Schlossplatz an. Sie saß weinend auf einer Bank. Samson setzte sich zu ihr. Dann nahm er sie in die Arme und sie weinte sich an seiner Schulter aus. Zunächst wurde kein Wort gewechselt. Nach einer Weile versiegten die Tränen. Sie richtete sich auf und sah ihn verdutzt an.
»Äh, Samson, danke, aber ich habe mich wohl gehen lassen. Tut mir leid, schau mal, ich hab dein Hemd mit meiner Wimperntusche versaut.«
»Aber Moni, das macht doch nichts. Ich bin doch dein bester Freund. Was ist denn passiert?«
Moni schaute ihn dankbar an und antwortete: »Mein Freund ist heute nach Stuttgart abgereist. Er hat dort seine Praktikumsstelle. Vorhin haben wir uns am Bahnhof verabschiedet. Es war so schmerzhaft. Er schenkte mir noch Blumen

und stieg dann, ohne sich nochmal umzublicken, in den Zug. Ich hab solche Angst, dass er mich vergisst und sich dort eine Neue an Land zieht. Ich liebe ihn doch so sehr.«

Samson war nicht gerade erbaut, dass Moni solche Sehnsucht nach ihrem Freund zur Schau stellte. Es tat ihm weh. Am liebsten wäre er aufgestanden und weggegangen, doch fing Moni wieder bitterlich an seiner Schulter an zu weinen. Er strich ihr zärtlich über die Haare, ohne jede Aufdringlichkeit. Sie ließ es geschehen.

›Darf ein bester Freund sowas?‹, fragte er sich und sagte, »Moni, leg dich doch einfach auf die Bank und tu deinen Kopf auf meinen Schoß, dann können wir über alles quatschen und wenn es dunkel wird, siehst du die Sterne.«

Sie zögerte zunächst, folgte dann aber seinem Vorschlag und fand, dass es sich auf Samsons Schoß ganz gut anfühlte. Sie redeten stundenlang über Monis Beziehung, was daran gut und was schlecht war, was sie unternahmen, wen sie kannten und besuchten, über seine und ihre Vorlieben. Ein Thema ließen sie dabei außen vor, Sex. Samson lag die Frage im Mund, er wollte es wissen, aber irgendwie auch doch wieder nicht. In seinen Gedanken war seine Moni immer noch keusch. Er wollte sich sein Bild von ihr nicht trüben. Und doch, es bohrte in ihm, bohrte und bohrte, er musste die Frage stellen und er tat es und bereute es sofort.

»Moni, eine Frage hätte ich, eine indiskrete. Darf ich sie dir stellen? Bist du mir nicht böse?«

»Keine Ahnung, stell sie doch einfach.«

»Hchmmmm … ähm, hattet ihr Sex?«

Moni setzte sich schlagartig auf, sah Samson abweisend an, stand auf und ging wortlos weg. Eine Frage, die alles zunichtemachte. Eine Reaktion, die jede Antwort zuließ. Hatte Sie nun, oder nicht? Doch im Grunde war ihm klar, sie hatte. Die beiden waren einige Jahre zusammen und wieso sollte gerade Moni ein Heilige sein? Bedrückt ging er zurück zu seiner Wohnung und legte sich schlafen. Warum nur war er so indiskret? Es ging ihn ja nun wirklich nichts an.

Tags darauf ging er zu ihr nach Hause. Sie war einige Zeit während der Semesterferien bei ihren Eltern, wo er sie weinend im Zimmer vorfand.

›Weint sie immer noch oder schon wieder?‹, fragte er sich und sagte, »Moni, es tut mir leid wegen gestern. Es geht mich nichts an, ich zieh die Frage zurück.«

»Mir tuts auch leid, dass ich einfach wegging. Ich wollte darauf einfach nicht eingehen. Weißt du Samson, mir ist bewusst geworden, dass ich dich nicht mit sowas verletzen will. So viel liegt mir an dir. Gestern wurde mir bewusst, dass zwischen uns doch mehr ist, als nur eine einfache Freundschaft. Ich kann aber nicht sagen, was es ist. Aber mir liegt an dir und deinem Wohlergehen. Du bist mir nicht egal.«

Sie küsste ihn auf die Wange. Samson wurde rot. Er küsste sie ebenso auf die Wange.

»Lass uns doch wieder zum Schlossplatz gehen und dort die Sterne beobachten. Du kannst mir gerne wieder von all deinen Sorgen erzählen.«

Erfreut richtete sie sich auf und sie gingen gemeinsam los, fanden eine leere Bank und dieses Mal legte er seinen Kopf auf ihren Schoß und erzeugte damit ein wohliges Gefühl in ihrer Brust. Wieder unterhielten sie sich Stunden über Stunden. Dieses Mal aber war nicht mehr ihr Freund das Hauptthema. Es ging vielmehr um Zukunftspläne nach dem Studium und um politische Themen. Zwischendurch fiel Moni plötzlich etwas ein.

»Samson, in unserer Studentenbude ist ja nun ein Platz frei geworden, hättest du Lust, den zu übernehmen?«

Samson überlegte nicht lange und stimmte zu. Die paar Kröten im Monat konnte er sich leisten. Er hatte genug Geld und so konnte er Moni öfter nahe sein. Also nahm er den Platz ihres Freundes in der Wohnung ein. Als das nächste Semester startete, war er dort so oft wie möglich und unterhielt sich viel mit Moni oder den anderen Studienkollegen. Monis Freund zeigte sich aufgebracht, als er mitbekam, dass Samson seinen Platz in der WG eingenommen hatte. Die Stimmung war einige Wochen belastet, es legte sich aber wieder und die neue Situation spielte sich ein. Ihr Freund kam jedes Wochenende zu ihr. War er da, hielten sie sich sehr viel in ihrem Zimmer auf. Samson wollte währenddessen nicht in der WG sein, er nutzte daher die Gelegenheit und fuhr stattdessen nach Haagenstein.

Das Studium erforderte mehr und mehr Aufmerksamkeit. Sowohl Samson, als auch Moni mussten ihr Lernpensum erhöhen. Beide gehörten sie zu den Besten ihres Studiengangs. Sie hatten großen Ehrgeiz, diesen mit Bravour abzuschließen. Zugleich wechselte Monis Freund seinen Arbeitsplatz und fand eine Festanstellung in Stuttgart. Er verdiente gut und wollte Moni dazu überreden, zu ihm zu ziehen. Doch sie lehnte ab, sie wollte in jedem Fall erstmal in München zu Ende studieren. Daraufhin entbrannte zwischen dem Paar ein Streit, der dazu führte, dass ihr Freund sie im Zorn schubste, so dass sie zu Boden fiel und sich den Kopf anschlug. Sofort tat es ihm leid und er entschuldigte sich tausendfach. Doch Moni hatte ab diesem Tag Angst vor ihm. Ihre Freundinnen mahnten sie dringend zur Vorsicht. Ein Mann, der sich im Zorn so wenig im Griff habe, vor dem müsse man sich in Acht nehmen, oder am besten trenne man sich. Darüber waren sich alle einig. Auch Samson gab ihr diesen selbstlosen Rat. Ihr Freund versuchte alles, brachte ihr Blumen, schenkte ihr Schmuck, ging mit ihr teuer aus. Doch sie konnte ihm nicht verzeihen. Alles wäre für sie in Ordnung gewesen. Selbst als er damals zweimal fremd ging, konnte sie darüber hinwegsehen, als sie merkte, dass er dennoch nur sie liebte. Aber Gewalt, das ging nicht, auf keinen Fall.

Und so sagte sie ihm: »Wir müssen reden.«

Und sie redete, erklärte ihm, was sich in ihr abspielte, dass eine rote Linie überschritten wurde. Gewalt gegen Frauen. Das darf auch nicht im Affekt passieren. Es darf nie passieren, außer zur Selbstverteidigung unter Berücksichtigung der Verhältnismäßigkeit. So weh es ihr tue und so sehr sie ihn liebe, aber nach diesem Vorfall könne sie sich ein Leben mit ihm nicht mehr vorstellen. Traurig und unter Tränen verschwand er. Einige Monate später bekam sie von ihm einen Brief. Darin befand sich ein Foto von ihnen beiden aus guten Zeiten. Er stand lächelnd hinter ihr und legte seine Arme um sie. Es zerriss ihr das Herz. Danach hörte sie nichts mehr von ihm. Sie war wieder frei, hatte aber nun bereits zwei Enttäuschungen hinter sich und wollte sich erstmal nicht mehr binden. Ihre Freizeit genoss sie nun sichtlich, unternahm viel mit ihren Freundinnen oder unterhielt sich mit Samson auf freundschaftlicher Ebene.

2006 beendete sie ihr Studium als Beste des Jahrgangs, gab ihren WG-Platz frei und zog zurück nach Haagenstein, da sie dort eine Anstellung als Buchhalterin fand. Sie wollte mit ihrem Geld ihre Familie unterstützen, damit sie sich auch mal wieder etwas leisten konnten. Jahrelang hatten sie sie trotz ihrer Finanznot, so gut es ging, bei ihrem Studium unterstützt. Viel war es nicht, aber es kam vom Herzen.

Samson beendete sein Studium ein Jahr später ebenfalls als bester seines Studienganges. Viele Stellen standen ihm offen, er interessierte sich vor allem für die IT, denn dort konnte man gerade sehr viel Geld verdienen. Überall suchte man Mathematiker und Informatiker zur Erstellung von Software. Die gesamte Wirtschaft befand sich im Umbau und auf dieses Pferd wollte er setzen. Nur war sein wichtigstes Kriterium bei der Auswahl einer Stelle nach wie vor der Wohnort Haagenstein. Moni war der Grund. Wenn sie auch nicht ihm gehören wollte, so war die Freundschaft zu Moni mittlerweile doch so tief und innig, dass sie sich gegenseitig brauchten. Da es aber in und um Haagenstein keine geeigneten Anstellungen gab, machte er sich kurzerhand als Programmierer selbständig. Zugleich hatte er immer noch seinen Aushilfsjob und konnte jederzeit auch bei Karl mithelfen. Durch seine Bescheidenheit hatte er sich sogar während des Studiums eine erhebliche Summe auf die Seite legen können. Damit konnte er eine Gesellschaft gründen und die nötige Grundausstattung für seine Firma beschaffen. Er arbeitete vorwiegend in seiner Wohnung in Haagenstein oder fuhr mit seinem alten Auto zu seinen Kunden vor Ort. Seine Arbeit war stets von höchster Qualität, da er keinen Chef hinter sich hatte, der Zeitdruck machte, nur um abrechnen zu können. Er konnte daher alles ausreichend lange durchdenken, bis er an die Umsetzung ging und so kamen Ergebnisse mit Hand und Fuß zustande. Er wurde weiterempfohlen und bereits Ende 2007 suchte er nach jemandem, der ihn bei seinen Arbeiten entlasten konnte. Seinem ersten Angestellten, ein Studienkollege, stellte er einen Schreibtisch in seine Wohnung und räumte dafür um. Das Wohnzimmer wurde zum Büro, sein Schlafzimmer zum Schlafwohnzimmer. Das war zwar eng, aber es ging.

Moni und er trafen sich regelmäßig, gingen miteinander aus, lachten zusammen, weinten zusammen, sahen sich den Sternenhimmel an. Beste Freunde, oder mehr?

KAPITEL 31

HAAGENSTEIN ADELE 2007 – 2010

Adele versuchte von ihrer Bodenmatte hochzukommen. Unter größter Anstrengung und schnaufend wie eine Dampfwalze gelang es ihr. Sie hatte in den letzten Jahren weiter zugelegt und wog nun fast hundertzwanzig Kilo. Von der einstigen Schönheit war nichts mehr zu erkennen. Seit Jahren hatte sie so gut wie keine Bewegung mehr, seit Jahren keine Arbeit. Noch immer bezog sie Erwerbsunfähigkeitsrente. Man sah sie kaum noch in der Öffentlichkeit. Sie wohnten nach wie vor in der ehemaligen Wohnung ihrer Eltern. Es kam, wie Alexander es befürchtete. Wenn sie einmal in diese Wohnung eingezogen seien, würde ein eigenes Haus unerreichbar werden. Er fand sich damit ab, zumal es auch nach Tom keinen weiteren Familienzuwachs mehr gab. Sie hatten es mehrfach versucht, aber eine weitere Schwangerschaft kam nicht zustande. Als sie sich daraufhin untersuchen ließ, fand man keinen Grund dafür. Also versuchten sie es weiter, bis Adele alle Hoffnung aufgab und sich noch mehr gehen ließ.

Doch an diesem Tag wollte sie die Kehrtwende einleiten, denn am Tag zuvor hatte sie alte Fotos hervorgekramt und zusammen mit Tom, der in diesem Jahr fünfzehn werden würde, angeschaut.

Als er die Fotos seiner Mutter aus den früheren Jahren sah, sagte er: »Mama, warum bist du eigentlich so dick geworden? Schau mal, wie schlank du früher warst. Du warst ja eine richtige Schönheit.«

Da ging Adele ins Schlafzimmer zum großen Spiegel und sah sich lange an. Unerbittlich bot sich ihr darin die erschreckende Wahrheit. Was war nur aus ihr geworden, sie konnte es nicht fassen. Also musste sich etwas ändern und zwar sofort. Schon am nächsten Tag ging es los. Bodenübungen zur Kräftigung der Muskulatur. Allein das Hinunterkommen auf den Boden war eine Herausforderung, die Übungen erst recht. Nach fünf Minuten war sie am Ende und völlig außer Atem. Sie blieb liegen, bis sie wieder zu Kräften kam und stand auf bereits beschriebene Art und Weise auf. Fürs erste, dachte sie, sollte das reichen, nahm dabei einen Schokoriegel und aß ihn in wenigen Bissen hinunter. Kleine

Belohnungen müssen sein, dachte sie und setze sich vor den Fernseher. Als Tom von der Schule kam, schlief sie auf der Couch.

Er schüttelte sie und sagte: »Mama, ich hab Hunger, möchte dann gleich weg zu meinen Freunden. Wir versammeln uns heute. Gibt Haue für die Deppen von der Zedernstrasse.«

Adele stand schlaftrunken auf und machte Rührei. Tom schlang sie hinunter und machte sich sofort auf die Socken zu seinen Freunden.

»Tom!«, rief Adele hinterher, »was ist mit deinen Hausaufgaben?«

»Hab ich schon im Bus gemacht«, rief er zurück.

Adele war damit zufrieden und legte sich erneut vor den Fernseher, wo sie wieder wegdöste und erst wach wurde, als Alexander nach Hause kam.

»Hallo!«, rief er wie immer und fragte sogleich nach Tom.

»Der ist noch unterwegs mit seinen Freunden«, sagte Adele.

Sie machte Essen für Alexander, sie selbst trank nur Wasser. Alexander schaute sie stumm an, denn er sagte schon lange nichts mehr zu diesem Thema. Es kam jedes Mal zu einem heftigen Streit. Er erreichte nichts damit. Und so sah er sie einfach nur an, in der Hoffnung, dass sie ihn aufklären würde.

Das tat sie auch: »Schau mich nicht so an, als wäre ich eine Außerirdische. Es ist Zeit, dass wir uns mal ein wenig Gedanken um unsere Ernährung machen. Du bist auch nicht mehr der Schlankeste, weißt du?«

Er sah an sich hinab. Es stimmte, auch er hatte zugelegt. Durch seine Körpergröße fiel es weniger auf, aber er konnte nicht umhin, zuzugeben, dass er gefährliches Übergewicht erreicht hatte und der Hausarzt ihn bereits vor den Folgen warnte, insbesondere seien seine Blutfettwerte viel zu hoch. Er nickte jedes Mal dazu, sich durchaus bewusst, dass er wenig tun konnte, denn seine Arbeit fesselte ihn die meiste Zeit und die andere Zeit musste er für seine Familie da sein. Keine Zeit für Fitness oder um sich mit Ernährung zu beschäftigen. Darum sollte sich eigentlich Adele kümmern.

Adeles Gedanken schweiften ab in die Vergangenheit, zu ihrem Leben und dem ihrer Kinder Tom und Samson. Adele wusste, dass Samson seit Jahren ganz in ihrer Nähe wohnte. Er lief ihr mal hier, mal da über den Weg. Nie nahmen sie zueinander Kontakt auf, nie grüßten sie sich. Es quälte sie jedes Mal bis ins Mark, ihn zu sehen, aber nicht mit ihm reden zu können. Sie war sich nicht bewusst darüber, dass es ihm genauso erging. Nur hatte er nicht ihre Vergangenheit im Kopf, nicht all die Qualen und Demütigungen, die mit ihm in Verbindung standen. Ihre seelischen Qualen wurden übermächtig und erstickten jede positive Entwicklung im Keim. Die Abwärtsspirale war nicht zu stoppen. Sie verfiel von Jahr zu Jahr immer weiter, litt neben ihren seelischen Qualen auch an einer Reihe von körperlichen Beschwerden, die auf Verspannungen, Bewegungsmangel und schlechter Ernährung zurückzuführen waren. Ihr Gewicht stieg stetig, ihre Gelenke konnten das Gewicht nicht mehr halten, da kaum noch Muskulatur vorhanden war, die sie stützten. Arthritis machte ihr zu schaffen. Sie schleppte sich nur noch unter Mühen von Ort zu Ort.

Nun, genau an diesem Tag aber, wollte sie damit Schluss machen. Sie hatte es satt, sie wollte so ein Leben nicht mehr führen. Alexander fasste sie schon lange nicht mehr an. Ihre Beziehung war frostig und eintönig. Sie unternahmen nichts mehr, da sie ihm jedes Mal eine Szene machte. Frauen standen nach wie vor auf Alexander, Adele sah das allerdings gar nicht gerne, was sie durch schlechte Laune ihm gegenüber zum Ausdruck brachte, die irgendwann zu einem Dauerzustand wurde. Die permanente schlechte Grundstimmung führte auch bei Alexander zu psychischen Problemen. Auch er musste sich Hilfe bei einer Psychologin holen und nahm geringe Dosen an Psychopharmaka. Mitunter war er soweit, dass er die Ehe beenden wollte, fand aber keine Kraft dazu oder hatte noch immer das Bild seiner Adele vor Augen, die er einst kennenlernte. Nun saß er ihr gegenüber und hörte sie sagen, dass sie doch endlich ihre Ernährung ändern sollten. Es klang wie ein Vorwurf ihm gegenüber. Er wollte widersprechen, doch er wusste, das würde nur einen Sturm hervorrufen, dem er sich nicht mehr gewachsen fühlte. Also nickte er und sah sie einfach nur geistesabwesend an. Sie fand das allerdings seltsam und hakte nach, was er denn davon halte.

»Super, das würde nicht schaden«, sagte er nur.

Doch das bekam Adele in den falschen Hals.

»Was meinst du damit?«

»Naja, du weißt schon, ich will jetzt nicht darüber reden, okay?«

»Nein, so geht das nicht, bin ich dir etwa zu dick? Willst du das damit sagen? Was glaubst du, was ich schon alles gemacht habe. Ich hab's nicht so gut wie du, der essen kann wie ein Vielfraß und man nichts merkt. Schau ich nur ein Stück Kuchen an, hab ich gleich ein Kilo mehr drauf.«

Alexander konnte es nicht mehr hören. Er wusste nicht mehr weiter. Alles, was er jetzt sagte, würde sich gegen ihn richten. Er wollte die Flucht ergreifen, aber sein Teller war noch halb voll. Einfach gehen, ging auch nicht. Der Unfrieden danach würde sich über Tage erstrecken. Er sank in sich zusammen, wurde klein auf seinem Stuhl und sagte:

»Bitte Adele, entschuldige, ich wollte dich nicht beleidigen …«
»Hast du aber!!«, schrie sie, stand auf und verschwand im Schlafzimmer.

Ab diesem Tag aß sie kaum noch etwas. Trotz enormem Appetit stand sie die Hölle des Verzichts durch und hatte nach einem halben Jahr bereits vierzig Kilo abgenommen. Zugleich bewegte sie sich mehr und mehr, fand wieder Spaß am Schwimmen und Joggen. Weitere drei Monate später hatte sie ihre Fettdepots so weit abgebaut, dass ihre Figur wieder zu Vorschein kam, das Gesicht wieder schlanker wurde und sogar die Cellulite etwas zurückging. Alexander war begeistert, verhielt sich jedoch zurückhaltend, denn nach wie vor war sie sehr abweisend zu ihm. Er konnte ihr nichts mehr recht machen, wurde ständig kritisiert, bekam kein Lächeln mehr von ihr und alles, was er machte oder versuchte, wurde negativ beurteilt. Er hatte keine Chance mehr bei ihr, fand keinen Zugang. Jeder Tag war belastet, kein Tag mehr ohne innere Pein. Bei ihm, wie auch bei ihr. Nur Tom schien von alledem nichts zu merken. Mit seinen nunmehr sechzehn Jahren war er Mitglied einer Jugendbande, die mitunter unangenehm auffiel. In der Schule kam er gerade so durch, dank der vielen Zeit, die Alexander in ihn investierte. Doch Alexanders Kräfte schwanden. Er konnte die enorme Belastung nur noch unter Aufbietung all seiner Reserven stemmen. Er war am Ende.

Eines Tages aber kam er nach Hause und fand Adele im Negligé vor, sie saß verführerisch auf der Couch, vor sich zwei gefüllte Weingläser. Ihr Haar war gemacht, ihr Gesicht geschminkt, die Fingernägel maniküt und sie duftete nach Mandelöl. Er stutzte, sah sich um, suchte nach einem Anderen, aber es war niemand da. Dann sah er sie an und sie ihn. Tränen glitzerten in ihren Augen.
»Alexander, setz dich zu mir. Lass uns reden. So kann es nicht mehr weitergehen. Ich will, dass wir wieder gut miteinander umgehen. Ich weiß, ich war nicht immer gut zu dir. Aber lass uns darüber reden und einen Neustart wagen. Schau mich an. Ich habe mich verändert.«
Er sah sie an. Natürlich war sie nicht mehr ganz die frühere Schönheit. Ihr Körper hatte sich verformt. Der Busen war viel kleiner, als früher, stattdessen war mehr Bauch, Hüfte und Oberschenkel. Doch das Gesamtbild wirkte wieder auf ihn. Ungläubig zog er sein Jackett aus und setzte sich zu ihr. Sie redeten endlich miteinander. Endlich hörte sie ihm wieder zu und sie verfiel nicht in Tragödien, griff ihn nicht an, wenn sie auch nur einen Hauch von Kritik vermutete. Zwischendurch schaffte sie es sogar, ihn anzulächeln. Der Wein löste

ihre Zungen, machte sie locker und Alexanders Libido meldete sich auch nach langer Zeit endlich Mal wieder. Er rückte an sie heran, sie schmiegte sich an ihn und sagte:

»Alex, wollen wir es mal wieder versuchen? Ich will immer noch ein weiteres Kind von dir. Wollen wir? Heute könnte es klappen.«

Alexanders Verlangen steigerte sich. Er zog ihr Negligé aus. Ihre Brustwarzen reckten sich ihm entgegen, ihre Scheide lud ihn feucht glänzend ein, in sie einzudringen. Dann zog sie ihn aus. Sofort drang er heftig in sie ein, sein Hunger war enorm. Er bewegte sich wie wild, sie keuchte unter ihm. Er konnte sich nicht mehr zurückhalten, hörte sie noch flüstern: »Zu früh!«, doch da war es bereits vorbei. Sein Samen ergoss sich in ihre Vagina und suchte sich seinen Weg. Keuchend rollte er sich auf die Seite, nahm sie in die Arme und gemeinsam schliefen sie ein.

Die nächsten Monate verliefen soweit gut. Adele schöpfte wieder neue Hoffnung, Alexander fühlte sich wohler in seiner Haut. Die schlechte Grundstimmung verbesserte sich. Er hatte wieder Freude, nach Hause zu kommen. Immer wieder arbeiteten sie an einem weiteren Kind, doch es mochte nicht klappen. Erneut ließ Adele sich untersuchen, doch bei ihr sei alles in Ordnung und man nehme an, auch bei Alexander, denn sonst hätten sie doch Tom nicht. Also machten sie weiter und weiter.

Tom wurde siebzehn und war oft abends mit seinen Freunden weg. Einen wilden Kerl nannten sie ihn. In den Abendstunden hatten Adele und Alexander daher viel Zeit für sich. Immer wieder schliefen sie miteinander, aber Adele wurde einfach nicht schwanger. Ihr Frust stieg von Mal zu Mal und irgendwann platzte es aus ihr heraus. Doch dieses Mal forderte Adele Alexander auf, sich doch auch mal untersuchen zu lassen. Es könne ja sein, dass sich im Laufe der Jahre bei ihm etwas verändert habe. Er wiegelte zunächst ab, aber als sie nicht locker ließ, versprach er ihr, einen Termin bei seinem Urologen auszumachen. Aber die Monate verstrichen zunächst, denn Alexander hatte wieder ein hartes Projekt zu stemmen, musste Tag und Nacht dafür arbeiten, musste auch Tom weiter bei den Schularbeiten helfen, die Küche musste renoviert werden und es fielen Unmengen an Büroarbeiten zu Hause an. Adele zeigte sich mehr und mehr genervt von ihm.

Toms achtzehnter Geburtstag wurde zum großen Wendepunkt. Ab da war klar, dass sie keinen Einfluss mehr auf ihn hatten. Er hatte seinen Führerschein und war im letzten Jahr vor der Abi Prüfung. Alexander bangte, dass er es verbocken würde und setzte ihn jeden Tag unter Druck, zu lernen, doch Tom weigerte sich, bot seinem Vater die Stirn, sie stritten bis aufs Blut. Alexanders Herz begann unter der Last mehr als einmal zu flimmern. Er musste sich oft erschöpft setzen und ließ dann alles nur noch geschehen. Kurz nach Toms Geburtstag setzte ihm Adele erneut die Pistole auf die Brust, er solle sich doch nun bitte endlich untersuchen lassen. Tage später hatte er einen Termin. Adele wollte dabei sein, sie wollte es sofort wissen und ggf. mit dem Arzt reden können. Adele verschwand im Behandlungszimmer. Als er wieder herauskam, war er leichenblass. Er griff sich an die Brust. Adele sah ihn auf sich zu taumeln, wollte ihn auffangen, als er zu Boden ging. Verzweifelt schrie sie um Hilfe. Zugleich redete sie auf ihn ein.

»Alex, was ist los mit dir. Was ist geschehen?«

Mit letzter Kraft gab er ihr die Antwort, die ihre Welt endgültig zum Einstürzen brachte: »Ich habe gerade erfahren, dass ich noch nie zeugungsfähig war. Ich produziere keine Samen. Noch nie, die Hoden sind tot, seit meiner Kindheit. Das bedeutet, Tom ist nicht von mir.«

Er konnte nicht weitersprechen. Adele fiel in einen Schockzustand. Alexanders Körper krümmte sich, sein Herz hörte auf, zu schlagen. Alle Wiederbelebungsversuche scheiterten. Ein Arzt erklärte ihn für tot. Adele klammerte sich an ihn, schrie sich die Seele aus dem Leib, weinte in Bächen und brach schließlich zusammen.

KAPITEL 32

HAAGENSTEIN SAMSON 2007 – 2010

Samsons kleine Firma lief gut. Bald benötigte er noch einen weiteren Mitarbeiter, als die Komplexität seiner Aufträge zunahm. Zu dritt stemmten sie ein Projekt nach dem anderen. Die Schreibtische standen noch immer in seiner Wohnung, aber meist waren sie ohnehin bei Kunden unterwegs und trafen sich nur jeweils am Freitag im Office, wie sie es nannten. 2008 musste er erneut erweitern. Trotz seiner jungen Jahre, zeigte er enormes unternehmerisches Geschick, sowohl in der Umsetzung der Aufgaben, als auch in der Beratung und im Verkauf. Leute zu führen, machte ihm Spaß. Er behandelte sie gut, bezahlte gut, verzichtete lieber auf seinen Gewinn, als seine Angestellten schlecht zu bezahlen. Unterm Strich dankten sie es ihm mit guter Leistung und Flexibilität. 2008 erweiterte er sein Geschäft um weitere vier Mitarbeiter und konzentrierte sich selbst auf Auftrags-Akquise und anfallende Büroarbeiten. Er musste zudem ein Büro anmieten.

Noch ein Jahr später waren es bereits fünfzehn Mitarbeiter und er brauchte dringend eine Verwaltungskraft. Eine, die ihm den ganzen betriebswirtschaftlichen Teil abnehmen konnte. Und dabei fiel ihm genau eine ein, und die wollte er unbedingt haben: Moni. Ohnehin trafen sie sich oder telefonierten nahezu jeden Tag. Best Friends ever! So nannten sie sich gegenseitig. Samson musste einsehen, dass Moni an keiner Beziehung mehr gelegen war. Sie wollte sich derlei Enttäuschungen nicht mehr antun. Aber auf der Basis ihrer Freundschaft verkehrten sie in bestem Einvernehmen miteinander. Und so fragte er sie, ob sie es sich vorstellen könnte, in seine Firma zu wechseln, quasi als CFO. Natürlich war die Firma noch zu klein für so hochtrabende Kürzel, aber es klang gut und machte sich im Lebenslauf bestens. Moni überlegte einige Wochen und entschied sich dann, Samsons Firma Vertrauen zu schenken. Beide freuten sich auf den ersten gemeinsamen Arbeitstag. Ein kleine Firmenfeier wurde dafür anberaumt und Moni bekam ein eigenes Büro zugeteilt. Es war die beste Entscheidung, die Samson hatte treffen können. Moni arbeitete brillant, war absolut loyal und hielt ihm den Rücken frei. Zudem war sie stets freundlich und menschlich und nutzte all ihre Möglichkeiten, den Mitarbeitern ein gutes Leben zu ermöglichen. Samson und sie waren gut abgestimmt und keiner machte etwas, das gegen den anderen wirken konnte. Diese Einigkeit wirkte sich in der ganzen Firma aus. Die Mitarbeiter hatten großes Vertrauen in die Unternehmensleitung, die es schaffte, genug Rücklagen zu schaffen, um die Löhne notfalls ein Jahr weiterzahlen zu können. Es vermittelte ihnen Sicherheit. Dadurch konnte sich ein extrem schlagkräftiges Team entwickeln, das so manchen größeren Firmen den Rang ablief. Es lief gut und Samson konnte schon bald von seiner ersten kleinen Wohnung in eine etwas Größere ziehen. Immer noch bescheiden, aber weniger beengt.

Hin und wieder, wenn er mit seinem neuen Wagen durch Haagenstein fuhr oder durch die Straßen spazierte, sah er seine Mutter Adele. Er sah, wie sie zunehmend verfiel. Er sah sie nun öfter unterwegs und freute sich, wenn ihre Stimmung zwischendurch besser schien. Zeitweise lachte sie mit Verkäufern und grüßte Passanten, nur ihn nicht. War es Zufall, oder war sie tatsächlich immer gerade dann abgewandt, wenn er in ihrer Nähe war? Wer war er, zu klein und unscheinbar? Wohl schon, wohl auch zu klein für Moni. Adele verfiel immer weiter, ihr Blick wirkte mitunter vernebelt, ihr Gang schwankend, als wäre sie alkoholisiert. Ihre Fettleibigkeit nahm stetig zu, sie konnte sich offenbar nur noch unter Mühen fortbewegen, man hörte sie schwer atmen, wenn man in ihrer Nähe war. Es schmerzte Samson, aber er konnte und wollte nichts tun. Sie war es, die ihn verstoßen hatte und nichts mit ihm zu tun haben wollte, das wollte er respektieren.

›Aber offenbar ist auch ihr jetziges Leben eine Qual‹, dachte er.

Doch eines Tages im Jahr 2007, nach Jahren der Abwärtsspirale bemerkte er erneut eine Trendwende. Zuerst erschien sie gepflegter, wusch sich wieder, roch nicht mehr unangenehm. Ihr Haar war gemacht. Über die folgenden Monate beobachtete er, wie sie rasch an Gewicht verlor, die Pfunde schienen nur so zu purzeln. Was auch immer diesen Wendepunkt herbeigeführt haben mag, er freute sich für sie und begann selbst auch wieder hoffnungsvoller in die Zukunft zu blicken, denn der Verfall seiner Mutter hatte auch an seiner Seele genagt. Alexander, ihr Mann, war wieder öfter an ihrer Seite zu sehen, mal beim Shoppen, mal beim Spazieren. Was auch immer zu dem Wandel führte, Samson freute sich für Adele.

Was aber auch an seiner Seele nagte, war seine Adoptivmutter Marta. Als er ausgezogen war, versprach sie ihm noch, dass sie ihn bald besuchen würde, doch sie kam nicht. Er lud sie ein, sie schlug aus. Dann wollte er sie besuchen, doch sie wollte ihn nicht sehen. Er reiste dennoch nach Hamburg. Als er klingelte, öffnete ein unbekannter Mann. Das Klingelschild zeigte noch immer den Namen Martas.

Er stellte sich vor: »Hallo, ich bin der Sohn der Frau, die hier wohnt. Ist sie da?«

»Bist du der Samson?«

»Ja.«

»Dann verschwinde, und zwar sofort, sonst mach ich dir Beine.«

»Aber ...«

»Nichts aber, verschwinde!«, zischte der Mann.

Aus dem Hintergrund drang eine Stimme nach vorne: »Manni, wer ist denn da?«

Manne packte Samson und hielt ihm den Mund zu, als er merkte, dass er etwas rufen wollte.

Er rief zurück in die Wohnung:

»Nur so ein Werbefuzzi, ich schick den gerade weg!«

»Achso, ja, sollen sich verpissen!«, schallte es zurück.

Mühsam kämpfte Samson sich frei und wollte nochmal ansetzen, etwas zu sagen.

Doch Manni schlug ihm ins Gesicht und zischte: »Hau ab, oder ich prügle dich zu Tode. Lass dich hier nie wieder sehen, deine Mutter hasst dich. Sie will nie wieder an dich erinnert werden. Hau ab! Verpiss dich!!! Und putz deinen Dreck hier weg, sonst bekommst du noch eine aufs Maul.«

Samson bückte sich und wischte das Blut mit dem Ärmel vom Pflasterboden und trat den Rückzug an. Manni zischte noch hinterher

»Und lass dir nicht einfallen, dass du ihr irgendwo auflauerst. Ich werde dich finden, dann hast du dein Leben verwirkt!«

Samson blieb zwei Tage vor Ort, beobachtete den Hauseingang und sah Marta kommen und gehen, aber immer in Mannis Begleitung. Er graute sich vor diesem Mann. Er hatte etwas Brutales an sich. Samson fuhr zu seinen Großeltern väterlicherseits. Doch sie wohnten nicht mehr da. Man wisse nicht, wo sie hingezogen seien. Anschließend fuhr er zu den Großeltern mütterlicherseits, fand aber nur seine Großmutter vor. Sie weinte, als sie ihn sah und erzählte in vielen

Worten, dass ihr Mann verstorben sei und sie jeden Tag für seine Seele bete. Als sie die Geschichte zum dritten Mal erzählte, kam es Samson langsam seltsam vor, doch als sie nicht mehr aufhörte, immer wieder dieselbe Geschichte zu erzählen, wurde ihm klar, dass sie wohl dement geworden war. Er fragte sie, ob sie ihn kenne. Sie bejahte zwar, aber es kam ihm nicht überzeugend vor, denn nach nochmaliger Nachfrage fiel ihr sein Name nicht ein. Er hörte sich ihre Geschichte noch einige Male an, verabschiedete sich mit einer Umarmung und fuhr dann zurück nach Haagenstein. Wovon er nichts wusste und nie erfahren würde, war, dass Manni Marta von der Vergewaltigung erzählte, aber so, dass Felix sie alleine begangen habe. Alle anderen seien entsetzt gewesen, hätten es erst nachträglich erfahren und sich dann von ihm distanziert. Er habe es all die Jahre mit sich herumgetragen, aber er könne nun nicht mehr anders, er müsse es ihr sagen. Es passte alles zusammen und seiner Meinung nach musste Samson daraus hervorgegangen sein. Felix habe sein eigenes Kind großgezogen und Marta benutzt. Marta erlitt daraufhin einen Nervenzusammenbruch, von dem sie sich nicht mehr erholte. Daraufhin zog Manni bei ihr ein und bemächtigte sich ihres Lebens, ihres Geldes und ihrer Wohnung. Er war arbeitslos und wurde fürderhin von ihr ausgehalten. Sein Spruch bei seinen Freunden war stets

»Gott erhalte mir meine Gesundheit und die Arbeitskraft meiner Frau«, wenngleich sie nicht verheiratet waren.

Samson fühlte sich nun wie ein Ausgestoßener. Zum Glück lief seine Firma gut. Moni machte ganze Arbeit, alles war bestens strukturiert und er konnte sich auf seine Kernkompetenzen konzentrieren. Ihre Freizeit verbrachten sie meist zusammen, unternahmen viel oder saßen stundenlang irgendwo und redeten über Gott und die Welt, jedoch niemals mehr über seine persönlichen familiären Probleme. Auch Moni sah Adele zwar hin und wieder und war selbst erstaunt über das Auf und Ab ihrer Zustände. Auch sie registrierte, nach Jahren der Degeneration eine enorme Verbesserung ihres Zustandes ab 2007, den sie danach über Jahre halten konnte. Manchmal sprachen sie kurz über ihren aktuellen Zustand, aber auch nicht mehr, sie wollte sich raushalten aus den Problemen, die sich durch Samsons Adoption ergaben. Als er einmal geknickt von einer Reise nach Hamburg zurückkam, fragte sie ebenfalls nicht nach, denn es konnte ja nur um eines gehen.

Doch dann, im April 2010, entstand Aufregung, etwas musste in der Familie der Henschels passiert sein. Rasch sprach sich herum, dass Alexander Henschel plötzlich und unerwartet verstorben war. In einer Arztpraxis. Trotz sofortiger Hilfe konnte man ihn nicht mehr retten. Samson überlegte, an der Trauerfeier teilzunehmen. Doch in diesem Fall wollte er Moni um Rat fragen. Beide saßen auf seinem Sofa und unterhielten sich. Sie mahnte ihn, sich und seiner Mutter sowas nicht anzutun. Er fragte, warum er damit seiner Mutter etwas antue, sie wisse doch nicht von ihm. Da nahm ihn Moni voll Mitleid in die Arme.

Gefühlvoll sagte sie: »Du kannst dir nie sicher sein, Samson. Du siehst deine Realität, aber du kennst nicht jene Realität, die sie sieht. Stell dir vor, sie wüsste, wer du bist und will dich genauso nicht zerstören, so wie du sie nicht zerstören willst. So würde jeder aus Rücksicht auf den anderen handeln und doch sich und den anderen genau dadurch zerstören. Lass die Dinge lieber weiter ruhen, auch wenn es schwer auszuhalten ist.«

Samson nickte, sie hatte Recht. Ihre Umarmung tat ihm unendlich gut.

»Weißt du, Moni. Es ist so, dass ich niemanden auf dieser Welt mehr habe.«

»Was meinst du damit?«

»Ich wollte es eigentlich niemandem erzählen. Irgendwie hatte ich immer das Gefühl, dass wir eine Art stille Vereinbarung haben, nicht mehr über meine familiären Probleme zu reden. Aber heute muss ich etwas loswerden. Darf ich?«

»Samson, ja. Ich weiß, ich habe mich all die Jahre immer rausgehalten, aber was wären wir für Freunde, wenn du mir nicht deine tiefsten Sorgen mitteilen könntest. Ich sehe doch, dass du niemanden hast, dem du dich anvertrauen kannst.«

Samson sah sie erleichtert an.

»Es ist etwas passiert, das ich mir absolut nicht mehr erklären kann. Du hast ja mitbekommen, als ich von der Hamburg Reise geknickt zurück kam ...« Er erzählte ihr alles, was sich ereignete. Moni sah ihn dabei mit großem Mitleid an. Er endete mit dem Satz: » ... und nun, Moni, hab ich niemanden mehr auf der ganzen Welt.«

Er fing zu weinen an, Moni strich ihm über sein dichtes schwarzes Haar, küsste ihn auf die Stirn und sagte: »Du bist nicht alleine, Samson. Du hast mich.«

Glücksgefühle schossen plötzlich in Samsons Brust und überflügelten seinen Schmerz, der eben noch alles beherrschte und sein Inneres zu zerfressen drohte. Glücksgefühle, die sein zerbrochenes Herz zusammenfügten und zum Leuchten brachten. Es leuchtete wie eine Sonne in seiner Seele und gab ihm neuen Mut. Überwältigt von diesen Gefühlen umarmte er Moni und küsste sie voll Leidenschaft. Ihre Körper schmiegten sich so sehr aneinander, dass die Herzen den Pfad der Liebe fanden. Ein Gefühl der innersten Verbundenheit, wie beide es noch nie erlebt hatten. Fest aneinander geschmiegt schliefen sie schließlich auf Samsons gemütlichem Sofa ein.

Dieser Tag veränderte das Leben der beiden von Grund auf. Alles war nun egal. Für Samson zählte nur noch Moni und Moni öffnete sich ihm endlich. Sie hatte ihre Liebe zu ihm wiederentdeckt, eine große Liebe. Nie hätte sie es für möglich gehalten, so zu fühlen. Plötzlich drehte sich in ihrem Kopf alles nur noch um diesen Einen. Sie begehrten sich, sie liebten sich, sie gingen miteinander aus und noch im selben Jahr machte er ihr einen Heiratsantrag.

KAPITEL 33

HAAGENSTEIN ADELE 2010 − 2015

Während Alexanders Leiche zum Bestatter überführt wurde, kam Adele aufgrund ihres Zusammenbruchs in der Praxis des Urologen umgehend ins Krankenhaus. Einen Tag später wurde sie auf eigenen Wunsch aber bereits wieder entlassen, um von Alexander Abschied zu nehmen. Als sie ihn sah, krallte sie sich an ihm fest, konnte sich nur unter gutem Zureden der Bestatter von ihm lösen. Tom war neben ihr, mit seinen gerade mal achtzehn Jahren versuchte er Herr der Lage zu sein und gab sich nach außen hart im Nehmen. Steinern stand der am Sarg seines Vaters und versuchte seine Emotionen im Griff zu behalten.

›Nur nicht weinen, ist nichts für harte Jungs‹, dachte er.

Adele dagegen konnte ihren Tränenfluss nicht stoppen. Ohne Unterlass rannen sie herab und verzerrten ihr hübsches Gesicht. Die Augen waren blutrot und die Nase lief. Die sie so sahen, waren tief bewegt. Sie musste im Leben unendlich viel Schmerz ertragen und nun wurde ihr das Einzige genommen, was ihr im Leben an Gutem geschenkt wurde. Ihr Geist versperrte sich der Realität. Immer wieder rüttelte sie an Alexander, auf dass er aufwache, sich endlich bewege. Es gebe viel zu erledigen und sie brauche ihn so sehr. Sie könne das alles nicht alleine stemmen. Dann fielen ihr seine letzten Worte wieder ein

»Tom ist nicht von mir!!!!!!!!«, schallte es in ihrem Ohr, immer lauter, immer schriller.

Sie sah Tom an. Es kann nicht sein. Er sieht aus wie Alexander. Er musste sich irren. Der Arzt musste sich irren. Es wirbelte in ihrem Kopf. Der Bestatter kannte solche Situationen nur zu gut, merkte, wie sie weg glitt und stützte sie, damit sie nicht umfiel. Ein anderer holte einen Stuhl. Ein Arzt wurde gerufen, ein Beruhigungsmittel verabreicht. Alexanders Eltern kamen hinzu, seine Mutter weinte mit Adele, sein Vater stand in sich zusammengesunken. Karl war im Hintergrund und zeigte Trauermiene. Er versuchte in Adeles Gesicht zu lesen, war Alexander doch bei einem Urologenbesuch an einem Herzinfarkt gestorben. War da was im Busch? Er konnte es nicht erkennen, die Unsicherheit blieb. Es gab für ihn zwei Möglichkeiten. Entweder es kam nichts auf, dann wäre er ab jetzt durch den Tod Alexanders absolut sicher oder aber es kam etwas auf, dann hätte er ein Problem. Dann müsste er dafür sorgen, dass Adele für verrückt erklärt würde. Adeles Eltern hielten sich ebenfalls im Hintergrund, schauten einfühlsam und traurig auf ihre so gepeinigte Tochter, ohne zu wissen, dass alles noch viel schlimmer war. Ihre Tochter würde niemals glücklich werden, somit auch sie selbst nie. Immer wenn sie dachten, es ginge wieder bergauf, kam der nächste Schlag. Adele hatte seit ihrem fünfzehnten Lebensjahr nur wenig vom Leben.

Alexanders sterbliche Überreste wurden verbrannt. Adele hätte den Gedanken an einen langsam verwesenden Leichnam in einem Sarg nicht ertragen. Die Trauerfeier war pompös. Alexanders Vater kümmerte sich um alles. Sie waren eine angesehene Familie und Alexander war weithin bekannt. Kirche und Friedhof waren voller Menschen. Der Leichenschmaus füllte eine ganze Gastwirtschaft und war eine Tortur für Adele, sie musste immer wieder auf die Toilette fliehen, um allem zu entgehen. Tom dagegen hielt die Stellung weiter mit steinerner Miene und man lobte ihn, dass er sich so stark zeigte.

›Stärke muss man also zeigen, dann bekommt man Lob‹, lernte er an diesem Tag und trug den Gedanken mit in seine Zukunft hinein.

Als alles vorbei war und Adele mit Tom alleine zu Hause saß, unterhielten sich die beiden darüber, wie es weitergehen soll. Tom, immer noch mit hartem Blick, zuckte die Schultern.

»Weiß nicht, Ma. Vielleicht zieh ich ‘ne Zeit zu Karl. Dann bist du hier entlastet.«

Das gab Adele den Rest. Sie stand auf, stampfte mit den Füßen auf dem Boden herum und bekam einen Schreianfall. Tom rannte aus der Wohnung, auf die Straße. Immer weiter, irgendwo hin, egal, nur weg, weg, weg. Seine Mutter war irre geworden. Spät nachts wollte er zurück in die Wohnung, doch Adeles Schlüssel steckte von innen. Ein Versehen? Auf Klingeln und Klopfen reagierte niemand. So kehrte er um und ging geradewegs zu Karl.

»Kann ich bei dir pennen, meine Mutter ist verrückt geworden. Sie schreit nur noch rum.«

Karl ließ ihn bereitwillig ein. Als Tom an ihm vorbei in die Gaststube schritt, veränderte sich Karls Blick. Ein böses, kaltes Lächeln umspielte seinen Mund. Das würde es ihm leicht machen.

Adele wachte am nächsten Tag nach einem komatösen Erschöpfungsschlaf auf. Sie wollte liegen bleiben und doch aufstehen. Ein Widerstreit. Sie blieb liegen.

Doch plötzlich schreckte sie hoch. Tom! War er zurück? Sie rannte in sein Zimmer. Niemand. Sie schaute in jeden Raum. Kein Tom. Weiter zur Wohnungstüre, ihr Schlüssel steckte innen.

›Verdammt‹, raunte sie.

Auf seinem Handy war er nicht zu erreichen.

›Neumodischer Mist, nie ist man damit erreichbar!‹, dachte sie verzweifelt und wählte eine andere Nummer.

»Karl Henschel«, grummelte es auf der anderen Seite.

»Karl! Ist Tom bei dir?«, ihr Ton klang hysterisch, »ist er bei dir!!?«

»Mal halblang Adele. Ganz ruhig, ja? Beruhige dich erstmal.«

»Nein, ich beruhige mich nicht, sag einfach ob er da ist!!«

»Ja, er ist hier bei mir. Kam gestern späte nachts hier an. Hattet wohl ein Problem ihr zwei. Scheinst ein wenig ausgerastet zu sein, stimmt das?«

Adele schluckte, wurde still, überlegte, wie sie darauf reagieren sollte und ließ dann doch Dampf ab. So sehr, dass Karl am anderen Ende einfach auflegte. Tom hatte das Telefonat mitbekommen. Die beiden nickten sich zu, was so viel hieß wie:

»Na siehst du?«

»Ja, ich hab's erlebt, hast Recht.«

Adele merkte lange nicht, dass am anderen Ende bereits niemand mehr dran war. Sie schrie sich am Telefon noch eine Weile die Seele aus dem Leib und wurde dann ruhiger, um sich für den Anfall zu entschuldigen, doch es war niemand mehr am anderen Ende der Leitung. Keiner hörte ihre Entschuldigung. Weinend warf sie sich aufs Sofa.

Mittags kam ihre Mutter und versuchte, sie zu trösten. Ihr Vater holte Tom bei Karl ab und brachte ihn nach Hause, wo er sofort in seinem Zimmer verschwand und tagelang nicht mehr herauskam. Adele entschuldigte ihn in der Schule und gab als Grund den Tod seines Vaters an. In dem Augenblick, da sie es sagte, schossen Tränen in ihre Augen. Vater? Sie hörte im Geiste wieder die letzten Worte Alexanders, schrill und grausam durchdrangen sie all ihre Sinne. Wenn nicht Alexander, wie konnte es denn dann überhaupt möglich sein. Sie hatte nur mit Alexander geschlafen, sonst mit niemandem. Zwei Wochen nach Alexanders Beerdigung hielt sie es nicht mehr aus, sie musste es genau wissen und fuhr zur Urologie. Dort ließ man sie eine Stunde warten, bis endlich ein gestresster Arzt auf sie zukam und fragte, was sie denn wolle und ob sie denn nicht, wie alle anderen, einen Termin vereinbaren könne.

»Nein, Herr Balduin, es geht hier um etwas sehr Wichtiges. Sie kennen mich vielleicht. Ich bin die Frau von Alexander Henschel, der vor drei Wochen hier in ihrer Praxis verstarb.«

»Äh, nein, kann mich nicht an sie erinnern. Ich bin hier nur Urlaubsvertretung, war zu der Zeit nicht hier in der Praxis. Aber vielleicht Herr Satorius, ich hole ihn.«

Es dauerte eine Weile, dann hörte sie aus einem der Behandlungszimmer einen Streit zweier Männer und einige Wortfetzen: » ... Scheiße! ... Arztgeheimnis ... Verdammt, ausgerechnet hier ...!«

Nach gefühlter Ewigkeit kam ein anderer Arzt. Er wirkte fahrig.

»Frau Henschel?«

»Ja.«

»Wie kann ich ihnen helfen?«

»Mein Mann, war er bei ihnen, oder bei einem Kollegen?«

»Bei mir, Frau Henschel.«

»Als mein Mann starb, sagte er mir, er sei schon immer zeugungsunfähig. Stimmt das und wieso erfuhr er das erst bei dem Termin?«

»Wissen sie, Frau Henschel, ich darf ihnen dazu keine Auskunft geben. Das ist Arztgeh ...«

»Waaas!!!! Mein Mann stirbt hier, direkt nachdem er bei ihnen war und sie sagen mir sowas?!!!«

Sie schrie so laut, dass einige Patienten die Praxis verließen und die Arzthelferinnen sich neugierig zusammenscharten. Dem Arzt wurde es sichtlich unangenehm und er nahm sie mit in sein Büro.

»Frau Henschel, ich darf es nicht. Sagen sie jetzt bitte erstmal nichts. Aber angesichts dieser Tragödie und da Herr Henschel ja tot ist, gebe ich ihnen die Auskunft. Es war so, ihr Mann hatte als Kind einen Hodenhochstand. Es wurde zu spät erkannt und dann dilettantisch behandelt. Der Arzt von damals ist bereits gestorben. Es war in dieser Praxis, daher fand ich dazu Unterlagen. Er war damals noch ein Kind. Niemand hatte ihm gesagt, dass er zeugungsunfähig sein würde. Er wusste es ganz einfach nicht, es geriet in Vergessenheit. Damals wurde ohnehin wenig über sowas gesprochen. Ich kann ihnen nicht sagen, ob die Eltern es so genau wussten, ob es ihnen klar war. Ich denke nicht. Aus den alten Unterlagen geht nicht hervor, dass mit ihnen über die Konsequenzen des Pfusches gesprochen wurde. Ich gehe davon aus, dass hier etwas vertuscht wurde. Es ist verjährt, der Arzt ist tot und der Betroffene ist tot. Wir sollten das Ganze nun ruhen lassen. Und was ihren Sohn Tom anbelangt, wir beide schweigen am besten darüber, dass sie ihrem Mann ein fremdes Kind unter-geschoben haben, ja?«

Er zwinkerte ihr gefährlich zu. Adele schluckte.

›Untergeschoben?‹, dachte sie entrüstet und sagte, »aber Herr Satorius, besteht nicht doch auch die Möglichkeit, dass er zumindest zeitweise zeugen konnte?«

»Leider nein.«

Er erklärte ihr die medizinischen Hintergründe so genau, dass es am Ende keinen Zweifel mehr an seiner Diagnose geben konnte.

»So, und jetzt würde ich sie bitten, die Praxis wieder zu verlassen. Ich habe getan, was ich für sie tun konnte, bin dabei weit über meine Kompetenzen hinausgegangen. Bitte gehen sie und lassen sie am besten alles ruhen.«

Doch Adele ging nicht.

»Stopp, so nicht, Herr Satorius. Ich habe zu der Zeit nur mit meinem Mann geschlafen. Vorher mit niemandem. Dabei zog es ihr den Magen zusammen. Nur mit ihm. Nur er kann der Vater sein. Ich würde das gerne testen lassen, das wird sich bestimmt aufklären. Nur er kann der Vater sein.«

»Na gut«, meinte der Arzt, »ich will ihnen helfen. Bringen sie mir etwas von ihrem Mann, ein Haar oder sowas und etwas von ihrem Sohn.«

Zwei Wochen später kam das Ergebnis.

»Es liegt eindeutig eine Verwandtschaft vor«, sagte der Arzt zu Adele. Adele atmete auf, zu früh, wie sich sogleich herausstellte.

Der Arzt fuhr fort: »Aber für eine Vaterschaft sind die Unterschiede zu groß. Eine Vaterschaft liegt definitiv nicht vor. Sehen sie hier den Laborbericht, der doch recht eindeutig ist.«

Adele sah ihn sich genauestens durch, drehte ihn um, suchte fiebrig nach einer entlastenden Textstelle. Immer fahriger drehte und wendete sie den Bericht hin und her, zerknüllte ihn am Ende und wurde dabei blass, wie das Papier auf dem der Bericht abgedruckt war. Steif erhob sie sich, drehte sich wie ein Roboter um und ging langsam, ohne ein weiteres Wort zu verlieren zur Türe.

Der Arzt sagte noch: »Auf Wiedersehen, Frau Henschel, alles Gute für ihre Zukunft. Und das mit dem Kukuckskind, das behalten wir für uns. Sie sollten es auch wirklich nirgends erwähnen. Kann ich ihnen nur raten. Denken sie an ihren Sohn.«

Sie blieb abrupt stehen, die Augen weit aufgerissenen, offenbar erblickten sie etwas, etwas im Inneren.

Langsam drehte sie sich wieder um und sagte: »Herr Satorius, leider habe ich ihnen ein falsches Haar mitgebracht. Können wir den Test nochmal wiederholen.«

Völlig entgeistert sah der Arzt sie an. Am liebsten wäre er auf sie losgegangen, hätte sie gerne gewürgt und dann hinausgeworfen, aber er wusste von der ersten Begegnung, wie sie reagieren konnte. Er willigte also ein.

Adele hatte zwar ein Haar Alexanders abgegeben. Aber Alexander war nicht der Vater. Ein schrecklicher Gedanke erwachte in ihr. Die alte Bruni kam ihr in den Sinn. Ihre seltsamen Worte, ihr seltsames Verhalten. Der seltsame Zusammenbruch bei Karl nach dem Alkoholgenuss. Hatte sie mit ihm geschlafen? Warum konnte sie sich nicht mehr an den Verlauf des Abends erinnern? Hatte sie sich ihm hingegeben? Wut und Hass stiegen in ihr hoch, ihre Ohren wurden heiß. Sie fuhr so rasch wie möglich zu Karl, rannte in sein Badezimmer, bevor dieser reagieren konnte, zog einige Haare aus seinem Kamm, drehte sich um und lief so schnell sie ihre Beine trugen durch den Hinterausgang wieder hinaus. Karl kam zu spät. Er erreichte sie nicht mehr und im Freien wollte er sie nicht verfolgen.

>Verdammt, was wollte sie hier?<, fragte er sich. Es fehlte nichts. Nichts war kaputt. Möglicherweise ein Ausraster, umso besser für Karl. So konnte er sie problemlos bei Bedarf diskreditieren. Einige Gäste hatten ihren Auftritt gerade mitbekommen.

Zwei Wochen später kam das neue Resultat.

»Frau Henschel, dieses Mal haben sie wohl das richtige Haar gebracht. Vaterschaft eindeutig nachgewiesen. Wer auch immer das ist.«

»Na, Alexander Henschel halt«, gab sie vor.

Doch der Arzt schüttelte den Kopf.

»Auf keinen Fall Frau Henschel. Da bin ich mir absolut sicher. Ich habe es ihnen doch genauestens erklärt!«

>Gehen sie nun bitte<, dachte er.

Adele öffnete ihre Handtasche, zog ein kleines Fläschchen heraus, ihren besten und treuesten Freund, und nahm ein paar kräftige Schlucke. Kurz darauf stand sie auf und ging, schweigend und auf ewig gebrochen in Herz und Seele.

Adele wollte nicht mehr zurück in ihr Leben. Alles sollte ein Ende haben. Sie holte sich einige lebenswichtige Utensilien und Medikamente und fuhr mit ihrem Auto davon. Tom ließ sie mit ausreichend Geld zurück und regelte alles so, dass er weiterhin in der Wohnung bleiben konnte. Geld hatte sie genug, so dass sie ihm auch monatlich etwas überweisen konnte. Mit Sack und Pack verließ sie Haagenstein, ohne Ziel. Im Nachbarort machte sie Halt, setzte sich auf eine der Parkbänke. Jemand lag auf einer der anderen Parkbänke, er setzte sich auf und sah sie an. Es war Eduard Holzapfel, der Clochard, der sich einst um sie am Bahnhof kümmerte und dann irrtümlich verhaftet wurde. Sie ging sogleich zu ihm und bedankte sich nochmal, entschuldigte sich zugleich für das Verhalten und die Vorurteile anderer. Er kenne das, sagte er. Er war einfach nur nicht schnell genug weg. Pech gehabt. Es entwickelte sich ein Gespräch zwischen den beiden. Zunächst belangloses Zeug, später aber fragte sie ihn unumwunden, warum er sich eigentlich in dieser misslichen Lage befinde.

Er erzählte es ihr: »Es ist zehn Jahre her. Ich hatte einen guten Job, war selbständig und hatte gut verdient. Doch ich verlor eines Tages so viele Aufträge, dass ich Insolvenz anmelden musste. Mein Freund, den ich liebte, konnte mich danach nicht mehr aushalten und verließ mich. Ich musste eines Tages die Wohnung kündigen, wollte mir eine günstigere suchen, fand auch eine, doch die wurde mir kurz vor dem Umzug noch abgesagt. Meine Sachen und Möbel konnte ich nirgends lagern, musste sie verkaufen oder wegwerfen, hab dann einige Nächte im Auto geschlafen. Leider wurde es eines Tages gepfändet und seither schlafe ich auf Parkbänken oder Bahnhöfen. Irgendwann hatte ich mich daran gewöhnt und man fängt an, so ein Leben zu mögen. Du bist frei, absolut frei. Nicht mal mit einer Steuererklärung können sie dich ärgern und wenn du es im Winter warm haben willst, dann stell was an und sie geben dir für ein paar Monate eine warme Zelle im Gefängnis.«

Adele erzählte ihm ihre Geschichte in groben Zügen, auch von der ersten Vergewaltigung, von der womöglich zweiten und den beiden dadurch entstandenen Söhnen. Sie wusste nicht, warum, aber irgendwie hatte sie zu diesem Mann Vertrauen. Er war gebildet und schien gut auszusehen, wenn er sich mal wieder pflegen würde. Idealerweise war er homosexuell, so dass sie sich keine Sorgen in seiner Nähe machen musste. Als sie weiterfahren wollte, bot sie ihm an, ihn mitzunehmen. Dankend stieg er in ihr Auto. Da es spät war, fuhr sie bis zur nächsten Pension. Dort konnte Eduard sich endlich mal wieder duschen und seine Sachen waschen. Ein wirklich schöner Kerl, dachte sie sich danach. Schade um ihn. Welchen Job er wohl hatte? Er schlief auf der Couch, sie im Bett.

Tags darauf ging es weiter und immer weiter, kreuz und quer durch das Land. Niemand wusste, wo Adele abgeblieben war. Sie hatte eine Nachricht hinterlassen. Man solle sich keine Sorgen machen, nicht nach ihr suchen. Sie werde eines Tages wieder zurückkommen, wenn sie alles verarbeitet habe, aber bis dahin bitte sie um Verständnis. Für Tom sei gesorgt und ansonsten brauche sie niemand mehr. Auch die Polizei hatte sie vorsorglich in Kenntnis gesetzt, damit keine Suchaktion nach ihr gestartet wurde. Und so kam es, dass sie mit dem Penner Eduard Holzapfel herumzog, mit Alkohol als treuem Begleiter und Trostspender. Als nach Jahren ihr Geld zur Neige ging, verkaufte sie ihr Auto und sie schliefen auf Parkbänken und Bahnhöfen. Eduard war ihr Beschützer. Sie fühlte sich sicher mit ihm und sicher vor ihm. Nur so konnte sie jahrelang ein solches Leben unbehelligt führen. Wer sie nach all der Zeit wieder traf, erkannte sie nicht wieder. Verbrannte, tiefbraune und faltige Haut, aufgedunsenes großporiges Gesicht mit aufgequollener Nase, fettige Haare, übelriechend und in abgewetzter grauer Kleidung. Selbst ihre Familienangehörigen erkannten sie nicht mehr, als sie eines Tages wieder zurück nach Haagenstein kam. Sie nutzte ihre Anonymität und lebte in Haagenstein in Nischen und an versteckten Stellen unauffällig und diskret. So konnte sie ihre Söhne hin und wieder beobachten und sich dabei völlig frei fühlen. Es ging einige Zeit gut, bis sie eines Tages doch erkannt wurde.

KAPITEL 34

HAAGENSTEIN SAMSON, TOM 2010 – 2015

Samson schwelgte im Glück. Moni hatte seinen Heiratsantrag angenommen und sie bereiteten die Hochzeit vor. Alles andere wurde zweitrangig. Beide hatten die Liebe ihres Lebens gefunden. Wenn sie zusammen waren, stülpte sich eine Glocke der Glückseligkeit über sie. Moni wurde klar, nicht irgendwer macht einen glücklich, sondern vielleicht im Leben nur ein einziger Mensch, alles andere wären nur Notlösungen und könnten dieser Liebe nicht standhalten. Niemals. Eine größere Liebe könne es nicht geben. Sie würde sie immer hochhalten und ehren, immer als ein Geschenk sehen und niemals mit Füßen treten. Ebenso dachte Samson. Niemals würde ihre Liebe einen Kratzer bekommen. Sie würden das hinbekommen, was kaum jemandem gelingt. Auch nach dreißig Jahren würde es genauso sein, wie am Anfang. Was sollte schon passieren?

Während Samson und Moni immer glücklicher wurden, verlor Tom all seinen Halt. Von einem Tag auf den anderen war er auf sich gestellt. Zuerst starb sein Vater unerwartet und dann verschwand seine Mutter und ließ ihn alleine zurück. Ohne Erklärung, nur mit einer Nachricht, diversen Vollmachten und regelmäßigem Geld auf seinem Konto. Das Auto seines Vaters konnte er nutzen und weiter in der Wohnung bleiben. Adele bezahlte alles per Dauerauftrag. Um die Post solle er sich kümmern. Dafür habe er eine Generalvollmacht anbei, die er stets anhängen könne und bei Bedarf notariell beglaubigt sei. Er stand nun alleine da, keine Leitplanken mehr. Karl wollte ihn nicht bei sich aufnehmen, das ginge ihm zu weit, meinte dieser, aber er könne gerne jederzeit vorbeikommen. Zu seinen Großeltern wollte er nicht, nach einer gewissen Zeit nervten sie ihn mit ihren Ratschlägen und Einmischungen, so dass er sich mit ihnen überwarf. Seine schulischen Leistungen ließen schlagartig nach, er lernte nicht mehr, schwänzte oft den Unterricht oder störte diesen durch ständige Provokationen des Lehrers. Im Kollegium beriet man sich, ob man ihn von der Schule entfernen sollte, doch angesichts seines schweren Schicksals gab man ihm die Chance, die Schule mit Abitur zu verlassen, wenngleich man annahm, dass seine Leistungen nicht ausreichen würden. Doch noch vor dem Abitur schmiss Tom hin. Er hatte keine Lust mehr auf Schule. Das Geld, das ihm seine Mutter monatlich überwies, reichte nicht aus, er musste etwas dazu verdienen. Seine Großeltern wollte er nicht fragen und Karl gab ihm nichts. Denn der war gerade selbst nicht flüssig. Da er nicht mehr schulpflichtig war und zudem erwachsen, konnte er tun und lassen, was er wollte. Er verdingte sich in Hilfsjobs. In seiner Freizeit trieb er sich mit Kumpels rum, wurde noch wilder und ungestümer. Sein Äußeres veränderte sich, er ließ sich einen Vollbart wachsen und zog sich verschlissene Klamotten an, wollte unter allen Umständen anders und cool wirken. Doch er kam nicht recht an. Er merkte, wie er einerseits als armes Opfer gesehen wurde, als einer, aus seltsamen Verhältnissen. Andererseits mied man ihn aufgrund seines Auftretens. Er fühlte sich nicht ernst genommen. Daher fing er an, Kampfsport zu betreiben, ernährte sich zusätzlich mit Supplementen und Proteinen, war täglich im Fitnessstudio und wurde zu einem wahren, furchterregenden Hünen, dem niemand mehr beikommen konnte. Rasch absolvierte er eine Gürtelprüfung nach der anderen und wurde unschlagbar. Trotzdem fühlte er sich weiterhin nicht respektiert. Und so kam es zu der bereits beschriebenen gewaltsamen Zurechtweisung eines Rauchers, der seinen Stummel unachtsam in die Gegend schnippte. Danach spürte er Macht. Die Menschen um ihn herum bekamen Angst. Sie sahen, welch ein Hüne er geworden war und wie aggressiv er sein konnte. Dieses Gefühl der Macht war es, was Tom ab nun vorantrieb.

Als nächstes schasste er den Anführer der Clique, zu der er gehörte. Er stellte es schlau an, er war nicht dumm, wenn auch faul in der Schule. In Wirklichkeit war er sehr intelligent. Er provozierte ihn auf subtile Art, so lange, bis dieser auf ihn losging. Für Außenstehende ohne jeden Grund. Daher waren sie sofort auf Toms Seite. Er musste sich doch wehren. Tom ließ seiner Kraft nur soweit freien Lauf, dass sich die Meute nicht doch noch von ihm abwandte. Er wehrte einfach nur ab, ließ den einen oder anderen Schlag durch, so dass er sich weiter als Opfer gerieren konnte. Irgendwann machte sein Gegner schlapp, während Tom keinerlei Verschleiß aufwies. Als es soweit war, packte Tom den Anführer bei den Haaren und zog ihn nach draußen, dort gab er ihm einen Tritt in den Hintern und demütigte ihn damit so sehr, dass seine Leute allen Respekt verloren.

»Hau ab, du Memme«, rief Tom noch hinter ihm her, als er das Weite suchte.

Ab diesem Tag gab Tom den Ton an. Keiner wagte es, sich ihm zu widersetzen.

Keiner hätte es mit ihm aufnehmen können und er machte sofort klar, wer ihn verpfeife, würde seine Strafe bekommen.

Samson war derweil mit seiner Firma enorm beschäftigt. Dennoch machte ihm Sorge, dass er seine leibliche Mutter nicht mehr zu Gesicht bekam. Es sprach sich herum, dass sie abgereist sei, sich eine Auszeit nehmen wollte. Aber so ganz genau wusste es keiner. Als die Jahre ins Land zogen, gab er die Hoffnung auf, sie je wieder zu sehen. Tom lief ihm dagegen öfter über den Weg. Er war unglaublich groß und stark geworden. Anfangs wirkte er noch verzweifelt und unsicher, war einer von vielen in einer der Jugend Cliquen. Aber Samson beobachtete, wie er über die Monate und Jahre immer stärker wurde und immer martialischer auftrat. Man hörte nichts Gutes mehr von ihm. Aber was sollte Samson schon dagegen unternehmen, er war nicht für ihn verantwortlich. Nur eines war ihm klar, er wollte Tom nicht zu nahekommen. So mied er ihn stets, machte im Zweifel lieber einen größeren Bogen um ihn und kam so nie richtig in Berührung mit ihm.

Für Tom wiederum war Samson ohnehin kaum existent, zu klein, zu unscheinbar, zu alt und einer jener Kleinbürger, die nie auffielen. Gesehen hatte er ihn allerdings schon das eine oder andere Mal, er wohnte nicht weit von ihm, fuhr regelmäßig mit dem Auto vorbei oder ging irgendwo umher. Einige Male nickten sie sich grüßend zu, wie man das halt so macht. Tom wusste, dass Samson ein Unternehmer war, aber die IT sprach ihm nicht zu, daher gab es dort auch keinen Job für ihn.

Samsons Ehe mit Moni verlief harmonisch. Sie liebten sich innig, ließen sich gegenseitig viel Freiraum, so dass sich keiner der beiden eingeengt vorkommen musste. Jeder konnte sein Leben gestalten und musste sich nicht für den anderen zu weit verbiegen, denn sie passten einfach so gut zusammen.

2013 feierten sie zusammen ihren dreißigsten Geburtstag. Er mietete ein Lokal für diesen Zweck und zeigte sich den Gästen gegenüber sehr großzügig. Neben Freunden und Mitarbeitern, war auch die ganze Prominenz des Städtchens geladen. Inzwischen war er ein angesehener Gemeindebürger mit vielen Beziehungen. Lobreden, Danksagungen und viel gutes Essen. Bäuche schwollen an, Hemden und Blusen spannten sich, Alkohol sorgte für gute Laune. Obszöne Witze, Grabschereien, Angebereien. Eine Party eben. Und sie war lustig.

Samson hatte noch immer eine gute Figur, achtete stets darauf, trieb Sport und ernährte sich gut. Moni hatte leicht zugenommen, doch es war nicht von Nachteil für sie. Ihre Rundungen kamen dadurch erst so richtig zur Geltung. Sie machte was her, wie man so sagt. Sie war inzwischen die perfekte Personifizierung einer Unternehmerin. Gut gekleidet, selbstbewusster und aufrechter Gang, gestylt und hübsch. Ihr tiefer Ausschnitt war eine Augenweide für die Männer und ein Aufreger für jene Frauen, die einen solchen Ausschnitt nicht zu zeigen hatten oder ihn gar als unmoralisch empfanden. Alles war wunderbar, bis Moni ganz plötzlich auf die Toilette musste, um sich zu übergeben. Als sie wiederkam, sagte sie dem besorgten Samson, alles sei in Ordnung. Der Rest des Festes verlief weiter wunderbar. Doch Samson ging Moni im Kopf um. Warum musste sie sich übergeben? Am nächsten Morgen sprach er sie darauf an, die Antwort machte ihn unendlich glücklich.

»Ich glaube, ich bin schwanger. Werde mich heute testen, aber ehrlich gesagt bin ich mir bereits sicher. Wollte es dir aber erst sagen, wenn es durch den Test bewiesen ist.«

Der Test war denn auch positiv und neun Monate später kam ein gesundes, wunderschönes Mädchen zur Welt. Sie tauften sie auf den Namen Lula. Allerdings ergab sich nun ein Problem. Moni sollte sich um die Firma und um das Kind und um den Haushalt kümmern. Alles zusammen ging nicht, also verringerte sich ihr Engagement in der Firma, was einige Probleme nach sich zog. Die Firmenharmonie geriet ins Wanken, als sie eine Ersatzkraft einstellten, die mit anderen Vorstellungen antrat, als Moni und auch nicht ihr Einfühlungsvermögen besaß. Sie merkten es erst, als zwei der besten Mitarbeiter kündigten. Also feuerten sie die Dame und Moni kümmerte sich wieder um das Geschäft. Das Kind sollte von nun an eine Nanny bekommen. Sie konnten es sich leisten. Doch die Nanny konnte die Mutter nicht ersetzen. So musste Moni ihren Arbeitsplatz teilweise nach Hause verlegen und verlor damit wieder etwas die Tuchfühlung zur Firma. Die Hausarbeit blieb ebenfalls liegen und des Öfteren mussten sie ungewaschene Wäsche anziehen, weil sie nicht dazu kam, sie zu waschen. Zur Abhilfe stellten sie noch zusätzlich eine Haushaltshilfe ein. Moni geriet somit in ein Spannungsfeld, das ihr viel abverlangte. Manchmal etwas zu viel. Samson musste sich um das operative Geschäft kümmern, er war ausgelastet und unverzichtbar an der Front. Das sah sie ein. Also stellte sie sich ihrem neuen Dasein und begann hart zu werden. Der Laden konnte nur laufen, wenn alle spurten. Sie wurde schnell ungemütlich, wenn die Nanny oder die Haushälterin Fehler machten. Genauso fing sie es auch mit den Mitarbeitern in der Firma an. Sie habe ganz einfach keine Zeit mehr für Firlefanzen. Ihr neues Auftreten fiel Samson nicht weiter auf, denn auch er hatte alle Hände voll zu tun und war froh, dass sie das Office zusammenhielt.

In dieser Zeit war Samson hin und wieder bei Karl, um ein Gläschen Wein zu trinken. Er unterhielt sich gerne mit ihm, erfuhr dies und jenes aus dem Städtchen und nutzte die Informationen gerne für sich. Wenig zu berichten gab es über Adele. Tom war dagegen häufig Thema, da er sich langsam aber sicher zu einem Problem in der Stadt mauserte. Man konnte ihm nichts anhaben, denn er stellte es schlau an. Wenn er sich mit jemandem prügelte, dann wurde ihm stets Notwehr bescheinigt. Seine Clique stand zu ihm. Sie wuchs über die Jahre und hatte eine bedenkliche Macht erreicht. Immer wieder kam es zu Pöbeleien. Aus Furcht vor Bestrafung gab es jedoch nie Anzeigen und so mussten die Bürger mit ansehen, wie ihr friedliches Städtchen langsam zu einem ungemütlichen polarisierten Ort wurde. Karl fand Toms Treiben allerdings cool und verteidigte ihn stets, während Samson darüber nur den Kopf schütteln konnte. Mehr aber auch nicht, wenngleich er sein Halbbruder war. Er fühlte sich nicht verantwortlich für ihn. Oder doch? Manchmal war er sich da nicht mehr so sicher. Er war Neun Jahre älter und als älterer Bruder eben vielleicht doch verantwortlich für jenen unglücklichen Menschen, der seinen Vater verlor und dessen Mutter verschwunden war, den Karl nicht aufnehmen wollte und dessen Großeltern ihn nicht verstanden und ihn verachteten. Mitunter hatte er ein schlechtes Gewissen. Doch seine Firma und seine eigene Familie hielten ihn so unter Dampf, dass alles andere verdrängt wurde. Er unternahm also nichts, bis eines Tages etwas Unerwartetes eintrat.

Tom hatte seine Bande gut im Griff. Niemand widersetzte sich ihm, im Gegenteil, sie bewunderten seine Kraft und sein Durchsetzungsvermögen. Die anderen Bewohner des Städtchens waren unterschiedlicher Meinung. Die einen hassten ihn, waren sich aber im Klaren, dass man nichts tun konnte und man besser den Mund hielt, damit einem nicht selbst etwas widerfuhr. Die anderen hielten zu ihm, sagten, er sei ein armer Tropf, der Vater und Mutter verlor und sich selbst durchschlagen musste. Man müsse Verständnis für ihn haben und was man so höre, sei er eher das Opfer, das von anderen immer zuerst angegriffen werde. Und seine Bande, naja, das sind doch die Jungs und Mädels der Leute, die man so kenne in der Stadt und man solle doch mal an die eigene Jugend denken, die Jugend sei halt so. Und außerdem wolle man sich doch auch nicht mit ihm anlegen, oder? Der soll sich mal ausspinnen, das wird schon wieder. Doch es wurde nicht, stattdessen wurde es immer schlimmer.

Es kam der Tag, an dem selbst die größten Verteidiger kein Verständnis mehr fanden. Es war das Jahr 2015, Tom hatte sich Karls Bar als Stammlokal ausgesucht. Für Karls schäbige Bar war das gut. Er hatte nie in die Bar investiert, nichts modernisiert. Alles war uralt und schmuddelig. Betuchte Gäste blieben mehr und mehr aus. Der Umsatz sank und er hatte Mühe, sich über Wasser zu halten. Da kam es ihm ganz recht, dass Tom mit seinen Jungs die Bude regelmäßig füllte und enormen Alkoholumsatz produzierte. Andere Gäste wurden zwar nach und nach verdrängt, aber den ein oder anderen konnte er als Stammgast halten, indem er ihnen im hinteren Bereich einen eigenen Tisch fest reservierte. Es ging jeden Abend heiß her in der Bar. Immer wieder kam es zu Schlägereien. Immer wieder musste die Polizei anrücken und konnte wiederholt nichts unternehmen, denn man hielt eisern zusammen, bzw. keiner traute sich, den Mund gegen Tom und die seinen aufzumachen, denn seine Rache wäre furchtbar geworden. Manchmal musste er ein Exempel statuieren. Die armen Teufel wurden eine jener Foltern unterzogen, bei denen man keine körperlichen Auswirkungen sehen konnte, aber die Seele verbrannte. Waterboarding, zertrümmern von persönlichen Gegenständen, an denen das Herz hing. Und im Fall des ehemaligen Anführers, der sich einmal wieder in Szene setzen wollte, erniedrigte er diesen zusätzlich, indem er einfach seine Freundin übernahm. Die widersetzte sich erst gar nicht, sondern gab sich ihm hin. Es gefiel ihr sogar und das zeigte sie auch. Daraufhin ließ sich der frühere Anführer nirgends mehr sehen. Er war gebrochen. Doch im Hintergrund wirkte er weiter. Er holte die Gedemütigten zusammen und bildete eine neue Truppe, der sich auch junge Leute aus Nachbardörfern anschlossen, die abenteuerlich fanden, was in Haagenstein ablief. Sie planten, kleinere Gruppen von Toms Bande abzufangen und zusammenzuschlagen und dann wieder zu verschwinden.

Anfangs gelang es auch, doch schon sehr bald wurden sie aus den eigenen Reihen verraten und Tom suchte den Kern der Truppe auf. Er fand sie versammelt in einer Gaststätte nahe Haagenstein. Mit nur wenigen seiner besten Leute ging er ohne Zögern hinein und schlug sofort um sich. Einer nach dem anderen ging zu Boden. Er räumte fast alleine auf, die anderen mussten ihn nur decken und Schmiere stehen. Das Überraschungsmoment lag auf seiner Seite. Am Ende hatte er mehr als ein halbes Dutzend niedergeschlagen und brüllte wie ein Löwe seinen Triumph heraus. Es waren weitere Personen anwesend, aber niemand wagte es, ihn auch nur anzusehen. Dann deutete er mit seinem Finger der Reihe nach auf seine Gegner. Alle wussten, was gemeint war. Wenn einer von ihnen etwas unternehmen würde, dann würde er Toms Rache spüren, selbst aus dem Gefängnis heraus würde er sie fertig machen. Sie wussten, er war nicht nur stark, sondern auch intelligent, gefährlich intelligent. Die Polizei rückte an. Tom behielt die Ruhe, er wusste, dass ihm nichts passieren würde. Und so war es auch. Alle bestätigten mit gesenktem Blick, er habe nur in Notwehr gehandelt. Die Polizisten wussten, dass es nicht stimmte, aber wieder konnten sie nichts tun. Diese Geschichte machte umgehend die Runde. Bei den einen gewann er noch an Bewunderung. So ein Kerl, sagte man sich, so eine Kraft. Unbesiegbar. Respekt. Toller Kerl. Viele andere aber fürchteten sich nun noch mehr, gingen ihm und seinen Leuten aus dem Weg, wo immer sie auftauchten. Das friedliche Zusammenleben der Menschen in Haagenstein war vorüber.

Samson hörte von diesem Vorfall und gehörte zu jenen, die den Kopf ungläubig schüttelten, die sich Sorgen machten um die Stadt, um die Jugend, um sich und seine Familie, und wahrscheinlich als letzter Mensch um Tom, seinen Bruder, der nicht sein Bruder sein durfte. Und doch war er es. Samson fing an, sich Gedanken darüber zu machen, wie er ihn in die Schranken weisen konnte. Auf schlauere Art, nicht konfrontativ, sondern subtil.

KAPITEL 35

HAAGENSTEIN – DAS ENDE – 2016

Das Jahr 2016 begann mit heftigem Schneetreiben. Der Januar war eiskalt und Adele suchte sich ein warmes Plätzchen zum Übernachten. Noch immer verbrachte Eduard Holzapfel viel Zeit an ihrer Seite. Es war nicht leicht, etwas zu finden, die Möglichkeiten wurden weniger. Langsam hatte sie dieses Leben satt, vor allem seit sie wieder öfter in Haagenstein war und sah, was aus ihren Söhnen geworden war. Der eine, Samson der Verstoßene, war ein erfolgreicher Unternehmer, der andere, Tom, jener Sohn, den sie mit viel Liebe großgezogen hatte, wurde zum Tyrannen. Noch immer bekam sie Geld von der Rentenkasse, ihr tägliches Dasein war dadurch finanziert und sie konnte die Miete für Tom, sowie das ehemalige Auto Alexanders, das Tom übernommen hatte, finanzieren. Zudem überwies sie ihm noch monatlich Geld auf sein Konto. Doch damit wollte sie jetzt Schluss machen. Sie wollte wieder zurück ins Leben, dazu brauchte sie selbst Geld. Per Anruf bei der Bank beendete sie den Dauerauftrag.

Einen Monat später war Tom klar, dass auf seinem Konto Geld fehlte, das er bislang einfach so zur Verfügung hatte. Er erkundigte sich bei der Bank, ob dort diesbezüglich ein Fehler unterlaufen sei und bekam die unfassbare Antwort, dass seine Mutter den Auftrag storniert hatte. Schweigend legte er auf, rot im Gesicht. Heiß und kalt lief es ihm den Rücken hinunter. Was sollte das? Er hatte sie schon fast vergessen, hatte sich daran gewöhnt, Wohnung und Auto kostenlos zu nutzen, Unkosten problemlos per Vollmacht zu begleichen und monatlich Geld auf sein Konto zu bekommen. So konnte er tun und lassen, was er wollte und ein kleines Zusatzeinkommen aus Hilfsjobs reichte ihm, um flüssig zu sein. Nun aber schienen die Dinge erneut in Schieflage zu geraten. Nur wo war seine Mutter? Was hatte sie all die Jahre gemacht? Warum meldete sie sich nie bei ihm? Mit Wucht warf er das Glas, das er in seiner Hand hielt, an die Wand. Die Scherben fielen zu Boden und verteilten sich in all dem Unrat, der sich in der Wohnung inzwischen angesammelt hatte, Müll aus Jahren des wilden Lebens ohne Grenzen. Warum hatte seine Mutter den Auftrag storniert? Er fragte sich, ob er mit seinen Vollmachten diesen Auftrag wieder in Gang setzen konnte. Doch nach einem nochmaligen Anruf bei der Bank erkannte er, dass Adele diesbezüglich vorgebaut hatte. Wenige Tage später kam die Polizei zu ihm an die Wohnungstüre. Jetzt endlich hatten sie Handhabe gegen ihn und verlangten die Autoschlüssel. Das KFZ würde mit unmittelbarer Wirkung zwangsabgemeldet und sei somit auf den öffentlichen Parkflächen nicht mehr parkberechtigt. Der Abschleppdienst sei bereits auf dem Weg. Süffisant sahen die Polizisten in sein Gesicht. Nach all den Jahren, die er sie vorführte, konnten sie auf diese Weise wenigstens einmal zurückschlagen. Wie das denn komme, fragte Tom.

»Na«, sagte einer der Polizisten, »die Versicherung wurde gekündigt und wir wurden gebeten, das Auto abzumelden. Darüber musst du doch Bescheid wissen, Tom.«

»Das kann nur ein Irrtum sein«, erwiderte Tom und gab die Autoschlüssel frei.

Die Unkosten hatte er zu übernehmen, er konnte es nicht mehr per Vollmacht vom Konto seiner Mutter überweisen, sondern musste sein eigenes Geld dafür ausgeben.

›Oh mein Gott, was passiert da?‹, fragte sich Tom.

Es war ihm unbegreiflich. Alles schien zu kollabieren.

›Hoffentlich nicht auch die Wohnung.‹

Er horchte in sich hinein. Existenzangst bemächtigte sich plötzlich seiner. Das konnte er nicht ertragen. Rasch schnappte er sich seine Sporttasche, ging ins Fitnesscenter und trainierte an diesem Tag besonders hart. Die Dopaminausschüttung ließ nicht lange auf sich warten. Auf dem Weg nach Hause fand sich auch gleich ein Opfer, ein junger Mann, den er mit einem Fußkick in die Büsche beförderte, weil der ihn dumm ansah. In Toms Umfeld blieb es nicht unbemerkt, dass er plötzlich nervöser und aggressiver wirkte. Niemand sprach ihn darauf an, Köpfe wurden stattdessen eingezogen und bei seinen willkürlichen Attacken schaute man geflissentlich weg. Sich nur keinen Ärger aufhalsen.

Auch Samson nahm diese Veränderung wahr, fragte Karl beiläufig, der ihn darüber aufklärte, dass Tom wohl in finanziellen Problemen stecke, er aber nicht wisse, wieso. Er sei all die Jahre durch seine Mutter gut abgesichert gewesen. Vielleicht habe er das Geld inzwischen verbraucht. Samson besprach sich daraufhin mit Moni.

»Tom flippt aus. Ich fühle mich irgendwie verantwortlich für ihn. Klar, niemand weiß von unserer Verbindung und ich könnte es einfach ignorieren, aber es gibt offenbar niemanden mehr, der Einfluss auf ihn hat. Nicht mal auf Karl hört er noch. Jetzt scheint ihm das Geld knapp zu werden und er rastet völlig aus.«

Moni überlegte lange, was sie dazu sagen sollte.

»Ich kann dich verstehen, Schatz. Egal was sie dir damals angetan hat, so hast du doch ein Herz für sie und ihre Familie. Wir beide wissen nicht, was geschehen ist, als sie vor ein paar Jahren einfach so verschwand. Aber diese Frau scheint ein noch viel größeres Problem mit sich und der Welt zu haben, als wir es uns nur im Entferntesten vorstellen können. Du hast Recht, Tom ist dein Bruder, ihr habt dieselbe Mutter. Es gibt jetzt keinen Grund mehr, alles unter Verschluss zu halten. Du kannst nichts mehr kaputt machen. Aber eines ist klar. Du kannst nicht einfach zu ihm gehen und es ihm sagen. Ich denke, dass er wenig Verständnis für dich haben würde und so wie er gerade drauf ist, schlägt er dich sofort zusammen. Besser wäre, wenn er es anderweitig erführe, quasi von offizieller Seite.«

»Hm, Moni, du hast recht wie immer. Ich habe ja eine Abstammungsurkunde. Die könnte ich kopieren und ihm zukommen lassen. Da steht Adele Kowalsky als meine leibliche Mutter vermerkt.« Moni überlegte und fand Samsons Idee gut.

»Du kennst doch den Bürgermeister recht gut. Vielleicht kann er dir dabei helfen, so dass das ganze einen behördlichen Aufhänger bekommt.«

»Naja, ich weiß nicht so recht. Ich will auch nicht, dass gleich die ganze Öffentlichkeit Wind davon bekommt.«

»Dann, lieber Schatz, dann schreibe doch einfach selbst einen einigermaßen offiziell klingenden Brief an ihn und hefte die Kopie der Abstammungsurkunde hinzu.«

Samson brauchte einige Wochen, bis er die innere Stärke fand, diesen Schritt zu tun und noch weitere Wochen, den Brief zu verfassen. Am Ende wurde es ein kurzer Text, der emotionsfrei den Sachverhalt erläuterte.

›Sehr geehrter Herr Henschel, wir wurden gebeten, ihnen mit beigefügter beglaubigter Kopie einer Abstammungsurkunde ein bislang möglicherweise unbekanntes Verwandtschaftsverhältnis mütterlicherseits offenzulegen. Ihre Mutter Adele Henschel, geborene Kowalsky, hatte vormals bereits einen männlichen Nachkommen geboren. Es wurde gegenüber uns der Wunsch geäußert, ihnen diesen Sachverhalt mitzuteilen …‹

Der Brief nebst Kopie landete Ende März in Toms Briefkasten.

Adele zog es zu dieser Zeit immer öfters nach Haagenstein. Die Sehnsucht nach einem normalen Leben wuchs an. Ihre Maßnahmen zur Regelung ihrer Finanzen machten sie zufrieden. Tom sollte sich schön langsam eine eigene Wohnung suchen, aber soweit wollte sie noch nicht gehen. Zuerst musste sie ihn irgendwo treffen und mit ihm reden. Sie bekam natürlich nichts mit von dem Brief, den Samson in Toms Briefkasten steckte, sah nicht die daraus hervorgehende Gefahr. Ihr Plan war, dass sie sich eines Tages in Karls Bar setzte und dort auf Tom wartete. Sie nutzte nach wie vor den Umstand für sich, dass niemand sie offenbar mehr wiedererkannte. Man sah eine Pennerin in den Straßen umherziehen, mehr nicht, keiner nahm weiter Notiz von ihr. Als sie wieder einmal vor ihrer ehemaligen Wohnung stand, in der sie glückliche Tage mit Alexander und Tom verbracht hatte, fuhr ein eleganter Wagen an ihr vorbei. Der Fahrer blickte kurz zu ihr und ihre Blicke kreuzten sich für einen Augenblick. Adele zuckte zusammen, sie war sich plötzlich nicht mehr sicher, ob man sie nicht doch erkennen konnte. Nach etwa fünfzig Metern stoppte das Auto abrupt und der Fahrer stieg aus und blickte zurück. Es war Samson. Adele hatte sich aber bereits hinter einem der Sträucher in Deckung gebracht. Nach einer Weile stieg der Fahrer wieder ein und fuhr davon. Auch Adele machte sich aus dem Staub.

Den Brief hatte Samson tags zuvor in Toms Briefkasten geworfen. Nun fuhr er gezielt bei ihm vorbei. Etwas langsamer, in der Hoffnung, dass sich irgendwas tue, aber was sollte sich schon tun. Eher war damit zu rechnen, dass Tom bei ihm auftauchte und ihn zur Rede stellte oder sich ihn vornahm. Wie auch immer, er fuhr einfach mal die Straße entlang, an Toms Wohnung vorbei. Als sich die Blicke mit der Person am Straßenrand kreuzten, glaubte er, darin seine leibliche Mutter zu erkennen. Bis er jedoch sein Auto zum Stehen brachte, ausstieg und sich umblickte, war sie nirgends mehr zu sehen. Ihm wurde heiß. Enttäuscht und tief in Gedanken fuhr er weiter. Zu Hause erzählte er Moni davon. Die reagierte entsetzt und bat ihn, den Brief wieder zurückzuholen. Sie sah großes Unglück auf alle zukommen. Auch Tom könne sie gesehen haben und könnte nun glauben, dass sie es war, die ihm den Brief zukommen ließ. Erneut schienen die Dinge zu entgleiten. Samson raste zurück zu Toms Wohnung, in der Hoffnung den Brief noch aus dem Briefkasten holen zu können, er nestelte darin herum, aber da war er nicht mehr, Tom hatte ihn offensichtlich bereits in Händen. Wild schlug er gegen die Postfächer. Einer der Mieter kam aus dem Haus und stellte ihn zur Rede. Mit einer fadenscheinigen

Erklärung machte er sich aus dem Staub. Zu Hause schlug er die Hände vors Gesicht und sagte zu Moni:

»Er ist nicht mehr da.«

Tom kam spät nach Hause. Direkt aus Karls Bar. Er fiel auf die Couch und sank sofort in einen tiefen traumlosen Schlaf. Am nächsten Morgen wachte er mit einem Kater auf, machte sich starken Kaffee und wollte anschließend los ins Training. Da fiel ihm ein, dass er den Briefkasten schon einige Tage nicht mehr entleert hatte und gerade tat sich doch einiges. Die meisten Briefe waren erstmal uninteressant, Rechnungen oder Mahnungen. Das war er mittlerweile gewohnt. Doch ein Brief war anders. Nachdem er ihn überflogen hatte, stockte ihm der Atem. Er las ihn nochmals, schaute sich auch die Abstammungsurkunde genau an. Was er darin las, verschlug ihm den Atem. Da stand der Name eines angeblichen Bruders. Samson Olderbrock. Etwa jener Samson Olderbrock, der hier die IT-Firma betrieb? Und was soll das heißen? Seine Mutter noch ein Kind? Das konnte doch nicht sein. Erst nach und nach wurde ihm die Tragweite dessen bewusst, was er gerade vor sich hatte. Er setzte sich, voller Wut und Entsetzen. Er wusste nicht, gegen wen sich diese Wut richten sollte, packte eine Vase, die Adele einst teuer erwarb und pfefferte sie gegen die Wand. Er fing an, wie ein Löwe zu brüllen, seine Wut musste sich einen Weg bahnen. Er warf mit allem um sich, was er in den Griff bekam, zertrümmerte die halbe Wohnung und verließ diese dann voller Hass und Wut.

»Was soll ich nun tun, Moni?«

Samson war verzweifelt. Ich will und muss etwas tun, ich kann nicht einfach dasitzen und abwarten.

»Dann such Adele, Samson. Wenn du dir sicher bist, dass du sie gesehen hast, dann müsste sie doch zu finden sein. Warne sie, sag ihr, wer du bist und erzähle ihr von dem Brief.«

Samson startete die Suche sofort, fuhr mit dem Auto ganz Haagenstein ab. Nichts. Einmal sah er von weitem Tom umherlaufen, er schien wütend und auf der Suche nach Ärger. Immer verzweifelter suchte Samson nach Adele. Sie musste irgendwo sein. Die Stunden vergingen. Immer wieder stieg er aus dem Auto und lief Fußwege oder Passagen ab. Nichts. Es wurde Abend. Unheil lag in der Luft. Verzweifelt fuhr er zu Karls Bar, wollte ihm erzählen, was passiert war, wollte ihn einweihen, um Hilfe bitten. Als er sich der Bar näherte, hörte er Lärm daraus hervordringen. Ein Grölen, wie es nur von einer Horde besoffener Männer kommen konnte.

›Hoffentlich‹, dachte er sich, ›ist Tom nicht dabei.‹

Er zögerte, lauschte ein wenig, blieb in einiger Entfernung unschlüssig stehen und sah das Unfassbare. Seine Mutter überquerte die Straße und ging, in schäbige Kleider gehüllt, direkt auf die Bar zu. Ohne zu zögern öffnete sie die Tür und verschwand im Eingang. Nichts änderte sich am Geräuschpegel. Man schien nicht auf sie zu reagieren. Samson stand nun selbst am Eingang. Als er hineinschaute, sah er Tom inmitten seiner Freunde stehen und hinten in der Ecke Adele an einem Tisch sitzen. Das konnte nicht gut gehen. Er musste hinein, ob er wollte oder nicht. Er wollte sich nun endlich seiner Verantwortung stellen. Noch ein kurzes Zögern, dann nahm er all seinen Mut zusammen und betrat die Bar. Karl stand hinter seinem Tresen, offenbar selbst bereits stark angetrunken. Samson wollte direkt zu Adele, wollte sie vor Tom warnen, doch er kam nicht so weit. Ein heftiger Schlag holte ihn von den Füßen. Tom hatte ohne Vorwarnung zugeschlagen. Die Welt drehte sich plötzlich um Samsons Kopf. Er sank benommen zu Boden. Tom blickte hochmütig auf ihn herab. Die Menge johlte und freute sich, dass mal wieder was los war. Doch für Samson ging es um mehr, um viel mehr und er wand sich und versuchte Tom zu entgehen, es gelang nicht, wie auch, gegen so einen Hünen. Samson blickte Tom in die Augen. Sie funkelten ihm hasserfüllt entgegen. Einen Fußtritt nach dem anderen musste Samson einstecken. Einigen konnte er durch seine Wendigkeit ausweichen, doch nach und nach kam Tom mehr durch und erwischte ihn an den empfindlichsten Stellen. Als er ihm mehrfach zwischen die Beine schlug, sackte Samson halb bewusstlos in sich zusammen.

Adele wollte nur eines. Sie wollte sich Tom zu erkennen geben. Sie wusste, dass er fast jeden Abend in der Bar war und mit seinen Freunden soff. Sie wollte ihn genau in dieser Umgebung antreffen, dort wo auch Karl war, der ihr bei Bedarf helfen sollte. Doch alles kam anders. Sie saß nicht mal eine Minute, da sah sie Samson die Bar betreten und bevor sie sich fragen konnte, was das sollte, wurde dieser mit einem mächtigen Hieb von Tom niedergestreckt und lag nun wehrlos am Boden. Sie verstand gerade nicht, was hier ablief, aber was da gerade passierte, löste Schuldgefühle in ihr aus. Denn dieser schmächtige, kleine Mann war ebenfalls ihr Sohn, wie auch der Hüne, der hochmütig auf ihn herabblickte. Kain erschlägt Abel? Ihr Herz bebte, sie konnte es nicht weiter mit ansehen. Niemand griff ein, als Tom ein ums andere Mal Samson mit Fußtritten peinigte. Noch schien Samson durch seine Wendigkeit, den Schlägen etwas entgehen zu können, aber plötzlich sackte er in sich zusammen. Sie wollte, dass man ihm half, schrie die Meute an, warf sich dann, als sich niemand anschickte, zu helfen, zu Samson auf den Boden und steckte ihm ihre Hutnadel zu. Eines ihrer letzten Habseligkeiten, ein Geschenk Alexanders, dass sie sich noch bewahrt hatte und ihr das ein oder andere mal gute Dienste geleistet hatte.

Plötzlich merkte Samson, wie ihm etwas zugeschoben wurde. Es war etwas Spitzes. Egal was es war, er stach es in Toms Unterschenkel, und stach und stach und stach. Dieser schrie vor Schmerz auf. Immer weiter versuchte Samson sich mit den ihm zugeschobenen Mitteln zu wehren, fragte sich, wer ihm da half und sah verdutzt, dass es Adele, seine Mutter, war. Warum nur half sie ihm? Alle anderen hielten sich raus, sie aber half ihm. Hatte Moni am Ende recht, wusste Adele bereits, dass er ihr Sohn war? Immer heftiger wurden Toms Attacken, er konnte es offensichtlich nicht glauben, dass sich dieser Wicht zur Wehr setzte. Abgrundtiefer Hass war in seinem Gesicht zu lesen. Er erwischte Samson an der Seite, ein Knacken war zu hören. Nun holte er zu einem finalen Schlag aus, der Samson das Licht ausgelöscht hätte, hätte sich nicht Adele schützend auf ihn gestürzt und den Schlag abgefangen. Adeles Rippen brachen. Blut kam aus ihrem Mund. Samson krümmte sich am Boden. Er wartete auf den letzten Tritt. Doch der kam nicht mehr. Etwas hatte sich geändert. Das Johlen hatte aufgehört. Tom wurde zurückgehalten, Samson sah, wie dieser ungläubig auf die am Boden liegende Frau starrte.

›Verdammt, hat er sie erkannt?‹, schoss es Samson durch den Kopf.

Tom riss sich los und stürmte zum Hinterausgang. Karl hatte schon während der Schlägerei die Notrufnummer gewählt. Er hatte vorher versucht, zu helfen, war aber zu betrunken und man hielt ihn zurück. Noch sah er nicht, wer die Frau am Boden war. Aber er erkannte, dass der andere Samson war. Die Polizei blockierte sofort den Hinterausgang. Sie hatten Respekt vor Tom, wussten nicht, ob er bereits durch die hintere Haustüre entflohen war. Von Karl erfuhren sie, dass diese abgeschlossen war. Tom musste also noch im Haus sein. Mehrere Polizisten stürmten den Flur. Sie fanden Tom entkräftet und stark blutend am Boden kauernd. Er hielt sich die rechte Schulter. Ohne Widerstand ließ er sich abführen. Er wurde in Begleitung zweier Polizisten, die ihn nicht aus den Augen ließen, ins Krankenhaus gebracht.

Adele blutete weiter aus Mund und Nase, konnte nur unter Mühen atmen. Sie kam unverzüglich in den Schockraum, wo man sie sofort auf innere Verletzungen untersuchte. Tom hatte sie hart getroffen. Rippen waren gebrochen, und sie hatte einen schweren Lungenriss. Sie wurde auf die Intensivstation verlegt. Dort kollabierte sie und musste wiederbelebt werden. Über und über verkabelt und an einen Monitor angeschlossen lag sie mehr tot, als lebendig da. Ein geschundenes Leben.

Samson kam ebenfalls in die Notaufnahme. Er hatte Glück im Unglück. Durch Adeles selbstloses Eingreifen, hatte er den entscheidenden Schlag nicht abbekommen. Die vielen Tritte und Schläge hatten zahlreiche Prellungen, einen gebrochenen Arm, zwei fehlende Zähne und grausame Schmerzen im Genitalbereich zur Folge. Vorsorglich wurde auch er auf die Intensivstation gebracht und landete, nur durch einen Sichtschutz getrennt, im Bett neben Adele. Sie konnten sich nicht sehen, aber er bekam mit, dass Adele neben ihm lag, nur durch diesen Sichtschutz getrennt.

Tom war im Krankenzimmer, Intensivbehandlung war nicht nötig. Seine Blutungen waren rasch gestillt und seine Schulter wurde geschient. Er starrte an die Wand. In seinen Ohren pfiff es, die Schläfen pochten. Der Tag zog wieder und wieder vor seinem inneren Auge vorbei. Zuerst der Brief, dann seine ungebändigte Wut und dann kam dieser Wicht Samson zur Tür herein, der sich anmaßte, sein Bruder zu sein, der vielleicht an all seinem Elend schuld war, möglicherweise auch am Niedergang seiner Mutter. Wut und Hass entluden sich. Doch der Wicht wehrte sich immer weiter und es half ihm jemand. Tränen traten in seine Augen. Er war sich jetzt sicher, es musste seine Mutter gewesen sein, die sich schützend auf Samson warf und deren Rippen er krachen hörte, als er sie mit seinem Tritt mitten auf die Brust traf. Noch wusste er nicht, ob sie überlebt hatte. Auf Nachfrage gab man ihm keine Auskunft. Er dachte über sein Leben nach, was aus ihm geworden war, dachte an seinen Vater und an seine Mutter. Wie konnte es sein, dass sie und dieser Samson zugleich in der Bar waren? Hatten sie sich etwa verabredet? Hatte es etwas mit ihm zu tun? Fast hätte er wütend sein Glas an die Wand gepfeffert, doch er konnte sich gerade noch beherrschen und setzte es sanft wieder auf dem Beistelltisch ab. Seine Gedanken kreisten um seine Mutter. Sie war wieder da, hatte ihm ihr Konto gesperrt, die Überweisungen storniert, das Auto genommen. Was bezweckte sie damit? Warum kam dann dieser Brief bei ihm an? Kam er von seiner Mutter oder von diesem Samson, der angeblich sein Bruder sein sollte. Wie hing das alles zusammen?

Als am nächsten Morgen eine Schwester mit dem Frühstück das Zimmer zusammen mit einem der Polizisten betrat, fragte er wieder, was mit der Frau passiert ist.

Der Polizist nickte dieses Mal der Schwester zu und diese antwortete daraufhin: »Die Frau ist auf der Intensivstation. Sie kämpft um ihr Leben. Beten Sie, dass sie nicht stirbt, sie hätten sie auf dem Gewissen.«

Böse sah sie Tom an.

Der schluckte und fragte weiter: » ...und, und der andere?«

»Auch der ist auf der Intensivstation, hat offenbar Glück im Unglück gehabt, weil sich die Frau schützend auf ihn warf, was ich so mitbekam. Aber das wissen Sie ja besser, als ich.«

»Darf ich die beiden sehen?«

Der Polizist schüttelte den Kopf und sagte: »Nein, auf keinen Fall, Herr Henschel, der Fall wurde der Staatsanwaltschaft übergeben. Verdacht auf schwere Körperverletzung. Ich kann der Schwester nur beipflichten. Beten Sie, dass die Frau durchkommt. Sonst wäre es schwere Körperverletzung mit Todesfolge. Sie haben es zu bunt getrieben. Irgendwann ist das Spiel vorbei.«

Bevor Tom noch etwas sagen konnte, waren die beiden schon gegangen und ließen ihn mit all seinen Fragen zurück.

Samson wachte mitten in der Nacht auf. Im Bett nebenan, wo Adele lag, piepste es durchgehend. Wenige Sekunden später gab es Aufruhr, Personen stürmten ins Zimmer.

»Defi!«, hörte er eine Männerstimme rufen.

Ufff, Ufff, Ufff hörte er, als sie die Wiederbelebungsversuche starteten. Er hörte alles, was gesprochen wurde. Sie atmete nicht mehr selbständig, ein Beatmungsgerät übernahm. Immer weiter versuchte man, sie zurückzuholen, die Sekunden verrannen, der Wettlauf mit der Zeit, er musste gewonnen werden. Mühsam rappelte er sich aus seinem Bett hoch und schrie voller Verzweiflung:

»Mutter!! Bitte sterbe nicht, bitte nicht!«

Plötzlich waren alle im Raum still. Fassungslosigkeit. Einige sahen um den Vorhang herum.

Und nochmal: »Mutter!!!«

Samson fing an, bitterlich zu weinen, schrie immer wieder: »Mutter! Bitte lebe!«

Auf einmal setzte Adeles Herzschlag wieder ein, zunächst war nur unregelmäßiges Piepen zu hören. Samson war nicht mehr zu halten. Er stürzte aus dem

Bett, rappelte sich hoch, wurde gestützt von starken Armen und man geleitete ihn auf die andere Seite der Abtrennung. Er sah, wie sich ihm eine zarte Hand aus dem Krankenbett entgegenstreckte. Sie sah ihm in die Augen und sagte mit schwacher Stimme:

»Samson ...«

Samson wurde von seinen Gefühlen übermannt. Seine leibliche Mutter Adele, hier lag sie und hatte zum ersten Mal in seinem Leben ein Wort an ihn gerichtet, ihn zum ersten Mal im Leben bemerkt, ihn zum ersten Mal angelächelt, ihn mit seinem Namen angesprochen. Die Umstehenden hatten Tränen in den Augen, so sehr rührte sie die Szene. Taschentücher wurden hervorgeholt. Samson wollte endlich zu ihr, man half ihm, erkannte, dass sich gerade etwas Unglaubliches abspielte. Sie reckte ihm nun beide Arme entgegen und nahm ihn zum ersten Mal in ihrem Leben in die Arme. Beide weinten Tränen des Glücks, Tränen der Trauer, der Bitterkeit, des Schmerzes. Ohne Worte verstanden sie sich. So vieles gab es, das sich auf diese Art mitteilen ließ. Nach einigen Minuten wurden sie sanft getrennt. Man gab zu verstehen, dass sie noch stabiler werden müsse. Ärzte und Schwestern machten, tief bewegt, ihre Arbeit weiter. Samson setzte man auf einen Stuhl, so dass er seine Mutter im Blick hatte. Irgendwann schlief sie mit einem friedvollen Gesichtsausdruck ein. Samson wurde zurück in sein Bett begleitet. Die Schwestern entfernten die Abtrennung zwischen den beiden Betten. Samson konnte seine Mutter jetzt von seinem Bett aus sehen und wandte seinen Blick nicht mehr von ihr ab.

Er sagte leise zu ihr:

»Endlich, Mama, endlich.«

Er weinte, bis ihn der Schlaf übermannte.

Tom starrte währenddessen an die Decke, seine Gedanken kreisten und kreisten. Fragen türmten sich auf, Antworten überwarfen sich, widersprachen sich, quälten ihn. Plötzlich erhob er sich. Er musste irgendetwas unternehmen, ging zur Türe, öffnete sie und wurde sofort von zwei Polizisten abgefangen. Nach längerer Diskussion aber gingen sie mit ihm ins Freie, wo er sich auf eine der Parkbänke setzen durfte. Dort fing er an zu schluchzen.

»Was habe ich nur getan, was habe ich nur getan, was habe ich nur getan ...«

Der große, starke Kerl, der Hüne sank in sich zusammen, flennte plötzlich wie eine Memme. Die begleitenden Polizisten konnten mit der Situation wenig anfangen und informierten das Personal. Der Krankenhausseelsorger hatte am raschesten Zeit und kam zu Hilfe, setzte sich neben Tom und bat die Polizisten, sich ein wenig im Hintergrund zu halten.

»Erzähl mal, Tom.«

Er kannte Tom, er kannte Adele und hatte Alexander zu Grabe geleitet, er kannte sie alle. Tom sah ihn nicht an, aber er begann zu erzählen. Er erzählte sein Leben. Stundenlang redete er sich alles von der Seele und war am Ende all seines Gefieders beraubt. Der Hüne wurde zum nackten Zwerg. Der bisherige Tom starb an diesem Tag, ein neuer, noch kleiner Tom, wand sich am Boden und versuchte aufzustehen. Gerade wurde ein neuer Mensch geboren. Ohne Hilfe würde er es nicht schaffen, das wusste der Seelsorger. Er braucht Liebe und Zuneigung, nicht Bestrafung und Verachtung. Er würde sich für ihn einsetzen. Der Seelsorger gab den Polizisten ein Zeichen. Sie führten Tom zurück in sein Zimmer. Geknickt und entkräftet und doch von vieler Last befreit, ließ er sich aufs Bett fallen und starrte zur Decke, bis er einschlief.

ENDE

Der Autor bedankt sich bei seiner Frau für die umfassende Unterstützung und Beratung, desweiteren bei all seinen Freunden:innen für die zahlreichen Feedbacks, die halfen, die besonderen Gefühlslagen der Menschen im Roman zu begreifen und zu beschreiben.

DER AUTOR

Arthur Vox, geboren 1965 im idyllischen Bayern, studierte an der Universität in Hof Recht und Finanzwissenschaften. Es folgten viele weitere Aus- und Fortbildungen, die ihn zum Unternehmensberater von Großunternehmen qualifizierten. Im Laufe dieser Tätigkeit kam er weit herum, lernte viele Menschen und deren Lebensgeschichten kennen.

Im Jahre 2022 begann er mit Leidenschaft ein Studium an der »Schule des Schreibens«, um mit Hilfe seines reichhaltigen Schatzes an Schicksalsgeschichten auf professionelle Art, gut recherchierte sozialkritische Romane zu verfassen. Er folgte damit seinem seit seiner Kindheit immerwährenden Traum, eines Tages Schriftsteller zu werden.

»Der Wellenschlag eines Augenblicks« ist sein Debütroman. Weitere folgen.